国家社会科学基金一般项目结项成果

Australian

Literary Criticism

Since 1901

百年澳大利亚
文学批评史

彭青龙 等 / 著

图书在版编目(CIP)数据

百年澳大利亚文学批评史 / 彭青龙等著 . —北京：北京大学出版社，2019.12
（文学论丛）
ISBN 978-7-301-31003-8

Ⅰ. ①百… Ⅱ. ①彭… Ⅲ. ①文学批评史 – 澳大利亚　Ⅳ. ① I611.09

中国版本图书馆 CIP 数据核字 (2020) 第 002494 号

书　　　名	百年澳大利亚文学批评史 BAINIAN AODALIYA WENXUE PIPING SHI
著作责任者	彭青龙　等著
责任编辑	张　冰　吴宇森
标准书号	ISBN 978-7-301-31003-8
出版发行	北京大学出版社
地　　　址	北京市海淀区成府路 205 号　100871
网　　　址	http://www.pup.cn　　新浪微博：@北京大学出版社
电子信箱	wuyusen@pup.cn
电　　　话	邮购部 010-62752015　发行部 010-62750672　编辑部 010-62759634
印　刷　者	天津中印联印务有限公司
经　销　者	新华书店 720 毫米 × 1020 毫米　16 开本　30.25 印张　530 千字 2019 年 12 月第 1 版　2019 年 12 月第 1 次印刷
定　　　价	108.00 元

未经许可，不得以任何方式复制或抄袭本书之部分或全部内容。
版权所有，侵权必究
举报电话：010-62752024　电子信箱：fd@pup.pku.edu.cn
图书如有印装质量问题，请与出版部联系，电话：010-62756370

目 录

绪　论 …………………………………………………………………… 1

第一编　文学批评起步阶段(1901年—20世纪40年代)

第一章　社会文化语境:澳大利亚的澳大利亚 …………………… 3

第二章　文学纪事 …………………………………………………… 20
  第一节　"金迪沃罗巴克"诗歌运动 ……………………………… 20
  第二节　"愤怒的企鹅"运动 ……………………………………… 25

第三章　文学批评家 ………………………………………………… 31
  第一节　A. G. 斯蒂芬斯(A. G. Stephens,1865—1933) ……… 31
  第二节　万斯·帕尔默(Vance Palmer,1885—1959) …………… 41
  第三节　内蒂·帕尔默(Nettie Palmer,1885—1964) …………… 52
  第四节　A. A. 菲利普斯(A. A. Phillips,1900—1985) ………… 61

第四章　其他批评家 ………………………………………………… 71
  诺曼·林赛(Norman Lindsay,1879—1969) …………………… 71
  T. G. 塔克(T. G. Tucker,1859—1946) ………………………… 72
  弗雷德里克·麦卡特尼(Frederick McCartney,1887—1980) … 72
  亨利·格林(Henry Green,1881—1962) ………………………… 73

第二编　文学批评专业化阶段(20世纪50—60年代)

第五章　社会文化语境：开放的澳大利亚 …………………………… 77

第六章　文学纪事 …………………………………………………… 89
第一节　澳大利亚文学价值标准之争 …………………………… 89
第二节　澳大利亚文学研究与利维斯主义 ……………………… 94

第七章　文学批评家 ………………………………………………… 99
第一节　A. D. 霍普(A. D. Hope,1907—2000) ………………… 99
第二节　文森特·巴克利(Vincent Buckley,1925—1988) …… 110
第三节　詹姆斯·麦考利(James McAuley,1917—1976) …… 121
第四节　朱迪斯·赖特(Judith Wright,1915—2000) ………… 145

第八章　其他批评家 ………………………………………………… 157
格雷厄姆·约翰斯顿(Grahame Johnston,1929—1976) ……… 157
杰拉尔德·维尔克斯(Gerald Wilkes,1927—) ……………… 157
哈里·赫塞尔廷(Harry Heseltine,1931—) ………………… 158
道格拉斯·斯图尔特(Douglas Stewart,1913—1985) ………… 159
弗兰克·哈代(Frank Hardy,1917—1994) …………………… 160

第三编　文学批评国际化阶段(20世纪70—80年代)

第九章　社会文化语境：理论盛行的澳大利亚 ……………………… 163

第十章　文学纪事 …………………………………………………… 181
第一节　新批评与新左翼之争 …………………………………… 181
第二节　多元文化主义批评之辩 ………………………………… 191

第十一章　文学批评家 ………………………………………………… 206
  第一节　迈克尔·怀尔丁(Michael Wilding,1942—) ……………… 206
  第二节　比尔·阿希克洛夫特(Bill Ashcroft,1946—) …………… 220
  第三节　杰梅茵·格里尔(Germaine Greer,1939—) …………… 239
  第四节　马德鲁鲁·纳罗金(Mudrooroo Narogin,1938—) …… 258

第十二章　其他批评家 ………………………………………………… 278
  布赖恩·基尔南(Brian Kiernan,1937—) ………………………… 278
  克里斯·华莱士－克雷布(Chris Wallace-Crabbe,1934—) …… 278
  汉弗莱·麦奎因(Humphrey McQueen,1942—) ………………… 279
  卡罗尔·费里尔(Carole Ferrier,1946—) ………………………… 280
  海伦·蒂芬(Helen Tiffin,1945—) ………………………………… 281
  布鲁斯·贝内特(Bruce Bennett,1941—2012) …………………… 282

第四编　文学批评多元化阶段(20世纪90年代至今)

第十三章　社会文化语境：文化多元的澳大利亚 …………………… 285

第十四章　文学纪事 …………………………………………………… 301
  第一节　《第一块石头》与女性主义纷争 …………………………… 301
  第二节　"德米登科"事件与移民身份 ……………………………… 306

第十五章　文学批评家 ………………………………………………… 312
  第一节　格雷姆·特纳(Graeme Turner,1947—) ……………… 312
  第二节　格雷厄姆·哈根(Graham Huggan,1958—) …………… 324
  第三节　温卡·奥门森(Wenche Ommundsen,1952—) ………… 337
  第四节　斯内加·古纽(Sneja Gunew,1946—) ………………… 349

第十六章　其他批评家 ………………………………………………… 358
  戴维·卡特(David Carter,1953—) ……………………………… 358

帕特里克·巴克里奇(Patrick Buckridge,1947—) ·················· 359
罗伯特·狄克逊(Robert Dixon,1954—) ························ 359
约翰·多克尔(John Docker,1945—) ···························· 360
克琳·戈兹沃西(Kerryn Goldsworthy,1953—) ·················· 361

第五编　新中国澳大利亚文学批评(1949年至今)

第十七章　解冻阶段(1949—1978):澳大利亚文学翻译研究 ············ 365
第十八章　起步阶段(1979—1988):澳大利亚文学个案研究 ············ 373
第十九章　发展阶段(1989—1999):澳大利亚文学集中研究 ············ 378
第二十章　深入阶段(2000年至今):21世纪中国澳大利亚文学趋向研究 ··· 396

参考文献 ·· 409

附录:澳大利亚主要批评家及其论著一览表 ··························· 442

绪 论

自 1788 年由亚瑟·菲利普(Arthur Philip)船长在澳大利亚建立第一个英国殖民区以来,英国文化就被移植到万里之外的南半球。经过一百多年的垦殖,英国文化逐渐在这片大陆扎根、发展。19 世纪末期,澳大利亚民族主义空前高涨,主张独立建国的呼声越来越强烈。1901 年,在六个殖民区的基础上,澳大利亚联邦政府正式建立,开启了澳大利亚民族文化建设的新纪元。

然而,政治上的独立并没有使澳大利亚摆脱英国文化的影响,对英国文化既爱又恨的民族心理一直持续了相当长的一段时间。第二次世界大战之后,澳大利亚采取了疏英亲美的政策,美国文化逐步取代英国文化占据了重要位置,从此,澳大利亚文化开始受到英美文化的双重影响,杂交特质逐步显现。实施多元文化政策后,这种文化杂交的特质加入了白人文化不得不承认的土著文化和亚洲文化的成色,澳大利亚演变成为一个号称是多元文化的国家。

澳大利亚自建国之日起就一直在文化独立性和依附性中挣扎,并随着民族主义的潮起潮落而呈现两面性交替变化的特点。一方面,澳大利亚人渴望建立独立的文化身份,强调地方本土主义,试图与英美文化保持距离,对土著文化和亚洲文化进行压制来维护独立的尊严及保持合法性。如从建国到第二次世界大战后的五十多年里,澳大利亚先后发生了"金迪沃罗巴克"运动(Jindyworobak Movement)、"愤怒的企鹅"运动(Angry Penguin Movement)、"厄恩·马利"骗局(Ern Malley Hoax)等有重大影响力的文化事件,无不说明民族主义者极力宣扬澳大利亚文化的本土性,以示跟英国文化传统的不同。另一方面,澳大利亚人又对自己的本土文化缺乏信心,难以切割与母国文化的联系,甚至一些崇尚英国文化和欧洲传统的学者宣称要按照英国的标准对澳大利亚文学进行改革。如 A. D. 霍普(A. D. Hope)等学者提倡"新古典主义"诗风,试图消解澳大利亚文坛浓厚的地方主义色彩。这两股势力在澳大利亚文坛不断交锋,形成了澳大利亚不断摇摆于"民族性与英国性、民族性与世界性、地方主义与国际主义"的独特文化现象。随着美国文化的影响力日盛和土著文化、亚洲文化逐渐获得认可,澳大利亚文化身份建构问题就变得更加复杂起来。

那么,澳大利亚文化身份的复杂性到底如何?它受到英国文化、美国文化、土著文化和亚洲文化怎样的影响?它对世界文学批评做出了什么样的贡献?它的独特性到底体现在哪里?带着这些疑问,本人开始了澳大利亚文学批评史的研究工作,旨在通过系统梳理、分析和解读澳大利亚建国百年来重要作家和批评家有关理解文学和评价文学的论著,全面论述澳大利亚现代文学理论批评和实用批评所蕴含的社会意识、思想观点和审美标准,揭示其"非此非彼、非原创性杂交"的文学批评本质和特色,探究澳大利亚民族化、国际化和多元化文学批评演变轨迹形成的动因,为中国学者研究文学批评史提供借鉴。

研究发现,澳大利亚现代文学批评史经历了起步阶段(1901年—20世纪40年代)、专业化阶段(20世纪50—60年代)、国际化阶段(20世纪70—80年代)和多元化阶段(20世纪90年代至今),总体上呈现四个转向,即批评主体由新闻工作者和业余文学爱好者转向作家和学者,批评内容由社会学、政治学转向哲学、文学、新闻学等跨学科,批评方法由单一的视角和方法转向多元的维度和范式,批评载体由一般报刊专栏转向学术性专业杂志。这些变化彰显出澳大利亚现代文学批评的内容和形式向纵深发展。

为了进一步深入研究四个阶段的文学批评思想变化,本课题沿着宏观—中观—微观的思路层层推进,即宏观视野下的社会文化语境、中观视阈下的文学纪事和微观视角下的重要文学思想和批评见解。宏观视野下的社会文化语境部分,主要从国际、国内政治、经济形势谈起,论述不同历史阶段澳大利亚社会文化思潮的变化、取得的文学成就及文学批评走向的一般特征。中观视阈下的文学纪事部分重点聚焦发生在文化界富有争议的重要文学事件,通过系统性地梳理对立双方交锋的观点,有助于深入理解特定历史时期澳大利亚文学的评价标准和立场观点。微观视角下的重要文学思想和批评见解主要以个体案例的形式,结合批评家的学术论著,深入挖掘每一阶段最有影响力的批评家思想观点的内涵。澳大利亚历史上涌现了一大批文学批评家,我们无法做到将每一位批评家的思想一一呈现给读者,经过多次调研,尤其是跟国内外澳大利亚著名文学批评家、作家和记者交流,确定了以影响力和代表性为取舍标准,同时兼顾不同族群文化背景的原则。尽管不同学者对于批评家的遴选有不同的价值判断,但能够进入本项目研究对象的批评家应该都具有代表性。

值得一提的是,新中国澳大利亚文学批评学术史也是本课题的研究内容之一。中华人民共和国成立70年以来,中国学者对澳大利亚文学的研究从无到有,呈现日趋深入的趋势,从翻译介绍到作家作品研究,再到文学史和批评史的研究,中国澳大利亚文学研究取得了丰硕的成果。通过系统梳理和论述解冻阶段(1949—1978)、起步阶段(1979—1988)、发展阶段(1989—1999)和深入阶段(2000年至今)的学术史和嬗变特征,全面展示中国学者的文学批评思想。

通过对上述内容的研究,我们发现澳大利亚文学批评呈现四个独特性:

其一,澳大利亚文学界注重实用批评。众所周知,文学批评可分为理论批评和实用批评两种。理论批评主要以人类社会历史中的文学活动作为研究对象,是对作者、读者、文本之间关系的研究,旨在揭示一般的文学原理。而实用批评则以具体的文学作品为研究对象,试图挖掘作家的文学创作思想和艺术风格。纵观百年澳大利亚文学批评史,澳大利亚出版了大量的有关作家作品研究的学术专著,有些著名作家甚至有多部这类评价的书籍。如,有关亨利·劳森(Henry Lawson)的专著达十部之多,帕特里克·怀特(Patrick White)和彼得·凯里(Peter Carey)的评传有五部以上。20世纪70年代之后,众多的欧美文学理论传入澳大利亚,年轻一代的学者开始运用文学理论撰写文章。如斯内加·古纽(Sneja Gunew)运用米歇尔·福柯(Michel Foucault)和朱莉娅·克里斯蒂娃(Julia Kristeva)等人的理论阐释少数族裔女作家在澳大利亚的处境,伊恩·利德(Ian Reid)从马克思主义、符号学等角度论述"文学文本与经典身份",德鲁瑟拉·莫杰斯卡(Drusilla Modjeska)的《家中的被放逐者:澳大利亚女性作家1925—1945》(下文简称《家中的被放逐者》)(*Exiles at Home: Australian Women Writers 1925—1945*,1981)则吸收女性主义的成果,重新解读了19世纪三四十年代的小说。土著作家兼批评家马德鲁鲁·纳罗金(Mudrooroo Narogin)在其专著《边缘视角创作:现代土著文学研究》(下文简称《边缘视角创作》)(*Writing from the Fringe: A Study of Modern Aboriginal Literature*,1990)中,对土著文学进行理论建构和阐释等。但在总体上澳大利亚并没有形成像欧美热衷于研究文学理论的氛围和环境,依然采用"拿来主义"的原则,将理论研究融入文本分析的过程中,文学实用批评依然占据澳大利亚文学批评的主流。

其二,后殖民主义、文化批评和女性主义理论批评独具特色。20世纪90年代以降,新历史主义、后殖民主义、后结构主义、文化批评等理论粉墨登场,"理论热"席卷全球,在文学研究领域甚至到了"言必说理论"的地步。尽管澳大利亚文学研究没有像欧美诸国那样痴迷于"炙热"的文学理论,而是坚守传统范式研究文学作品和流派,对晦涩的理论术语和过于专业的文学批评不感兴趣,但也不乏学者积极融入文学理论发展的大潮,试图展现"澳式"理论的突破。海伦·蒂芬(Helen Tiffin)和比尔·阿希克洛夫特(Bill Ashcroft)等人的《逆写帝国:后殖民文学的理论与实践》(下文简称《逆写帝国》)(*The Empire Writes Back: Theory and Practice in Postcolonial Literatures*,1989)、《后殖民研究读本》(*The Post-colonial Studies Reader*,1995)是至今最为权威的两本后殖民理论书籍,涉及语言、移民、奴隶制度、压制与反抗、种族、性别等众多问题;格雷姆·特纳(Graeme Turner)的《民族化:民族主义与澳大利亚流行文化》(*Making It National: Nationalism and Australian Popular Culture*,1994)和《电影作为社会实践》(*Film as Social Practice*,2002)极力打破高雅文学和流行文化的界限,并探讨了电影研究中的理论问题,在世界范围内有很大的影响力;杰梅茵·格里尔(Germaine Greer)的《女太监》(*The Female Eunuch*,1970)被视为女权主义思想的代表作,被广泛引用;格雷厄姆·哈根(Graham Huggan)和海伦·蒂芬的《后殖民生态批评:文学、动物、环境》(下文简称《后殖民生态批评》)(*Postcolonial Ecocriticism: Literature, Animals, Environment*,2010)是对后殖民主义思想研究的最新成果,获得国际学术界的广泛关注和好评。澳大利亚在文学理论研究方面取得了令人瞩目成就的事实,不仅使它不再是欧美文学理论的对立或者补充,而且在世界范围内发挥更加积极的作用。正如麦克尼·瓦克(McNee Walker)所言,澳大利亚文化最大的优点就是它的非原创性,换句话说,它大胆从国外借鉴各式各样的东西,然后自我改编、重装,甚至输出后殖民主义、文化批评和女性主义等理论作品。①

其三,跨学科文学批评趋势明显。20世纪90年代中叶至今,文学批评中的"越界"日益增多,即从政治学、历史学、媒体学、传播学等跨学科的角度研究文学及其文学性,出现了所谓的"泛文化"文学研究。文学研究不再是纯艺术的高雅批评,越来越多的学者将文学经典跟影视、文化节、娱乐活动联系起来,试图吸引更多的大众参与其中。文学也不再是单一的文类,自传、传记、游记、纪实文学、传奇文学、犯罪小说、科幻小说成为文学的有益补充,文学批评的方法也变得丰富多样。如,罗伯特·狄克逊(Robert Dixon)的《书写殖民冒险:1875—1914年英裔澳籍作家通俗小说中的种族、性别与民族》(下文简称《书写殖民冒险》)(*Writing the Colonial*

---

① 参见陈弘主编.澳大利亚文学批评.上海:上海文艺出版社,2006:148.

Adventure: Race, Gender and Nation in Anglo-Australian Popular Fiction 1875—1914,1995)透露出强烈的政治意识和历史批判的观点;戴维·卡特(David Carter)的《澳大利亚文化:政策、公众与项目》(Culture in Australia: Politics, Publics and Programs,2001)一书聚焦20世纪文学、知识分子运动、文化制度和现代性之间的关系,其独特之处在于将文学或者文化历史的研究方法理论化;古纽的《边缘之框:多元文化文学研究》(Framing Marginality: Multicultural Literary Studies,1994)和《神出鬼没的国家:多元文化主义的殖民向度》(Haunted Nations: The Colonial Dimensions of Multiculturalisms,2004)是两部有影响的学术著作,前者提出了澳大利亚少数族群文学作品评论与分析的理论框架,后者阐释了多元文化主义与后殖民理论如何在英语国家描述移民群体以及他们与英国殖民遗产之间的联系。文学史专家伊莉莎白·韦伯(Elizabeth Webby)在谈及近十年的文学批评时说:"在没有新理论出现的近十年,澳大利亚与其他地方一样,又出现反对从政治和理论角度解读文学作品的转向。当下,很多学者对以研究为导向的方法更感兴趣,如书籍史,以及从国际视阈而不是国内视角来研究澳大利亚文学的范式。"①

其四,澳大利亚文学批评依然在民族性和世界性上挣扎,杂交成色难改。尽管民族性和世界性是任何国别文学与批评都必须面对的问题,但本质上是移民国家的澳大利亚在这点上表现得十分充分,"钟摆"现象特别突出。当民族主义高涨时,文学评价多从民族性和本土性出发,强调学术思想独立性,因而刻意与英国传统和欧美理论保持距离;当在国际化潮流中看到"狭隘的地方主义"的短视时,又会纠正这一偏差,积极融入世界主义文学,强调共同性的审美价值观。造成这种两面性的根本原因是民族自主意识与外在影响之间难以调和的矛盾。再加上澳大利亚从来都没有就土著文化的合法性问题进行彻底的清算,表面上承认其合法地位,但实际上在话语世界依然保持挤压的态势。这就使得澳大利亚成为一个在文化和民族心理上最分裂的国家之一,反映在文学批评标准和价值上就呈现"杂交"的特色,因此"非此非彼、非原创性杂交"将成为其难以改变的特质,甚至在未来相当长的时间有可能继续保持下去。

本研究项目的创新之处主要有两点:其一,观点创新。"非原创性杂交"的澳大利亚现代文学批评本质和特色是本研究项目的创见。澳大利亚现代文学批评受到

---

① 彭青龙.澳大利亚现代文学与批评——与伊莉莎白·韦伯的访谈.当代外语研究,2013(2):63.

英国、美国等文学思想和批评理论的影响,想摆脱但又无法摆脱的困境决定了其非此非彼的特质,多元文化又进一步加深了这种"杂糅"。虽然有少数国内外学者曾提出过"多元文化"观点,但尚无学者将这一本质特征贯穿文学批评史的始终,因此具有创新性。其二,方法创新。本研究项目采用宏观叙述断代社会文化语境、中观论述文学事件、微观分析个体批评家思想和比较研究澳大利亚与英国、美国文学批评差异的方法,有效地做到了理论批评和实用批评的综合平衡和点面结合。尤其是用"文学批评事件"案例分析法论述澳大利亚文艺思潮的演变,如同用线将一个个珍珠串起来,使零散的思想显现聚合效应。虽然宏微观结合和比较研究的方法并不鲜见,但以中观层面进行案例分析的方法研究批评史仍不多见,有一定的创新性。

在项目研究的过程中,我们遇到了两个特别突出的问题,但最终都在中外学者的帮助下得到了解决。一是资料短缺的问题。由于本项目是一部横跨百年的文学批评史,涉及的内容广、资料多,因此查阅、收集资料是一个很大的现实问题,为此本人先后四次到悉尼大学、墨尔本大学和新南威尔士大学访问交流,收集了大量的研究资料。二是学术研究深度和广度的问题,即如何兼顾理论批评和实用批评的两端,使两者达到有机统一;如何整体上协调宏观、中观和微观的对立统一,使之见树又见林。这两个有关"关系"和"程度"的问题是本项目研究的关键,最终能够顺利解决主要得益于中外专家的鼎力支持和帮助。中国澳大利亚研究会前会长黄源深教授、悉尼大学的罗伯特·狄克逊教授、墨尔本大学的肯·盖尔德(Ken Gelder)教授、昆士兰大学的戴维·卡特教授和塔斯马尼亚大学的副校长凯特·多伦-史密斯(Kate Darian-Smith)教授,为解决难题提出了宝贵的意见和建议,在此深表谢忱。本项目是国家社会科学基金项目,通过了结项鉴定,等级为"优秀"。在此也向全国哲学社会科学工作办公室表示感谢。

本书分工如下:彭青龙负责内容的总体设计、修改,撰写绪论,以及第一、二、五、九、十三、十七、十八、十九、二十章;张加生撰写第三章;赵思琪撰写第六章,第七章的第一、二、四节;谭娟娟撰写第七章的第三节,第十章,第十一章的第三、四节;廖静撰写第十四章的第一节和第十五章的第二、三、四节;宋明撰写第十一章的第一节;徐阳子撰写第十一章的第二节,第十五章的第一节;段超撰写第十四章的第二节;陈钰如撰写第四、八、十二、十六章。

尽管我们秉承客观、公正和高度负责的态度,竭尽全力,试图奉献一部高质量的澳大利亚现代文学批评史,但由于能力有限,恐有疏忽之处,敬请方家批评指正。

第一编
文学批评起步阶段
（1901年—20世纪40年代）

  1901年，澳大利亚联邦政府成立，标志着其文学创作和批评进入了新的历史时期。自20世纪初到中叶的五十年里，澳大利亚政治、经济、文化等方面发生了重大而深刻的变化，经过民族主义运动和两次世界大战的洗礼，澳大利亚融入世界民族之林的步伐加快，由一个偏隅南半球的农耕社会逐步发展成为现代化国家。在文化领域，形成了以现实主义文学创作和实用批评为主的澳大利亚特色。现代主义于20世纪三四十年代在文学创作与批评界所引发的争论，折射出澳大利亚现代转型的困境，彰显了传统现实主义和欧美现代主义文学评价标准的对立和矛盾。在此期间，涌现出一批有深刻思想和洞见的文学批评家，如 A. G. 斯蒂芬斯（A. G. Stephens）、万斯·帕尔默（Vance Palmer）、A. A. 菲利普斯（A. A. Phillips）等，他们通过著书立说，在报纸杂志上发表各自对文学的理解和看法，有力地推动了澳大利亚文学创作和文学批评的进步。由于澳大利亚文学属于新兴文学，历史不长，就整个现代文学批评史而言，仍然处于起步阶段。

第一章　社会文化语境：澳大利亚的澳大利亚

一

1900年4月20日，处于事业巅峰时期的作家亨利·劳森乘船前往伦敦。临行前，他对为他饯行的人说："我对那些才华已获认可的澳大利亚青年作家的建议是乘坐客轮统舱，无票偷乘，游泳，去伦敦、新英格兰或者廷巴克图，而不是待在澳大利亚直到江郎才尽或者整日花天酒地……"①即使从伦敦空手而归，他依然坚持说："去伦敦……如果你想出版好的作品，并相信你能做好，你首先需要在伦敦生活至少一年。"②劳森在伦敦旅居两年有余，希望借助帝国文化以扩大自己的影响，但他最终并未如愿。他的经历似乎表明："无论你是多么才华横溢的澳大利亚作家，若没有得到国外的'认可'，你几乎是一文不值。"③尽管这是澳大利亚文学史上一个孤立的事件，但从当时"最能代表澳大利亚文学成就的人"④身上，既折射出澳大利亚文学界对英国文化中心伦敦既爱又恨的心理，也反映了澳大利亚人急于在世界舞台展示民族自信的心态，其实质是民族主义意识在澳大利亚的觉醒。

---

① Kiernan, Brian. ed. *Portable Australian Authors: Henry Lawson*. St Lucia: University of Queensland Press, 1976:210.

② Lawson, Henry. *Collected Prose*, Vol. 11. ed. Colin Roderick. Sydney: Angus & Robertson, 1972:167.

③ Dixon, Robert. "Australian Fiction and the World Republic of Letters, 1890—1950." *The Cambridge History of Australian Literature*. ed. Peter Pierce. London: Cambridge University Press, 2000: 228.

④ Roderick, Colin. *Henry Lawson: A Life*. Sydney: Angus & Robertson,1991:216.

著名文学批评家彼得·皮尔斯(Peter Pierce)在《剑桥澳大利亚文学史》(*The Cambridge History of Australian Literature*, 2009)一书中,用"澳大利亚的澳大利亚"作为章节的题目,论述19世纪末至1950年的主流文学所彰显的民族意识。无独有偶,另外两位章节的作者肯·斯图尔特(Ken Stuart)和彼得·莫顿(Peter Modun)则用"英国的澳大利亚"和"澳大利亚的英国"来分别揭示殖民时期文学的特点和1880—1950年海外旅居作家的文学创作思想。尽管三位学者聚焦的领域各有侧重,但民族主义思潮贯穿于联邦政府成立后的前五十年是不争的事实;与此同时,文化自卑心理同样在澳大利亚人身上如影随形了五十年。这种从"英国的澳大利亚"到"澳大利亚的澳大利亚"再到"澳大利亚的英国"展现了澳大利亚历史上民族心理和文化身份建构过程中的矛盾与焦虑。

19世纪90年代到20世纪初,澳大利亚社会产生的重大变化为民族主义运动的兴起提供了现实土壤。澳大利亚是在"被迫流放和受囚禁"基础上的再创造。[①] 在1788—1880年长达近一百年的垦殖拓荒中,澳大利亚社会经济得到了长足的发展。一方面,澳大利亚人口结构发生了根本性的变化,总人口中土生土长的澳大利亚人已占据很大比例:1861年,大约50%澳大利亚人口诞生在英国;1871年,大约60%的人口在澳大利亚殖民地诞生,1891年,这一比例为75%;1901年为82%。[②] 这种人口比例结构的变化,为社会变革准备了条件。他们不再像父辈那样,将英国视为"母国"或者"精神家园",越来越多的人主张摆脱英国殖民主义统治,建立澳大利亚民族形象。另一方面,资本主义工业化和城镇化进程的加快使得澳大利亚人口进一步集中,形成了墨尔本、悉尼、昆士兰等多个经济文化中心,但六个殖民区分裂割据、各自为政的局面阻碍了资本主义社会经济的发展,引起了各殖民地的重视。19世纪80年代末,澳大利亚各个殖民地之间的铁路基本全部开通,这大大促进了经贸活动的展开和社会各行各业人员的往来和交流,农业机械化带动了生产率的大幅提升,城镇化进程加速对政府管理水平提出了新的要求。然而,19世纪末澳大利亚的殖民制度已不能满足当时社会经济发展需要,其政治体制已显示出明显的弊端,甚至成为阻碍发展的重要因素而广受批评。[③]

随着19世纪90年代初澳大利亚社会经济危机进一步加剧,社会矛盾更加突

---

① 巴特·穆尔-吉尔伯特等编撰. 后殖民批评. 杨乃乔等译. 北京:北京大学出版社,2001:286.
② Clark, Manning. *A Short History of Australia* (Illustrated Edition). Victoria: Penguin Books Australia Ltd., 1986:145.
③ Ibid., 149.

出,工人罢工此起彼伏,在澳大利亚建立政党和议会机构的诉求呼之欲出。1892年3月,澳大利亚第一家银行宣布破产倒闭,紧接着破产潮波及维多利亚、新南威尔士和昆士兰等各大州。十三家银行的连续倒闭像多米诺骨牌一样使各地的经济形势严重恶化,大批农场主和占地农生存困难,入不敷出,老百姓更是饱受饥荒之苦。随之而来的是,大批失业人员发动了旷日持久的大罢工。如果说1890年前工会联合会组织罢工目的在于提高工资待遇、抵制延长劳动时间和开除工会会员等,19世纪90年代的罢工则旨在争取工会权利,具有明显的政治诉求。他们越来越认识到政治统一以及联邦统一的重要性。"最近(的罢工)表明,各殖民地之间应有统一的法律依据,尤其是在银行系统,立法必须统一。"①

1891年,工党应运而生,成为罢工代表们维护自身权益的政治机构。工党主要代表工人的利益,认为每一个社会个体成员都有权发言,有权争取自己的权利,凡是涉及民众的政策应当由民众自己说了算,强调人人都应该拥有选举权。但是,工党最初的目的不是彻底摧毁资本主义制度,而是对政治制度进行改良;不是变革社会制度,而是夺取资本主义运行制度的领导权。在工党看来,资本主义社会的平等与自由,不应当是少数特权阶层的独有权利,而是社会每一个成员都享有的现实权利。1890年,他们在《布里斯班工人报》(Brisbane Worker)上声明:"将工人从工资的奴役中解放出来、将世界从羞愧与遗憾中解放出来、让男人活得像男人、让女人活得像女人、让孩子童年充满欢声笑语、让世界充满爱是我们的使命。"②值得注意的是,很多工党代表同时也是社会主义的支持者,他们认为"资本主义的私有财产制度和自由市场制度是导致阶级伤害、极度贫困、滋生权力和财富贪欲的根源。"③

工党在表达自己政治诉求的过程中形成了三个思想主张。其一,提倡单一税收改革,其核心思想认为这种改革有利于增加工人工资、促进劳动就业、消除贫困、减少犯罪,更有利于尊重劳动、推动政府走向文明和廉洁;其二,提倡选举权改革,强化民主,主张"人人拥有选举权"才能真正实现工党的政治使命,让社会变得更加崇高和文明;其三,提倡社会主义改良,突出达尔文的进化论思想,颠覆传统的宗教信仰,颠覆"上帝说",从而在澳大利亚建立一个幸福美满的乌托邦社会,使"天下男

---

① Clark, Manning. *A Short History of Australia* (Illustrated Edition). Victoria: Penguin Books Australia Ltd., 1986:152.
② Ibid.,156.
③ Dyrenfurth, Nick, and Frank Bongiorno. *Little History of the Labour Party*. Sydney: University of New South Wales Press, 2010:34.

人皆兄弟,天下女人皆姊妹"成为现实。尽管19世纪末盛行的工联主义、社会主义的思想和主张不尽相同,但最后都演变成了以自由、平等为核心内容的民族主义运动。"我们把过去留在身后,连同它分崩离析的王朝、摇摇欲坠的宝座和昏庸无能的种族,我们面前所展示的是未来的澳大利亚,充满青春活力的澳大利亚。"[①]这些铿锵有力的口号昭示了澳大利亚人对外建立民族新形象的决心和对美好未来的憧憬。

1901年,澳大利亚联邦政府成立,为资本主义生产的迅速发展创造了有利条件。对内结束了各殖民区割据状态,实行统一的关税政策,促进了商品的生产与流通。国内交通线路的联通,降低了运输成本,提高了产品的竞争力。对外加强与欧美国家的联系,增加了矿产资源和羊毛的出口,带动了生产效率的提升,在第一次世界大战之前,整个澳大利亚弥漫着民族主义的自豪感。

1914年,第一次世界大战爆发,澳大利亚民族经受了战争洗礼,开始走向成熟。尽管建国后澳大利亚试图以独立姿态示人,民族心理中也极力与母国保持距离,但澳大利亚无法摆脱英国对其政治、经济和文化的深刻影响,并在对外政策上追随英国。英国卷入战争后,澳大利亚迅速派遣军队支援英国,并与新西兰一起组成澳新军团,参加了在法国和中东地区的战役。在土耳其加利波利战役中,因英国军官指挥失误,澳大利亚军队遭遇惨败,约8000人伤亡,但士兵们表现出的乐观、勇敢的精神赢得了广泛赞誉,成为澳大利亚民族历史上不朽的"澳新神话"。这是澳大利亚第一次在海外参加战争,经过战争考验的澳大利亚民族抵御外敌入侵的能力得到了充分锻炼,极大地提升了其屹立于世界民族之林的自信心,民族意识和国家身份感进一步增强。

第一次世界大战后至20世纪30年代中叶,澳大利亚社会经济获得长足发展。随着大量欧洲移民的涌入,澳大利亚人口迅速增加,城市化进程日益加快。由于澳大利亚政府投入巨资建设了贯通澳大利亚的铁路网,人口流动变得便捷,迅速形成了悉尼、墨尔本、布里斯班等多个中心城市。人口集中带动了消费的增长,为工业的迅速发展奠定了基础,再加上多年的风调雨顺,澳大利亚到处呈现一派繁荣景象。可是正当人们沉浸在对未来美好生活的期待时,一场席卷世界的经济危机于20世纪30年代爆发。由于澳大利亚经济结构中严重依赖外贸出口,欧美经济的不景气迅速使澳大利亚农业和矿业遭到重创,大量工厂破产、倒闭,成千上万的工

[①] 转引自黄源深. 澳大利亚文学史(修订版). 上海:上海外语教育出版社,2014:52.

人失业。1929—1933 年,失业人数占工人总数的三分之一。曾经乐观的情绪被悲观失望所替代,这一状况直到 10 年后经济慢慢复苏才得到根本改变。

然而,第二次世界大战的爆发使得澳大利亚人稍许恢复的信心又一次遭受打击。战争初期,澳大利亚依然毫不犹豫地加入英国盟军,为大英帝国而战。正如当时的总理孟席斯所言:"我们被迫卷入了战争,我们必须不惜一切代价赢得胜利……英国在哪里,整个大英帝国的人民就会站在哪里。"[①]澳大利亚派遣了大量军人在中东、希腊和北非等地参加战斗。由于希特勒的攻势势如破竹,英国军队遭受了重大损失。太平洋战争爆发后,日本迅速占领了东南亚地区,直接威胁澳大利亚北部地区。美国被卷入第二次世界大战后,战局发生了重大变化。澳大利亚逐渐认识到,军事力量遭到重创的英国已经无力为澳大利亚提供安全保护,应该跟国力更加强大的美国组成同盟。在时任总理约翰·柯廷(John Curtin)的推动下,澳大利亚着手制定以美国为基石的对外政策。1942 年至 1943 年间,日本多次空袭澳大利亚达尔文港,在澳大利亚人心里造成巨大恐慌,澳大利亚追随美国的决心更加坚定,不仅设法派遣更多的士兵和志愿者参加战斗,而且同意让本土成为美国的军事基地和物资供应站。虽然第二次世界大战最终没有在澳大利亚本土全面展开,但澳大利亚也付出了 5 万多人伤亡的代价,让一向乐观豁达的澳大利亚人蒙受心理阴影。

战争也刺激了澳大利亚经济的发展,使其加速向现代化国家转型。由于军需品急缺,澳大利亚投资建立了很多工厂,生产了大量的食品、纺织品和武器以供应前线战场。同时,为了改善交通运输状况,澳大利亚修建了港口、机场、公路和铁路,满足战争的需要。因此,从某种意义上来说,第二次世界大战不仅改变了澳大利亚对外政策的走向,而且促使其进行经济结构改革和产能升级,从而为其发展成为一个中等经济强国打下了坚实基础。

二

20 世纪前五十年,澳大利亚经历了民族主义运动、独立建国和两次世界大战等重大历史事件,对文学创作产生了重要影响。由于是在殖民地基础上建立的国

---

① 转引自黄源深. 澳大利亚文学史(修订版). 上海:上海外语教育出版社,2014:127.

家,包括作家在内的澳大利亚人极力向世界展示不同于以往的民族形象和身份,因此,在相当长的一段时期,澳大利亚作家以多种文艺形式,通过描写独具特色的丛林中的人和事,展现了澳大利亚人向往平等、勇敢、乐观、豁达的品格和精神。在作家的笔下,丛林被浪漫化和神话化了,成了这个新诞生国家的象征,而崇尚"伙伴情谊"的丛林汉成为澳大利亚的代表。这种互助互爱的朴素情感不仅体现了澳大利亚民族主义运动的价值观和道德规范,而且成为文学创作的审美标准。"澳大利亚化""本土化"成为盛极一时的社会风尚,反对殖民遗产、摒弃英国文化传统成为"澳大利亚的澳大利亚"的内涵和核心,讴歌"伙伴情谊"的人和事成为小说家和诗人创作的新内容。

然而,澳大利亚人强烈的民族主义意识无法掩饰和遮蔽其内心深处的自卑心理。尽管民族主义成为建国前五十年的主流意识形态,甚至成为评判澳大利亚文学成就的主要标准之一,但澳大利亚与英国在政治、经济和文化上的密切联系使得澳大利亚人在对待文化遗产上的态度充满矛盾。虽然在政治上澳大利亚已宣布成为一个独立的国家,但其身份依然是英联邦的国家之一,国家元首依然由英国人担任。不仅经济上澳大利亚对英国依赖严重,如相当大比例的对外贸易的出口地就是英国,而且文化上更是无法与英国切割,因为英国的文化传统早已在澳大利亚扎下了根,并随着战后英国移民的增多而得到加强。即使是最具有强烈民族意识的澳大利亚作家也不得不承认澳大利亚文化的贫瘠,需要继续从英国文化传统中汲取营养,并获得英国的认可。因此,在民族主义运动和两次世界大战时期,存在着"亲英派"和"反英派",反映在文化领域的领域就有了爱恨交织的两面性,甚至兼具两者的复杂性。在澳大利亚文坛,既有张扬民族主义意识、描写本地人和事的民族主义文学,也有提倡按照西方标准,甚至具有共同性的现代主义作品,还有介于两者之间的文学作品。

民族主义文学兴起于"沸腾的90年代"并一直延续至第一次世界大战之前,主要体现在民谣体诗歌和小说创作方面。"民谣体诗或是陈述一个简单的故事,或是勾画一幅生活图景,或是描写一次冒险经历,形式比较自由,格调清新朴实。"[①]由于民谣体诗歌的创作者多是民间丛林劳动者,因此他们的作品常常表达个体的生活体验和生命体验,且具有浓厚的地方色彩,读起来情真意切,朗朗上口。代表性人物主要有安德鲁·佩特森(Andrew Paterson)和亨利·劳森。佩特森是民族主

---

① 转引自黄源深.澳大利亚文学史(修订版).上海:上海外语教育出版社,2014:5.

义文学的最重要的代言人之一,他通过创作反映丛林生活的民谣体诗歌,展现了充满生机和活力的生活、劳动场景。"在渲染澳大利亚乡情及居住者氛围方面,胜过任何一位民谣体诗人,甚至任何一位其他诗人。"①他的诗歌格调明快、流畅,不乏理想主义和浪漫主义色彩。佩特森一生出版了很多诗集,其代表作是《来自雪河的人及其他诗歌》(又译:《来自雪河的人》)(The Man from Snowy River and Other Verses,1895)和《肩囊旅行》(Waltzing Matilda,1895)。前者描写了一位来自雪河的青年人征服一匹烈马的英雄气概,后者则通过叙述一名丛林工人因"顺手牵羊"被人追赶而跳入池塘的悲剧,展示澳大利亚人谋生的艰难和反抗精神。两首诗歌里蕴含的主题与澳大利亚人崇尚勇气、同情弱者、蔑视权威的民主主义思想一脉相承。这也许是它们一直流传至今的原因之一。

另一位民族主义文学代表人物是与佩特森同时代的劳森,被称为澳大利亚民族文学的奠基人之一。劳森的文学成就不仅体现在诗歌方面,而且更重要的是体现在短篇小说方面。评论家常常将佩特森跟劳森相比,认为"佩特森所持的是一个坐在马背上的人的眼光,具有骑士风范,而劳森所用的则是一个旅行者背着行囊的严峻眼光"②。这种差异与劳森的家庭教育和坎坷的生活经历不无关系。劳森出生于一个淘金人的家庭,父亲淘金失败后,生活陷入困顿之中,年少时就跟父亲一起下地干活,体验了生活的艰辛。在政治立场和文学创作方面,他深受具有文学素养的母亲的影响,在年轻时就投入了民族主义运动,并发表诗作。他早期的诗歌清新而充满激情,被编辑所赏识:"作者是位 17 岁的少年,一个年轻的澳大利亚人,没有受过系统教育。他是个油漆工,生计艰难,但这位年轻人的才华是不容置疑的。"③后来他又发表了大量具有爱国主义和民族主义的诗篇,成为家喻户晓的人物。"没有一个澳大利亚的角落不知道他的名字,没有一个小镇会没有人伸出陌生的手来握住他的手,诚实的脸上露出愉快的笑容来迎接这位丛林诗人。"④劳森诗歌的另一重要内容是描写丛林人生活的艰辛和不屈不挠的斗争精神。如《从那时起》("Since Then")反映了生活落魄后人际关系的微妙变化,《米德尔顿的勤杂工》("Middleton's Rouseabout")则刻画了勤杂工发迹后成为牧场主的故事。在短篇小说创作方面,他的成就远远高于诗歌。他一生中创作了三百多篇短篇小说,其中

---

① Green, H. M. *A History of Australian Literature*. Sydney: Angus & Robertson, 1984:405.
② Kramer, Leonie. ed. *The Oxford History of Australian Literature*. Melbourne: Oxford University Press, 1981:302.
③ Denton, Prout. *Henry Lawson: The Grey Dreamer*. Adelaide: Rigby Limited, 1963:64.
④ Stephens, A. G. *The Bulletin* 29 Aug. 1896.《公报》(*The Bulletin*)没有页码,后文皆同,特此说明。

多数成名作是在建国前后发表的,如《洋铁罐沸腾的时候》(*While the Billy Boils*,1896)、《在路上》(*On the Track*,1900)、《越过活动栏杆》(*Over the Sliprails*,1900)、《乔·威尔森和他的伙伴们》(*Joe Wilson and His Mates*,1901)和《丛林孩子们》(*Children of the Bush*,1902)等小说集。这些作品的内容或描写艰苦的丛林生活,如《赶牲口人的妻子》("The Drover's Wife",1892)中一人面对孩子夭折、丛林火灾、游民纠缠和毒蛇侵害等困难;或歌颂"伙伴情谊",如《把帽子传一传》("Send Round the Hat",1907)发动公众捐款守望相助的故事;或揭露资本主义压榨和剥削工人的本质,如《阿维·阿斯平纳尔的闹钟》("Arvie Aspinall's Alarm Clock",1892)揭露了工厂主对童工的剥削等。这些反映澳大利亚普通人生活的作品都具有鲜明的时代特色和现实主义风格。

其他具有重要地位的诗人和小说家还包括象征主义诗人克里斯托弗·布伦南(Christopher Brennan),抒情诗人肖·尼尔森(Shaw Neilson),小说家约瑟夫·弗菲(Joseph Furphy)、斯蒂尔·拉德(Steele Rudd)和路易斯·斯通(Louis Stone)等。尽管他们的文学作品没有像劳森那样打上了强烈的民族主义印记,但他们以各自的内容和形式反映澳大利亚丰富多彩的物质生活和精神追求。他们客观真实地描写澳大利亚特有的自然风光、鲜活的普通民众生活,具有现实主义文学特征。

如果说这一时期体现"澳大利亚性"(Australianess)的现实主义文学作品占据了主流位置,那么处于从属地位的现代主义作品也增添了文学的多样性和思想的深刻性。随着越来越多的人口向沿海城市集中,澳大利亚丛林文学传统受到了来自城市的"现代派"作家的挑战。他们借鉴当时风行欧美的现代主义的表现手法,试图扭转文学创作领域"狭隘的澳大利亚化"倾向。但由于民族主义盛行,代表"澳大利亚乡村"的现实主义传统势力远远大于现代派的影响,因此现代主义在澳大利亚姗姗来迟,这从"金迪沃罗巴克"和"愤怒的企鹅"诗歌运动交锋中可以明显看出。然而,这并没有影响现代主义文学创作在澳大利亚生根、发芽。诺曼·林赛(Norman Lindsay)、切斯特·科布(Chester Cobb)、克里斯蒂娜·斯特德(Christina Stead)和亨利·理查森(Henry Richardson)等作家依然按照他们对世界和人生的理解,创作出直到后世才被广泛认可的不朽作品。林赛在小说《雷德希布》(*Redheap*,1930)中大胆描写"性解放、青春叛逆"等内容,科布则在小说《莫法特先生》(*Mr. Moffat*,1925)和《幻灭的日子》(*Days of Disillusion*,1926)中充分借鉴欧美的意识流和内心独白等手法,刻画人物形象,讲述不同于以往的丛林故事。斯特德由于长期生活在欧美,受到现代主义影响更大,因而她的多部作品具有明显的"国际性"而非"澳大利亚性"。长篇小说包括《悉尼七穷人》(*Seven Poor Men of Sydney*, 1934)、《美人与泼妇》(*The Beauties and Furies*, 1936)、《各国之家》(*House of All Nations*, 1938)、《热爱孩子的男人》(*The Man Who Loved Children*, 1940)、《仅仅为了爱》(*For Love Alone*, 1944)、《莱蒂·福克斯:她的幸运》(*Letty Fox: Her Luck*, 1946)和《饮茶小叙》(*A Little Tea, A Little Chat*, 1948)等作品。尽管从表面上看,她的这些作品结构散漫,细节烦琐,但作者倾笔力于人物内心的刻画,揭示平凡人和事背后的深刻寓意。因此,她作品的丰富性和深刻性受到了越来越多批评家的关注,是公认的澳大利亚现代主义作家代表人物之一。同样是女性并在欧洲接受文化滋养的理查森也是这一时期影响最大的作家。她依据父亲坎坷经历而创作的三部曲"理查德·麦昂尼的命运"("The Fortunes of Richard Mahony", 1930)——《幸福的澳大利亚》(*Australia Felix*, 1917)、《归途》(*The Way Home*, 1925)和《最后的归宿》(*Ultima Thule*, 1929)——在欧美国家引起了巨大反响。她的小说不属于澳大利亚现实主义文学传统,但她采用欧洲式细节描写和心理分析相结合的方法丰富了澳大利亚文学的表现技巧,对年轻一代作家产生了重要影响。

值得一提的是,尽管战争和经济危机对澳大利亚影响深远,但将这一类内容作为主要描写对象的作品并不多,这也许是澳大利亚丛林文学传统依然强大的缘故。就战争文学而言,在20世纪30年代中期,澳大利亚安格斯-罗伯逊出版社(Angus & Robertson)推出了一套12本战争题材的小说。出版社以"触及心灵的史诗级的故事""一套可以一直传承下去的战争书籍""向现代奥德修纪致敬"为宣传标语向读者强烈推介。[①] 除了《地狱铃声与小姐》(*Hell's Bells and Mademoiselles*, 1932)、《英勇伙伴》(*The Gallant Company*, 1933)和《战友》(*Comrades of the Great Adventure*, 1935)受到读者的欢迎外,其余作品未能引起很大反响。诗集《营地》(*The Camp*)被文学评论家亨利·格林(Henry Green)认为是"澳大利亚战争题材诗歌中最好的诗集"[②],遗憾的是年轻一代几乎无人提及。就城市小说而言,澳大利亚作家似乎缺乏兴趣,更多地热衷于创作家世小说,他们常常描写澳大利亚小镇、矿山和农场的变化,借此反映谋生的艰辛和贫富差距而导

---

① Gerster, Robin. *Big-Noting: The Heroic Theme in Australian War Writing*. Melbourne: Melbourne University Press, 1987:33.

② Holloway, David. ed. *"Dark Somme Flowing": Australian Verse of the Great War, 1914—1918*. Melbourne: Robert Andersen, 1975:110.

致的各种社会矛盾。如迈尔斯·弗兰克林(Miles Franklin)的《我的光辉生涯》(*My Brilliant Career*,1901)、《自鸣得意》(*All That Swagger*,1936)和《我破产了》(*My Career Goes Bung*,1946),凯瑟琳·普里查德(Katharine Prichard)的《黑蛋白石》(*Black Opal*,1921)和《库娜图》(*Coonardoo*,1929)等。

在戏剧方面,建国前五十年依然处于起步探索阶段。如同小说和诗歌一样,19世纪90年代的澳大利亚戏剧也受到了民族主义运动的影响,追求澳大利亚化成为时尚,戏剧家们把丛林汉的生活搬上舞台。较早由小说改编为戏剧的《空谷蹄踪》(*Robbery Under Arms*,1888)和《无期徒刑》(*For the Term of His Natural Life*,1874)被反复上演,经久不衰。成就最大的戏剧家是路易·埃森(Louis Esson),他不仅将早期的文学作品改编成剧本,而且自己进行创作,代表性作品有《赶牲口的人》(*The Drovers*,1920)和《时机尚未成熟》(*The Time Is Not Yet Ripe*,1912),前者几乎没有情节,对话也不多,企图让观众在演员的言行中体味其意义;后者是一部政治讽刺剧,揶揄了澳大利亚政治的腐败和荒谬。20世纪30年代,由于经济萧条,商业性剧院陷入了窘境,但依然有一部分戏剧家笔耕不辍。20世纪40年代,道格拉斯·斯图尔特(Douglas Stewart)的戏剧独树一帜,创作了包括广播剧和舞台剧在内的五部戏剧,其中《内德·凯利》(*Ned Kelly*)最负盛名,他从历史传说中汲取营养的做法,对年轻一代的戏剧创作产生了影响。

纵观这一时期的文学成就,我们可以看出,澳大利亚文学创作正日趋成熟,呈现出两个显著特点:其一,以"澳大利亚化"为主要表现内容的现实主义作品占据主导地位。由于独立后的澳大利亚民族意识增强,急于在世界树立独立的民族形象,因此,在文学创作中,作家们刻意进行"去殖民化"清算,着力表现有别于英国的内容,即澳大利亚特有的自然风光,丛林汉、牧场主、选地农、赶牲畜者、背着包裹旅行的流动工人和丛林政客成为作家笔下的描写对象。在叙事方法上,力求情节简单明了,娓娓道来,以讲故事的方式传递思想和情感。文本中大量使用具有地方浓郁特色的方言、俚语,以示与众不同,从而增加澳大利亚特色和新鲜感。在这种情形下,表现人与人之间疏离和孤寂的现代主义作品迟迟得不到应有的认可,而张扬"澳大利亚化"的现实主义文学作品大行其道。其二,文学体裁发展不平衡。从民族主义运动时期到两次世界大战期间,澳大利亚诗歌和小说得到长足发展,而戏剧、散文则相对滞后。由于诗歌和短篇小说篇幅短,出版周期不长,再加上与普通百姓的生活密切相关,民谣体、抒情诗和短篇小说在民族主义运动时期受到了读者的青睐。到了两次世界大战时期,随着生活水平和教育水平的提高,容量更大、思想更深刻、情感更加饱满的长篇小说进入全盛时期。尽管在这一时期现实主义文学传统依然强大,但具有现代主义、自然主义和象征主义的长篇小说开始在澳大利亚文坛站稳脚跟。相比诗歌和小说,澳大利亚戏剧在20世纪五六十年代以前一直发展缓慢,这一方面与澳大利亚缺乏戏剧传统有关,另一方面也与当时人们的文化消费水平不无关系。

三

如同文学创作体现时代风貌和审美志趣一样,澳大利亚文学批评从诞生之日起就打上了时代的印记。著名文学史家肯尼斯·古德温(Kenneth Goodwin)在评价殖民时期和民族主义时期文学创作时表示:"土地和语言一直是澳大利亚书面文学的两大对立因素。"[①]就前者而言,它是区别于英国文学、展示澳大利亚文学地方色彩的独特标志,也是发展民族文学的基础和寄托民族情感的物理场所;就后者来说,它凝聚着英国文化的价值观,甚至渗透着不为人察觉的文化偏见,对流放澳大利亚的居民有着一种莫名的吸引力。两者相互作用,使得早期的文学作品充满本土文化与外来文化的双重特性,并在文学批评中反映出来。

早期澳大利亚文学批评散见于文学杂志。随着墨尔本和悉尼两大文化中心的形成,文学杂志和报纸开始先后出现,并刊载文学作品与评论性文章,如《墨尔本潘趣》(*Melbourne Punch*,1855—1925)、《澳大利亚杂志》(*Australia Journal*,1865—1962)、《澳大拉西亚》(*Australasian*,1864—1946)、《殖民月刊:澳大利亚杂志》(*Colonial Monthly: an Australian Magazine*,1867—1870)、《城乡杂志》(*Town and Country Journal*,1870—1919)和《公报》(*The Bulletin*,1880—2008)等。尽管这些报纸杂志的"宗旨"和目标读者群各有侧重,但都有着鲜明的"澳大利亚化"倾向。如1871年时任《澳大利亚杂志》主编的马库斯·克拉克(Marcus Clarke)曾明确强调杂志的"澳大利亚性"要求:"希望投稿者理解《澳大利亚杂志》不会发表那些描写殖民地以外场景所谓'原创'故事……故事必须是'殖民地的',适合'殖民地穿

[①] Goodwin, Kenneth. *A History of Australian Literature*. New York: Macmillan Publishers Ltd., 1986: 1.

戴',而不是模仿法国和英国进口货的粗制滥造。"①《维多利亚评论》(*Victorian Review*)在1879年第一期上的前言中同样强调"在语气上要有鲜明的澳大利亚特色"②。

然而,澳大利亚人想摆脱英国的民族心理遭遇了现实困难。想摆脱而又无法摆脱,想抵制而又无法抵制英国文化影响的焦虑也充斥着这个年轻的国度,因为澳大利亚人的生活方式与英国和欧洲其他国家别无二致。著名文化学家弗朗西斯·亚当斯(Francis Adams)在广泛游历了墨尔本、悉尼和布里斯班之后,于1896年写道:"一天下午,我在悉尼街头漫步时,惊讶地发现,英国文明的盛行程度令人震惊……这里到处充斥着英国六只手指六只脚巨人的影子(在文化学家马修·阿诺德[Matthew Arnold]看来,这些所谓巨人不过是英国的市侩而已),悉尼的清教信众与伦敦别无二致,墨尔本的加尔文主义与爱丁堡一模一样……不仅信仰相同,这里的人们连衣着也与英国一模一样……大街上到处是琳琅满目的食物、大肆喝酒吃肉的人们,而且就连时间点都与英国一模一样。"③

如果说亚当斯描写的澳大利亚城市生活只是他观察到的表面情况,那么前文中劳森出发去英国前告诫同胞"若没有得到国外的'认可',你几乎是一文不值"的言语则道出了澳大利亚作家的心声,反映了对英国文化既爱又恨的心理。民族主义意识高涨使得澳大利亚人急于发展有别于母国模式的文学,展现自身的独特性。尽管此时的澳大利亚人已不再像父辈那样全面继承英国文化,但英国文化影响力不可小觑。"这种复杂的、对自己文化思想不自信根源于复杂的、过度崇拜英国文化的恐惧心理。"④P. H. 帕特里奇(P. H. Partridge)表达了同样的焦虑:"澳大利亚每个独立的人,不管方式是否正当,都有着果敢、正直、独立的品质。但总体而言,这些品质并没有成为澳大利亚民族知识分子和文化人的品质,澳大利亚知识分子和文化人的思想以及他们在文学、艺术、政治、社会和道德中表达的思想都源自

---

① Webby, Elizabeth. "Before *The Bulletin*: Nineteenth-century Literary Journalism." *Cross Currents: Magazines and Newspapers in Australian Literature*. ed. Bruce Bennett. Melbourne: Longman Cheshire, 1981: 22—23.

② Webby, Elizabeth. "The Beginnings of Literature in Colonial Australia." *The Cambridge History of Australian Literature*. ed. Peter Pierce. Cambridge: Cambridge University Press, 2009: 48.

③ Clark, Manning. *A Short History of Australia* (Illustrated Edition). Victoria: Penguin Books Australia Ltd., 1986: 168.

④ Wallace-Crabbe, Chris. *Melbourne or the Bush: Essays on Australian Literature and Society*. Sydney: Angus & Robertson, 1974: 47.

其他文化(自己的文化思想缺失)。"①

　　作为影响力最大的报纸,《公报》似乎在不遗余力地倡导和播撒具有"澳大利亚性"的文化思想。《公报》准确地把握了时代脉搏和民族心理,适时地调整舆论方针,政治上主张建立联邦政体,同情社会主义;经济上提倡保护主义政策;文化上希望摆脱英国的束缚,创立具有民族特性的文学。1896 年《公报》推出文学专栏"红页"(Red Page),鼓励澳大利亚作家发表具有澳大利亚本土气息和歌颂伙伴情谊的丛林文学。文学栏目编辑 A. G. 斯蒂芬斯在 1898 年 6 月 25 日的"红页"中明确指出:"仅仅用英国模式来表达和传递澳大利亚人的思想观点显而易见是错误的。如果我们要发展文学,我们有权利和义务使之建立在广泛的基础上,建立在世界范围基础上。我们不仅是英国文学的继承者,也是其他文学的继承者。"②在他担任编辑的十年间,越来越多的反映澳大利亚人粗犷、正直、具有反抗精神和互助精神的小说和诗歌得以在《公报》上发表,并传递到千家万户。如亨利·劳森的《洋铁罐沸腾的时候》《在路上》等短篇小说集,约瑟夫·弗菲的长篇小说《人生就是如此》(*Such Is Life*,1903),斯蒂尔·拉德的"丛林选地"系列故事集,路易斯·斯通的城市小说《乔纳》(*Jonah*,1911)和安德鲁·佩特森的诗集《来自雪河的人及其他诗歌》等。这些作品不仅成为民族主义运动时期澳大利亚人的精神食粮,而且激发了社会各界的政治热情。因此,从某种意义上来说,《公报》在推动澳大利亚民族文学进步,甚至在促进社会变革和民族独立方面以其重要影响力而发挥了巨大作用。

　　除了《公报》的主编 A. G. 斯蒂芬斯之外,这一时期的其他文学批评家都以各自的论著对澳大利亚文学进行评价。诺曼·林赛、万斯·帕尔默、内蒂·帕尔默(Nettie Palmer)、弗雷德里克·麦卡特尼(Frederick McCartney)、亨利·格林和 A. A. 菲利普斯等人是其中的佼佼者,对澳大利亚文学创作和批评都产生了重要影响。

　　林赛是一位不可忽视且多才多艺的批评家。他年轻时就为《公报》制作插图,直到去世的前两年才停止,这一段工作经历也为他日后成为一代有影响的艺术家奠定了基础。他创作的最负盛名的小说三部曲是《雷德希布》《星期六》(*Saturdee*,1933)和《半途》(*Halfway to Anywhere*,1947)。其中,《雷德希布》因大胆描写性而被禁止销售。他的裸体女人画作也备受争议,但似乎并没有影响他成为澳大利

---

① Wallace-Crabbe, Chris. *Melbourne or the Bush: Essays on Australian Literature and Society.* Sydney: Angus & Robertson, 1974: 48

② Stephens, A. G. "Red Page." *The Bulletin* 25 June 1898.

亚历史上著名的画家。他在文学艺术批评领域论著颇丰,《创造论:肯定性散文》(*Creative Effort: An Essay in Affirmation*, 1924)、《北国:游记两篇》(*Hyperborea: Two Fantastic Travel Essays*, 1928)和《莱弗太太的情人》(*Madam Life's Lovers*, 1929)三本著作集中体现了他对文学和艺术的思想观点。尽管他的行文散漫,甚至有些偏离文学批评主题,但他崇尚美丽、激情、活力和勇气的风格给世人留下了深刻的印象,在年轻一代作家、批评家和艺术家的身上留下了他的印记。在"澳大利亚文学标准"的争论之中,他似乎游离于"澳大利亚传统"和"英国模式"两者之间,表现出一种超然的独立倾向。

万斯·帕尔默和内蒂·帕尔默是一对伉俪作家和批评家。万斯·帕尔默很早就表现出出色的文学才华。19岁时就发表了题为"澳大利亚民族艺术"("An Australian National Art")的文章,其关注澳大利亚民族性的立场初露端倪。在其后的几十年里,他既从事文学创作,出版长篇小说《汉弥尔顿其人》(*The Man Hamilton*, 1928)、《人是通人情的》(*Men Are Human*, 1930)和《通路》(*The Passage*, 1930)等,又发表了大量有关文学批评的文章和著作,如《民族画像》(*National Portraits*, 1940)、《路易·埃森和澳大利亚戏剧》(*Louis Esson and the Australian Theatre*, 1948)和《90年代传奇》(*The Legend of the Nineties*, 1954),其中《90年代传奇》在澳大利亚文学批评史上影响很大,万斯·帕尔默似乎试图通过这些著作找到和定位澳大利亚文学传统的渊源。内蒂·帕尔默原名珍妮特·希金斯(Janet Higgins),她在创作诗歌的同时,发表了大量非虚构性作品和专著,如《澳大利亚现代小说:1900—1923》(*Modern Australian Fiction: 1900—1923*, 1924)、《亨利·汉德尔·理查森研究》(*Henry Handel Richardson: A Study*, 1950)及《亨利·劳森》(*Henry Lawson*, 1952)等。内蒂·帕尔默曾因生计而为澳大利亚、美国、欧洲等地的多个报纸杂志撰写文章,其开阔的视野、犀利的观点和清新的文笔受到了学界的广泛好评。帕尔默夫妇一生都致力于澳大利亚文学的发展,受到后人的敬仰,对澳大利亚文学和批评的贡献不容忽视。

麦卡特尼和格林属于同一代人,是墨尔本和悉尼两个文化中心十分活跃的文学批评家。除了创作诗歌和短篇小说之外,他们都出版了文学批评著作,表达对澳大利亚文学的理解和看法,所不同的是麦卡特尼十分关注那些被低估的澳大利亚作家和作品,而格林作为文学史家则特别注重文学文本本身。麦卡特尼的代表作有《澳大利亚文学(附E.莫里斯·米勒的书目)》(*Australian Literature [with E. Morris Miller's Bibliography]*, 1954)、《冯雷·莫里斯评传》(*Furnley Maurice*,

1955)和《澳大利亚文学史纲》(*A Historical Outline of Australian Literature*, 1957)等。格林年轻时是一名记者,又在图书馆工作多年,这使得他拥有跟作家和学者密切往来的便利,在出版了《澳大利亚文学概述》(*Australian Literature: A Summary*, 1928)、《澳大利亚文学纲要》(*An Outline of Australian Literature*, 1930)、《W. B. 叶芝诗论》(*The Poetry of W. B. Yeats*, 1931)和《克里斯托弗·布伦南》(*Christopher Brennan*, 1939)之后,格林撰写了奠定其重要地位的《澳大利亚文学史:理论与实践》(*A History of Australian Literature: Pure and Applied*, 1961)。尽管在此之前,澳大利亚已经出版了莫里斯·米勒(Morris Miller)的《澳大利亚文学书目:从开端到 1935 年》(*Australian Literature from Its Beginnings to 1935*)①和麦卡特尼的《澳大利亚文学史纲》,但格林的两卷本《澳大利亚文学史:理论与实践》是真正意义上的澳大利亚文学史著作。在这部书中,格林不仅对澳大利亚文学发展历程进行了系统性的全景式研究,而且对作家的作品进行了鞭辟入里的分析和论述。该书在澳大利亚学界引起了广泛的争议,其焦点在于它突破了作品分类的传统做法,转而采用颇具主观色彩的标题进行分类,如"城市小说"和"乡村小说"等。此外,格林评价作品的方法也被斯蒂芬·史密斯(Stephen Smith)和格雷厄姆·约翰斯顿(Grahame Johnston)等学者所诟病,认为他缺乏严谨性和客观性。表面上看这是学术观点之争,但实际上也是"澳大利亚文学标准"之争,即到底是按照澳大利亚人的标准,还是按照英国的标准来撰写澳大利亚文学史,它折射出在澳大利亚文学批评标准里,"民族性"问题是无法回避的现实。

对于澳大利亚文学批评过度关注"澳大利亚性"的倾向,T. G. 塔克(T. G. Tucker)持批评的态度。塔克是墨尔本大学的教授,对古典作品情有独钟。1899 年他发表了《澳大利亚诗歌批评》("A Criticism of Australian Poetry")的文章,呼吁人们放弃狭隘的地方主义,强调诗歌的精髓并不在于它是否反映地方色彩,而在于诗歌本身的纯正性,即文学本身的价值。1925 年,塔克出版了他的理论著作《文学评论与欣赏》(*The Judgement and Appreciation of Literature*, 1925),认为所谓标准,只是提醒人们关注文学经典中经久不衰的特质,时间是真正评判作品的法官。面对澳大利亚盛行的民族主义,他公开反对依赖"一种刻意的地方特征","有必要提醒澳大利亚人这样一个真理:文学的价值在于它内在的力量和品质"。②尽管塔克的观点受到了一些崇尚"国际性"学者的赞扬,但也与万斯·帕尔默和

---

① 此书副标题过长,在此只列出主标题。
② 转引自陈弘主编. 澳大利亚文学批评. 上海:上海文艺出版社, 2006: 24.

A. A. 菲利普斯等民族主义文学批评家的立场相左,他们依然坚守澳大利亚传统,提倡文学标准中的"澳大利亚性"。这种争论在"金迪沃罗巴克"诗歌运动和"愤怒的企鹅"运动的交锋中可以明显地得到佐证。前者主张从历史久远的土著文化中汲取文学创作的营养,发展澳大利亚本土文化;后者则强调摒弃狭隘的地方色彩,追随国际化潮流,倡导现代主义。由于澳大利亚现实主义传统势力十分强大,再加上澳大利亚缺乏接受现代主义社会条件,具有国际化特点的现代主义文学批评势单力薄,没有成为当时的主流批评思想。

由此可以看出,处于起步阶段的澳大利亚文学批评属于实用批评的范畴,呈现三个特点。第一,就批评标准而言,民族主义文学批评占据主导地位。自澳大利亚联邦政府成立后到20世纪中叶,澳大利亚人企图通过构建有别于英国模式的评价标准来展现其民族自信。这种民族心理的背后实际上是民族主义在作祟,受此影响,文学作品中是否具有"澳大利亚性"成为主流的评判标准。于是,反映澳大利亚丛林生活和社会现实的作品被推崇备至,劳森神话般地位实际上就是典型的事例。第二,就批评主体而言,尚未形成专业化的文学批评队伍。由于建国时间短,生活水平不高,知识分子群体较小,因此,文学批评家数量有限,即使是十分活跃的批评家也多数是记者出身,其专业性文学批评能力和影响力有限。第三,就批评成果而言,尚未出现在世界范围内有广泛影响力的批评著作。这一时期的批评成果主要是作家的个案研究或者是论文集,综合性和系统性研究成果不多。即使是作家作品的个案批评著作,也不过是区区数本的评传。如《亨利·劳森》《约瑟夫·弗菲研究》《亨利·汉德尔·理查森研究》等。澳大利亚文学史类书籍更是很少。第四,就批评载体而言,专业化的期刊较少。澳大利亚建国前后的文学批评文章多发表在一般杂志上,直到1939年和1940年才出现两本重要的专业学术杂志《南风》(*Southerly*)和《米安津》(*Meanjin*)。澳大利亚文学批评专业化杂志数量少影响了澳大利亚文学的推介和接受。

文学批评是对文学作品的理解和评价,它既是一种文化现象,也是社会客观存在的反映,是物质文明和精神文明共同作用的结果。具体到澳大利亚1901年—20世纪40年代这一历史时期,其文学批评不可避免地受到母国英国文化和国内社会文化语境的影响,并打上深深的时代烙印。从本质上来讲,处于起步阶段的澳大利亚文学批评属于社会文化价值批评,文学审美批评成分受到弱化,其根本原因在于澳大利亚国内盛行一时的民族主义思潮,批评家们在审视作品的价值时,自觉或者不自觉地受到"澳大利亚性"的挟持,似乎有之则是优秀作品,反之则文学价值有限。这一现象也与澳大利亚依然是农耕社会的现实相关。尽管经过五十年的发展,澳大利亚的经济获得了长足的进步,但依然是英国原材料的供应国,生产发展程度和生活水平远远低于同时期的欧美国家。因此,他们急于在世界舞台展现新的民族身份,极力培育和发展好不容易有自身特色的"文学传统",甚至落入了狭隘的民族主义和地方主义的窠臼。"在一个没有久远传统的国度里,经过一百多年的艰辛探索,终于建立了自己的文学传统,而一经确立,人们对它过分珍爱,千方百计地捍卫它,甚至发展到为此独尊,把其他文学主张或流域视为异端的地步,也就可以理解了。"[①]这种文化不自信中的自信往往使得文学批评偏离其文学审美价值,而更加注重社会功效,但有时候也会产生在"澳大利亚性"和"国际化"之间的"摇摆"现象,由此我们看出,从"英国的澳大利亚"到"澳大利亚的澳大利亚",再到"国际的澳大利亚"还有很长的一段路要走。

[①] 黄源深. 对话西风. 上海:上海外语教育出版社,2010:10.

第二章 文学纪事

1901年—20世纪40年代是澳大利亚历史上重要而特殊的时期。联邦政府的建立对于澳大利亚人来说具有划时代的意义,他们满怀信心地期待通过自身的努力,将澳大利亚建设成为一个美好的国家。然而,两次世界大战的爆发给包括澳大利亚人在内的世界各国人民造成了极大的伤害,不仅战后经济百废待兴,社会文化也急待修复和发展。尽管与欧美国家相比,澳大利亚因远离主战场而损失较小,但澳大利亚的政治、经济和文化受到了很大影响,面临着从农耕社会向现代化社会的转型,崇尚孤立实用的政策逐步让位于更加开放包容的政策,相对宽松的社会文化环境为各种文艺思潮的交流甚至交锋提供了良好的土壤。

在澳大利亚文学创作和批评领域,两股相互对立的文学批评运动在20世纪30年代至40年代相继展开。一个是代表"澳大利亚化"的"金迪沃罗巴克"诗歌运动,另一个是代表"国际化"的"愤怒的企鹅"运动,它们之间的论战对澳大利亚文学创作和批评产生了重要影响。

第一节 "金迪沃罗巴克"诗歌运动

"金迪沃罗巴克"诗歌运动是澳大利亚现代历史上的一次"民族文化复兴运动",试图将土著语言、主题和神话融入诗歌创作之中,以期对澳大利亚民族文化做出独特的贡献。1937年,白人诗人雷克斯·英格迈尔斯(Rex Ingamells)联合其他诗人在澳大利亚南部阿德莱德成立了"金迪沃罗巴克"俱乐部,发表了题为"环境价值"("On Environmental Values")的演讲,并以此作为运动的纲领。"金迪沃罗巴克"(Jindyworobak)是土著语,意思是"联合""合并",最早出现在澳大利亚诗人詹姆斯·德瓦尼(James Devaney)的著作《消失的部落》(*The Vanished Tribes*, 1929)中,作者声称这是19世纪的词汇。英格迈尔斯以此词作为运动的名称,取其异域和象征之意。"金迪沃罗巴克"诗歌运动持续十多年,主干成员有雷克斯·英格迈尔斯、伊恩·穆迪(Ian Mudie)、维克多·肯尼迪(Victor Kennedy)、弗莱摩尔·哈德森(Flexmore Hudson)、威廉·史密斯(William Smith)以及罗兰·罗宾逊(Roland Robinson),他们在全国各地建立起多个活动场所,定期举办诗歌研讨活动,连续十多年出版《金迪沃罗巴克文集》(*Jindyworobak Anthology*),有上百位诗人在这个文集中发表主题与题材不一的诗作,一时间澳大利亚文坛拥有成百上千的金迪沃罗巴克式的诗人和拥趸,并在20世纪40年代达到高潮。后由于其走向狭隘的民族主义而受到了强烈的批评,逐步淡出人们关注的视野。

"金迪沃罗巴克"诗歌运动的发起人英格迈尔斯一开始就提出了艺术创作要基于澳大利亚本土景色的观点。他认为"金迪沃罗巴克"运动的目标是"摆脱国外的影响",艺术创作要根植澳大利亚本土,深刻理解澳大利亚远古时期、殖民时期和现代时期的历史和传统。在《殖民文化》("Colonial Culture")一文中,他强调澳大利亚诗人应该描写澳大利亚自然和人本真的样子,而不是带着"欧洲人"凝视的眼光。他极力撇清"金迪沃罗巴克"运动与第二次世界大战前澳大利亚民族主义思潮的关系,认为澳大利亚第二次世界大战前民族主义思潮与民族意识导致了"表面的、肤浅的、恶棍式的民族情绪"[①],这种思潮显然不适合20世纪40年代的澳大利亚社会文化语境,容易导致战争与帝国沙文主义。在创作上,"金迪沃罗巴克"运动坚决反对欧美象征主义,反对伯纳德·奥多德(Bernard O'Dowd)、克里斯托弗·布伦南以及休·麦克雷(Hugh McCrae)等人假借澳大利亚本土文化元素却沿用欧洲传统进行创作的行为;反对澳大利亚文学与文化对欧洲文学传统的过多继承;主张将目光指向土著文化传统、土著传奇和土著神话。

"金迪沃罗巴克"运动主要成员也在极力提倡澳大利亚环境和土著文化在文学创作的重要性。约翰·英格迈尔斯(John Ingamells)指出:"澳大利亚文学创作必须考虑不同文化——中国、英国、美国、土著以及太平洋诸岛文化——然而这些不能影响澳大利亚地方性主题的显著性个体特征。"[②]经常出入金迪沃罗巴克俱乐部的作家强调:"尽量或者坚决不用跳进脑海中的英国语言传统,而是运用具有澳大利亚特征的词汇。"[③]泰德·斯特鲁(Ted Strehlow)认为:"以诗学态度对待自然就能创作出新诗。很多欧洲诗歌就是诗人以诗心对欧洲四季自然环境的反映,在澳

---

① Ingamells, Rex. *Conditional Culture*. Adelaide: Preece, 1938: 2.
② Ingamells, John. *Cultural Cross-section*. Adelaide: Jindyworobak Club, 1941: 7.
③ Phillips, A. A. "The Cultural Cringe." *Meanjin* 1950(9.4): 302.

大利亚,同样有必要对我们所处的和谐自然环境进行诗歌创作。"①如果能够对土著歌曲中的远古神话元素进行研究,这对诗人创作来说无疑很有价值。土著神话中的音乐完美地融合了澳大利亚的外部空间和内在精神。"正如希腊和罗马神话为雪莱和济慈的诗歌提供了诗歌灵感一样,土著人的神话与传奇,同样可以为澳大利亚强烈而持久的民族情绪提供精神基础。"②

"金迪沃罗巴克"运动本质上是一种"澳大利亚本土性文学运动"③,但是又区别于一般意义上的爱国主义(民族主义)和世界大同主义。一方面,虽然强调澳大利亚本土性,但反对文化孤立主义、反对政治沙文主义和反对战争的意识形态;另一方面,"金迪沃罗巴克"运动紧紧围绕澳大利亚本土性特征建构澳大利亚民族身份,反对世界主义(cosmopolitanism)。"'金迪沃罗巴克'运动对应于欧美晚期全球化现代主义运动,属于乡村现代主义,试图在澳大利亚全国范围内创建一个城郊和乡村诗学团体。"④与欧美国家现代主义以知识分子的精神世界为创作主要内容所不同的是,澳大利亚式的乡村现代主义则把澳大利亚丛林自然风貌和土著的神话、音乐、舞蹈等作为体现澳大利亚本土性的源泉和基础,这既违背了现代主义本来的主旨,也容易遭到其他诗学派别的诟病。

"金迪沃罗巴克"运动遭到了与之立场、观点对立的"愤怒的企鹅"运动主将和其他诗人的强烈批评。《愤怒的企鹅》主编马克斯·哈里斯(Max Harris)在回应一份"金迪沃罗巴克"运动问卷调查时毫不留情地指出:

> 我是一个敏感的孩子,但是当下文学的浅薄实在让人义愤填膺,说实话,我不喜欢浅薄文学。我也许错了,但我忍不住要这么说……可以说,放眼当今国际文坛,我和怀特一些人极力提倡新诗技巧。另一些诗人,虽满腹芳华,充满现代精神,然而缺乏诗歌技巧;还有一些人,包括90%的金迪沃罗巴克运动派诗人,却显得老气横秋,停滞不前,他们的诗歌透着腐朽味道。⑤

---

① Elliott, Brian. "Jindyworobaks and Aborigines." *Australian Literary Studies* 1977(1): 43.
② Ibid.
③ Smith, Ellen. "Local Moderns: The Jindyworobak Movement and Australian Modernism." *Australian Literary Studies* 2012(27.1): 12.
④ Ibid., 4.
⑤ Harris, Max. "Response to 'Whither Australian Poetry?'." *Rex Ingamells Papers*, Vol. 3 MS6244, State Library of Victoria. 本文献为图书馆档案,无具体页码信息。后文相同格式的文献情况相同,特此说明。

1941年,澳大利亚著名现代主义诗人霍普也在《米安津》杂志上撰文说:"在我看来,'金迪沃罗巴克'运动是诗歌领域过于理想而不切实际的运动,这是其一;他们试图证明澳大利亚未受白人文化影响,这是掩耳盗铃,此为其二;'金迪沃罗巴克'运动将澳大利亚土著歌舞音乐看作是澳大利亚文学仪式,这显然是一种幻想,此为其三。"[1]布赖恩·埃利奥特(Brian Elliott)对此给予了客观评价和委婉批评,"按我看,'金迪沃罗巴克'运动本身就是一个错误,不过,是一个颇有些趣味的错误而已。"[2]哈德森更是直言:"我最不赞成'金迪沃罗巴克'运动的地方莫过于英格迈尔斯的行动宣言说,应当从土著艺术与歌曲中寻找新的技巧,将土著传奇融入我们的创作思维中去,用最原初的方法看待世界。"[3]

然而,随着时间的流逝,澳大利亚学界对"金迪沃罗巴克"运动的影响有了新的认识。1975年,霍普在《伙伴:澳大利亚文学论集 1936—1966》(*Native Companions: Essays and Comments on Australian Literature 1936—1966*,1974)中为他的"幼稚派诗歌"评论而道歉,认为应该对"金迪沃罗巴克"派诗歌做些修正。艾伦·史密斯(Ellen Smith)认为:"'金迪沃罗巴克'运动强调澳大利亚现代主义文学的本土性思想有其积极一面,它为定位区域文学与文化在世界文学与文化中的所处位置提供了独特思考方式。"[4]著名诗人朱迪斯·赖特(Judith Wright)在《因为我受邀》("Because I was Invited",1975)一文中评论道,"金迪沃罗巴克"运动把诗歌带入了公共视野,让诗歌成为人们辩论和讨论的焦点是这个运动的成就之一。与之相对立的运动也被带动起来,使不同地位的诗人进入了争论的漩涡。"金迪沃罗巴克"信条被讨论,所诉诸的"土著性"受到报纸的广泛嘲讽,这在当时的文坛并不多见。1980年,批评家布赖恩·马修斯(Brian Matthews)评论说:

> 当英格迈尔斯从1937年的视野看待诗坛的时候——他对阿德莱德的英语研究会发表了"环境价值"的演说——发现能够满足他对澳大利亚灵感、澳大利亚内容和意象要求的诗歌很少。当马克斯·哈里斯在新的十年重新审视同一事情时,他看到的不是别的而是"金迪沃罗巴克"运动迅速发展的景

---

[1] Elliott, Brian. "Jindyworobaks and Aborigines." *Australian Literary Studies* 1977(1):29.
[2] Ibid.
[3] Ibid.
[4] Smith, Ellen. "Local Moderns: The Jindyworobak Movement and Australian Modernism." *Australian Literary Studies* 2012(27.1):16.

象——对澳大利亚之外的文化世界毫无联系或者意识,总的来说,两个都对。①
著名诗人莱斯·默里(Les Murray)自称是"金迪沃罗巴克"运动的同情者,他甚至开玩笑说:"我是最后一个'金迪沃罗巴克'诗人。"②

"金迪沃罗巴克"运动对澳大利亚文学创作产生的影响远不止这些。1941年,埃莉诺·达克(Eleanor Dark)创作的长篇小说《永恒的土地》(*The Timeless Land*,1941)被认为与"金迪沃罗巴克"运动有相似之处。彼得·波特(Peter Porter)的诗歌、帕特里克·怀特的《沃斯》(*Voss*,1957)、伦道夫·斯托(Randolph Stow)的《归宿》(*To the Island*,1958)受到了"金迪沃罗巴克"或多或少的影响。电影《吉达》(*Jedda*)的作曲家克里夫·道格拉斯(Clive Douglas)和约翰·安迪(John Antill)被描述为"金迪沃罗巴克"作曲家,甚至20世纪80年代澳大利亚的摇滚音乐也受到了"金迪沃罗巴克"的影响,使他们从土著文化中找到了灵感。正如批评家布赖恩·埃利奥特所言:"'金迪沃罗巴克'运动诗人有着强烈的本土意识,即环境意识。他们是一群采用欧洲风格,对土著文化进行模仿的诗人,虽称不上天才诗人,但的确创作了不少诗歌,在弘扬澳大利亚土著文化方面成效显著。"③

由此可以看出,"金迪沃罗巴克"运动是澳大利亚人展示文化自信、构建文化身份的尝试。表面上看,它是一群不知天高地厚的年轻诗人试图引导人们关注土著文化与澳大利亚文学创作的关系,建立彰显自身特色的文学意象。实质上,它更深层次地反映了文艺界对澳大利亚身份的焦虑。一方面想借此标新立异,另辟蹊径,企图对民族主义文学创作方向进行"拨乱反正",避免落入狭隘的地方主义的藩篱;另一方面提出从土著艺术和歌曲中汲取创作营养,提醒那些竭力提倡国际化的作家注意对本土文化的认识和利用,以免走向极端。毫无疑问,"金迪沃罗巴克"运动的倡导者和实践者们的主观愿望是积极的,也对澳大利亚文坛的文学创作和批评产生了影响,但他们忽略了澳大利亚白人掠夺和毁灭土著文化的历史以及对包括土著文化在内的少数族群文化实施压制和排斥政策的现实,因而"金迪沃罗巴克"运动提出的思想观点缺乏社会接受土著文化的基础和环境,遭到批评甚至抨击就不难理解了。尽管如此,其在澳大利亚历史上的地位和影响还不容低估,对20世纪70年代多元文化的发展有一定的探索性和先导性意义。

---

① Matthews, Brian. "Literature and Conflict." *The Penguin New Literary History of Australia*. ed. Laurie Hergenhan. Ringwood:Penguin Books,1988:314.
② Matthews, Steven. *Les Murray*. Manchester:Manchester University Press,2002:11.
③ Elliott, Brian. "Jindyworobaks and Aborigines." *Australian Literary Studies* 1977(1):47.

第二节 "愤怒的企鹅"运动

"愤怒的企鹅"运动是20世纪40年代由一批年轻诗人和艺术家在澳大利亚南部阿德莱德发起的文艺先锋实验运动,他们企图将欧洲现代主义引入澳大利亚,并通过自身的实践,为澳大利亚文学和艺术树立新风尚。《愤怒的企鹅》(*Angry Penguin*)是发表现代派新诗的园地,后由于"厄恩·马利"骗局使主编马克斯·哈里斯受到羞辱和审判,杂志被勒令停刊,"愤怒的企鹅"运动于1947年失败。尽管从某种意义上来说,它延缓了现代主义在澳大利亚的发展进程,但也为澳大利亚文学和艺术的多样性带来了新气象。

第一次世界大战之后,随着澳大利亚现代化进程的加快以及与欧美国家文化交流的增多,澳大利亚开始出现一股讨论现代主义文学艺术的潜流。由于"欧洲现代主义来临之前,正是澳大利亚现实主义和民族主义声势浩大的时候",因此现代主义文学的发展受到了社会文化条件的限制,甚至遭到保守势力的抵制。"文学艺术应该表征健康和活力,让人看到民族的欣欣向荣","澳大利亚作为一个新兴民族急需健康活力,文学应当能够表现出这样的气质来",但"现代主义文学对于提升民族精神和城市文明毫无意义"。① 社会现实主义作家凯瑟琳·普里查德对现代主义也提出过尖锐的批评:

> 澳大利亚,与其他资本主义国家一样,在当下暗流涌动着两股文化潮流。一个是艺术上的现实主义,也就是以明白晓畅的创作技巧传递观点、思想和人文道德;另一个是文化上的异化潮流。所谓异化潮流,就是以一种独特的技巧,或者说,根本不是什么技巧的抽象手法表达着个体下流、悲观、迷茫的异化观,无异于哗众取宠,因为除了极少数人大家根本不知道在说什么。②

尽管现代主义遭遇寒风,但具有国际视野的澳大利亚文学艺术界人士对此表达了不同看法。"过去澳大利亚文学评论一直存在两方面的问题,一个是不加区分地统一对待所有文学;另一个则是过度强调澳大利亚性,或者说一味追求澳大利亚

---

① Walker, David. "Introduction: Australian Modern: Modernism and its Enemies 1900—1940." *Journal of Australian Studies* 1992(16): 4.

② Prichard, S. Katharine. *Straight Left: Articles and Addresses on Politics, Literature, and Women's Affairs Over Almost 60 Years, from 1910—1968*. Sydney: Wildland Wooley, 1982:194.

的地方性和本土性特征。"①有学者甚至直言不讳地指出:"当澳大利亚文学批评不再局限和聚焦于地方性和本土性,我们才能真正客观而公正地谈澳大利亚文学批评。"②

面对学界的纷争,澳大利亚年轻的文学批评家和艺术家依然坚持自己的文学艺术主张,通过创办杂志等多种形式,将现代主义引入澳大利亚。20世纪20年代至40年代,先后有包括《愤怒的企鹅》在内的多家杂志刊载具有先锋实验性质的作品,"这些小众杂志对欧美现代主义文学话语的捕捉促进了澳大利亚学界对先锋派文学作品与其他文学理论的了解与接受"③。1929年,《澳大利亚艺术》(*Art in Australia*)杂志宣称现代主义已经抵达澳大利亚,席卷文明国家知识中心的现代主义浪潮已经渗透到澳大利亚的各个角落,存在于艺术、音乐、建筑、家具和装潢、文学、摄影和园艺各领域中。尽管这则广告有过度渲染之嫌,但现代主义清风已经吹到处于南半球的澳大利亚。

《愤怒的企鹅》杂志是倡导先锋派和超现实主义的小众刊物之一,并以此为平台吸引了众多提倡国际化的诗人和艺术家加入了"愤怒的企鹅"运动。1938年澳大利亚当代艺术协会(The Contemporary Art Society)成立,其宗旨是通过演讲和举办艺术展,提升公众对现代艺术的认知,鼓励购买当代艺术品。不久之后,该协会由于内部主张不同而分裂成三个小群体,其中的一个分支团结在《愤怒的企鹅》杂志周围,继续从事传播和创作现代艺术的工作,主要成员包括作家保罗·菲佛(Paul Pfeiffer)、唐纳德·克尔(Donald Kerr)、马克斯·哈里斯和杰弗里·达顿(Geoffrey Dutton)等,艺术家有达尼拉·瓦西列夫(Danila Vassilieff)、阿尔伯特·塔克(Albert Tucker)、西德尼·诺兰(Sidney Nolan)、亚瑟·博伊德(Arthur Boyd)、乔伊·海斯特(Joy Hester)和约翰·珀西瓦尔(John Perceval)等。他们通过现代诗歌和艺术创作,践行"欧洲化"的主张,反对"金迪沃罗巴克"运动的"文化孤立主义"。

哈里斯是"愤怒的企鹅"运动的关键人物,推动了现代主义在澳大利亚的传播与接受。哈里斯曾是阿德莱德大学的一个本科生,在校期间创办了《愤怒的企鹅》杂志,取自他自己的一首诗《血之礼》("The Gift of Blood")中的一句"酒鬼,夜晚,

---

① Johnston, Grahame. ed. *Australian Literary Criticism*. Melbourne: Oxford University Press, 1962:50.
② Ibid., 51.
③ White, Eric B. *Transatlantic Avant-Gardes: Little Magazines and Localist Modernism*. Edinburgh: Edinburgh University Press, 2013:1.

愤怒的企鹅"。哈里斯认为:"这是融合思想、美学价值和社会态度于一体的运动,其优势恰恰是它存在于一个充满敌意和狭隘的社会,依靠共同体的力量而顽强地进行艺术创作。"① 在他的带领下,一批年轻的澳大利亚诗人和艺术家冲破各种阻力,在澳大利亚燃起了具有超现实主义、象征主义等现代风格的星星之火。不仅名不见经传的诗人得以在杂志上发表新作,而且著名小说家艾伦·马歇尔(Alan Marshall)和彼得·科恩(Peter Cowan)的作品也曾在刊物上出现过。自1940年至1944年,《愤怒的企鹅》出版过六期,后由于"厄恩·马利"骗局而被迫停刊。

"厄恩·马利"骗局是詹姆斯·麦考利(James McAuley)与哈罗德·斯图尔特(Harold Stewart)针对"愤怒的企鹅"运动所策划和实施的旨在羞辱哈里斯的恶作剧。1943年10月的一个星期六下午,他们随手翻阅了堆放在办公桌上的《牛津简明词典》《莎士比亚选集》《引语词典》和一份关于美国某沼泽地蚊子滋生的报告,任意选择了一些单词和词组,组成句子,拼排成16首现代诗。然后谎称这是已故诗人"厄恩·马利"的杰作,以其妹妹的名义,寄给了《愤怒的企鹅》杂志。为了不露破绽,他们甚至编造了他虽有天赋但不幸英年早逝的经历。在诗歌内容和风格上,尽量使这组诗表现出主题的不连贯性,语义含混,词句粗糙,有点类似迪伦·托马斯(Dylan Thomas)以及亨利·特里斯(Henry Treece)等诗人的风格。② 哈里斯读后赞不绝口,决定在1944年刊出"纪念厄恩·马利"专栏。麦考利和斯图尔特于当年6月25日的《星期日太阳报》发表文章,披露事情的经过,引发了澳大利亚社会的广泛关注,甚至引起了英国《时代报刊》和《新闻周刊》的报道。一时间,"厄恩·马利"骗局成为人们茶余饭后谈论的事件,知识界也展开了深入讨论。1944年8月1日,两名警察来到哈里斯办公室,告知他说:"他们奉命来调查他出版的不道德和含有猥亵内容的诗歌,因为有人对他提出了指控。"③ 哈里斯在法庭在自我辩护时依然坚信"厄恩·马利"诗歌的真实性。1944年10月20日,哈里斯因"厄恩·马利诗歌"事件被处以5澳元的罚款和6周的监禁,杂志随后被查封,诺兰、博伊德、海斯特和珀西瓦尔等骨干成员各奔东西,"愤怒的企鹅"运动从此偃旗息鼓,但其骨干成员以各自不同的艺术形式继续活跃在文学艺术界。

"厄恩·马利"骗局不仅让"愤怒的企鹅"运动遭受致命打击,而且也使现代主

---

① Harris, Max. *The Vital Decade: Ten Years of Australian Art and Letters*. Melbourne: Sun Books, 1968:4.
② Koch, Kenneth. *Locus Solus II*. New York: Kraus, 1971: 203—204.
③ Heyward, Michael. *The Ern Malley Affair*. St Lucia: University of Queensland Press, 1993: 184.

义文学在澳大利亚遭遇挫折,其深层原因值得反思。表面看,"厄恩·马利"骗局只是麦考利和斯图尔特为了表达对哈里斯的不满而愚弄了他,但实际上,它用事实再次昭示人们,澳大利亚民族心理中存在着"对现代主义根深蒂固的、持久的反动"①。发起"愤怒的企鹅"运动的年轻人都是心怀梦想、具有革新意识的诗人和艺术家,他们期待通过自身的努力为澳大利亚文学和艺术增添"现代主义色彩",而不是整日沉溺于现实主义的"丛林"里。然而,这些稍许稚嫩的艺术家们没有意识到他们的先锋思想和实践已经触及了保守势力的利益,甚至颠覆了他们好不容易才建构起来的民族主义话语范式,因而被视为"他者",遭到他们的"围剿"。值得注意的是,"公众舆论不但没有对这种违反社会现存道德标准的做法提出异议,反而给予支持。对这些反常的现象,无法给出别的解释,只能认为是狭隘、守旧的心理使然"②。从马克思理论中经济基础决定上层建筑的视角来看,尽管20世纪40年代的澳大利亚,社会经济已经相当发达,但其城市化才刚刚开始不久,没有形成像欧美那样的中产阶级社会,更没有在经济中心形成具有英国贵族气息的知识分子精英群体,因而不具备接受现代主义文学艺术思想的社会基础和环境。因此,仅靠几个年轻诗人和艺术家的力量难以改变澳大利亚社会结构和审美情趣。"愤怒的企鹅"运动所倡导的"欧式"艺术不被社会所接受也就在所难免了。

"厄恩·马利"骗局对澳大利亚现代主义文学和艺术产生了正反面的双重影响。一方面,它被视为文学界的"丑闻",让澳大利亚在国际上的形象受到损害。"因为组诗的发表,澳大利亚现代主义文学给人一种现代主义局外人印象。"③作为英国过去的殖民地,澳大利亚长期处于帝国的边缘。即便独立后,缺乏文化底蕴的刻板形象并未有多少改观。因媒体争相报道使这一丑闻传到欧美国家后,其"拙劣模仿"欧洲现代主义的浅薄形象更加深入人心,从某种意义上来说,加重了澳大利亚原本就对身份很焦虑的民族心理。另一方面,它拉开了澳大利亚知识界对文学批评标准讨论的序幕,客观上促进了对澳大利亚文学传统的反思。尽管因"厄恩·马利"骗局而使"愤怒的企鹅"运动走向失败,"阻挡住了兴起于欧美的现代主义文学潮流的冲击,推迟了它的到来"④,甚至如《牛津澳大利亚文学指南》所说,"由许

---

① Croft, Julian, "Responses to Modernism, 1915—1965." *The Penguin New Literary History of Australia*. ed. Laurie Hergenhan. Ringwood: Penguin, 1998: 409.
② 黄源深. 对话西风. 上海:上海外语教育出版社. 2010:12.
③ Chambers, Ross. "Adventures in Malley Country: Concerning Peter Carey's *My Life as a Fake*." *Cultural Studies Review* 2005(11):30.
④ 黄源深. 对话西风. 上海:上海外语教育出版社. 2010:12.

多澳大利亚作家、批评家和参加'愤怒的企鹅'运动的人发起的充满活力和合法性的现代主义运动遭遇了严重挫折,而保守派的力量毫无疑问地增强了"①,但不容忽视的是,包括保守知识分子在内的社会各界对这一事件的"狂欢式消费",客观上扩大了人们对欧美现代主义艺术的传播。毫无疑问,主张"澳大利亚性"的现实主义文学传统势力依然强大,地位不可撼动,这也是"愤怒的企鹅"运动失败的内因。然而,第二次世界大战之后,越来越多的澳大利亚人认识到,固守传统价值观则无法适应国际潮流的变化。澳大利亚再次面临"我是谁,将走向何方"的选择。因此,从这个意义上来说,"愤怒的企鹅"运动的价值应该被重新评估,至少其探索新方向的革新精神应该得到重新认可。

1973 年,帕特里克·怀特获得诺贝尔文学奖将澳大利亚现代主义文学推向了新的高峰,也推动了澳大利亚评论界对现代主义文学的重新审视和批评。"厄恩·马利"骗局越来越成为澳大利亚现代主义文学的重要考据。② 麦考利和斯图尔特"编造"的诗歌受到了追捧。"厄恩·马利组诗"甚至经历了一个被批评界经典化的过程,同时,批评界也重新审视了澳大利亚 20 世纪 40 年代前后的现代主义文学传统。③ 在审视中,甚至有评论认为:"'厄恩·马利组诗'虽是随意编造的,但是这些诗歌却表明诗歌合作创作的可能性,给诗歌创作提供了一种创新形式。"④

值得一提的是,"厄恩·马利"骗局留下的文化遗产至今仍被人不断地研究。作为"厄恩·马利"骗局的两名推手之一,斯图尔特在 1995 年去世前夕曾说:"历史学家将来不会关心有没有詹姆斯·麦考利与哈罗德·斯图尔特这两个人,但是厄恩的真实生活却是两个人想象的结果。"⑤自虚构诗人"马利"的诗歌发表以来,"厄恩·马利"被捧成了"名人"。他的诗歌被出版商不断重印,以满足读者的需求。其中《渐暗的日食》(*Darkening Ecliptic*,1944)这本诗集至少全部或者部分地印刷了二十多次。不仅出现在澳大利亚,而且多次出现在伦敦、巴黎、纽约等多个城市。

---

① Wilde, William H., Joy Hooton, and Barry Andrews. eds. *The Oxford Companion to Australian Literature*. 2nd ed. Sydney: Oxford University Press, 1995: 257.
② Heyward, Michael. *The Ern Malley Affair*. St Lucia: University of Queensland Press, 1993: 237.
③ Mead, Philip. "1944, Melbourne and Adelaide: The Ern Malley Hoax." *The Edinburgh Companion to Twentieth-century Literatures in English*. eds. Brian McHale and Randall Stevenson. Edinburgh: Edinburgh University Press, 2006: 116.
④ Ibid.
⑤ Stewart, Harold. "Letter to Paul Kane." *Harold Stewart Papers* 15 May 1995. 出处没有页码,特此说明。

其受欢迎程度足以让活着的澳大利亚诗人忌妒。①

澳大利亚文学艺界对"厄恩·马利"骗局的热情持续不断。1974年,西德尼·诺兰的《厄恩·马利和天堂园》("Ern Malley and Paradise Garden")在澳大利亚南部阿德莱德艺术画廊展出;乔安娜·默里—史密斯(Joanna Murray-Smith)的戏剧《愤怒的年轻企鹅》(*Angry Young Penguins*,1987)就是根据这些事件而创作的作品;2003年,彼得·凯里的小说《我的生活如同虚构》(*My Life as a Fake*)和埃利奥特·珀尔曼(Elliot Perlman)的小说《七类混沌》(*Seven Types of Ambiguity*)均与"厄恩·马利"骗局相关;艺术家加里什德基于"厄恩·马利"的画展取得了巨大成功。之所以产生这种"厄恩·马利"文化现象,是因为这个事件折射出现代人的生存状态。正如凯里在小说中所言:

> 我倒是相信"厄恩·马利"的存在……对我而言,"厄恩·马利"事件表明我们这个时代的悲伤和痛苦,我们生活在城市街道里的人,每个人都会感受到"厄恩·马利"的存在……一个活生生的存在,孤零零地生活在文学圈子边缘,生活在不能出版的濒死挣扎边缘,生活在毫无人文关怀的边缘,这差不多就是(现在人的真实生活状况)……②

"金迪沃罗巴克"运动和"愤怒的企鹅"运动已经过去了七八十年时间,但在澳大利亚文学批评史上留下不灭的痕迹。尽管两个"运动"的内容和形式不尽相同,但他们都是澳大利亚现代化转型中的重要事件,对澳大利亚文化身份建构做了有益的尝试。诚然,这两个促进澳大利亚文学创作和批评的运动都遭到了传统势力的抵制和反对,先后"失败"了,但澳大利亚年轻作家和批评家所展现的先验意识和革新精神是值得称颂的。也正是这种意识和精神进一步推动了澳大利亚现代主义文学艺术的发展和多元文化的繁荣。

---

① Rainey, David. *Ern Malley: The Hoax and Beyond*. Melbourne: Heide Museum of Modern Art, 2009:30—32.

② Carey, Peter. *My Life as a Fake*. New South Wales: Random House, 2003:278.

第三章　文学批评家

第一节　A. G. 斯蒂芬斯
（A. G. Stephens, 1865—1933）

生平简介

　　A. G. 斯蒂芬斯是澳大利亚 19 世纪末 20 世纪初最为知名的文学批评家,也是澳大利亚起步阶段文学批评的杰出代表。

　　斯蒂芬斯于 1865 年 8 月 28 日出生在昆士兰州图旺巴,是家中 13 个孩子中的长子。他一生都从事着与书为友的工作,担任过记者,做过编辑。他的父亲 S. G. 斯蒂芬斯(S. G. Stephens)是《大岭区杂志》(*Darling Downs Gazette*)的合资人兼编辑,曾经创办过一家语法学校,主要教授学生拉丁文和英语语法,A. G. 斯蒂芬斯在该校接受了早期教育,"在该校学习期间,他[A. G. 斯蒂芬斯]就表现出与众不同的文学天赋"①。语法学校毕业后,他获得了去悉尼大学读书的资格,但他却去图旺巴当地一家印刷店做了学徒。后来他还是去了悉尼,在那里的一家印刷店继续当学徒。这期间,他在悉尼技术学院参加了印刷与排字术的理论与实践课程,为他此后的编辑生涯打下了坚实的基础。在学习印刷与排字术的同时,他还参加

---

①　"Toowoomba Grammar School Magazine and Old Boys Register." *Jubilee* 1926(2.2). 转引自 Palmer, Vance. ed. *A. G. Stephens: His Life and Work*. Melbourne: Robertson & Mullens Ltd., 1941: 3.

了法语与德语课程,取得优异成绩,充分展现了他在语言方面的天分。结束了6年在印刷厂的学徒经历后,他于1887年回到昆士兰,两年后开始负责杂志《金皮矿工》(*Gympie Miner*)的编纂工作。

诗人肖·尼尔森说:"斯蒂芬斯的祖祖辈辈都从事过编辑工作,但斯蒂芬森认为'他们善于考察别人的作品,不过自身没什么创作才能'。"①斯蒂芬斯从事文学编辑和评论取得成功,与其深厚的家学渊源不无关系,但是,他的编辑成就和文学批评贡献远远超越了他的先辈,被诗人克里斯托弗·布伦南奉为"澳大利亚文学教皇"②。斯蒂芬斯1933年去世,作家玛丽·吉尔摩(Mary Gilmore)以"最后一个巨人"为标题发布了斯蒂芬斯的讣告,称"只有真正感受过他知识和人格魅力的人,只有真正读过他书的人,才能真正体会'他去世了'这句话意味着什么"③。

澳大利亚文学批评奠基人

作为澳大利亚文学批评的拓荒者,斯蒂芬斯对澳大利亚文学批评做出了难以估摸的贡献。他的文学批评生涯始于期刊编辑,曾在多家不同性质的杂志担任编辑工作。在担任文学编辑之前,他曾先后在《金皮矿工》《凯恩斯阿尔戈斯》(*Cairns Argus*)和布里斯班周刊《回飞镖》(*The Boomerang*)等杂志社工作。1894年,他担任澳大利亚民族主义杂志《公报》副主编;1896年,开始负责《公报》杂志上的文学专栏"红页"的工作,这一专栏成为早期澳大利亚文学创作与批评的重要园地。在1896—1906年的10年里,他作为"澳大利亚文学的仲裁者"④,成功推介了斯蒂尔·拉德的《在我们的选地上》(*On Our Selection*,1868)、约瑟夫·弗菲的《人生就是如此》等后来被证明为澳大利亚经典的作品。1906年,他离开《公报》,前往新西兰任《惠灵顿邮电晚报》(*Wellington Evening Post*)任副主编两年(1907—1909),此后,他将全部精力倾注于他自己创办的文学杂志《书友》(*Bookfellow*)上,直到

---

① Chaplin, H. S. *A Neilson Collection*. Sydney: The Wentworth Press, 1964: 55.
② Wilkes, A. G. "The Eighteen Nineties." *Australian Literary Criticism*. ed. Grahame Johnson. Melbourne: Oxford University Press, 1962: 34.
③ Lee, Stuart. "Stephens, Alfred George (1865—1933)." http://adb.anu.edu.au/biography/stephens-alfred-george-8642, published first in hardcopy 1990, viewed on 31 Dec. 2018.
④ Palmer, Vance. ed. *A. G. Stephens: His Life and Work*. Melbourne: Robertson & Mullens Ltd., 1941: 26.

1925年杂志停刊。三十年的编辑生涯,让他对文学作品有着超然的敏感性和敏锐的洞察力,这种敏感和敏锐让他感知到澳大利亚文学与世界文学的差距,也更加激起他推动澳大利亚文学发展的雄心,因此,在文学批评中,他对世界各国文学信手拈来,犹如闲庭信步,总是通过对世界文学经典小说、诗歌与散文的旁征博引,去激发澳大利亚文学创作。他的文学批评思想深受英国文学与文化批评家马修·阿诺德影响,同时有着自己的批评见地,即批评思想的包容性和"澳大利亚性"。

包容性

A. G. 斯蒂芬斯文学批评思想具有鲜明的包容性,这种包容性源于他的博学多思和对世界文学的深刻把握。斯蒂芬斯并没有受过系统的学校教育。他15岁辍学后,在印刷厂做了6年的学徒,他深厚而广泛的知识储备基本全靠业余自学。他凭借着超强的记忆力,阅读了大量政治、道德、哲学、大众科学、文学等方面的书籍。他深受"亨利·乔治(Henry George)的政治经济学理论著作《进步与贫困》(*Progress and Poverty*,1879)、弗里德里希·尼采(Friedrich Nietzsche)的《查拉图斯特拉如是说》(*Thus Spoke Zarathustra*,1898)、威廉·詹姆斯(William James)的《彻底的经验主义》(*Essays in Radical Empiricism*,1976)、赫伯特·斯宾塞(Herbert Spencer)的《系统哲学论》(*A System of Synthetic Philosophy*,1904)、查尔斯·达尔文(Charles Darwin)的《物种起源》(*The Origin of Species*,1859)"[1]等著作影响,尼采的超人哲学思想对他影响尤其深刻。

他的文学阅读更是广泛,对欧洲"大陆文学",尤其是英国文学知识学富五车。他大量涉猎英国文学各种体裁的作品,包括诗歌、小说和戏剧。他对莎士比亚的十四行诗、英国骑士抒情诗、浪漫主义诗歌以及同时代维多利亚诗歌烂熟于心;他同时熟读了英国传统小说与同时代维多利亚现实主义小说;在戏剧方面,他阅读了莎士比亚与谢立丹的所有作品。休·麦克雷曾这样评价斯蒂芬斯的博览群书和超强记忆力:"他文学知识渊博,堪称文学的变色龙;他在谈论文学时,可以在拉丁文学与现代意大利文学之间随意切换,足见他对世界经典文学的熟稔程度。得益于他渊博的文学知识,他的文学批评文章对世界经典文学的旁征博引往往是信手拈来。

---

[1] Lee, Stuart. "Introduction." *The Self-Made Critic: A Literary and Biographical Study of A. G. Stephens*. (M.D.), Sydney University, 1977:8.

他非凡的记忆力可以让他敏锐地感知到澳大利亚作家对吉卜林、彭斯、戈登、布伦南等作品的借用(剽窃)。"[1]简言之,斯蒂芬斯对欧美文学尤其是英国文学的广泛涉猎为他的文学批评打下了坚实的基础并使他具备兼收并蓄的审美眼光。

他在文学选材上的包容性促进了澳大利亚文学的多样性发展,这种促进表现在三个层面。首先,斯蒂芬斯的文学批评涉猎广泛,对法国、俄罗斯、英美等文学有着很深的了解。他曾指出:"美国文学缺乏佐拉那样专注和勤勉的作家。美国文学在短时间内取得的文学高度令人惊艳,但在表现人类内心持久而痛苦的挣扎方面力度不够。"[2]在批评英国现实主义女作家乔治·艾略特的时候,他认为她描写的人物惨遭淹死情节过于简单,缺乏真实性:"她淹死男女主人公就像淹死一只猫一样,缺乏内疚和怜悯,而且很不自然。"[3]在评价勃朗特家族出现的三个天才女作家现象时,他认为"勃朗特家族有一种显而易见的残忍的道德观:为了创造一个天才,勃朗特先生可谓不惜一切手段,包括娶一个血统不好、易兴奋、有些神经质的老婆,然后生下十几个孩子,这些孩子当中只要有一半能活过青春期,就肯定会出现一个天才,也许两到三个"[4]。这两到三个,显然是指勃朗特三姐妹。其次,他的文学批评态度坚定而明确,但又不失偏颇,具有包容性。他反对形式上堆积华丽辞藻、内容上华而不实的文学作品。他反古典主义、反浪漫主义的批评思想,坚持推动澳大利亚文学的现实主义创作。最后,他胸襟宽广,满腔热情地鼓励各种文学创作。他在文学选材上,既欢迎和欣赏斯蒂尔·拉德的家庭题材小说,也不排斥肖·尼尔森的情感强烈的抒情诗;既不反对哈里·莫兰特(Harry Morant)关于澳大利亚丛林马背上的诗谣,也欢迎弗朗西斯·梅耶斯(Francis Mayers)充满反思和思辨的散文;他既鼓励澳大利亚本土文学创作,但他也欢迎澳大利亚诗人布伦南对法国印象派诗作的介绍。他的博学使得他对文学作品有着卓越的感知和包容,用万斯·帕尔默的话说,"他担任编辑期间没有错过任何一部值得重视的文学作品"[5]。

斯蒂芬斯对文学批评概念、思想、功能等文学议题都颇有探讨。他的文学批评主张、批评见解、批评思想散见于他的批评文章。在他看来,文学批评从本质上来说,是连接艺术与公众之间的一座桥梁。文学批评的功能在于设立一个标准,给公

---

[1] McCrae, Hugh. "A. G. Stephens: A Character Study." *Southerly* 1947(8.4): 251.
[2] Lee, Stuart. *The Self-Made Critic: A Literary and Biographical Study of A. G. Stephens*. (M. D.), Sydney University, 1977: 133.
[3] Stephens, A. G. *The Bulletin* 23 Feb. 1895.
[4] Stephens, A. G. "The Bronte Family." *The Bulletin* 3 Oct. 1896.
[5] Dutton, Geoffrey. ed. *The Literature of Australia*. Victoria: Penguin Books Ltd., 1976: 319.

众提供评价文学作品的标尺。批评家应该了解美学基本原理并且具备审美能力，因为这是艺术的基础。据此，斯蒂芬斯提出了批评家应当具备的基本要素。首先，"一个好的批评家应该了解公众阅读心理和阅读需求，真正推出公众需要的作品"①。其次，"一个合格的批评家，一定是涉猎广泛、熟悉文学领域方方面面、多读多思的人，一个能够通过持续思考、广泛比较，形成自己批评标准的人"②。此外，文学批评家应该具备很高的审美素养。"文学批评是对艺术作品最初、最原始的反应，并且将文学批评当作人类对崇高和美学的必要追求。"③谈起经典作品，他指出："一部经久不衰的作品一定是关于人类最原始本性的、关于人类共同道德的、关于人类共同性问题的作品。"④斯蒂芬斯的批评主张和文学思想为19世纪末澳大利亚的文学创作指点了方向。

不仅如此，斯蒂芬斯在艺术批评领域也颇有建树，提出了一些颇有见地的思想。在担任"红页"文学专栏期间，他曾设专栏讨论尼采、司汤达、达尔文、拉斯金等人的思想与艺术，并邀请文学友人、知名诗人、小说家来专门讨论艺术理论。他认为"艺术的本质是情感"⑤，"无论文学、绘画还是音乐，艺术作品必须或令人感动，或摄人心魄，或令人惊悚，只有那些能够提高读者心智和打动读者情感的作品才是真正的好作品，才会引人入胜，两者之间，提高读者心智为上，打动读者为下，提高读者心智同时打动读者方是佳作"⑥。他所强调的艺术的情感渲染力与浪漫主义思想主张颇为相似，这与他一直"比较反对古典主义的创作原则"⑦相一致。值得一提的是，他反对澳大利亚浪漫主义一味强调感性想象和夸张华丽的文风。

斯蒂芬斯三十多年的文学编辑生涯和文学批评成就对澳大利亚文学产生过"决定性影响"⑧。作为澳大利亚文学批评先锋，他推动了澳大利亚文学从肤浅而略带狭隘的向内看的澳大利亚殖民文学历经民族主义文学向战后"高雅"现代主义

---

① Baker, Kate. "Unpublished Article on Stephens." *The Papers of Constance Robertson*, ML MSS 1105/1.

② Stephens, A. G. "Red Page." *The Bulletin* 1 July 1899.

③ Stephens, A. G. "Red Page." *The Bulletin* 24 Mar. 1904.

④ Stephens, A. G. "Red Page." *The Bulletin* 13 Feb. 1897.

⑤ Stephens, A. G. "Red Page." *The Bulletin* 15 Oct. 1898.

⑥ Anderson, Martin. *Cynicus, Cartoons, Social and Political*. London: Cynicus Publishing Co., 1892.

⑦ Maguire, Carmel Jane. *An Original Reaction from Art: An Analysis of the Criticism of A. G. Stephens on the Red Page of* The Bulletin *1894—1906*. (M. D.), Australian National University, 1972: 484. 英文书名中的书名用正体加下划线标注，后文皆同。

⑧ Ibid., VII.

文学转变,他具有包容性的国际批评视野还推介了肯尼斯·斯莱塞(Kenneth Slessor)和肯尼斯·麦肯齐(Kenneth Mackenzie)的现代主义诗歌,为澳大利亚现代主义诗歌运动做出了难以磨灭的贡献。

"澳大利亚性"

A. G. 斯蒂芬斯文学批评的包容性思想推动了澳大利亚文学的发展,他对澳大利亚文学批评的贡献还体现在对"澳大利亚性"的强调。斯蒂芬斯对国际文学涉猎广泛,写过很多关于世界文学中经典作家作品的批评文章,他成为澳大利亚重要的批评家,得益于他对世界文学整体格局的宏观把握。他对"澳大利亚本土作家以及当时海外文学发展状况了然于胸",并且"与海外文学市场有着紧密联系"。[1] 在负责《书友》杂志的工作期间,他严肃而自信地将欧美文学批评思想融入对澳大利亚文学的批评,也成功地把握了澳大利亚社会文化中弥漫的"文化奴婢主义"与澳大利亚文学本土性之间的平衡。如1895年7月6日,他在《公报》杂志上发表了第一篇关于澳大利亚文学的评论文章。在文中,他在比较了澳大利亚诗人布朗顿·斯蒂芬斯(Brunton Stephens)的长诗《曾经的囚犯》("Convict Once", 1885)与英国诗人威廉·瓦特森(William Watson)的《海颂》("Hymn to the Sea", 1895)后指出:"长诗《曾经的囚犯》显然比《海颂》好,因为前者具备了一首好诗所具备的真实和力量,而后者则不过是珠光宝气的华丽辞藻。"[2]

具体到澳大利亚文学创作与批评,斯蒂芬斯强调用世界文学标准衡量和评价澳大利亚本土文学作品。"一般而言,很多英语小说结尾往往不够有力,尤其是冗长的情节介绍使得有力的故事被弱化,《公报》杂志追求文风简洁、既有虎头也有豹尾的文学作品。"[3]他认为,"决定文学作品的是文学魅力,尤其是那种能够细腻地描写令人刺痛的敏感神经的魅力",但颇为遗憾的是,"自马库斯·克拉克以来,澳大利亚只有劳森的作品具有令人感动的艺术渲染力"。[4] 他明确指出,澳大利亚文学不应当局限于澳大利亚本身,应该具有世界视野,并一针见血地指出:"如果用世

---

[1] Lee, Stuart. "Introduction." *The Self-Made Critic: A Literary and Biographical Study of A. G. Stephens*. (M.D.), Sydney University, 1977: VIII.
[2] Ibid., 134.
[3] Ibid.
[4] Ibid.

界文学标准来看,澳大利亚文学还相去甚远,即便当下最能代表澳大利亚文学成就的亨利·劳森,如果将他置于世界文学框架下去考量,也只能算是一个二流的诗人。"①

与此同时,他特别强调澳大利亚文学的"澳大利亚性"。"一个澳大利亚作家的作品当然要有澳大利亚印记,如果一个作家创作的人物和创作灵感不是源自他的实际生活体验,而是来自书本,这样的作品注定空洞无物、毫无价值。"②他强调澳大利亚文学的"澳大利亚性",同时也强调澳大利亚作家在表达"澳大利亚性"时必须从世界优秀文学中吸收养分,并以世界文学的高标准为创作准绳,即澳大利亚文学应该摆脱澳大利亚的限制和束缚,创作出具有共同价值的佳作,为此,澳大利亚文学可以从其他源头借鉴创作素材。他的文学批评的"澳大利亚性"不仅体现在他对澳大利亚文学创作的高标准要求,还体现在他对澳大利亚年轻作家的提携和扶持上。

斯蒂芬斯坚持文学的"澳大利亚性"标准推动了澳大利亚本土文学的发展。作为澳大利亚最早也是最有影响力的批评家,他为澳大利亚文学批评做出了巨大贡献。这种贡献体现在多方面:一是对年轻作家的扶持和培植。最初名不见经传的青年作家,如罗德里克·奎恩(Roderic Quinn)、路易·麦克(Louise Mack)、休伯特·丘奇(Hubert Church)、罗伯特·克劳福德(Robert Crawford)、詹姆斯·赫布尔思韦特(James Hebblethwaite)等正是得益于 A. G. 斯蒂芬斯的鼓励和点拨,都在《公报》杂志上发表诗歌,崭露头角。弗菲的《人生就是如此》更是归功于他不顾麦克劳德的强烈反对坚持发表,才使得这部后来被奉为澳大利亚文学史上经典作品的小说得以问世;二是斯蒂芬斯高深的文学修养和刻苦的自学经历,深深影响和鼓励了澳大利亚作家,如劳森、弗菲、拉德等人都是靠自学走上创作道路的作家;他在担任《公报》文学专栏"红页"主编期间,尤其鼓励和倡导关于澳大利亚主题的小说。很多澳大利亚作家深受其批评思想鼓舞和影响,"俱怀逸兴壮思飞",胸怀书写澳大利亚的雄心,创造了澳大利亚"90 年代文学"的辉煌盛景;三是他"反对浪漫主义、鼓励现实主义"创作的批评思想推动了澳大利亚现实主义文学的发展。玛丽·吉尔摩、休·麦克雷、帕尔默夫妇、迈尔斯·弗兰克林等都在与斯蒂芬斯交往

---

① Maguire, Carmel Jane. *An Original Reaction from Art*: *An Analysis of the Criticism of A. G. Stephens on the Red Page of* The Bulletin *1894—1906*. (M. D.), Australian National University, 1972: 519.

② Stephens, A. G. "Red Page." *The Bulletin* 10 Oct. 1896.

过程中受其现实主义批评思想影响,劳森、弗菲、芭芭拉·贝恩顿(Barbara Baynton)、弗兰克林等更是成为澳大利亚早期现实主义文学的代表作家;四是斯蒂芬斯对澳大利亚知识分子和学者产生的影响。澳大利亚悉尼大学学者、作家约翰·布莱莱顿(John Brereton),新西兰诗人阿诺德·沃尔(Arnold Wall),著名诗人、社会活动家、记者伯纳德·奥多德等都曾表达了他们对斯蒂芬斯文学思想的崇高敬意。① 因而,"他的文学批评对于同时代的澳大利亚作家而言是幸运的礼物"②。麦克雷称他为"我的文学之父"③。弗菲对于他的离开更是无比的伤感和失落,在一封信中,他说:"您的离去犹如一个北方佬在庄稼成熟的季节失去了他的父亲,缺少了您的审查,一首完美的乐曲也会多出几分伤痕。"④

阿诺德之影响

A. G. 斯蒂芬斯文学批评思想深受欧洲19世纪早期浪漫主义文艺思潮影响。但如前文所述,他认同浪漫主义文学对古典主义文学的超越,但并不认可浪漫主义文学的创作思想和主张。斯蒂芬斯曾专门讨论过彭斯、威廉·布莱克(William Blake)等浪漫主义诗人的种族问题,并曾尝试将澳大利亚人作为文学的一个"种族类型"⑤进行研究。具体而言,斯蒂芬斯对诗歌的种族、文学传承和文学功能等问题的思考很大程度上深受英国文学家马修·阿诺德的影响。

阿诺德是一个"几乎凭借着一己之力,将英国文学批评从后浪漫主义的沉闷中解救出来"⑥的文学批评家。他的"兼具学术思想和阅读品味"⑦的专论《凯尔特文

---

① Lee, Stuart. "Introduction." *The Self-Made Critic*: *A Literary and Biographical Study of A. G. Stephens*. (M. D.), Sydney University, 1977: IX.
② Lee, Stuart. "The Bulletin—J. F. Archibald and A. G. Stephens." *The Literature of Australia*. ed. Geoffrey Dutton. Victoria: Penguin Books Ltd., 1976: 320.
③ Ibid.
④ Ibid.
⑤ Maguire, Carmel Jane. *An Original Reaction from Art*: *An Analysis of the Criticism of A. G. Stephens on the Red Page of* The Bulletin *1894—1906*. (M. D.), Australian National University, 1972: 429.
⑥ Wellek, Rene. *History of Modern Criticism*: *1750—1950*: *The Late Nineteenth Century*. New Haven: Yale University Press, 1965: 180.
⑦ Super, R. H. ed. *The Complete Prose Works of Matthew Arnold*. Michigan: University of Michigan Press, 1962: 495—496.

学研究》(The Study of Celtic Literature, 1867)对当时欧洲即将到来的现代主义文学产生了很大的影响,这种影响力延伸到了一直以来视英国文学为翘楚的澳大利亚学界。在专论中,阿诺德以"种族与文学""文如其人""文学的自然魔力""反对浪漫主义"等为议题对凯尔特文学进行了阐释,这些阐释深刻影响了斯蒂芬斯。他曾经在潜移默化的批评中运用"自然的魔力"一词批评英国诗人济慈与斯温伯恩的诗歌,足见阿诺德对他"润物细无声"的影响。换言之,斯蒂芬斯文学批评思想与阿诺德的文化批评思想渊源深厚。

斯蒂芬斯的批评思想有着鲜明的阿诺德痕迹。首先,在强调文化对文学的影响上,他提出文化是判断一部文学著作是否经典的依据,这是阿诺德文化批评的核心;另外,阿诺德著名的文艺理论原则是"批评家应该客观对待小说文本",先于俄国形式主义和美国新批评派提出了"以文本为中心"的批评思想。斯蒂芬斯曾就英国作家鲁德亚德·吉卜林(Rudyard Kipling)小说《鼓之前后》(The Drums of the Fore and Aft, 1899)与美国作家斯蒂芬·克莱恩(Stephen Crane)的《红色英勇勋章》(The Red Badge of Courage, 1895)做了专门的文本比较,他认为,吉卜林的小说平实自然,不事修饰,而后者则明显浮夸很多,因而更加推崇吉卜林的小说。他后来还将吉卜林这种不加修饰、真实自然的创作风格作为"红页"选取澳大利亚文学作品的标准,并据此推出佩特森、劳森、拉德等对澳大利亚乡村进行描写的丛林作品,为澳大利亚本土文学创作指明了方向。他崇尚自然、淳朴的文学,强调文学作品的大众性;排斥思想结构复杂、语义模糊、玩弄智力的晦涩作品(弗菲的《人生就是如此》除外);与阿诺德一样,他一向反感约翰·弥尔顿、约翰·多恩等人的古典主义诗歌;此外,阿诺德的批评著作是他作为一个文化学者在欧洲浪漫主义文学日薄西山向现代主义转型的深刻体验,并在此背景下提出了文学批评的使命、文学批评精神、文学批评的重要性等命题,这些也让斯蒂芬斯感同身受。

历史语境的相似促成了批评家思想互相影响、互相关联的结果。斯蒂芬斯所处的澳大利亚与阿诺德时期的英国颇为相似,同样存在着浪漫主义文学逐渐衰退后文学创作何去何从的问题。关于文学功能,斯蒂芬斯认同阿诺德的文学的"道德教化"与"说教功能"。斯蒂芬斯认为只有那些"高度严肃性"的作品才是伟大的艺术,即诗歌应当关注"爱情、抗争、生死"等关于人类生存的重大主题,"只有那些具有人性关怀、共同价值观、自然道德的文学作品才是具有永恒价值的作品"。① 一定程度上说,阿诺德的文化批评思想是斯蒂芬斯担任"红页"文学专栏和《书友》期刊主编期间遴选澳大利亚文学作品的标准,也是斯蒂芬斯自己的文学批评准则。

总体而言,斯蒂芬斯的批评实践贡献要大于他的理论贡献,这有其自身个性原因,也与其所处社会语境有关。值得一提的是,有人指出斯蒂芬斯的批评文章很少涉及戏剧批评。这种批评无疑忽视了斯蒂芬斯的批评语境,因为澳大利亚在第二次世界大战前基本没有戏剧创作和戏剧演出,更没有专门演出戏剧的剧院;此外,当时澳大利亚民众教育水平相对偏低,缺乏戏剧鉴赏能力。

斯蒂芬斯出版的文学作品并不多,主要出版过昆士兰政治小册子、诗集《祭神》(*Oblation*,1902)和《珍珠与章鱼》(*The Pearl and the Octopus*,1911)。他的文学贡献主要在于文学批评,他出版过两部批评集:《克里斯托弗·布伦南》和《亨利·肯德尔》(*Henry Kendall*,1933),发表了大量文学评论文章,这些文章大部分刊登在《公报》杂志的"红页"文学专栏,以及他自己创办的文学杂志《书友》上。一个出版作品不多的批评家因何成为澳大利亚起步阶段文学批评杰出代表?万斯·帕尔默对此的回答也许最能说明问题:"斯蒂芬斯批评对澳大利亚的价值体现在哪里呢?他的贡献不在于他的批评作品,因为他的批评作品只占据他对澳大利亚文学贡献的很小部分,他的主要贡献是在批评传播上,在于他对同时代作家的影响力上。"②斯蒂芬斯的文学批评成就和对澳大利亚文学批评的贡献足以使他称得上是澳大利亚文学批评起步阶段的引路人。正因此,万斯·帕尔默认为:"斯蒂芬斯开创了澳大利亚文学批评事业,很难在短时间内用回报来衡量他的贡献,他的勇气、洞见和诚实给澳大利亚文学做出了无可比拟的奉献。"③

---

① Stephens, A. G. "Red Page." *The Bulletin* 13 Feb. 1897.
② Palmer, Vance. ed. *A. G. Stephens: His Life and Work*. Melbourne: Robertson & Mullens Ltd., 1941:34.
③ Ibid.

第二节 万斯·帕尔默
（Vance Palmer, 1885—1959）

生平简介

万斯·帕尔默是澳大利亚著名小说家、戏剧家、诗人、传记作家，也是澳大利亚著名文学批评家。

他于1885年出生在距离布里斯班以北200英里的昆士兰海滩边上的一个家庭，家中九个孩子，他排行倒数第二，父亲是一名教师，也常在杂志上发表文章，在父亲的影响下，孩提时代的万斯·帕尔默读了很多文学作品，尤其酷爱阅读狄更斯和劳森的作品。16岁高中毕业后，本有机会去悉尼大学求学，但他没去大学，而是去给一位盲人医生做了私人秘书，医生家旁边的图书馆藏书成为他那段时光的最大收获，也坚定了他走上文学道路的信念。

他饱读乔治·摩尔（George Moore）、托尔斯泰、巴尔扎克、司汤达、福楼拜、屠格涅夫等伟大作家的作品。也是在这一时期，他开始关注A. G. 斯蒂芬斯的文学批评文章，"我认真读他写的每一个字、关注他提及的每个作家"[①]。也正是在这一时期，他开始写作并投稿。他曾先后于1905年和1910年两次前往伦敦学习文学，并于1914年与英国人珍妮特·希金斯（即内蒂·帕尔默）在伦敦结婚。伦敦的学习经历是他走上文学道路的关键，与珍妮特结婚更是成就了至今为澳大利亚文学界所津津乐道的文学佳话。他的妻子也是澳大利亚知名诗人、传记作家、社会评论家、历史学家，在文学评论方面与丈夫一样多产，两人为起步阶段的澳大利亚文学批评做出了重要贡献。薇薇安·史密斯（Vivian Smith）指出："不了解他们，就无法真正理解两次世界大战期间的澳大利亚。"[②]

万斯·帕尔默出版过四部批评编著和一部批评专著，分别是《民族画像》《A. G. 斯蒂芬斯：生平与著作》（*A. G. Stephens: His Life and Work*, 1941）、《弗

---

① Heseltine, Harry. *Vance Palmer*. St Lucia: University of Queensland Press, 1970: 7.
② Smith, Vivian. "Preface." *Vance and Nettie Palmer*. Boston: Twayne Publishers, 1975: I.

兰克·威尔莫特》(*Frank Wilmot*,1942)、《路易·埃森和澳大利亚戏剧》和《90年代传奇》,其中《90年代传奇》虽是他唯一的文学批评著作,却对澳大利亚文学批评产生了重要的影响。

民族主义文学批评旗手

1915年,万斯·帕尔默从伦敦回到墨尔本的时候,当时澳大利亚文学批评困难重重,面临着三无状况:没有文学出版社、没有专门的文学批评杂志和没有文学读者。但这些困难丝毫没有阻止他成为一个多产的文学家和富有洞见的文学评论家。最初,他通过每两周一期的"值得阅读的当代书籍"("Current Books Worth Reading")广播栏目,向澳大利亚民众介绍澳大利亚作家,每期介绍五六部作品,在介绍中融入自己对文学的看法。通过广播,他成功地推介了已故作家佩特森、路易·埃森、肖·尼尔森、伦道夫·贝德福德(Randolph Bedford)、冯雷·莫里斯(Furnley Maurice)[①]等澳大利亚本土作家,并对同时代作家如伯纳德·奥多德、凯瑟琳·普里查德、克里斯蒂娜·斯特德等的作品进行了宣传。除此之外,每有澳大利亚作家的新书出版,他都第一时间通过广播进行介绍。在这一过程中,"他显示出过人的文学天赋,总是一眼就能甄别出作家和作品的优劣"[②]。万斯·帕尔默的文学批评核心就是始终关注澳大利亚本土文学的最新进展和成果,积极宣扬和倡导澳大利亚文学的"澳大利亚性"、强调澳大利亚19世纪90年代文学传统对澳大利亚民族文学建构的重要性,并强调文学与社会的关系。

"澳大利亚性"

万斯·帕尔默的文学创作与批评生涯长达五十年,著作颇丰,成就非凡,同时期几乎无可与其媲美者。"在澳大利亚文学史上除了道格拉斯·斯图尔特和哈尔·波特(Hal Porter),他(万斯·帕尔默)的多才多艺几乎无人可及。"[③]万斯·帕

---

① 本名为弗兰克·威尔莫特(Frank Wilmot)。
② Heseltine, Harry. *Vance Palmer*. St Lucia: University of Queensland Press, 1970: 177.
③ 黄源深. 澳大利亚文学史(修订版). 上海:上海外语教育出版社,2014:158.

尔默共发表过 17 部长篇小说、5 部短篇小说集、2 部戏剧,另有大量诗歌、散文。他到底写了多少,至今也是一个谜,因为他的很多书稿和日记都没有公开出版。据统计,"澳大利亚广播公司(A.B.C.)档案馆保存了他的近四百篇书评,一百多份文学手稿"[1]。这些书评和批评手稿,看上去虽不及文学杂志的影响力那么大,但每份书评都不乏真知灼见,体现了他严谨认真、一丝不苟的文学态度。

《民族画像》以优美的语言文字介绍了澳大利亚历史上的文学名士。这是万斯·帕尔默最有影响力的批评著作之一,一出版就大获成功,并且被不断重印,因而也是给他来丰厚收益的一部批评著作。《民族画像》延续了万斯·帕尔默对澳大利亚民族的一贯关切,在作品中他重点考察了澳大利亚具有创造力的作家,同时还着重探讨了那些怀有深厚澳大利亚民族责任感的作家,分析了他们致力于丰富澳大利亚民族生活的思想源泉。《民族画像》按照编年体选取了澳大利亚历史进程中的名人进行画像式分析。从早期的欧洲人来到这块大陆的拓荒开始,沿着殖民时期、联邦时期一直到现代主义时期。这些人物画像不乏作者的想象精神。著作的批评主线是建构一个"符合想象的澳大利亚"[2]。在著作中,万斯·帕尔默对早期澳大利亚知识分子的胆怯与懦弱给予了深刻批评,批判他们不愿、不敢、不能超越殖民主义话语体系,同时颂扬了澳大利亚具有良知和视野开阔的文人。万斯·帕尔默对约翰·朗(John Lang)、乔治·希金博特姆(George Higinbotham)以及阿尔弗雷德·迪肯(Alfred Deakin)等人的分析,无不洋溢着作者对他们人格的崇敬之情。他对约翰·麦克阿瑟(John Macarthur)、查尔斯·斯图尔特(Charles Stuart)、J. F. 阿奇博尔德(J. F. Archibald)、卡迪娜·摩根(Cardinal Morgan)、查尔斯·史密斯(Charles Smith)等人则一方面客观评价了他们对澳大利亚社会的积极贡献,另一方面对他们的不足也给予了客观公正的批评。

万斯·帕尔默的第二部批评编著是《A. G. 斯蒂芬斯:生平与著作》。这是一部关于澳大利亚最早也是最为知名的文学评论家斯蒂芬斯的批评选集。首先,万斯·帕尔默编著斯蒂芬斯批评文集有个人原因:他们都是昆士兰人,但更主要是基于斯蒂芬斯的文学成就和他对文学批评的贡献。万斯·帕尔默本人的批评观深受斯蒂芬斯批评思想的影响。其次,斯蒂芬斯在担任《公报》杂志"红页"文学栏目主编时,明确栏目宗旨是为激励澳大利亚本土年轻作家而设,希望可以为澳大利亚年轻作者提供文学发表园地,并且希望他们将当时的欧洲文化思潮融入澳大利亚本

---

[1] 黄源深. 澳大利亚文学史(修订版). 上海:上海外语教育出版社,2014:89.
[2] Smith, Vivian. *Vance and Nettie Palmer*. Boston: Twayne Publishers, 1975:82.

土语境进行整体观照。万斯·帕尔默和妻子内蒂·帕尔默对斯蒂芬斯创办的每一份期刊都积极投稿,竭力支持斯蒂芬斯。对约瑟夫·弗菲小说《人生就是如此》有共同的欣赏,让万斯·帕尔默和斯蒂芬斯更加惺惺相惜。《人生就是如此》是一部艰深晦涩、风格奇异、出版之初几乎无人问津的奇书。斯蒂芬斯独具慧眼,认定这必将是澳大利亚的一部经典小说,欣然同意出版,与此同时,万斯·帕尔默也正在寻求他关于这部小说的一篇评论文章的发表渠道,二人对这本奇书英雄所见略同,可谓是完成了一次深入彼此心灵的不谋而合的对话。最后,万斯·帕尔默和斯蒂芬斯在澳大利亚文学批评和文学创作上有着诸多共鸣。他们都认为,澳大利亚文学批评与文学创作视野过于狭窄、缺乏内在灵活性。澳大利亚文学要想走向成熟必须摆脱殖民颓废主义和澳大利亚文学盲目自信的双重束缚,从而"与更加广阔的外部世界保持联系,保持开放的心态"①。

《A. G. 斯蒂芬斯:生平与著作》也是一部基于万斯·帕尔默对斯蒂芬斯的个人敬仰、私人情谊、批评思想等多重因素的批评集。批评集按照"作家与作品""书评""艺术与剧院""人物肖像""天网"五个部分系统地搜集整理了斯蒂芬斯的文学批评文章。万斯·帕尔默在前言中指出,斯蒂芬斯是澳大利亚极为杰出的文学评论家,但是,斯蒂芬斯离开《公报》杂志,自己创办杂志的经历"多少扼杀了他的一些批评天赋"②,并且认为,这也是斯蒂芬斯没能成为一个主流批评家的原因之一。

批评集美中不足的是,万斯·帕尔默只搜集了斯蒂芬斯关于澳大利亚文学的批评文章。这意味着,万斯·帕尔默没有收录斯蒂芬斯与澳大利亚主题无关的批评文章,也没有对斯蒂芬斯的国际文学批评做出评价,或者说,万斯·帕尔默对斯蒂芬斯的国际批评视野缺乏关注,可谓是这部编著的美中不足之处。

《弗兰克·威尔莫特》是万斯·帕尔默为他亲密的朋友威尔莫特写的一部批评传记。弗兰克·威尔莫特的文学成就和文学影响都算不上卓越,只是一个小众作家。因而,严格意义上,这部著作算不上是批评著作,更像是为他朋友写的传记,不过,传记语言优美,感情丰富,也客观评价了威尔莫特对澳大利亚文化所做的贡献。在评论中,他中肯地指出:"的确,威尔莫特算不上知名,但你不能否认,他一辈子都在默默无闻地创作,尤其是他在生命最后时期一如他早期一样勤勤恳恳。他的作品对澳大利亚文学与文化的贡献可谓沧海一粟,但是,他的丝丝雨露给澳大利亚这

---

① Smith, Vivian. *Vance and Nettie Palmer*. Boston: Twayne Publishers, 1975: 83.
② Palmer, Vance. ed. *A. G. Stephens: His Life and Work*. Melbourne: Robertson & Mullens Ltd., 1941: 30.

片干旱的文化土壤些许滋养。"①

《路易·埃森和澳大利亚戏剧》既是一部关于文学阐释和批评的著作,也是万斯·帕尔默关于他朋友埃森的一部传记。路易·埃森出生在苏格兰,三岁随家人到墨尔本,从墨尔本大学毕业后开始创作诗歌和戏剧,他同时也是一个批评家和记者,主要艺术成就体现在戏剧创作方面。他还与第二任妻子希尔达·布尔(Hilda Bull)、万斯·帕尔默等人共同创办了澳大利亚先锋派戏剧公司,该公司虽然仅延续了四年,但是却上演了18场戏剧。埃森的戏剧主要有《死树》(*Dead Timber*,1911)、《驯妇者》(*The Woman Tamer*,1910)、《时机尚未成熟》、《圣地》(*The Sacred Place*,1912)、《赶牲口的人》、《母子》(*Mother and Son*,1923)、《福音地新娘》(*The Bride of Gospel Place*,1926)等。其中,《时机尚未成熟》是他最为著名的政治讽刺戏剧。万斯·帕尔默在著作前言中说,这部以回忆录加书信的著作旨在"探究埃森对澳大利亚戏剧的贡献和他作为戏剧家的创作意图"②。万斯·帕尔默客观地评价了埃森毕生致力于戏剧创作来揭示生命意义的文学尝试,并指出,埃森通过在澳大利亚建立剧院演出戏剧,是澳大利亚戏剧的开路先锋,为澳大利亚戏剧发展做出了贡献。

万斯·帕尔默的四部批评文集从艺术、批评、诗歌、戏剧等方面系统地梳理了澳大利亚本土文学的成就和不足,客观地指出澳大利亚诗人、批评家、作家、戏剧家等文学艺术作品在世界舞台上难以立足的缘由,但又强调这是澳大利亚文学发展的必经阶段,因而,他对"澳大利亚性"的坚持表明了他对澳大利亚民族文学的忧思和信心。这种自信与澳大利亚社会19世纪90年代到处激荡的民族思潮不无关系。

"90年代传奇"

19世纪90年代的澳大利亚社会充满动荡、不安和焦虑,面临着"英帝国"殖民文化在澳大利亚一百年后与"当地经历"碰撞中产生的诸多社会、文化和政治问题。日益占据主导地位的殖民定居者意识到在这片充满"异域风情"的古老大陆上建造

---

① Palmer, Vance. *Frank Wilmot (Furnley Maurice)*. Melbourne: The Frank Wilmot Memorial Committee, 1942:9.
② Palmer, Vance. *Louis Esson and the Australian Theatre*. Melbourne: Georgian House, 1948:1.

一个与"旧世界"不一样的新家园的必要性和可能性。

19世纪末,澳大利亚工人阶级关于种族、性别、阶级问题的讨论引发了澳大利亚劳工运动、第一波女权主义运动以及各种自由思想的诞生,也激发了他们建立一个"工人者的天堂"的雄心。但与此同时,这种雄心又面临着坚守原始文化的土著人、大规模"涌入"的亚洲人、要求革命的劳苦大众、不断觉醒的新女性等各个群体不同诉求的矛盾。1880年《公报》杂志的创立是19世纪末社会文化思潮变化发展的结果,同时也为澳大利亚本土地域与文化风貌的创作提供了园地。文学是一个民族文化史的重要组成部分,澳大利亚19世纪90年代的文学参与了澳大利亚殖民地成立联邦国家的建构。在此背景下,"所有关于澳大利亚的人和事都被写入诗歌,淘金地、海港、贫民窟、丛林乡村等都被诗人热情歌颂",这些构成了19世纪90年代文学书写的主旋律,也构成了蔚然成风的19世纪90年代文学传统。

万斯·帕尔默的《90年代传奇》是一部凝聚了他十五年心血的批评专著,也是他影响力最大的一部批评专著。专著共九章,深入探究了19世纪90年代澳大利亚文学书写,从中考察19世纪90年代文学对澳大利亚历史风貌、政治变革、文化沿革等社会现实的观照。第一章"传奇"。万斯·帕尔默从澳大利亚淘金期的历史背景谈起,结合澳大利亚19世纪90年代社会语境,指出,19世纪90年代文学主要立足于澳大利亚自然环境,围绕三个主题进行创作:(1)顽强的选地农在贫瘠的土地中求生存的艰辛;(2)牧羊人看着一群黑压压的乌鸦围着饥肠辘辘的羊群的无可奈何;(3)赶牲畜的人在丛林干旱和洪灾中赶着牛群的伤心欲绝。万斯·帕尔默认为,"怪诞忧郁的丛林"是澳大利亚19世纪90年代文学书写的主旋律。第二章"人物"。万斯·帕尔默论述了19世纪50年代淘金期给澳大利亚人口结构带去的巨大变化,以及淘金期的欧、亚移民给澳大利亚社会政治状况带去的新思考。他认为,淘金后期,各国移民在澳大利亚丛林中的谋生场景,构成了澳大利亚丛林传统的早期社会风景。"这些赶牲畜的人以及在丛林中谋生的剪羊毛工是澳大利亚民族文学的宣传员,是澳大利亚的传奇英雄。"[①]第三章"神话缔造"。万斯·帕尔默通过对罗尔夫·博尔德沃德(Rolf Boldrewood)的《空谷蹄踪》、道格拉斯·斯图尔特的《内德·凯利》、劳森的"乔·威尔逊"丛林系列故事、佩特森的诗集《来自雪河的人及其他诗歌》等作品的研究,分析了澳大利亚19世纪90年代文学创作中的丛林书写的特点,并认为这些丛林书写作品建构了澳大利亚的丛林神话。第四章"乌

---

① Palmer, Vance. *The Legend of the Nineties*. Victoria: Currey O'Neil Ross Pty Ltd., 1954: 38.

托邦"。万斯·帕尔默结合澳大利亚 19 世纪 90 年代动荡不安的社会历史,从政治与历史角度介绍了澳大利亚政治家威廉·莱恩(William Lane)试图借助澳大利亚工会联合会将澳大利亚建成政治平等的"乌托邦"。这样的思想主张影响了亨利·劳森和玛丽·吉尔摩等作家的创作。第五章"丛林人的圣经"。这一章阐释了澳大利亚早期民族主义杂志《公报》在主编阿奇博尔德的带领下对澳大利亚民族文学的推动作用。《公报》杂志强调围绕澳大利亚本土的人和事进行创作,使得 19 世纪 90 年代的《公报》成为澳大利亚丛林人的代言人,成为丛林人必读的"圣经"。第六章"文学的出现"。万斯·帕尔默指出亨利·劳森和佩特森的丛林诗歌标志着澳大利亚文学的真正萌芽,因为他们的诗歌传递了澳大利亚丛林乡村的声音。1894 年,劳森的《小说与诗歌集》(*Short Stories in Prose and Verse*)在他母亲帮助下出版。1895 年,佩特森的《来自雪河的人及其他诗歌》发表,紧接着,劳森的《在海阔天空的日子里及其他诗歌》(*In the Days When the World Was Wide and Other Verses*,1896)出版,在少有书籍出版的当时,这三本诗集"代表着澳大利亚文学冲动的首批成果"①。第七章"冲突"。万斯·帕尔默在这一章强调,尽管在文学领域,澳大利亚被建构出一幅美好前景,但 19 世纪 80 年代的澳大利亚工人大罢工、阶级冲突、联邦独立前景不明等让澳大利亚人看不到文学描述的"乌托邦"的美好,增添了他们对民族前途的焦虑。第八章"和解"。这一部分,万斯·帕尔默通过前几章的详细分析,认为澳大利亚政治家与文学家逐渐发现他们曾经设想的在与世隔绝的大洋洲上建立一个封闭的、自给自足的、理想的乌托邦民族的想法是不现实的。19 世纪 80 年代一系列罢工、爆发失业问题后,澳大利亚自身难以提供经济发展所需资本,他们也低估了觉醒后的亚洲各国对澳大利亚的影响,一股难以控制的力量使得他们认识到与世界事务脱离干系的想法不成熟,迫切需要摆脱孤立状态。具体到文学创作上,万斯·帕尔默认为,以劳森与弗菲为代表的作家们的创作也因此发生了变化,他们的文风越发简洁、幽默,尽管创作视野依然狭窄,但是他们扩大了同情与关注的对象;在创作手法上,倾向于现实主义,借助丛林人生活描写来表达他们对伙伴情谊的向往和对政治运动中平等的渴望。第九章"失去的传统"。这一章,万斯·帕尔默站在 20 世纪 50 年代,回顾了澳大利亚 19 世纪 90 年代文学传统的发展现状,他认为,19 世纪 90 年代文学有着鲜明的"澳大利亚性",因而其局限性也不言而喻。20 世纪后的澳大利亚文学尽管与 19 世纪 90 年代先锋文学呈现出

---

① Palmer, Vance. *The Legend of the Nineties*. Victoria: Currey O'Neil Ross Pty Ltd., 1954: 93.

较大差异性,但是,《公报》杂志长期坚持的"描写澳大利亚本土的人和事"的创作标准对澳大利亚人价值观与思维方式影响不可估量,澳大利亚19世纪90年代文学传统在半个世纪后的澳大利亚并没有丢失。

今天来看,《90年代传奇》是万斯·帕尔默关于澳大利亚文学思想与批评主张的结晶。在著作中,他一方面分析了19世纪90年代文学在澳大利亚文学史上的地位和重要贡献;另一方面,他对澳大利亚19世纪90年代民族文学的"澳大利亚性"的狭隘之处给予了深刻批评。万斯·帕尔默曾在1954年指出:"在19世纪90年代,来自英伦三岛和欧洲各个角落里的人们,他们四处散居在这个大陆,突然就有了国家的想法,这样就感到了自身的特色和历史使命,而且这种想法很快就被付诸实施了。"①在此基础上,万斯·帕尔默在《90年代传奇》中系统地梳理了澳大利亚民族气质的丛林性,同时也指出,90年代文学对澳大利亚民族丛林性的过分强调忽视了国际视野和思维对澳大利亚民族建构的影响,忽视了城市在澳大利亚民族建构中的作用,也忽视了中产阶级对澳大利亚民族建构所付出的积极努力。

《90年代传奇》是万斯·帕尔默一部具有开创性的文学批评著作。万斯·帕尔默的文学批评生涯一直在寻求澳大利亚文学传统来建构澳大利亚民族文学,他不仅论述了19世纪90年代澳大利亚民族身份探求过程的焦虑和不安,也展现了澳大利亚19世纪90年代文学将澳大利亚丛林作为精神家园进行想象的整体过程。

"文学与社会"

万斯·帕尔默不仅阅读涉猎广泛,游历也非常广泛,足迹遍及欧洲、美洲和亚洲十多个国家,因而创作与批评视野非常开阔,常常将澳大利亚文学置于国际文学框架下进行批评,并重点探讨澳大利亚文学如何保持本土性同时又不局限于本土性的问题。在万斯·帕尔默的文学批评思想体系中,他还特别强调文学与社会、文学与大众、文学与文化的关系:

> 我想强调的是,文学作品表达的是一类人的思想和体验,一部文学作品能

---

① Lee, Christopher. ed. *Turning the Century: Writing of the 1890s*. St Lucia: University of Queensland Press, 1999: XII.

否流传下来,这是很重要的因素;还有一点必须强调的是,可供研究的经典作品是文学,那些有助于读者了解人生,有助于提高读者心智,能够丰富和娱乐读者生活的作品也是文学。因此文学的意义或价值不在于创造了多少部经典小说,而在于在不同时期,为读者打开了多少扇观察生活的窗户。①

关于文学的功能,万斯·帕尔默认为:"文学创作应不外乎两大冲动:一类是探索人、上帝与命运之间关系的文学;另一类是探索人与世界关系,或者说人与社会关系的文学。探索人与社会关系应当是文学的应有功能,尤其是澳大利亚文学应有的社会功能。澳大利亚文学应当是基于对澳大利亚土地进行想象和阐释的文学,建立澳大利亚认同感,能够向人们揭示生命与自我生存环境的意义。"②

万斯·帕尔默的批评主张或者说他的批评思想与他的小说创作思想一脉相承。他以小说创作积极践行着自己的文学批评主张,是一个文学创作与批评实践完美结合的批评家。这也使得他的文艺批评思想极具影响力和说服力,正如美国批评家苏珊·桑塔格(Susan Sontag)曾强调的,不要轻易相信那些没有进行过任何文学创作的批评家的评论。万斯·帕尔默的创作与批评思想重在突出澳大利亚民族性,尤其关注19世纪90年代澳大利亚民族独立和民族身份问题。

万斯·帕尔默关于"文学与社会"的论述主要包括三个方面。(一)强调澳大利亚文学应立足于澳大利亚本土社会、文化、生活风貌进行书写,强调文学作品的"澳大利亚性",特别推崇那些能够反映澳大利亚民族个性和社会风貌的作品。1915—1925年的整整10年,万斯·帕尔默都在为推动澳大利亚民族文学发展奔走呼喊,他严厉批评当时文艺界对澳大利亚本土作家的漠视,激烈抨击文艺市侩现象,特别反感文艺界"在生活中或者艺术中,除了英国的东西,一切都是微不足道的"③文化谄媚,并且积极通过小说创作和文艺批评来躬行。他对澳大利亚社会中文化市侩现象的批评,深深影响了随后的澳大利亚批评家。A. A. 菲利普斯提出的文化奴婢主义(cultural cringe)就是在万斯·帕尔默对澳大利亚早期文艺界文化献媚批评基础上的进一步发展。(二)文学与社会互为观照。万斯·帕尔默推崇现实主义文学,因为现实主义文学对社会丑恶的揭露表达了作家对社会理想状态的期待和向往。另外,他强调澳大利亚文学本土性和民族性的同时,秉持了一个学者的良知和使命,即通过文学创作和批评来促进社会平等、种族平等。在万斯·帕尔默看

---

① Indyk, Ivor. "Vance Palmer and the Social Function of Literature." *Southerly* 1990(50.3):346.
② Ibid.
③ 黄源深. 澳大利亚文学史(修订版). 上海:上海外语教育出版社,2014:158.

来,一方面,澳大利亚文学应该呈现出"澳大利亚性",即对澳大利亚本土文化的呈现。"如果澳大利亚作家无法让自己的耳朵捕捉到自己民族生活中的各类声音,那么我们的艺术必定是虚假和短命的,我们绝不能以英国的眼光看待事物,应当像我们的动物和植物那样,具有自己独特的个性。"①另一方面,他也清晰地看到,澳大利亚20世纪早期的创作成就比19世纪90年代更丰富、辉煌。弗菲、贝恩顿、弗兰克林、路易斯·斯通以及亨利·理查森等都在这一时期声名鹊起,诗人布伦南、奥多德、麦克雷,作家诺曼·林赛,艺术家 G. W. 兰伯特(G. W. Lambert)等也都日益崭露头角。②这些文艺作品总体上反映了澳大利亚本土性特征,也反映了澳大利亚民族主义时期他们追求独立、自由、平等的内心渴求。(三)万斯·帕尔默的"文学与社会"理想还包括他对澳大利亚的激进民族主义情绪与"白澳"思维的批判。他的"文学与社会"理想还表达了他对文学介入社会现象的不满。从淘金期到19世纪末,大量中国人前往澳大利亚寻求生机,希冀在那里安巢立屋,却受到了极不公正的对待。华人在澳大利亚早期作品中以及报刊上都以被极端丑化的"他者"形象呈现。文学作品中,澳大利亚读者看到的总是华人肮脏、丑陋、扎着长辫子、抽着大烟的负面形象,这与史实严重不相符,可谓竭尽歪曲之能事。成立于1880年的澳大利亚民族主义杂志《公报》对华人移民的到来,更是大放厥词,毫无顾忌地批评说,"华人的邪恶是毁灭性的","华人犯罪是对我们国家的威胁","他们的勤奋刻苦是对我们社会体制的威胁"。③ 万斯·帕尔默作为一个正直的社会公知和评论家,清楚地看到这一点,明确指出:"事实上,对这些'华人是违反律令的人'的歪曲描写是'找不到任何证据的',相反,已有的证据表明他们是最安分守己的人,他们被指控的一些所谓罪行也都是微不足道的小过错而已……这么做,只不过是华人移民的到来破坏了他们'孤立而排外'的民主梦想,他们不愿将华人视作他们兄弟中的一员而已。"④因而,他对于澳大利亚政党"将华人赶出澳大利亚作为他们政治运动核心任务之一,并且将这一任务作为他们首要政治问题"的做法更是义愤填膺。"这种对华人的憎恶有些莫名其妙,正如澳大利亚政治家威廉·莱恩指出的那样,'丛林中游荡的东方人是澳大利亚工会联合会的威胁这种观点毫无道理,试想若成千上万的亚洲人全部撤出澳大利亚,会是什么结果?'"⑤这种客观公正的批评态度

---

① Palmer, Vance. "An Australian National Art." *Steele Rudd's Magazine* Jan. 1905: 597.
② Palmer, Vance. *The Legend of the Nineties*. Victoria: Currey O'Neil Ross Pty Ltd., 1954: 3.
③ Ibid., 7.
④ Ibid., 6.
⑤ Ibid.

体现了万斯·帕尔默有关"文学与社会"的国际视野和民族平等、种族平等、社会平等思想。

万斯·帕尔默的国际视野让他得以从宏观、广阔的视角评价澳大利亚现实主义创作中的"文学与社会"的关系。他的文学批评主要集中在澳大利亚文学,但同时也涵盖欧美现实主义、现代主义作家作品。他不仅通读英国小说以及欧洲经典名著,并且有着广泛的欧洲游历和生活体验,这种"读万卷书,行万里路"的经历让他得以通过文学批评向澳大利亚民众介绍欧美文学发展与趋向,因为他意识到"澳大利亚批评与创作要想真正成熟必须熟悉和了解外部广阔空间"①。在小说批评中,他比较推崇现实主义创作,并认为澳大利亚作家应该借鉴欧美现实主义小说传统。"作者能否通过小说文本与读者形成持续的互动交流是评价小说的一个标准,小说应当能够激起读者的情感与想象火花,并且能让读者感受到作家内心细腻的情感。"②在这一点上,他特别推崇托尔斯泰和福楼拜这样的现实主义作家,认为"他们的作品不仅仅关注人物精神和灵魂层面,而且对人物一生的命运都进行了书写,最重要而是,他们将日常生活中的矛盾与冲突描写与灵魂深处的矛盾与冲突并置"③。他强调作家对日常生活的观察能力,强调作家创作的中心任务是看清世界真实面貌,强调作家通过人物外在行为、言行细节洞察人物内心世界的能力。他对现实主义文学作品的推崇映照了他对文学是反映社会的一面镜子的现实观。

总之,在万斯·帕尔默批评思想中,他大力提倡发展澳大利亚文学,主要着力建构澳大利亚文学的丛林性和民族性;他批评了澳大利亚文学作品视野过窄,缺乏自信,盲目崇尚欧美文化传统的弊端;最后,他推崇欧美现实主义文学创作,强调文学对社会的细察和观照,从社会生活中汲取文学素材,从社会底层的形形色色的"沉默的大多数"人群中塑造典型形象,并倡议澳大利亚作家从欧美现实主义经典作品中吸取养分,围绕澳大利亚文化特征进行现实主义文学创作。

---

① Palmer, Vance. *The Legend of the Nineties*. Victoria: Currey O'Neil Ross Pty Ltd., 1954: 17.
② Palmer, Vance. *Australian Writers Speak: Literature and Life in Australia*. Sydney: Angus & Robertson, 1942: 96.
③ Heseltine, Harry. *Vance Palmer*. St Lucia: University of Queensland Press, 1970: 179.

第三节　内蒂·帕尔默
(Nettie Palmer, 1885—1964)

生平简介

　　内蒂·帕尔默,原名珍妮特·希金斯,澳大利亚诗人、文学记者、传记家、批评家、社会活动家、翻译家。

　　她于1885年8月18日出生在墨尔本的本迪戈,父亲约翰·希金斯(John Higgins)是一名会计,叔叔是一名法官,她后期在国外的教育费用主要得益于叔叔的资助。内蒂·帕尔默的父母很重视她的教育。她先后在长老会女子学院(Presbyterian Ladies' College)和墨尔本大学就读,并于1905年获得墨尔本大学教育学学士学位。1910年,在叔叔的资助下,她前往伦敦、柏林和巴黎游学,并于1911年获得音位学国际学位,1912年获得墨尔本大学硕士学位。学生期间她就爱好舞文弄墨,时常有诗歌发表,这一爱好一直延续到1914年与万斯·帕尔默在伦敦结婚,两人携手共同走上职业批评道路,其故事成为澳大利亚文学史上的一段佳话。

　　内蒂·帕尔默在20多岁时就因为出版过诗集《南风》(*The South Wind*,1914)和《林荫小道》(*Shadowy Paths*,1915)而成为享有一定声誉的年轻女诗人。不过,她后来没有在诗人的道路上继续发展,转而从事她倾注一生的文学杂志和文学批评。她对海外文学的广泛阅读使得她对澳大利亚文学批评有着独特的感悟,也拓宽了她的文学批评视野。她熟悉法语、德语,对希腊语也有所研究,为了研究南美洲的殖民地文学还自学了西班牙语。而她所有这一切都是"为了澳大利亚文学和澳大利亚本土文化的发展"[①]。

　　内蒂·帕尔默在各类报纸杂志发表了大量文章。"她的(这些)文学批评文章

[①] Smith, Vivian. ed. *Nettie Palmer: Her Private Journal* Fourteen Years, *Poems, Reviews and Literary Essays*. St Lucia: Queensland University Press, 1988: XVII.

和评论质量上乘,远高于今天刊登在文学杂志上的文章。"① 她的批评专著不多,主要有《现代澳大利亚文学》(*Modern Australian Literature*,1924)、《十四年:一本私人杂志摘录(1925—1939)》(下文简称《十四年》)(Fourteen Years: *Extracts from a Private Journal 1925—1939*,1948)、《亨利·汉德尔·理查森研究》《单德农》(*The Dangdenongs*,1952)、《伯纳德·奥多德》(*Bernard O'Dowd*,1954),其中《十四年》的影响力最大。

虽然内蒂·帕尔默是诗人,作家,批评家,但她生前文学声望并不高,也没有任何学术头衔和荣誉。但谁也无法否认她对澳大利亚文学的贡献。正如薇薇安·史密斯所言:"虽不能对她的文学贡献做出过分夸张的不公正评价,但低估她对澳大利亚文学创作和传播的贡献显然是错误的",因为"内蒂·帕尔默是澳大利亚文学史中不可或缺的批评家,没有她持之以恒的推动和贡献,澳大利亚文学创作将更加贫瘠"。②

女性批评家先驱

在讨论澳大利亚起步阶段的文学批评时,撇开内蒂·帕尔默谈她丈夫万斯·帕尔默或者撇开她的丈夫谈内蒂·帕尔默的文学成就,很难也很危险。内蒂·帕尔默的大部分时间都在协助完成万斯·帕尔默的文学批评,因而"她的文学成就和文学光环都被丈夫笼罩了,并且家庭生活也影响了她的创作"③。例如,由丈夫万斯·帕尔默负责浓缩和精简的澳大利亚经典《人生就是如此》得益于内蒂·帕尔默的协助才能够于 1937 年在伦敦出版;上文讨论的万斯·帕尔默的批评编著《民族画像》《A. G. 斯蒂芬斯:生平与著作》等无不饱含内蒂·帕尔默的思想和智慧。另一方面,内蒂·帕尔默的诗歌集《十四年》以及批评专著《亨利·汉德尔·理查森研究》也含有万斯·帕尔默的批评见解。他们还共同署名发表了很多文学批评文章。不可否认的是,内蒂·帕尔默的文学批评和文学创作为澳大利亚文学做出了卓越贡献。她的文学批评多产丰富,细腻独到,所提出的文学的相对价值和绝对价值值

---

① Smith, Vivian. ed. *Nettie Palmer*: *Her Private Journal* Fourteen Years, *Poems, Reviews and Literary Essays*. St Lucia: Queensland University Press, 1988: XIV.
② Ibid., XII—XIII.
③ Ibid., XII.

得探究。

文学批评的"丰富性"

作为澳大利亚现代主义文学批评的一位旗手,内蒂·帕尔默阅读广泛、视野开阔、见解独特。她的批评性文章覆盖诗歌、戏剧、小说各类文学体裁,集中在20世纪20年代,基本上刊登在当时的报纸杂志上。单就1928年而言,她就发表了数篇关于凯瑟琳·曼斯菲尔德(Katharine Mansfield)的评论性文章[1],两篇关于弗吉尼亚·伍尔夫(Virginia Woolf)的评论性文章,其中一篇专门论述了伍尔夫作品的现代性问题,另一篇是《到灯塔去》(To the Light House,1927)的书评。在同一年,她还撰写了关于普鲁斯特、丽贝卡·韦斯特、D. H. 劳伦斯、托马斯·哈代等作家的批评文章。此外,她对爱尔兰、俄罗斯文学与戏剧也有相当浓厚的研究兴趣。

内蒂·帕尔默的阅读量和文学涉猎的范围令人惊奇,她的高产也让人难以想象,有些充满真知灼见的批评性文章甚至"有着永恒的价值"[2]。1927—1933年是内蒂·帕尔默批评的最多产期。在20世纪20年代的十年里,她在悉尼的《女性的镜子》(The Woman's Mirror),布里斯班的《通讯员》(Couriers)、《周日邮报》(Sunday Mail)、《电报》(Telegraph),墨尔本的《阿尔戈斯》(Argos)等各大杂志、报纸上介绍其同时代的澳大利亚作家作品,还为《塔斯马尼亚画报》(Illustrated Tasmanian Mail)供稿,几年间,她共发表1500字左右的文章212篇,这还不包括她同时期撰写的《亨利·伯恩斯·希金斯回忆录》(Henry Bournes Higgins: A Memoir,1931)以及为其他期刊撰写的文章。这些批评性文章涵盖了当时英美几乎所有知名作家以及澳大利亚本土作家。

内蒂·帕尔默不仅文学批评成果多,而且题材丰富,研究领域的涉及文学批评本身和与之相关的出版、发行等环节。她曾撰写过很多书籍出版、作品审查、新书销售等方面的文章,发表自己对文学出版、书籍市场的看法;她还写过很多关于澳大利亚口音、澳大利亚社会丑陋现象、澳大利亚郊区生活、澳大利亚英语特征、澳大

---

[1] Lucas, Robin. *The Devout Critic: Nettie Palmer and Book Reviewing in Australia between the Wars 1920—1940*. Unpublished Publishing Project, University of Melbourne.

[2] Smith, Vivian. ed. *Nettie Palmer: Her Private Journal* Fourteen Years, *Poems, Reviews and Literary Essays*. St Lucia: Queensland University Press, 1988: XX.

利亚冲浪文化、澳大利亚移民、澳大利亚拓荒史以及木质结构房屋等各方面的文章,堪称大杂家;不仅如此,她还写过不少关于自然生态的文章,讨论过澳大利亚多元文化问题、女性问题、女性地位问题、女性对澳大利亚贡献问题等。内蒂·帕尔默的兴趣广泛和知识广博程度如此窥豹一斑。不过,她这些看似与文学批评不相关的文章与她的文学批评宗旨却并行不悖:那就是要"激发澳大利亚民众对澳大利亚传统的兴趣和对澳大利亚文化生活的关注"①。

具体而言,出版于1948年的《十四年》是内蒂·帕尔默关于文学创作和文学批评的成果汇编,也是她文学思想的精粹,是了解内蒂·帕尔默批评思想的重要文集,更是了解和洞察内蒂·帕尔默批评丰富性的重要著作,也是一部引起不少历史学家和对两次世界大战期间澳大利亚文化发展研究的学者广泛兴趣的批评文集。要了解内蒂·帕尔默批评思想,或者说要了解内蒂·帕尔默的文学批评的多样性和丰富性,该书不可不读。批评文集中的文章以"机智、客观、独立"②的文风,以自信而优雅的语言展示了她对澳大利亚文学、欧洲(巴黎、巴塞罗那)文化的深刻洞见,是内蒂·帕尔默对澳大利亚文学最重要的贡献之一。

"相对价值"与"绝对价值"

人类离不开文学因为文学是对生活/生命的阐释,文学给人类混沌、混乱的生活带来一丝光。内蒂·帕尔默的文学成就主要在于她的文学批评,这些批评散见于她的大量文学批评文章。她不仅阅读广泛,而且文学批评同样具有世界视野。

《现代澳大利亚文学》是内蒂·帕尔默的第一部批评专著,也是澳大利亚第一部系统梳理澳大利亚文学作品的批评集,具有拓荒性。这部作品在语言、文字、标点等方面鲜有瑕疵,并获得了"洛蒂安奖"。内蒂·帕尔默认为:"对文学作品做出中肯而具有独立思考的批评不是易事,给当下文学作品做出公允的评价更加不易。"③读者对作品的反应有助于闭门写作的作家,也有助于塑造共同体归属感,因而,从某种意义上来说,一部好的文学作品是由作者和读者共同完成的。优秀的澳

---

① Smith, Vivian. ed. *Nettie Palmer: Her Private Journal* Fourteen Years, *Poems, Reviews and Literary Essays*. St Lucia: Queensland University Press, 1988: XV.
② Smith, Vivian. "Nettie Palmer's *Fourteen Years*: An Afterword." *Southerly* 2007(67): 356.
③ Ibid., XV.

大利亚文学作品对澳大利亚人来说很重要，但是在 20 世纪二三十年代，澳大利亚不仅缺乏具有共同性的文学批评标准，也缺乏争鸣和活力，内蒂·帕尔默对这些问题深有感触并决意推动澳大利亚文学批评向前发展。

内蒂·帕尔默提出文学的相对价值和绝对价值是她的一大贡献。内蒂·帕尔默认为，世界上那些伟大或者传统意义上的经典文学具有文学的绝对价值，其他文学则具有相对价值。弥尔顿的诗篇对人类黑暗（心灵）的阐释、约翰·班扬（John Bunyan）给读者揭示的曼苏尔之城、康拉德对人类在本能的驱动下处理自己与生存处境之间关系的思考都展现了伟大文学的绝对价值。这些文学作品蕴含着一些共同的特质，即不管生活环境和生活方式如何千差万别，不管时空如何变幻，不管读者的文化背景和生活经历如何，这些作品始终都会给读者带去共同的体验和感悟，这就是伟大文学的绝对价值。[①] 这种绝对价值，就是福柯在《作者是什么》("What Is an Author"，1969)中所指出的："凡是作品有责任创造不朽性的地方，作品就获得了杀死作者的权利，成了作者的谋杀者。福楼拜、普鲁斯特和卡夫卡是这种转变的明显实例。"[②]内蒂·帕尔默认为那些不朽的、"作者消失了的"、具有共同性价值的作品才是具有绝对价值的文学作品。她的文学批评既包括具有绝对价值的经典作家作品，如英国作家斯宾塞、莎士比亚、狄更斯、哈代，美国作家亨利·詹姆斯、埃兹拉·庞德、奥尼尔、托马斯·曼等，易卜生、斯特林堡、歌德、普鲁斯特等文学大师也是她文学批评的对象。她还对同时代不甚知名的作家给予了深入关注，也就是那些具有相对价值的文学作品。

何谓相对价值？内蒂·帕尔默认为，相对价值是指文学作品在阐释特定生活环境时能够给生活在其中的读者带去的某种用处，类似于文学的娱乐功能。一个地区的生活方式只有一代又一代艺术家们将其以艺术手法呈现出来时才会慢慢形成，这些以特定地域与文化为背景在所创作的地方文学，同样具有文学审美和娱乐功能。除了在本国几乎不为人知的丹麦作家马丁·纳克所（Martin Nexo）和挪威作家尤昂·波耶尔（Johan Bojer）的作品之外，她还关注加拿大殖民文学、非洲黑人文学、新西兰文学等。在对这些小众非主流文学进行研究后，她提出了文学的相对价值说。内蒂·帕尔默的文学相对价值说，目的在于使人们关注澳大利亚文学，强

[①] Smith, Vivian. ed. *Nettie Palmer: Her Private Journal* Fourteen Years, *Poems, Reviews and Literary Essays*. St Lucia: Queensland University Press, 1988: XXIV.

[②] 米歇尔·福柯."作者是什么". 逄真译. 二十世纪西方文论选（下卷）. 朱立元、李钧主编. 北京：高等教育出版社，2002：186.

调澳大利亚文学发展的价值和意义。如果没有人关注澳大利亚这片大陆并对生活在其中的人们进行阐释,澳大利亚将一直是"暗恐和幽灵"之地,将一直是一片没有任何旨趣、不适合文学生产的地方。只有艺术家才能够激发人们去热爱这片新土地,开展新生活。

内蒂·帕尔默提出的文学绝对价值和相对价值概念具有重要意义。它旨在促进澳大利亚文学发展,激励澳大利亚文学创作,鼓励澳大利亚作家摈弃殖民文学传统,围绕澳大利亚本土文化与地域风貌进行创作。因而,在评介世界经典文学作品过程中,她一方面呼吁澳大利亚作家从具有绝对价值的世界文学作品中吸收养分,围绕澳大利亚自身特色进行文学创作,创造出属于澳大利亚民族的文学精品;另一方面,她倡导澳大利亚作家围绕珀斯地区乡村田园生活和塔斯马尼亚荒野丛林生活进行创作。

内蒂·帕尔默1915年回到澳大利亚后,奥多德是她第一个批评的澳大利亚诗人,她认为,《丛林》(The Bush)是澳大利亚那个时期写得最好的诗。1915年3月10日,她在给弟弟埃斯蒙德·希金斯的信中说:"好好读一读《丛林》,我是说,好好读一读诗集的后半部分。一些诗句真的很棒,尽管有些地方显得多余可以删除。"[①]"这正是年轻的澳大利亚所需要的书,这是对澳大利亚诗歌的沉思、是澳大利亚诗歌的预言和苗床,道出了澳大利亚民族的心声和抱负,关于丛林神秘性的诗句值得当下作家借鉴。"[②]

在内蒂·帕尔默看来,具有绝对价值的"经典杰作并不是文学的全部,所有不同地域与文化的文学作品都有其位置"[③],具有文学的相对价值。因而,澳大利亚本土作家的文学作品,同样值得读者关注,这也有利于激发作者的进一步创作。内蒂·帕尔默对澳大利亚文学不受读者关注的现象十分痛心,强调文学的相对价值就是为了推动澳大利亚民族文学的发展。

[①] Smith, Vivian. ed. *Nettie Palmer: Her Private Journal* Fourteen Years, *Poems, Reviews and Literary Essays*. St Lucia: Queensland University Press, 1988: XXV.

[②] Ibid., XXI.

[③] Ibid., XIII.

民族文学

在内蒂·帕尔默的批评思想中,她自始至终担负着澳大利亚民族文学监护人的角色,弱肩担道义,不遗余力地撰写批评文章推介澳大利亚作家作品。在20世纪二三十年代,澳大利亚批评界对澳大利亚作家普遍采取蔑视态度。"这个世界上没有哪个国家像澳大利亚一样,对自己文学的过去和现在一无所知,也没有哪个国家像澳大利亚一样,发自内心地为此现象进行欢呼。"[1]为此,内蒂·帕尔默争取每个可以为澳大利亚文学发声的机会推介澳大利亚文学,力争为澳大利亚文学赢得读者。尽管她有着世界文学的宽阔视野,但是她三分之二以上的批评文章都与澳大利亚文学相关,并以其优雅恬适的文字为澳大利亚文学做宣传。她的批评文章几乎涵盖了所有澳大利亚作家:理查森、弗兰克林、普里查德、贝恩顿、玛丽·吉尔摩、保罗·文斯(Paul Wenz)、普莱斯·沃伦(Price Warung)[2]、肖·尼尔森、莫里斯、罗伯特·菲茨杰拉德(Robert Fitzgerald)、奥多德、休·麦克雷、劳森、马丁·博伊德(Martin Boyd)、弗兰克·戴维森(Frank Davison)等。"在这些作家中,很多都因她为其第一次写批评文章才为读者所熟识,有些作家则是第二次世界大战后澳大利亚有了专门的澳大利亚文学研究杂志才被再次提起的。"[3]不得不承认,内蒂·帕尔默在推介这些作家时,尽管想以世界文学中具有绝对价值的文学标准来评价澳大利亚文学,但事实上,为了澳大利亚文学,她不得以介绍作品情节去吸引读者而对作品的不足之处一笔带过,但她对欧美作家作品的批评明显要比澳大利亚刚刚起步的文学在措辞上更加尖刻,这表明她对澳大利亚文学呵护有加。

内蒂·帕尔默的不少批评文章有如澳大利亚文学宣言,凝聚了她关于澳大利亚文学的思想结晶。她通过《澳大利亚小说》("The Australian Novel")、《澳大利亚文学的必要性》("The Need for Australian Literature")、《澳大利亚艺术》("The Arts in Australia")、《关于澳大利亚诗歌真理》("The Truth about Australian Poetry")、《建立耶路撒冷》("Building Jerusalem")、《殖民外来品》("Colonial

---

[1] Smith, Vivian. ed. *Nettie Palmer*: *Her Private Journal* Fourteen Years, *Poems*, *Reviews and Literary Essays*. St Lucia: Queensland University Press, 1988: XXIX-XI.

[2] 本名为威廉·阿斯特利(William Astely)。

[3] Smith, Vivian. ed. *Nettie Palmer*: *Her Private Journal* Fourteen Years, *Poems*, *Reviews and Literary Essays*. St Lucia: Queensland University Press, 1988: XXII.

Wares")、《澳大利亚的文学创作》("Creative Writing in Australia")、《十年之前：澳大利亚文学的黑暗年代》("Ten Years Ago: Dark Ages in Australian Writing")等系列文章探讨了澳大利亚文学的问题与出路。单从文章标题就可见内蒂·帕尔默对澳大利亚文学发展的忧思，以及她对澳大利亚文学发展问题的思考。

在《殖民外来品》一文中，内蒂·帕尔默振聋发聩地说：

当下澳大利亚文化给人的印象是价值观浅陋粗俗、思想表达胆怯懦弱，就像尚未获得权力和权威的未成年人一样。毕竟，三到四代人不足以在这片土壤上牢固生根，一股不确定的疑云总在头顶上空盘旋。这片大陆难道不是我们的家园吗？难道我们只是欧洲文化移民，只是在这里薅羊毛、刨地掘金？知识、美学、艺术理论、社会秩序、理论都只能是海外品？[①]

内蒂·帕尔默坚定地认为，任何一个民族或者地域文学都有其独特性，因而也都有其自身的价值，而文学杂志和文学批评是建构澳大利亚身份和归属感的重要媒介。内蒂·帕尔默的文学批评强调澳大利亚文学与文化价值重要性和迫切性的同时，明确指出"澳大利亚作家在创作过程中必须大胆使用而不是避免使用小溪谷（creek）、河湾（gully）、围场（paddock）这些辞藻，这对澳大利亚文学而言不仅重要而且必要。"[②]这从侧面表明，内蒂·帕尔默很早就意识到当下学界普遍关注的民族文学与世界文学的关系问题，即我们通常所建构的"越是民族的就越是世界的，反之亦然，越是世界的就越是民族的。"这两者都同时强调了小众、岛国文学对世界文学的不可或缺性，内蒂·帕尔默19世纪80年代前针对当时小众的、没有波澜的澳大利亚文学提出的关于澳大利亚民族文学的价值正是我们今天所谈论的民族文学和世界文学关系，具有很强的前瞻性，体现了她作为一个批评家的敏锐和敏感。

另外，在讨论澳大利亚起步阶段的文学批评时，撇开内蒂·帕尔默谈她丈夫万斯·帕尔默或者撇开她的丈夫谈内蒂·帕尔默的文学成就，都是危险的，也不客观。他们的通信和日记表明他们有着共同的写作爱好，都积极弘扬和宣传澳大利亚文化。共同合作、彼此讨论、互相激励是他们婚姻生活后的日常交流方式。

作为澳大利亚文学批评史上的一对伉俪，帕尔默夫妇为澳大利亚文学批评做出了贡献。首先，他们清楚地认识到，澳大利亚文学批评与创作必须认真审视过

[①] Smith, Vivian. ed. *Nettie Palmer: Her Private Journal* Fourteen Years, *Poems, Reviews and Literary Essays*. St Lucia: Queensland University Press, 1988: 431.

[②] Ibid., 288.

去,而不是一味叫嚣和呼唤"伟大的澳大利亚文学"口号。其次,他们还严正指出澳大利亚文学的无根性,批判了澳大利亚的一切都在无谓地重复,致使文学迟迟得不到真正的发展。最后,他们认为澳大利亚作家普遍缺乏传承有用的过去来创作澳大利亚文学的连续性。在他们看来,澳大利亚的一系列文学活动或者运动都缺乏传承性和连续性,比如"先锋派剧作家"和"金迪沃罗巴克"运动都没有创造出真正有价值的文学精品,倒是割断了澳大利亚文学发展之间的连续性。对于"金迪沃罗巴克"运动,他们认为这是澳大利亚文学发展的一个失败,因为该运动只是证明了澳大利亚文化的幼稚、粗俗和毫无自主意识。他们在此基础上指出,如果澳大利亚文学界不能清晰地看到这些问题,不能以一种成熟和包容的心态对待这些问题,澳大利亚文学与文化就不可能有未来。正如 A. A. 菲利普斯在评价帕尔默夫妇的文学成就时所指出的那样:"帕尔默夫妇对澳大利亚文学的培育,既着眼未来又重视对澳大利亚过去的传承。"①

内蒂·帕尔默是一位对澳大利亚起步阶段文学批评做出重要贡献的文学批评家。她的批评贡献主要体现在三个方面:一、她渊博的世界文学知识为她的澳大利亚文学批评提供了批评标准,她在指出澳大利亚文学发展的必要性和迫切性基础上,也为澳大利亚文学发展指明了方向;二、她明确提出了澳大利亚文学在世界文学框架下发展的价值和意义所在,她多产而丰富的澳大利亚文学批评文章推动了澳大利亚文学的发展;三、她坚定地支持和推崇那些"勇敢而自信地"表达澳大利亚的作家和作品,为澳大利亚文学摆脱英国殖民禁锢和殖民文学束缚做出了贡献。"没有她的贡献,澳大利亚文学(批评)会更加贫瘠。"②她的文学创作与批评生涯见证和书写了澳大利亚整整一代人对澳大利亚文学既豪情满怀又沮丧不甘的矛盾心情,见证和书写了澳大利亚作家表达民族情绪时对英国殖民文学欲断还乱的矛盾与复杂。

---

① Phillips, A. A. ed. "Review of Vivian Smith." *Letters of Vance and Nettie Palmer*, 1915—63. Arthur Angell Phillips, Papers and Correspondence, 1940—71, MS 9160, Box 222/3, Australian Manuscripts Collection, State Library of Victoria.

② Smith, Vivian. ed. *Nettie Palmer*: *Her Private Journal* Fourteen Years, *Poems*, *Reviews and Literary Essays*. St Lucia: Queensland University Press, 1988: XIII.

第四节 A. A. 菲利普斯
（A. A. Phillips，1900—1985）

生平简介

　　A. A. 菲利普斯出生于1900年，也就是澳大利亚联邦成立的前一年，他用一生倾注澳大利亚民族文学与文化批评来诠释他的出生与澳大利亚民族独立之间的内在关联。菲利普斯的祖辈来自犹太家庭，拥有犹太血统，对于自己的文学批评生涯，他曾说："犹太人天生具有批判性思维。"[①]菲利普斯从小爱读英国小说，尤其是具有反叛精神和民族意识的激进派作家的作品，如布莱克、雪莱、威尔弗莱德·欧文（Wilfred Owen）、H. G. 威尔斯（H. G. Wells）、萧伯纳等，并深受他们影响。他认为，英国的威尔斯、萧伯纳、伯特兰·罗素（Bertrand Russell）等激进派作家在美国和澳大利亚产生的影响比在英国的影响还要深远。[②]

　　菲利普斯是澳大利亚文学批评起步阶段的佼佼者。普里查德认为他是"对澳大利亚文学无所不知的批评家"[③]。然而，他走向文学批评家的道路却有些偶然。1945年，他在《米安津》杂志上发表了第一篇批评文章，谴责当时澳大利亚文学批评的愚昧和无知，流露出他激进批评的锋芒。1956年，在回顾自己文学批评生涯时，他说，他在20世纪30年代参加文学聚会的时候，就表达了自己对澳大利亚文学批评的兴趣。戏剧家弗兰克·威尔莫特认为，菲利普斯不应该谈论自己的批评热情，而是应该将批评用文字表达出来。但是，20世纪30年代的澳大利亚还没有专门发表文学批评文章的杂志，也缺乏值得批评的文学精品，这影响甚至阻碍了菲

[①] Davidson, Jim. "Interview: A. A. Phillips." *Meanjin Quarterly* 1977(36.3): 291.
[②] Ibid., 289.
[③] Prichard, S. Katharine. *Straight Left: Articles and Addresses on Politics, Literature, and Women's Affairs Over Almost 60 Years, from 1910—1968*. Sydney: Wildland Wooley, 1982: 194.

利普斯的文学批评能力的发展。1938年,诗人斯莱塞的《诗歌一百首》(*One Hundred Poems*,1944)以及罗伯特·菲茨杰拉德的《月光下的土地》(*Moonlight Acre*,1938)的诗集出版,《南风》杂志创刊,让菲利普斯等来了澳大利亚文学批评"云开雾散"的时代,也迎来了他文学批评的春天。20世纪五六十年代,他担任澳大利亚著名文学杂志《米安津》的编委和副主编,与期刊主编克雷姆·克里斯滕森(Clem Christesen)、批评家帕尔默夫妇等文学名士共同设置了期刊的批评标准,克里斯滕森曾毫不吝啬地赞赏菲利普斯对期刊的贡献:"不管期刊取得多么辉煌成就,这与你的贡献以及你无处不在的影响力密不可分。"①

菲利普斯主要著有《澳大利亚传统:殖民文化研究》(下文简称《澳大利亚传统》)(*The Australian Tradition: Studies in a Colonial Culture*,1958)和《亨利·劳森》两部文学批评著作,其中前者是他影响力最大的作品。

民族文化的倡导者

文学批评跟不上文学发展步伐似乎是澳大利亚文学发展的一个现象。进入20世纪50年代后,澳大利亚文学发展迅速,大量文学作品涌现。尽管此前澳大利亚文学批评在A. G. 斯蒂芬斯、帕尔默夫妇等人的努力下,取得了不少批评成果,但难与文学创作相提并论,一流的文学批评著作更少。"菲利普斯的《澳大利亚传统》改变了这一现状,这虽不是一部批评的鸿篇巨制,也不是一部开化民智的批评著作,但却无疑是一部一流的批评著作。"②这部薄薄不过百来页的《澳大利亚传统》为何会有如此高的学术价值和影响力呢?

殖民文化传统

《澳大利亚传统》是菲利普斯关于澳大利亚20世纪90年代文学的论文集,收

---

① Christesen, C. B. "Letter to A. A. Phillips." 3 March 1980, *Phillips Family Papers*, MS 12491, Box 3385/1, Australian Manuscripts Collection, State Library of Victoria.

② Phillips, A. A. *The Australian Tradition: Studies in a Colonial Culture*. Melbourne: Cheshire-Lansdowne, 1958: VII.

录的十篇论文分别是《劳森的创作艺术》("The Craftsmanship of Lawson")、《再论劳森》("Lawson Revised")、《弗菲的创作艺术》("The Craftsmanship of Furphy")、《民主主题》("The Democratic Theme")、《芭芭拉·贝恩顿与90年代的不同声音》("Barbara Baynton and the Dissidence of the Nineties")、《家庭关系》("The Family Relationship")、《文化奴婢主义》("Cultural Cringe")、《万斯·帕尔默短篇小说研究》("The Short Stories of Vance Palmer")、《澳大利亚浪漫主义与斯图尔特的〈内德·凯利〉》("The Australian Romanticism and Stewart's *Ned Kelly*")以及《多里亚·里布什与澳大利亚剧院》("Dolia Ribush and the Australian Theatre")。这十篇论文分别论述澳大利亚19世纪90年代经典作家、19世纪90年代文学的丛林气质、丛林气质中的伙伴情谊、伙伴情谊与澳大利亚社会民主思潮等核心思想。具体而言,这部批评著作体现了菲利普斯深厚的文学修养和独到的学术批判思想。首先,批评集着重论述了澳大利亚丛林生活,强调"丛林是澳大利亚文学的土壤和种子,是澳大利亚最好、最具代表性的文学特征"[①];其次,批评著作分析了英语语言与英国文学对澳大利亚文学无处不在的影响,尤其是对澳大利亚20世纪90年代文学创作无处不在的影响;另外,这部批评专著描述了澳大利亚20世纪90年代文学追寻自我、书写自我、突破自我的过程,认为20世纪90年代文学是澳大利亚从殖民文学向现实主义文学的觉醒过程。

《文化奴婢主义》是菲利普斯对澳大利亚文学批评的最主要理论贡献。这篇文章于1950年刊登在《米安津》杂志,发表后就引起了澳大利亚文学界的轰动。"文化奴婢主义"这一具有明显政治隐喻的激进概念,其振聋发聩之声引起了澳大利亚政治界、文化界、文学界的关注,文章对澳大利亚文学反省、内思与发展都起过巨大的思想引领作用。20世纪50年代前,澳大利亚大学英文系里的文学批评和文学写作都是英美模式,主要以英国利维斯和他负责的批评杂志《细察》(*Scrutiny*)和美国的新批评为批评蓝本。据此,菲利普斯认为澳大利亚大学英文系缺乏澳大利亚文学和批评课程佐证了澳大利亚社会弥漫的文化奴婢主义思想。事实上,在菲利普斯看来,澳大利亚文学中劳森和弗菲的创作技巧与艺术特色已然不逊色于英美文学大家。因而,澳大利亚文学可以摆脱英美文学批评而建构澳大利亚文学批评。《劳森的创作艺术》《弗菲的创作艺术》两篇文章就是为"文化奴婢主义"这一概念的提出而打下的伏笔。在《劳森的创作艺术》一文中,菲利普斯说,劳森作品没有

[①] Phillips, A. A. *The Australian Tradition*. Melbourne: Longman Cheshire, 1980: IX.

了对中产阶级那种(仰慕)态度,尽管狄更斯、哈代等人都对贫民阶层充满同情,但却难以掩盖他们对中产阶级的向往思维。如《雾都孤儿》中奥利弗·崔斯特的出生,在遭遇重重挫折考验后,最后成为绅士的描写显然更符合中产阶级阅读预期。在劳森和弗菲笔下,我们很少看到中产阶级的影子,看到的是他们坚定地站在贫民阶层为澳大利亚丛林人的呐喊。① 劳森诗歌的成功在于它采用自由诗的形式叙述了澳大利亚故事。这表明了劳森摆脱英国传统影响,寻求澳大利亚文学表达方式的拓荒意识。弗菲的《人生就是如此》初读下来艰深晦涩、不知所云,令人感觉"这根本不是一部小说,而是一块粗糙无华的硬石"②。但在《弗菲的创作艺术》一文中,菲利普斯对此评价愤慨地指出:"当一个有点名头的欧洲作家采用一种非传统叙事方式写小说的时候,我们会静下心来问,作者为何这么写?他在追求什么?而当弗菲这样一部异乎寻常的澳大利亚小说问世时,我们的直觉竟是,这样一个可怜而无知的丛林乡下人,真的不知道在写什么。这显然是文化奴婢主义思想在作怪。如果细细考察,你会发现,'这部小说的每一个短语、每一个句子、每一段话都是作者的苦心造诣'。"③他的这些匠心独运被认为毫无技巧可言,遭到无视甚至批评,"只因为他当时还没有经验、没有接受过专业文学训练"④。批评直指当时澳大利亚的文化犬儒心态。在《民主主题》一文中,菲利普斯从历史出发分析了澳大利亚自 19 世纪 50 年代淘金期逐渐形成的伙伴情谊与民主主题的内涵,并指出,"澳大利亚民主传统根植于丛林拓荒精神,丛林伙伴情谊是澳大利亚民主思想的萌芽"⑤,并借助劳森和弗菲的小说给出了具体的阐释,批评占地农的资产阶级剥削思想、歌颂和维护选地农的平等互助意识。在《芭芭拉·贝恩顿与 90 年代的不同声音》一文中,菲利普斯首先阐释了澳大利亚 20 世纪 90 年代的文学传统:对澳大利亚民族的欢呼,对澳大利亚民族精神的渴求。紧接着,他提出 20 世纪 90 年代鲜明的民族文学传统背后还有一股涓涓细流:贝恩顿的小说。贝恩顿主要文学成就是一部小说《人类命运》(*Human Toll*,1907)和一部短篇小说集《丛林研究》(*Bush Studies*,1902)。与浓墨重彩地渲染澳大利亚的民族特色和民族情绪的 20 世纪 90 年代文学不一样,贝恩顿的小说从个体主观角度审视了澳大利亚丛林人的生命体验和恐惧心理。也就是,贝恩顿从丛林的阴暗破坏力给人尤其是女性心灵造成的

---

① Phillips, A. A. "Henry Lawson as Craftsman." *Meanjin* 1948(7.2): 80.
② Green, Henry. *An Outline of Australian Literature*. Sydney: Angus & Robertson, 1964: 127.
③ Phillips, A. A. *The Australian Tradition*. Melbourne: Longman Cheshire, 1980: 33.
④ Ibid., 48.
⑤ Ibid., 80.

"暗恐"进行了刻画,即令人伤心欲绝的丛林孤独感给丛林女性带去的心理恐惧。"贝恩顿小说对于精神黑暗力量的探幽与艾米丽·勃朗特、陀思妥耶夫斯基、赫尔曼·麦尔维尔有着异曲同工之妙,且兼具澳大利亚的丛林性。"① 在《家庭关系》一文中,菲利普斯梳理了澳大利亚与英国的源流关系。他形象地指出:"澳大利亚作为殖民地与宗主国英国之间是亲密而又不安的关系,在心理上有如叛逆期的青少年与父母之间的关系。这种关系和影响在澳大利亚文学创作上体现得最明确也最直接。"② 不过,这也不奇怪,因为任何艺术都植根于一个民族的传统,文学更是直接受民族传统的影响。"劳森、弗菲和贝恩顿等澳大利亚作家的创作艺术、创作技巧与创作主题都很新颖别致,而且旗帜鲜明地融入了澳大利亚价值观。"③ 在这篇文章中,菲利普斯还探讨了澳大利亚的诗歌创作。"澳大利亚 20 世纪 90 年代诗歌无法摆脱他们殖民语境的致命诱惑"④,指出了澳大利亚诗歌创作的文化奴婢主义影响。澳大利亚 20 世纪 90 年代诗歌更多地从英国诗人和英国诗歌传统汲取了创作灵感,这种借鉴是任何创作都必须经历的阶段,而且是必经阶段。菲利普斯紧接着指出:"20 世纪 50 年代,澳大利亚文学已经超越 90 年代文学对英国文学依赖的一面,尽管现在文学还难以完全摆脱殖民文学思维的影响,但曾经对英国文学的臣服与现在的自信都不那么极端了,因而澳大利亚对英国文学的曾经依赖不必惭愧,更不必'碎碎念'。"⑤

在《文化奴婢主义》一文中,菲利普斯首次对"文化奴婢主义"进行了界定。他认为澳大利亚文学传统中有一种"是啊,但就不知道那些修养较高的英国人怎么看?"⑥ 的天生的不自信。菲利普斯认为,首先,"文化奴婢主义"生发于这种没有任何调查的比较。弗菲的《人生就是如此》、普里查德的《库娜图》、莫里斯的《墨尔本赞歌》(*Melbourne Odes*,1934)在英国读者看来都不出色,事实上,不是作品不好,而是英国人无法理解作品中呈现的澳大利亚的独特性。其次,澳大利亚文学奴婢性体现在澳大利亚知识分子的不自信,习惯性地认为他们比英国人粗俗、鄙陋,因为他们自认为澳大利亚读书的人少,人们崇尚平庸。事实上,"从人均购书比例来

---

① Phillips, A. A. *The Australian Tradition*. Melbourne: Longman Cheshire, 1980: 80.
② Ibid., 83.
③ Ibid., 90.
④ Ibid., 83.
⑤ Ibid., 110.
⑥ Ibid., 113.

看,澳大利亚的比例要高于盎格鲁—撒克逊人"①,这种不自信"没有任何事实根据"②;此外,菲利普斯认为,澳大利亚作家深受文化奴婢主义影响,他们创作时,总是期待英国读者的反映,害怕引起他们的不适,因而总有一个看不见的幽灵(一个颇有威胁的英国人)坐在那里左右着他们的创作思维。③"文化奴婢主义"概念的提出,犹如平地一声惊雷,惊醒了很多依旧在梦中的澳大利亚文人,促进了澳大利亚文学创作的文化自觉。

在《万斯·帕尔默短篇小说研究》一文中,菲利普斯分析了文学批评家万斯·帕尔默的短篇小说成就。他指出,万斯·帕尔默的短篇小说尽管不能说模仿了劳森,但有着显著的相似性,如对普通人生活的描写、普通人的情感体验、反对中产阶级世俗生活描写等;他同时也指出,"万斯·帕尔默短篇小说存在节奏缓慢的明显不足"④,但在讽刺与同情之间的平衡,有着契诃夫风格。在《澳大利亚浪漫主义与斯图尔特的〈内德·凯利〉》一文中,菲利普斯首先对浪漫主义做了界定:"对人类精神想象可能性与人类生存境遇实际局限性之间的矛盾反抗,就如一个人的内心渴望被外在的象征'文明'的直筒大衣遮蔽后的公然反抗",因而,浪漫主义文学,"就是我们内心对美的追求被肮脏、丑陋、卑鄙的现实压制后的反抗,对无限想象力被现实压制的反抗、对精神完美面临社会无奈不得不和解的反抗"。⑤ 然后,菲利普斯以斯图尔特根据澳大利亚丛林英雄/强盗内德·凯利为原型塑造的《内德·凯利》为例,分析了小说澳大利亚式的浪漫主义特征。(出生在新西兰的斯图尔特长期生活在悉尼,是一个性格和蔼、性情不羁的文学爱好者,与菲利普斯长期保持着文学友谊。)专著的最后一篇文章是《多里亚·里布什与澳大利亚剧院》,菲利普斯认为:"有着俄罗斯血统的里布什对澳大利亚戏剧潜在影响最大,因为俄罗斯民族有着深厚的艺术传统,他们对艺术充满热爱、信仰和尊敬,与英国戏剧娱乐功能有着很大区别,并且里布什对戏剧价值有着坚定而执着的强烈信念。"⑥菲利普斯认为,里布什对剧本文本、舞台设置、演员选用的"精益求精"态度都是澳大利亚戏剧认真借鉴和学习的地方。

关于文学批评的功能,菲利普斯讨论不多。在接受吉姆·戴维森(Jim

---

① Phillips, A. A. *The Australian Tradition*. Melbourne: Longman Cheshire, 1980: 115.
② Ibid.
③ Ibid.
④ Ibid., 118.
⑤ Ibid., 129.
⑥ Ibid., 146.

Davidson)采访时他表示,文学批评没有什么功能,更难说有什么明确而特定的功能;如果文学批评有什么功能,那就是应该能够给读者提供新思维。进一步研究发现,菲利普斯关于文学功能的表述与英国新批评思想代表利维斯的"文学应当有着崇高的目标,能够提高读者的生活品质"①思想一致。换言之,菲利普斯关于文学批评的功能在"新批评派"基础上形成了自己的观点。在20世纪三四十年代时,他经常听到澳大利亚作家抱怨没有人讨论他们的创作,导致他们的创作就像在真空中呼吸一样,这让他感到对澳大利亚文学批评的必要性。据此,他提出"文学批评不能仅局限在对当代文学的评论上,还应当包括对早期作品的重新审视,这有助于把握澳大利亚文学发展的传承性与连贯性,有助于挖掘澳大利亚值得批评关注的文学精品"②。

对于任何一个民族或者任何一个时期的文学批评而言,文学批评要想形成一股蔚然成风的风气,必须有一定数量的、具有甄别眼光的读者群。也就是说,要有一批愿意购买文学图书的读者群,这样才能使得作家靠写作谋生,因为"真正有价值的艺术作品,一般而言,都不是兼职作家创造出来的,而是以创作为生的职业作家"③。劳森、弗菲、拉德等早期专职从事文学创作的作家使得澳大利亚文学逐渐有了本土文学,澳大利亚本土声音逐渐为欧美所感知。

澳大利亚知名文学评论家文森特·巴克利(Vincent Buckley)认为:"150年来,澳大利亚产生了一批值得评论家关注的文学作品,但是我们并没有从这些令人信服的经典作品中产生相应的文学批评,也就是说,尚没有可以与这些经典作品相媲美的批评实践。"④因而,"现在很有必要发现澳大利亚的经典作品,并对他们的文学价值达成一种共识,这是我们当前批评的关键:共同努力确定一批澳大利亚作家书写的经典作品"⑤。菲利普斯的《澳大利亚传统》无疑是对这一呼吁的最好回应。

---

① Hesketh, Rollo. "A. A. Phillips and the 'Cultural Cringe': Creating an 'Australian Tradition'." *Meanjin* 2013(72.3): 101.

② Philips, A. A. "Cultural Nationalism in the 1940s and 1950s: A Personal Account." *Intellectual Movements and Australian Society*. eds. Brian Head and James Walter. Melbourne: Oxford University Press, 1988: 143.

③ Hope, A. D. "Standards in Australian Literature." *Australian Literary Criticism*. ed. Grahame Johnson. Melbourne: Oxford University Press, 1962: 2.

④ Johnson, Grahame. ed. *Australian Literary Criticism*, Melbourne: Oxford University Press, 1962: VIII.

⑤ Ibid.

"文化奴婢主义"

《澳大利亚传统》是澳大利亚文学批评史上的一部重要著作,其最主要贡献在于提出了"文化奴婢主义"概念。菲利普斯提出"文化奴婢主义",首先是针对"澳大利亚内在文化信仰缺失现象严重,澳大利亚文化不够高雅"①的问题而提出的。20世纪30年代,澳大利亚读者或者评论界"不能客观评价和认可澳大利亚文学","很多读者包括知识分子读者都有不读就摒弃澳大利亚文学的思维",这主要还是因为,在《米安津》杂志创办之前的"文化殖民主义"持续不断影响着澳大利亚社会方方面面。②抵制创新,只要是澳大利亚的就没有值得批评借鉴的,几乎成为澳大利亚民众及文化界惯有的思维。其次,菲利普斯对"文化奴婢主义"进行批判的直接动因为一篇论文。1930年,来自英国的墨尔本大学英语教授 G. H. 考林(G. H. Cowling)在《年代》(Age)杂志上发表了一篇论文,宣称"我可以自豪地假设,任何有点价值的文学作品都不可能来自澳大利亚"③,让菲利普斯义愤填膺。这一论断促使菲利普斯感觉到对弥漫在澳大利亚社会各个角落的"文化奴婢主义"进行批判的必要性。另外,菲利普斯对"二三十年代澳大利亚死气沉沉、无生机的社会生活"也颇为失望,在他看来,"澳大利亚缺乏作为一个民族的自信和自豪感"④,但他认为,澳大利亚文化并不天生低人一等,明确反对"对英国社会一味模仿而失去了自身创新"的社会现状。此外,1961年,菲利普斯与妻子玛丽在欧洲九个月的游记经历让他意识到澳大利亚社会弥漫的"文化奴婢主义"的荒谬性。他曾回忆起一次专门与妻子停下脚步倾听夜莺的经历,因为在英国传统中,夜莺是诗人竞相称颂的对象,听后,他颇感意外,"这就是夜莺?澳大利亚的琴鸟和喜鹊声音明显比夜莺更甜美"⑤,而在澳大利亚民众心里,就连鸟儿也是低欧洲一等的,这成为菲利普斯提出文化奴婢主义的另一必然中的偶然因素。

D. J. 欧衡恩(D. J. O'Hearn)对 P. R. 斯蒂芬斯(P. R. Stephens)1959 年出

---

① Hesketh, Rollo. "A. A. Phillips and the 'Cultural Cringe': Creating an 'Australian Tradition'." *Meanjin* 2013(72.3): 92.
② Ibid., 95.
③ Ibid., 96.
④ Ibid., 94.
⑤ Ibid., 103.

版的《澳大利亚的文化根基》(*Foundations of Culture in Australia*)的评价可谓一针见血地道出了20世纪50年代前的澳大利亚文化总体状况:

> 毋庸置疑,文化自卑情结在当下依然作祟,依然影响着我们的文化政策,隐藏在"粗俗无文化的澳大利亚形象"背后的文化自卑情结,遮蔽了我们的智慧、自由和创新。在文艺作品方面,我们宁愿进口国外的平庸之作,也不愿文化冒险,缺乏对自我精神塑造,这就是我说的文化自卑。显然,我们的文化根基已经存在,虽然杂草丛生,大厦在哪里呢?当然,依赖我们自己去建!①

由于历史与地域原因,澳大利亚文化在欧洲文化界一度被认为陈腐老套、粗俗不堪。菲利普斯明确提出"文化奴婢主义",表明他并不羞愧于自己的澳大利亚身份,也不以澳大利亚文化为耻。相反,菲利普斯与当时的"米安津学派"在极度困难境地下积极宣传和弘扬澳大利亚文化,表明了他对澳大利亚本土文化的重视,以及对澳大利亚社会弥漫的"文化奴婢主义"现象的愤怒和不满。菲利普斯提出"文化奴婢主义"意义非凡。首先,菲利普斯希望建构澳大利亚民族文化,一种并不逊色于英国文化的文化,让澳大利亚人不再因自己是澳大利亚人而尴尬。为此,菲利普斯认为,澳大利亚文化必须勇于摆脱英国文化的影响、建设自身文化。其次,菲利普斯在对澳大利亚文学深入了解和研究基础上提出"文化奴婢主义",是对澳大利亚文学的总体判断。他通过这个概念想明确表达"澳大利亚文化可以是古希腊伯里克利(Periclean)统治时代的雅典,也可以是伊丽莎白统治时期下的英国:是民族认同和民族自豪文化土壤上盛开的朵朵繁花"②。他希冀并鼓励澳大利亚作家围绕澳大利亚本土文化与地域特色进行澳大利亚式创作。此外,菲利普斯以此概念为核心思想对澳大利亚民族文学总体考察后发现,劳森、弗菲、贝恩顿等作家专注于澳大利亚丛林地域与文化风貌的创作是澳大利亚文学瑰宝,他们的作品已然成为澳大利亚文学经典,奠定了澳大利亚现实主义文学基础。

1900年到1950年澳大利亚起步阶段的文学批评为澳大利亚文学批评走进大学,进入国际视野打下了良好的基础,殖民主义文学、民族主义文学、战争文学、现代主义文学、社会现实主义文学等文学机制都在这个阶段竞相争鸣,为澳大利亚批评话语和批评实践的日益成熟、走上国际舞台奠定了良好条件;另外,19世纪末的

---

① O'Hearn, D. J. "Weeds Grow over a Culture's Hopes." *National Times on Sunday* 11 Oct. 1986: 35.

② Phillips, A. A. "Through A Glass Absurdly—Docker on *Meanjin*: A Personal View." *Phillips Family Papers*, MS 12491, Box 3386/3a, Australian Manuscripts Collection, State Library of Victoria.

动荡不安、20世纪20年代的共产主义运动、20世纪30年代的"厄恩·马利"骗局、现代主义与社会现实主义文学的相互角逐共同构成了澳大利亚的重要文化根基，共同推进着澳大利亚文学批评的新发展。总体而言，澳大利亚起步阶段的文学批评，得益于 A. G. 斯蒂芬斯的率先垂范、帕尔默夫妇的宣传和鼓舞、菲利普斯对"文化奴婢主义"批评的推动。

但毋庸讳言，起步阶段的澳大利亚文学批评，很不成熟，因而存在诸多不足：一是缺乏专门的批评家；二是缺乏统一的文学批评标准；三是文学批评过于强调"澳大利亚性"。一些文学小团体甚至抱团，围成小圈子，大张旗鼓宣传澳大利亚文学创作类型与创作标准，他们甚至不惜降低标准，积极宣传、推动和鼓励那些具有澳大利亚本土性和地方特色的"劣质"文学作品，也不乏"贬低优质文学作品的地位来提升澳大利亚文学的地位"的做法，"导致一群（文学笨鹅）被当作天鹅"。[①] 早期澳大利亚艺术作品枯燥乏味，缺乏想象力，这是必须承认的事实。另外，早年的澳大利亚作品有如钟摆效应，当钟摆摆到极致的另一端的时候，他们又全部跟风去接受欧洲文化，接受一些空洞的文化符号，脱离澳大利亚本土地域与文化风貌思维，这些是澳大利亚起步阶段文学批评中不可否认也不可避免的不足。但同时也必须看到，A. G. 斯蒂芬斯、帕尔默夫妇与菲利普斯作为澳大利亚起步阶段文学批评的代表，同时也作为澳大利亚民族文化的代言人，他们作为文学批评家共同强调文学批评的使命之一便是宣传和鼓励本国文化，这与他们所处澳大利亚民族主义情绪和文化自卑情结的社会语境密切相关。

此后，澳大利亚不仅有了自己的文学，也初步形成了澳大利亚文学批评主张。这一阶段，澳大利亚文学创作逐渐形成澳大利亚民族与文化特色的同时也有了自己的批评家。1939年在新南威尔士创刊的《南风》成为澳大利亚第一份专门的文学杂志，一举改变了 A. G. 斯蒂芬斯、帕尔默夫妇等人此前面临的澳大利亚没有文学专业期刊的窘境，标志着澳大利亚文学批评逐步向专业化迈进。

---

① Johnson, Grahame. ed. *Australian Literary Criticism*. Melbourne: Oxford University Press, 1962: VIII.

第四章 其他批评家

诺曼·林赛
(Norman Lindsay, 1879—1969)

诺曼·林赛出生于维多利亚州的克莱维斯克,在十个兄弟姐妹中排行第五,是其中最有建树的一个。父亲是一名英裔爱尔兰籍的医生,母亲则来自当地的一个传教士家庭。1895 年林赛前往墨尔本,与兄长莱昂内尔在同一家杂志社供职,创作插画。1901 年移居悉尼,之后与《公报》杂志开始了长达五十年的合作,涉足绘画、雕塑、小说、评论等领域,是位多才多艺的文学艺术家。

诺曼·林赛一生出版有 13 本小说,其中最负盛名的是 1918 年出版的《神奇的布丁》(*The Magic Pudding*)。他同时著有多本文学批评集,如《创造论:肯定性散文》《北国:游记两篇》和《莱弗太太的情人》。《〈公报〉的波希米亚人》(*Bohemians of The Bulletin*, 1965)记录了他在《公报》杂志时期的所见所闻,塑造了评论家们不同的形象。除此之外,林赛还发表了大量的论文、评论,以及文学艺术专题文章。

诺曼·林赛的创作富有洞察力,作品也经得起推敲。他推崇艺术的自然秉性,反对"现代主义",他在文学作品中的大胆表现主要体现在《雷德希布》上,其中对性问题的讨论使得此书在澳大利亚被禁近三十年。林赛一生都对澳大利亚作家及诗人抱有坚定的信念,他的支持使许多经典之作得以出版。尽管林赛认为他欠诗歌的远比诗歌欠他的要多,但或许事实正与之相反。道格拉斯·斯图尔特、罗伯特·菲茨杰拉德和肯尼斯·斯莱塞等大批文学家都深受他的影响。

T. G. 塔克
(T. G. Tucker, 1859—1946)

T. G. 塔克是一名英裔澳大利亚学者、古典文学家和作家。他以优异的成绩毕业于剑桥圣约翰学院(St John's College)。1883 年被聘为奥克兰大学古典英语教授。1885 年加入墨尔本大学,任古典语言学教授。

塔克的文学作品产量惊人,在古典文学领域声名远扬。他出版了《埃斯库罗斯的"供给"》(*The "Supplices" of Aeschylus*,1889)、《奠酒人》(*Choephori*,1901)和《七将攻忒拜》(*Seven Against Thebes*,1908),还参与创作了《修昔底德·第八卷》(*Thucydides, Book VIII*,1892)、《亚里士多德诗歌》(*Aristotle's Poetics*,1899)、《柏拉图共和国》(*Plato's Republic*,1900)和《阿里斯多芬尼斯的蛙》(*Aristophanes's Frogs*,1906)。作为一名古典学家,塔克著有《古雅典生活》(*Life in Ancient Athens*,1907)和《古罗马生活:尼罗和圣保罗》(*Life in the Roman World of Nero and St Paul*,1910),为普通读者生动刻画了古雅典与古罗马时期的政治、经济、文化生活。1890 年他将自己在墨尔本所做的文学讲演汇编出版为《值得思考的事》(*Things Worth Thinking About*,1890),为人文领域做出了贡献。

1890 年到 1891 年间,T. G. 塔克与瓦尔特·斯宾塞(Walter Spencer)一起出版了《澳大拉西亚批评家》(*Australasian Critic*,1891)。尽管此书在大萧条中成为销量下降的牺牲品,也不失为理想主义的一座丰碑和思想的集大成者。塔克的评论作品还有《澳大利亚文学发展》(*The Cultivation of Literature in Australia*,1902)和《文学评论与欣赏》。他认为,是否具有强烈的民族性并不能作为判断一部作品价值的圭臬,文学本身的价值最为重要。

弗雷德里克·麦卡特尼
(Frederick McCartney, 1887—1980)

弗雷德里克·麦卡特尼出生于墨尔本,是家中的第三个孩子。他自 12 岁从阿尔弗雷德·克雷森特学校(Alfred Crescent State School)离开后,在社会上从事各种各样的工作,当过售货员,也做过簿记员,可谓经历丰富。

麦卡特尼从 1912 年开始他的诗歌创作,并在 1916 年建立了墨尔本文学俱乐部(Melbourne Literary Club),负责编辑出刊。作为一名诗人、批评家、讲演者、编辑、传记作者及自传作者,他在超过二十年的时间里始终扮演着文学领域的带头人。有的评论家认为他是一个匠人,游离在哲学与讽刺之间,带着些许疚點,充满了丰富的想象和智慧。麦卡特尼将自己的诗歌作品看得比其他文学作品都重要,他的两本著名诗集《偏爱》(*Preferences*,1941)与《诗选》(*Selected Poems*,1961)收录了他大量早期的作品。

20 世纪 90 年代,作为澳大利亚文学社会的先锋,麦卡特尼担任了澳大利亚作家协会主席一职,任期四年,后因参与左翼作家活动而被迫辞职。对于负面的评论,他曾自豪地回击,称自己就是墨尔本文学的狂犬。尽管麦卡特尼的文学生涯不被人欣赏,但他对澳大利亚文坛的贡献不可小觑。他的其他著作还有《澳大利亚文学(附 E. 莫里斯·米勒的书目)》《冯雷·莫里斯评传》《澳大利亚文学史纲》和《澳大利亚文学散论》(*Australian Literary Essays*,1957)等。

亨利·格林
(Henry Green, 1881—1962)

亨利·格林出生于悉尼双湾,是家中长子。他 9 岁进入诸圣学院(All Saints College)就读,并参与了校刊《巴瑟斯特人》(*Bathurstian*)的出版工作。在悉尼大学获得文学学士学位和法学学士学位,毕业后到欧洲游学,学习美术、音乐和戏剧。他在大学期间就展露出了文学天赋。他的诗歌连续两年获得院校奖(The University Prize),散文三次获得伯查奖(The Beauchamp Prize),还在 1904 年赢得了温特沃斯奖章(The Wentworth Medal)。他于 1909 年在《悉尼先驱晨报》(*The Sydney Morning Herald*)开始他的职业生涯,一年后离职进入《每日电讯报》(*Daily Telegraph*),并开启了与之十年的合作。

亨利·格林的主要作品有:《幸福谷》(*The Happy Valley*,1925)、《美之书》(*The Book of Beauty*,1929)、《澳大利亚诗选:1943 年》(*Australian Poetry*:1943,1944)、《澳大利亚文学纲要》《澳大利亚文学:1900—1950 年》(*Australian Literature 1900—1950*,1951)和《澳大利亚文学史:理论与实践》。其中,《澳大利亚

文学纲要》是格林对文学的最大贡献。比起内蒂·帕尔默的《现代澳大利亚文学》,格林的《澳大利亚文学纲要》更加全面、严谨。他的《澳大利亚文学史:理论与实践》更被认为是澳大利亚文学批评史上的一座里程碑。格林聚焦创造性写作,强调了澳大利亚文化与欧洲文化的关系,同时也包含了科学、心理、经济、哲学、新闻、历史等非文学内容。如果说此书在20世纪60年代的批评风气下被认为是守旧古怪的,那么21世纪的批评家则重新发现了它的价值。

由于受到英、澳文化的双重影响,亨利·格林在晚年时对于社会问题看法有些激进。他的同事及学生认为他冲动又慷慨,偶尔易怒,却又十分公正,而他本人也以强势但友善的个性而闻名。

第二编
文学批评专业化阶段
（20世纪50—60年代）

  20世纪五六十年代，澳大利亚文学批评步入了专业化阶段，这与历史语境密切相关。第二次世界大战期间，当北半球激战正酣时，坐落在南半球的澳大利亚由于没有大规模卷入混战，经济发展未受到重大影响。在朝鲜战争与冷战中，澳大利亚大力发展出口贸易，为国家发展奠定了雄厚的物质基础。第二次世界大战以后，随着交通方式和通信技术的革新，澳大利亚正式结束偏居一隅、自给自足的生存状态，在经济、政治、文化等方面呈现出汇入世界潮流之势。曾经狭隘、封闭、自卑的"岛国心理"被与日俱增的民族自信所取代，并于20世纪中叶迎来了一个思想空前活跃的时代。作为社会精神风貌的风向标，文学总体上呈现出开放、包容、批判之象。伴随物质财富的积累，澳大利亚社会矛盾变得日益尖锐，精神危机也日渐显露，这就为现代主义文学的萌芽和发展培育了合适的土壤。20世纪60年代，姗姗来迟的现代主义终于酿成蔚然之势震撼澳大利亚文坛，打破了现实主义文学自19世纪90年代以来独霸天下的局面。文学创作的繁荣、高等教育的普及、欧美批评理论的引入等多种因素推动了澳大利亚文学批评发展。20世纪五六十年代，澳大利亚文学作为一门课程走进了大学课堂，各个高校开始设立澳大利亚文学教授职位。课程教学带动了学术研究，不仅从事澳大利亚文学研究的学者日益增多，而且专业化的文学批评期刊相继问世。自此，澳大利亚现代文学批评正式进入了专业化时代。

第五章 社会文化语境:开放的澳大利亚

一

第二次世界大战后国际、国内形势的变化对澳大利亚现代文学创作与批评发展产生了重要影响。20世纪40年代末,世界格局与国际秩序经历了深刻变化:欧洲尚深陷于经济困境泥沼,难以自拔;作为第二次世界大战中最大的受益国,美国一跃成为名副其实的超级大国,苏联则成为社会主义国家阵营的领头羊,与之相对立。1947年,美国出台杜鲁门主义,冷战的序幕拉开,世界局势再次呈现出风云诡谲的态势。崛起后的美国野心勃勃,于1948年启动欧洲复兴计划,对西欧各国实施经济援助,以抗衡苏联势力的扩张。通过与受援国家签署一系列苛刻协定,美国进一步扩大了自身影响。与北半球的冷战态势相比,南半球的局势稍显平静。澳大利亚正以其独特的眼光,密切注视着国际时局的变化,并适时调整自己的政治、外交、经济战略。

事实上,澳大利亚的战略调整在第二次世界大战期间已初露端倪。在这次重塑世界格局的灾难中,澳大利亚逐渐远离对英国政治外交政策亦步亦趋的被动状态,转而亲近经济与军事实力日益强大的美国。尽管澳大利亚于1901年已宣布独立建国,但依然无法摆脱英国的影响,基本上依附于母国奉行的"集体政策"。英国卷入第二次世界大战后,作为英联邦国家的澳大利亚随即宣布参战,孟席斯政府作出了一系列决策,向英国输送粮食和军需、招兵买马组建远征师团、进行军火与军需生产等。随着战争形势的变化,尽管澳大利亚远离主战场,偏居南半球,但其本土同样遭到战火侵袭。1941年年底,日本南下东南亚,摧毁了英国部署在新加坡的军事力量,消除了澳大利亚最后的安全屏障。1942年2月,英军司令官宣布投降,澳军被俘 16000 人。① 紧接着日本空袭澳大利亚北部港口达尔文,震动朝野,澳大利亚强烈感受到了来自亚洲国家的安全威胁(当时主要指日本)。澳大利亚政府认为英国在新加坡保卫战的失利是"不可原谅的背信",柯廷总理当即决定撤军,并拒绝被调往参加缅甸保卫战。② 这个地缘上临近亚洲的"欧洲文化孤子"意识到英国国力渐萎,难以保护自己,转而倾向与美国结成同盟。在太平洋地区有着广泛利益的美国及时介入大洋洲地区,与澳大利亚并肩作战共同阻击日本。1942 年 5 月,在珊瑚海和中途岛战役中,美国成功阻截日本海军南下,消除了日本大举入侵澳大利亚的可能性。英国国力的衰退、澳美共同安全利益以及美军骁勇善战的军事表现促使澳大利亚在政治战略上"疏英亲美"。正如澳大利亚文学评论家汤姆·摩尔(Tom Moore)所指出的那样:"作为自由的人民,他们(澳大利亚人民)需要依靠援助,而此时的援助不再来自伦敦,而是来自华盛顿。"③看清局势后,时任外交部部长赫伯特·伊瓦特(Herbert Evatt)利用第二次世界大战的机遇,从英国手中夺回军事权与外交权。在太平洋战争末期,澳大利亚与新西兰签订了《澳新协定》("The Australia-New Zealand Agreement",1944),旨在重新部署西南太平洋的安全防御力量。外长伊瓦特强调:"我们的根本利益必须维持于太平洋地区。显而易见,澳大利亚在这些地区将发挥领导作用。"④通过与新西兰联手,澳大利亚希望增强自己在太平洋乃至在世界政坛中的影响力与话语权。

然而,东欧社会主义国家纷纷独立,尤其是 1949 年中华人民共和国的成立,使澳大利亚感受到了来自社会主义国家的威胁,并认为这些安全威胁不亚于日本空袭。随着国际局势紧张的加剧,澳大利亚进一步坚定了追随美国的战略决心。1950 年 6 月朝鲜战争爆发,这一事件将美国的战略重心由原先的欧洲转移到了亚洲。澳大利亚企图抓住这次机遇,拉近与美国的关系。时任外长珀茨·斯彭德(Percy Spender)在 1950 年 7 月的议会上表达了与美国建立密切合作的想法。为了彰显外交、军事的独立自主而非英国的附庸,斯彭德在总理孟席斯缺席的情况下抢在英国之前对外宣布参战决定,且打破常规,派遣地面部队出兵朝鲜。1954 年 9

---

① Macintyre, Stuart. *A Concise History of Australia*. Melbourne: Cambridge University Press, 2009: 192.
② Ibid., 193.
③ Moore, Tom. *Social Patterns in Australian Literature*. Melbourne: Angus & Robertson Pty Ltd., 1971: 34.
④ Evatt, Herbert Vere. *Foreign Policy of Australia*. Melbourne: Angus & Robertson Pty Ltd., 1945: 141.

月,以遏止东南亚共产主义运动发展为目的的东南亚条约组织成立。澳大利亚急忙宣布对包括越南吴庭艳政权在内的东南亚国家进行经济援助,遏制国际共产主义运动的发展。在国内,焦虑紧张的孟席斯政府大肆渲染红色恐惧,数次试图取缔国内共产党,甚至于 1950 年出台《解散共产党议案》("Communist Party Dissolution Bill"),后因政府中左翼势力的反对并未成功,这一事件对澳大利亚国内的左翼批评产生了很大影响。

在经济上,相比卷入第二次世界大战的其他国家,远离主战场的澳大利亚非但没有受到重创,反而在接踵而至的朝鲜战争、美苏冷战中发了一笔战争财。20 世纪五六十年代,以美国为首的北大西洋公约组织,与以苏联为首的华沙条约组织进行了"相互遏制,不动武力"的竞争。得益于与美国的良好关系,澳大利亚借机向西方国家大量出口羊毛、小麦和乳制品。同时冷战引发的军备竞赛也刺激了对于金属矿产资源,尤其是有色金属和稀有金属的需求。澳大利亚的矿产出口呈现出一片繁荣的景象,从而快速推动工业化与城市化进程。工业化带来的机械文明,使不少的蓝领工人晋升至白领阶层,第三产业服务业逐渐兴起;但这也让许多工人面临失业、低薪等问题,劳资矛盾逐渐激化。1961年的人口普查显示,城市人口占据总人口的81.94%,并呈现出高度集中化的特征,州会城市容纳澳大利亚一半以上人口,其中四个州会城市的人口数占各州人口的一半以上。① 澳大利亚成为世界上城市人口比例最高的国家,分别比美国、日本、英国和加拿大高出 5.5%、9.7%、11.6%和 14.8%,大幅度超出人们的预期。② 随着经济的繁荣与城市化的推进,澳大利亚人告别了节衣缩食的日子,可支配收入增加,购买力日益增强,生活水平大幅提高。

科学技术的发展极大地改变了人们的生活方式和思想观念。便捷的交通增强了人口流动性。飞机取代轮船提高了人们出行的效率,多条国际航线的开通"缩短"了澳大利亚与外部世界的距离。人们开始举家出国旅游甚至在海外定居。20 世纪 60 年代初,汽车制造业发展迅速,每三个澳大利亚人中就有一个拥有汽车。越来越多的澳大利亚人放弃了公共交通工具,选择自己开车上下班,也使得居民区向郊区扩展。交通工具的变化还创造了新的休闲娱乐方式,汽车剧场、汽车旅馆应

---

① *Year Book of the Commonwealth of Australia*,1965(51):260—267.本文献为新南威尔士大学图书馆内部资料,无出版机构名。

② 数据取自 *The United Nations Demographic Yearbook 1965* 以及 *The Commonwealth Year Book 1965*。两条文献均为新南威尔士大学图书馆内部资料,无出版机构名。

运而生。洗衣机、电冰箱等家用电器的普及大大减轻了家庭主妇们照料家务的负担,同时也改变着她们的家庭角色。许多家庭主妇走上了工作岗位,在1947年至1961年间,在职员工中已婚妇女的比例增加了4倍。① 1956年,澳大利亚进入了电视时代,这为澳大利亚人了解外界资讯开拓了新渠道。由于澳大利亚崇尚美国文化,大量美国的电视剧进入澳大利亚人的日常生活,潜移默化地改变着他们的生活方式与价值观念。

同样引人注目的另一大社会特征是战后的移民潮和婴儿潮。第二次世界大战后,谋求新发展的澳大利亚在保障经济繁荣的同时,强化了国土安全意识。但750万的战后国内人口并不能满足国防安全的需要。于是澳大利亚政府将目光转向海外,希望通过引进移民增加人口数量,甚至提出"要么移民,要么消亡"(Populate or Perish)的口号。1945年,工党议员亚瑟·卡尔韦尔(Arthur Calwel)担任澳大利亚第一位移民部部长,确定了人口年增长2%的目标,其中一半要靠输入新移民来实现。② 1947年,澳大利亚启动欧洲移民计划(European Migration Program)。在澳大利亚总人口占六分之一的移民中,约三分之二来自欧洲的意大利、荷兰、德国、希腊、波兰等国家。他们称自己为"新澳大利亚人"(New Australian)③。新移民为澳大利亚注入了新鲜的思想文化与价值观念。澳大利亚渐渐摆脱偏执与仇外心理等本土观念的束缚,变得日益包容开放,整个社会彰显国际化色彩。此外,随着战后结婚率与生育率的提高,澳大利亚迎来了婴儿潮。中小学教育和高等教育规模的快速扩展,尤其是将澳大利亚文学纳入课纲之中的举措,为其文学创作和批评的进一步发展奠定了基础。

澳大利亚加速追赶世界的发展步伐,以及其政治、经济和社会发展的变迁为文学创作提供了新的素材,并在作品内容和形式上呈现超越澳大利亚局限的趋势。同时,物质生活日益丰富的澳大利亚也开始面临因资本主义发展而激化的各种社会矛盾,这些时代风貌的独特性都以这样或者那样的方式反映在澳大利亚文学作品中。

---

① Macintyre, Stuart. *A Concise History of Australia*. Melbourne: Cambridge University Press, 2009: 223.
② Ibid., 202.
③ 卡尔韦尔创造了"新澳大利亚人"(New Australian)这一名称,鼓励不同背景的移民同化。

二

"文学作品从来不是个人想象力的信马由缰,或兴奋大脑中与世隔绝的随想曲,而是当代风尚的书写、精神的表现。"①文学作品不可能脱离社会语境自行生产,它必然受到深层社会根源的影响。持这一观点的澳大利亚文学评论家汤姆·摩尔在《澳大利亚文学中的社会结构》(Social Patterns in Australian Literature,1971)一书中,详述了十种核心社会结构在文学作品中的体现,并通过追溯民族心理在时代发展进程中的演变,探究文学与社会之间的相互联系与影响。"第二次世界大战以来,丛林的原初影响已经逐渐被高度城市化与工业化社会的更为强劲的影响所替代。社会结构正以肉眼可见的形式变化着,这些变化在文学作品中得到反映。亨利·劳森、约瑟夫·弗菲、万斯·帕尔默等人古老而传统的价值观念被帕特里克·怀特、克里斯蒂娜·斯特德以及 A. D. 霍普等作家迥然不同的价值观所取代。"②

诚如汤姆·摩尔所言,战前的文坛带有强烈理想主义色彩和民主主义气息,偏好凸显民族特色、编织民族神话,或有文化孤立主义之嫌,战后 20 世纪五六十年代的文坛则展现出一种自信、包容、辩证之势,见证了许多佳作的诞生。杰拉尔德·维尔克斯(Gerald Wilkes)评论说:"1955 年是值得被尊为里程碑的一年。在这一年里,帕特里克·怀特的成名作《人树》(The Tree of Man)一经问世便轰动海内外,A. D. 霍普发表了第一部诗集《徘徊的岛屿》(The Wandering Islands),雷·劳勒(Ray Lawler)最著名的剧本《第十七个玩偶的夏天》(Summer of the Seventeenth Doll)首次搬上舞台。出现了文学艺术的三种形式——小说、诗歌、戏剧,在这一年里密集爆发的盛况。"③澳大利亚出版业的独立发展对民族文学的繁荣具有重要意义。出版业一改战前被伦敦所牵制的被动局面,多家当地独立出版公司纷纷在墨尔本与悉尼成立,如爱德华兹—肖(Edwards & Shaw)、尤尔·史密

---

① Taine, H. A. *History of English Literature*, Trans. H. Van Laun. New York: Henry Holt and Company, 1879: 17.

② Moore, Tom. *Social Patterns in Australian Literature*. Melbourne: Angus & Robertson Pty Ltd., 1971: 1.

③ Wilkes, G. A. *The Stockyard and the Croquet Lawn: Literary Evidence for Australian Cultural Development*. Melbourne: Edward Arnold (Australia) Pty Ltd., 1981: 117.

斯(Ure Smith)、F. W. 柴郡与乔治亚出版社(F. W. Cheshire and Georgian House)等。① 根据《澳大利亚文学年鉴》(*Annals of Australian Literature*，1970)的不完全统计，20世纪60年代的小说出版量是50年代的两倍，而诗歌和评论的出版量则是50年代的三倍之多。②

在小说、诗歌、戏剧这三类主要的文学艺术体裁中，小说的繁荣发展最为引人注目。回溯澳大利亚小说的发展，作为民族文学奠基人的劳森在19世纪90年代用现实主义写作手法，为澳大利亚人筑造了一座"精神家园"(a spiritual home)。由于文学历史短暂，澳大利亚人对于这些能够彰显民族身份、象征民族文化、增强民族自信的写作风格分外珍惜，甚至将其奉为正统。在通信不发达的年代，"无情的距离"使澳大利亚远离英美思潮的影响，于是现实主义小说在文坛一直保持着霸主地位。20世纪三四十年代，由于澳大利亚共产党的发展与工人阶级队伍的日渐庞大，左翼作家的社会现实主义作品成为文坛的主流。在日丹诺夫式的"社会主义现实主义"理论影响下，他们的作品反映阶级斗争以及工人阶级在现代城市的困顿和挣扎，例如朱达·沃顿(Judah Waten)关注处于社会底层的移民生活，弗兰克·哈代(Frank Hardy)和约翰·莫里森(John Morrison)心系码头和办公室的工人们，多萝西·休伊特(Dorothy Hewett)牵挂在工厂劳作的社会底层。然而，由于当时的社会现实主义作品过于注重对现实表象的逼真刻画，疏于挖掘更深层次的心理和精神等主题内容，诸如战后人们对于性、性别、家庭、宗教和道德等问题的认识转变，这一现象受到了学者的诟病。③ 20世纪50年代中期以后，以怀特为代表的现代主义作家开始以有别于文学传统的写作风格，在澳大利亚文坛独领风骚。在这一阶段，昌明的科学技术淡化了人们的宗教信仰，资本主义发展带来了消费主义的盛行，机器文明背后是人们日益激烈的生存竞争和越加尖锐的社会矛盾，澳大利亚人在享受富裕物质生活的同时尝到了精神危机苦果，这为接受现代主义文学培养了相应的土壤。便捷的交通和日益发达的通信将澳大利亚从孤立的地理环境和心理环境中解放出来，使人们能够迅速了解欧美各种新思想、新观念。内部环境的

---

① Carter, David. "Publishing, Patronage and Cultural Politics: International Changes in the Field of Australian Literature from 1950." *The Cambridge History of Australian Literature*. ed. Peter Pierce. Melbourne: Cambridge University Press, 2009: 264.

② Johnston, Grahame, et al. eds. *Annals of Australian Literature*. Oxford: Oxford University Press, 1992.

③ McLaren, John. *Writing in Hope and Fear: Literature as Politics in Postwar Australia*. Melbourne: Press Syndicate of the University of Cambridge, 1996: 38.

变化和外部思潮的影响使得现代主义小说在澳大利亚文坛迎来了"内呼外应"的局面。

在20世纪五六十年代的大部分时间里,澳大利亚诗坛依然是欧洲古典主义的天下,秉承古典主义文风,直至20世纪60年代末,才出现象征主义、超现实主义和印象主义竞相繁荣的局面。在20世纪三四十年代就确立了文学地位的A. D. 霍普、詹姆斯·麦考利、朱迪斯·赖特继续推崇典雅、工整的古典主义,反对现代主义的诗歌尝试。"厄恩·马利"骗局使提倡现代主义的"愤怒的企鹅"运动惨遭灭顶之灾即是明证。20世纪60年代末,以文森特·巴克利、克里斯·华莱士－克雷布(Chris Wallace-Crabbe)为代表的一群新诗人登上诗坛,向传统古典主义创作手法宣战,将现代主义表现手法融入诗歌创作。由于诗歌篇幅短小,便于避开新作审查和解决出版难题,新诗人便利用复印技术将作品迅速传播开去。《新诗刊》的成立与发行象征着现代主义在诗坛的正式着陆。20世纪60年代,曾经令马克斯·哈里斯名誉扫地、身败名裂的"厄恩·马利"的诗歌于1961年再次出版,竟在读者中流行起来。事件发生十多年后,反思"厄恩·马利"骗局,那些"随意翻阅各书,取出一字,凑成词组"拼成的诗歌,无意间用了"拼贴"的技巧,突破了传统叙事手法,成为先锋派诗歌的早期探索,为拓展读者的文学视野,提升审美能力做出了独特贡献,也为丰富澳大利亚文学创作的多样性和深刻性开辟了新的路径。

相比于次第花开的小说界和诗歌界,戏剧界的发展则显得迟缓而冷寂。第二次世界大战后,科技进步丰富了娱乐方式,这对澳大利亚戏剧的发展产生了很大影响。无线电广播、电影院的普及给私人剧院施加了生存压力。许多剧院为了生计改为播放电影,剩下的那些则摇身变为灯红酒绿的歌舞杂耍表演厅,或是蜕变成了通过表演音乐喜剧、模仿海外剧作来吸引观众的场所。在私人投资为主的剧院体系下,直接受票房影响的澳大利亚戏剧,或是屈身逢迎大众趣味,或是俯首于外国创作而陷入踯躅不前的窘境。这种情况直至1955年伊丽莎白戏剧托拉斯的成立才被打破。该团体通过政府出资,推动民族戏剧、歌剧与芭蕾舞团的发展,提高行业的艺术表演水平。同年,由它推荐上演的雷·劳勒的《第十七个玩偶的夏天》票房居高不下,在国内各地巡演后走出国门,被译为多种语言在世界各地演出,澳大利亚戏剧走出了低迷状态,获得了国际认可。《第十七个玩偶的夏天》的空前成功很大一部分原因在于它反映了城市工人阶级的日常生活,满足了城市居民的期待。在这部作品中,"丛林好汉"传统民族形象遭到瓦解,长期信奉的"伙伴情谊"信条受到挑战,取而代之的是复杂而脆弱的人际关系。劳勒的《第十七个玩偶的夏天》与艾伦·西摩(Alan Seymour)的《一年中的这一天》(*The One Day of the Year*, 1960)等现实主义剧作的相继诞生标志着澳大利亚戏剧的成熟与鼎盛。当举国欢庆现实主义戏剧大获成功之际,国内剧坛一些现代主义作家难掩失望之情,为国人无法洞察表层之下的精神问题而忧心忡忡。尽管现代主义剧作渴望突破三幕正剧的传统,为观众呈现更为深层的主题内容和令人耳目一新的表现形式,并为此做出了种种努力,但要真正汇成强势力量冲击剧坛,达到与现实主义剧作媲美之势,还得等到20世纪60年代末的"新浪潮"运动之后。

时移世异,20世纪50年代,澳大利亚迎来了一种更为辩证的精神。这一时期的作家们采取的创作手法与表现形式具有差异性,但多将注意力转向潜藏在"澳大利亚巨大的虚空"(Great Australian Emptiness)表象下的资本主义发展弊端。往昔独霸文学作品情境的乡村,拱手让位于在工业化大潮下发展起来的城市,成为作家创作想象空间的新宠。在20世纪60年代,更具想象力、更具创新性地探索心灵世界的现代主义,先后引发小说、戏剧、诗歌创作风格的变革,并逐步在澳大利亚文坛站稳了脚跟,成功撼动了现实主义传统在澳大利亚文坛一枝独秀的霸主地位,形成与20世纪20年代欧美现代主义文学足以媲美的态势。① 克莱门特·塞姆莱尔(Clement Semmler)曾说:"或许日后看来,20世纪60年代将作为澳大利亚文学的涨潮阶段为人铭记。"②

三

20世纪五六十年代,随着文学创作和批评的日益繁荣和大学生规模的扩大,澳大利亚文学是否有资格成为大学课程内容,成为高等教育普及过程中的一个重要问题,引发了学院外激进民族主义与学院内"新批评"和利维斯主义之间的激烈争论。③ 20世纪50年代以前,澳大利亚大学中的文学课程几乎全部是英国文学的内容:学生们学习弥尔顿、蒲柏、艾略特等人的诗歌,奥斯汀、狄更斯、阿诺德等人的

---

① 黄源深. 澳大利亚现代主义文学为何姗姗来迟. 外国文学评论, 1992(2): 55.
② Semmler, Clement, and Derek Whitlock. *Literary Australia*. Melbourne: F. W. Cheshire Pty Ltd., 1966: XI.
③ Docker, John. *In a Critical Condition: Reading Australian Literature*. Victoria: Penguin Books, 1984: 83.

小说,以莎士比亚为主的戏剧。① 英国文学在澳大利亚大学地位的确立可追溯至 20 世纪初,"当时的澳大利亚大学几乎都在英国的控制之下,显然,英国设置这些席位的目的在于通过文学教学培养澳大利亚人对英国文化的热爱,加强英联邦内部的情感联系,巩固英国对澳大利亚人的情感控制"②。大学的扩建提供了许多英国文学教职,吸引了许多拥有英国学术背景的学者们争相加入。"新批评"与利维斯主义随着他们一同进入了大学课堂。由于深受英国文学影响,这些教师强调一种共同的文学价值标准,认为澳大利亚文学作品尚未达到像英国文学那样高的标准,因此没有资格成为教学内容。但以万斯·帕尔默、迈尔斯·弗兰克林为代表的民族主义者们凭着对本土文学的钟爱,有意扶持其发展壮大,认为澳大利亚文学理所当然地应该进入澳大利亚学堂。20 世纪 50 年代,万斯·帕尔默的《90 年代传奇》、A. A. 菲利普斯的《澳大利亚传统》和拉塞·沃德(Russel Ward)的《澳大利亚传说》(*The Australian Legend*,1958)这三部作品的面世充分肯定了澳大利亚文学传统的价值,激发了强烈的民族情感,成为澳大利亚文学进入课堂的合法依据。文森特·巴克利、A. D. 霍普、迈尔斯·弗兰克林等作家学者相继发表了《走向澳大利亚文学》("Towards an Australian Literature",1959)、《澳大利亚文学的标准》("Standards in Australian Literature",1956)、《澳大利亚文学的未来》("The Future of Australian Literature",1931)等文章参与论战。"新批评"者则把守着大学课堂的门槛,应对激进的民族主义者一次次冲击。论战以极具智慧的"妥协"告终,如巴克利所提议的那样,选取一部分澳大利亚作家创作的"伟大的作品"③建构澳大利亚文学经典。这一想法在杰弗里·达顿所编的选集《澳大利亚文学》(*The Literature of Australia*,1964)和格雷厄姆·约翰斯顿的《澳大利亚文学批评》(*Australian Literary Criticism*,1962)中得到体现。两本选集为澳大利亚文学教学内容确定了经典范围,确立了澳大利亚文学与批评标准。1955 年,澳大利亚文学首次作为一门课程走进了大学课堂(堪培拉高等教育学院,后改为澳大利亚国立

---

① Heseltine, Harry. *In Due Season: Australian Literary Studies*. North Melbourne: Australian Scholarly Publishing, 2009: 21.

② Dale, Leigh. *The Enchantment of English: Professing English Literatures in Australian Universities*. Sydney: Sydney University Press, 2012: 92. 转引自陈振娇. "新批评"与澳大利亚文学课程的开设. 国外文学,2016(3): 51.

③ Dale, Leigh. *The English Men: Professing Literature in Australian Universities*. Toowoomba: Association for the Study of Australian Literature, 1997: 161. 转引自陈振娇. "新批评"与澳大利亚文学课程的开设. 国外文学,2016(3): 56.

大学)。1962年,悉尼大学首次设立澳大利亚文学教授职位,杰拉尔德·维尔克斯成为国内第一位澳大利亚文学教授。自此,各所大学纷纷开设澳大利亚文学课程,开启了澳大利亚文学体制化(institutionalization)进程。向来缺乏专业传统和文化自信的澳大利亚文学开始在创作、出版、文学普及和批评等领域走上正轨。A. A. 菲利普斯曾经发表《文化奴婢主义》[①],痛斥澳大利亚人内心深处"劣等民族的自卑情结"[②]。在20世纪70年代的另一篇文章中,他感慨道:"20世纪50年代的他们从未想过,有朝一日澳大利亚文学也能被纳入欧美高等院校的文学课程之中。"[③]

澳大利亚文学走进大学课堂也推动着澳大利亚文学批评的转向,这主要体现在批评的主体、载体、方法和内容几个方面。第一,文学批评主体专业化。在文学批评发展进程的前五十年,从事文学批评的主体在发展初期时多为新闻记者和报刊编辑,包括部分从事文学创作的"非学院派"作家。除诺曼·林赛、内蒂·帕尔默和其他少数批评家之外,大多撰写批评文章的人士都未接受过大学教育。其文章也多刊登在商业报纸的文学副刊。这些文学批评的短文面向通俗大众,辞藻朴素,但缺乏学术性。例如,被视为"澳大利亚第一位专业文学评论家"的A. G. 斯蒂芬斯就是新闻记者出身,从事过印刷、编辑等工作,他通过自学成才,最终成为一位有影响力的批评家。到20世纪五六十年代,随着澳大利亚文学的蓬勃发展,越来越多高校的学者加入了批评研究队伍,使批评主体中的"学院派"比例不断增加。他们受过严谨的学术训练,其中许多人拥有博士学位,在大学教授文学课程。其中也不乏一些"作家学者",如A. D. 霍普、朱迪斯·赖特、文森特·巴克利、詹姆斯·麦考利等。由于他们身兼作家和批评家两种身份,因此他们的评论往往更具有信服力;与此同时,课堂成为他们灌输美学价值、培养青年人才的主要阵地,这为推动澳大利亚文学批评向更进一步的专业化发展奠定了基础。

第二,文学批评载体专业化。澳大利亚文学批评家戴维·卡特曾在论文中提到,"20世纪三四十年代的文学评论形式短小,零星出现在一些周报或月报上。唯

---

① 采用黄源深的翻译。彭青龙. 彼得·凯里小说研究. 上海:上海外语教育出版社,2011:1.
② 彭青龙. 后殖民主义语境下的当代澳大利亚文学. 外国语,2006(3):59.
③ Philips, A. A. "Cultural Nationalism in the 1940s and 1950s: A Personal Account." *Intellectual Movements and Australian Society*. eds. Brian Head and James Walter. Melbourne: Oxford University Press,1988:143.

有《公报》留出固定版面连载文学评论,这一时期专业期刊和专著十分稀缺"①。《公报》是一份受大众欢迎的商业周刊,刊登内容宽泛,读者庞杂,缺乏学术性。20世纪 40 年代,《南风》和《米安津》两本学术杂志"将正规的批评文章引入 20 世纪澳大利亚文学批评"②。《米安津》于 1940 年创刊发行一年后从纯诗刊转向文化政治领域,1943 年改为季刊,具有较严谨的学术规范。1945 年,《米安津》总部由布里斯班迁到墨尔本,加强了与高校的联系。20 世纪五六十年代,众多专业的文学期刊,如《陆路》(*Overland*)、《四分仪*》(Quadrant*)、《西风》(*Westerly*)等纷纷创刊发行,为文学创作与文学评论开辟了新阵地。值得一提的是,1963 年,文学杂志《澳大利亚文学研究》(*Australian Literary Studies*)在塔斯马尼亚大学问世,每年定期出版澳大利亚文学参考书目与研究报告,为众多澳大利亚文学研究者和爱好者提供研究指南。文学载体的转变也意味着读者群的变化——由教育程度、审美能力、品味爱好参差不齐的普通大众,转变为具备一定鉴赏能力与研究能力的文学研究者与爱好者。

第三,文学批评方法专业化。20 世纪四五十年代,由于受到澳大利亚共产党的影响,聚焦工人阶级生活、描写社会阶级矛盾和斗争的社会现实主义作品成为澳大利亚文坛主流。1949 年,J. D. 布莱克(J. D. Blake)担任澳大利亚共产党总书记后,进一步号召作家创作出真正意义上的"社会主义现实主义"作品。除了认真学习与掌握马克思主义理论精髓外,作家还应"与文学批评家打交道,培养出一批文学批评家来"③。这时的左翼批评与民族主义批评不谋而合,希望借民族主义传统,增强自身阐释文学的合法性,实现阶级斗争思想与意识形态的输出。在 20 世纪 60 年代,借大学课堂传播影响的"新批评",其主张与左翼民族主义批评势不两立,它注重文本的本体特征,将文学研究的注意力从内容转向形式,从文本的政治性、历史性和社会性上转移到文本自身内部。"新批评"强调,文学批评应该关乎道德和基于文本本身,属于形而上的范畴。在这一点上,"新批评"使现代主义文学突破左翼民族主义批评的阶级意识框架,并掀起重估文学经典的浪潮。同时,他们认为左翼民族主义批评模糊了社会学、政治学与文学的界限,与"正确"解读文本背道而驰。由于"新批评"的批评方法与教学实践的紧密结合,其所提倡的"细读"(close

---

① Carter, David. "Critics, Writers, Intellectuals: Australian Literature and Its Criticism." *Cambridge Companion to Australian Literature*. ed. Elizabeth Webby. Melbourne: Cambridge University Press, 2000: 269.

② Kiernan, Brian. *Criticism*. Melbourne: Oxford University Press, 1974: 30.

③ 转引自王腊宝. 澳大利亚的左翼文学批评. 苏州大学学报(哲学社会科学版), 2013(6):123.

reading)文本阅读方法行之有效,因而很快通过课堂得到普及,从而改变了澳大利亚文学批评的范式。从英国输入澳大利亚的"新批评"打破了澳大利亚批评界长期以来的语境主义(contextualism)批评占统治地位的局面。自此,澳大利亚文学批评结束了理论滞后的状态,并于20世纪七八十年代成为欧美各种文学思想和批评理论的试验场。

第四,澳大利亚文学批评内容专业化。随着澳大利亚文学逐渐受到学术界重视,专业文学期刊逐渐增多,文学批评的内容也开始向纵深发展,这主要体现在批评家们开始进行比较文学研究和对作家作品重新评估这两个方面。《公报》杂志的"红页"主编道格拉斯·斯图尔特在《都柏林与丛林》("Dublin and the Bush")中将亨利·劳森与詹姆斯·乔伊斯(James Joyce)的作品进行平行研究。朱迪斯·赖特在研究澳大利亚诗人查尔斯·哈珀(Charles Harpur)的作品时,得出其受雪莱和华兹华斯影响的结论。当左翼批评与民族主义批评在"新批评"的面前逐渐式微之时,批评家们开始重新审视曾经被批评界追捧或贬斥的作品。例如维尔克斯出版了其硕士论文《布伦南诗作新论》(New Perspectives on Brennan's Poetry,1952),为克里斯托弗·布伦南正名。在这部作品中,维尔克斯全面、系统地研究了布伦南诗歌中的象征主义,阐释了蕴含其中的哲理,为这位曾被低估了学术价值的现代主义诗人辩护。哈里·赫塞尔廷(Harry Heseltine)则对现实主义文学鼻祖亨利·劳森的作品进行重估。他在《四分仪》《陆路》杂志上先后发表《圣亨利——我们伙伴情谊的使徒》("Saint Henry—Our Apostle of Mateship")和《生死之间:劳森艺术的根基》("Between Living and Dying: The Ground of Lawson's Art"),向激进民族主义思想挑战,用形式主义批评重新解读,试图证明劳森的作品誉过其实。但事实上,当形式主义者们对激进民族主义者的价值评判标准说三道四的时候,自身也可能因过分关注形而上而使评判价值失准,落入相似的窠臼。

约翰·多克尔(John Docker)说:"随着接受了专业学术训练的批评家进入大学英语系,澳大利亚的文学批评在20世纪五六十年代真正兴起了。"[①]虽然其本身还存在诸多问题,例如,文学体裁研究不平衡,相比于诗歌和小说,戏剧的批评研究少有人问津;与欧美相比,文学批评理论长期滞后等等,但在批评主体、批评载体、批评方法和批评内容等多个方面均发生了较大转变。澳大利亚文学研究正式告别了报纸角落,将研究阵地转移至大学课堂与专业期刊,步入了专业化阶段。

---

① Docker, John. *In a Critical Condition: Reading Australian Literature*. Melbourne: Penguin Books, 1984: 86.

第六章　文学纪事

20世纪50—60年代既是澳大利亚向现代化社会转型的重要时期,也是其文学批评走向专业化的转型时期。第二次世界大战之后,随着澳大利亚经济的快速发展,先进技术在交通和通信领域的广泛应用以及海外移民的大量增加,澳大利亚对外结束了其长期的孤立状态,对内走上了民族富强的现代化道路。在此背景下,澳大利亚社会,尤其是高等学校开始深入讨论澳大利亚文学经典标准和开设澳大利亚文学课程可行性等问题。由于这两个重要议题涉及澳大利亚独立文化身份等敏感性话题以及由此产生的与英国文化关系问题,因此,它引起了社会各阶层的广泛关注。

20世纪50年代,文学杂志《米安津》举办了"澳大利亚文学与大学"学术论坛,围绕"澳大利亚文学价值评判标准""如何在大学开设澳大利亚文学课程"等主题开展了多场辩论,意见相左的学院派和非学院派人士之间对此进行了激烈的争论。与此同时,利维斯主义及新批评在澳大利亚课堂教学中的实践也引起了诸多纷争。这两个彰显文学批评专业化的事件折射出澳大利亚转型期的身份困境,暴露出"本土化"和"国际化"的话语权之争的实质。

第一节　澳大利亚文学价值标准之争

自建国之日起,澳大利亚就一直为建立有别于英国文学传统且独具澳大利亚特色的国别文学而不懈努力,但期间争议不断。从劳森描写"伙伴情谊"的诗歌和短篇小说,到斯通聚焦城市生活的长篇小说,再到理查森具有欧洲传统的文学作品和斯特德具有现代主义色彩的女性小说,澳大利亚作家从未停止其探索的步伐。经过半个世纪的辛勤耕耘,澳大利亚逐步建立起了以现实主义传统为主、现代主义作品为辅的文学谱系。有些澳大利亚作品甚至在海外赢得了声誉,如理查森的三部曲"理查德·麦昂尼的命运"和斯特德的《热爱孩子的男人》等。在文学批评领域,20世纪三四十年代兴起的"金迪沃罗巴克"诗歌运动、"愤怒的企鹅"运动以及1935年报纸《时代》发起的关于澳大利亚文学课程所引发的争论,实际上是20世纪50年代澳大利亚学界对于"什么是澳大利亚文学评判标准"讨论的前奏,所不同的是50年代的争论涉及澳大利亚文学研究内容和课程教学等具体问题。

早在20世纪30年代中叶,澳大利亚就有过一次关于"澳大利亚文学的未来"的辩论。1935年,墨尔本的一份报纸《时代》刊登了一篇名为《澳大利亚文学:视野过窄》("Australian Literature:Its Scope too Limited")的文章,引发了学术派和非学术派之间的激烈争论。时任墨尔本大学英语讲席教授G. H. 考林、万斯·帕尔默、乔治·麦克尼斯(George Mackaness)、迈尔斯·弗兰克林等作家和学者参与其中。挑起论战的F. M. 罗宾森(F. M. Robinson)认为,就文体而言,澳大利亚文学作品很宽,但是主题和内容很窄,基本上是忽略城市而仅仅聚焦丛林。① 对于这种诋毁澳大利亚文学价值的文章,万斯·帕尔默采用了先抑后扬的方式对澳大利亚文学做了一番评论:"地方出版社出版的书籍质量参差不齐,有些作品文学价值不高,缺乏艺术性,没有永恒的价值。他们充其量只能为国家起到粗略普查的作用",进而继续反驳道:"但澳大利亚的文学创作确实涉及很多不同的主题和内容,确实得到了地方出版社和读者的支持,澳大利亚文学的真正困难是文学批评的失败,各种文章里充满着对作家和作品的诽谤,没什么意义。相比文学创作,澳大利亚文学批评严重地拖了后腿。"②

对于万斯·帕尔默文章中的观点,不少学者给予高度评价。安德鲁·梅列特(Andrew Millet)认为:"真正的爱国者都会为万斯·帕尔默充满智慧和愿景的文章而叫好,并积极评价《时代》致力于推动学者就澳大利亚的重要问题发表观点,它攸关生存和灵魂。"③冯雷·莫里斯对万斯·帕尔默的文章赞不绝口:"万斯·帕尔默先生的文章极好且富有个性。"④

但并不是所有参与辩论的人都同意万斯·帕尔默的观点。考林认为,一方面万斯·帕尔默的文章是"睿智和观点清晰的",甚至"论证的理由充分到了无法再继

---

① Dale, Leigh. *The English Men:Professing Literature in Australian Universities*. Toowoomba:Association for the Study of Australian Literature, 1997:151.
② Ibid.
③ Ibid.
④ Ibid.

续讨论的地步"。① 另一方面他似乎在暗示,制约澳大利亚文学发展最大的短板是市场有限,使职业作家生存都很困难。除此之外,他认为澳大利亚文学不够资格进入课堂,因为它缺乏"传统",而"传统"在文化和环境中是彰显合法性的重要标准。"我会情不自禁地感觉到我们的乡村贫瘠,缺乏传统。不要误解我,我不是在批评澳大利亚,我热爱这个国家……我说的意思是没有古老的教堂,城堡和废墟……从文学的角度,澳大利亚缺乏年代感和传统感。"②考林的观点与他的教学实践一脉相承,在他的课堂上,他主要教授英国文学,而稚嫩的澳大利亚文学在他看来毫无价值,缺乏文学上的"伟大"之处。而文学的伟大在于持久的"声誉"。弗兰克林显然与他的意见相左,她认为考林的观点完全服膺于英帝国殖民文化,理所当然地将英国文学作为标准,傲睨澳大利亚文学。同时,她也指出,像考林那样崇尚英国文化的作家不在少数,"很多澳大利亚作家倾向于通过对英国的想象来找寻灵感与主题",因为"借用"英国的文学文化传统来创作,既有市场,也更容易。③ 但身为民族主义者的弗兰克林对此现象持反对态度,她呼吁文坛应当携手克难攻坚,为澳大利亚创造属于自己的民族文化传统。她提醒作家与批评家应对"英国文本性"(English textuality)保持警惕,尤其是那些描写澳大利亚景物的"帝国版本"(imperial versions)。④ 除了反驳考林观点之外,弗兰克林也对万斯·帕尔默的见解存疑,认为他对于澳大利亚文学现状的评价过于乐观。在万斯·帕尔默看来,移民在新环境里精神迷失的问题已基本是陈年往事了,但弗兰克林认为殖民文化与新环境的关系仍待研究。在几位活跃的参与者中,万斯·帕尔默指出澳大利亚确实存在一些优秀的文学作品,但文学批评并没有给予这些作品应有的赞誉。而拥有英国教育背景的考林教授则坚持时间是检验文学的标准,这无异于是对欧洲文学或英国文学的顶礼膜拜。弗兰克林不仅指出了考林观点中的殖民主义意识形态,同时也关注到万斯·帕尔默所忽视的移民文化身份认同问题。

20世纪50年代,澳大利亚文学研究势不可挡地敲开了大学之门。论坛的主题从20世纪30年代"澳大利亚文学是否有资格进入大学",进一步深入到"如何在大学开设澳大利亚文学课程"。时任《米安津》主编的克雷姆·克里斯滕森是论坛的发起人,他开门见山地问道:"各位英语系主任是否愿意在课堂教学中安排我们

---

① Dale, Leigh. *The English Men: Professing Literature in Australian Universities*. Toowoomba: Association for the Study of Australian Literature, 1997: 151.
② Ibid., 153.
③ Ibid.
④ Ibid.

自己的文学作品,并鼓励教师们发表批评作品?"①克里斯滕森很快收到了第一封回复稿件,投稿人是堪培拉大学英语系主任 A. D. 霍普。

霍普立场鲜明,认为大学应该开设澳大利亚文学课程。因为大学的要义是促进科学研究和人才培养,本国文学势必是大学科研的一个重要课题,所以在大学开展澳大利亚文学课程是有必要的,但在具体的课程设置方面霍普有自己的独特看法。他指出,澳大利亚文学既不应作为英国文学内的一部分,也不应作为澳大利亚研究的一部分,而应当作为英国文学的附属课程。霍普反对将澳大利亚文学设立为独立专业,因为"它的质量确实不够好,或者说还不足以成为文学下面的一个独立分支"②。他说:"一个澳大利亚文学专业的本科毕业生,就像一个只解剖了膝盖和肝脏就准备行医的医生。"③按照霍普的理念,澳大利亚文学应是一门研究生课程,其授课对象是通过学习欧洲文学(英国文学最佳),已具备一定文化鉴赏力的学生。在霍普看来,虽然澳大利亚文学有待国人研究,但由于澳大利亚文学的整体质量参差不齐,良莠并存,具有一定危险性,因此它的受众应该是经过良好学术训练、具有较高鉴赏能力的学生。

霍普的发言得到了很多学者的共鸣。阿德莱德大学的 A. N. 杰弗斯(A. N. Jeffares)和悉尼大学的卫斯理·米尔盖特(Wesley Milgate)的发言内容也大同小异,认为澳大利亚文学应作为英国文学的附属教学内容。他们表示将澳大利亚文学引入课堂时须保持警惕,因为澳大利亚文学尚未成熟,具有潜在的审美负面影响。相比之下,杰弗斯的态度更为保守,他认为澳大利亚文学更适合安排在写作课或讲座等公共活动中,或仅将其作为英国文学课程极小的一部分,作激发学生灵感之用。

而唯一挑战霍普观点的是万斯·帕尔默。作为这次辩论中唯一一位非学术派背景人士,他的观点是澳大利亚文学应当是澳大利亚研究课程中的一部分。在万斯·帕尔默看来,澳大利亚文学研究与社会学、历史学研究有着紧密联系。然而20世纪50年代,新批评倡导的"本体论"之风席卷澳大利亚的各个高校,所以万斯·帕尔默试图融文学、历史学、社会学研究为一体的观点饱受学术派人士指摘。

这场寡不敌众的论辩胜负分明,澳大利亚文学将作为文学课程在大学中教授,

---

① 转引自 Dale, Leigh, *The Enchantment of English*: *Professing English Literatures in Australian Universities*. Sydney: Sydney University Press, 2012: 234.

② Hope, A. D. "Australian Literature and the Universities." *Meanjin* 1954(13.2): 166.

③ Ibid., 167.

且论坛参与者普遍认为澳大利亚文学不宜作为一门单独文学课程开设。这说明学界虽已意识到澳大利亚出现了一些值得学习、研究的文学作品,但对于澳大利亚文学作品的价值有待商榷。文学价值牵涉一个关键问题,即何为澳大利亚文学评判标准?

霍普是第一位提出澳大利亚文学标准问题的批评家。他在《澳大利亚文学的标准》一文中提出澳大利亚文学研究所遇到的瓶颈在于没有明确的文学标准。当时学界关于澳大利亚文学价值评判没有统一的意见,一些英国教育背景的学者坚持以欧洲文学为标准;一些激进民族主义者则以"澳大利亚特色"为标准。学界对文学作品的口碑不一是澳大利亚文学课程开设的重大难题。

霍普倾向于秉持英国文学标准。回溯过去一百五十年的历史,霍普总结道:"澳大利亚出现了一些有竞争力的小说家,但他们谈不上是杰出才子;诗坛逐渐走出了狭隘的地方主义与民族主义时期,但仍有许多诗人不惜一切代价着力表现自己的'澳大利亚人'身份……但整体而言,澳大利亚文学作品仍处于业余水平。"[1]他认为:"在一个新的国家,如果以欧洲文学标准来衡量,很少有作家能被评估为优秀。澳大利亚人已经创作了不少佳作,但没有哪部作品能称得上是'毋庸置疑的杰作',可以构成文学传统的真正根基。"[2]霍普一方面承认澳大利亚确实有一些佳作,但另一方面他认为从整体水平看来,澳大利亚文学目前还不足以形成国别文学。霍普称澳大利亚需要有文学天才出现,将澳大利亚文学带入世界文学版图。[3]作为古典派的代表人物,霍普选择沿用英国文学价值标准来判断澳大利亚文学作品,认为澳大利亚文学整体上稚嫩且平庸,因此不足以真正成为一门独立学科。

霍普的挚友巴克利对此有不同的看法,巴克利提出的"以相对价值标准建构临时经典"的建议对学界产生了重要影响。虽然巴克利同意澳大利亚尚未出现"毋庸置疑的杰作",但这并不意味着学界要延迟澳大利亚文学研究,直到文学天才的出现。对于学界人云亦云的氛围,他颇有微词:"所有人都礼貌地赞同霍普教授的观点,这导致一些问题无法得到充分的讨论。"[4]巴克利秉持的核心观点是,澳大利亚

---

[1] Hope, A. D. "Standards in Australian Literature." *Australian Literary Criticism*. ed. Grahame Johnston. Melbourne: Oxford University Press, 1962: 11.
[2] Ibid., 3.
[3] Ibid.
[4] 转引自 Dale, Leigh. *The English Men: Professing Literature in Australian Universities*. Toowoomba: Association for the Study of Australian Literature, 1997: 161.

文学研究面临的困境是缺乏一套可供研究的"经典"和行之有效的批评方法。① 而建构经典和实践批评的关键就在"相对价值"概念。他说:"我们有必要确立一套临时的作家经典,至少是对这些作家的相对价值有一定的共识。"② 文学经典的必要性在于它"能够让作家与批评家们更清晰地把握文学传统的发展脉络"③。巴克利主张将澳大利亚文学作品进行内部比较,筛选出相对质量优秀的作品,组成一部临时的"文学经典"以供学习研究。与霍普的标准相比,巴克利提出的相对价值标准更灵活、更有利于澳大利亚文学研究的发展。

总而言之,20 世纪五六十年代澳大利亚文学标准之争的本质仍是"国际化"与"本土化"的标准之争。前者多是以霍普为代表的学术派人士,后者多是以万斯·帕尔默为代表的非学术派人士为主。而巴克利则颇具智慧地提出了相对价值标准,推进了澳大利亚文学批评研究。巴克利"经典建构"的想法在约翰斯顿等人的著述中得到了具体实践。约翰斯顿编辑出版的《澳大利亚文学批评》"集各家之力,来挑选出有真正文学价值和持久影响力的作家和作品,以形成澳大利亚的文学经典体系"④,被称为"经典建构征程中的一块纪念碑"⑤。尽管它遭到了学界不少质疑,例如约翰·巴恩斯(John Barnes)诟病其选文不够全面,遗漏了诸如 A. A. 菲利普斯、汤姆·摩尔等人的作品⑥,但对澳大利亚文学课程内容遴选产生了重要影响。在"相对标准"的指导下,"临时经典"为澳大利亚文学课程提供了教学与研究内容,坚定了建构民族文学经典的信念,为文学批评专业化发展建立了基础。

第二节　澳大利亚文学研究与利维斯主义

20 世纪 40 年代,一批拥有英国教育背景的学者漂洋过海,在南太平洋最广袤

---

① 转引自 Dale, Leigh. *The English Men: Professing Literature in Australian Universities*. Toowoomba: Association for the Study of Australian Literature, 1997: 161.

② Buckley, Vincent. "Towards an Australian Literature." *Meanjin* 1959(18): 64.

③ McLaren, John. *Journey without Arrival: The Life and Writing of Vincent Buckley*. Melbourne: Australian Scholarly Publishing, 2009: 125.

④ 陈弘主编. 澳大利亚文学批评. 上海:上海文艺出版社,2006: 24.

⑤ Bird, Delys, Robert Dixon and Christopher Lee. eds. *Authority and Influence: Australian Literary Criticism 1950—2000*. St Lucia: University of Queensland Press, 2001: 17.

⑥ Australasian Universities Modern Language Association. *Journal of the Australasian Universities Modern Language Association*. 1964(22): 314. 本文献无文章名。

的土地上泊岸,他们带来了当时在英国学界极具影响力的利维斯主义。肇始于20世纪30年代的利维斯主义倡导、推动道德形式主义批评,曾帮助新兴学科——英国文学突破古典主义保守派的防线,在大学里站稳脚跟。利维斯主义的到来对当时徘徊在大学边缘的澳大利亚文学意义非凡。但利维斯主义对澳大利亚文学的影响具有双面性:一方面,它主张的道德形式主义批评打破了民族主义批评的长期垄断,它所强调的"文学传统"促使澳大利亚建构"文学经典",它还与"新批评"协力革新了澳大利亚文学教学方式,因而推动了澳大利亚文学研究专业化发展;另一方面,它暗藏帝国主义文化殖民本质,让英帝国文化潜移默化地施展同化作用,有消弭澳大利亚民族独立意识的危险。因此,利维斯主义引起了澳大利亚学界的思想碰撞和广泛讨论。

利维斯主义的诞生与时代背景有着必然关联。20世纪30年代,一方面,现代科学技术让机械文明兴盛起来,使英国原本的社会形态发生了诸多变化,最直观的改变是工人阶级逐渐壮大,工业文明兴起;另一方面,以好莱坞为代表的美国文化入侵英国社会,消费主义与物质主义盛行。商业利益导向下的电影、广告、广播、通俗小说备受普通大众追捧,这与18世纪时大众热衷于阅读、讨论严肃文学之景大相径庭。不少学者认为世风日下,人心不古,英国社会正面临着前所未有的挑战。

忧心忡忡的 F. R. 利维斯指出,复兴、守护、传承英国文化传统只能由少数精英派来实现。他们必须担负起引导大众文化良性发展的责任,尤其是在道德方面的引导,从而实现重塑大众品味、传承文化传统、建构民族身份的目的。利维斯主义虽然强调大众文化与高雅文化之分,但其最终目的并不是追求阶级对立,其所谓的"高雅文化"价值引领实则隐含着"大众意识"的基础。利维斯所希望实现的,是通过少数精英的努力,阻遏大众文化过度膨胀从而侵蚀文学传统。利维斯所谓的"少数精英"指的是受过高等教育的知识分子们,他视他们为英国文化传统的卫士与传承者。正因如此,利维斯十分重视大学课堂教育。但他意识到艰深晦涩的古典文学不利于自上而下的文化价值传递,而曾被古典学家视作不入流的英国文学或可担此重任。

于是,利维斯与 I. A. 瑞恰兹(I. A. Richards)等人合力改革了英国文学教学方式,提出了道德导向的文学批评范式,试图让英国文学这一学科在剑桥大学立足。瑞恰兹是英国"新批评"的奠基人,他继承 T. S. 艾略特的"文本本体论",认为文本是自给自足、自我指涉的个体,与作者生平等外界因素无关。他在教学实践中推行"文本细读"(close reading)的方法,这有助于学生发掘文本价值和意义。可以说瑞恰兹的"新批评"思想为利维斯主义提供了方法论上的帮助。利维斯认为"文学是生活在现实世界中的艺术家的再创造,无论是大众文化还是其他文化形态概莫如此,因此评论家需要关注文学与社会的联系,突出文学批评的道德关怀和价值判断"[1],强调"道德"是评判文学的重要因素。利维斯还与妻子 Q. D. 利维斯(Q. D. Leavis)一同创办刊物《细察》,为当时处于边缘位置的英语文学与文化研究提供阵地。利维斯等人的努力为英国文学在剑桥大学立足起到了推波助澜的作用。与利维斯主义相关的著作——F. R. 利维斯的《大众文明与少数人文化》(Mass Civilization and Minority Culture,1930)、Q. D. 利维斯的《小说和阅读公众》(Fiction and the Reading Public,1932)以及 F. R. 利维斯与丹尼斯·汤普生(Denys Thompson)合著的《文化与环境:批评意识的训练》(Culture and Environment: The Training of Critical Awareness,1933)等在英国学界引起很大反响。

发轫于英国的利维斯主义最先由艾伦·爱德华兹(Allan Edwards)引入澳大利亚。爱德华兹毕业于剑桥大学,师从瑞恰兹和利维斯。利维斯对他评价很高,称爱德华兹是自己"教过的最聪慧的学生"[2]。爱德华兹回国后将利维斯主义与瑞恰兹的"新批评"理论引入西澳大利亚大学,使西澳大利亚大学成为英国利维斯主义的集散地。这些思想理论又随着爱德华兹十位同事的先后调职,传播到了阿德莱德大学、墨尔本大学、莫纳什大学等多所高校。作为利维斯的得意门生,爱德华兹将自己视为阐释利维斯主义的权威,并忠诚地守卫利维斯主义,也影响了很多澳大利亚学者。但也有一部分学者不以为然,众说纷纭,因此引发了一些争论。

以爱德华兹、维尔克斯、克雷默为代表的很多学者都成为利维斯主义的忠实拥趸。利维斯提倡通过文学批评实现高雅文化对大众文化的引导与影响。精英分子在文学批评中区分文学作品的"良莠",可以将合乎传统道德规范的价值标准传递给普通大众。在具体实践过程中,利维斯主义者强调,文学研究应当脱离生产文本的具体社会历史语境,根据更广阔、更深远的文化传统,评判文学作品本身的价值。而"新批评"所推行的"文本细读"的研究方法恰好适用于澳大利亚的诗歌研究传统[3],弥补了利维斯主义的方法论短板。所以,利维斯主义很快在澳大利亚大学里盛行起来。

在学界普遍接受利维斯主义的形势下,也有一些学者提出了质疑。20 世纪六七十年代,利维斯主义在位于墨尔本的拉筹伯大学也十分兴盛,这所学校曾有过一

---

[1] 曹莉. 利维斯与《细察》. 当代外国文学,2017(4):111.

[2] Dale, Leigh. *The English Men: Professing Literature in Australian Universities*. Toowoomba: Association for the Study of Australian Literature,1997:114.

[3] *The English Men: Professing Literature in Australian Universities*. Toowoomba: Association for the Study of Australian Literature,1997:111.

场关于"澳大利亚学界如何接受利维斯主义"的辩论。在"拉筹伯辩论"(La Trobe Debate)中,来自美国的学者露西·弗罗斯特(Lucy Frost)在《米安津》上发表文章,就澳大利亚学界全盘接受利维斯主义提出质疑。她察觉到形式主义批评的局限在于彻底地将文本从具体社会语境中抽离,将作品视作完全独立的客体,可谓是矫枉过正,故提出阅读与教授文学作品时应当考虑社会历史语境。然而,这篇文章一经发表,同系的利维斯主义者们便群起而攻之,足见利维斯主义在澳大利亚学界影响之深广。①

利维斯主义所倡导的道德形式主义批评在后世看来确实存在缺陷,但它的到来打破了此前民族主义批评的垄断,形成了一股与民族主义分庭抗礼的势力。在左翼民族主义的强劲影响下,澳大利亚文学研究长期与历史、社会、政治研究边界不清,且以表现"澳大利亚特色"的作品为佳。根据哈里·赫塞尔廷的研究,在1938年至1958年这二十年间,关于澳大利亚文学的研究多与历史学、社会学研究有不同程度上的含混。维尔克斯的《布伦南诗作新论》与巴克利的《论诗歌:以澳大利亚诗歌为主》(Essays in Poetry, Mainly Australian, 1957)这两部作品则与众不同,是利维斯主义与"新批评"影响下的"本体论"研究先行者,这也预示了20世纪60年代澳大利亚文学批评范式的更迭。

还有一部分学者敏锐地觉察到,利维斯主义在推动澳大利亚文学研究发展的同时,还披着一层英帝国外衣。曾任西澳大利亚大学英语系主任的约翰·黑(John Hay)教授回想道:"讲座、辅导课、茶水间的谈话乃至教师会议,实际上都是在讨论一个隐秘的议题:如何维护英国文学的英国性。"②利维斯主义来到澳大利亚后,让"传统"和"经典建构"的概念深入人心,似乎为澳大利亚民族文学发展指明了出路。但澳大利亚人所要追寻的"传统"却在潜移默化中被同化为"英国传统"。利维斯主义的"亲英共同主义"价值概念(Anglophile universalism)隐藏着极强的同化性,即暗示英国文学经典的至高地位。包括霍普在内的许多学者提出观点,认为应用欧洲文学(实际主要指英国文学)的标准衡量来澳大利亚文学作品的价值。作为澳大利亚"经典建构"的首个成果——约翰斯顿的《澳大利亚文学批评》出版后也曾被诟病不能体现出利维斯强调的"传统"③。

---

① Healy, J. J. "Review Article." *World Literature Written in English* 1981(20.2): 254—273.
② Dale, Leigh. *The English Men: Professing Literature in Australian Universities*. Toowoomba: Association for the Study of Australian Literature, 1997: 116.
③ Australasian Universities Modern Language Association. *Journal of the Australasian Universities Modern Language Association*. 1964(22): 314. 本文献无文章名。

利维斯主义英帝国外衣的背后是帝国主义文化殖民本质。中国学者陆扬曾这样评述:"它(利维斯主义)后来成为第二次世界大战之后英语教学的正统框架所在。英国文学亦由此成为建构一个统一的民族文化的巨大宝库,成为民族文化最好的象征,甚至成为大英帝国殖民开拓的先头部队,成为文化帝国主义的一个直接组成部分。"[1]利维斯主义称教育是抵御、阻遏甚嚣尘上的物质主义与低俗文化的最有效方式,倡导一种自上而下的价值传输模式,暗中为权力披上了一件"救赎社会"的道德外衣。[2] 在牛津、剑桥这样的高等学府,来自殖民地的学生接受教师所授的"文化传统",付出的代价则是将自己的民族地方文化置于边缘位置,而"教育"让这一过程显得合法自然。利维斯主义所呼吁的"文学欣赏并非一个阶级的成就,它属于个人的学识",似乎打破了阶级壁垒,尤其是为中下层阶级与殖民地的学生提供了向上攀登的阶梯,但实则暗藏着"同化"的殖民本质。[3] 因为"品味成为一条铁律"[4],而品味就是"英国文化传统"代名词,故利维斯主义具有一定的危险性。

澳大利亚学界关于利维斯主义的讨论与研究,在20世纪70年代达到了顶峰。有学者评价道:"利维斯主义批评的使命是发起一场持久的、深思熟虑的文化革命,为的是重塑文学经典:伟大的文学关乎永恒的、共同的道德问题……这对20世纪澳大利亚文学批评产生了重要影响。"[5]利维斯主义的到来确实推动了澳大利亚文学发展,其形式主义批评理念将文学研究从民族主义批评的桎梏中解放了出来,它强调的"传统"与"经典"概念引发了澳大利亚学界的相关思考与行动,"文本细读"的教学方式则为澳大利亚传统诗歌研究提供了行之有效的实践方法。但不可忽视的是潜藏在利维斯主义背后的文化殖民主义。约翰·多克尔不无嘲讽地评论道:"利维斯提出了权威性知识的要求,自认为他属于那种'极少数人'的一员,具有(英国或欧洲)'种族'最高雅的意识、了解过去最高雅的文化。"[6]利维斯主义与生俱来的"英国性"具有侵蚀澳大利亚民族独立意识的危险性,有很强的同化作用,却假以道德的外衣掩盖实质,用教育的方式使文化殖民的过程合法化。故利维斯主义于澳大利亚文学而言,有利亦有弊,应辩证看待。

---

[1] 陆扬. 利维斯主义与文化批判. 外国文学研究,2002(1):13.
[2] Dale, Leigh. *The English Men: Professing Literature in Australian Universities*. Toowoomba: Association for the Study of Australian Literature,1997:117.
[3] Ibid.,112.
[4] Ibid.
[5] Ibid.,140.
[6] 约翰·多克尔. 后现代与大众文化. 王敬慧、王瑶译. 北京:北京大学出版社,2011:32.

第七章 文学批评家

第一节 A. D. 霍普
(A. D. Hope, 1907—2000)

生平简介

　　A. D. 霍普是澳大利亚著名诗人和文学批评家。在青年时代,他先后在悉尼大学和牛津大学学习。1931年,他从英国回到澳大利亚。由于当时国家正值经济大萧条时期,他只好从事与自己专业不相干的工作,甚至当过一段时间的心理咨询师。1938年至1944年,霍普在悉尼师范学院(Sydney Teachers' College)谋得教职,同时进行诗歌创作。1945年移居墨尔本,担任墨尔本大学英语系讲师。1951年,担任堪培拉高等教育学院(即现在的澳大利亚国立大学)英语系主任,与汤姆·摩尔共同开设了澳大利亚大学中第一门澳大利亚文学课程,对澳大利亚文学进入高校课堂发挥了奠基性作用。1968年卸职退休。为表彰他对澳大利亚文学发展做出的杰出贡献,澳大利亚国立大学以他的名字命名了艺术学院的一座大楼。

　　霍普是一位著名的多产诗人。虽然他在48岁时才出版第一本诗集《徘徊的岛屿》,但他的诗歌创作热情很高,出版了10本诗集,并在20世纪六七十年代达到一个诗歌创作高峰。他的诗歌作品主要有《诗歌》(Poems, 1960)、《A. D. 霍普》(A. D. Hope, 1963)、《1930—1965年诗歌集》(Collected Poems: 1930—1965, 1966,扩充后于1972年再版)、《诗选》(Selected Poems, 1973)、《夕拾:1965—1974年诗选》(A Late Picking: Poems 1965—1974, 1975)、《回复集》(A Book of

Answers,1978)、《漂流的大陆和其他诗》(*The Drifting Continent and Other Poems*,1979)、《安提奇纳斯》(*Antechinus*,1981)、《理性的时代》(*The Age of Reason*,1985)等。在他八十余岁时,出版了他唯一一部戏剧作品《海上来的女士》(*Ladies from the Sea*,1987)。1992 年,他的回忆录《巧遇》(*Chance Encounters*)面世。

霍普也是著名的文学批评家,出版了多部文学批评著作,主要有《1950—1962 年澳大利亚文学》(*Australian Literature 1950—1962*,1963)《洞穴与春天:诗歌论集》(*The Cave and the Spring: Essays on Poetry*,1965)、《仲夏夏娃之梦:威廉·邓巴诗歌研究》(*A Midsummer Eve's Dream: Variations on a Theme by William Dunbar*,1970)、《伙伴:澳大利亚文学论集 1936—1966》《朱迪斯·赖特研究》(*Judith Wright*,1975)、《奥托喀里克斯一伙人》(*The Pack of Autolycus*,1978)、《新克雷提拉斯:诗歌技巧指南》(*The New Cratylus: Notes on the Craft of Poetry*,1979)等。

霍普是 20 世纪澳大利亚屈指可数的具有国际影响力的诗人和批评家,其作品曾获得莱文森诗歌奖(The Levinson Prize for Poetry,1968)与罗伯特·弗罗斯特奖(The Robert Frost Award,1976)等。1972 年,霍普被授予大英帝国官佐勋章(Order of the British Empire),以表彰他在文学领域的重大贡献。

古典主义守卫者

霍普是澳大利亚著名文学批评家,兼具诗人和学者身份,他对文学批评有着独特的见解。他崇尚 18 世纪英国古典诗歌传统,反对自由体诗歌,视现代主义文学作品为侵蚀着人们精神世界的洪水猛兽。然而,霍普的文学批评观也表现出矛盾的两面性。一方面,对现代主义诗歌大加挞伐,展现出与之势不两立的姿态;另一方面,他的诗歌中也融合了现代主义的元素,甚至在某些方面与现代主义一脉相承,如性爱的隐喻和虚无的精神荒原等。这种看似矛盾实则必然的复杂性,实际上折射了澳大利亚现代诗歌的困境——游离于传统与现代、民族性与共同价值的对立统一关系中而无法超越,这既是霍普诗歌创作和文学批评的独特性,也是澳大利亚文学批评面临的抉择。

诗歌创作观

　　一位官员曾问霍普:"诗人能够为澳大利亚做些什么?"他回答:"诗人可以证明澳大利亚的存在。"①那么霍普所言的"澳大利亚的存在"是什么呢? 进入 20 世纪 50 年代,澳大利亚跟其他国家一样,进入了战后的和平时期。但第二次世界大战不仅摧毁了物质世界,而且摧毁了精神世界。尼采的"上帝已死"预示着人们逐渐对宗教所建立起的物质秩序失去信任,面临着前所未有的道德危机,因为上帝已经无法成为人类社会道德标准与终极目的。霍普认为,诗歌或许是人们对上帝、宗教失望后唯一可以净化、点亮和拯救人类精神的解药。② 于是,霍普与詹姆斯·麦考利等人决意用诗歌来反映澳大利亚的存在,拯救人们的灵魂。然而,他们发现澳大利亚诗坛充斥着狭隘的地方主义和民族主义思想,同时,腐朽堕落的现代主义思潮亦渗透到澳大利亚文坛。在他们看来,这些"歪风邪气"妨碍了澳大利亚诗歌的进步。于是,霍普与麦考利等人开始着手对澳大利亚诗歌进行改革,一扫诗坛的腐朽之风。

　　霍普的成长环境和求学经历培养了他对英国文学与欧洲传统"天然"的亲近感和信赖感。他的孩提和少年时代在新南威尔士州乡村和塔斯马尼亚度过。由于受到牧师父亲的影响,霍普自幼阅读了大量的英国经典文学作品,对英国文化传统十分熟悉。长大后,他认识到尽管澳大利亚充满生机和活力,但文化上的贫瘠是不容否定的事实。于是决定去牛津求学,渴望学成归来时能为他钟爱的国家贡献才智,这种深沉的情感无不表现在他诗歌的创作中。然而,与那些用工笔细描的方式描摹美丽自然风光的作家不同,霍普用近乎讽刺、刻薄的语言书写了澳大利亚的贫瘠与荒芜,他指涉的不仅是地理上尚待开垦、利用的状况,而且更多的是思想与精神上的沙漠。但在讽刺批判之后,霍普笔锋一转,让人们在贫瘠背后看见了希望。霍普这样写道:

　　　　他们说她是一个年青的国家,但他们说谎,
　　　　她是最后一块土地,最荒僻的土地,

---

① Hope, A. D., and Peter Ryan. *Chance Encounters*. Victoria: Melbourne University Press, 1992: 3.
② Ibid.

>一个过了更年期的女人，
>乳房还柔软，但子宫里已经干涩。
>没有歌曲，没有建筑，没有历史，
>年青国家该有的激情和信仰，
>她的河水已把它们淹没在内陆的沙漠，
>也就是那些愚蠢到极点的河流。
>……
>但是也有如我者乐意回家，
>来自现代思想的茂密丛林，
>找寻人类思想的阿拉伯沙漠，
>盼望先知们仍会从沙漠中来临。
>("Australia"，黄源深译)①

此诗写于霍普从英国回国不久后，诗歌中所谓的"现代思想的茂密丛林"指的是当时处于文化中心的英国或是欧洲。霍普将澳大利亚与英国相比照，愈发觉得澳大利亚建国时间短、文化根基薄弱，"一个没有歌曲，没有建筑，没有历史"的国家，但这并不影响他对这国家的情怀，"但是也有如我者乐意回家"。霍普去英国求学不仅是为了学习知识，更多的是想把"现代思想的茂密丛林"的绿枝带到被他称为文化"沙漠"的澳大利亚。因此诗歌中采用了比喻的手法，将澳大利亚与英国联系起来。在他看来，尽管在地理位置上澳大利亚离亚洲更近，但文化归属上理所当然地应该属于欧洲，在欧洲的知识谱系寻找自身的坐标和发展路径。持相同观点的批评家还有霍普的好友麦考利，他们为澳大利亚诗坛开出了一剂药方，即倡导"新古典主义"②。

霍普奉行英国新古典主义的诗歌传统，主要体现在诗歌形式上。霍普视W. H. 奥登(W. H. Auden)、塞缪尔·约翰逊(Samuel Johnson)、约翰·德莱顿(John Dryden)等杰出英国诗人为澳大利亚诗人效仿的榜样，重视文学传统意识和效仿，在经典文体方面，强调对诗歌形式与声韵的掌握。③ 然而，随着现代主义之风吹进澳大利亚文坛，自由诗在一部分崇尚现代主义的诗人中流行起来。霍普对此深表不满，在评论文章《自由诗：一个事后分析》("Free Verse: A Post-Mortem"，

---

① 黄源深. 澳大利亚文学史(修订版). 上海：上海外语教育出版社，2014：429.
② King, Bruce. "A. D., Hope and Australian Poetry." *Sewanee Review* 1979(87)：122.
③ Ibid.

1960)一文中,他回溯了自由诗的简短历史,一针见血地指出了其理论基础薄弱的缺陷,同时反驳了自由诗追随者们对于传统格律诗的误解,并以此证明"复兴古典"才是澳大利亚诗歌发展的正途。自 19 世纪美国诗人沃尔特·惠特曼(Walt Whitman)写下第一部自由诗诗集《草叶集》(*Leaves of Grass*,1855)起,至今不过一百余年。在霍普看来,19 世纪的自由诗具有很强的政治意蕴,是左派诗人用于反抗旧政权统治的工具。他们故意抛弃规范的英国传统格律诗,寻求诗歌创作的转变与突破,借此唤醒民族独立意识,为实现独立的政治目标服务。但自由诗缺乏理论基础,即使是号称"自由诗之父"的惠特曼也没有提出任何明确的自由诗理论,称他自己的作品是"野蛮的呼喊"(barbaric yawp)。直至 19 世纪末和 20 世纪初,自由诗的学者才在艾略特与庞德的印象主义与符号学中找到理论依据,但霍普认为所谓自由诗理论依然存在很大的漏洞。自由诗支持者认为传统英国格律诗的严格、刻板形式限制了诗歌创作的诸多可能性,诗坛需要在形式上破旧立新。但霍普对此不能苟同,他以一个语文学家的严谨姿态指出,这些自由诗支持者们混淆了节奏与韵律的区别,忽略了语言本身不断更新的事实,高估了自由诗形式的表现能力,更没有理解古典诗歌形式的本质。在霍普看来,诗歌重形,具有散文所不具备的音乐性,散文表意,具有形散神不散的特质,两者存在结构上的差异。但这并不意味着古典诗歌轻视意的表达。称职的诗人不会让意逃离了形的制约,让诗歌变得没有生气与活力;也不会让形过于张扬,使诗歌变得过于规律和单调。他笔下的意与形,应当是规律中的自如,自如中的规律,和谐之中暗藏张力。在霍普眼里,"自由诗"妄图模糊散文与诗的界限,却沦为不伦不类之物,"既不自由,也不是诗":"不自由"是因为它没有标准来判断其自由度;"不是诗"是因为它既无节奏也无韵律。[①] 在驳斥了自由诗之后,霍普为古典诗歌形式正名,他宣称:"传统格律不会被用尽,古典形式也不会死亡。"[②]诗歌的韵律是在既定的格律传统与散文韵律之间的一种平衡,和谐之中充满弹性的张力。而散文韵律随着语言的发展变迁不断进步,为格律诗的形式创新提供源动力。因此,古典诗歌形式不会枯竭,它是代代相传所积淀下的历史文化传统,不会因自由诗的出现而受到威胁。

霍普在形式上坚持"古典之美",在内容上则显现出一种共同主义倾向。批评家克里斯·华莱士-克雷布曾说,人们常会发现霍普是一位自身充满矛盾与冲突

[①] Hope, A. D. *The Cave and the Spring*:*Essays on Poetry*. Sydney:Sydney University Press,1974:45.

[②] Ibid.,49.

的诗人,但这只是表面现象,人们一般注意不到他更深层的特点,那就是霍普从宏观角度研究人类活动的强烈倾向。① 霍普向来不屑于细枝末叶的描绘,在他的诗歌中,对特定地点或具体事物的描写很少,形成了他诗歌创作的一大特点。② 在《一封来自罗马的信》("A Letter from Rome")中,霍普讥讽了澳大利亚诗人偏爱表现像"驮马、活动栏杆和踢马刺"这些地方性的琐碎事物。在霍普看来,这样的写作仅仅止于表面而缺乏思想深度。霍普批评的这种现象确实存在,不少诗人热衷于照相式地反映当地景象,如哈珀、亨利·肯德尔(Henry Kendall)等。霍普的这种批评思想在他的诗歌创作实践中表现得十分明显,他很少描写具体的澳大利亚景色。如前文提到的诗歌《澳大利亚》("Australia")就是一个例子。霍普用简笔勾勒出澳大利亚的宏观景象,用形象的比喻讽刺它的荒僻贫瘠,但诗歌中没有出现任何一个具象的澳大利亚地点或事物。再譬如,霍普在他的第一部诗集《徘徊的岛屿》放弃收录《澳大利亚》这首诗,因为在他看来"国家"这个概念本身过于具体,若收录的话会削弱整部诗集的共同性。这一猜测得到了批评家雷欧妮·克雷默(Leonie Kramer)的证实,她曾这样说道:"诚然,作为一个诗人,霍普没有国籍。他从不试图反映他所生活在的特定社会与环境……成熟的诗人不断扩大内心世界的边界。"③

因此,共同价值是理解霍普诗歌创作的关键所在。如在《探索者》("The Explorers")、《复活节赞美诗》("Easter Hymn")、《冥想音乐》("Meditation Music")等诗歌中,霍普以他特有的艺术形式,表现了现代人的精神被机器生产的"标准化"(standardization)模式所禁锢的普遍问题。再譬如,在《徘徊的岛屿》中霍普以游移不定的岛屿作比,揭示了现代人思想与心灵的孤立状态,每个人就像是徘徊在社会上的一座座孤岛而无依无靠。此外,霍普在创作诗歌中融入了很多希腊神话、古老的西方传说与寓言,不仅在形式上实践自己所倡导的"新古典主义"风格,而且借这些世代相传的文化典故表达人类社会的普遍意义。

诗学理论

作为澳大利亚著名的文学批评家,霍普的诗学理论引起了学界的广泛关注。

---

① Wallace-Crabbe, Chris. "Three Faces of Hope." *Meanjin Quarterly* 1967(26.4): 396.
② Kramer, Leonie. *A. D. Hope*. Victoria: Oxford University Press, 1979: 4.
③ Ibid., 8.

他认为诗歌作为一种文学艺术,是创造和表达自治而又具有美感的东西①,这与自然界中的花草树木存在相似之处,他通过对比研究诗歌的演变与自然生态的发展,提出了诗歌生态论(the ecology of poetry),论述了"话语模式"(the Discursive Mode)对诗歌创作的影响,引发了文学创作和批评界的热烈讨论。

霍普的"诗歌生态论"毫不掩饰他对传统经典十分敬仰与推崇,而对新兴文学体裁却保持警惕与戒心。在《话语模式》("The Discursive Mode")一文中,他认为文学发展与自然生态进化一样,遵循着"非常简单的自然规律"。他的依据是人既然作为自然界的一部分,那么"人类生态"也属于整体生态的一部分。而文学创作属于人类活动,也应当遵循自然规律。人依赖于社会环境,就像动植物依赖自然界的土壤和气候一样。诗歌与动植物一样,形式多种多样,它们的生存相互关联依赖,共同形成一个平衡的生态系统。霍普同时强调,若有人执意生搬硬套地将两者进行类比,片面地理解其字面意思,将自然界法则完全套用在诗歌发展上,则是十分愚蠢的,因为诗歌本身不是有机体,不能进行自我更新,因此类比必须置于一定条件下。在"诗歌生态论"中,霍普认为,一种新文学体裁的流行,就像一种新物种的入侵,可能会严重破坏整个文学生态系统的平衡。而文学领域之外的社会结构、教育和信仰方面的变化也可能会破坏这种平衡,使某些传统形式受到忽视、贬低,甚至被彻底抛弃。肤浅、廉价的文学形式的流行将导致一个又一个伟大文学传统的消失,就像单一干枯的沙漠逐渐吞噬、取代茂密丰沛的雨林一样,如此一来,文坛会逐渐成为没有生命力的荒芜生态圈。"沙漠化"将使原有的生态系统难以修复,甚至没有挽救的余地。霍普此番理论是对现代社会语境下文学发展的影射。尽管他说自由诗不足以对传统经典构成威胁,但以自由诗为代表的新兴文学体裁所造成的冲击毋庸置疑,对经典传统前景的担忧溢于言表。

相比于伟大诗歌形式的消失而言,霍普更担忧诗歌"中间形式"的消失。所谓"中间形式"是一种最贴近散文写作的诗歌作法,但它在本质上依然是诗歌形式。②霍普称之为"话语模式",这种"话语模式"并非出于叙述的目的,如论文、信件、谈话、冥想、论证、描述、讽刺等表现得那样,它的情态是话语性的,不紧张、不高昂,也不充满激情。正是在这片中间场域中,诗人学习了如何管理和运用他们的诗歌技

---

① Hope, A. D. *Native Companions: Essays and Comments on Australian Literature 1936—1966*. Sydney: Angus & Robertson, 1974: 132.

② Hope, A. D. *The Cave and the Spring: Essays on Poetry*. Sydney: Sydney University Press, 1974: 5.

巧，如何维持和调节他们的语调，逐渐向更高的境界迈进，从而达到真正意义上的艺术效果。这种中间形式的"话语模式"是一种基础水平的艺术表现，从日常语言中取材，贴近大众生活，又因音韵的修饰而显得灵动，是诗歌的自然本态。乔叟、德莱顿等诗人都是"话语模式"突出的践行者。在霍普的论述中，"话语模式"既是贴近普通群众的"艺术初成品"，也是解构精英文化与大众文化二元对立的刀斧。基于"话语模式"，读者可以预判"最后出炉成品"的成败。霍普称"掌握'话语模式'是创作诗歌的关键"①。然而，霍普也认识到"话语模式"正在澳大利亚文坛消失。虽然部分诗人仍在用"话语模式"进行诗歌创作，但年轻诗人已不再学习它，读者也没有将它视为大众衡量作品的标准。脱离了"话语模式"的现代诗歌普遍用些突兀、惊奇、怪诞的意象和语言来博得读者的眼球，失去了诗歌的"自然本态"。霍普对此深感担忧，呼吁应重新建构"话语模式"，复兴诗歌传统。霍普认为，要特别重视对讽刺诗传统的修复，因为高水平的讽刺诗不仅能够鼓励本真、简洁的诗歌审美取向，而且能够打击那些破坏文学传统的诗歌形式，让它们在检验中显得荒诞可笑。②

霍普的"生态诗歌论"在文坛引发了极大的争议，尤其遭到了自由诗支持者们的反对。罗伯特·格雷（Robert Gray）认为霍普"在理论与实践上对于'话语模式'的倡导是令人不能接受的"③。罗德尼·霍尔（Rodney Hall）在回忆霍普时这样说道：

> 澳大利亚文学中有一些正统。A. D. 霍普是其中的代表之一。他是一位十分重要的人物，但我非常反对他提出的那些"话语模式"概念。正如他所述：是一种对18世纪的模仿之物。但就我对那些作家，例如亚历山大·蒲柏（Alexander Pope）的阅读经验而言，我认为霍普遗漏了一些细微之处。他的"话语模式"试图把世界打造成一个整洁、理性的游乐场供人们活动。④

对于深受现代主义影响的作家而言，现代世界早已与霍普崇尚的18世纪大不相同了。霍普的理论带着对现世的怒气，试图将它纠正回理想的浪漫主义时代，甚至于浪漫主义也是霍普对现实世界妥协的产物，因为在霍普心中，古典主义才是西方文学第一大传统。由于古典主义难以复兴，霍普退而求其次，将目光转向西方文

---

① Hope, A. D. *The Cave and the Spring: Essays on Poetry*. Sydney: Sydney University Press, 1974: 7.
② Ibid., 9.
③ Williams, B., and Rodney Hall. "An Interview with Rodney Hall." *Descant* 1989(20. 3): 19.
④ Ibid.

学第二大传统,即浪漫主义,认为唯有浪漫主义才能表达现代世界人们的内心冲突。

　　重视文学传统在霍普文学批评理论中居于核心地位,而继承西方文学传统是澳大利亚诗坛良性发展的唯一方法。自 20 世纪 40 年代起,随着现代主义思潮逐渐在澳大利亚文坛施展影响,新兴文学形式成为侵蚀伟大文学传统的"灾难"。在"诗歌生态论"中,霍普试图将文学发展线性化,例如,理想的古典主义逐渐被浪漫主义所取代,所以当他看到日渐崛起的现代主义时显得尤为紧张,担心它会吞噬浪漫主义传统,从而使文坛变为一片荒漠。霍普企图运用"话语模式",拯救受自由诗侵害的澳大利亚新古典主义诗歌,看似有理有据,实则枉然,因为经历了战争洗礼后的澳大利亚已不再是一个封闭的国度,理论多元和思想多样已成为不可阻挡的历史潮流。

对现代主义文学的围剿

　　从更深层次的角度而言,霍普的线性化"诗歌生态论"表达了他对"历史与现代的关系"这一重要问题的认识。霍普倾向于将历史置于现代的对立面,使得文学传统与新兴文学形式处于一种博弈状态。凯文·哈特(Kevin Hart)认为霍普的"诗歌生态论"曾受到 T. S. 艾略特的影响,并将它与艾略特的论文《传统与个人才能》("Tradition and Individual Talent",1919)进行对比。虽然两人在各自的文章中均表现出对文学传统的重视,但在对现代性和传统的态度上,艾略特显得比霍普更为包容、柔和,他认为传统可以与现代性进行对话,且为文学发展提供动力;霍普则认为现代写作正在侵蚀传统,打破了诗歌界的生态平衡,故谋求文学发展应当"寻找、更新、延长"欧洲文化、继承西方传统。[①]

　　学界普遍认同霍普曾受到尼采的影响。他与尼采一样,将现代性与虚无主义联系在一起。对于尼采而言,虚无主义与传统的决裂表现出最高价值的自行贬黜。"上帝死了"是现代世界中人们的精神写照。曾经的认知方式与物质秩序被颠覆,人们陷入了缺乏目标的精神生活窘境。但尼采认为,重振传统不是解决虚无主义的出路。西方的传统让人们屈从于"上帝"与"真理",而这些概念的消亡与倾覆恰

---

① Hart, Kevin. *A. D. Hope*. Melbourne: Oxford University Press, 1992: 44.

恰为人们进行价值重估提供了机会,这才让人们可能超越虚无主义。与尼采一样,霍普也看到了现代世界中充斥着的虚无主义,但他对创造新的价值与认知体系并无兴趣。他只是一再留恋人们精神依旧健康的过去,并希望恢复传统来拯救人们。①

现代主义与现代性常常是一同被提及的话题。霍普对现代性与现代主义都持批判态度,但他清楚两者之间存在差别。霍普认为现代性与大众文化的崛起有关,而现代主义则被一种误导性的精英文化所主导。现代主义在文学领域依然属于高雅文化界的讨论范畴。作为批评家的霍普对现代主义作品及现代主义支持者们进行了毫不留情的批判。

霍普与现代主义文学先锋人物马克斯·哈里斯不睦已久。哈里斯是"愤怒的企鹅"运动的发起者,在澳大利亚文坛推行现代主义文学,他主编的《愤怒的企鹅》杂志为澳大利亚现代主义文学提供了平台。然而在20世纪40年代,由哈罗德·斯图尔特和麦考利主导的臭名昭著的"厄恩·马利"骗局震惊文坛,令哈里斯名誉扫地,随之而来的审判更让他一蹶不振。作为现代主义文学发展的载体,《愤怒的企鹅》无法逃脱停刊的命运,现代主义文学的星星之火尚未在澳大利亚形成燎原之势便惨遭灭顶之灾。虽然霍普没有直接参与谋划、部署这个圈套,但他本身已策划了一个打击哈里斯及现代主义文学的计划,但了解到斯图尔特与麦考利的计划后,认为他们的手段更巧妙高明,转而选择支持他们的计划。霍普曾多次与哈里斯打笔战,极尽嘲讽之能事羞辱这位现代主义文学的倡议者。霍普直指哈里斯创作无能,只会抄袭,且手法拙劣,一看便知"引用"的来源。他戏谑哈里斯简直是"最佳作者联合股份公司"的秘书,在《植物眼》(*The Vegetative Eye*,1943)中通过模仿他人风格的确写出了些有趣的例子,但当哈里斯不得不依靠自己创作的时候,他根本没有风格可言。他还认为哈里斯将文学、美学、伦理学、心理学、社会学、哲学的陈词滥调堆砌在作品中,简直如噩梦般可怖。在霍普看来,哈里斯和现代主义的拥护者们只是肤浅地追逐时尚潮流罢了。

霍普对被誉为现代主义文学巨匠、诺贝尔文学奖获得者帕特里克·怀特同样毫不留情地进行了严厉的指责,引起了怀特的强烈不满,反讥霍普为"狭隘的教授"(the slit-eyed professor)。但霍普对此毫无悔意,宣称自己不过是做了批评家应做

---

① Hart, Kevin. *A. D. Hope*. Melbourne: Oxford University Press, 1992: 44.

的评论而已。他认为怀特"作为小说家,他知道得太多,他写得太多,他说得太多"①。怀特没有满足于运用传统现实主义手法创作小说,相反,他不断从欧洲文化中汲取营养,受到弗洛伊德、D. H. 劳伦斯、詹姆斯·乔伊斯等人的影响,在作品中大量运用现代主义的创作手法,如意识流、黑色幽默、超现实主义等表现手法,这种有别于澳大利亚现实主义传统的做法使他在澳大利亚文坛饱受非议。霍普用亚里士多德的理论标准评价怀特的小说,认为他的书根本称不上是小说,因为其中根本没有小说的关键元素"行动",也没有普通意义上的"情节",故根本不能构成"故事"。虽然霍普始终秉持着古典文学的评价标准,对怀特的作品提出批评,但他没有因为怀特不属于古典派文学就忽视了他的优点。霍普认为怀特具有一个伟大小说家的基本素养,"他具有创造真实的人物以及塑造真实世界的能力"②。霍普期待小说界能够呈现给读者具有共同价值,甚至警示性意义的作品。在现代社会的语境下,怀特超越了人们习以为常的秩序规范,指出正直的重要性,认为它与天赋和美丽一样,是稀缺而令人振奋的品质。③

但沉溺于怀念18世纪古典主义的霍普也不免受到现代思潮的影响。一些批评家认为,虽然霍普对现代主义文学深恶痛绝、大加挞伐,但他"却与现代主义有着千丝万缕的联系,其诗作带有明显的现代甚至后现代色彩"④。艾略特、尼采、弗洛伊德等人都对霍普产生了影响,例如《浮士德的悲剧史》(*The Tragical History of Dr. Faustus*,1982)、《徘徊的岛屿》等作品带有虚无主义色彩。更引人注目的是在霍普的诗歌作品中,性爱元素被反复提及。霍普也因此饱受非议,收获了"阳具霍普"(Phallus Hope)之称。哈里斯更借此攻击道:"他的诗歌内容因每次都出现的性描写而降低到男生宿舍水平。"⑤这些诗歌中的部分确有低俗之嫌,但也有许多作品实则可用弗洛伊德的精神分析进行深层次解读。霍普的性描写多是对神话、典故中情节的"陌生化"处理,实则表现了具有共同意义的欲望角力。

霍普是澳大利亚文学批评史上具有重要地位和影响力的批评家。尽管他崇尚古典、珍视传统、反对现代主义的文学批评思想在澳大利亚引起了巨大的争议,甚

---

① Hope, A. D. *Native Companions: Essays and Comments on Australian Literature 1936—1966*. Sydney: Angus & Robertson, 1974: 77.

② Ibid.

③ Ibid.

④ 陈正发、杨元. 霍普和他的诗歌创作. 外国文学,2005(1): 100.

⑤ Harris, Max. "A. D. Hope: Sensuous Excitement or Monotonous Imagery?" *Voice* 1955(4.12): 23.

至所提出的"生态诗歌论"也不被人完全接受,但他的思想是对澳大利亚 20 世纪四五十年代盛行的狭隘民族主义的反拨和对诗歌创作发生、发展规律的探索。澳大利亚文化贫瘠是不争的事实,因此他渴望将澳大利亚文学,尤其是诗歌的发展引向更具文化底蕴和厚实文学传统的英国和欧洲,这无疑具有一定的合理性。然而,他同时也把发端于西方的现代主义文学拒之门外,认为他们是腐朽和堕落的思想和方法,把希望寄托在他的"生态诗歌",强调用"话语模式"来促进澳大利亚诗歌回归"新古典主义",这显然违背了诗歌本身的发展规律,因为任何一刀切的武断做法都不可能满足多样化的需求。因此,他无论是强调英国和欧洲文学传统,还是抵制现代主义,都彰显出他陷入了既想与英国传统融合又受到国内民族主义思潮羁绊,既想与西方现代主义一刀两断又受到亲现代主义者反制的窘境。这种窘境不仅仅是霍普个人需要面对的,而且是整个澳大利亚批评界都需要反思的问题,因为本质上属于移民文化的澳大利亚在文学创作和批评必须处理好传统和现代,民族和世界两者之间的关系,只有拿捏有度,方可促进发展与繁荣。霍普的文学批评思想是他个人批评实践的总结和升华,但他的文学理想追求远远超越了个人,甚至超越澳大利亚而具有共同意义。这种不断追求的精神连同他的诗歌创作和文学批评思想一起作为文化遗产而留给了后人,为澳大利亚文学的进步做出了重要贡献。

第二节　文森特·巴克利
(Vincent Buckley, 1925—1988)

生平简介

文森特·巴克利是与 A. D. 霍普、詹姆斯·麦考利齐名的"诗人教授"(poet-professor),同时从事批评研究,是 20 世纪五六十年代澳大利亚文坛与学界的中心人物。[①] 巴克利因其独树一帜的共同主义批评主张、形而上的评价标准,与民族主义批评家们划清界限,为推动澳大利亚文学成为一门独立学科进入大学、构建澳大

---

① Wilde, William H., Joy Hooton and Barry Andrews. eds. *The Oxford Companion to Australian Literature*. 2nd ed. Sydney: Oxford University Press, 1995: 121.

利亚文学经典做出了重要贡献。

爱尔兰移民后裔身份、自身从事诗歌创作的经历、学院派的成长路径,以及英国剑桥大学的留学见闻,赋予了巴克利与众不同的批评视角与思考维度,并帮助他取得了丰硕成果。在剑桥攻读博士学位期间,巴克利得到导师巴兹尔·威利(Basil Willey)的支持,没有撰写博士研究论文,而是写了一本关于文学批评的书——《诗歌与道德》(Poetry and Morality,1959)。此书由剑桥大学出版社出版,并获得了F. R. 利维斯的褒赞,认为这是一部"杰出而有价值的作品"。巴克利的批评三部曲《论诗歌:以澳大利亚诗歌为主》《诗歌与道德》《诗歌与神圣》(Poetry and the Sacred,1968)在一个包含道德、宗教等议题的广阔知识与文化语境下,勾勒出了巴克利文学批评的重要理念与核心思想。[①] 三部曲与其他著名的评论文章,如《走向澳大利亚文学》《澳大利亚文学中的乌托邦主义与活力主义》("Utopianism and Vitalism in Australian Literature")、《澳大利亚诗歌中人的形象》("The Image of Man in Australian Poetry")等,蕴含了他对澳大利亚文学经典评判圭臬的主要看法,以及对澳大利亚文学批评发展的重要见解。

此外,作为诗人,他还著有诗集《芸芸众生》(The World's Flesh,1954)、《以色列的大师们》(Masters in Israel,1961)、《阿卡狄和其他地方》(Arcady and Other Places,1966)、《金色的建设者们》(Golden Builders,1976)、《典范》(The Pattern,1979)、《隆冬的孩子》(Late Winter Child,1979)、《诗选》(Selected Poems,1981)以及《最后的诗篇》(Last Poems,1991)。

形而上学批评倡导者

文森特·巴克利在20世纪五六十年代的澳大利亚批评界占据着重要而独特的地位。巴克利是爱尔兰移民的后裔,受天主教信仰的影响,他的文学批评思想中融入了对宗教与诗歌关系的思考。英国留学经历让他对澳大利亚与英国的文化联系有着不同于民族主义者的理解。学院派的成长路径以及教学经历让他对文学经典标准有严格的把握。本节将结合文森特·巴克利的主要文学批评作品,从移民

---

① Hatherell, William. "Essays in Poetry, Mainly Australian: Vincent Buckley and the Question of the National Literature." *Journal of the Association for the Study of Australian Literature* (Supplement)2010: 2.

语境下文化身份追寻、共同主义的形而上批评主张、澳大利亚文学经典建构与重估三个维度,逐层递进,深度剖析巴克利文学批评思想的独特性,以及对澳大利亚文学发展的重要贡献。

澳大利亚文学再审视

澳大利亚地广人稀,于是输入移民成为现代社会发展的必然选择。20世纪五六十年代,因战后移民政策的改变,澳大利亚迎来了新一波移民潮。1970年,时任移民部部长(Minister of the Immigration Department of Australia)的菲利普·林奇(Philip Lynch)在回顾澳大利亚战后二十年的移民政策时指出,国家安全与经济发展是澳大利亚部署战后移民计划的两大主要动因,这背后蕴藏着澳大利亚人心底的一个基本愿望,那就是"自力更生"(to stand on their own two feet)[①]。20世纪四五十年代的澳大利亚面临着内忧外患,这一愿望便变得愈发强烈。一方面,第二次世界大战时,日本轰炸北部港口达尔文试图入侵澳大利亚,此举让澳大利亚深刻意识到自身势单力薄,若无盟友援助,难以抵御地缘威胁;另一方面,自1870年以来,持续的低生育率使澳大利亚人口长期处于负增长状态,若不引进移民补充人力,战后国防力量储备与经济发展建设将成为空中楼阁。就在如临大敌之际,澳大利亚却失去了可信赖的移民来源。出于自身战后重建考虑,英国拒绝了向澳大利亚每年输送7万移民的要求,这使澳大利亚政府不得不将目光转向其他国家。[②]寻找合适移民的重担落到了第一任移民部部长亚瑟·卡尔韦尔的肩上。卡尔韦尔有多重顾虑:第一,澳大利亚需要身强体壮、经过技术训练的移民来补充劳动力,参与国防建设;第二,这些移民必须能够融入澳大利亚,成为整个民族的一部分,这意味着对移民文化来源有所限制;第三,历史文化渊源让澳大利亚人早已习惯接受英国移民,如何在不冒犯澳大利亚居民的前提下选择新移民成为另一难题。考虑再三,在英国受挫后的卡尔韦尔将目光转向因法西斯动乱而流离失所的欧洲难民。于是在20世纪五六十年代,一大批马耳他、意大利、波兰、联邦德国、奥地利、希腊、

[①] Lynch, Philip. "Australia's Immigration Policy." *Australia's Immigration Policy*. ed. Hew Roberts. Nedlands: University of Western Australia Press, 1972: 2.

[②] Appleyard, R. T. "Immigration and National Development." *Australia's Immigration Policy*. ed. Hew Roberts. Nedlands: University of Western Australia Press, 1972: 17.

西班牙等国家的难民们踏上了澳大利亚的土地,为整个民族注入了新鲜血液。

新移民的到来不仅增强了澳大利亚在经济、军事等领域的实力,也在文化领域掀起波澜。正如一位社会学家所说,"移民不仅是社会变革的结果,同时也是它的诱因"①。新移民的到来既提醒着这个国家的形成历史,又为国家民族的发展变革埋下伏笔。巴克利在《收割青青的干草:澳大利亚辉煌数十年的友谊,运动与文化冲突》(*Cutting Green Hay: Friendships, Movements and Cultural Conflicts in Australia's Great Decades*,1983)一书中称战后二十年"是一个在文化的每个细胞中扩张和扩散的时期;因此1960年的澳大利亚与1930年的澳大利亚,至少对于当地人而言,有惊人的差异"②。新移民对于澳大利亚的重要意义还在于,他们的到来暗示着这个国家与民族的发展经历。这片原本属于土著人的辽阔土地,自1788年起,接纳了一批又一批被逼迫或是满怀憧憬的异乡人。在同一片土地上,原住民们被驱逐、压迫;异乡客们落脚定居、绵延子嗣。故乡仿佛成了他乡,他乡可被认作故乡?在移民文化语境下成长起来的巴克利对"文化身份"有着执着的追求。他对自身文化身份审慎而深切的思考,影射了当时时代语境下,移民群体乃至整个民族焦虑、矛盾的社会心理状态。

缺乏文化认同感是初来乍到的移民们在精神层面首先遇到的危机,这种危机感甚至可以传递到数代之后的子孙身上。20世纪五六十年代的澳大利亚仍是一个年轻的移民国家,正不断吸纳新移民。在许多人看来,这个国家似乎还没有足够深厚的底蕴与历史,能让它的人民引据为"文化来源"。在《想象的家园》("Imagination's Home")一文中,巴克利罗列了文化"来源国"(source country)可给予其人民的十样事物(当一个国家是来源国时):

1. 孕育了语言又由其表现的感知习惯;
2. 逐渐成为原型或具有历史意义的意象、自然物体、事件、地点;
3. 地名和专有名称,为人所知的家谱系统,以及家族与地方的关系;
4. 历史事件,尤其是那些与传奇和/或诗歌相关的事件,或者因为命运、统治或所有权的改变,从而影响社会心理的事件,例如移民、饥荒、财产剥夺和土地战争;

---

① Richmond, Anthony H. "Migration and Social Change." *Australia's Immigration Policy*. ed. Hew Roberts. Nedlands: University of Western Australia Press, 1972: 40.
② Buckley, Vincent. *Cutting Green Hay: Friendships, Movements and Cultural Conflicts in Australia's Great Decades*. Melbourne: Penguin Books, 1983: XII.

5. 如果得以保留的话,一种语言;如果丢失了的话,一种语言的情感痕迹;

6. 家庭生活模式;

7. 传奇和改编了的早期神话中操纵人和海洋的极富想象力的方式;

8. 民间传说,童话故事,圣树,家庭生活习俗。重要的节日、井、岩石、手势、道路。这些单独列出是因为它们反映了"信仰",并融入了人们的日常生活;

9. 一种说话的口音、语速、音高和韵律;

10. 一种政治想象与需求。①

然而,巴克利认为这其中的大多数无法在澳大利亚这个国度里得到体验,留下的是由缺失带来的痛楚。② 内蒂·帕尔默曾感慨道:"三至四代并不足以让我们在这片土地扎下根来。不确定性似潮水席卷而来,这片大陆真的是我们的家园吗?还是说我们仅仅是从其他文明漂泊过来的移民呢?"③

移民所面临的文化身份困境主要有两方面原因。一方面,20 世纪 50 年代的澳大利亚并不足以为新移民们提供如上所述足够的"文化来源",供他们学习模仿,以成为一个文化意义上的"澳大利亚人";另一方面,移民自身的文化根基尚未能深深扎入澳大利亚这片坚硬而陌生土壤,让其子孙觅得文化归属感。一些早期移民意欲放弃原本的文化身份以更好地融入新生活。在回忆录《收割青青的干草:澳大利亚辉煌数十年的友谊,运动与文化冲突》中,巴克利记叙了父辈们在来到澳大利亚后,有意在根源、语言、诗歌传统等方面切断与母国爱尔兰的联系,希望能够成为一个彻彻底底的"澳大利亚人"④。然而这样的尝试得到的是澳大利亚式的言行举止,其中却处处流露着爱尔兰式的风格。作为第三代移民后裔的巴克利觉得格外痛苦,因为"(他的)过去与现在被撕裂,从而无法连续地体验来源文化"⑤。这样的痛苦并不为他一人独有,而是由澳大利亚的百万移民及其子孙后代共同体会承担。

出于一种脱离痛苦的本能反应,巴克利希望能够寻找到自己的文化身份,正是在这过程中,巴克利领悟到澳大利亚作家的创作宗旨。澳大利亚对于年轻的巴克利而言是出生地(birth place),但难称得上是来源地(source place)。或是因为目

---

① Buckley, Vincent. "Imagination's Home." *Quadrant* 1979(23.3): 25.

② Ibid.

③ Palmer, Nettie. *Talking It Over*. Sydney: Angus & Robertson, 1932.

④ Buckley, Vincent. "Imagination's Home." *Quadrant* 1979(23.3): 76.

⑤ McLaren, John. *Journey without Arrival: The Life and Writing of Vincent Buckley*. Melbourne: Australian Scholarly Publishing, 2009: 87.

睹了父辈们汲汲于成为新国度的子民却又不得的挫败,巴克利并不认为澳大利亚会是自己的"精神家园"(the spiritual home)。他采取了与父辈相反的路径,希望在爱尔兰寻觅到自己的文化身份。与故土分别了两代的子孙,在1950年后跨越了地理障碍,多次回到爱尔兰。巴克利曾说:"若论给我来源的感觉的话,爱尔兰是主要的,澳大利亚只能排在第二。"①虽然有着强烈的爱尔兰文化认同向往,寻求的进程并非像巴克利所预期的那样一帆风顺,甚至于令他有些失望。在《爱尔兰记忆:对当代爱尔兰状况的洞察》(Memory Ireland: Insights into the Contemporary Irish Condition, 1985)一书中,巴克利那略显失落的笔调透露着无奈,因为他没能寻找到想象中的"精神家园"。但约翰·麦克拉伦(John McLaren)在为巴克利作传时,这样评价道:"如果爱尔兰未能满足巴克利与过去联系的需要,那么它至少让他感受到诗人处在社会的中心,这是他在澳大利亚所感受不到的。"②对故土的依恋让巴克利始终保持着一种清醒的距离,客观地看待澳大利亚文学发展。一方面他不否认这个年轻国家在经济、政治、军事等各方面逐渐崛起的事实,这些为澳大利亚文学发展提供了良好契机;另一方面他并不会扎进民族主义者们激进的热潮中去,过分袒护澳大利亚文学作品。作为爱尔兰移民后裔,巴克利看待澳大利亚文学始终保持着一种客观审慎的态度。他并不随波逐流,附和民族主义者们,热衷于表现照相式的"澳大利亚性"。在真正了解到爱尔兰并非自己梦寐以求的"精神家园"后,巴克利重新回顾生于斯长于斯的澳大利亚,意识到自身文化身份的杂糅性与可建构性,并向作家们提出应超越狭隘的民族态度,用笔墨建构民族文化身份。

形而上学之思

对独立文化身份的渴求催生了民族主义思潮,这是澳大利亚去殖民化必经的一步。处于后殖民阶段的澳大利亚先是滋生出一种极不自信的文化心理,被批评家A. A. 菲利普斯痛批为"文化奴婢主义"。这体现在对欧洲,更准确地说,对英国文化的卑躬屈膝上,认为本国艺术家、作家的作品在欧洲同行作品面前相形见绌。在这样的时代背景下,民族主义掀起了感性的热潮,试图割断与欧洲传统的联

---

① Buckley, Vincent. "Imagination's Home." *Quadrant* 1979(23.3): 76.
② McLaren, John. *Journey without Arrival: The Life and Writing of Vincent Buckley*. Melbourne: Australian Scholarly Publishing, 2009: 318.

系,这不啻澳大利亚人找寻文化自信与身份认同的一剂药方。但一些激进的反欧洲主义者(Anti-Europeanists)错误地混淆了地方主义与民族主义两个概念,试图采取某种捷径以获得成熟。① 甚至出现了如火如荼、过于激进的"金迪沃罗巴克"运动,运动支持者们希望摆脱英国文化传统影响,从土著人身上寻找到历史文化传统并传承给现代人。一些激进的民族主义批评家看重作品中与历史、社会语境密切相关的澳大利亚元素,偏爱刻画澳大利亚人生活面貌的社会现实主义小说。在民族主义盛行的年代,"伙伴情谊"、工人阶级以及一些环境特色、社会政治描写几乎成为澳大利亚文化的代名词。20世纪50年代,万斯·帕尔默的《90年代传奇》、菲利普斯的《澳大利亚传统》、拉塞·沃德的《澳大利亚传说》相继面世。这些关于社会传统的历史研究作品,追溯了澳大利亚人性格与社会传统的变迁发展。② 它们的集中出现仿佛在昭示澳大利亚已经形成自己的文化传统。

但巴克利并不赞同这些民族主义批评家的看法,他认为20世纪50年代的澳大利亚尚未形成自己的文化和写作传统。1959年,巴克利发表了《澳大利亚文学中的乌托邦主义与活力主义》,与菲利普斯此前影响颇深的《澳大利亚传统》相对话,一石激起千层浪。巴克利反对菲利普斯将"民主传统"(democratic tradition)作为澳大利亚文学传统的论断,并且指出澳大利亚文学写作历史太短,并不足以积淀成传统。巴克利坦称:"任何不能涵盖最优秀作家的'传统'都是存在疑义的,据我所知,还没有一个所谓'一脉相承的传统'能够涵盖弗菲、理查森、泽维尔·赫伯特、埃莉诺·达克、万斯·帕尔默、怀特、布伦南、斯莱塞、赖特、霍普、麦考利和道格拉斯·斯图尔特……与其谈论'传统',毋宁研究'影响'。"③然而,巴克利并不认为民族主义思潮属于这样的"影响"。"盛行了八十年的民族主义影响的不是创作者,而是接受者。"④在巴克利看来,民族主义与左翼思潮相缔结,在文坛势力强大,但这并不能说民族主义影响了作家的创作,更难说它传承性地影响了后继作家的创作。巴克利认为一直以来影响了澳大利亚作家创作的思想可总结为两股潮流,一为乌

---

① McLaren, John. *Journey without Arrival: The Life and Writing of Vincent Buckley*. Melbourne: Australian Scholarly Publishing, 2009: 295.

② Phillips, A. A. "Preface to the 1966 Edition." *The Australian Tradition*. Melbourne: Lansdowne, 1966: XXV.

③ Buckley, Vincent. "Utopianism and Vitalism in Australian Literature." *Authority and Influence: Australian Literary Criticism 1950—2000*. eds. Delys Bird, Robert Dixon and Christopher Lee. St Lucia: University of Queensland Press, 2001: 32.

④ Ibid.

托邦人文主义,即坚信灵魂绝对清白;另一为活力主义,可粗略定义为"相信与道德无关的、没有节制的生命原始力量"。民族主义并不在其列,它不过是激发了民族主义批评讨论和对文学创作的期待,但没有真正影响作家创作灵感、态度与想法。

身为爱尔兰移民后代,又在英国留学的巴克利并不排斥欧洲文化与传统,更反对澳大利亚文化与欧洲文化的对立。巴克利认为欧洲价值观可以以澳大利亚的形式存在,因为事实上,欧洲文化并不具有任何的排他性,其中蕴藏着一种共同价值。① 故巴克利认为,澳大利亚需要超越狭隘的民族主义态度,以一种共同主义的眼光看待本民族文化以及文学创作。

巴克利的共同主义观点在文学批评方面,是由其形而上的文学批评主张具体落实的。他的形而上文学评判标准对后世文学批评产生了重要影响。20世纪50年代在剑桥留学的巴克利无疑受到了英国"新批评"的影响,坚持"本体论"研究方法,即以作品"文本"作为研究对象。巴克利所主张的形而上的美学评判标准向那些立足于作品本身之外的标准宣战,同时反对任何与特定社会问题的形而上观照无关的作品解读。在《诗歌与道德》一书中,巴克利在向马修·阿诺德、T. S. 艾略特和F. R. 利维斯致敬的同时,也表达了对他们批评主张的疑义。巴克利与三位批评家都认为"诗歌处于文明社会的中心,而且是其健康状态的主要指标"②。巴克利认为诗人的职业是具有宗教性质的,需要救赎堕落的世界。但巴克利不能接受阿诺德将宗教与文化两者相混淆,甚至在某种程度上,"将诗歌视作一种宗教的行为"③。阿诺德对诗歌寄予了过多道德净化的期望,因此他最景仰那些宗教诗人。阿诺德认为诗歌是宗教、道德以及审美情感的合体。巴克利则坚持,宗教、道德与诗歌诚然不能相互分离,但也不能成为彼此的附属,或被相互替代。巴克利认为诗歌并不是一种描述性的艺术,而是一种启发性(evocative)的艺术。巴克利认同阿诺德的"诗歌照亮人"的观点,诗歌不是简单地告知读者他在宇宙中的位置,而是通过一种审美体验,让他感知自己的存在。但阿诺德的问题在于他过分强调一种"感知真理"④,需要以诗歌之外的"道德"为标杆来衡量诗歌的优劣。艾略特同样令人尊敬,但在巴克利看来,艾略特后期的批评思想中牵涉了过多伦理学与神学

---

① McLaren, John. *Journey without Arrival: The Life and Writing of Vincent Buckley*. Melbourne: Australian Scholarly Publishing, 2009: 295.

② Ibid., 100.

③ 转引自 Buckley, Vincent. *Poetry and Morality: Studies on the Criticism of Matthew Arnold, T. S. Eliot, and F. R. Leavis*. London: Chatto & Windus, 1959: 28.

④ Ibid., 35.

的观照。在《宗教与文学》("Religion and Literature")一文中,艾略特这样写道:"文学批评应当从伦理学与神学的角度来完成……文学的'伟大性'不能仅仅由文学标准来决定。"①与阿诺德一样,艾略特最终也是依靠外在的"真理标准"来衡量诗的价值。巴克利接受了利维斯的观点,认识到了道德想象力如何通过隐藏在文字中表达人类生存的最深刻真理,"艺术作品制定了自己的道德价值",但利维斯的不足之处又在于他忽视了道德价值与宗教之间隐藏的关联。

巴克利在剖析了伟大批评思想后揭示了自己的形而上的文学批评主张。为巴克利作传的麦克拉伦在评论其批评作品时,这样说道:"他的批评,如他的诗歌一样,是与世界的对话,而非试图纠正这个世界。"②巴克利认为文学批评应当以诗歌本身为审美客体,而非以外界价值为准绳去要求诗歌具有某方面的功用。诗歌的道德性在于它将世界纳入自身。诗歌具有自治性,创造了属于自己的真理,并用永恒的文字符号表达自己。身为天主教徒的巴克利信奉万物有灵,在他看来,诗歌则是道成肉身(incarnation)的具体实践。诗人所需做的是承担时代的重担,以一种形而上的方式展示世界与生命。在《澳大利亚诗歌中人的形象》中,巴克利认为诗歌区别于美术、小说等艺术形式的独特之处在于,它在形而上的高度表现了"人",而非描摹外显的人像动作,也非探究人与人之间的社会关系及复杂的心理。所谓"形而上",指的是诗歌应关注的不是"人"的生活细节,而是在处于现实环境中的个体对世界的精神反应中探索其形而上的深层真理。最优秀的诗人绝不会将目光局限于个体,而是着眼于人类整体。

经典建构与重估

第二次世界大战以后,随着澳大利亚在政治、经济等各方面崛起,自力更生、独立发展的向往也传递到了思想文化领域。自 20 世纪 20 年代开始,一些澳大利亚文学作品开始作为英国文学课的补充内容在大学里教授。③ 20 世纪 50 年代,"澳

---

① 转引自 Buckley, Vincent. *Poetry and Morality: Studies on the Criticism of Matthew Arnold, T. S. Eliot, and F. R. Leavis*. London: Chatto & Windus, 1959: 130.
② McLaren, John. *Journey without Arrival: The Life and Writing of Vincent Buckley*. Melbourne: Australian Scholarly Publishing, 2009: 109.
③ Dale, Leigh. *The English Men: Professing Literature in Australian Universities*. Toowoomba: Association for the Study of Australian Literature, 1997: 148—51.

大利亚文学作为一门独立课程进入大学"成为文学界与批评界热议的话题。1954年,文学期刊《米安津》发起讨论专栏,以"我们如何以及在哪些方面推动澳大利亚文学学习在大学中的发展"为题("How, and under what aspect, we are to promote the study of Australian literature in a university?")向相关领域人士征稿。包括霍普、巴克利在内的多位批评家纷纷撰文各抒己见。"澳大利亚文学走进大学"势必涉及一个关键性问题,即何为值得在课堂上研究探讨的澳大利亚文学经典? 当时在文化界颇具影响力的左翼民族主义知识分子们(left-nationalist intellectuals)采用民族主义标准,怀旧地推崇 19 世纪 90 年代那些富含澳大利亚地理环境、风俗特色的作品,视亨利·劳森、约瑟夫·弗菲等作家的作品为澳大利亚文学的最高成就,认为它们足以与英语文学界最优秀的作品相媲美。相比于"澳大利亚性",技巧、手法及质量不作为考量作品价值的重要标准。留英归国不久后的巴克利对这一标准不能苟同,他对筛选并确立澳大利亚文学经典有着不同的想法。被 A. D. 霍普誉为里程碑之作的《澳大利亚文学牛津指南》(The Oxford Companion to Australian Literature,1985)这样评价巴克利:"通过驳斥或至少是贬低传统上被接受的影响,诸如民族主义、激进主义和活力主义,巴克利建立起了另一种经典选择。虽然他的那套经典颇具争议,但着实是重要的且具有影响力。"[1]

巴克利是否定民族主义文学价值评判标准的,甚至不屑于与其支持者相争。在《国家与国际》("National and International")一文中,巴克利称"文学民族主义"(literary nationalism)是无聊的学说,总是导致无休止的辩论,更称反民族主义者们参与到有关民族主义的辩论中纯属浪费口舌。[2] 巴克利以《走向澳大利亚文学》参与到《米安津》发起的讨论中,抒发对于澳大利亚文学经典及价值评判标准的主要观点。巴克利首先肯定了"澳大利亚文学"这一概念的合法性,认为在一百五十多年的发展过程中,澳大利亚文坛涌现了许多值得批评界关注的优秀作品,值得被冠以"澳大利亚文学经典"之美名。这些作品各有独到之处,之间又暗藏关联。然而,由于批评界的分歧,公认的"澳大利亚文学经典"尚未形成。其次,巴克利虽然认可"澳大利亚文学"的存在,但不像民族主义者们那样激进地要将澳大利亚文学与英国文学的关系斩断,以示独立。巴克利认为澳大利亚文学脱胎于英国文学,与其有着千丝万缕的联系,这决定了澳大利亚文学不可能是完全自治与独立的。并

---

[1] Wilde, William H., Joy Hooton and Barry Andrews. eds. *The Oxford Companion to Australian Literature*. 2nd ed. Sydney: Oxford University Press, 1995.

[2] Buckley, Vincent. "National and International." *Southerly* 1978(38. 2): 151.

且如前所述,英国文学中所蕴含的传统是具有形而上的共同意义的,澳大利亚若打着民族主义的旗号,狭隘地拒绝这些影响,弘扬一些肤浅的文学,无异于故步自封。巴克利又提到,澳大利亚的优秀作家们不是某位著名英国或美国作家的"本土翻版",但他们的写作无疑受到过尼采、艾略特、叶芝等海外作家的影响。故解读澳大利亚文学需要有英国文学的学习基础。再次,巴克利也不像左翼批评家们那样主观地模糊了文学与历史、政治、社会学等学科的界限。他认为文学不能被框定在固定的学科范围内研究,但也不能切断与其他学科的联系,而应该将文学置于具体社会语境下研究,并呼吁其他学科的学者共同参与到"澳大利亚文学"这一学科的建设当中。最后,巴克利认为文学作品价值应当以"作品的相对价值"而非"与澳大利亚历史与社会学的相关性"为准绳,以此判断哪些作家与作品入选澳大利亚文学经典范畴。① 这体现了巴克利的"新批评"思想和坚持"本体论"的批评宗旨。"作品的相对价值"一方面体现了巴克利对抽象的"形而上"价值的推崇,与具体的"形而下"标准的贬斥;另一方面也体现了巴克利清楚开设澳大利亚文学课程、确立澳大利亚文学经典的必要性,但又洞若观火,较为客观地评价本国文学,与一些认为澳大利亚作家的已足够优秀者形成对比。

在巴克利的澳大利亚文学经典名录中,有弗菲、理查森、赫伯特、达克、万斯·帕尔默、怀特这些小说家的名字,也有布伦南、斯莱塞、霍普、赖特、尼尔森和麦考利这些诗人的名字。巴克利欣赏的作家与诗人或许也被民族主义批评家们所推崇,但却是出于不同的原因和立场。例如一直被民族主义批评家们所推崇的亨利·劳森,巴克利同样十分欣赏,但根据自己的价值评判标准,将其作品解读为"围绕社会主题的形而上学"②。

由于巴克利形而上的共同主义批评观与民族主义批评理念截然不同,国内兴起了文学经典"形而上"价值重估的浪潮,尤其为一些早期被低估了价值的现代主义作品正名。在民族主义批评极具影响力的20世纪四五十年代,小说家帕特里克·怀特经常受到批评家的抨击,他的现代主义表现手法被偏爱逼真写实的民族主义批评家们嗤之以鼻。1958年,巴克利接连为怀特的《人树》和《沃斯》撰写评论文章,表达对怀特的崇敬。他赞赏怀特并非因其作品表现了"澳大利亚性",而在于

---

① Buckley, Vincent. "Towards an Australian Literature." *Meanjin* 1959(18): 64.
② Carter, David. "Critics, Writers, Intellectuals: Australian Literature and Its Criticism." *The Cambridge Companion to Australian Literature*. ed. Elizabeth Webby. Cambridge: Cambridge University Press, 2000: 272.

怀特挣脱了民族迷思(myth)的束缚,深刻地书写了具有共同意义的人性。毫无疑问,巴克利是最早意识到怀特作品成功本质及其对澳大利亚文学重要性的批评家之一。同样与此前主流的批评意见相反,巴克利十分敬仰诗人布伦南,认为他的诗歌是"第一首真正无自我意识的澳大利亚诗歌"(the first genuinely unselfconscious Australian poetry),同时他的诗歌超越了地方局限,深度书写了人类整体。巴克利更称劳森的作品在与布伦南的对比下,沦为了中庸之作。①

巴克利的澳大利亚文学经典建构与重估,可视为对此前民族主义批评的反拨。它将批评界的目光引至"形而上"的话题,推动澳大利亚文学批评向共同主义标准发展。

与以往的文学评论家不同,巴克利没有妄自菲薄,质疑殖民地能够繁衍出属于本国文学作品的能力,也没有陷入自以为是的激进民族主义窠臼,对这个逐渐崛起、快速发展国度以外的文学不屑一顾。诗人的创作身份让巴克利着重思考诗歌对于社会的贡献;爱尔兰移民后裔的背景让他习惯于站在人类的高度俯视文学创作;剑桥的留学经历让他受到"新批评"的浸润洗礼,坚持"本体论"批评原则。巴克利坚信文学深深扎根于作家脚下的土壤。但他与民族主义者的立场不同,巴克利希望看见作家跳脱地域局限,进行深层次的构思与想象。他认为优秀的文学作品应当是精神层面的,关乎道德的,具有形而上的共同价值的。他反对以文学作品本身之外的评判标准来判断文学作品价值,也反对在文学作品中找寻形而上价值以外的解读,这一批评主张对20世纪60年代以后的澳大利亚文学批评发展产生了重要影响。

第三节　詹姆斯·麦考利
(James McAuley, 1917—1976)

生平简介

詹姆斯·麦考利,澳大利亚著名学者、诗人、批评家,与同时代的 A. D. 霍普、哈罗德·斯图尔特两位诗人并称为澳大利亚文学中的"奥古斯都小组"(Augustus

---

① Barnes, John. *The Writer in Australia: A Collection of Literary Documents, 1856 to 1964.* Melbourne: Oxford University Press, 1969: 283.

Group),是澳大利亚文学批评史上重要的批评家之一。

麦考利出生于澳大利亚本土新南威尔士州,早年在悉尼大学主修哲学、拉丁文、英语文学等古典课程,这对他后来的新古典主义诗歌批评思想有着重要影响。麦考利在大学期间就开始参与悉尼大学文学期刊《赫尔墨斯》(*Hermes*,1866)的编辑工作,该杂志早在19世纪就已成立,是澳大利亚历史最久的文学刊物之一。与此同时,麦考利开始陆续在《赫尔墨斯》发表诗歌作品,他的文学创作开始较早,而后逐渐发展为诗歌创作与文学批评同步进行。第二次世界大战期间,麦考利应召入伍,被派往殖民地巴布亚新几内亚服役。战后,因工作需求,麦考利又多次被派往巴布亚新几内亚,这段见证了殖民地生存状态的经历对麦考利也产生了相当大的影响,麦考利有关殖民历史与殖民主义等相关批评思想对此有较多提及。受战争与殖民地经历的影响,麦考利从基督教转向皈依天主教。1961年后,一直任教于澳联邦唯一岛州上的塔斯马尼亚大学,为澳大利亚诗歌文学及文学批评的发展作出了重要贡献。

麦考利的作品主要分为诗歌与批评两类。1961年,麦考利与斯图尔特当年在"厄恩·马利"骗局中杜撰的诗歌集《渐暗的日食》被重新出版,后多次再版,现被认为是麦考利的第一部诗歌作品。麦考利的文学批评论文集《现代性的终结》(*The End of Modernity*,1959)是他批评思想的代表作,也因其鲜明地质疑"现代性"(modernity)而被冠以澳大利亚"反现代主义"(anti-modernism)批评家的称谓。

麦考利的主要著作包括:诗集《在橙黄色的星空下》(*Under Aldebaran*,1946)、《礼仪观》(*A Vision of Ceremony*,1956)、《创世的六天》(*Six Days of Creation*,1963)、《奎厄罗斯船长》(*Captain Quiros*,1964)、《太阳的惊诧》(*Surprises of the Sun*,1969)、《1936—1970年诗集》(*Collected Poems 1936—1970*,1971)、《深夜的音乐》(*Music Late at Night*,1976)、《它自己的世界》(*A World of Its Own*,1977)等;诗歌教程《英语诗歌入门》(*A Primer of English Versification*,1966)、《诗歌简明教程》(*Versification: A Short Introduction*,1966)、《澳大利亚诗歌指南》(*A Map of Australian Verse*,1975)等;批评专著《现代性的终结》《澳大利亚诗歌中的个人因素》(*Personal Element in Australian Poetry*,1970)、《真实的原理:1959—1974年散文选》(*The Grammar of the Real: Selected Prose 1959—1974*,1975)、《澳大利亚诗歌修辞》(*The Rhetoric of Australian Poetry*,1978)等。

1943—1944年,麦考利与斯图尔特共同了制造轰动一时的"厄恩·马利"骗局,主要对以马克斯·哈里斯创办的《愤怒的企鹅》杂志为代表的现代主义提出了质疑与嘲讽。麦考利是澳大利亚文坛首位公然发声怀疑现代性的批评家之一,为现代主义在澳大利亚文学及批评中的传播与接受做出了重要推动作用。

麦考利在文学生涯中致力于澳大利亚文学及文学批评的学术化与专业化,是澳大利亚文学批评学术标准形成与传播过程中起着关键性影响的学者之一。麦考利与理查德·克里杰尔(Richard Krygier)共同创建学术期刊《四分仪》,并一直担任主编至1963年。同年,与霍普、杰弗里·达顿共同创办了澳大利亚主流文学批评学术刊物《澳大利亚文学研究》。与此同时,他积极参与学术团体,发表文学批评观点,推动澳大利亚文学批评的发展与进步。麦考利是澳大利亚文学批评史上不可忽视的主要批评家之一。

超现代主义批评家

20世纪五六十年代发生了战后社会秩序重组与精神文化重建的全球性巨变,澳大利亚的"夹缝"困境在文学领域引发了辩证大讨论。澳大利亚应走何种文化发展道路成为核心议题。澳大利亚意识到了自身孤立一隅的狭隘处境,并积极寻求从中解放的有效路径。开放包容、积极求索的社会氛围促进了澳大利亚文学批评的哲理性批判与思考,众多文学家既通过写作传达对未来的思考,也致力于批评,试图从文化视角为国家探寻出路,如 A. D. 霍普、詹姆斯·麦考利、文森特·巴克利、格雷厄姆·约翰斯顿、朱迪斯·赖特、道格拉斯·斯图尔特、弗兰克·哈代等。与先前传统民族主义批评家诸如万斯·帕尔默、A. A. 菲利普斯、A. G. 斯蒂芬斯等不同,这一批新型学者批评家,同时活跃在文学创作和文学批评领域,在澳大利亚文学批评从民间走向学院、从通俗归于学术的专业化进程中起到了举足轻重的作用。经过这一时期的发展,澳大利亚文学批评的规范及专业化体系基本确立。澳大利亚文学开始进入大学课程,学界也展开了文学标准大讨论,文学批评日益学院化。哈代的《关于写作的几个问题》[①]、霍普的《澳大利亚文学的标准》[②]、约翰斯顿的《澳大利亚文学批评》等均提出了对澳大利亚文学批评的文化使命的思考。其中,麦考利极力推崇的新古典主义诗学观点最具争议。尽管麦考利的古典主义诗

---

① Hardy, Frank. "My Problems of Writing." *Melbourne Realist Writer* 1953: 12—19.

② Hope, A. D. "Standards in Australian Literature." *Australian Literary Criticism*. ed. Grahame Johnston. Melbourne: Oxford University Press, 1962.

歌批评观点与霍普、巴克利的古典形而上诗学有异曲同工之妙,但麦考利对古典诗学与现代性的哲学性思考及独到的见解值得剖析。

古典美学倡导者

  西方文学的发展离不开古典诗歌传统。在西方文学中,传统诗歌来源于古希腊和古罗马的古典格律诗体,英语诗歌也是在此基础上而形成的。最早的《荷马史诗》(*Homer's Epic*)均以抑扬格(iambic)的六音步(hexameter)诗体写成。文艺复兴时期,欧洲古典诗歌格律多样性已经初现,这从佛罗伦萨诗人"三杰"但丁、薄伽丘与彼特拉克的代表作《神曲》(*Divine Comedy*)[①]、《十日谈》(*Decameron*)[②]和《歌集》(*Canzoniere*)[③]中就可见一斑。此后,英语诗歌在延续了这种欧洲传统的同时,推陈出新,自成一脉。乔叟首创英雄双韵体(heroic couplet),莎士比亚在彼特拉克体的基础上将十四行诗发扬光大;此外,斯宾塞《仙后》(*The Faerie Queene*)中的九行诗体,弥尔顿《失乐园》(*Paradise Lost*,1667)[④]中的无韵诗体(blank verse)等都为英语文学,尤其是诗歌传统的形成起到了奠基作用。到了启蒙运动时期,理性与哲学思考又成为文学创作中不可缺少的核心元素,"奥古斯都文学"(Augustan Literature)盛极一时。以约翰·班扬、约翰·德莱顿、亚历山大·蒲柏、丹尼尔·笛福(Daniel Defoe)、乔纳森·斯威夫特(Jonathan Swift)、亨利·菲尔丁(Henry Fielding)、塞缪尔·约翰逊等为代表的新古典主义诗人、作家倡导在追求艺术形式完美与和谐的同时,强调理性与逻辑的重要性。18世纪中叶,英国现代小说兴起,这一崭新的文学形式着重描写与诗歌和传统贵族骑士文学(the knight literature)"高雅文化"(high culture)相对应的"低俗文化"(low culture)与世俗世界(secular world),即英国普通百姓的日常生活现实与状态。到了19、20世纪,现代小说创作蔚然成风,并且随着现代化进程的不断加剧,已然成为新时代文学创作的主流形式,但是古典诗歌传统依然发挥着作用,影响深远。

  澳大利亚文学也深深烙上了传统古典诗歌的印迹。起源于殖民文学与移民文

---

  ① 《神曲》的诗体是"三韵体"(Tercet),每一行为三节,连锁押韵。
  ② 薄伽丘独创新意,跳出诗体叙事,在《十日谈》中选用故事集框架结构,是欧洲文学史上第一步现实主义长篇小说巨著。
  ③ 彼特拉克体十四行诗,为欧洲抒情诗开辟了道路,被尊为西方诗歌史上的"诗圣"。
  ④ 弥尔顿首创无韵体创作《失乐园》,每行用五个长短格音步一十个音节组成,每首行数不拘,不押韵。

学的澳大利亚文学,其文学传统一直是学界讨论的热点。20世纪中期以前,澳大利亚文学传统几乎完全是基于英国文化传统在殖民地的迁移。到了20世纪五六十年代,世界大战冲垮了旧的文化信仰体系,人文精神面临新抉择,现代主义、后现代主义在西方大行其道,古典主义文学传统已被束之高阁,古典诗歌的传道者更是寥寥无几。这一时期,重塑国家文化精神、重建民族文化传统是澳大利亚文学及批评的中心目标。尽管在现代主义/后现代主义的冲击下,澳大利亚文学批评已逐渐与西方社会思潮相融合,但仍不乏古典主义的支持者与倡导者。莎士比亚、弥尔顿、斯宾塞、乔治·克雷布(George Crabb)等新古典主义时期的诗人是麦考利经常提及与推崇的对象。在对现代主义堕落面与阴暗面苛责的同时,麦考利号召现代文学采纳新古典主义时期的艺术理念,追求精神真理,崇尚哲理性思考。学界普遍认为,麦考利是新时期澳大利亚文坛古典诗学传统的主要捍卫者之一。然而,麦考利不仅是新古典诗学的践行者,也是诗歌文学批评的重要引领者。一方面,他的诗歌创作从未停止,出版过众多诗集;另一方面,他的批评思想深刻尖锐,编撰作品和个人著述颇丰。

麦考利以诗歌创作踏入澳大利亚文坛,推崇西方古典主义诗学理念。他的诗集《在橙黄色的星空下》就以传统的格律诗体表现众多丰富的意象和主题,精巧地把自然、探险、爱情、哲学等古典诗歌中的经典诗题与国家、殖民主义、"金迪沃罗巴克"运动、"厄恩·马利"骗局等现代社会问题相结合,展现了古典诗学的现代魅力。如《澳大利亚大地》("Terra Australia")与尾篇的《澳大利亚的真实发现》("The True Discovery of Australia")在歌颂澳大利亚的同时,也表达了对现代社会虚伪与假象的担忧。首部诗集的被肯定与成功,愈发激起了麦考利对古典诗学的热情与推崇。之后,他出版的几部诗集,都毫无例外地继续为新古典诗歌创作背书,诗歌主题、体裁都蕴含着浓重的古典色彩,如《礼仪观》《创世的六天》《奎厄罗斯船长》《太阳的惊诧》等。其中,《奎厄罗斯船长》是麦考利倾注心血所撰写的一部长篇叙事诗,讲述了约在16世纪末期主人公奎厄罗斯进行海上远航寻找"南方大陆"而最后无果而终的探险历程。回顾历史,我们不难发现麦考利这部长诗试图描绘的时期与塞万提斯·萨维德拉(Cervantes Saavedra)的《堂吉诃德》(*Don Quixote*,1605)中所描述的故事基本处于同一时期,而且两部作品均以主人公英雄追寻"梦境"的愿望破灭而终。这样的巧合不仅说明了麦考利诗歌创作中潜在的欧洲古典主义印记,而且映射出澳大利亚文学与欧洲源文化之间的复杂关系。

20世纪70年代,现代主义逐渐被澳大利亚文坛所接受。帕特里克·怀特获得诺贝尔文学奖为现代主义在澳大利亚的发展开拓了道路。麦考利的诗歌创作也有所改变,在现代语境对比下,"新"古典主义色彩更加明显。在宣扬古典诗学现代意义的同时,麦考利的诗歌也显现出对现代主义更多的思考,如《澳大利亚诗歌指南》《它自己的世界》等。麦考利已不再单纯地以诗歌明志抒情,而是将诗歌作为一种批评对象与基础,更多地思考和分析古典主义在现代社会的价值与意义。麦考利之所以崇尚古典诗歌的格律之美,一方面是由于西方古典诗学传统自身蕴含的永恒价值与真理;另一方面,现在与过去、未来与历史之间有着不可分割的内在连续性,在新的语境下通过文化传统理解现实世界,是文学家的自然属性与职责。诗歌作为一种极富内涵的文学体裁,更是具有特殊性与不可替代性。正如威廉·布莱克的"一沙一世界,一花一天堂"[①],诗歌是文学传统精华浓缩的体现。麦考利的古典诗学理念也从侧面反映出他追求极致与完美的人文思想。这与泰戈尔认为的"人的种种情感在诗中以极其完美的形式表现出来"也有些许不谋而合。

麦考利不仅在诗歌创作中重视诗歌格律,而且在诗歌批评中也较为关注诗歌语言的韵律模式。20 世纪 60 年代中期,麦考利连续出版了两部关于诗律(versification)的批评作品,分别是《英语诗歌入门》与《诗歌简明教程》,这两部作品在介绍古典诗歌格式及韵律的同时,也指出了古典诗歌格律的现代性流变。格式对仗整齐、语言押韵有节奏是古典诗歌最鲜明的语言特点。然而,随着时代变迁,尤其自现代时期始,古典诗歌格律也经历了一系列的变体与变异。麦考利崇尚古典诗歌这种"严格"的美学,但也理性地认识到古典格律诗歌在现代语境下衍生出的"新"特征。在《诗歌简明教程》中,麦考利就以古典诗歌中的两大基本元素"重音"(stress)与"韵律"(metre)为出发点,考察了英语诗歌中的韵律变化及流变机制。麦考利认为,自英语语言出现与形成以来,英语诗歌主要以重音音节系统(accentual-syllabic system)为基础进行创作,因此被归为"标准"(standard)、"常规"(normal)和"传统"(traditional)的诗歌类型,但这种诗歌传统也并非一直处于"静止、编码化以及毫无争议"的状态。经过了启蒙运动后,尽管古典诗歌传统依然占有主导地位而且成果颇丰,但其也受到了现代主义的诸多挑战。麦考利提出,虽然古典传统诗歌体系在实践创作过程中充满微妙变化,但总体还是相对容易掌握的。然而,由于现代主义诗歌纯粹以"重音"或"音节"为中心,甚至存在"自由"诗歌这类具有迷惑性与误导性的"错误理论",这也给古典诗歌传统的学习及普及平添

---

① 原文出自威廉·布莱克的"天真的预言"(Auguries of Innocence):"To see a World in a Grain of Sand; And a Heaven in a Wild Flower"。

了诸多困扰与负担。因此,在麦考利看来,有必要对古典传统诗歌体系做一个系统的分析与研究,用以应对现代主义语境中各类"错误理论"并作为"治疗"途径。显然,麦考利在《诗歌简明教程》中也遵循了他的这一批评思想,他详细地介绍与分析了诗歌韵律模式是如何在"重音变化"(stress-variation)的基础上又出现了合理的"韵律变化"(metrical variation),而后又对这两者在现代语境下的共存状态做了一定的探讨。最后,他提出,事实上,口头诗句也是"韵律重音"(metrical accent)与"口语重音"(speech stress)的共同作用结果。麦考利坦诚,他在《诗歌简明教程》中所讨论的韵律学并没有提出任何新于传统诗歌体系的理论,但最后他提出的诗歌口头韵律分析隐含了诸多现代语境因素。实际上,麦考利的论断不仅兼顾了传统古典诗歌的韵律与节奏之美,也把语境及个体口头语言差异等具有鲜明现代性的因素纳入了诗歌韵律的考察范围,这也体现出他作为新古典主义诗人、学者的先进性与前瞻性。[①]

麦考利关注的是古典诗歌现实表达中的"物理媒介"问题。麦考利提出,诗歌是语言单位遵循一定韵律模式的重复,这种类型的重复不仅具有"半抽象"的特性,也是一套指涉物理布局但又先于且独立于任何特殊物理现实的规范与要求,并且可以被扩展并容纳各种常规与非常规的变体与变异。也就是说,传统的诗歌韵律模式如抑扬格(iambic)、扬抑格(trochee)、抑抑扬格(anapest)、抑扬抑格(amphibrach)以及扬抑抑格(dactyl)尽管在每一种音步中只有一个重读音节,遵守了诗的格律,但是在"韵律重音"与"口语重音"的共同作用下也会产生一定的变体与变异,这就是为何诗歌中相同的诗句会因不同的读法而产生不同意义效果的原因。如果再加上不同音步(feet)如四音步(tetrameter)、六音步(hexameter)以及最常见的五音步(pentameter)的不同组合,意义变化与变体则更加明显。末尾音步音节缺失(catalexis)就是一种典型现象,阴性结尾(feminine ending)与阳性结尾(masculine ending)可以通过末尾音节发音的调整而实现(例如清辅音或吞音等)。麦考利认为,诗歌的韵律性读法能够展现诗歌最完美的意义与宗旨。然而,麦考利同时也指出,这个说法的前提是对音步的重音与非重音音节进行区分,也要关注诗句不同程度的重音变化现象,音步重音取决于语言重音,而诗句重音却更多与人为

[①] 本段引用文字皆来自 McAuley, James. "Preface." *Versification: A Short Introduction*. Michigan: The Michigan State University Press, 1966: V—VI.

因素有关。①

麦考利不仅明确提出了自己的诗歌批评方法,而且有着较客观的自主意识。他认为,他这种试图为诗歌分析提供一个简明、连续且充分的方法,虽然基本适用于所有的标准英语诗歌,但是并不被接受与欢迎,反而面临着两大阵营的普遍敌视与反对。一方面,"政策"(policy)②支持者们担心诗歌的固定形式主义核心理念会对当下所倡导的"创造性自发力""自由表达"以及"有机形式"(organic form)等现代思想形成威胁;另一方面,形式主义阵营内部也存在一定抵触,尤其是形式主义一直所坚持的两种诗歌伪格律假想(pseudo-metrical fiction),即扬扬格(spondee)与抑抑格(pyrrhic)。麦考利将诗歌的韵律节奏(rhythm)总体视为诗句在特定语境下,通过口语表达时所有支配因素的综合效果;尽管诗句的韵律模式可能是固定的,但同一诗句的韵律节奏并不是单一或者唯一的;诗句自然与合理的口语化表达,只要符合语音用法与音步韵律,忠实于语用、句法及修辞要求,都应视为合理的韵律节奏;他把这种包含了韵律、重音、措辞及语调等综合因素的效果统称为韵律节奏。由此而产生的诗歌韵律变化被称为"诗歌物理动态变化"。麦考利之所以提出这个异议,冒着与现代主义"政策"倡导者们及形式主义学派相左的风险,是因为他的诗歌理念依然尊崇诗人构词与句法精准的重要性。在此基础上,诗歌才会给人以更深刻、更广泛的启迪。③

诗歌语言本身也是麦考利关注的重点。虽然麦考利极力推崇传统古典诗歌严格的格律诗体,但是他并没有狭隘地停留于模仿古典诗歌语言表面。他对古典诗歌的崇尚更多来自对诗歌语言表达简洁精确、寓意丰富的认可,而非仅仅要求格式的工整、韵律的整齐、华丽的辞藻与复杂的修辞。麦考利认同的是诗歌"秀外慧中"而又浑然一体的强大文学震撼力与哲理性。他认为诗歌语言的力量同时来自内部组织与外部结构。在"诗歌语言"④的评论文章中麦考利就以乔治·克雷布、华兹华斯、斯宾塞、约翰·萨克令(John Suckling)以及约翰·多恩(John Donne)的部分诗歌为例,阐述了他对诗歌语言的看法。麦考利赞赏乔治·克雷布与华兹华斯诗歌中放浪形骸之外普通且散文式的语言,也肯定斯宾塞从弥尔顿所传承的"颂歌"

---

① McAuley, James. "The Dynamics of Verse." *The Grammar of the Real: Selected Prose 1959—1974*. Melbourne: Oxford University Press, 1975: 48—55.
② 这里的"政策"隐含现代主义思潮与思想之意。
③ 本段引用均参考 McAuley, James. "The Dynamics of Verse." *The Grammar of the Real: Selected Prose 1959—1974*. Melbourne: Oxford University Press, 1975: 48—55.
④ Ibid., 56—68.

(epithalamion)式诗歌语言(他认为斯宾塞的"颂歌"是文学史上巨大成功范例之一);他对萨克令富有口语化诗歌语言特点也保持积极开放的态度,因为在一定程度上诗歌忠于自身的目的,明确清晰地表达了主旨,给人以美的享受;然而,麦考利对多恩的诗歌语言却颇有微词,认为多恩诗歌的"失礼"(solecism)没有表现诗歌语言自身,而且诗歌主题不合时宜,诸如将爱情的美好与食物进行类比、诗歌描写情色主题等。麦考利认为,类似多恩这种不合时宜的诗歌及表现主义逐渐发展成为一种"病态"艺术,即不仅是诗歌语言表达存在问题,更重要的是其传达的思想与态度不妥,令人无法接受。诗人在雕琢诗歌语言本身的同时,更多时候所应关注的是基本观念与行为准则等诗歌文本之外所承载的内容。这也是诗歌文学批评应追求的目标与境界。①

可以看出,麦考利的诗歌批评受18—19世纪新古典主义时期的诗歌文学的影响较大。然而,这种对诗歌文学传统的热忱与怀旧在一定程度上使学界对他产生了误解。客观来讲,一方面,麦考利的确是古典诗歌美学的追随者与传道者;他不仅自己投身诗歌创作,而且通过各种诗歌批评为大众读者介绍古典诗歌的基本范式,分析研究古典诗歌在现代主义语境下逐渐被边缘化以及传统缺失的现状。另一方面,麦考利通过针砭现代主义来强调古典诗歌传统的做法也造成了其与时代语境的格格不入。虽然在拷问现代主义的过程中,麦考利更多是持着一种"去其糟粕,取其精华"的精神,但逆向消极的批评视角还是难免给人造成反现代主义/现代性的刻板印象。毫无疑问,麦考利对复兴古典诗歌传统的尝试,侧面反映出他对现代主义碎片化的社会不满,以及对现代文学堕落面的诟病。但这并不是说他在本质上反现代社会与现代文学。细读他的诗歌,研读他的批评,读者会发现麦考利"反现代主义"假象外衣之下,是追求极致文学美学以及不断探索人类真理的执着。

反现代主义文学观?

麦考利为传统古典诗歌的辩护是在社会历史与个人经历双重影响下的必然结果。20世纪初,澳大利亚刚摆脱殖民统治,社会与文化得以发展。在此之前,澳大利亚本土文学主要是以流放犯和劳动者的口头歌谣的形式存在。独立后的澳大利

---

① McAuley, James. "The Dynamics of Verse." *The Grammar of the Real: Selected Prose 1959—1974*. Melbourne: Oxford University Press, 1975: 56—68.

亚在文化方面主要还是延承着以英国文化为中心的欧洲文化传统，现代社会在澳大利亚才刚刚起步。此时，出生于悉尼郊区的麦考利，在欧洲文化传统的影响下度过了少年时期。进入大学后的麦考利，主修英语、拉丁语以及哲学。可以说，不管是在社会语境还是思想教育方面，麦考利接受的都是欧洲传统文化的培养与熏陶。当时的澳大利亚，大学教育依然是沿袭英国的传统模式。到了 20 世纪三四十年代，结构主义、英美新批评、现代主义等新思想已逐渐在欧美大陆蔓延。这对正处于大学学习阶段的麦考利来说，无疑是一个充满变化的时代。一方面，是欧洲传统文化历史的停滞；另一方面，是新兴现代主义人文思想的冲击。麦考利就是在这样一种新与旧、传统与现代、保守与激进的冲击与影响下，走进了澳大利亚文学领域。

麦考利是澳大利亚现代主义发展过程中较有影响力的文学批评家之一。实际上早在 20 世纪 30 年代末，麦考利就已经在澳大利亚诗坛崭露头角，其中最引人关注的要数其与哈罗德·斯图尔特共同策划的"厄恩·马利"骗局。这是澳大利亚文学逐渐形成与起步的关键时期，众多专业的文学期刊先后成立，作为文学传播的"新载体"[1]，为现代主义在澳大利亚的接受与扩散创造了环境。《南风》《愤怒的企鹅》《米安津》《公报》《澳大利亚诗歌》等学术期刊分别在 R. G. 郝沃斯（R. G. Howarth）、马克斯·哈里斯、克里斯滕森、道格拉斯·斯图尔特以及安格斯－罗伯逊出版社的带领下开始出版发行。其中，哈里斯创办的《愤怒的企鹅》旨在向澳大利亚介绍欧美作家作品以及西方文学思潮，使澳大利亚文学国际化的同时，也与西方现代主义运动接轨。正当哈里斯开始极力在澳大利亚宣扬现代主义之际，麦考利与斯图尔特的一场恶作剧打碎了他的"现代主义愿景"。他们上演的"厄恩·马利"闹剧，虽暂缓了现代主义在澳大利亚的演进，使得民族主义与保守主义依然保持强劲势头，但是批评家的检验与质疑并不是文学发展方向的决定力量。反之，符合澳大利亚文学自身发展规律的思想、思潮，也必须经得起考验与检测。事实也证明，澳大利亚的现代主义只是被推迟，不可能被阻挡。

此后，麦考利被公认为澳大利亚文坛反现代主义的一面旗帜。在他的《现代性的终结》出版后，麦考利留给读者的反现代主义/现代性印象更是有增无减。尽管麦考利之后还出版了《澳大利亚诗歌中的个人因素》《澳大利亚诗歌指南》及《真实的原理：1959—1974 年散文选》等结合时代语境且较客观的批评研究作品，但始终还是未摆脱学界对他反现代主义的牢固印象。如果说推崇传统古典诗学就等同于

---

[1] McAuley, James. *A Map of Australian Verse*. Melbourne: Oxford University Press, 1975: 3.

反现代主义的话,那么这样的逻辑明显过于牵强。文学发展总是在传统的基础上有所继承并有所发展,没有传统的文学犹如无水之源、无根之木难以久远。澳大利亚文学独立新传统的形成可能还需时日,但回顾历史,澳大利亚文学也是在欧洲源文化的基础之上成长起来的。尊重传统,推崇古典,并不能等同于反对社会现实、反对现代主义。如果单从"厄恩·马利"事件就断定麦考利反现代主义的话,那么现代主义本身所存在的浅薄与短板也暴露出来。适当的质疑与检验正是取长补短、不断完善的积极手段。这样讲来,麦考利与斯图尔特的恶作剧可以说及时主动地使现代主义显露出了自身弊端,使其明确了自我完善的方向与满足时代需求的自身要求。

然而,学界对麦考利的反现代主义认知也存在一定的误读与误解。细读《现代性的终结》,不难发现麦考利对现代主义的复杂情感。保守古典主义与反现代主义是针对麦考利误解的两大核心。换个角度来看,两者其实都是对传统与现实之间关系的不同认知而已。对麦考利来说,他的保守古典主义实质上是社会文化变革过程中面对新潮流、新思想时希冀停留在美好历史时光中愿景的一种外化。他所表现出来的反现代主义是面对未知时一种自然的排斥质疑心理,对批评家来说这种质疑被一定程度放大了。麦考利对现代主义的这种怀疑精神与担忧情绪,在学术研究与理论发展中就表现为一种特定的"反现代主义"批评。

神学艺术(sacred arts)是麦考利批评思想关注的重点,麦考利批判现代主义语境下传统神学艺术与现实世俗文学(secular literature)之间的错位与扭曲。麦考利认为,正常情况下艺术与社会现实应处于一种和谐一致的状态,互相影响、互为反映,共同保持着一定的连续性特征。这种有机状态所隐含的一系列规则与规范,即"自然秩序"(natural order),与人的"自然属性"(natural constitution)相符合。其中,最重要的就是神圣(sacred)与世俗性(secular)的关系。人类社会一直以来承认"神圣国度"(a realm of the sacred)是现实世界与人类社会的终极存在、秩序与价值的源泉,而这种协调统一的位置关系在给予人类经验一定的形式与意义、充当连贯与秩序的准则的同时,也赋予了人类与社会文化一定的真实性与权威性。这也自然而然地为艺术与文学提供了合理的存在空间,即在传统价值观念体系的统治下满足人类及社会的各种需求,互利共生。然而,麦考利认为在现代相对主义批评(relativist criticism)语境下,这种理想"常态"(normal condition)已经被打破,甚至被扭曲。麦考利认为,现代西方文化已经偏离了原有的以精神准则为导向、神性传统引导世俗文化的合理路径,现代社会越来越变得"没有原则、或者说将拒绝一切秩序原则作为唯一的原则"①。在此基础上,现代文化不仅没有实现知识性地融合神圣传统,从而达到一定的对话与创新功能,反而逆向贬低与消解了传统,即阿列克谢·霍米亚科夫(Alexei Khomiakov)②提出的"现代社会的衰退冠以个体纵于自身无能的自由"③。

麦考利忧虑现代自由人文主义对神性的各种"亵渎"。他认为,现代社会提倡的自由人文主义不仅滋生了极权主义的主导地位,而且使艺术与文学沦为主观性违背自然秩序发展的工具。与霍米亚科夫的"东方教父"(Eastern Godfather)倾向不同,麦考利认为这一根源在于东方宗教思想给基督教信仰带来了诺斯替主义(Gnosticism)④的影响,这种充满幻想与虚无的纯粹形而上学光照派教义(illuminism)⑤使现代社会的反传统(anti-traditionalism)倾向成为可能。麦考利反对 A. K. M. 库马拉斯瓦米(A. K. M. Coomaraswamy)⑥的诺斯替主义观点:艺术真实合理即神圣,把对形而上学现实的思考视为艺术的宗旨与职责,艺术的审美(aesthetic beauty)是非理性与劣等的表现。麦考利认为,艺术与神秘思考(artistic and mystical contemplation)之间的类比更接近于亚瑟·利图(Arthur Little)⑦在《艺术本质或帕拉斯盾牌》⑧中提出的艺术体验观点:艺术及文学的审美特点是艺术本身与人类产生共鸣而引起审视自身的一种体验,并不等同于"神圣存在"(Divine Being)。因此,艺术存在应有三种合理形式:礼仪艺术(liturgical art proper)、神性艺术、世俗艺术,诗歌对应的就是由圣安波罗修(St. Ambrose)⑨与亚

---

① McAuley, James. *The End of Modernity*. Sydney: Angus & Robertson, 1959: 6.
② 阿列克谢·霍米亚科夫(Alexei Khomiakov,1804—1860),19世纪俄国宗教哲学家、作家、诗人、政治家、斯拉夫主义的创始人之一,1856年当选为彼得堡科学院院士。
③ 原文出自迈斯纳(Meissner)的 *Confusion of Faces*。本文转引自 McAuley, James. *The End of Modernity*. Sydney: Angus & Robertson, 1959: 6.
④ 希腊哲学晚期的一种思想,信奉不可知论。
⑤ 一种教派组织,最早可追溯到中世纪的诺斯替教,宣扬科学,反对教会组织的存在。
⑥ A. K. M. 库马拉斯瓦米(A. K. M. Coomaraswamy,1847—1947),出生于锡兰(今斯里兰卡)科伦坡(Colombo, Ceylon),后移居美国,西方印度艺术史研究的开拓者和著名翻译家,主要研究传统文化中艺术品的涵义,并考察宗教与哲学信仰如何决定某一特定艺术风格的起源和发展。
⑦ 亚瑟·利图(Arthur Little,1887—1949),英国哲学家、诗人,主要研究哲学与神学。
⑧ Little, Arthur. *The Nature of Art or the Shield of Pallas*, London: Green & Co., 1946. "Shield of Pallas"指希腊神话中雅典娜与帕拉斯决斗的故事。
⑨ 圣安波罗修(约340—397),4世纪基督教最著名的拉丁教父之一,也是天主教会的公认四大圣师(Doctor of the Church)之一。

当·圣维克托(Adam of Saint Victor)①所代表的拉丁颂歌(Latin hymns)与序诗(sequence)、普鲁登修斯抒情诗(lyrics of Prudentius)②与方济各诗(Fanciscan poems)③以及文艺复兴之后的乔叟和莎士比亚诗歌。麦考利认为,一般情况下这三种艺术类型从上至下应处于一个金字塔式的和谐共处系统中,而现代文化中这种从神圣到世俗的艺术角色却遭到颠覆式的违背。麦考利之所以认为现代文学应回归于推崇乔叟、莎士比亚等所代表的诗歌传统,是因为这是社会世俗接近于发现真理合理性与连续性路径;而现代文化的背道而驰,除纵容人性堕落之外,更是在走向真理与崇高的反面。④

反智主义(anti-intellectualism)是现代世俗文化背向发展的一个重要表现与结果。通过对神学艺术与世俗文学之间关系的辨析与阐述,麦考利旨在说明文学艺术不仅要传承传统的经典特征,而且要兼顾文学的实用意义。文学要反映理性思考,理性思考反过来也要了解文学,这是麦考利认为文学实用性应具有的功能之一。麦考利认为:"世俗作品相比而言较狭隘,因为它们总是集中表现表面细节、情绪及感性变化;而礼仪诗歌则无限宽阔,因为它们严格且辞简理博地集中表现最普遍的主题。"⑤麦考利对理性与知识分子都有过深入的探讨,其中《理性主义的丧失》("The Loss of Intellectuality")⑥与《论知识分子》("On Being an Intellectual")⑦两篇文章最为详细。麦考利认为,文艺复兴思想解放以来,自由人文主义提倡的个人主义与情感特质(emotional idiosyncrasy)的反传统思想促使朱迪斯·赖特提出了人格价值堕落的观点,而且现代科学哲学的发展也促生了反传统主义的滋生。⑧因为对整个西方文化而言,科学意味着整个人类知识范畴,经验科学成为科学的代名词,把整个理性知识缩小到了一个单独的小角落,形而上学的

---

① 亚当·圣维克托,出生年月不详,逝世于1146年,首有记录出现于1098年,诗人,诗作众多,以拉丁颂诗及序诗著名。
② 普鲁登修斯·克莱曼斯(Prudentius Clemens,348—405),罗马帝国诗人,来自萨拉戈萨(Zaragoza)。曾学习修辞学,后成为律师并担任公职,约公元392年转而写作基督教主题的诗歌。麦考利认为但丁的《神曲》是普鲁登修斯抒情诗的最典型代表。
③ 圣方济各(San Francesco di Assisi,1182—1226),天主教方济各会和方济女修会的创始人。
④ McAuley, James. *The End of Modernity*. Sydney:Angus & Robertson, 1959:17.
⑤ Ibid., 18.
⑥ Ibid., 86—89.
⑦ McAuley, James. *The Grammar of the Real: Selected Prose 1959—1974*. Melbourne:Oxford University Press, 1975:145—153.
⑧ 转引自 McAuley, James. *The End of Modernity*. Sydney:Angus & Robertson, 1959:86. 原文出自 Judith Wright, *Australian Quarterly* Mar. 1952.

理性面被忽略。麦考利认大卫·同休谟（David Hume）①的观点，也赞赏马克斯·普朗克（Max Planck）②及阿尔伯特·爱因斯坦（Albert Einstein）等理论物理学家在科学哲学方面做出的努力，因为剥离了形而上学理性框架与基础的实验科学易造成知识理性信仰的缺失。相应地，文学的反传统倾向更多地表现为一种急躁情绪，而非理性判断，是现代社会重要弊端之一。

因此，作为理性重要载体的知识分子就尤显重要。麦考利从定义与功能两个方面重点阐释了他对现代知识分子的看法。麦考利认为，一般情况下知识分子与智者两个概念容易被混淆，知识分子并不是智者的充分条件；知识分子也并不完全类似于医师等拥有一技之长的实践专业者。依他看来，知识分子是那些热衷于理性思考与哲学分析，并为现实实践提供指导性形而上学的学者。因此，麦考利将知识分子定义为那些"严肃对待基本问题、不同世界观基本原则的人"③。换句话说，知识分子不仅是"好知者"，而且是"乐知者"。麦考利认为，19 世纪末俄国"彼得大帝改革"（Petrine Reform）后出现的俄罗斯知识分子就是典型代表之一。相比之下，现代知识分子在一定程度上是一个"异化阶级"、社会秩序中的"流离失所者"。④受启蒙运动的影响，他们主要关注社会变革思想。他们是现代意识形态的载体、"进步信仰"者，是持世俗教条主义（secular dogmatism）的异教徒。怀疑与教条是这些现代自由知识分子的两大特征。

专注于情绪活动是现代知识分子的另一个重要特点。麦考利认为，自由知识分子常陷于五大心理机制：投机取巧的流行与现实的替代思维机制、强迫反对共同体构建性格机制、内疚机制（例如殖民历史与土著问题）、完美主义者伪装机制（以追求完美为借口的堕落）以及现实意识受损与强迫冲动下的自暴自弃心理。这就自然而然地导致了现代世俗主义的盛行与主导。麦考利提出，要使知识分子重新承担起上层精神世界建设的责任就需要对西方文明的传统价值与秩序进行清算。君主制、贵族文化、牧师、商人、手工艺者、农民阶级这些欧洲社会的传统组成秩序

---

① 大卫·休谟(1711—1776)，苏格兰不可知论哲学家、经济学家、历史学家，被视为是苏格兰启蒙运动以及西方哲学历史中最重要的人物之一。休谟的哲学受到经验主义者约翰·洛克和乔治·贝克莱的深刻影响，也受到一些法国作家的影响，他也吸收了各种英格兰知识分子如艾萨克·牛顿、法兰西斯·哈奇森、亚当·斯密等人的理论。
② 马克斯·普朗克（1858—1947)，德国物理学家，量子论确立者，曾获 1918 年诺贝尔物理学奖。
③ McAuley, James. *The Grammar of the Real*: *Selected Prose 1959—1974*. Melbourne: Oxford University Press, 1975: 145.
④ Ibid., 146.

均包括在内。现代平等主义在传统上被认为是自由的毁灭性因素,成为破坏传统社会制度与争取大众支持的理想理论。麦考利将自由知识分子的这种情绪冲动与共产主义在世界范围内的兴起相联系,认为这是对传统民主社会的一种违背。

在一定程度上,麦考利对于理性与知识分子的主张颇有延续与传承柏拉图在《理想国》(*The Republic*)中表达的思想之意。柏拉图将世界分为三层:理念世界、现实世界与艺术世界,认为诗人有兼具神的代言人、现实世界模仿者与实践颂诗的三个角色。诗歌看中情感的引起与共鸣,容易产生不合礼仪的宣泄与非理性,因此柏拉图主张诗人应被放逐到"理想国"。麦考利也认为,知识分子或者诗人更应该注重理性、神圣与崇高的塑造与表达,而非经验主义的情绪表达反应或以实用功利主义为目的。

这就引出了麦考利文学批评思想的核心——神学艺术在现代语境下的重要作用。麦考利认为,艺术及文学的伟大与宗教教义和宗教崇拜有很大联系,前者为艺术提供了不可穷尽的表现与描写主题,后者则提供了固定的需求与目的,两者共同导向能够防止艺术与文学流于形式与修辞的歧途,成为思想与意识形态的载体,推动理性的进步。然而,现代语境下宗教与艺术却不断地背道而驰,文学与艺术不断地朝世俗化方向发展,宗教神圣被舍弃与遗忘。麦考利提出,基督教文化在这一点上不能成为传统相对主义(relativism)的现代延续,很大程度上是因为现代盛行的文艺复兴及后文艺复兴时期的宗教艺术与文化相互偏离、脱轨,在美学方面和正统基督教文化相比差强人意,在神学思想上也多有疑点。他认为,类似于传统"福音书"(Gospels)严格的教理问答(catechetical)模式是神学艺术的典型范例,而现代自然主义是缺乏神圣性的另一个极端。

现代主义运动具有一定的歧义性与模糊性,这也使神学艺术的发展遇到了困难与挑战。麦考利认为,一方面,现代主义似乎在表达对粗鄙的中产阶级世界观念的不满,渴求一个能够超越物质主义愚昧与无知的现实,充满着神秘渴望;另一方面,现代主义的人本主义反抗基本上处于一种盲目杂乱的状态,它们实际上并没有对准传统秩序与理性,反而更偏向消解理性主义(rationalism)与经验主义(empiricism)残留的些许约束与限制,最终在主观性(subjectivity)与非理性(irrationality)的深渊里去探寻所谓的秩序准则。因此,现代艺术在很大程度上依然是文化自然主义大规模运动,最终结果便是个人主义,高度任意性,且任性与歇斯底里的多愁善感。这种自身的模糊性暴露出现代主义的两个内在矛盾:同时向上与向下发展的倾向;看似在不断向传统靠拢的反自然主义,本质上依然是自然主义的潜在作用力。在这种状况下,学界对现代主义能否承担重任也产生了一定看法,如斥责现代主义者不加区别地随意将各种世俗风格应用于神学艺术。现代艺术强烈反对工业生产式的低级艺术应用,号召现代艺术家与神学艺术进行更贴合的协同与合作。个人主义与唯美主义是神学艺术的主要阻碍。

现代主义应如何跨越世俗艺术与神学艺术之间的沟堑,麦考利也作出了相应的思考。麦考利认为,现代主义可以从三个方面修复,至少是接近神学艺术传统。其一,实践方面。虽然现代主义也有可能表达出神学艺术的真挚信仰与虔诚,但是可行性相对较小。从实践意义上来讲,神学艺术不仅需要较多的物质成本,而且要求精神的完全投入,现代世俗艺术的工业化生产却相对廉价。但麦考利同时也认为,现代主义粗糙主观性在建筑方面得到了最显著的消减,与神学艺术在实践层面达到了最佳一致性。教堂、神庙及宗教建筑的修建与投入,在一定程度上,为现代社会提供了可与神性崇高不断接近的空间与场所。其二,哲学与神学方面。麦考利认为,现实知识传统对艺术来说至关重要,尤其是在现代社会,一切都需要经过大量的根本性思考与质疑。在现代哲学还依然处于发展期的情况下,宗教哲理与神学可以提供系统性的理性指导。传统神学是在大量的分析与研究像《圣经》、神学雕像以及其他宗教资料的基础上形成的,具有现代哲学所缺乏的哲学与神学理性。其三,精神信仰方面。麦考利认为,现代艺术家不仅可以从信仰中获取丰富宝贵的力量与财富,而且同时可以更好地延续神学传统,使其在现代语境下焕发出新的活力。他认为现代的天主教就是一个代表事例。现代天主教使神父们的神学智慧重见天日,更加活跃与具备影响力,而且同宗式地复兴了礼拜仪式艺术。在此影响下,传统的宇宙象征主义(cosmic symbolism)、精神组织、宗教颂歌等神学艺术也焕发了新的生机。艺术的繁荣与发展因而有了希望与期冀。这也充分说明了他从基督教皈依天主教的原因。

神学、理性、实践意义是麦考利批评思想的关键词。客观来讲,他对现代主义的不满与批判也正是由于他自己所承认的现代主义怀疑精神。一方面,他对现代主义的质疑是源于优秀批评家天生的怀疑辩证执着;另一方面,现代主义信仰的崩塌与缺失也是不争的事实,回归传统、寻求信仰重生也是现代主义所面临的一个重要任务。麦考利这种在传统与未来、古典与现代间的矛盾与摇摆,完全契合当时世界以及澳大利亚的时代状况。

麦考利矛盾的批评心理既是 20 世纪五六十年代澳大利亚社会中民众普遍的一个侧面写照,也映射出战后澳大利亚的民族精神困境。万斯·帕尔默在《失去的传统?》①中驳斥澳大利亚传统丧失的观点,积极地赞扬了现代语境下澳大利亚文学民主写作传统的重新诞生,尤其是在小说创作方面。布赖恩·基尔南(Brian Kiernan)在《最美丽的谎言:五位现代小说大家故事集》②中对现代主义的"新"(newness)特性也颇为骄傲,视其为新时期澳大利亚文学的本质性特征。麦考利的古典传统情结与万斯·帕尔默和基尔南对"新"传统的骄傲有着同质性,只是他比万斯·帕尔默与基尔南对现代主义有着更高的希冀与期望。所谓"爱之深,责之切",用在麦考利对现代主义的批判上尤为贴切。麦考利是一位批评家,更是一位"批判批评家"(critical critic)。

超越古典与现代的诗歌艺术

　　古典传统与现代先进性之间的关系学界尚无统一定论,学界对麦考利的批评思想也褒贬不一。20世纪60年代中期,较早对麦考利的诗歌及批评进行专题研究的澳大利亚诗人薇薇安·史密斯(Vivian Smith)连续出版了两部关于麦考利诗歌艺术研究的专著:《詹姆斯·麦考利当代诗歌研究》(*James McAuley's Recent Poetry*,1964)和麦考利的同名专著《詹姆斯·麦考利》(*James McAuley*,1965)。史密斯评价麦考利是"一位思想、原则与理论相一致的人"③。20世纪80年代伊始,彼特·科尔曼(Peter Coleman)出版了《詹姆斯·麦考利之心:澳大利亚诗人创作与生平》(*The Heart of James McAuley:Life and Work of the Australian Poet*,1980)。科尔曼认为:"在澳大利亚文学中,没有人能够如麦考利一般有效地揭露与嘲笑了现代诗歌、左翼政治及无意识的自由主义。"④此外,澳大利亚著名的首位女性英语教授雷欧妮·克雷默也出版了论文集《詹姆斯·麦考利:诗歌、散文

---

　　① 原文出自 Palmer, Vance. *The Legend of the Nineties*. Melbourne: Melbourne University Press, 1954. 本文转引自 Bird, Delys, Robert Dixon and Christopher Lee. eds. *Authority and Influence: Australian Literary Criticism 1950—2000*. St Lucia: University of Queensland Press, 2001: 23—27.
　　② 原文出自 Kiernan, Brian. *The Most Beautiful Lies: A Collection of Stories by Five Major Contemporary Fiction Writers*. Sydney: Angus & Robertson, 1977. 本文转引自 Bird, Delys, Robert Dixon and Christopher Lee. eds. *Authority and Influence: Australian Literary Criticism 1950—2000*. St Lucia: University of Queensland Press, 2001: 101—102.
　　③ Smith, Vivian. "James McAuley." *Australian Literary Studies* 1977(8.1): 5.
　　④ Coleman, Peter. "Dealing in Damage—Review of Michael Ackland, *Damaged Men: The Precarious Lives of James McAuley and Harold Stewart*." *The Weekend Australian* Mar. 2001:10—11.

集及个人评论》(*James McAuley: Poetry, Essays and Personal Commentary*, 1988),并对麦考利的文学成就做出了总体的评述。值得注意的是,雷欧妮过去主要研究澳大利亚首位获诺贝尔文学奖提名的女性作家亨利·理查森,还与霍普共同完成了殖民时期诗人亨利·肯德尔的同名传记著作《亨利·肯德尔》,之后还为麦考利同时代的作家霍普做传《A. D. 霍普》(*A. D. Hope*, 1979)。雷欧妮对麦考利的关注,也从侧面说明了麦考利在澳大利亚文学史上的重要地位。20世纪90年代初,诗人、学者琳恩·麦克莱登(Lyn McCredden)又发表了麦考利的同名专著《詹姆斯·麦考利》(*James McAuley*, 1992),从古典诗歌及神学艺术等方面对麦考利的诗歌及思想进行了研究。总体来看,澳大利亚文坛对麦考利批评思想的接受趋于积极与赞同。

然而,也有相当一部分学者对麦考利所推崇的古典主义诗歌文学思想提出严重质疑。其中,在学界引起强烈争议与愕然的要数卡桑德拉·派珀斯(Cassandra Pybus)在世纪之交时出版的麦考利自传《魔鬼与詹姆斯·麦考利》(*The Devil and James McAuley*, 1999)与迈克尔·阿克兰德(Michael Ackland)在20世纪初出版的《破损者:詹姆斯·麦考利与哈罗德·斯图尔特的动荡人生》(*Damaged Men: The Precarious Lives of James McAuley and Harold Stewart*, 2001)。派珀斯所撰写的麦考利自传一经出版便引起学界哗然。在《魔鬼与詹姆斯·麦考利》中,她中伤、批判麦考利的人格与品德,认为麦考利是代表所有可鄙品质的一个女性的"小"人物。在她看来,麦考利仅仅因为钢琴弹得好已经让人难以容忍。派珀斯还认为,麦考利的诗歌更是毫无可取之处,沉睡与梦境在麦考利的笔下变成了令人恐惧而非平和的意向,性与噩梦在他早期的诗歌中也常常被联系在一起。据此她认为麦考利不仅不具有单一连贯的人格,而且完全性格分裂,甚至声称麦考利实质上有同性恋倾向。[①] 文学作品与批评著作是考察作家与批评家的主要载体。虽然麦考利的私生活细节还有待考证,但以生活方式作为文学研究评价的主要标准难免有失偏颇,而且麦考利的诗歌作品与批评著作总体关注的是如何延承传统、传统与现代如何有机融合、现代主义应如何完善等客观且具有普遍意义的宏观话题。阿克兰德的《破损者:詹姆斯·麦考利与哈罗德·斯图尔特的动荡人生》主要试图通过麦考利与斯图尔特共同制造的"厄恩·马利"骗局,揭示二人作为"二流"(secondary school)学者在其创作经历中始终贯穿的深层冲突与创伤。客观性批

---

① Pybus, Cassandra. "The Devil and James McAuley: the Making of a Cold War Warrior." *Australian Literature and the Public Sphere* 1999: 110—123.

判是学者思想不断完善的重要推动力,但类似于卡桑德拉·派珀斯脱离客观的论证,学术参考价值不高。彼特·康拉德(Peter Conrad)认为,《魔鬼与詹姆斯·麦考利》是因敌意与憎恨而诋毁麦考利的虚构之作,大多描述都是猜测与主观臆断,且充斥着"非学术性的懒散与邋遢",是典型的"塔斯马尼亚哥特式"(Tasmanian Gothic)写作。①

麦考利是澳大利亚文学批评专业化进程中学院派批评家的主要代表之一。麦考利先后主导与参与了多个澳大利亚主流学术期刊的创始成立。早在1937,年仅20岁的麦考利就开始参与主编悉尼大学的文学刊物《赫尔墨斯》,这本创刊于19世纪的杂志也是麦考利初期诗歌作品发表的主要刊物,是麦考利的古典诗歌思想形成早期的一个重要影响因素。之后,他与理查德·克里杰尔共同创办了《四分仪》学术期刊,并一直担任主编至1963年。此时,《四分仪》所体现的保守氛围基本从侧面表明了麦考利的古典主义思想。麦考利转教塔斯马尼亚大学不久之后,即接任《四分仪》主编的同年,又与霍普、杰弗里·达顿共同创办了至今依然具有权威影响的主要学术期刊《澳大利亚文学研究》。劳里·赫根汉(Laurie Hergenhan)曾撰文披露过《澳大利亚文学研究》的诞生过程。赫根汉说,麦考利不仅是其中的主要推动者,而且是发起人;麦考利意识到澳大利亚需要专注于本土文学的刊物和建构文学经典,并以此作为教育与研究的基础;麦考利创立《澳大利亚文学研究》的初衷便是"使澳大利亚文学专业化,并在积极意义上学术化"②。麦考利与霍普、巴克利等一道为澳大利亚文学的专业化与学术化做出了重要贡献。

建构民族文学传统一直是麦考利诗歌批评思想的中心目标。虽然麦考利推崇古典英语诗歌传统,但他没有忽略对现代语境的思考。古典传统之于麦考利,是现代性发展的矛与盾。在《澳大利亚诗歌指南》中麦考利将澳大利亚诗歌文学简要地分为三个阶段:19世纪时期的殖民诗歌文学、20世纪早期至第二次世界大战期间的过渡诗歌文学及20世纪40年代以后的现代诗歌。麦考利认为,理解澳大利亚现代诗歌,就必须回溯澳大利亚整个诗歌文学史的脉络。19世纪,以查尔斯·哈珀与肯德尔为代表的诗人开拓了将土著诗与民谣相结合的诗歌传统,展现出他们为融合澳大利亚文学多样性而寻求一个具有包容性的澳大利亚文学传统所做出的

---

① Conrad, Peter. "Review of *The Devil and James McAuley* by Cassandra Pybus." *Australian Literary Studies* 2000(19.3): 347—349.

② Hergenhan, Laurie. "Starting a Journal: ALS, Hobart 1963: James McAuley, A. D. Hope and Geoffrey Dutton." *Australian Literary Studies* 2000(19.4): 433—437.

努力。进入20世纪后,通俗诗歌(popular verse)在澳大利亚兴起,安德鲁·佩特森的民谣体诗歌、克里斯托弗·布伦南的象征主义诗歌及肖·尼尔森的抒情诗等均出现于这一时期。到了肯尼斯·斯莱塞的《五铃》("Five Bells",1939)时期,现代主义在澳大利亚诗歌中的体现和影响基本形成。同时,由于诺曼·林赛在诗歌批评领域十分活跃,麦考利也将这一时期称为"林赛时期"(Lindsay Period)①。麦考利认为,散文诗是这一时期的主要特征,主要成就在于对民族主义,也即布伦南提出的"澳大利亚性"(Australianity)②的讨论与基本解决。换言之,经过了这一时期的发展,澳大利亚现代主义已经开始萌芽,澳大利亚民族主义文学传统已基本确定。下一阶段,现代主义成为澳大利亚文学的核心议题。

澳大利亚现代主义的发展离不开对传统的继承,麦考利的古典诗歌批评思想也说明了这一点。麦考利认为,澳大利亚现代诗歌是在通俗诗歌,即歌谣与散文诗的基础上进入了战后的第三阶段发展时期。20世纪50年代开始,澳大利亚民族主义的三个分歧:"民粹主义(populist nationalism)、文学民族主义及反澳大利亚性"③问题已逐步得到解决。到了20世纪60年代末,一批新诗人开始涌现,两大诗歌阵营得以确立。佩特森、劳森等人以《公报》为核心形成了悉尼派(Sydney School),而巴克利、赖特、R. A. 辛普森(R. A. Simpson)、华莱士－克雷布、亚历山大·克雷格(Alexander Craig)等人则围绕《米安津》形成了墨尔本学派(Melbourne School)。④ 麦考利认为,佩特森堪称"澳大利亚文学史上的沃尔特·司各特爵士"(Sir Walter Scott in the history of Australian literature)⑤。虽然在帕特森所处时期,民谣诗歌已显衰退之势,但《公报》作为20世纪初刊登通俗诗歌的主要刊物,对确定"澳大利亚性"的相关属性和本质观念发挥了非常重要的影响。但同时,麦考利对现代诗歌与古典传统之间的连续性并不否认,甚至表现出某种先锋派式的赞赏。他认为布伦南是"澳大利亚最具先锋意味的诗人"⑥,而且现代新诗歌运动的出现是19世纪的诗歌传统和20世纪50年代社会变革及文学发展共

---

① McAuley, James. *A Map of Australian Verse*. Melbourne: Oxford University Press, 1975: 3.
② Ibid., 1. 转引自 Chilsholm, A. R., and J. J. Quinn. eds. *The Prose of Christopher Brennan*. Sydney: Angus & Robertson, 1962: 222—223.
③ Ibid., 4.
④ Ibid., 16, 263.
⑤ Ibid., 14.
⑥ Ibid., 5.

同"发酵"的结果,赖特的诗歌就体现出这种双重烙印。① 可见,麦考利并非在本质上反对现代主义,其表现出的"反对"更多来自作为一名批评家的批判精神。

现代与传统之间的平衡是民族文化发展的关键。新时期,文化的快速流通与消费促进了文学艺术的物质性观念。麦考利认为,如何保持传统主义与现代性之间的平衡,是现代社会面对的主要考验之一。麦考利提出,传统与信仰的缺失是澳大利亚现代主义危机的主要根源。他也指出,欧美西方国家的现代主义进程都深受历史变革的影响,如英国启蒙运动、美国独立战争及法国大革命等。而正是在这样的关键时期,现代民族文化在西方文明传统与"现代性"的双重推动力下才得以形成。麦考利强调,他这里的"现代性"是特指"世俗化形式的运动"②。虽然澳大利亚社会也存在一定基本社会契约与民族风貌,但是澳大利亚没有经历过任何革命性与创伤性的历史变革,因此澳大利亚的国家矩阵(national matrix)主要沿袭了19世纪后半叶的"现代性"特征,即自由主义(liberalism)、实证主义(positivism)、自然主义(naturalism)、不可知论(agnosticism)、物质主义(materialism)、泛神论(pantheism)、泛生机论(panvitalism)等。"现代性"成为民族文化的核心,欧洲文化传统逐渐被边缘化,尤其是天主教传统。既无传统延续,又无新生文化矩阵,这也使得澳大利亚社会呈现出一种非此非彼的文化困境。

在民族文化身份问题上的徘徊不定也抑制了体现民族文化精髓的诗歌的积极发展。麦考利意识到这一困境,积极寻找出路,提出了"诗学现代性"(poetic modernity)③的主张。麦考利认为,"现代性"带有本质主义的反理性倾向,因而"诗学现代性"的主要目标就是在反对自18、19世纪以来浪漫主义与象征主义非理性的基础上恢复理性思考。他提出诗歌是一种更接近形而上学而又高于小说、依靠特殊性与细节描述的文学艺术形式;诗人应该是一种不追名逐利的职业;平等主义、自由主义是对人性的纵容。这些观点足见他对现代诗歌文学理性化的推崇。在麦考利看来,"诗学现代性"与一般所认为的现代性不同,诗歌是民族自由建设和反抗压迫的主要形式之一,诗人并不仅限于文人身份,他们本质上应是圣职者(hierophant)、预言家(prophet)、先知(seer)、萨满(shaman)④、占星师(magus)等掌握着最高理性的真知引领者。"诗学现代性"是"现代意识的总和"⑤,实现它的

---

① McAuley, James. *A Map of Australian Verse*. Melbourne: Oxford University Press, 1975:124.
② McAuley, James. *The End of Modernity*. Sydney: Angus & Robertson, 1959:57.
③ McAuley, James. *A Map of Australian Verse*. Melbourne: Oxford University Press, 1975:266.
④ 指萨满教的导师,与僧人、巫师类似。
⑤ McAuley, James. *The End of Modernity*. Sydney: Angus & Robertson, 1959:148.

途径就是要努力赋予诗词超自然的力量,即理性,使其成为类似"点金石"(Philosopher's Stone)般的存在,麦考利也因此将自己的看法称为"麻葛异说"①(Magus heresy)。"诗学现代性"是麦考利寄予厚望,希冀能够改变古典诗歌传统日渐消沉的文学理论,然而其结果并不理想。

现代主义的内在缺陷是不可否认的事实。麦考利认为现代性危机自身有着不可调和的矛盾,理性的缺失是古典诗歌传统与现代主义格格不入的主要影响因素。麦考利依此提出,自尼采的"上帝死了"之后,虽然众多"麻葛异说"的信徒都曾试图实现"麻葛"梦想,但均未成功。麦考利认为,自布莱克、叶芝以降,哲理诗的原创性(originality)就已受限于世俗主义、怀疑论、形式主义和结构主义。超现实主义(surrealism)曾试图以怀疑自然主义实现梦想,但最终也被浪漫主义吞噬。古典诗歌传统被现代诗歌刻意的非逻辑、模糊隐晦、随性任意等特征所取代,这在雨果·弗里德里希(Hugo Friedrich)的《现代诗歌结构》(*Die Struktur der modernen Lyrik*,1956)与弗兰克·克默德(Frank Kermode)的《浪漫意象》(*The Romantic Image*,1957)中都有详细的论述。现代诗歌对意象(image)与象征(symbol)的痴迷、怀疑和低估,以及以弥尔顿为代表的古典宗教诗歌传统,使现代性危机不言而喻,浪漫—象征主义运动将继续在没有明确且正当化的功能性指导中越走越偏,诗歌的语言灵性(language spirituality)也将不断降低,甚至消失。民族文化传统的丧失必将阻碍或延缓社会的发展,尤其对处于"夹缝"中的澳大利亚而言,传统问题是构建新时代民族文化身份的重要方面。

麦考利的现代主义观提倡现代与传统的融合共存。理性是麦考利批评思想的最重要问题,"反现代主义"的态度是他对现代主义理性缺失危机的一种理性批判。不管是他提出的诗歌是"最高尚的人文行为"②、"完整自我的表达"③的论断,还是诗人是时代的代表与创造者的观点,都以敏锐的觉察力揭露、批判了时代精神所存在的问题。④ 麦考利坚持积极寻求、探索现代诗歌与历史传统保持一致性的方法。到了20世纪五六十年代,在澳大利亚文学及批评专业化进程中,从欧美涌入的批评思想、批评角度派别众多,澳大利亚如何反应与选择成为主要议题。麦考利认为,在这种情况下,澳大利亚现代诗歌的发展误入歧途,它并没有吸收与遵循以艾

---

① 麻葛是古波斯祭司负责祭祀的氏族。
② McAuley, James. *A Map of Australian Verse*. Melbourne: Oxford University Press,1975:271.
③ Mead, Philip. "Review by Philip Mead." *Australian Literary Studies* 1990(14.4):519.
④ Dixon, Robert. "James McAuley's New Guinea: Colonialism, Modernity and Suburbia." *Australian Literary Studies* 1998(18.4):20—49.

略特与庞德为代表的现代主义传统,而是追随亨利·乔治所提出的经济意识形态,遁入新乔治主义(Neo-Georgianism)的偏径,形成了以物质主义与功利主义为核心的现代散文诗歌。①就是在这样一种境况下,麦考利试图通过重新强调理性的传统,将现代主义从迷失中唤醒。正如丹尼斯·鲁滨逊(Dennis Robinson)所言,麦考利试图从过去寻找可以应对现代主义混乱的一种理性秩序,尽管他并不认为麦考利取得了成功。②无论结果如何,麦考利的理性批评有着不可忽视的社会及现实价值,至少为现代主义"碎片化的人格"与"混乱的灵魂"敲响了警钟。

麦考利的"反现代"诗歌艺术观,一方面,是批判现代社会中传统观念的缺失,警示传统缺失所造成的脱节与混乱;另一方面,是号召一种包容传统与现代的更具"共生性、共同性、共通性"③的文学艺术观。麦考利推崇古典传统,但并非本质上反现代主义,在他看来,古典传统具有不可替代的理性认知与现代指导意义;尤其对澳大利亚来说,欧洲文化传统本就无法逃避与剥离,与其消极地反抗与感性对立,不如理性地思考传统与现实的内在连接性、连续性与连根性。麦考利深刻理解澳大利亚在传统继承、民族认同与现代自立等"夹缝"困境中的摇摆与挣扎,主张澳大利亚应以理性与进步为根本性指导,抛开民族的狭隘限制,将欧洲古典传统,甚至世界文化遗产作为民族构建的灵感与基石,在寻求"共生、共同、共通"中走向"澳大利亚性"。麦考利始终不赞成"为艺术而艺术"(Art for Art's sake),在他看来,当代现代性的发展也难以逃脱"为现代而现代"的咒语。由此更能显现出麦考利的艺术观"为现代而古典"的独辟蹊径。

麦考利融合形而上哲理性思考与形而下现实性考虑的诗歌文学思想,超越了纯粹追随古典主义或盲目倡导现代性的片面之见,具有一定的先进性与超前性。当时的澳大利亚正处于社会过渡与转型期,社会矛盾愈发激烈,民族精神亟须重建;麦考利的艺术思想兼顾过去与现在的内在联系,用一种跨越式的思维阐释了古典传统与现代性之间的内在连续性,打破了新与旧、传统与未来、古典与现代间的二元对立,为这一时期澳大利亚社会的过渡与转型提出了可供参考的批评思路。麦考利提出,澳大利亚在国际上享有盛誉的作家和批评家相对较少,国际思潮对澳

---

① Dixon, Robert. "James McAuley's New Guinea: Colonialism, Modernity and Suburbia." *Australian Literary Studies* 1998(18.4): 317.

② Robinson, Dennis. "The Traditionalism of James McAuley." *Australian Literary Studies* 1983(11.2).

③ 谭娟娟. 贾平凹作品专题研讨会暨首届中国文学国际传播上海交大论坛综述. 中国比较文学, 2019(2): 217.

大利亚文学的影响往往很大，而澳大利亚在国际话语中的影响力却非常有限，这是澳大利亚文学需要思考的重要主题。虽然麦考利借用古典范式为批评主张，但他批评的核心精神与价值取向却并不缺乏现代性色彩。

民族主义批评在继承欧洲传统问题上已基本达成了一致，而麦考利为该继承什么样的传统提出了见解。自20世纪40年代霍普首次将澳大利亚文学教育引入大学课堂，澳大利亚文学传统应包括英国及欧洲传统的议论已基本尘埃落定。但传统的具体内容及内涵依然处于讨论之中。20世纪五六十年代，澳大利亚民族主义思想依然占据主流，现代主义在澳大利亚的传播与接受仍面对多重阻力。20世纪70年代，澳大利亚文学批评在古典与现代之间的摇摆才基本停止，现代主义逐渐被接受。澳大利亚社会对"澳大利亚性"的建设虽然达成了一致性意见，但对具体该如何达成这一目标还各执一词。麦考利的批评思想就是这种民族心理背后的一个缩影，反映了这一时期澳大利亚现代民族主义建设的方向与状态。

麦考利的诗歌艺术观在澳大利亚文学批评史上具有重要地位与深远影响。麦考利作为澳大利亚质疑现代主义的主要批评家之一，尽管与斯图尔特等"反现代主义"批评家对现代主义提出了若干的怀疑，使现代主义在澳大利亚的发展受到一定的延缓，但同时也体现出他全面、严谨、求真的治学思想。检验真理并不影响它的理性价值，同样，质疑现代主义也并不否定现代主义的进步价值。反之，麦考利的"反现代"批评，从侧面也说明了现代主义发展规律的势不可挡。虽然麦考利希望在现代诗歌恢复欧洲古典传统、揭露现代性弊端的做法在一定程度上凸显出他对"母文化"无法割舍又对"新文化"难以适应的困境，但他的这种困境也展现出澳大利亚文学批评在这一时期所面临的问题与挑战。社会、国家、民族及个体之间相互影响、相互体现，澳大利亚社会的复杂历史是所有澳大利亚批评家无法逃避的现实，而批评家从心理层面揭露困境是推动社会不断进步的精神力量源泉。麦考利在如何处理好传统与现代、民族与世界的问题上，为澳大利亚文学的进步做出了积极贡献。

任何思想都受时代环境的影响与历史语境的局限，麦考利的批评思想在考察文学和文化共生性、共同性、共通性方面超越民族与国家，然而在提出具体解决方案方面却带有明显的时代局限。首先，澳大利亚文学没有独立的传统，新的民族文学话语的建构需要借鉴欧洲源文化传统，但过于强调古典诗歌在形式主义方面的严格要求而忽略现实发展，就难免不为主流接受，格格不入。其次，追求极致的理性与实用性相结合的文学艺术观，也难逃功利主义与形而上学虚无的嫌疑。宗教是人类文化不可缺少的一部分,但对其能否成为衡量理性与实用性合理性的最重要标准的讨论已明显不合时宜。理性的表现形式应是多种多样的,并不局限于特定的某一种。因此,强行地将古典宗教理性标准运用于现代理性的衡量,则显得主观而生硬。最后,理性在不同历史时代下所表现出的具体内容与其传播载体,说明了理性本质属性中形而上与形而下相结合的复杂特性,并不存在特定的表现形式。因此,对于试图为理性划定范围与设定框架,探索理性在不同语境的合理性可能更具现实建设性意义。固然,麦考利无法跳出历史局限,否定"人之为人"的社会基础;但值得注意的是,麦考利具有预见性地提出了理性缺失,传统遗弃,功利主义,物质拜金等现代社会始终面对的负面问题,这也为澳大利亚文学批评提出了新的挑战与思考话题,尤其是在社会过渡与转型时期,不盲目跟随,冷静思考,勇敢质疑的"批判批评家"精神值得后世学习与借鉴。麦考利是澳大利亚文学史上超越了二元对立批评思想的重要批评家之一。

第四节　朱迪斯·赖特
（Judith Wright，1915—2000）

生平简介

朱迪斯·赖特是澳大利亚著名文学评论家、诗人、编辑、儿童作家和社会活动家。赖特生于新南威尔士州的一个农牧民家庭,长于风光秀丽、地产丰富的新英格兰岭（New England Range）。父亲菲利普·赖特（Phillip Wright）在当地颇有名气,重视教育,是新英格兰大学的捐助人。赖特年幼时接受家庭教育,母亲是她的启蒙老师。受母亲的熏陶,赖特六岁时便开始写诗。但好景不长,长期缠绵病榻的母亲在赖特十二岁时撒手人寰,失去指导的赖特进入新英格兰女子文法学校学习。由于缺少母亲的陪伴,年幼的赖特常常独自流连忘返于广袤无垠的高原山林,与飞鸟游鱼为伴。土地之于赖特仿佛是母亲一般的存在,给予了她慰藉与关怀,也因此成为她诗歌中重要的灵感来源。赖特随后考入悉尼大学学习英语专业,但她不止步于本专业知识,对历史、哲学、人类学等领域均有涉猎。赖特十分欣赏英国诗人威廉·布莱克与 T. S. 艾略特,她的诗歌中也能辨析出他们的影响。大量且广泛的阅读输入为赖特的写作打下了坚实基础。

毕业之后,欧洲之行与目睹第二次世界大战的经历增强了赖特的"家国意识"。处于后殖民社会语境中的澳大利亚尚未形成独立统一的民族意识,在文化方面依然处于一种"畏缩"状态。澳大利亚本土作家若想获得国内读者的认可,不得不先在欧洲获得声誉,这引起了澳大利亚作家游历欧洲的风潮,出现了一些"墙内开花墙外香"的现象。1937 年,依照澳大利亚作家的"惯例",赖特开始了她为期一年的欧洲之旅,但这次旅行改写了她想象中的欧洲形象。赖特旅行的第一站是英国,她祖先的故乡,曾被她视作"精神家园"的地方。然而,格格不入的生活体验很快让她意识到文化差异,并重新审视自己的文化身份。另一次震慑赖特的体验是在德国,她目睹了纳粹统治下的极端国家资本形态,令人不寒而栗的极端独裁专治统治以及民族霸权主义。结束欧洲旅行后,赖特回到悉尼定居。但她的世界并没有复归平静。接踵而至的第二次世界大战将世界卷入惊涛骇浪之中。1941 年日本偷袭珍珠港事件、响遍东南亚的炮火轰鸣声让整个亚太地区变得危机四伏。澳大利亚紧急加强国防部署,赖特的同胞兄弟都应召进入军队服役。她因此不得不回到故乡帮助父亲打理家业。在战火动乱的时代背景下,赖特开始意识到"澳大利亚是'我的国家'"。

然而令赖特忧心不已的是,后殖民语境下的澳大利亚尚不能让它的居民们产生归属感。换言之,澳大利亚人尚未形成独立的民族心理与文化身份。于是她将自己的"澳大利亚梦"(Australian Dream)——理想中的澳大利亚民族心理写入了文学批评中。其主要批评作品收录在《澳大利亚诗歌内容》(*Preoccupations in Australian Poetry*,1965)一书中。赖特也创作了大量诗歌作品,是第一位荣获英国女王诗歌金奖的澳大利亚诗人。赖特出版了包括《流动的形象》(*The Moving Image*,1946)、《女人对于男人》(*Woman to Man*,1949)、《通道》(*The Gateway*,1953)、《两场大火》(*The Two Fires*,1955)、《鸟儿》(*Birds*,1962)、《五种感觉:诗歌选集》(*Five Senses: Selected Poems*,1963)、《另一半》(*The Other Half*,1966)、《1942—1970 年诗歌集》(*Collected Poems, 1942—1970*,1971)、《活着:诗歌,1971—72》(*Alive: Poems, 1971—72*,1973)在内的十余部诗集,受到了文坛的广泛认可。文森特·巴克利评论道:"朱迪斯·赖特超越了其他澳大利亚诗人……因为她勾勒出了澳大利亚的环境、氛围及其独立性。"①

此外,赖特还是一位社会活动家,十分关注环境保护问题与土著权益问题。挂怀前者是基于对脚下土地的热爱,心系后者则源于获得这片土地的愧疚感。赖特将对环境问题的忧思写入了《珊瑚战场》(*The Coral Battleground*,1977)和《娓娓道来》(*Going on Talking*,1992),又在《为亡魂哭泣》(*The Cry for the Dead*,1981)、《我们呼吁条约》(*We Call for a Treaty*,1985)与《征服者的后裔》(*Born of the Conquerors*,1991)中为土著鸣不平,引起了一定的社会关注。

反殖民批评家

朱迪斯·赖特是一位享有国际声誉的文学批评家与诗人,在澳大利亚文坛极具影响力。赖特的主要批评文章收录于文集《澳大利亚诗歌内容》中,其批评见解自成一体,有学者称道此书,认为"极富洞见地指出了澳大利亚诗人们所面临的困境"②。赖特首先从艺术的定义入手,指出艺术家的使命所在。与王尔德主张的"为艺术而艺术"不同,赖特认为艺术不是纯粹的,而应具备某种功用。赖特说:"艺术与文化的真正功用在于将人与其所处的国家、社会联系在一起,在向人们诠释自我的过程中,潜移默化地改变他们的认知。"③就具体的澳大利亚诗歌而言,它被托付的使命是改变后殖民语境下,澳大利亚人对于土地、民族,以及人与人之间关系的认知,让他们能够在所居住的土地上,寻找到一种归属感,获得澳大利亚民族文化身份认同。这正是澳大利亚诗歌区别于其他英语诗歌的独特之处。

作为批评家与作家,赖特的伟大之处在于她突破了"白人种族中心"与"欧洲文化中心"的逻辑局限,正视处于边缘位置的土著群体,剖析白人潜意识中"被移置的欧洲人"(transplanted Europeans)的身份意识。一方面,赖特通过在诗歌中"写回"历史,用"反话语"挑战种族主义与殖民主义,试图为处于边缘的土著人发声,为澳大利亚人与脚下的大陆建立合乎伦理道德的认知联系;另一方面,赖特通过历时性

---

① Buckley, Vincent. "The Poetry of Judith Wright." *Essays in Poetry*, *Mainly Australian*. ed. A. K. Thompson. Melbourne: Melbourne University Press, 1957: 158—176.

② Davies, M. Bryn. "Reviews: Australian Poetry: Judith Wright, *Preoccupations in Australian Poetry*." *The Journal of Commonwealth Literature* 1968(3.1): 130.

③ Wright, Judith. *Preoccupations in Australian Poetry*. Melbourne: Oxford University Press, 1965: XVIII.

研究,指出长期影响澳大利亚文学的两种意识形态,即流放意识与自由意识,这两者皆与欧洲中心主义有关。回溯民族发展历程,赖特挖掘"伙伴情谊"与"澳大利亚传奇"的深刻涵义,并编织出一个具有独立民族特色的"澳大利亚梦"与欧洲中心主义相抗。正如赖特所言,相比于文本案例层面的批评判断,她对澳大利亚文学写作中的态度方面更感兴趣。① 在批评诗歌作品时,赖特擅长从宏观角度把握诗人创作心理,将其与民族、社会、国家相联系,辅以微观层面的具体实例佐证。由此可见,赖特的文学批评彰显了一种深刻的民族责任感与使命感。

殖民主义与种族主义

诗人赖特因善于描写土地与人类的关系而享誉文坛,引导她落笔生花的却是一种复杂而矛盾的情感。赖特认为"诗人唯有先与土地和平相处,才能自信地书写人"②,但她曾不止一次地提及她土地情结中的矛盾性:一方面,她深爱这片养育她长大的广袤土地;另一方面,她因祖先们获得土地的残暴方式而愧疚不已。③ 这种复杂情感又受到后殖民语境下"认知暴力"的挤压,变得愈加苦涩。令赖特戚然的是关于土地来源的"历史真相"。然而,"真相"却在中心话语的编织过程中变得面目全非,世人所见的文化代码不过是历史的诡辩。赖特认为还原"获得土地的真相"是诗人书写家族历史、民族历史、国家历史的前提,也是澳大利亚文学"去殖民化"的第一步。因此,她主张在批评、诗歌与社会活动中与"历史谎言"相抗争,试图唤起人们心中的道义与良知,揭开历史的面具,追求缺位的正义。

澳大利亚的早期历史是用血与火铸就的,却被矫饰以朦胧的传奇色彩。在自传中,赖特自问自答道:"首先,在澳大利亚,我是谁?……关于我们来到这片陆地的历史背后有着更多的历史。这段历史还应从另一个半球讲起。"④1783年,美国奏响了独立战争胜利的凯歌,宣布脱离英国成为独立国家。然而,美国人民胜利的欢呼却是澳大利亚土著人苦难命运的序曲。美国的独立致使英国失去了一块主要

---

① Wright, Judith. *Preoccupations in Australian Poetry*. Melbourne: Oxford University Press, 1965: Ⅶ.
② Ibid., Ⅺ.
③ Kohn, Jenny. "Longing to Belong: Judith Wright's Poetics of Place." *Colloquy: Text Theory Critique* 2006(12): 114.
④ Wright, Judith. *Half a Lifetime*. Melbourne: Text Publishing, 1999: 3.

殖民地，也失去了罪犯的流放地。英国遂将目光转向探险家库克(James Cook)于1770年发现的澳大利亚。1788年，菲利普船长率领两百多名海军官兵，押送七百余名男女流放犯，漂洋过海，在新南威尔士州登陆，掀开了澳大利亚历史的第一页。"他们屠杀了在澳洲大陆上过着捕鱼狩猎原始生活的大部分居民，用血与火开辟了一条殖民主义道路。"①澳大利亚官方曾宣称"澳大利亚曾是一片无人居住之地"，以此掩盖其恶劣的屠杀、奴役行径。如果说作为殖民地的澳大利亚处于围绕在宗主国中心的"边缘"地带，那么土著群体则处于"边缘的边缘"。赖特出生于一个农牧家庭，自幼常与土著人打交道，她对土地与土著群体的认知源自她的成长经历。土著人在赖特家族所拥有的田地里劳作，但他们所得的工薪却是白人的一半，更多的土著甚至徒劳无获。但劳动力的剥削不过是土著人艰难生存的一个转喻，它影射的是自白人殖民澳大利亚以来，土著群体所遭受的各方面不公正待遇，包括土地掠夺、强制奴役等等。

但是欺压土著的不只是枪支弹药所象征的"硬权力"，还有文本所象征的"软权力"。在枪支武器的打压下，土著们失去了休养生息的土地；在中心话语"由内向外"的暴力挤压下，无权无势的土著们被迫患上了"失语症"。殖民者一方面通过"硬权力"实施残暴统治，另一方面又利用"软权力"使其统治披上"合法"的外衣。②作为牧场主的女儿，赖特目睹土著人在原本属于自己的土地上遭受不公的待遇；作为知识分子，赖特眼见土著身份与文化在文学作品中被"软权力"边缘化。文本所代表的"软权力"进一步加固了不公平的社会秩序，试图将剥削与压迫变得自然合法。艾勒克·博埃默(Elleke Boehmer)曾指出："关于殖民活动的文字有着特别的重要性，它解释了那个世界体系如何把其他民族的沦落视为当然，视为该民族与生俱来的堕落而野蛮的状态的一部分。但由于一切都归于僵化的类型定势，对于本土人的描述往往就掩盖了他们的动因、多样性，他们的抵制、想法和声音。"③许多澳大利亚早期诗作充满了对历史的完满设想，化身为一种"软权力"，褫夺了土著人的话语权。

诗人罗伯特·菲茨杰拉德在赖特眼中就是一位"宏大历史"的书写者。在《赫姆斯科克浅滩》("Heemskerck Shoals")一诗中，菲茨杰拉德写道："那无人之地，经

---

① 黄源深. 澳大利亚文学史(修订版). 上海：上海教育出版社，2014：5.
② 彭青龙. 彼得·凯里小说研究. 上海：上海外语教育出版社，2011：166.
③ 艾勒克·博埃默. 殖民与后殖民文学. 盛宁、韩敏中译. 沈阳：辽宁教育出版社，牛津大学出版社，1998：22.

历了多少空虚的世纪和物换星移,在爱中苏醒……曾有这样一个地方——那是仅剩的南方——铺陈着清楚分明的阶梯,供欧洲人踏足。"①赖特对这些表述愤慨不已,评论道:"(在菲茨杰拉德的诗歌中),没有道德上的愧疚和辩护;没有自省,例如对土著人面临的困境或对他们土地的剥夺。事实上,在阅读他的诗歌时,人们可能会认为澳大利亚在白人到来之前是一片无人居住之地。"②即使一些诗人注意到了存在的种族主义暴行,例如奴役、强暴、杀掠,但基于一种优胜劣汰、弱肉强食的生物进化论认识,他们对此持一种理所当然的态度。③ 以菲茨杰拉德为代表的早期诗人在反映或再现澳大利亚自然、社会景貌时,或有意或无意地传递了殖民主义的意识形态,其作品裹挟着种族主义价值观念。在流传过程中,暗含殖民主义与种族主义的文学作品攫取了话语权,悄无声息地掩饰起事实真相,固化土著群体的边缘地位。

赖特则在诗歌创作中主张一种与"宏大叙事"相抗的"后殖民反话语",为被压抑了百年的土著发声。赖特创作了大量与土著相关的诗歌,试图通过诗歌的力量让人们错置的情感觅得归处。在写给土著作家凯思·沃克(Kath Walker)的《两个梦想时代》("Two Dreamtimes")中,赖特表达了自己对土著与土地的复杂情感:"他们没有告诉我这片我热爱的土地,夺取自你们的手中。"④赖特称沃克为"不被允许一起玩耍的影子姐妹"⑤,她们都为那个被摧毁掉的"伊甸园"悲痛不已,但征服者后裔的悲痛又岂能与受迫害者后裔的悲痛相提并论呢?既为姐妹,白人与土著应当是平等的。但白人通过侵略与殖民,毁掉了土著人的家园,将他们推搡到社会的边缘,并用社会规范隔离。处于权力中心的白人又怎能理解土著人的痛苦呢?赖特试图理解土著人的苦难,她常用"夜晚"与"黑暗"两个意象来隐喻罪恶的杀戮与压迫,渲染阴惨悲戚的氛围。例如在《黑人纵身一跃,新英格兰》("Nigger's Leap, New England")中,"(夜幕)吞噬着山脊,寂寞的黑暗空气为尸骨残骸盖上寒衾,他们曾惊叫着从断崖跌落……"⑥赖特在最后一段中写道:"夜如潮水般立刻将

---

① 转引自 Wright, Judith. *Preoccupations in Australian Poetry*, Melbourne: Oxford University Press, 1965: 170.

② Ibid.

③ Ryan, Gig. "Uncertain Possession: The Politics and Poetry of Judith Wright." *Overland* 1999 (154): 28.

④ Wright, Judith, "Two Dreamtimes." *Overland* 1999(154): 34.

⑤ Ibid.

⑥ Wright, Judith, "Nigger's Leap, New England." *Overland* 1945(42): 85.

我们淹没,就像历史在岁月静好中沉没了很多岛屿一样。"①赖特在字里行间布下的种种政治隐喻,既影射了土著人所受到的暗无天日的压迫,又揭穿了历史所伪装出的一派和平假象。

赖特的与众不同之处在于,她摒弃了长久以来主导澳大利亚社会的"白人种族中心"的逻辑思维,这与她的成长经历有着密不可分的关系。第二次世界大战前夕,完成本科学业的赖特开始了她梦寐已久的欧洲之旅。然而,时局动荡中的欧洲却颠覆了赖特曾经的美好想象。尤其是在德国,她目睹了极端种族主义形式的法西斯残暴行径。纳粹分子对犹太人的血腥屠杀给赖特的记忆留下了深刻的种族主义烙印。或许正是这样的经历让赖特反思白人为了占领土地而屠杀土著的历史。赖特对土著群体的同情与愧疚还出于她对土著群体的了解。身为牧场主之女的赖特,自幼便与在自家牧场里劳作的土著有密切接触,深谙他们所遭受的不公平待遇。因此,赖特对种族主义与殖民主义持坚决反对的态度。对赖特而言,澳大利亚的民族身份认同必须建立在历史真相之上。否则土地本身就是罪证,澳大利亚人会因此无法与土地建立合乎道德的伦理关系。

赖特旨在挖掘澳大利亚人"根"的起源,用反殖民话语消解中心与边缘的关系,还原历史真相。正如一位学者所言:"澳大利亚的历史焦虑不仅仅是对残酷过去的愧疚感,尽管这总会涉及;问题更在于过去本身的合法性。对殖民不公正性的理解——常常是无意识的,或未道明的——表现在对历史进程和历史本身的不安,以及对稳定起源和历史合法性的渴望。"②在历史这一问题上,赖特拒绝成为殖民主义与种族主义的代言人,而是为土著在边缘发声,揭穿历史的诡辩,因此她倡导道德成为诗歌评判的重要维度。所谓道德,是一种基于人性而非社会价值观的意识观念。赖特曾指出,相较过去,诗人的职责应发生变化,诗人应寄希望于人性而非社会,因为"社会"不过是承载人性诸多可能的容器。③诗人的良知或许与社会主流价值观相违背,但这并不意味着诗人应当选择屈从。在道德的指引下,赖特选择书写边缘群体,用反殖民话语叩开历史真相的大门。正如弗罗尼卡·布雷迪(Veronica Brady)所言:"澳大利亚这片土地,以及它的历史,在赖特的诗歌中

---

① Wright, Judith, "Nigger's Leap, New England." *Overland* 1945(42):85.
② Kohn, Jenny. "Longing to Belong: Judith Wright's Poetics of Place." *Colloquy: Text Theory Critique* 2006(12):115.
③ Wright, Judith. *Because I was Invited*. Melbourne: Oxford University Press, 1975:42—43.

发声。"①

通过亲身实践,赖特倡导在后殖民语境下,用"反话语"的诗歌创作揭开历史背后的殖民主义与种族主义实质,调整人们的认知与客观事实之间的联系,在还原历史真相的基础上,进一步建构独立的民族文化身份。

反拨欧洲中心主义

一方面,赖特通过书写边缘人物、正视边缘史料,试图匡正曾经被歪曲的事实,揭示殖民主义与种族主义的罪恶,消解中心与边缘的界限,为澳大利亚民族的重要组成部分——土著群体平权;另一方面,赖特聚焦移居澳大利亚的"征服者"及其后裔,分析他们对故国与新家园的复杂而微妙情感,引导无处寄托的归属感找到安放之处。

赖特通过对澳大利亚诗歌的历时性研究,总结出移民们对于澳大利亚的两种主要心理意识,究其本质,一为流放意识,一为自由意识。在菲利普船长的带领下,"征服者们"从英国出发,漂洋过海来到澳大利亚,用武器驱逐了土著人,他们的子孙与后继移民成为澳大利亚社会的"中心"。但这并不能抹去大部分人"流放犯"的身份。他们原本就生活在英帝国的边缘,来到澳大利亚后,"被强迫从事繁重的体力劳动:伐木、造房、平地、筑路、垦荒种地,在荒无人烟的处女地上谋取赖以生存的基本物质……若干年后,流放犯及其子孙同后来从英国来澳定居的贫苦移民一起,大都沦为出卖劳动力的农业工人,即典型的'丛林汉'"②。对于很多被迫来澳的英国人而言,澳大利亚是一片未开化的流放地,有着与祖国不同的自然景观,不知名的动植物,令农民事倍功半的不毛之地,无常的洪涝与干旱等等,这些在马丁·博伊德、亨利·理查森的作品中均有体现。但在白人入侵者中,亦有一小部分人对未来寄托了极大的希望,他们将尚待开垦的澳大利亚视为"自由的乌托邦",有贫苦大众渴望的公正与平等,诗人查尔斯·哈珀或可视作其中之一。赖特认为,澳大利亚在早期白人入侵者的意识中,往往有着两种极端的分化形式:要么是因禁犯人的恐怖监狱,要么是充满希望与信仰的新国度,这样的心理意识几乎在以往所有的书

---

① Brady, Veronica. "Judith Wright: The Politics of Poetics." *Southerly: A Review of Australian Literature* 2001(61.1): 83.

② 黄源深. 澳大利亚文学史(修订版). 上海:上海教育出版社,2014: 5.

写中均能辨认出。① 在赖特看来,即使到了 20 世纪中叶,澳大利亚文学创作依然受到这两种早期意识的影响。但由这两种情愫主导的心理意识并非赖特所期待的独立民族心理,因为它们都与欧洲中心主义有关,不过是以不同的形式表现出来。

产生流放心理的前提是强烈的欧洲文化身份认同,这在数代澳大利亚人身上均有体现。赖特认为理查森基于父亲坎坷经历创作的三部曲"理查德·麦昂尼的命运"就是一个典型的例子。② 怀着发财梦的爱尔兰医生理查德·麦昂尼只身来到澳大利亚,在淘金地经营杂货铺。但麦昂尼自视甚高,以欧洲贵族身份自持,不愿与淘金工人们有过多接触,也无法适应殖民地的社会环境与自然条件,日益强烈的思乡之情让他与新婚妻子玛丽踏上返回英国的旅程。然而回到英国后,由于他们的言行举止中不自觉地流露出殖民地气息,麦昂尼夫妇备受英国人的轻视与冷落。记忆中的英格兰不再美好,变得虚伪而市侩,这令麦昂尼大失所望,他决定回到澳大利亚。回到澳大利亚后,麦昂尼惊喜地发现自己的投资大获成功,一举跻身富人阶级。在财力鼎盛时期,他再次携家带口回到欧洲。但好景不长,麦昂尼又因生意变故折返澳大利亚。时运不济,命运多舛,遭遇经济重挫的麦昂尼无奈只好重操旧业,行医谋生,却屡屡碰壁,难以为继。他渐渐将自己封闭起来,拒绝与外界交流,最终在生活的重压下发了疯。最终,麦昂尼被定格为一个苦苦挣扎,却依然无法融入新环境的"失败"移民形象被载入文学史册。不过,他的妻子玛丽却与之恰恰相反,变得愈来愈坚毅。英国之行同样令玛丽失望,但不同的是,回到澳大利亚后她选择积极主动地融入社会,成长为一名独立的澳大利亚新女性。麦昂尼一家数次往返英国与澳大利亚的经历透露了移民对归属感的汲汲追寻,他们是被流放意识所困扰的移民的缩影。一次又一次的失望让移民们不断调整自我认知,试图为自己找到精神寄托。一方面,他们意识到欧洲是回不去的家园;但另一方面,他们在适应澳大利亚生活时又面临着种种困难。坚持欧洲文化身份与探寻新家园文化身份形成了一种充满张力的对立关系,移民们在两种意识的影响下左右游移。一些移民如麦昂尼,对欧洲文化身份怀着留恋与向往,却又不愿与澳大利亚社会磨合,苦苦挣扎却终身不得其解,长期被流放心理折磨,苦不堪言。也有一些移民如太太玛丽,在意识到自身与欧洲文化身份的偏差后,选择积极融入所处的社会环境,探索新的文化身份。小说以安葬麦昂尼的遗体结尾,"继养他的国家用富饶而

---

① Wright, Judith. *Preoccupations in Australian Poetry*. Melbourne: Oxford University Press, 1965: XII.
② Ibid., XV—XVI.

善良的土地,接纳了他易腐烂的躯体"①。在理查森的笔下,偏执、懦弱的麦昂尼不再是"无家可归的流浪儿","富饶而善良的"澳大利亚接纳了他,成为他"最后的归宿",也昭示着欧洲文化身份认同在澳大利亚实现了转化。

而产生自由心理的前提则是对欧洲文化身份的不满或排斥。初来乍到的移民心怀对英帝国严苛法律、阶级制度的诸多不满,对陌生大陆充满好奇与新鲜感,过于乐观地幻想无拘无束的生活。对于他们而言,澳大利亚的吸引之处就在于它"空白"的历史,茫茫大海隔绝了它与外界的联系,是一个有诸多发展可能的乌托邦。然而在"空白"之上繁衍生息出一个独立民族又怎是易事?早期移民们披荆斩棘,克服自然环境的险恶,积极融入这荒凉奇特的陆地,逐渐养成了粗犷、坚韧、乐观且友好的品格。但短暂的历史很难让人们真正理解并接受澳大利亚为自己的国家。赖特引用麦考利的语句:"这里的人们善良直爽,心无城府,他们是独立的,但称不上是自由的。"②民族因历史而底蕴深厚,而有传统和归属可循。反观欧洲人,"他们绝不是仅靠面包生活,还有别的东西,对传统的归属感,对伟大思想成就的继承,这些在每一个国家的名字里都有对应的象征物——英国、法国、意大利、希腊"③。但显然,澳大利亚还未能成为人们的"精神家园",所谓的"自由"还未能在精神层面得以实现。

虽然这两种心理意识与赖特心中的独立民族意识不符,但并非没有可取之处。赖特所渴望建构的澳大利亚民族心理,既有流放意识中的历史关联感,也有自由意识中的对创造新事物、新未来的信心。赖特并不全盘否定"流放文学"(Literature of exile),因为"流放文学"中的怀旧意识将移民与祖先文化联系起来,这对于澳大利亚人理解自身具有重要意义。但也不意味着对流放心理的全盘接受,因为对欧洲文化身份念念不忘,会让澳大利亚人产生"移置的欧洲人"或如霍普笔下的"二等欧洲人"的文化身份认同,这显然与他们所处的澳大利亚社会文化语境相抵触。而对于"自由意识",赖特欣赏它对建构新社会的决心与信心,但反对不切实际的"乌托邦"想象。在自由意识鼓动下,后殖民语境下的澳大利亚迎来了民族主义运动浪潮。在文学领域,一些激进的民族主义者们急于宣告澳大利亚民族的独立,将目光投向澳大利亚的土著,企图将土著文化推而广之,成为"澳大利亚文化传统"。

---

① Wright, Judith. *Preoccupations in Australian Poetry*. Melbourne: Oxford University Press, 1965: XVI.

② Ibid., XVIII.

③ Ibid.

"金迪沃罗巴克"诗歌运动应运而生。它的发起人雷克斯·英格迈尔斯在《有条件的文化》("Conditional Culture",1938)一文中,更直截了当地指出澳大利亚作家应当从"土著人的艺术和歌曲"中学习"新的技巧",向"土著传奇"吸取养料;甚至还矫枉过正地强调"技巧上优秀的非澳大利亚化诗歌还不如中不溜儿的澳大利亚化诗歌"。① 也有不少民族主义者将现实主义文学作为澳大利亚文学传统,认为劳森与弗菲的作品足以与最优秀的英语文学作品相媲美。在渴望自由独立的民族主义之风影响下,20世纪上半叶,"照相式"反映澳大利亚风土人情的现实主义作品在澳大利亚文坛一枝独秀。还有一些作家更将现代主义文学置于现实主义文学的对立面,引发了臭名昭著的"厄恩·马利"骗局。这一事件与极端的自由主义思想有关。中国学者黄源深解释道:"在一个没有悠久传统的国度里,经过100多年的艰辛求索,终于建立了自己的文学传统,而一经确立,人们对它过分珍爱,千方百计地捍卫它,甚至发展到为此独尊,把其他文学主张和流派视为异端的地步。"② 但赖特对这场"文坛对现代主义的围剿"持清醒审慎的态度,她写道:"在这场灾难之后,可以说澳大利亚写作的氛围发生了变化,总体上更糟糕了。文坛总是存在着不信任与怀疑。"③ 她认为在激进民族主义浪潮影响下,很多现实主义作品过分强调甚至误用"伙伴情谊"和"澳大利亚传奇"等文化传统,却忽视了理解其真谛,因此失去了它们能够给予的力量。④

赖特认为,人与人之间超越贫富、工作、处境等各方面差异的平等,才应是澳大利亚民族心理意识真谛。劳森与弗菲等现实主义作家向世人展示了人们在荒芜之上自力更生、建构社会的可能,其背后的基础是人与人之间的平等与信任。在《澳大利亚诗歌内容》的前言中,赖特将澳大利亚与已经获得独立民族文化身份的美国相比较,指出二者之间的不同。赖特认为,"美国梦"通过宣扬一种竞争性的个人主义,鼓励人们通过努力工作获取比别人更多的财富与自由,在竞争中提高人们的积极性与生产力,从而使国家走向繁荣富强。相形之下,"澳大利亚梦"(Australian Dream)则更强调人们对同胞手足的责任,人与人之间的基本平等以及相互信任,也就是"伙伴情谊"与"澳大利亚传奇"的真正意义。正是这些美好品德才让祖先们从严酷的自然环境下得以生存,并繁衍生息。赖特相信,现代人继承这些传统美德

---

① 黄源深. 澳大利亚文学史(修订版). 上海:上海教育出版社,2014:210.
② 黄源深. 澳大利亚现代主义文学为何姗姗来迟. 外国文学评论,1992(2):56.
③ Wright, Judith. *Preoccupations in Australian Poetry*. Melbourne: Oxford University Press. 1965:203.
④ Ibid., XXI.

也能够实现民族强盛。赖特认为,澳大利亚文学真正需要的,不是固守现实主义创作手法,而是真正理解、珍视澳大利亚传统,从而实现对欧洲中心主义的反拨,建构独立的民族文化身份。

作为诗人和批评家,赖特的写作一直围绕着独立民族文化身份建构。她对家国意识、民族意识的孜孜追求与她的成长经历有着密切联系。生于农牧家庭的赖特,自幼亲近自然,热爱土地,同时也与受压迫的土著帮工打交道。她对土著饱含同情,为侵略历史感到羞愧。白人、土著、土地三者紧张关系中所暗含的种族主义与殖民主义,在法西斯暴行与第二次世界大战中有了再一次的激烈表征,作为目击者的赖特对此深恶痛绝。当战火蔓延到南太平洋,宗主国在战争中自顾不暇、无力援助的危急时刻,赖特的家国意识被点燃。国家的强大基于民族的凝聚,赖特因此希望通过诗歌这种艺术形式潜移默化地改变民族心理意识,让澳大利亚人在澳大利亚的土地上得到归属感。于是,她通过对以往澳大利亚文学作品中殖民主义、种族主义与欧洲中心主义的批判,用"反话语"写回历史,建构具有民族特色的"澳大利亚梦",改变澳大利亚作家的写作态度,进而改变澳大利亚人对土地、民族以及人与人之间关系的认知,让澳大利亚人在真正意义上获得澳大利亚文化身份,不畏过去,无惧未来。

第八章　其他批评家

格雷厄姆·约翰斯顿
（Grahame Johnston, 1929—1976）

格雷厄姆·约翰斯顿出生于新西兰惠灵顿,在惠灵顿维多利亚大学和牛津大学接受教育。他1954年来到澳大利亚,在昆士兰大学和澳大利亚国立大学任教,1963—1965年在墨尔本大学担任英语教授,1968—1976年在皇家军事学院担任英语教授。

约翰斯顿先后从事过中世纪文学研究、美国文学研究,还有澳大利亚语言文学研究。他在澳大利亚赢得了评论家、编辑、文献学家和词典编纂家的称号。他的《澳大利亚文学批评》是一部早期的澳大利亚文学批评文集,也是他与牛津大学出版社澳大利亚分部成功合作的开端。从20世纪60年代初起,他担任牛津大学出版社的澳大利亚文学出版顾问,出版了《澳大利亚文学年鉴》,编辑了《澳大利亚袖珍牛津词典》(*The Australian Pocket Oxford Dictionary*,1976),对澳大利亚英语的研究做出了贡献。

约翰斯顿是20世纪50年代表现突出的批评家之一,他指出澳大利亚文学评论的两大缺点:一是缺少鉴别优秀作品的能力,二是盲目崇拜"澳大利亚性"。不仅如此,他还呼吁批评界精选出更多更有文学价值的作品来充实澳大利亚文学体系。

杰拉尔德·维尔克斯
（Gerald Wilkes, 1927—　　）

杰拉尔德·维尔克斯出生于新南威尔士州(New South Wales),是悉尼大学澳大利亚英语专业的教授。

维尔克斯编辑了大量的澳大利亚文学文本,并撰写了众多关于澳大利亚文学的研究著作;后者包括《布伦南诗作新论》《澳大利亚文学概论》(*Australian Literature: A Conspectus*, 1969)、《R. D. 菲茨杰拉德评传》(*R. D. FitzGerald*, 1981)、《畜栏与槌球场:澳大利亚文化发展的文学证据》(*The Stockyard and the Croquet Lawn: Literature Evidence for Australian Cultural Development*, 1981)。他还出版了《澳大利亚诗歌》(*Australian Poetry*, 1963)和《帕特里克·怀特十论:选自〈南风〉》(*Ten Essays on Patrick White: Selected From Southerly*, 1970)。1963年至1987年,维尔克斯担任《南风》杂志的编辑,出版了《澳大利亚俗语词典》(*A Dictionary of Australian Colloquialisms*, 1978)、《新柯林斯英语词典》(*New Collins English Dictionary*, 1979)和《探索澳大利亚英语》(*Exploring Australian English*, 1986)。

维尔克斯是澳大利亚形式主义文学批评的代表人之一。他认为极端的民族主义下的文学批评是狭隘的,目光短浅的。当文学作品充斥大量澳大利亚本土元素时,作品真正的内涵与精神往往受到忽视。维尔克斯提出,不能将作品的政治意义与文学价值等同起来,只有精神上的、形而上学的作品才经得起时间的考验。

哈里·赫塞尔廷
(Harry Heseltine, 1931—)

哈里·赫塞尔廷出生于弗里曼特尔,曾就读于西澳大利亚大学和路易斯安那州立大学。1956年返回澳大利亚,在新英格兰大学和新南威尔士大学任教,后来成为北昆士兰詹姆斯库克大学的英语教授。20世纪50年代,他担任《温斯洛普评论》(*The Winthrop Review*)的编辑。

赫塞尔廷是多份文学与文化刊物的撰稿人,从20世纪60年代初期开始,他一直在《米安津》等文学期刊上发表文章,其中包括对亨利·劳森、安德鲁·佩特森、弗朗西斯·韦伯(Francis Webb)等澳大利亚作家的重要评价,以及对澳大利亚文学传统的研究。他的作品还包括《现代世界中的作家:20世纪散文集》(*The Writer in The Modern World: An Anthology of Twentieth Century Prose*, 1962)、《亲密肖像及其他短文:论文文集》(*Intimate Portraits and Other Pieces: Essays and*

Articles，1969）、《无言的压力：杰拉德·曼利·霍普金斯诗歌赏析》(*Unspeakable Stress: Some Aspects of the Poetry of Gerard Manley Hopkins*，1969）、《万斯·帕尔默》(*Vance Palmer*，1970）、《泽维尔·赫伯特》(*Xavier Herbert*，1973）、《处于"边界的中心"：汤斯维尔英语教学》("*A Center at the Edge*": *On Professing English in Townsville*，1978）、《相识于夜：澳大利亚经典小说研究》(*Acquainted with the Night: Studies in Classic Australian Fiction*，1979）、《正逢其时：澳大利亚文学研究，个人回忆录》(*In Due Season: Australian Literary Studies, a Personal Memoir*，2009）等。

与维尔克斯一样，赫塞尔廷抨击极端民族主义，他认为文学批评应该持着公正、客观的态度，而不是将文学批评作为传播价值观的媒介。他反对将民主作为澳大利亚文学传统的核心，将澳大利亚文学与浪漫主义连接在一起。

道格拉斯·斯图尔特
（Douglas Stewart，1913—1985）

道格拉斯·斯图尔特出生于新西兰塔拉耐基（Taranaki），父亲是澳大利亚籍律师。1933年，斯图尔特作为自由记者来到澳大利亚，短暂停留后又返回新西兰继续记者的职业，并担任《斯特拉特福晚邮报》(*Stratford Evening Post*）的编辑。1937年他旅居英格兰，次年返回澳大利亚，受聘于《公报》。

他在担任《公报》编辑的同时还从事文学创作，对澳大利亚文学做出了重要贡献。肯尼斯·古德温认为斯图尔特对20世纪四五十年代的澳大利亚诗歌出版有着深厚影响。斯图尔特在《公报》帮助出版了包括朱迪斯·赖特、弗朗西斯·韦伯、戴维·坎贝尔（David Campbell）、罗斯玛丽·多布森（Rosemary Dobson）等人的诗作，促进了作家们诗学成果的传播，创造了一个适合年轻诗人发挥才能的文化氛围。

他发表了六部诗作，包括《白色的呼喊》(*The White Cry*，1939）、《致飞行员的挽歌》(*Elegy for an Airman*，1940）、《献给给无名战士的十四行诗》(*Sonnets to the Unknown Soldier*，1941）、《春天里的驮篮》(*The Dosser in Springtime*，1946）等。参与编辑了两本澳大利亚诗集，还创作了若干剧本和短篇小说。在斯图尔特的作品中，自然和自然世界一直是一个很重要的主题。有时候，他会聚焦在极小的自然事物和细节上来例证一个更大的主题,例如《太阳兰花》(Sun Orchids,1952)中的"青蛙"和"蘑菇"。

道格拉斯·斯图尔特的两本批评集《肉体与精神》(The Flesh and the Spirit,1948)与《宽广的溪流》(The Broad Stream,1975)客观理性,可谓是当时批评界的一股清流。他认为应该将澳大利亚文学放在世界的角度上来研究,而不是孤立的分支。

弗兰克·哈代
(Frank Hardy,1917—1994)

弗兰克·哈代是家中的第八个孩子,出生于西维多利亚,后跟随家人搬去了西墨尔本的巴克斯马什。1931年,哈代离开学校,从事手工艺活。1938年,他到了墨尔本《广播时报》(Radio Time)担任漫画家。哈代正式的写作生涯开始于1943年。受记者弗兰克·芮兰德(Frank Ryland)的鼓励,他开始认真创作,并在同年十月加入8AOD时事通讯社(8AOD's Newsletter),成为《特洛玻论坛》(Troppo Tribune)的编辑。1944年,哈代加入军队杂志《盐》(Salt)。

弗兰克·哈代的主要作品有《不光荣的权力》(Power without Glory,1950)、《幸福的明天》(Journey into the Future,1952)、《赛马彩票》(The Four Legged Lottery,1958)、《艰苦的道路:〈不光荣的权力〉背后的故事》(The Hard Way: The Story behind Power without Glory,1961)、《不幸的澳大利亚人》(The Unlucky Australians,1968)、《富尔加拉的流浪者》(Outcasts of Foolgarah,1971)、《死者众多:赋格曲式小说》(But the Dead Are Many: A Novel in Fugue Form,1975)等。

《不光荣的权力》可以说是哈代最著名的长篇小说,由于反映了墨尔本腐败政治与资本家不光彩的发家史而遭到诽谤,致使哈代官司缠身,使其不得不自费出版。另一部小说《不幸的澳大利亚人》作为一部纪实小说,反映了土著居民对于同工同酬与土地权利的抗争。

哈代认为作品的社会意义比文学意义更加重要,这也反映在了他撰写的文学评论上,他的思想与作品强调政治思想与意识形态。他同时还提出了文学评论的"三要素",即自我批评、读者评论以及文学评论。

第三编
文学批评国际化阶段
（20世纪70—80年代）

  20世纪70年代，澳大利亚文学批评进入了国际化阶段。经过20世纪前50年的实践探索，澳大利亚文学批评逐渐走向成熟，进入国际话语对话场域，其显著标志是澳大利亚一改过去只注重实用批评、轻视理论批评的做法，转而积极融入文学理论批评的多元狂欢，并表现出兼容并蓄的独特性。这既是澳大利亚文学批评自身发展规律使然，也是文学批评理论在澳大利亚传播的结果，更与澳大利亚实施多元文化政策所释放的活力不无关系。尽管这一时期的德利斯·伯德（Delys Bird）、约翰·多克尔、比尔·阿希克洛夫特、鲍勃·霍奇（Bob Hodge）、迈克尔·怀尔丁、杰梅茵·格里尔、马德鲁鲁·纳罗金等批评家的思想观点各异，所持标准和偏好也不尽相同，但他们的批评实践丰富和发展了后现代主义、后殖民主义和女性主义等文学理论的话语内涵，为澳大利亚文学批评走向世界做出了独特贡献。

第九章　社会文化语境：理论盛行的澳大利亚

一

20世纪七八十年代，澳大利亚社会出现了新的变化。美国文化日益盛行，文化多样性不断增强。自由党结束了近23年的执政生涯，工党上台后所推行的"改革开放"政策效应逐渐显现。"白澳"政策被废除，取而代之的是更加顺应民意和世界潮流的多元文化政策。虽然这一政策不能完全根除历史所遗留的种族歧视问题，但白人—土著关系将从法律层面掀开新的一页。作为文化载体的文学和反映社会价值倾向的文学批评也在这一语境下展现出更加国际化的新景象，而这些变化的背后蕴含着权力话语机制的转换，也与这一时期的国际形势密切相关。

经历了20世纪60年代的社会动荡和东西方阵营的激烈对峙，澳大利亚进入了政策调整时期。由于战后实施追随美国的政策，因此当美国纠集西方盟国发动旨在遏制红色势力扩张的越南战争时，澳大利亚依据美澳新条约积极参加了美越战争。然而随着美国联军陷入越南战争的泥沼，包括美、澳在内的西方各国掀起了声势浩大的反战示威游行。"1970年澳大利亚发生的超过10万人的'延缓示威'活动，表明了对越战承诺的反对声不断高涨。"①在遭受重大人员伤亡的压力下，美国盟军不得不选择从越南撤军，至此长达十年的美越战争宣告结束。越南战争对国际格局及其走向产生了重大影响。越南战争结束前后，美国根据国际形势的变化开始调整其亚洲战略，收缩态势明显。澳大利亚担心美国从东南亚收缩导致的"权力真空"会由中国或其他国家填补，使本国的"前沿防御"难以为继，失去安全缓冲区。在这种前提下，澳大利亚开始对长期拒绝与亚洲国家进行深层文化交流而

---

① 罗伯特·莫瑞.澳大利亚简史.廖文静译.武汉：华中科技大学出版社，2017：313.

导致与亚洲民族在文化上的隔阂状态进行了反思。一方面通过加强与新西兰等国的密切合作,对亚洲社会主义国家进行联防;另一方面,澳大利亚也试图与亚洲非社会主义国家(包括不结盟国家)建立更广泛、更密切的关系。同时,澳大利亚也意识到对传统的亚洲观和冷战思维进行重新审视的必要性,与西方的同盟条约难以成为澳大利亚国家安全的保护伞,长久的安全应该建立在和平、繁荣和稳定的基础上。于是,澳大利亚着手加强与亚洲国家的经济贸易联系,尤其是提升与东南亚、南亚国家的经济、文化交流的合作水平。因此,从某种意义上来说,澳大利亚卷入越南战争的最大收获是其开始反思和调整亚洲政策,而其出发点是通过发展与亚洲国家的经济和文化关系,间接地增强自身的安全感。

夹在"两个世界之间"而摇摆不定的澳大利亚试图以此满足"独立的澳大利亚"的民族需求。[①] 法国思想家厄内斯特·勒南(Ernest Renan)指出,民族依然是现代人类社会与文化的基础建构。[②]对宣称"被发现"了两百年的澳大利亚来说,这种社会基础的民族构建变得比以往任何时期都要迫切。追随美国深陷越战的沼泽,不仅造成了5000多名澳大利亚士兵的巨大伤亡,也拖累了经济发展,引发政治和社会的分裂,最终导致了自由党政府的垮台。因此,在1972年尼克松率团访华、实现中美建交后不久,澳大利亚总理爱德华·惠特拉姆(Edward Whitlam)也随即访华,与中国建立了外交关系。中澳建交是两国关系史上的重大事件,这意味着两个曾经敌对的国家掀开历史的新篇章,也意味着澳大利亚拥抱亚洲的开始。自此,澳大利亚的命运不仅与西方世界联系在一起,也将与亚洲的繁荣稳定联系在一起,从而开启了面向东西方的国际化进程,民族建设与发展也步入新的阶段。澳大利亚从狭隘、孤立的地方主义中走出,传统上排斥异族文化,甚至"恐惧"与亚洲邻国进行文化交流的社会心态逐渐变得开放,并以更加国际化的视野审视世界。在某种意义上,这可以认为是历史上"伟大澳大利亚"(Great Australia)之梦幻灭与"新澳大利亚"(New Australia)重生的转折点之一。

然而,澳大利亚对外政策的转变,尤其是对西方文化的接收、吸纳也使其内部文化面临着被侵蚀的危险。澳大利亚不仅在军事上参与、配合美国对外战争,如朝鲜战争和越南战争,两国在经济和文化领域也保持着密切合作交流。因此,美国借助产业优势,将其生产的各种商品如汽车、电器等,以及文化产品(如影视作品)承

---

① Clark, Manning. *A Short History of Australia*. New York: American New Library, 1980: 263.
② Renan, Ernest. "What Is a Nation?" *Nation and Narration*. ed. Homi Bhabha. New York: Routledge, 1990: 19.

载着的思想观念源源不断地输出到澳大利亚,美国文化几乎充斥着澳大利亚市场的各个角落,并在 20 世纪 70 年代达到顶峰。这也让部分具有民族意识的学者担忧美国文化入侵澳大利亚的后果。弗兰克·穆尔豪斯(Frank Moorhouse)的短篇小说集《美国佬,胆小鬼》(*The Americans, Baby*, 1972)就表达了对澳大利亚"美国化"的担忧;彼得·凯里的短篇小说《美国梦》(*The American Dream*, 1974)也传达了相似的观点。此外,美国境内此起彼伏的各种社会运动和文化思潮,如民权运动、新左派运动、反传统文化运动、女权主义运动以及反战运动等,都对远在大洋彼岸的澳大利亚社会的思想与表现方式产生了深刻的影响。澳大利亚国内也随之出现声势浩大的社会运动,其规模、影响甚至与美英不相上下。

20 世纪七八十年代,美国国内最初的"嬉皮文化"(Hippie Culture)演化成了更为激进与反传统的"雅痞文化"(Yuppie Culture),而极度崇尚消费主义的"雅痞文化"传入澳大利亚后,引起了人们的争相效仿,在社会上造成巨大反响和争议。无独有偶,在英国引起了反动暴力的"朋克文化"(Punk Culture)也被澳大利亚人所津津乐道,追风者不在少数。这种容易受到英美文化影响的现象,也说明了澳大利亚建立独立民族文化之路还相当漫长。

与此同时,澳大利亚积极发展与亚洲各国的友好关系,对内实施多元文化政策和新移民政策,这也让亚非文化在澳大利亚散发出独特的光芒。工党领袖惠特拉姆上台执政后,意识到澳大利亚的经济发展与国家安全取决于与亚洲各国的关系,因此他在继续巩固和维护与英美良好关系同时,积极发展与中国、印度及东南亚诸国的关系。尽管在 20 世纪 70 年代初期,他还无法预知中国未来发展的程度,但他以政治家特有的敏锐,洞悉出中国在世界格局中将拥有举足轻重的地位,并对澳大利亚未来产生重大影响。出于战略考虑,他积极推动与中国建交,并建立友好的合作关系。在出任总理期间,他多次访华,开启和深化了两国之间的经贸合作和文化交流,这也为中澳长期友好关系打下了坚实的基础。此外,他十分重视与东南亚诸国及印度建立更加广泛的联系,一方面是为澳大利亚资源和产品寻找出口市场;另一方面也通过多种经贸往来,增强其在亚洲的影响力,以确保北境安定。20 世纪 80 年代末,澳大利亚成为亚太经济合作组织(APEC)的重要一员,融入国际社会的步伐加快,与中国、日本等亚洲国家的关系也进一步增强。

国际关系是内政的延续。澳大利亚在发展与亚洲友好关系的同时,积极深化国内改革,尤其是为了适应国内社会经济发展和国际潮流而调整、通过新的移民政策。20 世纪 60 年代,澳大利亚社会开始重新讨论和审视其长期实施的"白澳"政策。它不仅造成了白人与其他有色人种的尖锐矛盾,导致社会价值观分裂,而且严重制约了社会经济发展的潜力。1962年,一个移民改革组织对"白澳"政策进行研究并发表题为《移民控制还是种族隔离——"白澳"政策背景与革新建议》的报告,报告强调:"'白澳'政策充满偏见,破坏了我们与亚洲的关系。当这种价值观成为国策时,就会有损澳大利亚在亚洲的前途。亚洲对于澳大利亚而言具有越来越重要的意义。"①惠特拉姆是废除"白澳"政策的倡导者和实施者,在其担任总理期间将臭名昭著的"白澳"政策投入了历史的垃圾堆。他指出:"澳大利亚是一个移民国家,土著人的祖先在4000年前就是移民。然而澳大利亚社会最大的矛盾在于,大量的历史移民受非欧洲人种族观念的限制,以及政府不愿通过制定推动社会进步的政策吸引移民。"②1973年,基于发展经济和亲善亚洲的需要,以及顺应国际社会反对种族歧视号召的趋势,惠特拉姆政府正式废除"白澳"政策,以新移民政策为重要内容的"多元文化政策"在澳大利亚正式落地。

这一政策转型为澳大利亚赢得了良好的国际声誉。澳大利亚是继加拿大之后第二个系统性实施多元文化政策的国家,这也为澳大利亚在国际社会树立了良好的国家形象。在废除"白澳"政策之前,澳大利亚一直被视为英帝国在南太平洋的基地,"无论是欧洲人,还是与欧洲有血缘关系的澳大利亚人,总把澳洲看作是欧洲放错位置的地方"③,而且被广泛认为是"一个培养各种各样种族、宗教和偏见的国度"④。1952年,联合国大会把澳大利亚带有种族歧视的"白澳"政策与南非的种族隔离政策相提并论,使得澳大利亚和南非受到了与会国家代表的谴责。在20世纪60年代,马来西亚、菲律宾、印度等亚洲国家在不同场合谴责和抨击了澳大利亚的"白澳"政策。一时间,澳大利亚被贴上了种族主义盛行的标签,遭到国际社会的唾弃,国家形象一落千丈。对亚洲国家的不信任也阻碍了澳大利亚与其他国家的经贸合作与人文交流。因此,澳大利亚实施多元文化政策是改善其国际形象和声誉的需要,有利于增进与世界各国,尤其是亚非各国的理解和信任。

澳大利亚实施多元文化政策为其国内的政治稳定、经济发展、社会和谐和文艺繁荣造就了良好的条件。长期以来,由于澳大利亚实行"白澳"政策,白人与其他有

---

① 戈登·福斯主编. 当代澳大利亚社会. 赵曙明主译. 南京:南京大学出版社,迪金大学出版社,1993:20.
② Whitlam, Gough, *The Whitlam Government*, 1972—1975. Melbourne: Australian Penguin Books Ltd., 1985:485.
③ 林汉隽. 太平洋挑战——亚太经济及其文化背景. 上海:学林出版社,1987.
④ 唐纳德·霍恩. 澳大利亚人——幸运之邦的国民. 徐维源译. 上海:上海译文出版社,2000:112.

色人种,尤其是与土著人的矛盾十分尖锐。受美国黑人运动的鼓舞,土著人及同情土著人遭遇的白人多次发动示威游行,使澳大利亚政府感受到前所未有的压力。20 世纪 60 年代末,《澳大利亚联邦宪法》(Constitution of Commonwealth of Australia)被迫承认了土著居民的公民权。20 世纪 70 年代初,"被偷走的一代"(The Stolen Generation)法令被废除,土著人获得了传承其文化的机会。尽管这距离他们真正获得平等权利还有很长一段路要走,但这些法律的废除和修改,使他们有机会作为社会中平等的一员参与多元文化建设。从移民的角度来说,自 20 世纪 70 年代起,欧洲经济一体化的成功,也使许多来自欧洲的移民选择回流。而人口资源对推动经济发展而言十分重要,于是澳大利亚政府通过鼓励亚洲移民来澳,以缓解其劳动力短缺问题。实施新移民政策后,成千上万受过良好教育的亚洲青壮年纷至沓来,他们不仅为经济发展带来了活力,也为重塑澳大利亚多元文化形象添砖加瓦。而社会转型的成功也为文学创作和文学批评提供了素材,多元文化不仅具有社会意义,其文化价值观的变化也在文学作品和文学批评论著中得到了充分反映。

二

澳大利亚社会的转型为文学家的创作提供了良好的环境。20 世纪七八十年代的澳大利亚,各种思想观点激烈碰撞。尽管 20 世纪 60 年代的街头运动归于平静,但留下的大量思想文化遗产成为七八十年代话语场域交流与对话的焦点。土著人争取政治平等的话语、新移民寻求认同的话语、后殖民批评的"他者"话语以及女性受双重压迫的话语等竞相登场,形成了多元话语的共存局面。在此语境下,澳大利亚的文学创作也发生了很大变化。白人主导的叙事内容受到了少数族群话语的挑战。回写帝国历史,解构"大写"文本,揭露国家历史、民族文化中的阴暗面,重新思考种族矛盾冲突成为文学家们关注的中心。现代主义也借助文学对现实主义传统重新发起攻击,后者因拘泥于表面真实和追求形似已难以反映现代世界的复杂性,而人物的内心世界和精神追求应该在文学创作中得到重视。曾经饱受诟病的现代主义文学得以重生,并与在内容、形式上冲破传统约束的"新写作"(New Writing)一起步入文化多元的新时代。

文学家们正是从各种思潮涌动和观点交锋中汲取灵感,从社会历史文化遗产中汲取营养,创作出一部部拷问历史、反映现实的经典佳作。新历史主义以"小人物"的历史挑战了"帝王将相"权威的历史,使人们对历史的文本性与文本的历史性之间的辩证关系有了新的认识。文学文本被赋予了社会和文化层面的新价值和新意义。澳大利亚学界从社会学、政治学和历史学的角度对"大历史"和"小历史"的讨论也在文学创作中留下了印记,但文学创作中依然存在坚守现实主义传统和提倡"新写作"之间的博弈和斗争。尽管各种新思潮冲击不断,但旨在反映澳大利亚现实生活与歌颂伙伴情谊的现实主义文学的生命力依然强劲,如马丁·博伊德、朱达·沃顿、弗兰克·哈代以及约翰·莫里森等作家佳作频出。博伊德的作品在内容与风格上与 E. M. 福斯特(E. M. Foster)相似,常有学者将其同 D. H. 劳伦斯和亨利·詹姆斯相比较。博伊德的代表作《露辛达·布雷福特》(*Lucinda Brayford*,1946)描绘了19世纪中叶至第二次世界大战后近一个世纪中澳大利亚社会的变迁。当现实主义文学着力从内容与形式上尽可能反映历史事实的同时,现代主义尝试用一种新的方式反映社会现实。帕特里克·怀特、托马斯·肯尼利、伦道夫·斯托、克里斯托弗·科契(Christopher Koch)、伊丽莎白·哈罗尔(Elizabeth Harrower)等作家将笔触伸向了人物的精神与内心世界,意图描写一个不一样的澳大利亚。肯尼利的《吉米·布莱克史密斯的歌声》(*The Chant of Jimmy Blacksmith*,1972)以澳大利亚白人的视角勾勒了土著生活的画面。彼得·凯里、迈克尔·怀尔丁、弗兰克·穆尔豪斯、默里·贝尔(Murray Bail)、莫里斯·卢里(Morris Lurie)等激进派新生代作家,则致力于揭露性、吸毒等现代社会阴暗面。凯里的《奥斯卡与露辛达》(*Oscar and Lucinda*,1988)以虚实相间的创新手法映射了社会信仰危机问题。

20 世纪 70 年代,澳大利亚取得的最大文学成就莫过于怀特获得诺贝尔文学奖,他将澳大利亚文学带到了世界文学版图。1973 年,怀特成为首位获得诺贝尔文学奖的澳大利亚作家,他的获奖原因主要在于其作品"将一个新大陆写入了文学"[①]。这里的"新大陆"显然是指澳大利亚,而这里的"文学"却不仅是指澳大利亚文学,更意指宏观层面上的世界文学。怀特获得诺贝尔文学奖,不仅使澳大利亚文学正式踏上了国际文坛的对话场域,也有利于让世界了解澳大利亚社会文化。文森特·巴克利在评价怀特时说,他的作品"揭开了澳大利亚一种民族神话","解析

---

① See "The Nobel Prize in Literature 1973". http://www.nobelprize.org/nobel_prizes/literature/laureates/1973/,viewed on 24 Apr. 2017. 本文献无发布时间。

了澳大利亚人的人性"①,并在更广阔的视野下探索澳大利亚的国家角色与民族性格。"神话开始坍塌,不可逃避的现实即将开始"②,对于澳大利亚来说,这种不可逃避的现实正是国际化、全球化的浪潮,它打破了澳大利亚独处一隅、独善其身的幻想。如果说 20 世纪上半叶是澳大利亚民族主义自我身份构建的"内驱力"发挥作用的过程,那么 70 年代伊始的澳大利亚,则进入了国际化的"外驱力"参与塑造民族国家性格的历史阶段。怀特的获奖,是澳大利亚民族文化与世界文化邂逅的结果,更是澳大利亚社会文化走向国际化的开端。

怀特的获奖使澳大利亚文学走向国际化的步伐加快,其标志是"新派"小说的兴起。"新派"小说以更加现代,甚至更加后现代的艺术手法将澳大利亚文学融于国际化浪潮中。20 世纪 70 年代初,怀尔丁、穆尔豪斯和卡米勒·凯利(Carmel Kelly)一道创办了《故事小报》(*Tabloid Story*,1970),专门刊登"新写作"风格的短篇小说等文学作品。由于书刊出版审查制度变得更加宽松,凯里、戴维·马洛夫(David Malouf)、怀尔丁、穆尔豪斯、贝尔等一大批青年"新派"小说家的作品得以陆续出版。与传统的现实主义文学专注于描写澳大利亚本土文化不同,"新派"作家的视野更加开放,勇于打破传统禁忌,大胆描写毒品、暴力、滥交等背离主流社会价值观的内容。他们追求形式上的标新立异,甚至将形式视为内容的一部分,如凯里的魔幻现实主义小说、穆尔豪斯的"间断叙事"(discontinuous narrative)和怀尔丁的实验小说等。怀尔丁是新派小说中"最热衷于试验"③的作家,不但文学作品频频问世,其文学批评研究成果也常获关注。这一时期的代表性作品有凯里的《奥斯卡与露辛达》,穆尔豪斯的《美国佬,胆小鬼》,怀尔丁的短篇小说集《死亡过程的几个方面》(*Aspects of the Dying Process*,1972),马洛夫的《约翰诺》(*Johnno*,1975)、《飞走吧,彼得》(*Fly Away*,*Peter*,1981),莫里斯·卢里的《飞回家》(*Flying Home*,1981)等众多"新派"实验小说,其中穆尔豪斯与怀尔丁的实验性创作手法最具特点。

不仅小说界推陈出新,澳大利亚诗歌和戏剧界也高举国际化大旗。始于 20 世纪 60 年代末的"新诗歌运动"紧跟美国"纽约派"的步伐,竭力主张澳大利亚诗歌要走国际化道路。这与罗伯特·菲茨杰拉德、A. D. 霍普、朱迪斯·赖特、詹姆斯·

---

① Buckley, Vincent. "Patrick White and His Epic." *Australian Literary Criticism*. ed. Grahame Johnston. Oxford: Oxford University Press, 1962: 187.

② Ibid., 189.

③ 黄源深. 澳大利亚文学史(修订版). 上海:上海外语教育出版社,2014: 343.

麦考利等人倡导的"新古典主义"意见相左。"新诗歌运动"主张诗歌应反映现代生活方式、态度、价值观,在主题上应包括战争、性解放、毒品、女权等现代社会问题。新诗歌作家认为诗歌应该冲破审美维度,同时应该兼具反思社会现实、展现哲理思考的功能。在写作技巧方面,他们要求打破五步格律诗的严格规范,提出要运用现代自由诗的写作方法,尤其是魔幻现实主义与超现实主义的手法来创作诗歌。"新诗歌"倡导的理念与现代主义的自由性以及后现代主义的结构性一脉相承。莱斯·默里、布鲁斯·道(Bruce Dawe)、布鲁斯·比弗(Bruce Beaver)、罗德尼·霍尔、约翰·司各特(John Scott)、约翰·福布斯(John Forbes)、格温·哈伍德(Gwen Harwood)以及劳里·达根(Laurie Duggan)等人的诗歌便很好地体现了这一理念。默里的诗体小说《葬礼上偷走尸体的孩子》(*The Boys Who Stole the Funeral*,1980)以诗化的语言描绘了一部关于澳大利亚土著生活、丛林传统及现代城市混乱景象的深刻寓言。布鲁斯·道描写越南战争的短诗《回家》("Homecoming")被誉为迄今为止澳大利亚最出色的战争诗歌,诗人以冷触的笔墨刻画了战争的残酷后果。女诗人哈伍德的诗篇《在公园里》("In the Park")以女性独特的柔情表现了积极乐观的生活态度。

值得注意的是,土著诗人在这一阶段也开始崭露头角,凯思·沃克的首部诗集《我们要走了》(*We Are Going*,1964)中表现出了土著独特的语言及表达方式,填补了土著诗歌史的空白。诗集《我的人民:凯思·沃克选集》(*My People:A Kath Walker Collection*,1970)是土著诗歌的重要代表作品。同样,这一时期的戏剧也深受"新浪潮"运动的影响,剧作家新人辈出。戏剧内容多样,表现手法更加贴近现代生活,在社会和学界也引起了强烈反响,澳大利亚戏剧发展进入黄金时期。现代主义文学巨匠怀特在其创作后期亦有剧作面世,《大玩具》(*Big Toys*,1977)、《夜潜者》(*The Night the Prowler*,1978)、《信号工:一部当代道德戏剧》(*Signal Driver:A Morality Play for the Times*,1982)、《地下森林》(*Netherwood*,1983)等几部作品以直观、可触的方式反映了社会现实问题,为"新戏剧"的繁荣发展提供了"示范"。多萝西·休伊特、巴里·奥克里(Barry Oakley)、杰克·希伯德(Jack Hibberd)、戴维·威廉森(David Williamson)、亚历山大·布佐(Alexander Buzo)、路易斯·诺瓦拉(Louis Nowra)、斯蒂芬·休厄尔(Stephen Sewell)等新生代剧作家也发表了很多具有国际色彩的作品。休伊特的《危险的教堂》(*The Chapel Perilous*,1972)、希伯德的《想入非非》(*A Stretch of Imagination*,1973)、诺瓦拉的《心声》(*Inner Voice*,1977)、休厄尔的《欢迎光明的世界》(*Welcome the Bright*

World,1982)等作品从不同角度演绎了澳大利亚人心目中与世界眼中澳大利亚的新与旧、过去与未来。此外,著名土著剧作家杰克·戴维斯(Jack Davis)与凯文·吉尔伯特(Kevin Gilbert)共同创作的剧作《古拉可》(Kulark,1979)、《巴伦津:心中的疑团》(Barungin:Smell the Wind,1988)和《摘樱桃工》(The Cherry Pickers,1971)也引起了轰动。《巴伦津:心中的疑团》是戴维斯专为反英200周年而作,吉尔伯特的《摘樱桃工》堪称土著戏剧经典。

新派小说、诗歌和戏剧的现代性转型,表明了澳大利亚的社会价值观和审美观与国际潮流相融合的趋势。"澳大利亚史是一部包含旅途和抵达之类经历的记述"[①],澳大利亚文学的现代性转型是对欧美文学理论思想接受与反馈的直接体现。西方理论的引入不仅冲击了澳大利亚的传统社会观念,也引发澳大利亚文学对自身的思考。

值得一提的是,在反英200周年纪念活动前后,澳大利亚推出了一批有影响力的历史小说。仅在1988年,就有多部历史小说出版,如凯里的《奥斯卡与露辛达》、肯尼利的《向着阿斯马拉》(To Asmara)、亚历克斯·米勒(Alex Miller)的《观登山者》(Watching the Climbers on the Mountain)、凯特·格伦维尔(Kate Grenville)的《琼创造历史》(Joan Makes History)、吉尔伯特的《黑色澳大利亚内部:土著诗歌选集》(Inside Black Australia:An Anthology of Aboriginal Poetry)、马德鲁鲁·纳罗金(原名柯林·约翰逊)的《达尔瓦拉:黑卤水诗歌集》(Dalwurra:The Black Bittern,A Poem Cycle)等。这些作品从不同角度描写了澳大利亚在两百年历史中的变迁,其中《黑色澳大利亚内部:土著诗歌选集》是第一部从土著视角书写当代土著历史的作品,具有重要意义。以沃克与柯林·约翰逊为代表的土著作家也借此机会改用土著名,表达对回溯土著历史、寻求土著文化身份的期待。

反英200周年纪念活动反映了澳大利亚对历史的深刻反思。"寻找民族身份"是此次纪念活动的主题,活动号召批判性地审视殖民历史,正视土著民族被边缘化的现实等一系列历史遗留问题。这些纪念活动也为作家们的文学创作提供了灵感。一切历史都是当代史,历史是无法绕过的过去。历史是现实的参照,也同样映射未来。反英200周年纪念不仅是澳大利亚历史上一次重要的政治活动,也标志着澳大利亚文学创作高潮时期的到来。文学创作思想的丰富性和写作手法的多样性均达到前所未有的高度。

---

① 斯图亚特·麦金泰尔. 澳大利亚史. 潘兴明译. 上海:东方出版中心,2009:13.

至此,我们可以看出经过20世纪七八十年代的发展,澳大利亚形成了现实主义、现代主义和后现代主义三足鼎立的局面。彼得·皮尔斯的《剑桥澳大利亚文学史》①认为,20世纪70年代是"后怀特效应"所引发的"一代新作家"(a new generation of writers)的"新派写作"(New Writing)的时期②;而在20世纪80年代,"小说文学已确立为对澳大利亚文化流变进行知识评论的主要方式,并参与了女权主义、多元文化主义、白人与土著关系、澳大利亚的混杂历史以及可能的未来等重要争议性问题。"③德利斯·伯德冠予20世纪七八十年代"巩固联合与新方向"(consolidation and new direction)与"主张维护当下"(asserting the present)的时代旋律。④ 这一时期的澳大利亚文学呈现百花齐放、百家争鸣的景象。劳森现实主义文学传统依然生命力强劲,怀特现代主义自由写作追随者众多,"新浪潮"运动催生的后现代主义书写更是推进澳大利亚文学创作改革的重要力量。

然而,任何主义、风格小说的盛行,都不能忽视澳大利亚土著文学和女性文学的贡献。土著文学在诗歌、戏剧及小说三个方面都做出重大突破,一批思想尖锐、作品众多的作家涌现出来。沃克、戴维斯、吉尔伯特、纳罗金、戴维·马洛夫、萨利·摩根(Sally Morgan)、阿奇·韦勒(Archie Weller)的作品不仅受到了广大读者的欢迎,也引起了人们对白人—土著关系的深刻思考。土著作家为争取平等权利发声的同时,女性作家也以文字表达她们的诉求。新时期的女性文学超越了政治权利争取与家庭角色解放的范畴,将女性写作推向了社会话语场域的中心。这一时期,伊丽莎白·乔利(Elizabeth Jolley)、杰西卡·安德森(Jessica Anderson)、奥尔加·马斯特斯(Olga Masters)、西·阿斯特利(Thea Astley)、雪莉·哈泽德(Shirley Hazzad)等女性作家受到格外关注,作品不时斩获国内外文学大奖。乔利的《井》(*The Well*,1986)获迈尔斯·弗兰克林奖,安德森的《河边云雀叫得欢》(*Tirra Lirra by the River*,1978)、《扮演者》(*The Impersonators*,1980)也两获弗兰克林奖,阿斯特利的《追随者》(*The Acolyte*,1972)等作品四获弗兰克林奖与怀特文学奖;哈泽德之后也屡获各种文学奖项。女性文学以独特的视角勾画了异样的文学空间。

---

① Pierce, Peter. *The Cambridge History of Australian Literature*. Cambridge: Cambridge University Press, 2009.
② Ibid., 506.
③ Ibid., 509.
④ Bird, Delys, Robert Dixon and Christopher. Lee. eds. "Introduction." *Authority and Influence: Australian Literary Criticism 1950—2000*. St Lucia: University of Queensland Press, 2001.

因此,我们可以看出这一时期的澳大利亚文学呈现出多元化和国际化的特点。写作内容不再局限于反映澳大利亚本土的风土人情、生活态度及生活方式,跨国经历、异域文化体验和澳大利亚文化的碰撞与融合过程成为书写主题之一。写作的时间、地点、空间及文化范围更加开阔,写作的内容和主题更为丰富,写作方法与表现手法也朝着多样化的方向发展。现实主义一统天下的局面被完全打破,现代主义和后现代主义并行不悖,土著文学、女性文学和移民文学多元共存。这既是澳大利亚文学发展的自身规律使然,也是国际化浪潮作用于澳大利亚文学的结果。

三

20 世纪七八十年代的澳大利亚文学批评界一改注重实用批评的传统,转而加入了理论批评的行列。众所周知,澳大利亚文学有着根深蒂固的实用批评传统,即从文本本身出发,结合澳大利亚历史与现实,阐释作品的内涵意义,而非依据文学理论来解读作品的主题和叙事艺术、论述作者、作品和读者之间的关系。若以历史和国别为参照标准,澳大利亚并不是一个盛产理论的国度。造成这一现象的原因复杂多样,但文学历史较短、奉行实用主义思想、身处南半球的"距离障碍"无疑是主要原因。到了 20 世纪 70 年代,澳大利亚国际化进程的加快和世界科技通信的进步,为其融入世界提供了必要条件,澳大利亚从而变成西方知识体系生产链中的一个重要中转站。于是,源于欧美的各种理论相继涌入,澳大利亚甚至变成西方各种理论的实验场所。因此,在这一时期,符号学、结构主义、后现代主义、后殖民主义、女性主义等各种理论在这个曾经孤寂的大陆传播开来,形成了多元理论狂欢的景观。

文学理论的迁移伴随着澳大利亚国际化进程的加快和日益深入。思想和文化流动是跨国人际交流的结果,也是知识传播和人文交流的必然要求。自 20 世纪 70 年代实施多元文化政策之后,澳大利亚变成了理想的移民地之一,不仅吸引了一般的工薪阶层纷至沓来,也吸引了一批知识精英在澳大利亚落户定居,其中不乏思想家和文学理论家。1976 年,著名语言学家 M. A. K. 韩礼德(M. A. K. Halliday)从英国移民到澳大利亚,将语言符号学研究批评方法引入了澳大利亚理论界。两年后,韩礼德出版了《作为社会符号的语言:语言和意义的社会阐释》①,首次将符号学理论与社会文化研究相结合,开创了新的研究方向。韩礼德的符号学在澳大利亚备受推崇,甚至引发了符号学批评的研究热潮。戴维·桑德斯(David Saunders)等一批学者连续在《时代月评》(Age Monthly Review)撰文推介符号学理论。韩礼德接连问世的新作《文化与语言符号学》(Culture and Language Semiotics,1984)、《语言、符号学与意识形态》(Language, Semiotics and Ideology,1986)等也备受追捧。符号学理论批评的兴起,为结构主义理论在澳大利亚的传播和应用奠定了基础。结构主义以及解构主义也是在澳大利亚学者与国外学者的迁徙与抵达过程中而引起了广泛的关注。曾长期执教于哈佛大学等名校的霍华德·菲尔普林(Howard Felperin)回国后一直从事欧美文学理论与实践研究,出版了多部理论专著。《超越解构:文学理论的功用和误用》(Beyond Deconstruction: The Uses and Abuses of Literary Theory,1985)重点讨论了结构主义、马克思主义以及解构主义等理论批评;《经典的用途:伊丽莎白时代文学与当代理论》(The Uses of the Canon: Elizabethan Literature and Contemporary Theory,1991)则以莎士比亚研究为出发点,论述了新兴理论在文学批评中的应用。这些具有国际视野的学者,连同霍普等澳大利亚本土批评家,共同推动着文学理论批评在澳大利亚的实践。

除了符号学、结构主义和解构主义在澳大利亚盛极一时之外,后殖民理论、女性主义批评也在澳大利亚形成了新的研究热点。1978 年,爱德华·萨义德(Edward Said)《东方学》(Orientalism)的出版,引起了国际理论界的广泛关注,此书成为全球化语境下多元文化研究转向的标志性著作之一。萨氏理论传入澳大利亚学界之后,也引起了较多的争议,其焦点之一围绕澳大利亚是否是后殖民国家这个问题而展开。有学者认为澳大利亚的殖民主义依然未结束。即便到了 20 世纪 90 年代,苏珊·谢里丹(Susan Sheridan)还在拷问"我们已经后殖民了吗?"②有意思的是,尽管澳大利亚不愿意把自己归为后殖民国家,但后殖民主义理论思想在澳大利亚学界却广为流传。不同的是,澳大利亚理论家并未对萨义德亦步亦趋,而是只接受其研究方法,但以本土的后殖民研究内容为研究对象,并形成了自成一体且

---

① Halliday, M. A. K. *Language as Social Semiotic: The Social Interpretation of Language and Meaning*. Baltimore: University Park Press, 1978.

② Sheridan, Susan. "Are We Postcolonial Yet?" *Along the Faultlines: Sex, Race and Nation in Australian Women's Writing 1880s—1930s*. Sydney: Allen & Unwin, 1995.

独具特色的澳大利亚后殖民主义理论体系。比尔·阿希克洛夫特与海伦·蒂芬合著的《逆写帝国》是一部后殖民文学批评经典巨著。此书以梳理殖民地国家的英语写作为基础，对殖民与后殖民文学的模式、价值以及"反话语"特征进行了系统性学术分析，为后殖民文学提出了一个框架性定义及体系。维杰·米什拉（Vijay Mishra）和鲍勃·霍奇的《梦的黑暗面：澳大利亚文学与后殖民思维》（下文简称《梦的黑暗面》）（Dark Side of the Dream: Australian Literature and the Postcolonial Mind, 1991）在阿希克洛夫特与蒂芬的理论基础上，以更加本土化的视角对澳大利亚文学的后殖民特征进行了主题讨论。后殖民主义理论开启了澳大利亚从"边缘"向"中心"回写的新进程。

女性主义理论亦是舶来物，在澳大利亚语境下呈现蓬勃发展的态势。虽然澳大利亚女性较早地获得了政治选举权，但在之后的女性主义浪潮中却表现迟缓。由于种种原因，澳大利亚没有与第二次女性主义浪潮同步，但其首尾相接的余波同样唤醒了女性要求平等社会机遇、从家庭角色解放的社会意识，这也引起了社会各界对女性问题的深层次讨论。女性主义者所倡导的内容已不再局限于女性自身，而是将目光投向更广阔的领域，如女性与政治、女性与经济、女性与土地、女性生育权、性别自由选择权、女性独立人格、女性群体自治功能等。在此过程中，女性主义学术刊物发挥了不可替代的作用。由卡罗尔·费里尔（Carole Ferrier）与苏珊·迈格利（Susan Magarey）分别创办的《赫卡特》（Hecate）与《澳大利亚女性主义研究》（Australian Feminist Studies）成为传播女性主义思想观点的主要阵地，其影响力已超越国界。此外，女性主义批评家纷纷著书立说，将澳大利亚女性主义的理论研究与实践推向高潮。杰梅茵·格里尔的《女太监》是第二次女性主义浪潮的代表作，被视为女性主义文学经典。伊莉莎白·韦伯与莉迪亚·韦弗斯（Lydia Wevers）合著的《幸福结局：澳大利亚与新西兰女作家故事集，19世纪50年代—20世纪30年代》（Happy Endings: Stories by Australian and New Zealand Women, 1850s—1930s, 1987）和《再见浪漫主义：澳大利亚与新西兰女作家故事集，20世纪30—80年代》（Goodbye to Romance: Stories by Australian and New Zealand Women, 1930s—1980s, 1989）将澳大利亚、新西兰两国的女性主义作品汇集在一起，凝聚着女性主义者的跨国智慧。谢里丹的《嫁接：女性主义文化批评》（Grafts: Feminist Cultural Criticism, 1988），雪莉·沃克（Shirley Walker）的《她是谁？澳大利亚小说中的女性形象》（下文简称《她是谁？》）（Who Is She? Images of Woman in Australian Fiction, 1983）及卡罗尔·费里尔的《性别、政治与小说：

20世纪澳大利亚女性小说》(Gender, Politics and Fiction: Twentieth Century Australian Women's Novels, 1985)等分别从国际视野和自身视角,论述了女性在社会和家庭中的价值、地位及存在的问题,其思想的深刻性不亚于欧美女性主义学者,为国际女性主义浪潮向纵深发展做出了贡献。

在澳大利亚女性主义运动进行得如火如荼的同时,左翼批评与新左翼批评的论战也悄然展开。新左翼批评是对左翼批评的反动,宣扬更加激进的无政府主义思想,提倡个人自由、自治。这种大胆的自由主义社会理念为性别歧视、种族主义、土著边缘化等问题的探索提供了语境。霍普发表了《澳大利亚文学的标准》[①]一文之后,澳大利亚文坛曾就此展开了激烈的争论,其导致的结果之一便是民族性在表现形式上发生了转变,但文学界对这一问题的讨论并没有停滞不前。20世纪70年代伊始,哈里·赫塞尔廷的文章《批评与大学》[②]又进一步引发了对民族性问题的争论。他从学术批评的现实性意义及其基本功能出发,认为文学批评家的角色和价值需从学术、教学、文学与社会四个方面来进行评价,学术不应将特定的价值体系强加于文学评价之上。赫塞尔廷的观点显然是将文学与社会价值认知体系分离开来,强调文学本身所传达的美学意义及道德教化功能。赫尔曼·弗莱(Herman Frye)在其著作《身份的寓言》(Fables of Identity, 1963)[③]中就勾勒出了类似的轮廓。弗莱认为,首先需要做的就是辨别、摒弃那些对构建知识体系没有任何助益的、无意义的文学批评,不严肃的价值评判不是批评,而是品味历史的行为,充其量只是社会心理冲动所引发的话语。所有基于情感、宗教、政治偏见而非文学经验的评判都不是严肃的批评。与传统左翼思想不同的是,这种"新左翼"思想已经不再局限于孤立、单一的民族主义宣道和带有各种偏见的价值评判,而是宣扬无政府主义思想下单纯的文学经验与美学批评思想。

澳大利亚民族性依然是争论的焦点,围绕现代主义和民族性关系的辩论尤其突出。布鲁斯·罗斯(Bruce Ross)在《现代性在澳大利亚的挣扎》("The Struggle

---

① Hope, A. D. "Standards in Australian Literature." *Australian Literary Criticism*. ed. Grahame Johnston. Melbourne: Oxford University Press, 1962.

② Heseltine, Harry. "Criticism and Universities." *Criticism in the Arts: Australian UNESCO Seminar*. Australian National Advisory Committee for UNESCO, 1970: 20—27.

③ Frye, Herman. "The Archetypes of Literature." *Fables of Identity*. San Diego: Harcourt Brace, 1963: 8—9.

of the Modern in Australia",1984)①一文中重点剖析了现代主义的这一困境。他认为,进入20世纪七八十年代之后,澳大利亚确立的"高雅文化"(high culture)既是现代的也是民族的。现代主义在诗歌领域的窘境,不仅是因为受到激进左翼思想的排斥所致,也是因为缺乏真正文学才智的必然结果。罗斯的观点虽然有些偏激,并在一定程度上低估了澳大利亚文学及文学家,但是现代主义在澳大利亚文坛遇冷是不可辩驳的事实。澳大利亚曾是英国的殖民地,其文艺被认为是欧洲文明"吊坠"(pendant)②的观点屡见不鲜,然而它却忽略了挣扎其中的"澳大利亚性"。理查德·黑泽(Richard Haese)在《反抗与先驱》(*Rebels and Precursors*,1981)③中反驳了罗伯特·休斯(Robert Hughes)的"吊坠"观,他主张应该将目光更多地转向澳大利亚文学的本土文化特征,即关注欧洲渊源在澳大利亚的迁移与接受及欧洲艺术在澳大利亚不断革新与本土化的过程。黑泽认为:"现代主义,尤其是表现主义与超现实主义,使激进艺术家能够拒绝所有被传统接受的表现模式,从而向澳大利亚经验的新表现形式靠近;澳大利亚艺术语境对欧洲现代主义传统的吸收,是对权威本土文化传统进行重新发现与审视的初步阶段。"④现代主义极大地冲击了澳大利亚传统民族主义固守一方的民族想象,将民族性问题引入复杂国际化语境当中,澳大利亚民族主义建设因此面临新挑战。

　　澳大利亚文学批评讨论民族性的目的是建构新叙事和新形象,但其前提是消解欧洲传统和现代主义的影响,独立的民族文化身份的构建才能得到认可。文学批评家汤姆·摩尔通过其评论文章《虚幻的桃花源》⑤,对卡洛尔·兰斯伯里(Coral Lansbury)在《澳大利亚的世外桃源:19世纪英语文学中的澳大利亚再现》(*Arcady in Australia: The Evocation of Australia in Nineteenth-century English Literature*,1970)⑥所展现的传统殖民思想进行了批判。摩尔认为兰斯伯里的论述完全没有事实根据,甚至是"荒谬"(absurdity)、"无意义"(nonsense)的⑦,完全夸大了英国文学对澳大利亚文学的影响和决定性作用,严重低估了澳大利亚本身的民

---

　　① Ross, Bruce. "The Struggle of the Modern in Australia." *Australian Literary Studies*, 1984(11.3).

　　② Hughes, Robert. *The Art of Australia*. London: Penguin Books,1970:19.

　　③ Haese, Richard. *Rebels and Precursors*. London: Penguin Books, 1981: IX.

　　④ Hughes, Robert. *The Art of Australia*. London: Penguin Books,1970:19.

　　⑤ Moore, Tom. "A Fanciful Arcadia." *Meanjin Quarterly* 1972(31.1): 99—100.

　　⑥ Lansbury, Coral. *Arcady in Australia: The Evocation of Australia in Nineteenth-century English Literature*. Melbourne: Melbourne University Press, 1970.

　　⑦ Moore, Tom. "A Fanciful Arcadia." *Meanjin Quarterly* 1972(31.1): 100.

族特性。摩尔还认为,兰斯伯里视澳大利亚文学是在像狄更斯一样的英国伟大作家引领下才有了现有成就的观点缺乏理据,甚至认为狄更斯小说《远大前程》(*Great Expectations*,1860)中迈格维奇(Magwitch)这样的澳大利亚元素从属于英国本土皮普(Pip)的说法完全经不起推敲。尽管这一观点一语中的,但摩尔没有就欧洲传统与澳大利亚之间的关系提出新出路。直到汉弗莱·麦奎因(Humphery McQueen)通过其代表作《新布里塔尼亚:澳大利亚激进主义的社会起源之论断》(下文简称《新布里塔尼亚》)(*A New Britannia*:*An Argument Concerning the Social Origins of Australian Radicalism*,1970)中的论述,才对这个关键问题有了更加清醒的认识。他认为在对欧洲文明去芜存菁的同时,澳大利亚也获得了一种新的可能。他同时也认为,在澳大利亚掌握自我命运的途中,需要排除欧洲现代主义传统中的堕落部分。这个观点似乎在众多批评家那里找到一种平衡,既接受了欧洲现代主义传统中的合理成分,也不损害澳大利亚民族主义意识中的地方色彩,从而为建构澳大利亚文化身份扫清了道路。

然而,对于深受多种文化影响的澳大利亚来说,建构文化身份远非那么简单。一方面,它需要面对欧洲文化传统;历史上,澳大利亚不仅是英国的殖民地,而且是欧洲文化迁移与同化的对象;现实中,澳大利亚对欧洲文化传统有着复杂心理,既渴望保持与源文化的一脉相承,又希望构建独特的澳大利亚民族身份;另一方面,它还受到美国文化,尤其是各种文化理论的影响。战后,美国资本主义文化与消费文化在澳大利亚盛行,物质主义严重冲击了人们的社会信仰与精神归属感。"高雅文化"与"低俗文化"界限模糊。加之现代主义、后现代主义、结构主义、后结构主义、后殖民主义、符号学、女性主义等文化理论在澳大利亚的接受与融合,社会文化呈现出前所未有的复杂性。同时,土著人从没有停止过他们对身份的合法诉求。1988年,反英200周年纪念之际,土著群体集中发声,号召重建土著新身份。重溯历史冲突、重观民族矛盾、重写文化传统成为文学及文学批评的主旋律。一批土著作家改用土著名,一大批拷问历史的历史小说被推出,一系列土著文化活动的举行都标志着土著文化新时代的诞生。至此,盎格鲁—撒克逊(Anglo-Saxon)、美国(America)、澳大利亚(Australia)形成的"三A"复杂文化局面变成了澳大利亚民族文化身份建构不得不面对的现实。

因此,澳大利亚建构文化身份将是一个长期的动态过程,并随着国内外形势的变化而增添了新的内容。社会政治、经济、文化的全球化趋势使单一、滞定的民族发展策略不再可能。澳大利亚深受欧美影响,其发展与世界密切相关。虽然随着多元文化政策的实施,民族矛盾得到较大缓解,社会发展趋于平稳,但是众多悬而未决的问题还未得到解决。欧洲文化传统该做如何清算,欧美文化理论与澳大利亚实际该如何结合,土著文化与白人文化又该如何平衡共融等,依然是澳大利亚文化身份建构的重要任务。这些澳大利亚长久以来所面对的文化难题在新时期凸显出内外交错、不断变化的复杂特点。

至此,我们可以看出20世纪七八十年代的澳大利亚文学批评呈现三个显著特点:理论化、多元化、国际化。首先,从实用文本批评到理论化批评是这一时期文学批评的重要转型,新历史主义、后殖民主义、女性主义等也为批评理论提供了新视角。文学创作结合理论,突破传统叙事方式,表现内容更加丰富,如怀特的现代主义创作手法。文学批评更具多视角比较特征,实践批评与理论应用兼容并蓄。多元文化政策的确立,是社会发展与文化理论化进程一致的重要标志。文学批评进入全面理论化阶段。其次,"大写"历史叙事的唯一权威性被打破,白人、土著、女性、移民等多元"小写"历史共存。多种批评理论话语互为补充且互相借鉴,理论内部也呈多元发展态势,如后殖民主义与女性主义。阿希克洛夫特认为后殖民主义是殖民叙事在"逆写帝国",女性主义是同为"他者"的女性在书写自我"边缘史",帝国历史与男权话语被解构,历史的多面真相被揭露。但与此同时,后殖民主义与女性主义理论内部也存在多元变异。阿希克洛夫特、纳罗金、霍奇等分别从不同角度阐释了后殖民主义理论内涵。而女性主义则分为以费里尔与迈格利、谢里丹分别为代表的"布里斯班学派"与"阿德莱德学派"。最后,理论的迁徙与多元离不开文化的国际性流动,即社会国际化。文学批评作为社会价值观的引导者,同步反映这一社会变革。澳大利亚学界一改对西方理论的警惕心理,回应、接受并提出具有本土特色的见解。此外,随着社会国际化进程的不断加深,文学家及批评家在国际间的迁徙也加快了文学批评的国际化程度,尤其是移民批评家。因此,这一阶段的文学批评国际化主要涵盖了批评工具(批评理论)国际化、批评主体(批评家)国际化、批评对象(批评内容)国际化三个主要方面。但贯穿始终的是民族性和世界性的纷争,因为这不仅是澳大利亚文学批评需要面对的问题,也是世界各国在文学批评发展的过程中都必须面对的问题。

布赖恩·基尔南曾说"文学也有自己的'社会历史'"[①]。文本之外与文学背后

[①] Kiernan, Brian. "Literature, History and Literary History: Perspectives on the Nineteenth Century in Australia." *Bards, Bohemians and Bookmen*. ed. Leon Cantrell. St Lucia: University of Queensland Press, 1976: 1.

是社会思想、价值观、权利架构、话语权等重要社会现实因子。读文学既是了解历史，也是理解现在。文学批评以批判的方式权衡过去的对与错、得与失，在尝试给历史提供合理解释的同时，也为不同文化间的融合与适应出谋划策。

国际化阶段的文学批评，新思想频现，实验主义观念盛行，成为澳大利亚重拾国家转型信心、构建民族身份的主要推动力量。尽管理论热潮本身也存在一些内在忧患，如由于学派众多较难在特定问题上达成一致见解，自由主义发展理念下白人、土著、女性等社会群体该如何平衡民族与国家利益还尚未可知，澳大利亚文化走出去应秉持何种路径也鲜有提及等，但是加入国际理论性对话无疑向前迈进了一大步。文学批评国际化阶段，澳大利亚文学批评终于加入世界"大家庭"，迎来多元理论的国际化狂欢，在国际话语场反思过去、展望未来。

第十章 文学纪事

社会文化语境多元化是澳大利亚文学批评向多元文化发展的前景化投射。虽然澳大利亚现实主义文学传统根基牢固,但多元文化主义思潮以锐不可当之势开拓了新天地。20 世纪七八十年代,欧美文化盛行,西方文学理论全面侵袭,澳大利亚文学呈现出了前所未有的多样性与复杂性。一方面,"新批评"走入末途,遭到了"新派"文学与"新左翼"思潮批评的诟病;新与旧、左与右、激进与传统的二元对立局面渐成三足鼎立之势,"反文化"(counter-culture)边缘文学批评构建了新的话语中心,澳大利亚文学批评多元格局形成。另一方面,尽管澳大利亚文学界排斥现代主义、后现代主义等西方理论标签,但澳大利亚文学的单一中心完全被打破,多中心、多视角、多维度的回写与解构盛行;在历史、文化、性别、民族及种族层面上,后殖民主义、女性主义、文化主义、土著文学以及移民文学等开始挑战传统权威,试图构建社会新话语。

第一节 新批评与新左翼之争

多元文化主义语境下,澳大利亚民族精神与民族身份构建朝着更加包容与完善的方向发展,民族文学叙事滋生了新内涵。布鲁斯·贝内特(Bruce Bennett)在他的文章《澳大利亚文学与大学》中指出了澳大利亚文学批评在第三发展时期的一些明显倾向,他认为"澳大利亚文学已经拓宽并涉及了社会与文化议题",而且"已经有迹象表明一些大学正在朝着'整合性'研究方向发展"[①],也就是说,跨学科、跨文化、跨地域的国际多元背景已成为澳大利亚文学叙事的主要域场。格雷姆·特纳与德利斯·伯德同样提出,"自 1976 年以来,这种倾向不断加剧,反映出了澳大

---

① Bennett, Bruce. "Australian Literature and Universities." *Melbourne Studies in Education* 1976 (18.1): 127.

利亚文学批评僵化的学科界限日益松弛的整体走向……"①同时,他们两人还指出了澳大利亚文学批评一直缺乏理论历史的现状,以及澳大利亚文学批评亟需理论指引的迫切需求。澳大利亚文学批评20世纪七八十年代的理论热潮,既是多元文化主义推动的文学批评革新,也是澳大利亚文学批评自我完善的演进。

新派文学运动

始于20世纪70年代初的"新派"文学从思想观点与创作形式上开启了澳大利亚文学的国际主义革新之路。60年代末70年代初,澳大利亚新生代诗人异常活跃,开始以多种多样试验性的形式进行创作。②"新派"诗歌(New Poetry)、"新派"小说(New Fiction)、"新派"戏剧(New Drama)所代表的"新浪潮"运动声势浩大地掀开了澳大利亚文学的"新篇章"。70年代之前,《诗歌杂志》(Poetry Magazine)是澳大利亚文学界唯一的官方权威诗歌期刊。"新写作"运动开始后,《转变》(Transit)、《自由草》(Free Grass)、《麦田里的耳朵》(The Ear in a Wheatfield)、《新诗歌》(New Poetry)等新兴诗歌杂志,极大地促进了澳大利亚新诗歌的发展。在国家政策的支持下,出版业蓬勃发展,一批年轻的"新诗人"活跃于澳大利亚诗坛。他们反对固守诗歌传统,倡导"新浪漫主义"、法国象征主义、超现实主义以及印象主义风格;关注个人情感的自由表达,挣脱旧形式的束缚;反对战争与牺牲,拥护现代科技。克里斯·华莱士—克雷布、格温·哈伍德以及安德鲁·泰勒(Andrew Taylor)等新派诗人在文坛崭露头角。虽然澳大利亚戏剧起步较晚,但是在怀特的引领下,澳大利亚新戏剧也有了长足发展。既有像多萝西·休伊特这样的领军人物在前面开路,也有像杰克·希伯德与麦克尔·高(Michael Gow)等中青年戏剧家的热情追随。到20世纪80年代末,戴维·威廉森与亚历山大·布佐逐渐成为新剧作家的代表人物,他们的新作赢得了观众与学界的好评。

但是"新派"小说仍然是这一时期澳大利亚文坛的焦点。以彼得·凯里为代表的新派小说家势头正猛,与传统的现实主义小说、怀特派的现代主义小说形成了三足鼎立的态势。凯里两获布克奖,常采用黑色幽默与超现实主义手法反映现实问题、揭露人性。他的代表作《奥斯卡与露辛达》《杰克·迈格斯》(Jack Maggs,

---

① Turner, Graeme, and Delys Bird. "Practive without Theory." *Westerly* 1982(27.3): 51.
② Harrison-Ford, Carl. "Fiction." *Australian Literary Studies* 1977(8.2): 172.

1997)、《凯利帮真史》(*True History of the Kelly Gang*,2000)等从不同方面揭露了澳大利亚历史上被扭曲的真相,从而折射出现代人的生存困境。穆尔豪斯以短篇小说集《美国佬,胆小鬼》被读者所熟知。他的历史小说三部曲《四十与十七》(*Forty-seventeen*,1988)、《盛大的日子》(*Grand Days*,1993)和《黑暗的宫殿》(*Dark Palace*,2000)采用的"间断叙事"方法将"新派"小说的形式之"新"表现得淋漓尽致。此外,默里·贝尔、莫里斯·卢里、迈克尔·怀尔丁等"新派"小说家也笔耕不辍,佳作频出。

"新派"文学的繁荣为"新左翼"批评提供了话语场,打破了由学院派主导的"新批评"单一局面。澳大利亚"新左翼"思潮起源于20世纪60年代流行于英美的战后新左翼运动。相比于立足共同主义、反对传统民族主义的"新批评","新左翼"更客观地立足于澳大利亚现状。一方面,他们反对以英美政治策略为纲的新殖民主义主张;另一方面,他们批判政府在历史、社会与文化中的种族歧视、文化歧视、性别歧视以及白人特权等社会问题。70年代初,"新派"批评家汤姆·摩尔的著作《澳大利亚文学中的社会结构》便受到了"新左翼"批评家的批驳。约翰·克尔默(John Colmer)认为摩尔的"新派"批评稍显"业余"。[①] 他赞扬像马克斯·韦伯(Max Webber)[②]、埃米尔·涂尔干(Emile Durkheim)[③]、格奥尔格·卢卡奇(György Lukács)[④]、威廉·狄尔泰(Wilhelm Dilthey)[⑤]以及卡尔·曼海姆(Karl Mannheim)[⑥]等一批文学、社会学批评家的研究。克尔默认为摩尔只是一个"消息灵通的业余者(the informed amateur)",以澳大利亚而非文学为出发点的基本思想[⑦]是对文学本身进行贬低的"业余"之见。他还指责摩尔的论述都是基于粗糙的二手信息与资料,整个研究缺乏一个连贯的社会观点以及相关的历史发展权威理论,对澳大利亚文化的研究缺乏欧美理论方法的参与。此外,他还认为摩尔的分析

[①] Moore, Tom. "Review of *Social Patterns in Australian Literature*." *Australian Literary Studies* 1972(5.3):323—327.

[②] 马克斯·韦伯(1864—1920),德国著名社会学家、政治学家、经济学家、哲学家,是现代最具影响力的思想家之一。

[③] 埃米尔·涂尔干(1858—1917),法国犹太裔社会学家、人类学家,与卡尔·马克思及马克斯·韦伯并列为社会学的三大奠基人。

[④] 格奥尔格·卢卡奇(1885—1971),匈牙利著名的哲学家和文学批评家,是当代影响最大、争议最多的马克思主义评论家和哲学家之一。

[⑤] 威廉·狄尔泰(1833—1911),德国哲学家、历史学家、心理学家、社会学家。

[⑥] 卡尔·曼海姆(1893—1947),德国社会学家。

[⑦] 摩尔著作前言中提道:"This study examines Australian literature, not as literature, but as Australian…"

研究完全脱离文学文本，更像是一系列枯燥的记录罗列，充满主观性与随意性。克尔默对摩尔的批评可谓毫不留情，但也不乏中肯之处。"新批评"所倡导的文本本体论消解了部分澳大利亚文学的极端民族主义思想，为融合以文化因素为标志的"新左翼"批评搭建了新舞台。

新左翼批评浪潮

"新左翼"文学批评对"新批评"思想的批判拉开了论战的序幕。类似克尔默的批评声音在澳大利亚学界此起彼伏。"新左翼"批评家哈里·赫塞尔廷以布赖恩·基尔南的著作《社会与自然的形象》(*Images of Society and Nature*, 1971)为例，他在书评文章《批评与个人天赋》中指出，批评家以及传播批评的个体扮演着重要角色；他不赞同基尔南排除社会语境与影响(social milieu and influence)的批评思想；认为民族文学与文学传统攸关文化连续性(cultural continuity)，文学传统如果缺乏对中间传播过程的关注与研究，那么文学历史与思想就只是一种毫无生命力的"文学遗产"(cultural heritage)①。此时的"新批评"依然未摆脱"澳大利亚性"的禁锢与限制。"新左翼"批评作为一种激进的新思潮，批评范围进一步拓展，批评视角日趋多样，为20世纪七八十年代的理论盛行奠定了基础。汉弗莱·麦奎因立足"新左翼"批评思想，在《澳大利亚批评中的社会形象》②的书评文章中，他整体性地批判了"新批评"的主要成果，包括基尔南的《社会与自然的形象》、摩尔的《澳大利亚文学中的社会结构》、克里斯·华莱士—克雷布的《澳大利亚民族主义者》(*Australian Nationalists*, 1971)及布赖恩·马修斯的《退潮》(*The Receding Wave*, 1972)等著作，却对早期英国新左翼作家与批评家雷蒙德·威廉姆斯(Raymond Williams)情有独钟，对其批评著作《文化与社会》(*Culture and Society*, 1963)也称赞有加。

"新左翼"批评是西方文学批评理论在澳大利亚本土化过程中的重要纪事之

---

① Heseltine, H. P. "Criticism and the Individual Talent (Book Review)." *Meanjin Quarterly* 1972 (31.1): 10—24.

② McQueen, Humphrey. "Images of Society in Australian Criticism: Reviews of *Images of Society and Nature* by Brian Kiernan, *Social Patterns in Australian Literature* by Tom Moore, *The Australian Nationalists* edited by Chris Wallace-Crabbe, and *The Receding Wave* by Brian Matthews." *Arena* 1973(31): 44—51.

一。1960年,美国社会学家C. 赖特·米尔斯(C. Wright Mills)的《给新左翼的一封信》("Letter to the New Left")发表于同年创办于英国的《新左翼评论》(*New Left Review*),"新左翼"浪潮从此吹响号角。虽然直到20世纪70年代这阵理论之风才吹到了大洋彼岸的澳大利亚,但时间的累积也为"新左翼"在澳大利亚的本土化奠定了坚实基础。麦奎因认为,基尔南不仅仅是误读了克里斯蒂娜·斯特德的第一部小说《悉尼七穷人》,他对其大部分作品的解读也存在理解偏差。埃莉诺·达克、M. 艾尔德肖(M. Eldershaw)①和马丁·博伊德的作品中反映出的创作意图与斯特德如出一辙,反映的是1915年之后澳大利亚自由主义瓦解的社会现象;基尔南却对他提出的"超人类问题"(supra-human malaise)的主题避而不谈,此种做法与实际经验相脱节,导致其批评缺乏充分性与创造性(fullness and origins)。麦奎因还认为,尽管基尔南这种"反历史"的批评方法(anti-historical approach)披露了自然与社会、人与社会之间这一普遍矛盾,但是却忽略了第一次世界大战后由中产阶级所引发的社会敏感有机变化,批评带有一定的片面性。麦奎因认为,摩尔的批评过于零散化,缺乏系统分析,毫无真正历史可言,缺乏对变化的分析,只是变异现象的无穷罗列;与基尔南的过度概括相比,却走向了另一个极端②;在摩尔的笔下,澳大利亚历史成了人类与新自然环境的关系,哲学思考与理性分析缺失。麦奎因肯定了摩尔对社会推动力(social forces)的强烈意识,尽管他也认为,正因如此,摩尔才会与格里菲斯·泰勒(Griffith Taylor)如出一辙误入了"地域决定论"(geographic determinism)的歧途——成功或失败,20世纪抑或21世纪,澳大利亚是被自然地理环境所决定。华莱士—克雷布的研究在麦奎因看来显得更加不切实际。前者作为一名资产阶级批评家,轻视与鄙夷社会现实经验,缺乏客观的事实分析,只是一味地异想天开。虽然是对澳大利亚民族主义批评的研究,但华莱士—克雷布完全忽略了20世纪四十年代澳大利亚民族主义再次兴起的现实,甚至错误地提出了布赖恩·基尔南是澳大利亚民族主义者的荒谬观点。布赖恩·马修斯也难逃麦奎因的批判,马修斯把劳森晚年的没落全部归咎于历史对当代社会的碾压与消极作用,对劳森的批评研究绕过了澳大利亚的历史与现实;马修斯认为,历史是社会发展的障碍,完全忽略了在20世纪前30年澳大利亚社会历

---

① M. Eldershaw 是作家与批评家 Majorie Bernard(1897—1987)的笔名。
② McQueen, Humphrey. "Images of Society in Australian Criticism: Reviews of *Images of Society and Nature* by Brian Kiernan, *Social Patterns in Australian Literature* by Tom Moore, *The Australian Nationalists* edited by Chris Wallace-Crabbe, and *The Receding Wave* by Brian Matthews." Arena 1973(31): 47.

史与劳森陨落的深层联系;麦奎因认为,更值得关注的是,此三十年间文化民族主义坍塌与布尔战争(Boer War)之后"膨胀的帝国情绪"(the swell of Imperial sentiment)之间到底有何种关系、劳森的没落与其伦敦之行的巧合存在何种联系;如此,不仅可以理解劳森的没落,而且可以对整个澳大利亚文化缺失的历史进行评判——其究竟是"过去决定论"的胜利还是战后社会现实的一种转变。麦奎因批判基尔南、摩尔、华莱士—克雷布与马修斯四人在文学批评研究中单一片面的"非历史与反历史"思想,倡导一种基于实践经验、更加开放客观的"新左翼"批评;运用马克思辩证唯物主义(dialectical materialism)进行文学批评,将历史置于有机的文学研究系统之下;如威廉姆斯所言,在统一的框架结构中,历史必须赋予其特有的构成方式,社会给予其离散性。①

"新左翼"意在构建一种更加开放多元的批评思想体系。1977年,基尔南出版了《最美丽的谎言:五位现代小说大家故事集》②,对"新左翼"的"反文化"(counter-cultural)与"亚文化"(sub-cultural)观点提出了质疑。尽管面对不断的怀疑与挑战,一大批"新左翼"的主力逆势而起。迈克尔·怀尔丁与约翰·多克尔便是其中影响最大的两位。怀尔丁的"新激进"姿态,从他创立《故事小报》(Tabloid Story)杂志、成立出版社对"新派文学"的鼎力支持中便可见一斑,从他的批评文章中更是能见微知著。20世纪70年代初,"新批评"在澳大利亚文坛依然如日中天,但怀尔丁已开始酝酿推广"新左翼"的计划。1971年,他在《批评》(Criticism)杂志发表文章《书写澳大利亚人》③,批判澳大利亚文坛一直对"澳大利亚性"过度的紧追不舍。他赞同弗雷德里克·辛尼特(Frederick Sinnett)在《澳大利亚小说界》(Fiction Fields of Australia)④提出的警告,"澳大利亚小说太过澳大利亚"(Australian stories are too Australian),"蜷缩于澳大利亚性是一个重大危险"。⑤ 怀尔丁认为,"囚犯与犯罪"(convictism and criminality)是澳大利亚文学中两个重要的母题,但并不是澳大利亚文学的全部,民族主义将"澳大利亚性"代替整个澳大利亚文学的做法是错误的;探讨本土文学的"澳大利亚性"是澳大利亚文学的一个重要主题,但并不是澳大

---

① Williams, Raymond. "Literature and Sociology: In Memory of Lucien Goldman." *New Left Review* 1971(67): 3—18.
② Kiernan, Brian. *The Most Beautiful Lies: A Collection of Stories by Five Major Contemporary Fiction Writers*. Sydney: Angus & Robertson, 1977.
③ Wilding, Michael. "Write Australian." *Criticism* 1971: 19—30.
④ 该书首次出版于1856年。
⑤ Wilding, Michael. "Write Australian." *Criticism* 1971: 19.

利亚文学批评的唯一核心,因为澳大利亚文化发源于欧洲,割裂历史而标榜"澳大利亚性"是片面的;在文章中,怀尔丁以约翰·巴恩斯的《澳大利亚的作家:1856—1964年文学作品选集》(*The Writer in Australia*:*A Collection of Literary Documents*,*1856 to 1964*,1969)[①]为例,抨击"新批评"的激进民族主义,认为其忽略了澳大利亚文学欧洲渊源的客观事实与世界历史背景,因此,巴恩斯的 *The Writer in Australia* 难逃"The Writer IN Australia"的形而上学虚无[②],巴恩斯作品中对社会主义与马克思主义表征的缺失,与澳大利亚作家吻合国际社会思潮与美学标准的现实背道而驰。

在另一篇文章《一种激进批评的基础》("Basics of a Radical Criticism")[③]中,怀尔丁直接将矛头指向了"新批评",而对"新左翼"批评大加认同。他认为,"新批评"的"文本细读"在一定程度上排斥了社会,从而抑制与否认了激进传统的存在。激进批评的积极意义在于"重拾对被'新批评'排斥在外的作品信心,重新对当代进步性作品进行研究,重塑澳大利亚文学批评;重新审视文学经典,发掘其对主流意识形态的挑战,剖析统治阶级批评话语的抑制与避舍机制;重读代表精英统治阶级价值体系文本作品,揭露其呈现与维护主流意识形态的方法与策略"[④]。怀尔丁认为,20世纪60年代英美激进批评复苏以来,激进文学研究已迅速向文学社会学以及马克思主义美学领域延伸,但却与社会现实南辕北辙。文学社会学研究并不等同于简单的大学教育,其重要性在于指引性功能。而"新批评"的"文本细读"方法并没有促进澳大利亚文学研究的发展与进步,怀尔丁提议将其积极地调整、适应文学社会学与马克思主义美学主导的宏观开放性批评路径。如此一来,"文本细读"将转"消极压制"为"积极促进",澳大利亚文学批评将焕然一新。从创作到批评,从作品到出版、传播,怀尔丁始终在不遗余力地倡导、促进"新左翼"文学批评在澳大利亚的成长与发展。从劳森到弗菲,再到斯特德、怀特,怀尔丁对他们做出了激进批评,这让他成为澳大利亚"新左翼"批评一面鲜明的旗帜。

与怀尔丁强调文学社会学不同,约翰·多克尔关注"新左翼"批评的文化主义内涵。多克尔认为,贯穿澳大利亚文学史的民族主义、20世纪五六十年代盛行的"新批评",都无法引领澳大利亚文学走向更广阔的天地。70年代末,在文章《澳大

---

① Barnes, John. *The Writer in Australia*: *A Collection of Literary Documents*, *1856 to 1964*. Melbourne: Oxford University Press, 1969.

② Wilding, Michael. "Write Australian." *Criticism* 1971:22.

③ Wilding, Michael. "Basics of a Radical Criticism." *Island Magazine* 1982(12):36—37. Originally published in *A Critical (Ninth) Assembling*. ed. Richard Kostelanetz. New York: Assembling Press, 1979.

④ Ibid., 37.

利亚文学的大学教育》("University Teaching of Australian Literature")①中他就针砭时弊,批评澳大利亚文学激进民族主义与"新批评"。多克尔指出,澳大利亚文学批评被民族主义与"新批评"从中撕裂。前者认同平等主义(egalitarianism)、怀疑性幽默(a sceptical humor)与伙伴情谊(mateship),强调批评语境的重要性,追求类似传奇与神话的完美共同文化真谛,固守于"澳大利亚性"(Australianness/Australian distinctiveness);后者将形而上学的价值取向推向极端,对民族主义虎视眈眈;自诩为弱势无标签的非群体认知,只是与民族主义有不同见解的批评家,佯装警示民族主义可能对澳大利亚文学有所遗漏,假意吹捧的同时,试图将民族主义推向深渊。此外,文森特·巴克利的《澳大利亚诗歌中人的形象》、杰拉尔德·维尔克斯的《19世纪90年代》("The Eighteen Ninties")、赫塞尔廷的《圣亨利——我们伙伴情谊的使徒》和《澳大利亚文学遗产》("Australian Literary Heritage")等"新批评"对形而上的价值取向倍加推崇。多克尔认为,"新批评"的多元对民族主义的假意奉承十分虚伪;"新批评"批判民族主义狭隘与缺乏公正,将1890年之前的文学看作"黑暗时代"(a dark age),忽略澳大利亚文学中的浪漫主义与英雄主义,推崇诸如帕特里克·怀特、托马斯·肯尼利、A. D. 霍普、弗朗西斯·韦伯、罗伯特·菲茨杰拉德等一类作家。这实际上是在构建自己的形而上学价值"经典",如克里斯托弗·布伦南、肯尼斯·斯莱塞、罗杰·菲茨杰拉德(Roger Fitzgerald)、道格拉斯·斯图尔特、詹姆斯·麦考利、亨利·理查森、帕特里克·怀特、马丁·博伊德等。总而言之,多克尔认为,民族主义与"新批评"对澳大利亚文学都缺乏全面认识,在语境与文化的界限割裂中建立起了各自的"僵化经典"(rigid canons)。在这样的背景下,他呼吁重新审视澳大利亚文学批评,"探索新领域,重读经典,尝试新批评路径"②。

多元文化主义前景

多克尔的文化主义"新左翼"批评思想与澳大利亚多元文化主义遥相呼应。当澳大利亚激进民族主义传统与时代语境下已凸显僵化之时,多元文化主义开启了

---

① Docker, John. "University Teaching of Australian Literature." *New Literature Review* 1979(6): 3—7.
② Ibid., 7.

澳大利亚的新变革，文学作为民族精神风向标体现最为明显。多克尔认为，民族主义文学传统具有封闭性，"新批评"浅尝辄止、右翼保守，这种不同批评思潮共存的局面，在一定程度上是多元文化主义政策的涟漪反应。1981年，雷欧妮·克雷默出版《牛津澳大利亚文学史》[①]，不久多克尔就发文批判克雷默"新批评"的学院派局限性。在题为《雷欧妮·克雷默身处批判的囚室》[②]的文章中，多克尔批评《牛津澳大利亚文学史》的"文化虚空"(cultural void)与"新批评"学院派捍卫其澳大利亚文学批评"正统"(orthodoxy)性的狭隘思想。多克尔认为，《牛津澳大利亚文学史》实际上可以看作两部书，前一部分是克雷默的批评方法与思想、阿德里安·米歇尔(Adrian Mitchell)与薇薇安·史密斯的小说与诗歌批评，后一部分是特里·斯特姆(Terry Sturm)的戏剧史研究。因为斯特姆部分与前一部分的批评研究方法完全不同，注重客观分析，是比较的开放性研究方法，值得推崇；而克雷默、米歇尔与史密斯的利维斯主义式"制度性权力"(institutional power)分析，仍受制于"新批评"的局限，是"批评防御堡垒"(fortress criticism)、"制度高墙"(institutional walls)后"文学民族主义"的机械守卫。在另一篇文章《澳新文学：一个颠倒的世界？》[③]中，多克尔表明心声，他不是在试图取代或者替换激进民族主义(radical nationalism)、"新批评"/利维斯主义，而是在"尝试指引一种新视角，从欧洲文化历史研究中汲取营养，或许可以对澳大利亚文化历史研究有所启发，寻找到将文学与其他文化领域、戏剧历史等关联的一条路径"[④]；"澳大利亚的独特文化究竟是什么？我想，它就是一个欧美整体影响的转变与发展过程。"[⑤]1984年，多克尔出版《危急时刻：阅读澳大利亚文学》[⑥]，在澳大利亚文学批评界引起巨大反响。1988年，多克尔发文《那些美好的日子：新左翼运动》[⑦]，对"新左翼"文学批评进行了回顾。不管是以怀尔丁为代表的推崇马克思主义社会研究的批评，还是多克尔更为支持的文化主义批评研究，对推动澳大利亚文学批评的不断成长与发展都发挥了

---

① Kramer, Leonie. *The Oxford History of Australian Literature*. Melbourne：Oxford University Press, 1981.
② Docker, John. "Leonie Kramer in the Prison House of Criticism." *Overland* 1981(85)：19−29.
③ Docker, John. "Antipodean Literature：A World Upside Down?" *Overland* 1986(104)：48−56.
④ Ibid., 53.
⑤ Ibid., 52.
⑥ Docker, John. *In a Critical Condition：Reading Australian Literature*. Victoria：Penguin Books, 1984.
⑦ Docker, John. "The Halcyon Days：The Movement of the New Left." *Intellectual Movements and Australian Society*. eds. Brian Head and James Walter. Oxford：Oxford University Press, 1988：289−307.

巨大作用。

20世纪70年代开始的澳大利亚多元文化主义政策不仅直接促进了"新左翼"文学批评的兴起,还使澳大利亚的边缘群体加入了话语场。多元文化主义从萌芽、确立到全面施行,"新左翼"也在文学批评界盛行,二者的共同繁荣并非巧合,而呈现出"你中有我,我中有你"的态势。多元文化主义促进了"新左翼"思想的发展,反之,"新左翼"又促使多元文化主义迈向新阶段。多元文化主义倡导反歧视,推崇自由平等,追求公正民主。作为政治策略,其反对种族歧视,提倡关注弱势文化,要求打破澳大利亚"白澳"文化的单一话语权,并关注女性权利,归正两性区别对待的错误;多元文化主义倡导开放、包容、民主的态度,反思澳大利亚土著与移民悲惨经历,客观认知澳大利亚殖民历史。多元文化主义的基础理论与以下思想完全契合:哈贝马斯(Jürgen Habermas)的宪政民主思想——强调关注社会条件和文化差异;查尔斯·泰勒(Charles Taylor)①的"承认政治"(politics of recognition)思想——要求民主政体承认社会群体文化特性的观点;德里达后解构主义与福柯话语权利思想——有关社会强势群体拥有政治和文化话语霸权的理论。这种完全颠覆了霸权性"白澳"政策的自由人文主义发展方针,在后现代矛盾冲突愈发凸显时,如雨露般滋养了后殖民社会的文化。在多元文化主义下,土著文化被重新接纳,移民文化掀起新热潮,女权主义紧跟国际步伐,后殖民文化"重写"历史。20世纪70年代初,澳大利亚效仿加拿大采纳实施多元文化政策。80年代,多元文化主义理论与实践在澳大利亚开花结果,所谓的"澳大利亚巨大的虚空"②被新内容不断充实。著名澳美文化研究学家罗杰·贝尔(Roger Bell)在《美国化与澳大利亚》中指出,澳大利亚早期民族主义作家亨利·劳森与约瑟夫·弗菲的作品已从各个方面说明了澳大利亚不断革新的民族主义是政治与文化共同作用的结果。③

多元文化主义的出现,使澳大利亚文学批评出现了新活力。布鲁斯·贝内特指出,澳大利亚文学争论从来都具有片面性,现代大都市总是存在于想象中的另一个国家,本土主义从来都是殖民主义的同义词,而帝国中心只存在于大都市主义中④;虽然随着社会文化的不断发展,本土主义与都市主义之间的辩论仍会继续,

---

① 查尔斯·泰勒(1931—),加拿大哲学家,麦吉尔大学(McGill University)教授。
② Kramer, Leonie. *The Oxford History of Australian Literature*. Melbourne: Oxford University Press, 1981: 104, 128.
③ Bell, Roger. "American Influence." *Under New Heavens*. ed. Nebille Meaney. New Hampshire: Heinemann Educational Australia, 1989: 340.
④ Bennett, Bruce. "Provicial & Metropolitan." *Overland* 1981(86): 39.

但情况会有所改变,旧思想对殖民情结的排他性迷恋将逐渐被更加合乎语境的文化联系感所替代,包括澳大利亚内部各区域间的文化异同与多元国际焦点性问题。[1]正如贝内特所言,20世纪七八十年代的澳大利亚文学在多元文化主义大语境的影响下,文化多元性不断地得到加强,并呈现出新气象。

第二节 多元文化主义批评之辩

谈及澳大利亚内部的多元文化变化,土著文化与移民文化是不可忽略的重要组成部分。贝内特对澳大利亚文学本土性与都市主义的关注并非只是追趋逐耆。事实上,澳大利亚文学批评一直在本土主义/民族主义与共同主义/世界主义之间摇摆不定。澳大利亚民族主义文学发迹于19世纪末,歌颂丛林伙伴情谊与男权力量,第二次世界大战后让位于号召共同主义的"新派"文学,澳大利亚文学批评的"经典化"时代自此开启。虽然"新批评"着力批判民族主义过于强调具有强烈澳大利亚特征的地理环境、丛林生活等单一性因素,但并未将澳大利亚文学从对"澳大利亚性"的迷恋中引至新场域。"新左翼"在对"新批评"挑战过程中取得了一些突破性进展。"新左翼"与多元文化主义携手不仅拓展了澳大利亚文学的领域空间,而且将土著、移民以及女性等社会边缘文化群体纳入了话语范畴。在"新写作"运动的促进下,民族文学被多元文学逐渐瓦解,边缘群体反主流文化文学持续发声。虽然多元文化主义研究萌芽不久,但土著文学、后殖民文学、女性文学等不断撼动着民族主义核心价值观。相应地,"新写作"批评、土著批评、后殖民批评以及女性批评等,为澳大利亚文学批评的文化转向树立了新的范式。

虽然澳大利亚土著文化是澳大利亚"最古老的主人",但土著文学却是"最新的一员"。劳里·赫根汉曾说:"澳大利亚国家传统真正发源地是擅长用口头表达的土著文化。"[2]澳大利亚土著文学起步较晚,土著文学批评也是近代才出现的。在白人文化是主流的澳大利亚社会,土著与白人间的矛盾与冲突由来已久。白人文化统治下,土著声音常常被主流文化湮没。多元文化政策开始实施后,"被偷走的一代"历史错误得到承认,"白澳"政策终止,白人与土著间的高墙逐步瓦解。多

---

[1] Bennett, Bruce. "Provicial & Metropolitan." *Overland* 1981(86): 45.
[2] Hergenhan, Laurie. *The Penguin New Literary History of Australia*. Ringwood: Penguin Books, 1988: 251.

元文化主义语境下,"白人澳大利亚"与"土著澳大利亚"展开了积极对话。

土著文学批评起源于白人文学批评家对土著文化的关注。拉格尔斯·盖茨(Ruggles Gates)在《人类祖先》①中提到,澳大利亚土著民族是早前进化的幸存者。科林·辛普森(Collin Simpson)在《褐色亚当》②中提出,土著语言在一定程度上比英语语言更加复杂。然而,类似的评价并未被主流文化所接受。时至今日,澳大利亚土著文化仍游离于社会边缘。近两百年间,土著一直处于被驱逐、压迫与隐形的困境。澳大利亚社会对土著历史的反思之路依然漫长。J. J. 希里(J. J. Healy)认为,"澳大利亚土著后裔一直生存于畸形世界中,秩序碎片化、未来被限制,因此憎恨比友爱容易得多"③。"第二次世界大战后澳大利亚想象朝着恢复土著文化的方向发展。有提倡从个体意识出发推进恢复,如凯瑟琳·普里查德、朱迪斯·赖特与帕特里克·怀特等作家;也有提出多动因意识的集体恢复行为,如理查德·凯西(Richard Casey)、F. B. 维克斯(F. B. Vickers)、彼得·马瑟斯(Peter Mathers)和托马斯·肯尼利等作家。两种行为稍有区别,前者是私密的哲学性思考,后者则是公开的、政治性的。"④虽然希里是加拿大人,但《澳大利亚文学与土著 1770—1975》(*Literature and Aborigine in Australia 1770—1975*,1978)开启了澳大利亚土著文学批评的先河。这部批评著作首次以土著为核心,对澳大利亚的殖民历史进行了批判,尤其是白人对土著民族的不公正殖民统治,为土著民族重写与回写历史埋下了种子。

从此,借着多元文化主义的东风,伴着主流社会对土著文化的重新聚焦,澳大利亚土著文学批评迎来了迟到的春天。自1964年凯思·沃克⑤第一部土著文学诗集《我们要走了》以来,白人社会对土著文化的关注不断增加。批评家们相继开始撰文,探寻这个被忽略的神秘宝藏。继 J. J. 希里之后,伊莉莎白·韦伯发文《早期澳大利亚文学中的土著》⑥讨论了历史上白人文学对土著文化的书写。1983年,亚当·舒梅克(Adam Shoemaker)在《澳大利亚书评》(*Australian Book Review*)上以

---

① Gates, Ruggles. *Human Ancestry*. Massachusetts: Harvard University Press, 1948.
② Simpson, Collin. *Adam in Ochre*. Sydney: Angus & Robertson, 1951.
③ Healy, J. J. *Literature and the Aborigine in Australia 1770—1975*. St Lucia: University of Queensland Press, 1978: 293.
④ Ibid., 291.
⑤ 又名 Oodgeroo Noonuccal.
⑥ Webby, Elizabeth. "The Aboriginal in Early Australian Literature." *Southerly* 1980(40.1): 45—63.

《谁应来监管土著文学?》①为题就澳大利亚第一届全国土著作家会议(First National Aboriginal Writers' Conference)发表评论文章,提出"如何在不阿谀奉承的前提下保证土著文学持续发展"的论题。舒梅克认为,土著文学的兴起与繁荣已势不可挡,尤其是"土著作家、口头文学与戏剧家研究会"(AWOLDA)②的设立,在一定程度上说明了白人社会对土著文学重要性的新认识。舒梅克在1989年出版《白纸黑字:1929—1988年间土著文学》(*Black Words, White Page: Aboriginal Literature 1929—1988*)一书,他梳理了澳大利亚文学史上土著文学创作历程。舒梅克对土著文学的青睐激发了白人批评家对土著文学的关注研究。同年,戴维·泰西(David Tacey)在《米安津》上发表文章《澳大利亚的另一个世界:土著性、环境与想象》③,对土著民与土地的亲密联系做了正面评价。至此,土著文学在主流文化中找到入口,在外界支持下不断自我完善与丰富,逐渐融入澳大利亚国家文化意识。

与此同时,土著作家开始积极地尝试书写、诉说"不一样的澳大利亚",成了推动土著文学步入主流社会的重要力量。不论是早期杰克·戴维斯和凯文·吉尔伯特等诗人、剧作家,还是之后阿奇·韦勒④、萨利·摩根、柯林·约翰逊⑤等作家、批评家,都创作了经典的土著文学作品。1982年,戴维斯的两部喜剧《克拉克》(*Kulark*)、《梦想家》(*The Dreamers*)在珀斯国际艺术节(Perth International Arts Festival)上获得空前成功,舒梅克对此交口称赞。吉尔伯特《因为白人绝不会干这事》(*Because a White Man'll Never Do It*,1973)、《黑人生活:黑人与凯文·吉尔伯特的对话》(*Living Black: Blacks Talk to Kevin Gilbert*,1977)用"黑人"的眼睛呈现了不一样的澳大利亚。阿奇·韦勒的第一部长篇小说《狗的风光日子》(*The Day of the Dog*,1984)深刻地反映了土著与白人对抗史的遗留创伤以及土著民融入主流社会面临的阻碍与困境,可谓撼心之作。萨利·摩根的《我的家园》(*My Place*,1987)细腻地展示了土著民的恐惧心理与"他者"困境。土著声音逐渐被倾听、理解与接纳,成为澳大利亚主流社会的互动与对话的一部分。

---

① Shoemaker, Adam. "Who Should Control Aboriginal Writing?" *Australian Book Review* 1983(50):21.

② 简称AWOLDA,全称Aboriginal Writers, Oral Literature and Dramatists' Association.

③ Tacey, David J. "Australian's Other World: Aboriginality, Landscape and the Imagination." *Meridian* 1989(8.1):57—65.

④ 又名Irving Kirkwood.

⑤ 又名Mudrooroo Narogin.

柯林·约翰逊土著原名为马德鲁鲁·纳罗金,是澳大利亚文学史上首位土著小说家与土著文学批评家,其思想、论著奠定了土著文学批评的基础。凯思·沃克用诗歌吟唱了"土著之歌",而纳罗金则用小说讲述了土著故事。1965 年,纳罗金首部小说《野猫掉下来了》(*Wild Cat Falling*)出版,作品描写了一位土著青年在白人社会寻求生活支点的故事。此后三十几年间,纳罗金笔耕不辍,出版了多部小说及诗集,包括《萨达瓦拉万岁》(*Long Live Sandawara*,1979)、《沃拉迪医生承受世界末日的良方》(*Doctor Wooreddy's Prescription for Enduring the Ending of the World*,1983)、《多因野猫》(*Doin Wildcat*,1988)、《鬼梦大师:一部长篇小说》(以下简称《鬼梦大师》)(*Master of the Ghost Dreaming: A Novel*,1991)、《昆坎》(*The Kwinkan*,1993)、《不死鸟》(*The Undying*,1998)、《地下》(*Underground*,1999)、《希望乡》(*The Promised Land*,2000)等受到澳大利亚文学界热评的作品。从 20 世纪 80 年代中期开始,纳罗金开始从事文学批评,小说出版渐少。早在 1980 年,纳罗金就显露出对土著文化的特别关注。在莫那什大学的土著研究中心(Aboriginal Research Center)期间,他同柯林·伯克(Collin Bourke)等共同出版了一部关于土著生活的介绍书籍《入侵之前:1788 年前的土著生活》(*Before the Invasion: Aboriginal Life to 1788*,1980)。此后,纳罗金先后发表了《白人的形式,土著的内容》①、《土著人对于"民间故事"的回应》②等文章,并接受访谈,发表对土著文学的看法。90 年代,纳罗金出版了批评著作《边缘视角创作》和《澳大利亚本土文学》(*The Indigenous Literature of Australia*,1997)。

在纳罗金看来,土著文化才是澳大利亚本土性的真正载体。在白人殖民统治压迫下,土著文化被"消灭"、边缘化,但并未沉寂,而是在夹缝中生存了下来。虽然,白人文学创作众多,但都是欧美文学的变体或效仿,并不能真正地代表澳大利亚文化,更无法让土著居民产生共鸣。白人作家对土著文化有意避绕,土著群体却对土著文化展开追寻和复兴,澳大利亚文学内部张力日益增加。在土著群体看来,白人文学不能全面反映澳大利亚整体价值,而只是一孔之见。泰德·斯特鲁在《阿兰达的传统》(*Aranda Traditions*,1947)③一书中认为,人类学家似乎总是过于强调土著与白人的差异,但就目前的情况来看,这种倾向呈逆向之势。斯特鲁的观点

---

① Narogin, Mudrooroo. "White Forms, Aboriginal Content." *Aboriginal Writing Today*. eds. Jack Davis and Bob Hodge. Melbourne: Australian Institute of Aboriginal Studies, 1985: 21—33.
② Narogin, Mudrooroo. "Aboriginal Responses to the 'Folk Tale'." *Southerly* 1988(4): 363—370.
③ Strehlow, T. G. H. *Aranda Traditions*. Melbourne: Melbourne University Press, 1947.

与纳罗金的主张有异曲同工之妙,也佐证了土著文化的崛起与复兴。凯恩·沃克曾说:"只有土著人才能理解发生在他们身上的一切……白人作家有他们自己的参照与关联。"[1]纳罗金也表达了同样观点,认为"只有土著人才能真正书写土著"[2]。纳罗金提供了一个认识土著文化的"内部视角",使人能够更加接近和了解真实的"澳大利亚人眼中的澳大利亚"。

多元文化语境下逐渐成长起来的土著文学,其意义超越了文学作品与批评本身,并将族裔话题推向澳大利亚社会的话语场中。以纳罗金为首的土著文学觉醒,正是澳大利亚文学发展的新方向。在土著少数族裔的共同努力下,围绕族裔话题,后殖民文学批评也达到高潮。戴维·卡特在《在文学史中寻找历史》一文中曾说:"殖民或者后殖民,不能简单地只看作历史中的不幸事件,而更应该理解为组成与挖掘文化神话本身的特定社会历史变量。"[3]卡特批判克雷默的"非历史历史",因为后者的观点"缺少对文化传统本身流动与变动性的敏感觉察与理性分析"[4],这一点与后殖民文学批评试图从不同角度揭露文化神话的想法不谋而合。后殖民文学批评与土著文学在文化传统回溯方面不可分离。

土著文学开启了土著族裔用文字与共有语言使被隐形的土著文化重见天日的序幕,而后殖民文学批评将族裔话题与社会民族政治相结合,尝试用文字重塑社会历史与民族身份。在一篇评论彼得·凯里的文章中,保罗·凯恩(Paul Kane)说:"凯里并不只是在简单陈述社会缺陷的细节,而是构造了一个危险欲望的深层寓言,尤其是重塑自我的欲望"[5],"寓言与历史之间的关联是凯里对澳大利亚后殖民关切的核心,因为通过语言,一个实用的历史被建构起来,像一个可以既观察自己又可以被别人所识的透镜……"[6];"在凯里的作品中,后殖民主义离散性(disjunctiveness)与殖民主义历史错位感如出一辙;过去的持续性影响——'后殖

---

[1] Shoemaker, Adam. *Black Words, White Page: Aboriginal Literature 1929—1988*. Canberra: The Australian National University Press, 1989: 276.

[2] Ibid.

[3] Carter, David. "Looking for the History in Literary History: Review of *The Oxford Literary History of Australia*." *Helix* 1981(9.10): 27.

[4] Ibid.

[5] Kane, Paul. "Postcolonial/Postmodern: Australian Literature and Peter Carey." *World Literature Today* 1993(30.3): 520.

[6] Ibid., 521.

民状态'被变成了一种未来的景象(a vision of the future),即后现代社会的澳大利亚"①;"凯里和其他人一道有可能正在铺就澳大利亚新身份的基地,假以时日,可能会成为澳大利亚构建国家新身份的基础。"②肯·盖尔德和保罗·萨尔兹曼(Paul Salzman)也评价说,凯里的小说中弥漫着一种澳大利亚的延展性,就好像锻造社会的作品还正在"火炉当中"③。不难看出,相比于土著文学致力于的"不同的声音",后殖民主义更加关注重构民族历史、重塑民族身份。若如凯恩所言,后殖民主义是为后现代澳大利亚铺就了道路,那么土著文学便为后殖民批评奠定了路基。

纳罗金的《边缘视角创作》可谓一石激起千层浪,土著被殖民的历史与现状被推向讨论中心。紧随纳罗金,西蒙·杜林(Simon During)发表了书评文章《土著到底是怎样的?》④对纳罗金提出的"土著性"(Aboriginality)进行了回应。虽然杜林不认同纳罗金的定义与范畴,但杜林肯定了其"土著与后殖民"议题的积极价值。杜林认为,在后殖民主义盛行的语境下,能有这样一部开启澳大利亚本土讨论的著作,将有利于后殖民主义理论研究议题在澳大利亚的确立,至少在奠定未来后殖民主义发展的起点方面,具有重要意义。

澳大利亚后殖民主义文学批评在20世纪70年代之前已开始萌芽。纳罗金的《边缘视角创作》不仅是杜林认为的后殖民主义"出发点"(a basis of departure)⑤,也是后殖民文学批评已初见成效的一个标志。七八十年代,后殖民文学批评从殖民历史、土著少数族裔政治以及国家民族身份构建等方面,提出了有价值的思想观点。从历史语境来看,60年代传统文学研究转向文化研究,为对殖民历史的回写与反写提供了成长的沃土。1978年,萨义德《东方学》出版,引起国际学术领域的巨大关注,后殖民主义文学批评理论迅速扩散开来。本质上,其与70年代后西方"文化研究"转向性别、种族、阶级等多元文化领域的变化相一致。萨义德指出,《东方学》是"一本关于'东方'的种种表述的著作,是'东方'如何不断地被人们错误表述与曲解"⑥的著作。作为后殖民主义思想确立的标志,《东方学》表明了后殖民主

---

① Kane, Paul. "Postcolonial/Postmodern: Australian Literature and Peter Carey." *World Literature Today* 1993(30.3): 522.

② Ibid., 521.

③ Gelder, Ken, and Paul Salzman. *The New Diversity: Australian Fiction 1970—88*. Melbourne: McPhee Gribble, 1989: 140.

④ During, Simon. "How Aboriginal Is It?" *Australian Book Review* 1990(118): 21—23.

⑤ Ibid., 23.

⑥ 爱德华·W. 萨义德. "2003版序言". 东方学. 王宇根译. 北京:生活·读书·新知三联书店, 2007: 1.

义"元叙事"(meta-narrative)的本质属性,也从侧面反映了后殖民主义是关于殖民叙事的"后"殖民叙事理论。萨义德还明确提出,《东方学》主要想表达的是"以人文主义批评去开拓斗争领地,引入一种长期、连续的思考与分析"①。因此,土著文学、后殖民文学以及女性文学的多元局面,是对萨义德理论的一个现实回应。在20世纪七八十年代这个特殊的历史时期,多种文化齐头并进,是这一时期澳大利亚文学历史的一个显著特征。

在澳大利亚后殖民主义文学批评中,最受关注的是分别以比尔·阿希克洛夫特和鲍勃·霍奇为代表的两种后殖民主义思潮。经过 20 世纪三四十年代的经典争议、五六十年代文学批评专业化,此时的澳大利亚文学批评呈现文化多元的局面。对于文学经典的认同已不再禁锢于英国传统与"澳大利亚性"的狭隘对立,文学批评更加关注正本溯源,更加正视国家殖民历史。在这一时期,殖民批评思想不仅对澳大利亚历史文化进行了创造性回顾与反思;而且将澳大利亚文学引入了全球话语体系,顺应国际化发展潮流。比尔·阿希克洛夫特和鲍勃·霍奇分别于 1989 年和 1991 年相继出版两部后殖民经典批评著作——《逆写帝国》和《梦的黑暗面》,前者由阿希克洛夫特、格瑞斯·格里菲斯(Gareth Griffiths)和海伦·蒂芬合著,后者由霍奇与印度裔批评家维杰·米什拉共同执笔。他们是澳大利亚后殖民批评的主力。阿希克洛夫特等人的《逆写帝国》与英国批评家罗伯特·扬(Robert Young)的《白色神话》(*White Mythologies*,1990)、印度批评家阿吉兹·阿罕默德(Aijaz Ahmad)的《在理论内部:民族、阶级与文学》(*In Theory*:*Nations*,*Classes*,*Literature*,1992)被公认为后殖民理论的三部经典著作。虽然后殖民主义问世已久,但阿希克洛夫特开创了新的先河。巧合的是,这三部作品都是作者们的首部出版作品,勾画出了 20 世纪八九十年代新旧交替的时代特征。霍奇的《梦的黑暗面》在后殖民话语体系内虽未享有《逆写帝国》般的国际知名度,但它为了解澳大利亚后殖民批评提供了一个强有力的视角与参照。鲍勃·霍奇著述不仅数量多,而且涵盖领域广,包括儿童、媒体、语言学、社会学、符号学以及文学等。在霍奇的 20 多部著述中,他的《社会符号学》(*Social Semiotics*,1988)、《语言作为思想》(*Language as Ideology*,1993)更加享有盛誉。后殖民批评不仅是这一时期澳大利亚文学批评的代表性特征,也使澳大利亚文学批评转入了新阶段。

《逆写帝国》不仅从理论上确立了后殖民文学批评在澳大利亚的诞生,而且从

---

① 爱德华·W. 萨义德."2003 版序言". 东方学. 王宇根译. 北京:生活·读书·新知三联书店,2007:9.

世界主义角度阐释了后殖民经验与当代西方文化与理论间的关系。从开篇伊始对"后殖民"概念的定义与讨论,到后殖民文学从语言、文本以及理论三个方面对殖民文化的"重置"与"挪用",再到对新时期后殖民文学的发展愿景,阿希克洛夫特倡导的是一种更加开放、多元、去中心化的后殖民文学批评思想。他认为,"后殖民"一词应该是"涵盖自殖民开始至今,所有受到帝国主义进程影响的文化",而非狭义上的指有过殖民历史的国家,在一定程度上与新兴的"跨文化批评"有相似之意。[1]他概括后殖民文学有三大重要特征:"后殖民声音在帝国中心的失声与边缘化,对文本内部帝国中心的废弃,对中心语言和文化的积极挪用。"[2]后殖民文学实质上"皆把注意力吸引到语言中心性和多样化过程,藉此,中心和边缘的二元对立在弃用和挪用的互补过程中自行瓦解"[3]。后殖民批评史也莫不如此,"阅读特定后殖民文本,理解其在特定社会历史语境中的作用,'重新审视'讽喻、反讽和隐喻等既有比喻和模式,借助后殖民话语实践重读'经典'文本"[4]。显然,阿希克洛夫特对殖民经验持开放与包容态度。虽然历史无法重写,但是积极的"重置"与"挪用"对殖民经验进行"反利用",国家历史成为一种文化基源。"帝国文化,尤其是文学,其特别重要的作用是作为一种较小力量参与了对广大殖民地人民的真实霸权统治。因此,后殖民写作成为文化抵抗场所,对抗、介入、替换和改变英语文学经典。"[5]进一步讲,"后殖民理论展开的方式之一,是与文化多样性、少数族裔、种族和文化差异以及其中的权利关系等问题相关联——这是充分且巧妙理解新殖民统治的结果"[6]。阿希克洛夫特这种具有新时代意义的后殖民批评思想,在某种程度上与罗兰·罗伯逊(Roland Roberson)的观点颇为相似。罗伯逊曾指出,全球化理论在20世纪的发展过程中,从表述"文化帝国主义"或"新帝国主义",转向"杂糅化"(hybridization)、"扩散"(diffusion)、"相对化"(relativization)、全球社会的相互关系,以及"世界萎缩与世界一体化观念的强化"。[7]《逆写帝国》表达的"对欧洲历史

---

[1] 比尔·阿希克洛夫特、格瑞斯·格里菲斯、海伦·蒂芬. 逆写帝国:后殖民文学的理论与实践. 任一鸣译. 北京:北京大学出版社,2014:1.

[2] 同上书,80.

[3] 同上书,110.

[4] 同上书,18.

[5] 同上.

[6] 同上书,191.

[7] Roberson, Roland. *Globalization: Social Theory and Global Culture*. New York: Sage, 1992: 8.

和虚构文本的重读与重写,是后殖民事业至关重要且义不容辞的使命"①,是阿希克洛夫特后殖民批评思想的精髓。

《梦的黑暗面》从另一个方面与《逆写帝国》遥相呼应,共同组成双面"镜像"论述,呈现出这一时期澳大利亚后殖民批评的整体轮廓。约翰·塔洛克(John Tulloch)在总序中重申霍奇与米什拉在前言中的总结:"本书的中心主题是澳大利亚尝试构建国家身份的历程……以及作为帝国权力的一个非正义行为,现代澳大利亚国家诞生的固有基础作对此所产生的巨大影响……但这并不是说我们认为'澳大利亚文学'整体单独存在。这里的'澳大利亚文学'指的是一系列的体裁与文本,它们沿着社会政治的路线被分层,指向不同的社会主导群体……但是,作为澳大利亚文学文本的生产语境的一部分,这个思想工程(ideological project)的影响力间歇且多变,贯穿整个生产过程。因此,我们所讨论的许多文本在传统意义上来讲并不被认为'卓越'(great)或者'澳大利亚'(Australian),或者'文学'。"②"澳大利亚性"依然是《梦的黑暗面》所关注的重点。相较于从外视角将澳大利亚文学放入整个世界话语体系中来探讨,霍奇与米什拉认为,要构建澳大利亚民族国家身份,从内视角聚焦于本土文化与文学更具意义。霍奇与米什拉试图通过对澳大利亚本土文化与文学主题的归纳和分类,多角度去定义具有本土民族特色的澳大利亚文学。整部著作的内容也严格按照主题分类阐释来进行讨论。《梦的黑暗面》通篇探讨了十个澳大利亚写作主题。开篇"澳大利亚文学与历史问题"从历史角度展开议题,紧接着围绕澳大利亚的特殊历史"杂种情节"(The bastard complex)、"受压迫者的回归"(Return of the repressed)、"黑色传统"(Dark traditions)、"土著声音"(Aboriginal voices)、"犯罪与惩罚"(Crimes and punishment)、"阅读国家"(Reading the country)、"澳大利亚传奇"(Australian legend)与"多元文化与碎片社会"(Multiculturalism and the fragment society)展开历史线性讨论。总结篇"阅读梦想"(Reading the dream)对澳大利亚文化未来发展方向进行了勾勒与呼吁。霍奇与米什拉指明,"梦的黑暗面是被压制的一个范畴(the domain of repression),包括被禁忌的、被压迫的与'不可言说的'(the forbidden, the suppressed and

---

① 比尔·阿希克洛夫特、格瑞斯·格里菲斯、海伦·蒂芬. 逆写帝国:后殖民文学的理论与实践. 任一鸣译. 北京:北京大学出版社,2014:208.
② Hodge, Bob, and Vijay Mishra. *Dark Side of the Dream: Australian Literature and the Postcolonial Mind*. New South Wales: Allen & Unwin, 1991: VI, X.

'unspeakable')"①。他们认为,文本分析表明这个"梦"(dream)的涵义是一个不断变化(shifting)的概念,不变的是其"澳大利亚文化的他者化"(Other of Australian Culture)。不管这个"他者"的梦是如何地变化,始终是在殖民历史与其相应的主导关系背景下。②霍奇与米什拉清晰地意识到澳大利亚不可能摆脱殖民历史语境,推进相对独立的澳大利亚民族文化。虽然在论著开篇,他们就申明对"澳大利亚性"的特殊情结,但并未影响《梦的黑暗面》的理性思考价值。

在思考如何才能构建澳大利亚特有文化上,尽管霍奇、米什拉与阿希克洛夫特的观点基本一致,但是他们的思考语境与逻辑又完全不同。《逆写帝国》最初由英国劳特利奇出版社(Routledge)以"新音系列"(New Accents Series)出版,主要面向英国与北美;而《梦的黑暗面》是"澳大利亚文化研究"系列成果之一,出版推广语境存在着内外差异。两者相继出版后,澳大利亚学术界争论激烈。辩论焦点集中在后者对前者所倡导的"共同主义与拒绝历史"(universalism and dismissal of history)的控诉,认为保持"异质性"(heterogeneity)是后殖民情结(postcolonial complex)的内在本质要求,而《逆写帝国》所认同的后殖民社会与殖民统治国家之间存在的连续性(continuity of preoccupation)缺乏理据。③ 诚然,作为学术争论,这种控诉只是一种"标准操作"(standard manoeuvre)④,但这对后殖民批评的深化与完善有重要作用。然而在广义层面上将两者对立,有失偏颇。《逆写帝国》与《梦的黑暗面》更像是对事物的两面性剖析,宏观与微观,外向与内向,激进与保守,两者目的都是希冀通过一定途径实现民族文化独立与自主,都客观承认殖民历史在民族文化发展中的主导影响,认同在构建民族文化问题上关键在于如何认识殖民历史。而两者的区别在于探讨出发点存在差异。《逆写帝国》置身国际全球化与多元文化主义语境,意在通过对澳大利亚文化的声音在世界话语体系中的讨论,宏观地指出澳大利亚文化发展方向;而《梦的黑暗面》回归具体文本分析,旨在通过对本土民族特色主题分析,为民族文化崛起提供内容与支撑。两本著作在形式与内容上相互补充,侧重点各不相同,这也正是事物内在本质"此不为彼"的必然。《逆写

---

① Hodge, Bob, and Vijay Mishra. *Dark Side of the Dream: Australian Literature and the Postcolonial Mind*. New South Wales: Allen & Unwin, 1991: 204.

② Ibid.

③ Dale, Leigh. "Post-colonialism and Literary Criticism in Australia." *Modern Australian Criticism and Theory*. eds. David Carter and Wang Guanglin. Shanghai: China Ocean University Press, 2010: 19—20.

④ Ibid., 20.

帝国》与《梦的黑暗面》共同推进了澳大利亚后殖民批评以及澳大利亚文化、文学批评。这种促进通过时间累计,在完善自身的同时,也作为这一时期澳大利亚文学的主导力量,影响广泛。

女性文学批评也是澳大利亚文学批评不容忽视的领域。1888年,劳森的母亲路易莎·劳森(Louisa Lawson)创立《黎明》(The Dawn)期刊,它是澳大利亚第一个完全由女性所出版发行的公开刊物,在澳大利亚女性主义文学批评史上具有开创性意义。兼作家与出版商的路易莎·劳森不仅主张在自己的出版社只雇用女性,而且发表的文章都极具女性主义视角、关注社会女性议题,如女性投票权、女性教育、女性经济、女性法律权利等。19世纪末,路易莎·劳森可以说已为女性文学及批评竖起了旗帜。然而,在接下来的近50年中,澳大利亚女性文学批评的发展却停滞不前。尽管随着战争的结束和社会发展,澳大利亚文坛也涌现了艾达·凯姆瑞治(Ada Cambridge)、迈尔斯·弗兰克林以及克里斯蒂娜·斯特德等杰出女性作家,但澳大利亚女性文学批评却无明显进展。凯姆瑞治的20部诗歌、自传、小说作品只得以连载系列形式在报纸上刊登,却无一以书籍形式出版。众多女性尝试树立"澳大利亚新女性"(The New Woman in Australia)形象与身份,但一直未成功进入澳大利亚主流文学批评话语中。

这种女性主义批评困境,直到第二次国际女性主义浪潮才有改观。战后十年,女性已不再安于家庭角色禁锢,抵抗情绪蔓延,呼吁女性从家庭彻底解放的声音愈加强烈,第二次女性主义浪潮的序幕从此揭开。与第一次女权解放运动争取政治平等选举权不同,第二次女权运动要求女性从家庭中解放出来。这一浪潮于20世纪70年代传及澳大利亚,在此影响下,女性文学创作繁荣发展,女性主义批评渐成体系。1976年,继路易莎·劳森的《黎明》创立约百年后,西比拉合作出版社(Sybylla Co-operative Press)在墨尔本成立。80年代,随着女权主义运动逐渐进入澳大利亚主流核心话语,大批出版社与出版商也将目光投向了女性作者与女性读者。澳大利亚女性文学创作与批评迎来了明媚的春天。仅1970年,土著女性作家先驱凯思·沃克就有七部诗集作品问世,包括具有鲜明土著色彩的《过去》(The Past)、《我的人民:凯思·沃克选集》等。70年代以前一直致力于短篇小说创作的伊丽莎白·乔利,也于80年代开始创作长篇小说,其中《井》(The Well,1986)就发表于这一时期。女性作家海伦·加纳(Helen Garner)的写作生涯也开始于70年代,并屡有新作问世,其中《第一块石头》(The First Stone,1995)引起广泛关注,"一石激起千层浪",为澳大利亚女性主义批评注入了活力。萨利·摩根的《我的家园》也出版于这一时期。随着越来越多的女性投入文学创作,女性文学作品也被纳入大学研究课程,女性主义批评蓬勃发展。

1970年,杰梅茵·格里尔《女太监》的出版,吹响了澳大利亚女性批评的号角。《女太监》可以说是对世界第二次女性主义浪潮的一个回应,不仅使格里尔成为第二次女权浪潮的标志性人物,而且使澳大利亚女性主义批评进入国际视野。该书一经问世就引起热议,它主要从解构主义视角系统剖析了女性特征与女性气质(womanhood and femininity),认为女性的服从性社会角色是男权社会下强制压迫与限制的结果,目的是为了满足男性幻想需求。尽管格里尔的理念依然是在普遍女性主义范畴下试图解构女性被物化与他者化的现象,但是在澳大利亚女性主义批评历史上留下浓墨重彩。《女太监》所追求的是女性的"性"(sexuality),号召女性要冲破生理与性别禁锢,找回被阉割的"性",成为完整的自由人(freeman),而非自由的女性(free woman)。格里尔在20世纪七八十年代的20年间,先后出版了近十部作品。《障碍赛:女性画家与她们作品的命运》(*The Obstacle Race: The Fortunes of Women Painters and Their Work*,1979),记录了20世纪以前那些不曾被记录过的女性艺术家的创作生涯。在《性与命运:人类生育政治》(*Sexuality and Destiny: The Politics of Human Fertility*,1984)中批判了性别、生育、家庭等女性主义讨论热点。《女太监》的姊妹作品《完整的女人》(*The Whole Woman*,1999)对男权社会物化女性的精神心理进行了剖析。《漂亮男孩》(*The Beautiful Boy*,2003)是格里尔批评思想的重要转向,她把目光从女性生理与心理剖析转移到了以男性为出发点。虽然格里尔的女性批评思想过度强调女性在生理方面与男性的区别,对女性"性"解放过于激进,但其批评思想的引领作用毋庸置疑。

在格里尔的影响下,一大批女性主义批评家涌现。在多元、开放、包容的时代背景下,女性主义批评逐渐成为主流批评话语之一。她们已经不再局限于对两性差异的实体性研究,而将研究范围延伸到文化视角下的深层精神解放。1975年,传记女性批评家卡罗尔·费里尔创办了澳大利亚第一份国际女性研究期刊《赫卡特》,这是一本集性别、种族、政治、文化等多方面研究的跨学科综合性期刊,对扩大澳大利亚女性主义批评影响力发挥着不可替代的作用。海伦·蒂芬是一位后殖民主义女性批评家,在《逆写帝国》之前已有作品出版,之后在文坛更加活跃。1990年,蒂芬与伊恩·亚当(Ian Adam)又合著出版了《最后一个"后"以后:后殖民主义和后现代主义理论》(*Past the Last Post: Theorizing Post-colonialism and Post-modernism*),论述了从女性主义到后殖民等多个问题,她的批评历程可以说是澳大利亚女性主义发展的一个缩影。1987年,伊莉莎白·韦伯与莉迪亚·韦弗斯合著出版了故事集《幸福结局:澳大利亚与新西兰女作家故事集,19世纪50年代—20世纪30年代》;两年后又发表了续作《再见浪漫主义:澳大利亚与新西兰女作家故事集,20世纪30—80年代》。这两部著作为澳大利亚女性文学批评研究提供了有益借鉴。此外,女性批评家苏珊·谢里丹也值得我们注意。1985年,苏珊·迈格利创立《澳大利亚女性主义研究》杂志,目前已发展为澳大利亚反映女性主义研究状况最重要的期刊之一。同为"阿德莱德学派"女性主义批评家的谢里丹也曾长期担任此刊主编。谢里丹的女性主义批评研究不仅批判思想尖锐,而且融合了澳大利亚土著族群因素,更加客观全面。《像我们一样的妻子与母亲,垂死种族的可怜残余》("Wives and Mothers Like Ourselves, Poor Remnants of a Dying Race")一文探究了白人女性作家笔下土著族群的模糊表征问题;《克里斯蒂娜·斯特德——重要女性作家系列》(Christina Stead, Key Women Writers Series, 1988)与《嫁接:女性主义文化批评》则对澳大利亚女性作家与女性主义批评做了系统分析研究。可以说,澳大利亚的女性主义批评毫不逊色于土著文学批评和后殖民主义批评。甚至可以认为,女性主义批评完全融合了土著文学与后殖民文学批评的关键要素,集多元文化要素一身,更具发展前景。

20世纪80年代,澳大利亚女性主义批评体系初步形成。一大批女性主义学术刊物问世,其中《赫卡特》和《澳大利亚女性主义研究》最具影响力。这两份期刊也代表了澳大利亚女性主义批评学术中心的确立,即以《赫卡特》主编卡罗尔·费里尔为代表的"布里斯班学派"和《澳大利亚女性主义研究》的苏珊·谢里丹与苏珊·迈格利为代表的"阿德莱德学派"。女性主义批评不仅在学术体制上成就显著,在学术出版上也不容小觑。其中,两部重要作品的出版受到了很大反响,分别是雪莉·沃克的《她是谁?》与卡罗尔·费里尔的《性别、政治与小说:20世纪澳大利亚女性小说》。德利斯·伯德称赞这两部作品是澳大利亚女性主义批评的"先驱"(the first of their kind)与"地标"(landmark)[①]。这两部作品的横空出世,一方面来源于女性性别意识不断发展,另一方面也是对澳大利亚女性主义新发展趋势的一种回应。《她是谁?》标题醒目,令人深思,简单明了地表达了对女性身份疑惑的问题。该书在选取内容上不仅包括女性批评家的文章,也收录了一部分男性批评家关于女性的论述。标题以提问的方式映射出沃克追寻本质的批评观念,这也

[①] Bird, Delys. "Review of *Who Is She?* and *Gender, Politics and Fiction.*" *Kunapipi* 1985: 187.

与《她是谁?》澳大利亚传统经典语境的出发点一致。虽然该书旨在探讨澳大利亚小说中的女性身份问题,但仅限于"文本说明"与"作者主观性"而言。谢里丹的《性别、政治与小说:20世纪澳大利亚女性小说》更加激进,主要关注新时期女性发展的方向问题——寻找不同答案,寻求新选择。书名中"性别""政治""小说"三个关键词并列,不仅说明了谢里丹的批评视角,而且也给出了结论,即女性主义批评是一种政治工具。该书最具影响力的部分是谢里丹概括总结澳大利亚女性主义文学批评发展的三个阶段。谢里丹认为,与世界女性主义发展类似,澳大利亚女性主义文学批评经历了女性形象审视批评、重新发现女性主义和超越创造新理论三个阶段。《她是谁?》是典型的第一阶段成果,总结了澳大利亚女性主义文学批评已有成就;《性别、政治与小说:20世纪澳大利亚女性小说》则属于第二阶段成果,重在对女性主义提出新挑战与新的可能及假想。

  文学批评总是在冲突与质疑中突破前进。20世纪七八十年代的澳大利亚文学批评,一方面是对六七十年代的继承与发展,另一方面也是世纪之交澳大利亚文学批评转向的基础与前奏。70年代以前,"新批评"独占鳌头,澳大利亚文学批评还依然在摸索其"发生场"的边界,经典标准是其关注与争辩的主要内容。之后,这样的辩论有了充分的探究环境与空间,加之现代资本主义在全球迅速蔓延,澳大利亚逐渐与世界接轨,不论是社会、政治、经济,还是文学与文化的发展都呈现出更加复杂多元的特点。"新左翼"与"新批评"在对峙与碰撞中为澳大利亚文学批评找到新方向。"新批评"逐渐融入民族主义传统,"新左翼"引领新思潮,为文学批评核心内涵提供脚注。

  文学与批评"你中有我,我中有你",两者的共同繁荣造就了澳大利亚文学批评国际化阶段的理论盛世。土著文学、后殖民文学、移民文学、女性文学等分别从不同视角书写了他们眼中的澳大利亚,既不断丰富了"澳大利亚性"的延伸涵义,也为文学批评提供了多元基础。尽管土著文学批评、后殖民文学批评与女性主义文学批评在历史变迁中的经历、机遇迥异,但是它们都处于权力中心话语边缘,不为传统经典所接纳。土著文学批评正本溯源,后殖民批评解构殖民历史,女性批评重新定义女性自身。批评视角多元、批评理论与国际接轨、批评思想大胆激进是这一时期澳大利亚文学批评的主要特征。

  然而,由于历史与现实原因,澳大利亚土著文学批评、后殖民文学批评与女性主义文学批评呈现出不同发展模式。土著文学起步晚、发展慢,最早关注和描写土著的是白人作家,虽然他们通过书写尝试反思殖民历史、颠覆帝国话语,但白人作家笔下的土著仍难逃"他者"的塑造框架,白人依然掌握着话语主导地位;尽管新成长起来的土著作家众多,传统土著作家却较少,大多数土著作家只是拥有部分土著血统或有土著相关家族史而已。因而,尽管土著文学批评在国际化阶段取得了一些成就,但其批评文本有限,缺少一批专业的土著文学批评家。澳大利亚后殖民批评起点较高,一经形成就位列国际主流之列,不仅批评思想系统完整,而且批评实践性强,是澳大利亚文学批评较成功的典范之一。但高起点也设立了高标准,在新时代环境下,后殖民如何冲破自身禁锢,不断完善并与时俱进还需进一步努力。女性主义批评自我意识提高,独立批评成为共识,众多女性主义批评作品问世,女性主义批评体系形成,然而由于女性长期处于男性附属地位,女性批评仍无法摆脱男权阴影,澳大利亚女性主义批评依旧在中心边缘徘徊。至此,土著批评、后殖民批评、女性批评组成了澳大利亚文学批评的多元格局。

  国际化阶段是澳大利亚批评的一个新纪元,各个批评领域都得到了长足发展。澳大利亚文学批评超越传统,创造了新范式,为多元文化主义未来发展奠定了基础。各批评领域齐头并进,"澳大利亚的英国人"与"英国的澳大利亚人"时代成为过去,"澳大利亚的澳大利亚人"时期开始到来。澳大利亚社会固有的碎片性质被逐渐聚合,多元有机融合成为新时代主题。

第十一章 文学批评家

第一节 迈克尔·怀尔丁
（Michael Wilding, 1942— ）

生平简介

迈克尔·怀尔丁是当代世界文坛上可以与戴维·洛奇（David Lodge）相提并论的小说家、批评家。他是20世纪60年代澳大利亚短篇小说热潮的先驱之一，新派运动的代表作家。怀尔丁出生于英国，1963年在牛津大学取得学士学位。1969年起执教于悉尼大学，教授英国和澳大利亚文学。

作为一位英裔澳籍作家，他在澳大利亚从事教学、写作和出版工作。怀尔丁任教过多所大学，被悉尼大学、伯明翰大学、加州大学圣巴巴拉分校聘为终身教授。他的文学作品已经在全世界20多个国家翻译出版。怀尔丁不仅是一位声名显赫的作家，还是澳大利亚人文学院院士、新南威尔士作家中心主席。作为一名学者，他赢得了"澳大利亚文学重要批评家和学者"的声誉，2015年获得了科林·罗德里克奖（Colin Roderick Award）和总理文学奖（The Prime Minister's Literary Award）。

此外，怀尔丁还是澳大利亚当代著名的编辑和出版商。他是维尔德—伍利出版社（Wild and Woolley Press）的创办者之一。他编辑出版了多部学术专著、小说和短篇小说，在澳大利亚的政治文化发展和文学批评方面均有着显赫的成就。怀尔丁的主要研究领域包括英国17世纪古典文学、澳大利亚文学和文化相关问题、政治与社会策略问题、国际主义、多元文化研究等。他在这方面的代表作品包括：《英国的文化政策》(Cultural Policy in Great Britain, 1970)、《政治小说》(Political Fictions, 1984)、《激进传统：劳森、弗菲、斯特德》(下文简称《激进传统》)(The Radical Tradition: Lawson, Furphy, Stead, 1993)、《社会幻象》(Social Visions, 1993)、《怀尔丁传》①(Growing Wild, 2016)。他在这些批评作品中洞察文社会万象、文化发展，同时评估了文学与文化研究中的重点与传统价值，为文化政治、文学创作、批评和教育等领域提出了颇有价值的洞见。

新派批评家

作为学院派作家代表，怀尔丁在20世纪60年代世界文学理论热潮中开始其创作生涯，他撰写了一系列论文来表述自己对古典文学的见解，阐释其"择蹊径而为之"的文学主张。在新小说运动蓬勃发展时期，怀尔丁用文学批评融合叙事技巧，来精心编织自己的短篇小说，对澳大利亚的反文化运动、现实主义文学以及关于西方文明的理想化进行了反讽式的剖析。他的主要小说作品写的是知识分子的荒诞生活，可作品所探讨的却是新派运动中异常活跃的知识分子新思想。怀尔丁早期关注的重要主题是处于文化差异中的澳大利亚外籍知识分子思想；中期关注的是在后现代文学繁荣时期作为新生力军的澳大利亚学院派的文学理论；后期则转向当代澳大利亚多元文化主义。

古典文学批评

怀尔丁在写作早期热衷于古典文学批评，特别是古典文学在澳大利亚学术界的传播和研究历程，并对此进行回溯和考察。我们可以看到，怀尔丁在其撰写或主编的学术论著以及发表的学术论文中表达的文学思想与当时怀特的文学创作有着异曲同工之妙。现实主义主导的20世纪澳大利亚文坛中，怀特的作品无疑是50

---

① 又译：《野蛮生长》。

年代澳大利亚现代小说的典范,他用保守、艰深、复杂和无奈这些关键词支配着20世纪后半叶的澳大利亚小说主题。现代派小说家一般使用传统的小说创作方式来表现澳大利亚的现实。怀特追随着乔伊斯、劳伦斯、伍尔夫和艾略特这些欧洲现代主义作家的脚步,表达一种存在于澳大利亚现实之上的丰富想象和深层思考。而怀尔丁的文学批评思想也非常清晰地表述了对于革故鼎新、广泛吸纳世界文学思想的支持,这对澳大利亚民族文学改良十分有益。显然,"怀尔丁与传统文学批评的关系是相辅相成的,但同时他也是传统的反叛者之一"[①]。作为文学家和教育家,他倡导符合世界主义的文学批评思想,并以此作为他文学理论的基础。

自1967年起,怀尔丁编写并出版了一系列经典文学专著和文化政治评论,分别在澳大利亚、英国和法国出版发行,意在把批评作为一种小说体裁予以再创造。已出版的作品包括《亨利·詹姆斯写的三个故事》(*Three Tales by Henry James*,1967)、《海外澳大利亚人》(*Australians Abroad*,1967)、《弥尔顿的〈失乐园〉》(*Milton's Paradise Lost*,1969)、《马维尔:现代评价》(*Marvell: Modern Judgements*,1970)、《约翰·谢菲尔德的尤利乌斯·恺撒和马库斯·布鲁图斯》(*Julius Caesar and Marcus Brutus by John Sheffield*,1970)、《马库斯·克拉克》(*Marcus Clarke*,1977)和《政治小说》等。此类论述文学体裁的经典文学研究在怀尔丁创作早期已有清晰的脉络:他把经典作为写作的主要材料,一方面因为经典文学评论直接把作者放在中心,将评论者的个性与作家融合,更易于表达和传播观点,而不似虚构作品的委婉、间接抒怀,让读者难以捉摸。怀尔丁首先选择被他称之为诗人先知的弥尔顿、布莱克和惠特曼,讨论他们作为艺术家或者制作人的身份问题和创作初衷。另一方面,怀尔丁看到了社会现实主义的表现形式趋于枯竭,因而他支持更有活力、更具世界性的现代主义,而这些世界级作家的经典作品便自然地成为表达澳大利亚文学现代性的主要形式或工具。

怀尔丁首部学术专著以亨利·詹姆斯作为主要研究对象,论证环境与创作的紧密关系。詹姆斯是最具有世界性的现实主义者,他移居至现实主义发源地的欧洲,看似是为了避开现实主义巢窠,投身于欧洲浪漫主义文学,而事实上,詹姆斯前往欧洲是追求更佳的创作环境:更重视艺术的社会环境才有利于艺术家的创作和发挥,也更易激发艺术家的创作热忱和灵感。创作自由是作家和学者们的共同追求,对詹姆斯的研究恰恰给了怀尔丁发表见解的机会,广大读者也从中产生共鸣,

---

① Syson, Ian. "Michael Wilding's Three Centres of Value." *Australian Literary Studies* 1998(18.3): 269.

进而关注其文学主张。怀尔丁把自己在澳大利亚的文学身份首先定位为批评家/学者,这既符合其身份又能传播其创作主张。他认为创作不是记录现实,而是创造和评论,从创作伊始便宣扬侵入式的艺术观,构造理想中的艺术世界。因此,怀尔丁从一开始就有了自我实现的清晰路径,正如他本人所言,他的文学生涯"始于正统的方式"[①]。

怀尔丁在创作早期以非常传统的方式表达自己的文学洞见。他主要关注17世纪,特别是内战时期的英国历史小说和文学批评。在悉尼大学从教期间,怀尔丁编写了《海外澳大利亚人》[②],撰写了弥尔顿的批评专著及《马维尔:现代评价》,还梳理了一篇关于约翰·德莱顿的赞助人约翰·谢菲尔德(John Sheffield)的两部戏剧介绍。怀尔丁关注文学史和文学创作本身,这一学术批评与文学见解的混合体形成了日后被他称之为"多元世界"的多元文学创作。在更大程度上,他在学术生涯的第一阶段便实现了自己的文学目标:恢复澳大利亚文学批评的激进传统。

怀尔丁独具一格的古典文学研究体现在他对弥尔顿研究的"时代性"的把握。怀尔丁的研究反映出的是不断变化着的时代新视角,比如形式主义、美国新批评中的文本细读、后现代主义的指涉性等,特别是他所看到的新的社会现象和新的艺术实验运动,他把这些内容与追求激进的情感和政治的派别逐渐融合起来。"新写作"派在20世纪70年代兴起时,怀尔丁已经开始广泛地撰写有关澳大利亚文学的文章,主要关注19世纪到20世纪初这段时期,并以更加灵活多变的视角解读文学作品中体现出的激进民族主义传统。

怀尔丁在弥尔顿研究中的批评范式带有这种激进的时代色彩。在国际新文学思潮的影响下,他显然厌倦了传统单一派文学批评路线,而选择了更切合当时世界文学思潮的视角,这在《弥尔顿的〈失乐园〉》一书中便有所体现。尽管在此书的序言里怀尔丁确立了自己形式主义者的身份,八年后,他在《为弥尔顿辩护》一文中却使用了一种截然相反的观点。在怀尔丁和史蒂芬·奈特(Stephen Knight)合著的《激进的读者》(*The Radical Reader*,1977)中的"重获激进的弥尔顿",怀尔丁将自己定义为从根本上反对利维斯主义和新批评。他再一次反驳了20世纪30年代批评家们对弥尔顿的攻击,并指责庞德、艾略特和利维斯仅仅关注弥尔顿的语言,只对页面文字进行研究,抛却传记、历史、社会和政治问题的影响,不关注弥尔顿对于

---

① Pierce, Peter. *The Cambridge History of Australian Literature*. Cambridge: Cambridge University Press. 2009:3.

② 与 Charles Higham 合编。

革命、权力和叛逆等主题,因此完全是"形式主义的攻击"。"艾略特关于弥尔顿和马维尔的论文在20世纪都具有极大的影响力,但你永远不会猜测到这两个不同的文学大师的主题都是关于活跃的革命者。"①

作为批评家的怀尔丁,立场使人疑惑,无论是他的新观点还是长期的文学立场都令人无法捉摸。怀尔丁是澳大利亚文坛的重要作家,他的作品备受瞩目,但是研究其理论体系的学者并不多。怀尔丁的作品大多采用复杂的叙事手法,叙事角度相互对立,既复杂又多变,既注重主观性又注重形式。他认为,沿着世界主义的时代脉搏、与世界主流文学发展共进步,才是澳大利亚文学的正确选择。他的古典文学批评思想是建立在美国新批评的理论原理之上,选用新视角对照经典,真实地表达当代经验,触及文学批评的各种复杂性和可能性。由此可见,怀尔丁是一位有进步思想的文学批评家。

怀尔丁在他日渐成熟的当代政治文化批评思想当中,欣然接受了弥尔顿的思想。弥尔顿身处17世纪社会,作为一名以笔为戈的革命者,他的"革新者"的理念影响了怀尔丁,也因此成为怀尔丁的批评理念和政治理念的注脚,渗透在他1960年后创作的小说当中,如《英国的文化政策》《政治小说》《龙牙:英国革命中的文学》(*Dragon's Teeth: Literature in the English Revolution*,1987)、《激进传统》等非小说作品。这些研究作品表述了他对弥尔顿思想的批判与继承,在沿袭弥尔顿的政治认识论基础上又反思了其对革新的观念,如怀尔丁所言:"这是一个有力的比喻;它是政治艺术的主题之一,可以追溯到相当原始的阶级恐怖;这是文学知识分子在莎士比亚、弥尔顿、德莱顿、斯威夫特、阿诺德和奥威尔的作品中所发现的暴行和人民的恐惧。"②在怀尔丁看来,研究古典文学的政治主题,其核心在于通过参照不同时代的思想坐标来帮助批评家理清现实世界与艺术世界的关系,进而更好地研究批评演变的轨迹。可以说,弥尔顿的文学创作理念不仅为作为作家和批评家的怀尔丁提供了多种文学研究视角,也让其认识和反思第二次世界大战以后西方社会人类的生存境遇和浮躁的精神世界,这对后来的澳大利亚文艺理论的产生与发展有着重要的影响。

然而,随着西方文艺思潮的变化,怀尔丁逐渐摒弃了传统的批评方法,而对后来的批评流派,尤其是新批评和后现代主义表现出浓厚兴趣。怀尔丁对弥尔顿研

---

① Syson, Ian. "Michael Wilding's Three Centres of Value." *Australian Literary Studies* 1998(18.3): 120-21.

② Wilding, Michael. *Reading the Signs*. Sydney: Hale and Ironmonger, 1984: 200.

究的新转向就建立在对新思潮的批判和修正上,将澳大利亚传统文学批评转化为对当代社会文化和政治的看法。"自我反省,无能为力的反独裁主义、怀疑主义和分离主义标志着怀尔丁出版小说的早期例证。它列出了未来作家的重要发展细节,以及他文学生涯主题的早期背景。"① 作为文学理论家的怀尔丁惯于怀疑一切,对自己曾经的批评立场也同样经常反思,特别是弥尔顿的《失乐园》中有一些具有挑战性的主题思想,能够让批评家触及文学和政治的复杂关系。

在学术界一些评论家看来,怀尔丁的批评和评论比较极端化,缺乏耐心,有时甚至使用谴责性的话语。例如,他在评价约翰·卡罗尔(John Carroll)的《西方文化的衰落:人文主义复探》时,将这本书描述为"愚蠢之至",完全不值得一读。② 怀尔丁在《澳大利亚经典小说研究》("Studies in Classic Australian Fiction",1997)一文中提出了一个极有争议的看法,即在他对工人的描绘中,白人认为"阶级神话"具有攻击性和分裂性,在他们的圈子中影响巨大,就像反犹太主义的国家的社会主义宣传一样。③ 另一方面,他经常严厉地批评别人,也同样受到严厉批评。

激进、多变的批评方式在整个弥尔顿研究的过程中尤为明显,是怀尔丁古典文学研究中最独特的风格。除弥尔顿研究之外,怀尔丁还大量出版了马库斯·克拉克的作品,包括长篇小说、短篇小说、批评和新闻,并于1976年出版了一本关于克拉克的短篇小说。同年,他与史蒂芬·奈特一起编写了《激进的读者》,而他在汤斯维尔的科林·罗德里克奖获得者专题讲座则发表在《激进传统》中。怀尔丁对激进传统的分析包括对威廉·莱恩的讨论及对劳森《联盟埋葬其尸体》("The Union Buries Its Dead")的修正解读。此文收录在《澳大利亚经典小说研究》中。

怀尔丁对于古典派作家的时代性研究还表现在他对研究对象所处时代敏感性的把握。比如在对克拉克的研究中,他明确表达出对研究对象立场的直观判断,并融入当代商业化视角,比如他认为克拉克描写了一个特定的市场,一次又一次地在文本中描写他的澳大利亚背景,只是为了介绍旧世界的自传回忆。这种研究极富新意,是过往古典文学所缺乏的。怀尔丁通过古典文学关注、研究澳大利亚学院派写作的发展趋势,积极地在20世纪70年代初发表了多部专著和系列论文,对澳大利亚学院派教育产生了重要的影响。他从世界主义出发,对20世纪澳大利亚文学

---

① Syson, Ian. "Michael Wilding's Three Centres of Value." *Australian Literary Studies* 1998 (18.3): 269.

② Carroll, John. *The Wreck of Western Culture: Humanism Revisited*. Wilmington: Intercollegiate Studies Institute, 2008: 51.

③ Ibid.

和教育发展进行了批判性审视,赋予了文学批评教育的特殊使命,指出了当代澳大利亚文学的潮流,为20世纪后期的澳大利亚文学教育和发展做出了特殊贡献。

后现代写作

怀尔丁对现代文学的评论,尤其是对小说文类的观点(小说结构与主题意义)也是其作为作家和批评家的最大贡献。他的作品是自由创作和理性象征的综合。自由创作融合了国际特色和澳大利亚文学界独特的理论化倾向。这一综合、客观的信念在前期支配着怀尔丁写作的主题。怀尔丁与其他新派小说家一样,通常借助于反现实主义的创作方法来表现澳大利亚知识分子的城市生活。他们与传统派和怀特派相对立,将其文学批评的政治主题中所表现出的激进主义扩展到新的艺术实验当中去。

怀尔丁的作品体现着高度形式化与后现代风格相结合的艺术特点。这一时代精神为澳大利亚20世纪70年代新派写作运动时期的一代人所弘扬,推动了后现代主义、国际主义在澳大利亚本土的发展。当时的澳大利亚正在从丛林主义、本土化向大城市拓展,传统现实主义的种种克制也被个人情感和社会发展所替代。开放的文化观念在发展,新的文化团体和政治团体不断涌现出来,各类新刊物办得如火如荼。后现代主义的大趋势在怀尔丁的小说、批评著述里得到了全尽的体现,崭新的澳大利亚社会景观、自由的文学创作方向,以及对新的表达方式的渴求得到了逐一实现。作为澳大利亚的外来作家,怀尔丁没有完全步欧美小说家的后尘,而是抛弃传统小说的创作路径,代之以更具实验性质的写作手法。在主题方面,他更倾向于政治小说和实验派理论小说。

后现代创作风格实质是强调本体的创造性发展,这种观点在怀尔丁的作品中表现得很明显。后现代关于自我意识、形式创新、激进思想以及政治派别的理论在怀尔丁的大多数作品中都有所体现,他对于文本形式的创造性发展和一些政治思想的分析也进行了大胆尝试,如《死亡过程的几个方面》和《短篇使节》(*The Short Story Embassy*,1975)。这类小说的写作特点不同于以往学派的单调唯现实论,同时,也自觉地汇入了这一现代运动的主流里。怀尔丁小说中这些后现代倾向不仅是在文化方面,而且在艺术以及本身中进行着不断自我调整。在20世纪50年代末与整个60年代,怀尔丁在澳大利亚看到了一个不同于欧洲的且充满活力的新世界,这也是决定怀尔丁写作特色的最重要因素。新派作家在实验性方面更胜一筹,追求的是形式上的新意。事实上,新派作家出现时,澳大利亚社会文化的风向已经改变。作为大学教授及文学家出现在文坛的怀尔丁,是政治激进派和文学先锋派的结合。他们一方面代表新的文化风气,另一方面还寻求开拓一个完全不同的环境,即国际场域。怀尔丁的许多作品,如《太平洋公路》(*Pacific Highway*,1982)、《阅读符号》(*Reading the Signs*,1984)、《好天气》(*Great Climate*,1990)等都表达了其后现代主义思想,在小说中他倾向于书写那些常常被忽略的细节,努力对人们早已司空见惯的自然界以及日常生活进行仿造、重制和替换,让读者去推敲、对比和玩味。

他的写作游走在当下思潮和理论技巧之间,有互动,有关联亦有张力。关于超现实主义的小说在欧洲和美国也出现了问题,因为有关个人主义的旧现实主义观念受到了来自新的世界观方面的压力。受此影响,怀尔丁在这一时期出版的作品更像是对于那些困在现代生活背后需要急切揭示真实和机制的一种反映,而不再是对易于辨认并接受的平凡现实的表达。更具科学性和系统化的新话语模式暗示着将个人在宇宙中的中心位置加以取代,而更倾向于关注审美特征与主观形式上的技巧,新的审美观念的形成,则强调形式和印象的重要性。在某种程度上怀尔丁代表的是特权阶层,迎合着精英的小众品位。虽然怀尔丁对社会公众的影响不如其他新派作家,无法代表更普遍的澳大利亚国际新青年的形象,但怀尔丁对社会的影响更多体现在思想意识层面。受到英美学术界文学理论影响的怀尔丁努力在短篇小说中诠释新技巧,他用理论批评和知识分子的故事书写新时期的澳大利亚,用它们探讨了知识分子荒诞的精神世界。

此处,学院派理论批评与后现代主义的关系亟须理清。现代学术界的人文学科中,后现代主义是批判理论的产物。在美国,文学理论的热潮从20世纪60年代后期一直持续到80年代(其影响力自约翰·霍普金斯大学、耶鲁大学和康奈尔大学等精英院校始)。在这段时间里,文学理论被视为学术前沿,许多大学文学系都试图将其纳入课程加以教授。由于知名度的急剧上升以及其关键文本中的晦涩语言,文学理论也常被批评为时髦的蒙昧主义,当时出现了许多学术讽刺小说,如戴维·洛奇的理论小说。一些理论和反理论学者都把20世纪70年代和80年代有关文学理论的学术价值的辩论称为"理论战争"。作为悉尼大学的教授,怀尔丁自然会产生出一个文学先锋派和政治激进分子的渴求,逐渐把进步的激进主义理想用各种后现代文学形式表达出来。

与其他新派小说家一样，怀尔丁经历了从现代主义到后现代主义的转变。怀尔丁的作品可以被解释为一种后现代现实主义，因为他从不回避对现实的呈现，有时甚至将现实作为探索作品的主题。他对现实的表现则是通过后现代叙事，在叙事策略中强调现实的虚构性，把现实的现实虚构为谎言。怀尔丁著作中关于后现代的叙事主题包括偏执、性和国际主义等。所有这些主题都与澳大利亚后现代社会现实密切相关。

在这些形式与内容相融合的后现代作品里，怀尔丁表现出了对创作的向往。和其他后现代作家一样，怀尔丁的作品主要描述了处于荒诞境遇中的自我意识、个人从衰落的现代主义中挣脱以及少数族裔等群体无法控制和主宰自己命运的困境。通过后现代的写作方式，他巧妙地把国际主义与对后现代主义的向往和希望重新融合在小说当中，把个体归附于多元文化社会，个人得以摆脱环境和阶级的支配，被动的状况变得趋于缓和。在怀尔丁的新派小说中存在着疏离与和解，具体表现为个人和政治制度之间的尖锐矛盾，有创伤的自我和杂乱无序的历史之间相互对立形成了新的张力。因此，他的小说中不仅含有对社会反常状态的深刻认识，还往往通过后现代的荒诞声调表达出来，而且也存在着一种面向社会和国际潮流的倾向。作品的主人公们常常是一些知识分子，他们力图寻找当下生活的意义，指出新的社会现实和国际主义倾向需要用一种新的权威性的细节予以记载。早期的新派小说相对于世界后现代主义作品显得稍微粗糙，叙事手法应用指示性质都较明显，被人为环境所驱使，因而自然地形成了一种简化的、含有国际主义特色的后现代主义。它带有澳大利亚多元文化的混乱以及被取代者的形象，仍旧暗示着真实的外部环境的形象。

多元文化思想

怀尔丁作品的真正时代意义和价值不仅在于其激进而又独特的创作理念和后现代创作实验，更在于作家通过自己的文化接受经历、个人体验以及对艺术本质的探求与揭示来形成自己的理论视角。怀尔丁创作历程的轨迹见证了他创作生涯中文化认识论的转向，它决定了怀尔丁创作实验如何向前推进。这些转向由多元文化背景构成，他对文化的阐释与个人经历息息相关，英国文化、澳大利亚多元文化背景、国际化和本土化等在很大程度上不停地改变着他的文化思想轨迹和对美学的理解。显然,他的生活阅历、学术研究、所处文化环境以及他的性情和禀赋造就了他这样一位激进且颇具争议的作家。

怀尔丁对多元文化的接受,源于他从英国到澳大利亚的生活转变。他在创作早期经历了从老牌的帝国主义向新的多元文化转变的过程。尽管在初期,怀尔丁以一种传统的文学批评模式来开始自己的文学生涯,因为他身兼数职,并没有完全投入到文学创作中去。直到 20 世纪 70 年代初,他才开始转向小说创作。怀尔丁所有作品都是在多元文化语境下完成的,表现出明确的国际主义倾向,同时也突出了他与众不同的文艺思想。怀尔丁的小说涉及政治、文化、大学教育、学术研究、社会、宗教等多个领域,这些领域相互关联,在不同的时期有不同的关注点。总体来说,他在创作早期在古典文学批评理论当中添加当代多元文化的观照;到了 20 世纪 70 年代,怀尔丁又参与到"新写作"运动中,澳大利亚文化语境也催生了他文学思想当中的国际主义和多元文化。他的小说也成为多元文化主义的记述,一种对社会文化发展的反观。

(一)多元文化的接受历程

多元文化对怀尔丁的文学创作的影响在他的文学批评、后现代主义文学与当代文学中都有表现。怀尔丁是澳大利亚文学多元文化主义的代表人物之一,他的写作生涯在很大程度上是对多元文化主义的自觉演绎,因为他从英国前往澳大利亚的初衷便是追寻世界主义。从英国阶级社会的文化进入一个拥抱自由文化的社会,怀尔丁在思想上经历了从压抑到解放的过程。在《教育、位置和创造力》("Education, Location and Creativity")一文当中,怀尔丁将英国形容成一个"阶级引导一切"的国家:英格兰的未来看起来很黯淡。"在牛津大学的三年时间里,我明白了如果你来自工人阶级,你就永远不会被统治精英阶层所接受。统治精英统治着文化节目。你可能会发现自己只是一个利基,只要你的政治是顺从的,只要你基本上接受了事情的顺序并这么说。但你永远是一个高级仆人。"[①] 在他看来,来自工人阶级的自己永远不可能进入精英统治阶级,并拥有自由话语权。循规蹈矩的英国文化圈使他在精神上异常压抑。怀尔丁要寻找一个有自由话语权且能发挥自我创造力的地方,但是他又因英国文化帝国的地位陷入了矛盾的境地。最终,为了自己的发展,在对比了伯明翰大学和悉尼大学的教职生活之后,怀尔丁选择了悉尼大学。来到自由开放的悉尼后,他在随笔中描述这里的生活:"我 21 岁时来到悉尼

---

① Wilding, Michael. "Introduction." *Michael Wilding*. ed. Marcus Clarke. St Lucia: University of Queensland Press, 1976: IX—X.

时,谋到的第一份工作是教书,除此之外,我还兼职过送面包的司机、送奶工和算得上清闲的农场上的活,如摘苹果和豆子、给脱了毛的绵羊擦碘液防止真菌感染或吸虫危害。"① 在悉尼他尝试过自由主义和波希米亚式的生活方式,也体验过记者、学者、艺术家、作家等不同的工作,这使他爱上了悉尼这座城市。在 1963 年到 1972 年间,他在悉尼大学、伯明翰大学辗转教授英国和澳大利亚文学,最终选择了悉尼大学,因为他在英国感到的压抑和不自由不存在于悉尼。多元文化社会赋予怀尔丁广阔的创作天地,无论是他的个人经历还是作品中都体现了多元文化的构成元素。怀尔丁认为悉尼是一个国际化的大都市。不同于其他移民国家,克拉克将澳大利亚描绘成帝国、贸易、移民、电信和全球运输这一与世界相互关联的重要组成部分,但同时也是深深植根于许多古老文化中的一个国家。② 怀尔丁是角色不断迁移的现代人,他是跨越国界的移民和流亡者,也是囚犯和冒险者。他描述澳大利亚的国际主义既是一个全球性和多元文化的热点,也继承了伟大的文化传统。

(二) 怀尔丁作品中的多元文化元素

20 世纪后半叶,后现代风潮席卷澳大利亚文坛,让充满不确定感的澳大利亚文学有了自由主义的调节和平衡。存在主义哲学认为,在一个技术拜物教的世界里,工业技术使人沦为工具与机器,艺术创作几乎要被浩瀚的生活所吞噬,人们面临着丧失自我的危机。而多元文化政策赋予个人的自由使他们寄希望于改变生活方式和对事物多元性的理解中得到满足,进而采取一切归于自我的超验态度。这种自由主义的思想对现当代小说创作产生了巨大的影响。小说家们在以充满活力的独特新方式来诠释现实,拒绝陈腐、传统的生活观念同时,更是谋求传递更加个性化的生存观念。这些作家用各自不同的情绪进行创作,从文本中漾溢出一种获得解放的浪漫气息。怀尔丁把多元文化主义的氛围融入文学文本中,这是后现代主义的标志之一,这其中包含宏观至国际经济和文化主题,微观至校园主题。

怀尔丁的短篇小说集《阅读符号》正是刻画这一文学思想的典型著作。他用故事集中艺术家各个时期的不同生活来传达多元文化的社会状况,通过艺术家的形象和生活方式来反映多元文化主义在世界范围内的影响。怀尔丁另一短篇小说《新地方》(*The New Place*,1996)就不无讽刺地刻画了澳大利亚知识分子在多元文化影响下表现出的怪异和反本土传统倾向。

---

① Clarke, Marcus. ed. *Michael Wilding*. St Lucia: University of Queensland Press, 1976: 75.
② Webby, Elizabeth. *The Cambridge Companion to Australian Literature*. Cambridge: Cambridge University Press, 2000: 252.

怀尔丁的《阅读符号》融合了19世纪五六十年代欧洲青年普遍幻灭的资产阶级梦想。在这方面，它引入了大量的象征符号来描写故事，"人的命运解码"（decode the fate）便是书中指涉的重要主题。这暗示了怀尔丁由贝多芬第五交响曲引发的对生命的思考，即：生存由他的个人噩梦演变成公共噩梦，由个体到普遍。从每个故事开始到结束，叙事者都沉浸在一种自我反思的意境中讲故事。经过主人公迈克尔的"陈述"，叙事者与读者进行了生活体验的交流。我们可以看出，这个故事不是简单地作为一个孤立的自我解读游戏，即"自我生成，略去所指"，而是以一个可以丰富我们共同生活体验的活动的形式而存在，因为它与我们的生活密切相关。

各故事中的人物关系网成为重要的发展线索。这本小说集写于1984年，正值澳大利亚集中出版一大批历史小说之际。20世纪90年代，回顾过去成了小说家们十分热衷的方向。故事主要解释了艺术家，即作家自己的成长经历和内心世界，也包括了当时的社会状况、文化对立派和艺术家与社会的复杂关系。该小说集叙事非常隐晦，作家采用了大量的后现代叙事策略来讲故事，但根据主人公所经历的事件类别，大致可分为三个部分，即政治、文化和艺术界生活对人物成长的影响。

首先，它从政治的角度来展现其多元文化主义思想。即从旧的阶级文化和澳大利亚新的多元文化主义之间的关系来探讨。英国和澳大利亚的关系可以称之为父与子的亲缘关系，这种亲情关系在故事里表现为主人公和父亲之间的关系。这种断断续续的关系（on-and-off relationship）代表了特权阶级与弱势群体之间既和谐又对立的状况。在这种细微关系的处理上，很多小说家，特别是后现代小说家都采取模糊策略，即非彼非此的方式来提高文本阅读的陌生化效果，给予读者思考空间。怀尔丁在处理文本时也采用了这种模糊叙事。故事从其青少年时期开始，叙述了他叛逆期时父子间的紧张关系。在这里，父亲暗指英国，而儿子则是澳大利亚。而特权阶级是指英国资产阶级，自然主人公迈尔克一家是被剥削的弱势群体。这种大的对立面则构成了小说的强大张力。

《家庭重要性的下降》（"The Decline of the Importance of the Family"，1984）这篇短篇故事就是表达作为弱势群体的艺术家们对于资本主义制度和社会文化的怀疑和叛逆的态度。20世纪60年代，澳大利亚政治和经济的独立发展，与外界文化交流日益增多，各种思想文化潮流涌现出来，追求自由、民主的潮流也影响了澳大利亚的艺术家们。在此环境下，怀尔丁等一批青年作家们追求自我，追求自由解放，努力摆脱大英帝国的束缚。于是他在文本中大量书写阴暗的大英帝国和下层平民的新生，以自由和自我艺术价值作为自己追求的目标和使命。

在故事中，主人公迈克尔就是怀尔丁的化身，并描述了自己的成长经历。怀尔丁寒酸的平民阶层生活经历使他更看重高等教育，但难免有些怨恨，他自己与旧制度之间的关系是复杂的，有冲突也有顺从。他投身于资本主义制度，而他反对它，因为他认为它从本质上来说是剥削性质的，而他不得不过着被剥削的生活。曾获得奖学金到本地文法学校读书，然后到牛津。这是一个特权的教育，而无论如何，他还是意识到自己始终在特权教育体制之外。

其次，短篇故事《阶级感受》（"Class Feeling"，1984）讲述了主人公迈克尔对于自我文化身份的认知。值得注意的是，主人公是英雄与反英雄的混合体。故事中的迈克尔是反对宗主国的艺术家代表，但同时也是一个背叛者。他的情况与多数人相反，他出生在英国，接受了西方文化教育，却大胆地追求自己的艺术理念，彻底摆脱英国教育制度的束缚。他在生活的重压下精神状况发生了很大变化，在当时困苦的环境下如何生存也正是这一故事所要探讨的主题。在作品中怀尔丁没有采用夸张手法，而是采用写实手法。主人公并不像读者想象的那样脆弱，也不是像读者期待的那样强大。面对这种非常尴尬的境遇，怀尔丁采用一种散漫的方式来思考，用讽喻、嘲弄的方式来表达不满。在故事最后，叙述者指出用理性的方式来思考并不适当。这一点上，我们可以肯定，多元文化主义是艺术家们最好的诠释方式，因为多元文化主义是不确定和不顾传统的，可以给现实提供各种复杂多样的答案。基于此，他强调了各种通俗文化对艺术家生活、思想和创作的影响，解释了波希米亚艺术家畸形人格与其堕落生活的深层思想渊源。

最后，他从文化的角度来探讨澳大利亚本土文化。他写道，我们认为国际主义是现代艺术，但其实只是抽象的现代主义裹挟着美国文化。他从自身经历到艺术家的生活方式来考察国际主义在澳大利亚的实践。怀尔丁认为自己并没有留恋英国，也不把自己当作是拥有某一特定国籍的作家。成为作家并非是将国籍和政治意识形态密切关联。他明确地提道："我想你可能只是一个作家。我不乐意被确定为特定的民族群体。在任何情况下，澳大利亚的民族主义是一种错觉。"[①]在怀尔丁看来，它是一种文化，且会表现出特定的经济现实。根本原因是，澳大利亚不能掌控自己的经济，需要和世界经济融为一体。这种国际主义的状况就决定了艺术家的国际身份。从政治、文化和民族身份来说，都无法将他们归于哪一类别、哪个

---

① Wilding, Michael. *Political Fictions*. London: Routledge, 1984: 169.

阶级,这正是他们所追求的自由主义。

(三) 澳大利亚多元文化主义对怀尔丁创作的影响

多元文化主义对澳大利亚文学创作的国际化倾向起到了推波助澜的作用。在欧洲大陆及美国新文化的影响下,怀尔丁以文化和文学作品创新的方式探讨了澳大利亚在经历了现代主义后新的国际主义转变过程。为表达这一主题怀尔丁使用了各种不同的角度和后现代叙事手法,在短篇小说写作中实践了文学思想的理论构想。叙事的复杂性总是来自两种途径:一种是身份的定位;另一种是他的意识的多种性的表现手法其实就是后现代作家的写法。而最令怀尔丁感兴趣的是:在澳大利亚这个接纳多元文化的自由国度,丰富而有序的激进心理和充满创造力的神话使艺术脱离制度的束缚,不受地域限制。因此,澳大利亚是一个富有活力的国度,它能使新一代的年轻作家的文化思想之花绽放。

多元文化主义是现代西方世界自20世纪70年代来逐步获得影响力的一种新的生活方式和精神信仰。怀尔丁把澳大利亚的多元文化主义置于文本中表现出来,使其具有丰富的文学价值和文化启示。作为社会转型时期混合的现代性情境产物,多元文化是现代人的一种意识形态和社会身份的构建与认同的工具,是知识分子对现实世界的境遇折射、策略寻找和人格想象。它也是崇尚反常规和创造者的精神家园,这些叛逆者不断以异端的方式挑战主流霸权,逾越传统陈规;以对"边界"突破的尝试与冒险作为生活常态和人生原则。

通过对怀尔丁的文学批评、创作实践和文艺思想进行梳理和研究,我们发现,怀尔丁是当代澳大利亚文坛最具激进思想的文学家和思想家,也是一位充满争议的作家。他的作品向我们展现的是不断变幻、延伸的多元文化世界,而实际上却是在比较欧洲和澳大利亚的社会现实,展现给读者一个个复杂、深刻而细腻的故事。这些故事并不仅仅是作家的幻想,而是构建在古典文学、史学、心理学和多元文化社会基础上的多维阐释,动态地演示了作者的思想变化。这些不断变化、充满矛盾和多样性的思想文本由怀尔丁所在的多元文化社会所界定和引导,也记录着这个社会中人们的生活状态。

怀尔丁的思想看似复杂多变,抽象深奥,但其主旨离不开人文研究、社会探索和写作艺术的本质,这也是怀尔丁美学研究的重点所在。怀尔丁的写作特点基本符合后现代的叙事原则,将形式与内容相融合。无论他要表达什么观点,他的小说总带给人一种强硬且不屈不挠的感觉,而非表面上安然随意且按部就班的艺术家心理。他的作品通常表达了主人公的进取心和意志力。怀尔丁本人具有勇于尝试的精神,注重细节,具有惊人的进取心和鞭策力。他对文字谨慎而敏感,尊重权威,对于对错有自己的看法,文学立场灵活而具有自省力。

怀尔丁在澳大利亚是一位有争议的文学家,这源自他犀利的语言和表面看来放荡不羁的个性。而把他的作品联系起来整体来看,就会发现他对文学的看法是严肃的,虽然在文字方面多少有点刻板枯燥,以直率正统自居,然而他是一位有强烈的责任感的学者,纵观其五十多年的创作历程,从批评专著到小说和非小说,他将自己的艺术实践不断拓宽,延伸到出版、文化、政治等领域。他沿着反传统的新派运动道路,不断发现新的创作道路,挖掘其存在的深度。他的作品反映了知识分子在各种社会文化下的生存状态,体现了他对现实存在和艺术本质的参悟。

怀尔丁的小说创作从传统批评实践开始,最终颠覆了传统的现实主义,创造了更高层次的现实,他用自己的想象和语言去建构新的故事,反映社会本真和文化多元存在。在怀尔丁充满悖论的文本和充满激进思想的臆想中,我们基本可以勾勒出他真实而又荒诞的多元文化世界。英国文化的限制并不能使他在追求自由和文学理想的路上止步不前,他选择了澳大利亚这个多元文化主义盛行的国家进行创作。在这一过程中,怀尔丁得到了彻底的精神自由,实现了他所崇尚的写作理想境界。

第二节　比尔·阿希克洛夫特
(Bill Ashcroft,1946—   )

生平简介

比尔·阿希克洛夫特,澳大利亚著名文学批评家、后殖民理论创始人。他早年在澳大利亚悉尼大学完成本科及硕士学业,后在澳大利亚国立大学攻读文学博士学位。阿希克洛夫特参与创建澳大利亚文学研究会(Association for the Study of Australian Literature, ASAL),首次倡导澳大利亚批评家将澳大利亚文学置于一个跨国的比较文学的语境中加以关注和研究,对澳大利亚后殖民文学批评的建构做出重大贡献。阿希克洛夫特自1988年至今执教于新南威尔士大学(University of New South Wales),曾担任英语、媒体与表演艺术学院(School of English, Media and Performing Arts)院长。他在该院开设澳大利亚研究课程,并教授后殖民文学及理论研究等课程,引入澳大利亚研究本科及硕士学位点,同时开创了形式多样的创新性、跨学科及远程电子教育项目。阿希克洛夫特长期担任硕士和博士研究生的授课及指导教师,曾在香港大学、北京师范大学和澳大利亚阿德莱德大学担任客座教授和访问教授。他于2011年获得"澳大利亚教授研究员"(Australian Professorial Fellow)的荣誉称号,是当年全澳人文学科获得该荣誉称号的三人之一。

阿希克洛夫特的主要研究领域包括后殖民文学及理论,澳大利亚文学(不包括土著居民与托雷斯海峡岛民研究),非洲、印度及加勒比文学,文学批评理论等,尤其对于萨义德的理论有着较为深刻的把握。阿希克洛夫特出版了4部专著,作为主编编写了12部编著,分别被翻译成五种语言,在全球范围内产生巨大影响。他与另外两位澳大利亚文学批评家共同完成出版的具有里程碑意义的《逆写帝国》,成为第一部系统研究后殖民理论的文本。阿希克洛夫特在各级各类学术刊物上发表论文150余篇,并在《文本实践》(Textual Practice)、《新文学评论》(New Literatures Review)、《澳大利亚文学研究会期刊》(Journal of the Association for the Study of Australian Literature)、《后殖民文本》(Postcolonial Text)、《澳大利亚大众文化期刊》(Australian Journal of Popular Culture)、《后殖民研究视野》(Horizons in Post-colonial Studies)等十余个国际期刊的编辑委员会任职。2004年,他的课题"澳大利亚文学研究"(Study of Australian Literature)作为重大项目获得澳大利亚学术研究理事会25,000美元的资助;2008年,他的另一课题"后殖民文学中的英语转型"(The Transformation of English in Post-colonial Literatures)作为重大项目获得香港研究资助局50万港元的资助。

阿希克洛夫特的代表著作主要包括:《逆写帝国》《后殖民研究读本》《后殖民研究核心概念》(Key Concepts in Post-colonial Studies,1998)、《爱德华·萨义德:身份悖论》(Edward Said: the Paradox of Identity,1999)、《爱德华·萨义德与后殖民》(Edward Said and the Post-colonial,2001)、《后殖民的未来:殖民文化的转型》(下文简称《后殖民的未来》)(On Post-colonial Futures: Transformations of Colonial Culture,2001)、《后殖民的转型》(Post-colonial Transformation,2001)、《卡利班的声音:后殖民文学中的英语转型》(下文简称《卡利班的声音》)(Caliban's Voice: The Transformation of English in Post-colonial Literatures,2008)、《我

们时代的文学：21世纪后殖民研究》(*Literature for Our Times*：*Postcolonial Studies in the Twenty-first Century*，2012)、《后殖民文学中的乌托邦主义》(*Utopianism in Postcolonial Literatures*，2016)等。阿希克洛夫特近年来发表的文章对后殖民理论及后殖民文学研究的新动态及未来发展方向进行梳理分析，也在国际引起广泛讨论，其中颇具代表性的文章包括：《宪法山：记忆、意识形态与乌托邦》("Constitution Hill：Memory，Ideology and Utopia"，2014)、《冲突与转型》("Conflict and Transformation"，2014)、《后殖民文学中英语的转型》("The Transformation of English in Postcolonial Literatures"，2015)、《悬而未决的设想：文学与后殖民的乌托邦》("Visions of the Not-Yet：Literature and Postcolonial Utopia"，2016)、《后殖民的未来：超越理论》("Postcolonial Futures：Beyond Grand Theory"，2017)、《跨国与后殖民城市》("Transnation and the Postcolonial City"，2017)等。

后殖民批评家

20世纪90年代前后，全球化研究出现了一种文化转向，世界渴望一种语言来描绘文化的多元性以及全球冲突的复杂性，后殖民主义语言应运而生。学界普遍认可爱德华·萨义德于1978年出版的《东方学》是后殖民研究的标志性起点，这一理论随后在阿希克洛夫特的后殖民思想中得到深化发展。阿希克洛夫特结合新的文化语境在一系列代表作品中对后殖民、后殖民主义、后殖民文学等核心概念做出界定并进行辨析。除此之外，阿希克洛夫特将帝国主义与全球化、后殖民研究与全球文化结合在一起加以考量，他在后殖民主义的转型过程中看到后殖民主义彻底变革的潜力，并将后殖民的转型提升到战略高度，提出后殖民主义的这种变革性力量共同促成了文化话语的转变，同时改变着英语学科的文化地位。

"逆写"帝国

《逆写帝国》由阿希克洛夫特与格瑞斯·格里菲斯和海伦·蒂芬合作出版，该书首次从后殖民理论的角度解读殖民地文学，成为后殖民文学研究乃至后殖民理论研究的先导,以及澳大利亚后殖民文学批评的经典著作,在阿希克洛夫特的文学批评生涯中占据着不可撼动的重要地位。《逆写帝国》的标题借用了萨尔曼·拉什迪 1982 年的文章《逆写帝国复仇记》("The Empire Writes Back with a Vengeance"),同时戏仿电影《星球大战:帝国反击战》(Star Wars: The Empire Strikes Back),意在强调殖民地话语对帝国中心话语的反抗与斗争,突显其"反话语"的特征。本书不仅是对大不列颠和美国之外英语写作模式的梳理与总结,同时也对正在进行的关于"联邦文学"(commonwealth literature)、"新英语文学"(new literatures in English)、"世界英语文学"(world literature in English)、"殖民与后殖民文学"(colonial and post-colonial literatures)等多种文学模式的性质、地位、功用及价值等问题的讨论带来学术及政治上的挑战。

阿希克洛夫特等人的理论观点基于对殖民文化霸权(经典、共同价值、原初的真实性等概念)的反驳,同时也反对后殖民主义对新浪漫主义思潮下民族主义文化的简单逆转。他们提倡多元文化主义、杂糅与融合、问题意识,寻求开放性的文本阐释,探索语言与文化之间的联系,以及后殖民英语文学与西方文学传统的关系。《逆写帝国》中探讨的问题主要包括:帝国如何看待并描述"他者";该过程固有的二元对立认知范式对欧洲思维方式造成的影响;后殖民世界如何利用多种话语策略来对抗这一过程等。其重要主题之一是杂糅性(hybridity)。基于对"帝国中心与他者"二元对立的深刻认识,他们通过对杂糅性和融合性模式(models of hybridity and syncreticity)的探讨,试图构建一个"差异平等"(difference on equal terms)的框架,以此寻求一种让步与和解,正如书中所言:"后殖民世界是这样一种世界,它可以将解构性的文化交汇转变成平等地接受差异。"①

《逆写帝国》开篇首先对"后殖民"及"后殖民文学"等基本概念做出界定。阿希克洛夫特等人提出"后殖民"一词不仅出于他们对欧洲前殖民地的民族文化的关注,更多是用来涵盖"自殖民开始至今所有受到帝国主义进程影响的文化",因为"欧洲帝国主义在侵略过程中的关注点有其连贯性";同时,这一术语还被用来指称"近年兴起的跨文化批评及其建构的话语"。② 由此,本书论及的是"欧洲帝国统治期间及之后的世界,及其对当代文学的影响"③。后殖民主义在本质上作为一种文

---

① 比尔·阿希克洛夫特、格瑞斯·格里菲斯、海伦·蒂芬. 逆写帝国:后殖民文学的理论与实践. 任一鸣译. 北京:北京大学出版社,2014:32.
② 同上书,1.
③ 同上书,2.

学现象,定义了新出现的非洲和亚洲文学的状况。然而,许多文学评论家经常采用"后"(post-)来表达对殖民现象自出现之日起的反应,因此它包含了作为反对殖民统治和文化霸权而创造的文学。这里的一个重要前提是,作者认为某些发达的经济及政治实体(如美国和加拿大)实际上与印度等国家一样,都是殖民冲突的产物,同时也可作为后殖民经验的范例,这些地方的文学从而都具有后殖民特性。他们指出美国是"第一个产生'民族'文学的后殖民社会",因此美国的经验及其开创新兴文学的尝试,在很多方面都可以作为后殖民写作的典范。[1]"后殖民文学"的重要特征在于它们都脱胎于殖民经历,"突出与帝国强权的紧张关系",并且"强调与帝国中心假象的不同"。[2]

《逆写帝国》试图构建一个完整的非西方的文学文本类别,并开创一种阐释的全新模式,这一概念一经提出便在学界引起热烈讨论。争论的焦点主要在于,"后殖民"这一术语的普遍适用性容易掩盖住它所关注的根本问题,即在所谓的"第三世界文学"中故意将对历史话语的持续讨论边缘化。维杰·米什拉和鲍勃·霍奇将这一弱点归因于三位作者的"殖民者来源"(settler provenance),指出正是这一根源将作者对社会与人类问题的理解及视野局限在他们力图提出的文学形式之中。[3] 即便如此,少数质疑之声并未阻碍"后殖民"被广泛接受为当代批评话语的关键术语之一。

《逆写帝国》也意识到后殖民主义与后现代主义之间令人忧虑的联盟关系。作者希望将后殖民主义移植到后现代思潮的矩阵之中,从而进一步合理化其对宏大叙事的怀疑、对边缘而非中心地位的坚守,以及对多元文化主义而非共同主义的偏好,因为在他们看来,欧洲理论(即后现代主义和后结构主义等)显然是"当前后殖民理论的发展条件",并且"在很大程度上决定了后殖民理论现有的性质和内容"。[4] 当然,后现代主义认识论固有的相对主义和不可知论与本质上是唯心主义的意识形态之间存在着重大分歧,正是这种唯心主义意识形态揭示了自弗朗茨·法农(Frantz Fanon)开始的反殖民与后殖民主义为争取自由及认同所做出的努力

---

[1] 比尔·阿希克洛夫特、格瑞斯·格里菲斯、海伦·蒂芬. 逆写帝国:后殖民文学的理论与实践. 任一鸣译. 北京:北京大学出版社,2014:12—13.

[2] 同上书,2.

[3] Mishra, Vijay, and Bob Hodges. "What Is Post-colonialism?" *Colonial Discourse and Colonial Theory: A Reader*. eds. Patrick Williams and Laura Chrisman. New York: Columbia University Press, 1994:84—98.

[4] 比尔·阿希克洛夫特、格瑞斯·格里菲斯、海伦·蒂芬. 逆写帝国:后殖民文学的理论与实践. 任一鸣译. 北京:北京大学出版社,2014:147.

与抗争。后殖民主义与后现代主义同样致力于审视、去中心化并颠覆主流叙事、大都会的经典文本以及帝国美学,但与后现代主义不同的是,后殖民主义还试图保留文本中肯定的、真实的指涉性,以及文本之外对社会正义的理想化主张。

  阿希克洛夫特等人在《逆写帝国》中主要从语言、文本和理论三大块内容出发,论证后殖民文学实践与理论的性质及特征。首先,他们指出后殖民性(postcoloniality)的显著特征是"重置"(replacement)。就语言而言,大写的"英语"(English)被小写的"英语"(english)所替代,分别代表"欧洲中心英语"(或"标准英国英语")和后殖民国家的"地方英语"。地方英语通过对英国英语的变型及颠覆而成为几种截然不同的语言变体,这一语言变体推翻了"把'标准'英语作为核心的语言'同心'论(concentric notions)"[①]。其次,在文本方面,后殖民文本通过各种策略试图对抗并取代霸权性的殖民话语,例如,通过"书面文字挪用对后殖民写作的解放",成为"自我主张历程和重构世界之能力的重要特色"[②];或采取"弃用"(abrogation)手法,即依据中心所授权的"真实性"来对经验进行分类,这一过程以"牺牲那些被贬到帝国边缘的经验为代价"[③];很多后殖民文本还通过"重写经典故事"的方式,将这种"逆写"的方法拓展至帝国中心,最终达到对阐释和交流手段的掠夺和掌控。[④] 最后,后殖民文学理论对帝国话语的"重置"倾向于通过构建本土理论(indigenous theory)和本土的文本性(indigenous textuality)等颠覆与挪用策略,使被一元论和共同性的单一假设所遮蔽的复杂性,在边缘性及多元性的不断引导之下得以展现。[⑤] 接下来,作者进一步指出非洲作为 20 世纪初"最重要及最具有催化性意象的源泉",其艺术与文学对欧洲现代主义的影响,以及新批评主义在英语文学后殖民批评实践中扮演的"极其暧昧"的负面作用,因为它妨碍后殖民文学被视为创新独特的和颠覆外来欧洲价值的作品。[⑥]

  《逆写帝国》对后殖民文学理论的讨论,显然并非意图建立一个独立、自足的后殖民理论。阿希克洛夫特等人认为,后殖民文学已经"不可避免地成为一种杂糅现

---

  ① 比尔·阿希克洛夫特、格瑞斯·格里菲斯、海伦·蒂芬. 逆写帝国:后殖民文学的理论与实践. 任一鸣译. 北京:北京大学出版社,2014:43.
  ② 同上书,79.
  ③ 同上书,87.
  ④ 同上书,94.
  ⑤ 同上书,146.
  ⑥ 同上书,151—152.

象",其中包含着"'被嫁接的'欧洲文化体系与本土本体论之间的辩证关系"。① 种族、民族、联邦、国家、后殖民或英语文学等术语,虽然不够全面也不完全排他,因为其中所涉及的每种文学样式都独具个性,需要进行比较研究。然而,民族主义的文学创作观念可能会将部分真理或陈词滥调提升到正统,甚至神话的高度,与此同时,跨国性的文学批评却忽视了国家或文化空间的界限,反而聚焦于有可能取代中心地位的文学特征。因此,阿希克洛夫特等人指出,试图"回归或再现前殖民文化纯粹性"或者"创作完全独立于欧洲殖民历史之外的国家或地区形式",并在此基础上理解后殖民文学与文化理论,将无法体现后殖民理论的杂糅性与融合性。② 由此可见,后殖民文学理论本质上是关于后殖民文本的各种颠覆策略的概念化,其目的在于对欧洲语符(European codes)的彻底消解以及对支配性欧洲话语的持续偏离。

《逆写帝国》的焦点在于强调语言的力量,认为语言是权力的媒介,是不同文化展开对话的主要场所。实际上,后殖民政治及文化诗学中出现的语言学转向是《逆写帝国》的中心议题之一。阿希克洛夫特等人提出的一个基本假设是"语言是物质的实践,因而是由社会状况和经验的复杂交织而决定的"③;另一个基本前提是将英语语法视为一种权力结构,认为该结构是"加勒比和非洲历史上英国对黑人霸权支配的转喻",同时这种支配至今犹存,只是采取了不同的存在形式。④ 帝国话语运用殖民主义的表意系统来剥夺殖民地人民的声音并借此压迫他们,后殖民批评家试图探索出特定的方法及策略来瓦解这一表意系统。

差异/延异(difference/différance)是所有语言共有的性能特征,这一功能在压迫者与被压迫者关系过度紧张的殖民背景下显然具有深远影响。后殖民批评家坚信,不同的文化之间存在着一种最终无法借助理解而穿越的深层静默。后殖民的"静默"被认为是全方位的,这意味着"被剥夺话语权的庶民遍及整个殖民世界,包括所有失声和噤声的男女土著"⑤。这一理念很容易把人引向一种暴力的认识论,即认为"英语"或是迫使语言主体陷入沉默,或是对其强加一种陌生的语法以及一种被阉割的语言。阿希克洛夫特认为我们不应该纯粹从公然的政治压迫方面来理解这种静默,英语语言由于其无可争辩的优势及主导地位而迫使其他语言沉默,

---

① 比尔·阿希克洛夫特、格瑞斯·格里菲斯、海伦·蒂芬. 逆写帝国:后殖民文学的理论与实践. 任一鸣译. 北京:北京大学出版社,2014:208.
② 同上.
③ 同上书,37.
④ 同上书,44.
⑤ 同上书,167.

"即便是那些可凭借文字自由发言的后殖民作家也发现他们自己是失语的,强加于他们的英语令他们哑然失声。矛盾的是,为了开发出一种声音,他们必须首先沉默。"①实际上,正是这种静默的概念成为维系所有后殖民文本的活跃特色,同时还"挑战着关于一词多义的帝国都会概念,抵制将后殖民文学纳入仿效后结构主义语言和文本观的新共同主义范畴"②。

阿希克洛夫特等人观察指出,帝国压迫的主要特征之一是对语言的控制。整个大英帝国的本土语言都被殖民权力语言的优势所强行取代,以至于它们无法用来表意,甚至最终走向消亡。帝国教育体系还设置了一种"标准的都市语言"作为范式,将所有"变型语言"(variants)都加以边缘化。③ 语言从而成为权力等级架构得以永久化的媒介,并由此确立起"真理""秩序""现实"等概念。殖民地社会的英语语言发展历史表明,英语可以被去殖民化,并用来表达被殖民者的民族意识,刻意重塑英语有助于抵制最初附着其上的文化要素,并使其为被殖民者发声。然而,殖民主义并非一个单向的过程,被殖民者有意识地或以其他方式与殖民者进行语言抗争。可以说,后殖民话语的出现有效地拒斥了霸权性的帝国语言。后殖民作家对差异化的描述,并不意味着他们无法达到"标准"语言规范的要求,这其实是一种由标准进化发展的能力,最终创造出一种独立于标准语言之外、包含丰富文化体验的地方语言。阿希克洛夫特等人详细探讨并梳理了殖民地话语如何夺取支配性的欧洲语言与写作的过程,以及如何挪用殖民者话语符号的方式。正如阿希克洛夫特在他的一篇论文中所说,意义不是在头脑中形成的,而是在由语言、作家与作者共同参与建构的"信息事件"(message event)中产生。④

英语语言可以被其使用者从语言学和意识形态两方面加以形塑。阿希克洛夫特等人在《逆写帝国》中创造性地提出"弃用"(abrogation)和"挪用"(appropriation)两个重要的后殖民的话语及书写策略。在作者看来,"弃用"是指对英语优势的否定,以及对帝国文化(包括其审美标准、语言规范等)和都会权力(metropolitan power)凌驾于沟通方式之上的拒斥;"挪用"意味着重构帝国中心的语言,即用殖民者的话语来表达被殖民者充

---

① 比尔·阿希克洛夫特、格瑞斯·格里菲斯、海伦·蒂芬. 逆写帝国:后殖民文学的理论与实践. 任一鸣译. 北京:北京大学出版社,2014:81.
② 同上书,175—176.
③ 同上书,6.
④ Ashcroft, Bill, Gareth Griffiths and Helen Tiffin. "Constitutive Graphonomy: A Postcolonial Theory of Literary Writing." *After Europe: Critical Theory and Post-colonial Writing*. eds. Stephen Slemon and Helen Tiffin. Nashville: Kangaroo Press, 1989: 59—60.

满差异的文化经历,这是一种获得并重塑语言新用途的过程,标志着一种语言脱离了殖民优势地位。作者认为,弃用和挪用是两个在"多个世界的夹缝中"同步进行的过程,二者共同努力对跨文化的后殖民文学实践作出定义和判断,而这种文学实践恰恰产生于"弃用"和"挪用"的张力之中。①

"弃用"将语言差异或语言变体视为边缘对抗中心的交汇场域,尽管拒绝任何形式的本质主义,这一过程仍然承认种族因素和文化差异在意义构成中的重要性。采用"弃用"策略的后殖民写作往往通过把英语的词性与文法应用于地方英语,从而发展出一种"文化上相关"的地方英语用法。② 通过新词汇的产生过程、语言的改造过程、比喻和想象性用法等方式,地方英语成为文本建构世界的工具,并最终有益于瓦解帝国中心主义。"弃用"的策略表明当一种语言覆盖另一种语言时所具备的"语言交汇的创造性潜能,以及跨文化文学揭示意义运作方式的潜能"③。"挪用"是"弃用"的同步过程,与"弃用"过程相辅相成、共同发生作用。"挪用"的语言学策略旨在通过揭示被殖民文化的无限可能,以及根据其需要来重塑语言,从而打破被殖民者在文化表达上的长久沉默。

阿希克洛夫特等人在《逆写帝国》中提出了多种不同的"挪用"策略,如注解(glossing)、未被翻译的词语(untranslated words)、交汇语言(interlanguage)、句法融合(syntactic fusion)、语符转换和俗语音译(code-switching and vernacular transcription)等。注解,即对非英语单词加上括号内的翻译或解释,被作者认为是跨文化文本中最明显、最常见的作者入侵方式。这一方法将非英语单词确立为某种文化符号,并在词语与其指涉物之间创造了一个缺位或间隙,从而凸显了文化差距的存在,同时在"中心"与"边缘"之间促成意义结构的转换。作者指出,注解的使用在显示简单的指涉关系如何将自身确立为最原始的转化形式方面十分有用。④使用"未被翻译的词语"是指在文本中保留一些未被翻译的词语,有选择地体现地方语言的真实感,从而更加突显文化之间的差异。未被翻译的词语把"语言从文化真实性的神话中解脱出来,表明了语境对于语义的至关重要性"⑤。阿希克洛夫特等人认为,在后殖民文本中保留未经翻译的词语是一种政治行为,它比注解更进一

---

① 比尔·阿希克洛夫特、格瑞斯·格里菲斯、海伦·蒂芬. 逆写帝国:后殖民文学的理论与实践. 任一鸣译. 北京:北京大学出版社,2014:35.
② 同上书,38.
③ 同上书,39.
④ 同上书,59.
⑤ 同上书,64.

步,因为注解方式通过翻译手段赋予被翻译的词语和受体文化(receptor culture)以更高的地位,而未经翻译的词语则试图在给予者和接受者之间保持某种平等性。

《逆写帝国》中提出的第三种方法"交汇语言"是指通过两种语言结构的融合产生一种"交汇文化"(interculture)。这一术语并非阿希克洛夫特等人的首创,而是借用威廉·尼姆瑟(William Nemser)和拉里·塞林克(Larry Selinker)为形容第二语言学习者使用的真实且独立的语言系统而创造的概念。阿希克洛夫特等人认为,不应该把"交汇语言"视为一种错误或畸形的语言形式,因为其运作过程依从独立但真实的语言逻辑。他们把阿莫斯·图图奥拉(Amos Tutuola)视为后殖民文学双语形式的典范,因为他所采用的"不规范"的英语并非与支配性语言"竞争",而是试图"挪用"支配性语言,从而使文化特征可以同时被重写和改写。① 也就是说,后殖民作家采用偏离常规的语法特征是为了创造一种交汇语言来表达他们的政治诉求。

"句法融合"中也体现出后殖民的"挪用"策略,其将标准语的语言结构与俗语的韵律及句法融为一体,进而产生一种"差异之间的张力"。② 后殖民批评者认为,如果语言结构能够达到某种程度的吻合,那么异质的世界观也会更加接近,同时能产生跨文化文本的政治能量。句法融合的一种具体形式是"新语主义"(neologism)的发展,尤其是俗语新语主义(colloquial neologism)。这一语言形式体现了语言动态、常变的本质属性,并证明了无法以静态方式对其进行分类。新语主义被认为是"语言和文化空间之间共同延展性(coextensivity)的重要标志,也是地方英语变化历程的重要特征"③。

"语符转换"和"俗语音译"是"挪用"的常见方式,前者指后殖民作家在文学创作中不断地在两种语言系统之间进行转换,后者则包括双重注解(double glossing),或在对话中直接录入殖民地人民日常使用的口语变体,以达到标准英语与俗语口语相互穿插的效果。这种语言的多重性描绘出社会及语言形成过程的复杂性。阿希克洛夫特等人指出,后殖民文本中的阶级类别是被强有力的种族和文化符号所穿越的话语,他们以洋泾浜英语(Pidgin English)和克里奥尔语(Creole)为例,认为这两种形式的语言成为各阶级之间沟通的桥梁,发挥着政治和语言上的

---

① 比尔·阿希克洛夫特、格瑞斯·格里菲斯、海伦·蒂芬. 逆写帝国:后殖民文学的理论与实践. 任一鸣译. 北京:北京大学出版社,2014:65.
② 同上书,67.
③ 同上书,67.

现实作用。由此可见,在写作中巧妙置入文化特性是后殖民作家写作能力的高超展示,也体现出他们对于语言的高度敏锐性以及对殖民中心语言的掌控。

阿希克洛夫特等人在《逆写帝国》中提出的多种策略是前殖民地作家用语言抵抗帝国话语最有力且最普遍的方式。在后殖民语境下,语言成为一种权力媒介,是特定文化身份的象征,语言的选择往往被视为反殖民化的重要策略之一。后殖民作家从被殖民者的角度看待东西方之间的关系,质疑西方的叙事话语权,同时试图以边缘的后殖民身份解构帝国中心的权力。他们通过弃用、挪用、杂糅等多种策略对无处不在的文化殖民主义进行有力地反击及颠覆。诚然,后殖民作家的抵抗并不意味着政治上的必然对立,也不是直接否定和排斥其他文化,他们清醒地认识到如今文化差异与文化融合的趋势,主张从殖民者的主导话语内部着手进行"篡改",同时以一种积极主动的姿态彰显自己的文化特性,同时定位自身的文化身份。

值得注意的是,阿希克洛夫特等人在《逆写帝国》中对"中心—边缘"关系的讨论超出了通常采用的大都会及殖民地范畴,而转向后殖民社会本身所发生的内部冲突。由于此类社会往往倾向于模仿并采纳帝国中心的价值观念与态度(如共同主义),因此历史上被贬低的文化群体不得不遭受双重边缘化的境遇。阿希克洛夫特等人以非洲土著和澳大利亚土著为例指出,他们"在心理上和政治上均被推到社会的边缘,因而处于殖民疏离化的困境之中"[①]。在他们看来,后殖民经验难以避免的混合特性表明,在中心与边缘以及边缘地带之内的不同区域之间存在着多种不同的语言符号,因而他们否认存在一种能够描述人类经验的压倒一切的观点;与此同时,他们也含蓄地拒绝了那种认为文化习俗可以回归到前殖民状态,或者可以使用特定的俗语或语法形式重建文化权威的观念。

阿希克洛夫特与萨义德、斯皮瓦克等一大批非西方出身的理论家一起,对当代后殖民批评的建设与发展做出了巨大贡献,他们的思想及著作已经成为后殖民研究领域的知识基础。阿希克洛夫特采用西方的思想与方法,对西方文化及学术话语对所谓"第三世界"以及次等的"他者"进行文化表征的方式进行揭露与批判。阿希克洛夫特在《逆写帝国》的结尾总结了后殖民批评发展至今的两条路线,其一是对特定后殖民文本的阅读,以及这些文本在特定社会历史语境中的作用;其二是对既有的比喻和模式的"重新审视",以及在后殖民话语实践的背景下对"经典"文本

---

① 比尔·阿希克洛夫特、格瑞斯·格里菲斯、海伦·蒂芬. 逆写帝国:后殖民文学的理论与实践. 任一鸣译. 北京:北京大学出版社,2014: 137.

的重新解读。① 他指出后者已经"强有力地颠覆了对文本性和文学性概念的一般论述"②，开创了重要的研究新领域。《逆写帝国》的最大价值在于其汇集了大量批判性及创造性的学术资料，从而塑造并较全面地展现出后殖民文学的理论与实践状况。作者在更广阔的文化语境与学术视角之下，重新考察了以前被忽略、蔑视或误解的文学文本，同时重新审视长期以来为评估后殖民作品设定标准的经典文本。因为要改变经典，"绝不仅仅是改变被合法化的文本，而是要改变所有文本的阅读状况"③。阿希克洛夫特极富洞见的思想鼓励读者从文化角度或者在文化语境下理解那些偏离了欧洲模式、但亟须被欣赏与研究的本土文学文本。

后殖民的转型

阿希克洛夫特的"后殖民转型"思想主要体现在他的三部著作中：《后殖民的转型》《后殖民的未来》以及《卡利班的声音》，它们可视为阿希克洛夫特的后殖民转型三部曲。

在《后殖民的转型》中，阿希克洛夫特在当代文化批评语境下对语言、历史、寓言、抵抗、篡改（interpolation）、地方（place）、家园（home）、居所（habitation）、全球化等主题进行了全面深入的考察，认为它们都是后殖民转型的具体表现及模式。《后殖民的转型》被评论界普遍视为作者的另一部经典指南性著作《后殖民研究核心概念》的有益补充。在阿希克洛夫特看来，话语、政治和想象紧密相连，他的后殖民转型思想在同年出版的另一部著作《后殖民的未来》中进一步得到深化。该书旨在探索在自我赋权及自我表征的过程中出现的抵抗、反话语及转型的若干表现形式。作者以加勒比、澳大利亚、非洲等地区的大量典型文本为例，重点关注英语学科的未来，同时探讨多元化、特殊性（particularity）、地方文化等后殖民概念。阿希克洛夫特广阔的学术视角使"后殖民的未来"这一概念得以克服充满矛盾的两极分化观点，该观点将后殖民主义定格为对殖民依附关系不合时宜的呼唤，或者认为其是能够解释所有压迫形式的宏大叙事。《后殖民的未来》标志着英语研究领域出现

---

① 比尔·阿希克洛夫特、格瑞斯·格里菲斯、海伦·蒂芬. 逆写帝国：后殖民文学的理论与实践. 任一鸣译. 北京：北京大学出版社，2014：183.
② 同上.
③ 同上书，166.

的远离以民族国家为中心的"经典"文学的转变,从而积极参与到全球化对特定地方文化影响的对话之中。阿希克洛夫特在《卡利班的声音》中继续展开关于后殖民文学语境下英语语言的使用及转型的研究。正如书名所示,"卡利班的声音"取自莎士比亚戏剧《暴风雨》中半人半兽的怪物卡利班的经典台词"你教我讲话,我从这上面得到的益处只是知道怎样骂人"①。阿希克洛夫特结合其早期研究的关键思想,从声音(voice)、学习、种族、地方、口头表达(orality)及翻译等方面探讨语言问题。上述三部作品主要讨论了前殖民地人民如何通过阿希克洛夫特口中的"后殖民的转型"来回应帝国在政治、文化及知识上的霸权地位。三部著作的基本假设是后殖民分析方法依然生机勃勃,但阿希克洛夫特也明确了自己的活动领域,即在后殖民主义被定位为"被殖民者的话语"(the discourse of the colonized)的前提下,他的研究主要考察各方对殖民主义的回应,同时聚焦"在日益全球化的世界中,帝国权力的适应能力以及去殖民化主体的策略与工具"②。无论事件多么遥远,殖民主义确实是"欧洲现代性中好战与强权思维的结果,其影响与矛盾在新殖民统治的全球结构中仍显而易见"③。因此,后殖民分析的关注重点不是学术理论建构而是实践,即殖民社会及其作家对最普遍的现代性话语的夺取、篡改以及转型等行为,其目的在于彻底颠覆那些征服他们的文化权力。阿希克洛夫特坚信这种独特的抵抗形式不仅是对立性质的,其更多地体现出一种转型的特性,并认为这一转型性是各地方社区参与全球文化的行为范式。此外,阿希克洛夫特指出,语言、书写及其他文化生产过程中发生的"争取代表性的斗争"(struggle over representation)是所有经济、政治与社会变革的基础,并且在整个自决政治项目(political projects of self-determination)中占有至关重要的地位。④

毫无疑问,在地理、学科与理论的包容性方面,阿希克洛夫特显著拓宽了他之前的研究范围,如文化研究,后结构主义和德里达的增补与延异概念,殖民、后殖民及后现代主义对历史与地方的概念化,后殖民对杂糅性等概念的定义等,上述工作共同促成了阿希克洛夫特从《逆写帝国》的关键概念"弃用"与"挪用"到这一阶段"篡改"与"转型"的转变。

继《逆写帝国》之后,阿希克洛夫特结合新的文化语境在后殖民转型三部曲中进一步对后殖民、后殖民主义及后殖民文学等核心概念进行辨析。后殖民研究自

---

① 威廉·莎士比亚. 暴风雨. 朱生豪译. 北京:大众文艺出版社,2008:41.
② Ashcroft, Bill. *Post-colonial Transformation*. London: Routledge, 2001:19.
③ Ashcroft, Bill. *On Post-colonial Futures: Transformations of Colonial Culture*. London: Continuum Publishing Co., 2001:31.
④ Ibid., 2.

20世纪80年代末风靡学术界以来,伴随着无休止的论争与辩论,已经被证明是文学及文化研究中最具多样性与争议性的领域之一。阿希克洛夫特首先承认后殖民研究及后殖民学科中存在的问题,在他看来,一方面,"殖民主义"这个名词仍然固守着19世纪欧洲帝国霸权统治时期的涵义而似乎显得不合时宜;另一方面,后殖民理论被指责为一种新的宏大叙事,堂而皇之地对各种压迫形式进行解释。因此,在某种程度上,阿希克洛夫特的"后殖民的未来"体现出这种两极化态度的悖论。他认为"后殖民"应该脱离其长久以来指称的"殖民主义之后时期"的历史,这种历史关联"尽管不断遭遇反驳却仍然持续存在",因此,从线性历史中解放出来的"后殖民"将极具"不稳定性"与"可塑性"。① 阿希克洛夫特进而指出,不应该将后殖民主义理解为"法语和英语世界被殖民者经历的产物",而是"被殖民者的话语",在此基础上,"后殖民话语"可以视为殖民社会本身的创造性及理论性的产物。②

阿希克洛夫特对后殖民主义的历史化是通过对后殖民主义作为一项当代知识工程与后殖民主义作为一种反殖策略的区分而实现的。他将后殖民主义重新建构为一种实践(postcolonialism-as-practice)的核心就在于"转型"的思想。阿希克洛夫特将他对后殖民转型重要性的坚持应用于整个后殖民生活,他指出:"后殖民转型已经成为殖民社会中最强大且最活跃的抵抗形式,因为它坚韧、普通,是此类社会想象中不可或缺的组成部分。"③他试图将后殖民研究与当前关于全球化的论争联系起来,并认为后殖民社会的转型能力与后殖民的未来密切相关,因而也对当下极具指导作用。由此,阿希克洛夫特提出如下问题:后殖民知识分子如何代表自己?他们如何摆脱西方的表征模式?他们是否必须摆脱西方的固有模式?如何做到呢?

阿希克洛夫特用"后殖民转型"指代后殖民主体参与并最终转化帝国文化的多种方式。阿希克洛夫特转型思想的基础在于他认为后殖民社会具有强大的复原力、适应性与创造性④,因此后殖民作为一种话语可以通过多种自我表征策略对抗西方势力。正如阿希克洛夫特所言:"西方通过地理、历史、文学以及整个文化生产范畴,对时空和语言的控制以及延续这种统治模式的写作技能,实际上意味着后殖民与帝国权力的互动范围格外广泛。所有这些互动行为的特征以及若干殖民经验共有的能力在于,利用主导话语的模式攻击主导话语自身,并以深刻而持久的方式

---

① Ashcroft, Bill. *Post-colonial Transformation*. London: Routledge, 2001: 11.
② Ashcroft, Bill. *On Post-colonial Futures: Transformations of Colonial Culture*. London: Continuum Publishing Co., 2001: 24.
③ Ashcroft, Bill. *Post-colonial Transformation*. London: Routledge, 2001: 20—21.
④ IIbid., 7.

对其加以转型。"①阿希克洛夫特后殖民转型思想的核心理念在于后殖民社会为实现自己的目标积极参与并利用全球文化（如好莱坞电影、蓝博 T 恤、米尔斯－布恩出版公司的小说或跨国广告的品牌形象等），它们着重将进口材料加以转化，并对西方的全球化符号进行创新，从而产生独具地方特色的新价值。

阿希克洛夫特提出了后殖民回应帝国话语的过程中出现的一些基本问题。他重点指出，依赖于暴力反抗的后殖民抵抗方式只会重现殖民主义强加的二元对立，而通过介入（engagement）、挪用、改造、转型等方式可以成功抵制主流话语的霸权地位。针对这一问题，阿希克洛夫特通过对若干后殖民社会（其中包括澳大利亚）的分析研究，总结出四种主要的应对帝国历史话语的转型策略：接受（acceptance）、排斥（rejection）、干预（interjection）、篡改（interpolation）。

第一种策略指对帝国话语的"接受"，同时明确自己在其中的位置。第二种"排斥"策略则是将历史作为一种文化建构，从而对"历史"概念提出的质疑与挑战。阿希克洛夫特提出，"排斥"的方式涉及"不同文化意识的有力彰显……它可能表现为某个群体的孤立行为，忽略了文化可以通过发挥适当的影响力而进行转型的可能性"②。

除了"排斥"之外，阿希克洛夫特认为，对历史话语的抵抗有可能来自反叙事对大众领域（popular arena）的干预。作为对历史话语的一种回应，"干预"的方式显示出对"历史叙事基本前提"的接受，但同时也呈现一种"声称能提供一种被帝国历史忽略的、更直接或更'真实'反映后殖民生活图景的反叙事"。③ 阿希克洛夫特将这种"对抗叙事的介入"以及"对历史的重写"视为话语抵抗过程中的一种重要策略；更重要的是，这种抵抗方式试图"在帝国历史展开的空间内运作，与此同时重新引导历史的走向"。④

"干预"策略的局限性在于它没有涉及历史表征本身的问题，由此也引出后殖民抵制历史话语的第四种策略，也是阿希克洛夫特认为最行之有效的策略——"篡改"。对于阿希克洛夫特而言，"篡改"不是通过建构与传播地方叙事来挑战主导话语，或者全盘否定主导叙事，而是通过动摇主导话语产生、消费与交换的稳定形式，从而达到打断主导话语的目的。也就是说，"篡改"不像"干预"那样主张将边缘历史强行"嵌入"主流历史表征当中，而是通过策略性的方式来表现独具特色的地方

---

① Ashcroft, Bill. *Post-colonial Transformation*. London: Routledge, 2001: 13.
② Ibid., 100.
③ Ibid., 101.
④ Ibid., 102.

故事。阿希克洛夫特认为,当后殖民主体对殖民话语进行占有、控制、篡改并加以创新时,就会产生有效的抵抗效果。

"篡改"的方法旨在培养对主导话语借以运作的流派及学科的元意识(meta-awareness),它通过重新配置抵抗手段、跨越学科边界、战略重组等方式对主导话语进行干扰及破坏。这不禁令人想起海登·怀特的"元历史"(meta-history)概念,其鼓励通过编史学的视角审视历史,将历史视为特定方法或表征策略下诞生的文学或文化产物并与之互动。这一策略不主张建立"统一的反帝意图或孤立的反对派",而鼓励培养一种"利用多种不同的反话语策略介入并干预到主流话语中的能力"①,由此可见,后殖民主体的"篡改"能力将赋予其一种对新帝国文化霸权的对话性的转型工具。阿希克洛夫特的研究表明,后殖民话语可以有效利用语言、话语实践及文化资本等从内部反抗殖民话语。后殖民者在消费殖民文化的同时也生产后殖民文化,这其实是一个动态的过程,而不是简单地反对都市中心的一切产物。阿希克洛夫特欣喜地看到,后殖民文化如今更加普遍且富有成效地利用殖民文化的资源,并通过多种策略对其进行转型。

除了后殖民转型的策略问题,阿希克洛夫特还探讨了这一转型机制中,语言、写作、文本与意义扮演的重要角色。他指出后殖民作家用殖民语言写作并不需要背离他们抵抗殖民主义的宗旨,而且他很好地运用了意义的生成理论,即认为意义远非本质主义及固定不变的,而是生成于语言、作家和读者的社会交往之间。他坚定地维护用殖民语言写作的后殖民作家,以及虽然不能分享作家的后殖民经历,却能作为平等的参与者为文本带来意义的读者。阿希克洛夫特的贡献在于对全球范围内英语语言的可变性,尤其是加勒比地区如何在英语文学传统中成为重读与重写经典文本的生产场域(productive site)等问题提供了有益见解。

阿希克洛夫特借用"卡利班的声音"这一隐喻表达他对语言的思考。在他看来,卡利班声音的意义在于它体现出"后殖民抵抗的关键",证明了"说话者如何运用语言来塑造个人的身份"。② 他将英语描述为一种"具有地方变体的全球性语言"③,因此主张"殖民语言不仅是压迫的工具,还可以作为激进抵抗或转型变革的有力手段"④。在后殖民主义对文学中出现的英语语言的处理方法方面,阿希克洛夫特建议:"通过考察后殖民

---

① Ashcroft, Bill. *Post-colonial Transformation*. London: Routledge, 2001: 47.
② Ashcroft, Bill. *Caliban's Voice: The Transformation of English in Post-colonial Literatures*. New York: Routledge, 2008: 3.
③ Ibid., 6.
④ Ibid.

语言使用情况的最大发现在于,语言不是一座本体论的监狱,而是为人所用的工具或手段。"①实际上,这是阿希克洛夫特的一贯观点,他早在《后殖民的转型》中便明确指出,"语言是一种根据使用方式确定其意义的工具"②,后殖民写作只有在使用殖民者的语言时才会发挥效力:"当主导话语被挪用时,殖民者与被殖民者之间的关系运作过程将呈现出对话性。这是后殖民写作与'篡改'原则的显著特征——只有当他们掌握帝国文化资本并走向自我言说时,被殖民者才能加入这一对话过程。"③

除了考察后殖民作家对帝国语言的"转型",阿希克洛夫特尤其关注读者在文本中发挥的作用。他指出,文本中"地方色彩"的注入使读者与文本之间产生距离,这标志着"不同文化之间的差异化及不可通约性(incommensurability)"④。因此回到后殖民文本本身,一旦抹去文化之间的疆界,使其不再受到文化的管制,读者便能更好地接受文化的多种可能性。后殖民文本的价值就在于"挪用英语的主导优势",并对其进行"回收再利用的持续过程"⑤。阿希克洛夫特进一步建议后殖民作家应该用目标市场能够理解的语言进行写作,因为市场是解决西方主导地位所产生的争议的最佳场所,"进入商品生产体系是后殖民主体对各种主导话语(如历史、文学、哲学等文化生产的各种霸权形式)进行干预的重要范例"⑥。当作家试图与一个不明确(但很可能是西方人)的读者群体展开对话时,其写作便会呈现出后殖民的特性。阿希克洛夫特的观点强调的不是构成后殖民文学的条件,而是希望后殖民文学对于西方普通读者而言更易于理解和接受。他鼓励后殖民作家更好地利用图书市场的潜力,并注意与日益普遍的全球化进行互动而不是单纯的排斥,从而向世界读者传播后殖民文化的特色与差异。

"全球化"是阿希克洛夫特后殖民转型思想中的一个重要环节,他坚持将帝国主义与全球化、后殖民研究与全球文化结合在一起加以考量。阿希克洛夫特对全球化思考的基本前提是认为存在社会、经济、政治、文化等多种形式的全球主义,但它们都应该从几个世纪以来的欧洲帝国主义发展出来的权力关系模式出发进行考

---

① Ashcroft, Bill. *Caliban's Voice: The Transformation of English in Post-colonial Literatures*. New York: Routledge, 2008: 3.

② Ashcroft, Bill. *Post-colonial Transformation*. London: Routledge, 2001: 57.

③ Ibid., 107.

④ Ibid., 81.

⑤ Ashcroft, Bill. *Caliban's Voice: The Transformation of English in Post-colonial Literatures*. New York: Routledge, 2008: 134.

⑥ Ashcroft, Bill. *Post-colonial Transformation*. London: Routledge, 2001: 49.

察。① 他首先提出两个基本问题：后殖民研究在全球化现象中的位置何在？这一研究领域如何在继续强调地方经验与殖民关系的重要性的同时，合理应对那些看似与欧洲殖民主义关系不大、却又日益突显的社会与文化问题？②

作为回应，阿希克洛夫特首先指出，如果不将 21 世纪兴盛的全球权力关系结构理解为西方帝国主义的经济、文化及政治遗产，我们便无法正确理解全球化。其次，后殖民理论（尤其是后殖民文学）可以为理解地方社区如何在全球霸权的压力下实现自我表征提供非常明确的模式。后殖民研究多被描述为一个对先前的征服及抵抗历史抱有一种怀旧情绪的领域，而这种颇具欺骗性的情绪也许与我们对当前地缘政治权力关系的理解无关，因此阿希克洛夫特对后殖民主义与全球化的见解可以说是对上述偏狭看法的侧面回应，值得从更广泛的跨学科角度进行深入讨论。阿希克洛夫特论点的关键在于在殖民话语的转型与对全球文化的挪用之间保持平衡。他指出地方社区对全球文化的参与以一种高度自决性（self-determination）为标志，"地方社区在应对全球文化的过程中传达出这样的信息，即尽管这个体系极具压迫性、并且其影响无处不在，但它也无法免于地方社区为了自己的利益而进行的挪用与转型手段"，而族群身份的建构也在这一过程中以一种分散和互动的形式逐渐形成。③

总结阿希克洛夫特的后殖民转型思想可以看出，他认为当被殖民者试图利用殖民话语作为媒介来表达自己时后殖民主义便显现出来，因此，挪用、篡改、杂糅等转型策略都是阿希克洛夫特对后殖民主义进行概念重建的核心。后殖民的转型认识到权力是我们文化生活的重要组成部分，因而通过调整及改写话语权力来加以抵制，并努力创造新的文化生产形式。实际上，阿希克洛夫特正是在转型过程中看到了后殖民主义彻底变革的潜力，他发现"转型的诗学关注作家和读者对意义构成的建设性作用，殖民社会挪用帝国话语的方式，以及后殖民者如何将他们的话语嵌入文本生产与传播的主导系统并加以篡改的过程"④。最终，后殖民转型的诗学及政治还造成了多个学科领域的变革。正是后殖民文本性的这种变革性力量、后殖民作家为转变文化话语而采取的挪用与重建等行为，共同促成了文化话语的转变，同时改变着英语学科的文化地位。阿希克洛夫特将后殖民的转型提升到战略高度似乎表明，诞生于欧洲的原始殖民话语曾经强加于毫无防备的被殖民主体，后者随后又利用后殖民策略将殖民话语转型成为本土话语并为己所用。

---

① Ashcroft, Bill. *Post-colonial Transformation*. London: Routledge, 2001:208.
② Ibid., 207.
③ Ibid., 209.
④ Ashcroft, Bill. *On Post-colonial Futures: Transformations of Colonial Culture*. London: Continuum Publishing Co., 2001:19.

后殖民的未来

阿希克洛夫特在他 2016 年的著作《后殖民文学中的乌托邦主义》中将后殖民、后殖民文学与乌托邦主义联系在一起,并提出"后殖民乌托邦主义"(postcolonial utopianism)概念,表达了他对后殖民研究整体发展趋势的预测及愿景。自从托马斯·莫尔(Thomas More)的不朽之作《乌托邦》(Utopia)于 1516 年横空出世以来,"乌托邦"一词便成为理想的代名词、完美社区的化身,而乌托邦主义(utopianism)作为一种流派也将构建人类理想社会作为奋斗目标。"完美"的内涵赋予"乌托邦"一种梦想或幻觉的特征,但这个词在西方观念中依然代表着对更美好世界的向往。在冷战后的全球帝国时期,乌托邦理论经历了蓬勃的复兴过程。时至今日,乌托邦的概念仍然是关于美好世界的所有理论,以及对社会变革的所有希望的思想基础。

在当今的时代背景下,阿希克洛夫特之所以重新提起"乌托邦"的概念,是因为他发现,不平等和剥削现象仍然是全球资本主义的显著特征,因此共享财产、平均主义和普遍就业等基本原则依然是乌托邦理论的核心。① 阿希克洛夫特认为,乌托邦及乌托邦式的思考来源于多种文化传统,而且乌托邦话语多年来一直以多种形式存在,在殖民世界里,乌托邦所设想的共享不仅是经济财富,更多的是自由、解放等政治财富。2012 年,阿希克洛夫特与另外两名学者一起在《乌托邦的空间》(*Spaces of Utopia*)杂志上以"后殖民乌托邦主义"为题组织了一期特刊。在他们看来,后殖民乌托邦主义始于反殖民的乌托邦,这种思想将后殖民视为简单的反对殖民主义,主要关注独立国家的前景,而非人类社会的整体发展趋势,但乌托邦的后殖民视角则从大局着手怀抱对未来转型变革的信仰。

阿希克洛夫特指出,后殖民乌托邦主义源自一个尚未被承认,但无可争辩的现实,即"成功的抵抗依赖于社会转型,而转型取决于对实现未来愿景的坚定信念"②。实际上,对未来的信念无处不在,只是在后殖民的话语背景下更显特别,因为它似乎一直被帝国统治的历史所掩盖。在使用"乌托邦主义"这个词语时,阿希克洛夫特已经将幻想和希望区分开来,因为他认为这种精神上的希望正是后殖民解放的核心。前殖民地国家的乌托邦思想为英国及其他殖民地的反殖民活动提供了非常明

---

① Ashcroft, Bill. *Utopianism in Postcolonial Literatures*. London and New York: Routledge, 2017: 2.
② Ibid., 4.

确的斗争方向。虽然之前的文学作品中对它们描绘不多,但是获得自由与解放的独立国家造就了深入人心的乌托邦形象。后来蓬勃发展起来的后殖民文学,虽然对独立后政权的批判有增无减,但还是难以抑制地燃起前殖民地人民对未来的希望。在阿希克洛夫特看来,文学及其他创意文化产品的存在目的就是去想象一个不同的世界,"希望、期待以及对未来的思考已经成为后殖民文学的基本特征"①。

对未来的思考实际上总是观照当下的。"乌托邦"在后殖民研究领域中的接受过程与在其他地方一样经历了艰难的斗争,尽管这个概念词总是带有贬义内涵,但后殖民文学中的乌托邦主义的重要价值却是不可否认的。未来最难以把握的特点在于它尚未发生,因此并不存在。然而在文学中,正是这种不存在的未来不断指引着当下的前进方向。正如阿希克洛夫特所言:"虽然不是我们的所有想象都能够实现,但是不敢想象的事物是永远无法实现的。"②

第三节　杰梅茵·格里尔
（Germaine Greer, 1939—　　）

生平简介

杰梅茵·格里尔,澳大利亚女性主义作家、评论家、女性主义理论先驱,第二次女权浪潮主要代表人物之一。格里尔的首部作品、代表作《女太监》是澳大利亚女权浪潮与西方女权主义接轨的重要标志,同时也是第二次女权浪潮思想的主要组成部分。

《女太监》不仅是澳大利亚女性主义批评理论最早获得国际关注与声誉的作品之一,而且也被公认为第二次女权浪潮思想的主要代表声音之一。格里尔是澳大利亚女性文学批评史上率先发声且获得较大影响力的重要女性主义批评家。她的女性主义思想独到、尖锐,在引起学界热烈争议的同时,也为澳大利亚女性主义批评的发展提供了新的参考与思路。

---

① Ashcroft, Bill. *Utopianism in Postcolonial Literatures*. London and New York: Routledge, 2017: 5.
② Ibid.

格里尔出生于澳大利亚墨尔本的一个天主教家庭,大学之前分别在墨尔本与悉尼接受教育,后赴英国剑桥大学继续深造。从少年时代起,格里尔的思想就异常活跃,尤其是在女性思想方面。她不仅在青年时期出现个人信仰的动摇而放弃原有的天主教信仰,而且在受教育过程中谈到女性话题时异常敏感且尖锐。女性独立、女性解放、女性自由等现代女性主义所关注的核心问题都是格里尔的思考内容与批判对象。在剑桥期间她积极参加各种文化活动及思想运动,成为剑桥大学"脚灯戏剧俱乐部"(Cambridge University Footlights Dramatic Club)①的第一位女性会员。良好的受教育经历及社会环境的不断变革,使格里尔独特的女性思想在其特定的时期大放异彩。

格里尔的研究除女性主义相关议题之外,还关注文学、环境、土地等社会因素对女性"性别"的内在影响与作用机制,对女性主义研究做出了较全面、深刻的贡献。格里尔在剑桥完成深造后,开始在华威大学(University of Warwick)执教,后辗转澳大利亚又前往美国塔尔萨大学(University of Tulsa)供职并担任女性文学研究中心(Center of the Study of Women's Literature)主任,并同时创立了《塔尔萨女性文学研究》(*Tulsa Studies in Women's Literature*)期刊。在获得剑桥大学研究院资格后,格里尔创立"斯特姆·克劳斯出版社"②(Stump Cross Books),专门资助出版有价值却被遗忘的女性作家作品。此后不久,她重返华威大学,一直投身女性主义研究,为女性主义批评与思想的进步做出了重要贡献。

格里尔的主要作品有《女太监》《障碍赛:女性画家与她们作品的命运》《性与命运:人类生育政治》《疯女人的内衣:散文及随笔》(*The Madwoman's Underclothes: Essays and Occasional Writings*,1986)、《爸爸,我们几乎不认识你》(*Daddy, We Hardly Knew You*,1989)、《滑落的神巫:认同、否定与女诗人》(*Slip-Shod Sibyls: Recognition, Rejection and the Woman Poet*,1995)、《完整的女人》《莎士比亚的妻子》(*Shakespeare's Wife*,2007)、《论愤怒》(*On Rage*,2008)、《白桦木》(*White Beech*,2013)等。其中《完整的女人》被称为后时期《女太监》的姊妹篇,两者共同为理解女性"性别"困境提供了一个较全面、系统的剖析与阐释。格里尔是一位较多产的作家,她的著作与编撰的作品多达三十几本,近期她又出版了新作《论强奸》(*On Rape*,2018),与先前的《论愤怒》又形成了一种连续的呼应与对话。

格里尔的女性主义研究既始终如一,又包罗万象。从她的作品可以看出,格里

---

① 成立于1883年,培养出了英国喜剧史上一大批著名的喜剧演员、编剧、导演。

② 此名词系作者自译。

尔对女性主义研究的热情与积极从未消退,可以说是一个无比忠实于女性主义的研究者与批评家。然而,格里尔对女性主义的解读与审视却又总是独辟蹊径、标新立异。格里尔对女性主义的研究不仅有从政治、经济、伦理等社会视角的呈现,还从国家、民族、土地等现实存在探索了女性状态,从家庭、婚姻、情绪等现象中挖掘真相,为性别研究与女性解放提出新方法,构建新路径。

新左翼女性批评家

1970年,《女太监》问世,澳大利亚文论家杰梅茵·格里尔的名字从此被女性主义文学研究史所铭记。"一鸣惊人""语惊四座",用在格里尔身上毫不夸张。《女太监》是格里尔的处女作、代表作,同样也是澳大利亚女性主义研究的重要组成部分。与欧美相比,澳大利亚缺席了第一次女性主义浪潮,因此女性主义的发展要稍显滞后,而《女太监》的出现使澳大利亚直接与西方第二次女性主义浪潮接轨。《女太监》一经出版便引起热议,并迅速被翻译成多国文字,是一部名副其实的国际畅销书。

《女太监》以其独特视角,系统分析并回答了女性特征、女性气质及女性压迫等女性群体所面临的一系列问题。格里尔认为,女性压迫的根本在于女性"性"(sexuality)意识的压迫与束缚,而女性自身并没有完全意识到这种被无形操纵的命运。女性所需要做的是摆脱家庭禁锢而获得完全性解放,取得人格自由。格里尔继承了先前女性主义对男权社会的批判思想。她以女性自身为出发点的本体论的新颖视角,提出了女性解放的新见解。因此,格里尔的女性主义思想有着怎样的历史意义?《女太监》到底阐述了怎样的一种女性主义思维逻辑?这样一种女性思想的出现映射出了澳大利亚文学批评发展的何种历时性历程?作为格里尔最重要的一部作品,审视与解读《女太监》蕴含的独特思想,对这些问题的思考与解答有重要意义。

女性压迫内向解构

格里尔的女权主义思想是20世纪后半叶第二次女性主义浪潮的重要组成部

分与主要声音之一。① 19 世纪末 20 世纪初,女性争取到政治选举权,已不再满足于回归家庭与婚姻。在反战情绪、反种族主义歧视以及嬉皮士文化的冲击下,女性运动又爆发出了新的生命力。20 世纪 60 年代,西方社会处于动荡与重组的过程中。1970 年,英、美、法三个资本主义国家的女权运动已取得重大进展。西蒙·德·波伏娃(Simone de Beauvoir)和埃莱娜·西苏(Hélène Cixous)领衔的法国学派,以及凯特·米利特(Kate Millett)、伊莱恩·肖瓦尔特(Elaine Showalter)和贝蒂·弗里丹(Betty Friedan)领衔的盎格鲁—美国学派将第二次女性主义浪潮推向高潮。与此同时,身处南半球的澳大利亚因其特殊的地理环境,女性主义运动的发展稍显迟缓。尽管第二次女性主义浪潮的"西风"直到 20 世纪 70 年代伊始才"唤醒"了澳大利亚,但澳大利亚并非只是陪跑。格里尔的《女太监》就是其中最重要的成果之一,它标志着澳大利亚女性主义与国际社会接轨,共同经历了西方第二次女权主义浪潮。活跃在 20 世纪 80 年代的海伦·蒂芬、卡罗尔·费里尔、苏珊·谢里丹以及 90 年代的海伦·加纳等澳大利亚女性主义批评家又将女性主义批评扩展到了新领域。格里尔作为澳大利亚女性主义第二次浪潮的先驱,她的思想不仅是西方女权第二次浪潮的一部分,而且奠定了澳大利亚女性主义批评的基础,对澳大利亚女性主义批评的国际化具有重要意义。学界对于《女太监》的评论褒贬不一,格里尔的女性主义批评思想也颇受争议。

格里尔自身就是一个充满争议的话题。出生于悉尼的格里尔,中学就读于修道院学校,因质疑上帝的存在而抛弃了天主教信仰。之后在就读墨尔本大学期间,她主修英语与法语语言文学。毕业后,格里尔积极投身于当时的澳大利亚左翼团体"悉尼浪潮"(Sydney Push)②以及无政府主义自由论辩等活动。格里尔认为这些人所讨论的只有真理,而且坚称人们日常所面对的社会都只是形而上学的意识形态,而意识形态只是谎言的一个同义词(ideology is a synonym for lies),都只是胡编乱造的虚假之辞。③格里尔思想前卫且激进,勇于挑战传统左翼思想。1964 年,

---

① Magarey, Susan. "Germaine Greer." *The Oxford Encyclopedia of Women in World History*. ed. Bonnie G. Smith. Oxford: Oxford University Press, 2008: 651. /Medoff, Jeslyn. "Germaine Greer." *Encyclopedia of Feminist Literary Theory*. ed. Elizabeth Kowaleski Wallace. New York: Routledge, 2010: 263. /Standish, Ann. "Greer, Germaine (1939—   )." *The Encyclopedia of Women & Leadership in Twentieth-century Australia*. Australian Women's Archives Project, 2014.

② The Sydney Push was a predominantly left-wing intellectual subculture in Sydney from the late 1940s to the early 1970s. Rejection of conventional morality and authoritarianism formed their main common bond.

③ Wallace, Christine. *Germaine Greer: Untamed Shrew*. London: Faber and Faber, 1999:74.

格里尔到剑桥大学纽纳姆学院(Newnham College)继续博士深造,每当谈起女性解放总是激情澎湃,充满批判精神。她曾言只要当女性的乳房还被拘禁在胸罩下,女性解放就无从谈起。① 同年,格里尔加入剑桥大学"脚灯戏剧俱乐部",并在次年成为第一位获得该俱乐部会员资格的女性。不同寻常的求学经历和充满叛逆的性格,使格里尔显露出异于常人的激进女权言行。然而这只是她激进"充满争议的生活"的一个开端。

进入社会公众视野的格里尔,激进思想有增无减。1968年,格里尔经历了她毕生唯一的一次婚姻。这段婚姻实质上才维持了几周时间②,却成为格里尔批评思想的经验基础。在英国华威大学教授两年文学之后,格里尔开始在澳大利亚地下杂志《奥兹》(Oz)发表专栏文章,题为《杰梅茵·格里尔编织私人部分》③和《保暖的公鸡袜》④,极具挑衅和讽刺意味。同时,格里尔还参与创办了阿姆斯特丹的地下杂志《萨克》⑤(Suck),并刊登出一张自己的全裸图像。虽然摄影技巧使画面勉强得体,但格里尔的这种做法颇受争议。她用最直白的展现扰乱了传统"规矩",画面足够自然、暴怒、撩动(naturally enough, outrage, titillation),当然,也吸引了足够多的目光。⑥她被《生活》(Life)杂志誉为"男人喜欢的有料女性主义者"(Saucy Feminist That Even Men Like)⑦。格里尔还与美国作家诺曼·梅勒(Norman Mailer)在纽约电视媒体上就女性解放话题展开辩论,著名的女性主义批评家苏珊·桑塔格与弗里丹均在观众席。格里尔在女性主义的各个领域都十分活跃,颇受关注,各种杂志、电视节目、辩论等都可以看到她的身影。在影响力如日中天的同时,她也备受争议。但争议不仅使她的影响力大幅提高,而且推动她女性主义思想的不断完善。也正如此,20世纪80年代的格里尔批评思想更加严肃与成熟。1979年,格里尔在美国的塔尔萨大学供职并被任命为女性文学研究中心主任;1983年,她创立了《塔尔萨女性文学研究》期刊;1989年,获得了剑桥大学纽纳姆学院的研究员资格,并创立了斯特姆·克劳斯出版社,资助出版了17—18世纪女性

---

① Merritt, Stephanie. "Danger Mouth." *The Guardian* 5 Oct. 2003. /Lisa Jardine, "Growing up with Greer." *The Guardian* 7 Mar. 1999.
② Greer, Germaine. "Country Notebook: Drunken Ex-husband." *The Daily Telegraph* 29 May 2004.
③ 英文原文为"Germaine Greer knit private parts",这里"private parts"有双关的意思。
④ 英文原文为"The Keep—it—Warm 'Cock Sock'"。
⑤ 作者自译。
⑥ Dux, Monica. "Temple of *The Female Eunuch*: Germaine Greer Forty Years On." *Commentary* 2010(2): 10.
⑦ "Cover Story." *Life Magazine* 7 May 1971.

诗人的作品。此后不久,她重返华威大学,继续投入女性主义研究,孜孜不倦。经过了岁月洗涤的格里尔,褪去了声名鹊起时的浮华,激进之余更多出几分严肃和庄重。

格里尔的女性思想深受西方第二次女性主义浪潮的影响。格里尔提出的自我觉醒女权主义意识,对澳大利亚女性主义发展具有里程碑式意义,也是新时期话语体系的一部分。波伏娃在《第二性》(The Second Sex, 1949)中从存在主义视角提出"女性并非天生而是后天逐渐形成"观点,米利特在《性政治》中提出消解男权中心的马克思主义主张,女性主义的发展不断更新着人们对女性身份的认知。然而,不管是法国学派的存在女性主义,还是英美学派的政治性主张,都是后现代语境下去中心的反男权主义解构思潮。同时期的格里尔毫无疑问也受到了影响。虽然格里尔并没有明确表示过自己女性主义思想的形成历程,但以女性身体为出发点来解构男权主义的做法与第二次女性主义浪潮不谋而合。她在《女太监》的开篇直抒胸臆,声明她的这部作品是"第二次女权主义浪潮的一个部分"①。

格里尔也深受"新左翼"思潮的影响。"新左翼"批评思潮其实早在 20 世纪 50 年代初期就已初见端倪,在六七十年代达到了一个小高潮。"新左翼"在"左翼"思想的基础上,变得更加激进与多元。"新左翼"反对政治与文化霸权主义,拒绝早期马克思主义工人运动所倡导的以物质与阶级为基础的社会公平,关注公民政治权利、女性主义、性别角色等社会问题,是一种更深层次的解构思想。英国批评家雷蒙德·威廉姆斯不仅被认为是"新左翼"思潮的领军人物,也是文化研究的先驱。他的《文化与社会》开启了后现代主义文化批评的最初转向。1960 年,美国的 C. 赖特·米尔斯在《新左翼评论》(New Left Review)②发表"给新左翼的一封信"③,这使新左翼这个概念普及化的同时,也为"新左翼"划定了范畴。米尔斯说,"左翼"(left)就意味着"文化批评与政治批评的连接"④;而重要的是,"自满时代"(The Age of Complacency)已经终结,只有那些老妇人才抱怨"意识形态的终结";而"我们将要再次出发"。⑤ 显然,米尔斯对"新左翼"思潮下的文化研究是充满信心的。

---

① Greer, Germaine. *The Female Eunuch*. New York: Harper Collins, 2003:13. 中文翻译借鉴了欧阳昱的译本:杰梅茵·格里尔. 女太监. 欧阳昱译. 上海:上海文艺出版社, 2011. 下文皆同。
② 1960 年,由《新理论家》(*New Resaoner*)与《大学与左翼批评》(*Universities and Left Review*)两本杂志合并而成。
③ Mills, C. Wright. "Letter to the New Left." *New Left Review* 1960(22.5):18—23.
④ Ibid., 21.
⑤ Ibid., 23.

虽然他认为20世纪60年代仍不乏忧伤怀旧的"老妇人"式思想,但是70年代的格里尔无疑是他所指涉的"新女性"(New Woman)代表之一。无论是作为"悉尼浪潮"的活跃分子,还是加入充溢着"左翼"激进思想的"脚灯戏剧俱乐部",格里尔都是"新左翼"思潮的追随者。格里尔在《女太监》中不仅多处引用《新左翼评论》中的文章观点[1],而且也在"综述"中坦诚"最有效的批评将会来自我的左派姐妹们"[2]。

如果说第二次女性主义浪潮为格里尔提供了成长空间,那么"新左翼"思潮则为其注入了生命力,在此基础上,格里尔以独立、内向的视角分析并解构了女性压迫问题。美国女性批评家伊芙琳·瑞德(Evelyn Reed)曾评价格里尔"越过了资本社会体系批判婚姻与家庭机制"[3]。格里尔也表示,女性在社会生活中"为我们社会所认可并被全部特权所夸大的关系不过是些束缚人的、共生的、受经济制约的东西"[4]。虽然,在具体的论述当中,格里尔并没有根据依此所提出的"束缚、共生与经济制约"为脉络展开,而是以女性身体的解构为依托,从被物化与异化的角度逐层剥开女性身体、情感与精神所承受的抑制与压迫,从而阐明女性被"阉割"(castration)的现象与事实。她提出,女性独立的基本途径,不仅在于女性内部的自我团结,创建女性统一体,而且需要摆脱阶级和经济环境下对物质的内在依赖性,创造独立自主机制。格里尔剥离其他因素所做的内向分析,堪称独树一帜。20世纪70年代,在"新左翼"思潮影响下,格里尔以《女太监》为"领唱",秉持女权运动的自由与解放使命,超越男权中心主义与性别二元对立思想,从本体论角度对女性主义进行了独特而深刻的反思。

女性"阉割"身份反思

《女太监》激进却不失创新与理性,充满争议却不失其价值。《纽约时报》评论其为迄今最好的女性主义书籍。[5]由于在大众媒体上频繁露面,她也被认为是电视

---

[1] 在最后一部分"革命"篇中,格里尔多次提到《新左翼评论》。
[2] Greer, Germaine. *The Female Eunuch*. New York: Harper Collins, 2003: 25.
[3] Reed, Evelyn. "Feminism and *The Female Eunuch*." *International Socialist Review* 1971(32.7): 13. 原文为"skip over the capitalist social system to criticize the institutions of marriage and the family"。
[4] Greer, Germaine. *The Female Eunuch*. New York: Harper Collins, 2003: 22.
[5] Reed, Evelyn. "Feminism and *The Female Eunuch*." *International Socialist Review* 1971(32.7): 10-13, 31-36.

时代第一批真正的女性主义明星之一。① 1997 年,克里斯蒂·华莱士(Christine Wallace)为格里尔撰写自传《杰梅茵·格里尔:不可驯服的悍妇》(*Germaine Greer*: *Untamed Shrew*,1999),称其为"西方世界中女性解放的同义词",评价《女太监》是一部"将女性推上看清自身处境新道路"的作品。②在第二次女权浪潮与"新左翼"思潮共同影响下,格里尔不仅继承了女权"巨人"的执着使命,而且站在她们肩上将女权思想引入到新的宽度与广度。《女太监》之后,格里尔笔耕不辍,至今已有二十多部作品。20 世纪七八十年代是格里尔创作的黄金时期,有近十部出版。这一时期,以《女太监》为基调,格里尔的女性主义思想逐渐丰富成形,进而自成一家之言,成为澳大利亚最具影响力的国际女性主义批评家之一。格里尔曾一度参与撰写一部关于阿里斯托芬(Aristophanes)的《利西翠妲》(*Lysistrata*,411 B.C.)③的书籍,可见格里尔对女性主义研究的"深沉"思考。格里尔的第二部作品《障碍赛:女性画家与她们作品的命运》是关于 20 世纪以前女性画家的研究,尤其将注意力转向那些没有被历史所记录下的女性艺术家。《性与命运:人类生育政治》是一部关于性、生育与政治的作品;格里尔将性别与女性生育问题结合起来,提出:西方社会在第三世界大肆宣扬"计划生育"理念,并非只是出于对人类福祉的关注,更多的是对"第三世界"贫穷人们生育能力的恐惧与嫉妒。格里尔的这一观点,不仅具有前瞻性,而且引起了此后关于"计划生育运动"(Birth Control Movement)的争议与辩论。《疯女人的内衣:散文及随笔》是经典女性批评作品的延伸之作,可以说是对桑德拉·吉尔伯特(Sandra Gilbert)与苏珊·古芭(Susan Gubar)《阁楼上的疯女人》(*The Madwoman in the Attic*,1979)的致敬。格里尔的"疯女人"论断回应与扩展了吉尔伯特和古芭所提出的"疯女人"女性文学形象主题。苏珊·古芭曾表示,格里尔的这部作品是她们"疯女人"论题的一个深化研究,而且是较早进行这个话题研究的女性主义批评家之一。④ 格里尔的女性自我意识强烈,对女性被压迫的历史传统有深刻理解。

---

① Dux, Monica. "Temple of *The Female Eunuch*: Germaine Greer Forty Years on." *Commentary* 2010(2):9.
② Wallace, Christine. *Germaine Greer*: *Untamed Shrew*. London: Faber and Faber, 1999:160.
③ 也是一部关于女性与男性斗争的作品。
④ 桑德拉·吉尔伯特、苏珊·古芭. 阁楼上的疯女人:女性作家与 19 世纪文学想象(上). 杨莉馨译. 上海:上海人民出版社,2015:27. 在苏珊·古芭所列的相关研究当中,只有杰西卡·萨尔蒙森(Jessica Salmonson)1985 年出版的《奥卢亨和美丽的疯女人》(*Ou Lu Khen and the Beautiful Madwoman*)早于格里尔的这部著作。

《女太监》是一部关于女性身份探索的思考。女性在社会中扮演何种角色？女性在男权社会的身份到底是什么？女性身份问题历来是男权社会与妇女解放之间冲突的焦点。男权社会以他们的需求为女性预设了角色。从伊甸园的夏娃到《奥德赛》的海伦，女性不仅被视为罪恶的化身，而且被贬低为劣等的附属。19世纪，考文垂·帕特莫尔（Coventry Patmore）用诗歌塑造了一个"屋子里的天使"；易卜生的《玩偶之家》戏剧式地展现了女性被视为"玩物"与"洋娃娃"的"牢笼式"禁锢；奥斯汀笔下的女主人公都以找到合适的结婚对象为人生目标，女性从未拥有完整人格。伍尔夫想杀掉帕特莫尔的"天使"，"玩偶"娜拉被迫出走，奥斯汀的女性难逃婚姻的曲折艰辛。女性该如何新生、走向何方和成为谁的问题仍待探究与回答。时至今日，对这些问题答案的探索还在继续。《女太监》追根溯源，尝试从根本上找到女性身份缺失的原因，并对这些问题做出答复。格里尔从女性被罪恶化、玩物化以及限制化的身体基础谈起，描述了女性被不公对待的事实，为女性完整的新生寻求出路，为"玩偶"挣脱束缚寻求力量。

《女太监》反思女性的"性无能"，旨在揭露女性"第二性"性别困境压迫机制。近现代以来，女性自我独立意识在不断增强，但是女性身份构建使命仍未完成。亚里士多德对女性天生缺乏某些品质的论断从来不乏追随者，托马斯·阿奎那（Thomas Aquinas）更是断言"女人是不完满的人"（imperfect man）。像奥托·魏宁格（Otto Weininger）[①]那样将男性视为绝对天才的论断也不乏支持者。女人成了被公认的"第二性"（Second Sex）。不管是波伏娃的女性身份社会塑造成因分析，还是米利特的父权社会体系下女性被压迫的政治隐喻，都是想找回女性独立身份所缺失的碎片。伊莱恩·肖瓦尔特在《她们自己的文学》（*A Literature of Their Own*，1977）中提出，所有亚文化历史的发展都要经历模仿、反抗与自我发现三个阶段，而女性文学也经历了女性气质（feminine）、女权主义（feminist）以及女性（female）三个对应的历史发展阶段。以乔治·艾略特（George Eliot）的逝世为分界线，之前为"女性气质"时期，后至第一次女性主义浪潮是"女权主义"时期，再到之后的"女性"时期。[②] 显然，肖瓦尔特认为女性主义的终极目标依然是唤醒女性身份意识、呼吁女性反抗压迫，从而发现自我并构建女性独立身份。格里尔也认识到了女性主义的责任，《女太监》在尝试解构"第二性"压迫的同时，积极寻找女性身

[①] 1880—1903，奥地利哲学家，作家。

[②] Showalter, Elaine. *A Literature of Their Own: British Women Novelists from Brontë to Lessing.* New Jersey: Princeton University Press, 1977: 13.

份构建途径。

格里尔所关注的女性"第二性"特征即为性欲（sexuality）。她认为"我们知道我们是什么，但并不知道我们可能成为什么……因此，我们要从头开始，以细胞的性（sex of cells）为起点"，对女性的"性压迫"进行一次彻底的回顾与解构。① 从"肉体"到"灵魂"，从"爱情"到"憎恨"，再到"革命"②，她以生物学基础为起点，解剖了女性性欲。格里尔认为，传统社会观念把女性与男性的生理差异作为女性社会附属角色的主要根据，本质性地将男女两性对立，这是男权社会利己主义的一种行为。骨骼、毛发、曲线以及子宫等女性躯体部分被不断地邪恶化与贬低，或者加以利用，男性按他们的需求塑造女性形象，女性自身成了被动接受者。这无形中设立了一种"滞定型"（the stereotype）的永恒女性（Eternal Feminine）形象。"她是所有男人以及所有女人追求的对象。她不属于任何一性，因为她自己无性可言。"③所有关于对"永恒女性"的女性气质的想象造成女性本质性欲被压抑与扭曲。女性成了男性的玩物与欣赏物。正如格里尔引用玛丽·沃尔斯通克拉夫特（Mary Wollstonecraft）的名言："她被塑造成男人的玩物，他的拨浪鼓。无论什么时候，不管有没有来由，只要他想玩这拨浪鼓就得在他的耳边摇响。"④格里尔还认为，不管是什么样的人格、精力理论，威廉·麦克道格尔（William McDougall）⑤的"生命冲动"，卡尔·荣格（Carl Jung）和威廉·赖希（Wilhelm Reich）的"力比多"（libido），佛鲁吉尔的"欲望力"（orectic energy）等，都是将性欲定义为一种"资本主义精力系统"（capitalist system of energy）的原始材料。而在此之下，女性由于所经历的性欲被否定，这种原始的精力发生了偏转，从而形成了一个持续且不可逆转的"抑制系统"（irreversible system of repression）。然而，性行为本身就是一种探索方式，已形成的社会传统体系从来都是劝诫女性拒绝接受性欲探索的必需要素⑥，女性被剥夺了获得完整人格的机会。格里尔反对将男女两性二元对立，呼吁反抗传统性欲精力理论对女性性欲的隐喻性压制。她提倡的是一种对女性性欲进行解放的激进女权思想，这也是格里尔在《女太监》想要传达的中心观点。

女性性欲的压制与扭曲导致了女性人格的"阉割"（castration），女性也就被变

---

① Greer, Germaine. *The Female Eunuch*. New York: Harper Collins, 2003: 17.
② 《女太监》分为以"肉体""灵魂""爱情""憎恨"和"革命"为标题的五个部分。
③ Greer, Germaine. *The Female Eunuch*. New York: Harper Collins, 2003: 67.
④ Ibid., 68. 原文出自 Mary Wollstonecraft, *A Vindication of the Rights of Women*, 1792: 66.
⑤ 1871—1938，英国心理学家。
⑥ Greer, Germaine. *The Female Eunuch*. New York: Harper Collins, 2003: 77.

成了"女太监"。格里尔认为,"永恒女性"形象所暗含的女性特质本身就是"阉割特质"(castratedness)。在资本主义消费经济的语境下,女性被符号化为物质象征。女性不仅被消费化为商品,而且商品成为控制女性的一种方式。婀娜多姿的身材,曼妙精致的妆容,优雅得体的装扮,女性与物质世界成了最亲密的伙伴,可以被任意装扮成想象与需要的"洋娃娃"。"洋娃娃"不仅要看起来完美无缺,而且最重要的是"她绝不能拥有性器官"[①]。所以,她们没有生命力,也不是真正的女人,更不是真正的人。她们是假女人,是被阉割了的"女太监"。

精神分析学对女性进行的心理欺骗在女性"阉割"过程中也扮演了重要角色。格里尔不仅批判精神分析学将女性在精神层面进行了"阉割",而且怀疑正是精神学家欲掩饰男性自身缺损的陷阱。精神分析学的理论基础就是男权主义,即"女性是被阉割的男人"[②]。格里尔对精神分析学之父弗洛伊德的女性观点进行了重点抨击。她认为,整个精神分析学的发展并非是一种科学研究方法的自我完善,更多是一种玄学的加强。因此,格里尔不乏讽刺地提出建议,也许理解弗洛伊德最有效的方法就是用弗洛伊德学说分析其自身,以其人之道还治其人之身。利用女性的弱势地位,宣扬女性的"生殖创伤"(genital trauma)以及对男性生殖器的嫉妒与崇拜,这无疑"是一个大骗局。易于轻信的人之所以寻求指导,是因为她感到不幸福、忧虑和困惑,而心理学劝她到自己身上找原因……心理学家稳不住世界,所以他们只好稳住女人"[③]。因为,相比于改变男权社会的问题,改变女性似乎更加容易。现代社会的核心组成单位——家庭,更是筑建在女性被阉割的基础之上[④],婚姻只是限制女性的形式。从少女时期,女性个体被"社会文明化"的过程实质上是在逐渐抹杀女性性欲。受到母亲的传统管教、学校的强制教育灌输,女性性欲与精力的自然属性被扭曲,还被冠以同性恋抑或恋父/母情结。青春期女性更是"迫不得已,必须接受太监的角色"[⑤]。在这个充满疑惑与挫败感的时期,女性试图向社会寻求引导,却被引入了精神分析学的巨大骗局,经受"心理欺骗"。因而,之后的爱情、婚姻与家庭只是女性"阉割"的"自然果实"。对爱情的憧憬、婚姻的向往、家庭的依恋,是男权有意塑造的"阉割"过程而已。"女太监"的传统社会认知其实是"第二性"畸形建构的结果。

[①] Greer, Germaine. *The Female Eunuch*. New York: Harper Collins, 2003: 69.
[②] Ibid., 104.
[③] Ibid., 103—104.
[④] Ibid., 111.
[⑤] Ibid., 99.

然而,格里尔认为,女性自身并没有意识到这种畸形建构,"性欲阉割"直接消解了女性自主觉醒意识。两性关系中,女性自发的利他主义与自我牺牲倾向,从根本上决定了爱情与婚姻的不平等。因此,女性幻想在爱情中获得安全感、在婚姻中享有平等权利是不可能实现的悖论。男权社会爱情与婚姻的唯一功能是控制与统治。人类的爱情从来都是与自恋(narcissism)紧密相关,而女性根本不具有被迷恋的能力。因为自身缺乏自恋的缺陷,女性不可能拥有真正的爱情。男性在爱情中寻求的只是对自身的"迷恋与兴趣"(fascination and interest),"他对她产生的欲望是一种爱恋他自己这类人的行为"。① 两性关系中亦不可能存在公平公正、纯洁纯粹的爱情。女性错误地把自发的利他主义与自我牺牲认为是自我的利己主义(egoism)。实质上,女性由于不具备自恋能力,在两性关系中也无法做到真正的利己主义。婚姻更是"很难想象一种完全没有女性自我牺牲因素的男女关系"②。女性不但不适合自恋行为,在爱情中也只是单方面的配合者与辅助者。浪漫爱情故事在塑造女性对爱情的幻想的同时,仪式化地控制了女性的自由。尽管故事本身只是替代性地满足幻想,然而被经典化的文字幻想却扭曲了现实。文学作品中"风景布置、服饰、物品等,一切都证明了性的仪式化,而浪漫爱情的本质特征就是性"③。性被仪式固化,女性被仪式化的性所控制。格里尔甚至认为 D. H. 劳伦斯与海明威(Ernest Hemingway)可以说是此类故事的大师。在她看来"假装正经、寻求刺激与讽刺性诗意的效果"④,却恰恰使之被奉为浪漫主义作家的传统。实际上,这暴露了男权社会通过不切实际的浪漫主义限制女性的受虐倾向。通过文学塑造浪漫爱情的幻想,是资本消费社会对女性的一种深度"阉割"。社会为了维护男权统治与优越感,婚姻成了仪式感控制的一部分。在此精心设计的婚姻与家庭围城之中,仪式感成为女性生活的一部分,限制成为自然的常态,女性甚至会无法适应没有仪式感的性行为,否则"性"好像只是一种家务。女性被男性的畸形设计所限制,甚至认为这是一种自主性决定。

女性如何摆脱这种虚假的自主,格里尔激进地认为,关键在于挣脱婚姻与家庭的束缚。爱情与婚姻是男性控制与压迫女性性欲的作用场,而只有脱离了被控制的作用中介,女性性欲才能获得解放,女性才能实现成为"完整人"的理想与目标。

---

① Greer, Germaine. *The Female Eunuch*. New York: Harper Collins, 2003:159.
② Ibid., 171.
③ Ibid., 205.
④ Ibid., 208.

女性作为男性的幻想对象,对女性性欲的征服与获取被视为一种权力与地位的象征写入浪漫爱情故事当中,进而培养与固化了男性将"女性的性视为本领与冒险"①的观念。格里尔认为,浪漫爱情在本质上是一种家庭之外的情感,因而"爱情从本质上来讲就是反社会与鼓励通奸的"②。单一伴侣的婚姻家庭,人类学家称之为"核心家庭"(nuclear family),充满将女性"同社会交往隔绝的倾向"。③ 相对于只有虚伪仪式的婚姻与扼杀了女性性欲的"核心家庭",格里尔认为,"有机家庭"(organic family)比制度引起的冲突混乱更加有效。有机家庭可以将女性从生育的负担中解放出来,家庭只以"爱与个人兴趣"为基础。正如罗伯特·布雷福特(Robert Briffault)在《罪与性》(*Sin and Sex*)中所言:"从生物学角度而言,一个男性与女性一直生活在一起是一种极不自然的状态。"④换句话说,格里尔反对一夫一妻制,甚至鼓励婚内与第三者进行性解放。相比于"女性阉割""女太监"的激进女性认识论,这种反家庭、反社会的"有机家庭"概念可以说是"激进中的激进"。虽然格里尔的这种思想在现代文明社有过于激进之嫌,但这对女性意识的唤醒与女性身份构建过程具有重要催化作用。这种极具浪漫主义色彩的女性解放思想,虽实践性较弱,但思想开拓性强。以"女太监"的视角审视女性身份的滞定与僵化,是一种创新型思考模式。即使其并未总结出女性解放的正确路径与实践方式,至少在前进的道路上又迈进了一步。

自由女性身份建构

格里尔所倡导的内向性女性解放思想具有超前性。女性身份建构历来都是被置于男女两性的二元对立之下,男性主导和男性话语在其中影响巨大。《女太监》独树一帜,以女性本体发声,将男性压迫视为阻碍女性解放的重要因素之一。如果女性解放的探讨总是以男权社会为主体,而将女性自身视作客体与他者,那么女性独立就无从谈起。《女太监》将女性作为主体,而将男权及其对女性的压迫作为主体社会的一种非正常现象,出发点更具独立的主体意识。《女太监》一经问世就引

---

① Greer, Germaine. *The Female Eunuch*. New York: Harper Collins, 2003:213.
② Ibid., 223.
③ Ibid., 253.
④ Ibid., 265. 原文出自 Robert Briffault, *Sin and Sex*, 1931:140.

起了女性主义批评圈的轩然大波,其中不乏质疑之声。美国女权主义者家伊芙琳·瑞德批评说《女太监》提出的女权理论与实践对于女权主义事业可以说是毫无益处,因为"女权主义事业无法从一个本身就是'女太监'作家的革命理论与实践中有所获益"①;瑞德认为,格里尔的理论不仅是"个人的乌托邦幻想",而且是对男性社会的迎合;《女太监》之所以受到众多男性批评家的热情接受,是因为它为女权运动中的男性受众塑造了一个"多性少政治"②的完美模型;这种略过资本主义社会体系,直接将矛头指向婚姻与家庭体制的片面分析极其肤浅。瑞德的批评并非一家之言,也有学者认为格里尔的内向性女性批评只是"愤怒情绪的表面外化"③,不仅分析浅显模糊,而且难以实现真正的自我评价反思。④ 格里尔的分析虽具新意,但并非没有弱点,毕竟完美从来只是一种想象。虽然她从女性生理特征出发,在阐明女性"性革命"的重要性上显得通俗简洁,但也不乏机智与深刻。因此,理解《女太监》的自身局限性,明确其独特价值,才不失理性与客观。《女太监》"有概念简单与自负的缺陷之嫌,却仍然不乏直觉性的完全正确"⑤,它令人"窒息、振奋和激愤的品质不可否认",甚至是一部比米利特的《性政治》与舒拉米斯·费尔斯通(Shulamith Firestone)《性的辩证法》(*The Dialectic of Sex*,1970)更吸引人的作品。⑥ 因此,完全否定整个"性革命"的成果与进步,稍显武断。⑦ 格里尔超越了二元对立下的"伪主体"女性视角,强调个人解放,女性主体意识更强。《女太监》的这种超前意识,受到了批评界两极化的关注,也是预料之中。这与格里尔一贯的无政府主义者(anarchist)主张相一致。

格里尔思想的超前性体现在高度的自我觉醒与自我建构。女权主义坚持透过

---

① Reed, Evelyn. "Feminism and *The Female Eunuch*." *International Socialist Review* 1971(32.7): 36. 原文为"the feminist cause cannot be benefited by a writer who is a 'female eunuch' in revolutionary theory and practice"。

② Ibid., 1.

③ Meyer, Patricia. "Review: A Chronicle of Women." *The Hudson Review* 1972(25.1): 160.

④ Presser, Harriet B. "Feminism and the Status of Women." *Family Planning Perspectives* 1972(4.2): 59.

⑤ Diamond, Arlyn. "Elizabeth Janeway and Germaine Greer." *The Massachusetts Review* 1972(13): 277.

⑥ Dux, Monica. "Temple of *The Female Eunuch*: Germaine Greer Forty Years on." *Commentary* 2010(2): 13.

⑦ 相关观点详见 Magarey, Susan. "The Sexual Revolution as Big Flop: Women's Liberation Lesson One." *Dangerous Ideas: Women's Liberation-Women's Studies-Around the World*. Susan Magarey. Adelaide: University of Adelaide Press, 2014.

"觉醒女性"(awakened female sex)的眼睛重新审视社会、政治与性别问题。《女太监》就是这样一个"觉醒的眼睛",因为它"要的就是自由"①。格里尔说,她所辩护的自由是"人格的构成"(constitute personhood)②。格里尔在论述中时常引用讨论女性与男性的名言进行佐证。综述部分,从她引用约翰·密尔(John Mill)的话语中就可以看出她秉持不一样的女性自由关系。③她认为,类似于第一次浪潮所经历的有组织性的妇女解放运动,只是少数派活动,不仅涉及女性群体局限,而且效果也有限;作为女性自我解放的一种教育手段,还不足以彻底唤醒女性自我意识。"这种解放蕴含的自由概念空洞无物,最糟的是它以男性条件来界定,而男性本身并不自由。正因如此,女权解放只是在这个可能性极其有限的世界中定义含混不清的术语罢了。"④格里尔还表示,她之所以另辟蹊径,跳出二元对立范畴,抛开传统社会政治分析方法,是因为保守的方法对家庭妇女的解放远远不够;如果女性作为最完整的独立存在,只有在世界革命取得胜利的前提下才能获得自由,那么需要的是激进的跳跃;塑造自我是改变世界的前提,女性"可以从重新评价自己为开端,而不必以改变世界为起始"⑤。格里尔的自由剥离了特定的社会政治因素,融合体现了自发性与自治性自由。虽然她的观点稍显乌托邦色彩,但作为人格建构根本分析,是一种本真性探索。以男权为先决条件的女性主义探索,本质上无法跨越男权鸿沟。《女太监》冲破这种二元对立,在女性整体自治的维度下,寻求女性解放与自由建构的方法,具有从根本上寻求"完整女人"的新意义。

将女性自身"性欲"作为女性身份构建的核心,格里尔的女性思想旨在扭转性别政治话语场的控制权。虽然格里尔建议女性从"重新评价自己"开始,但并不是说她否认男权社会的女性压迫,或者女性"第二性"困境。在弗里丹"无名的问题"(The Problem That Has No Name)基础上,格里尔为这个问题进行了命名,即"女性性欲被阉割"。开篇,格里尔就引用恩斯特·托勒尔(Ernst Toller)的名言"世界

---

① Greer, Germaine. "Foreword to the Pladadin 21st Anniversary Edition." *The Female Eunuch*. New York: Harper Collins, 2003:10. 原文为"freedom, that's what"。

② Ibid., 11.

③ Ibid., 15. 原文为"We may safely assert that the knowledge that men can acquire of women, even as they have been and are, without reference to what they might be, is wretchedly imperfect and superficial and will always be so until women themselves have told all that they have to tell"。

④ Ibid., 16.

⑤ Ibid., 16.

失去了它的灵魂,而我失去了我的性"①。格里尔认为,女性失去了"性",就失去了身份的灵魂。在传统社会语境下,"滞定型"是永恒女性的固有观念,一方面是由于社会压迫,另一方面是女性自我构建力量过于弱小。双重滞定直接导致了女性的浪漫幻想与利他主义自我牺牲倾向。这种看似自发的行为,其实是女性被"性阉割"的延伸结果。由于无意识地被"阉割",女性成为男权社会的工具,女性内部自身的团结也被打破,只能依附男性。格里尔的性别政治逻辑是女性要在社会政治上与男性实现平等,首先要获得保持平等的能力。然而,这种能力在女性团结被男权所割裂的情况下无法取得。因此,格里尔认为,女性要解决自身"阉割"首先要反对家庭与婚姻,解放"性欲";其次,女性内部应自身团结,消除利他主义与自我牺牲,构建完整独立人格。格里尔的"重新自我评价"与"不改变世界"是女性"无为而治"、自由解放的一个良好开端。这种革命性指引不仅是后现代理论时代解构宏观叙事的典型特征,也是思想先进性的表现。

"性欲阉割"理论体现了女权政治的独立主体性。格里尔独特的内向视角从女性自身探讨女性压迫,一方面,显示了格里尔独立女权主义的彻底性;另一方面,这种反向探讨自身的做法也易被学界误解。跳出男权政治中心讨论女性"性欲",似乎成了为男性对女性"性压迫"的开脱。事实上,换种角度来看,女性压迫是男权社会的一个问题,更是女性本身的问题,理解格里尔的初衷需要极强的女性觉醒意识。如果说在男权政治下讨论女性压迫,是认识女性问题的一面,那么从女性自身探究根源就是认识另一面。她的"多性少政治"是强化女权政治的一种路径。虽然格里尔讨论的多是女性自身的"性",但是格里尔女性思想的女权政治性并未因此而减弱,女权政治主体的建立终究是要通过女性主体自身,而非通过男权。男权视角在强调女性弱势的同时,也凸显了男权的政治主体地位。格里尔反其道而行,重点强调女性"第二性"的根源,更具女性主体性与女权政治性。

纵观女性主义发展历史,女权观点与时代政治密切联系,格里尔也不例外。时代思想的进化与革新,是政治、经济与文化等因素共同作用的结果,文学作品更是对社会政治的贴切反映,女性主义作品同样如此。整个 20 世纪,女权主义的发展都与社会政治格局的变化相互呼应。伍尔夫《一间自己的房子》(*A Room of One's Own*,1929)强调女性经济独立,与 20 世纪二三十年代资本主义社会经济快速发展、女性经济意识的初步觉醒密不可分。波伏娃《第二性》重新发掘女性社会角色

---

① Greer, Germaine. "Foreword to the Pladadin 21st Anniversary Edition." *The Female Eunuch*. New York: Harper Collins,2003:13. 原文为"The world has lost its soul,and I my sex"。

和定义女性身份,则与 50 年代社会劳动关系新发展无法分割。弗里丹《女性的奥秘》(*The Feminine Mystique*,1963)与米利特的《性政治》沿着重新定义女性角色的道路,在后现代解构理论的语境下,发掘女性"无名的痛苦",质疑传统权威所认同的女性身份,探求女性身份的本质性重构。伊芙琳·瑞德对格里尔及其论说持以下观点:格里尔为迎合男性而以"性残疾"(sexual disabilities)贬低女性;格里尔受到了男性文学批评家的欢迎,是因为他们的自尊心还没有从米利特的刺痛中恢复过来;《女太监》的成功是因为它代表了所有米利特《性政治》的反面。①《女太监》与《性政治》基本同时问世,但是米利特还停留于传统文学叙事中对女性形象的扭曲与固化,以此建构女性阅读与批评的艺术化路径;而格里尔已经将这种解构推向了社会现实,探讨在婚姻与家庭场域中女性是如何被"阉割",从而失去了成为"完整人"的"性"。《女太监》立足个人解放的女性主义思想与其时代背景下的政治风向相契合。反权威、去中心是这一时期社会发展的主旋律。

建构女性的独立自由身份是《女太监》的核心政治追求。女性若要获得自由身份,不仅要克服男权社会所施加的压迫,更要冲破自身限制性。从这个角度来讲,《性政治》与《女太监》只是侧重点不同而已。米利特将政治定义为人类某一群体用来支配另一群体的那些具有权力解构的关系和组合。② 她认为男权制最强大的心理武器就是它的普遍性和长期性③,因为通过阶级、宗教、经济、教育等权力结构,男权至上的观念已经牢固树立。格里尔关注女性在这些权力结构中被固化的局限性,侧重发掘女性自身的力量。格里尔说"要的就是自由",因为自由了,女性才不再是他人赏心悦目的玩物,而是敢于回望对视的人;自由才让女性不再顾影自怜;自由才让女性不再是男性性欲的被动承担者。④ 虽然格里尔不像米利特从阶级、宗教等政治角度阐释女性承受的压迫,而是从女性的本质属性"肉体、灵魂、爱情、憎恨"等本体方面揭露女性困境,但也正因此,格里尔超越了二元对立,内向化进行正本溯源的深刻思考。阻碍发展的往往是自我本身,女性已被"阉割"成了没有"性欲"与人格的"女太监",而女性自身还未意识到这样的危险。格里尔用《女太监》敲响了警钟,不仅是在唤起女性意识到危险、尝试反抗,而且是对男性权威发起挑战。这种挑战并不停留于女性"性阉割"的现象剖析,其实质是一种抗争男权社会的政

---

① Reed, Evelyn. "Feminism and *The Female Eunuch*." International Socialist Review 1971(32.7): 10.
② Millet, Kate. *Sexual Politics*. Illinois: University of Illinois Press, 2000: 23.
③ Ibid., 58.
④ Greer, Germaine. *The Female Eunuch*. New York: Harper Collins, 2003: 10.

治隐喻。

此外,《女太监》也有着其独特的"澳大利亚性"。在20世纪60年代末至70年代,世界局势动荡不安,澳大利亚陷入社会身份危机的困境中,女性群体也包括其中。此时的《女太监》不仅是女性对这种身份危机的一种回应,也是一部关于澳大利亚女性"身份政治"(identity politics)的批评作品。消费社会商品化、反文化现象多生、流行文化热潮与物质主义、政治与权威怀疑论等问题相继产生,引发文化与个体自由危机,历史叙事瓦解,"身份政治"问题突显。① 70年代的女性主义进入了"文化政治"(cultural politics)的范畴。②探索女性经验,呈现超越现实禁锢的乌托邦想象,是"文化政治"时代女性作家与女性主义都关注的重点;通过写作与重写的模式发出"女性的声音",拷问她们的被压迫历史,格里尔的《女太监》就是其中代表之一。③澳大利亚女性主义"布里斯班学派"的代表费里尔在她的《性别、政治与小说:20世纪澳大利亚女性小说》中认为,澳大利亚女性文学批评经历了"审视、发现与超越"④三个阶段,与肖瓦尔特"女性气质、女权主义、女性"的论断基本一致。而"阿德莱德学派"的苏珊·迈格利与谢里丹进一步认为,在英美女性主义的共同影响下,20世纪七八十年代的澳大利亚女性主义经历了"重新审视自身、将多元文化纳入思考、构建澳大利亚性"的过程。⑤可见,重构具有"澳大利亚性"的"女性身份"是澳大利亚女性主义的共同特点。格里尔也坦诚,她关注的是"女性的身份问题"⑥。构建民族身份,塑造澳大利亚精神一直是澳大利亚文化领域关注的焦点。20世纪70年代的澳大利亚,工党与自由党轮番上阵,政坛动荡不安,由于"白澳"政策向多元文化民族政策的转变,澳大利亚的民族身份问题也浮出水面成为社会热点话题。白人与土著的逐渐和解也引发了澳大利亚国内其他少数族裔从边缘到中心的反文化流动。澳大利亚女性主义在后殖民主义与土著批评的共同推动下,

---

① Armstrong, Tim. "The Seventies and the Cult of Culture." *The Cambridge History of Twentieth-century English Literature*. ed. Laura Marcus. Brighton: University of Sussex, 2005: 585.

② Waugh, Patricia. "Feminism and Writing: the Politics of Culture." *The Cambridge History of Twentieth-century English Literature*. ed. Laura Marcus, Brighton: University of Sussex, 2005: 602.

③ Ibid., 604.

④ Ferrier, Carole. ed. *Gender, Politics and Fiction: Twentieth Century Australian Women's Novels*. St Lucia: University of Queensland Press, 1985: 2—4.

⑤ Magarey, Susan, and Susan Sheridan. "Local, Global, Regional: Women's Studies in Australia." *Feminist Studies* 2002(28.1): 137.

⑥ Lake, Marilyn. "'Revolution for the Hell of It': the Transatlantic Genesis and Serial Provocations of *The Female Eunuch*." *Australian Feminist Studies* 2016(31.87): 12.

成为去中心化进程中的一股中坚力量。到了 20 世纪 80 年代,左翼工党基本占有了领先优势,澳大利亚女性主义进而掀起了第三次浪潮。代表澳大利亚女性批评中心的《赫卡特》与《澳大利亚女性主义研究》就创刊于这一时期。澳大利亚女性主义批评的杰出作品也在 20 世纪 80 年代相继问世,诸如雪莉·沃克的《她是谁?》[①],费里尔的《性别、政治与小说:20 世纪澳大利亚女性小说》等。在多元文化语境下,澳大利亚女性主义何去何从是一个重要问题,"身份政治"是其中焦点之一。

格里尔是澳大利亚较早关注女性身份建构的女性批评家之一。通过女性自身视角,反向解构女性在社会生活各个方面中所经历的压迫;反思女性身份被"阉割"的人格缺陷;从家庭与婚姻的禁锢中解放女性"性欲",尝试建构自由女性身份。这是《女太监》在 20 世纪 70 年代尝试探究的问题。《女太监》直指女性的现实困境,更具社会现实性意义。格里尔不仅引领了澳大利亚女性主义的发展方向,而且为澳大利亚女性主义向第三、第四次浪潮的发展与过渡提供了桥梁。

格里尔的激进女性主义思想是第二次女性主义浪潮的一部分,其前瞻性超前于同时期的澳大利亚女性主义发展。受 20 世纪 60 年代英美新左翼思潮的影响,文学批评逐渐向文化研究转向,批评内容与场域不断扩展,议题日益丰富。女权运动已不再仅仅局限于要求政治权利平等,重新审视女性形象、反思女性受压迫和发现自我成为后理论时期女性主义的新目标。第二次女性主义浪潮反对女性歧视、抵制社会约定俗成的性别界限、拒绝以性别为基础构建男权社会关系的传统观念。格里尔认为女性的"性欲"需要得到解放,在婚姻与家庭中不能甘愿成为牺牲品,并号召女性抵抗消费文化下女性性别成为被"物化"与"他者化"的潜在危险。其要求女性在社会关系中的两性平等思想与第二次女性主义浪潮相吻合。但在 20 世纪 70 年代中期,由于澳大利亚实施多元文化政策,澳大利亚自由人文主义才逐渐显现,因此澳大利亚女性主义逐渐进入公众视野。但无论是在时间还是空间上,格里尔的女权思想都超前于澳大利亚女性主义发展。

格里尔提出的女性人格"阉割"理论在解构社会对女性压迫的同时,女性主义也呈现了澳大利亚语境下内忧外患的双重困境。"澳大利亚性""澳大利亚身份"是澳大利亚文学长期未变的历史使命。复杂的殖民历史也使澳大利亚的民族文化发展饱受曲折。在世界语境下,澳大利亚"弃儿""流放"的历史创伤是澳大利亚民族主义建设的一大障碍。"从哪儿来,到哪儿去"是澳大利亚困境的贴切写照。澳大

---

① Walker, Shirley. *Who Is She? Images of Woman in Australian Fiction*. St Lucia: University of Queensland Press, 1983.

利亚在审视世界同时,也从未停止对自身的审视。进入20世纪七八十年代,澳大利亚文学批评走向国际化,新思潮相继涌入澳大利亚,如何更好地找到自身的位置尤为迫切。女性主义的发展作为澳大利亚文化的一个侧写,映射出了同样的困境。相较于以男性话语为基点的对立性批判,格里尔具有解构本质主义的女权思想是澳大利亚文化双重困境的一面镜子。

第四节 马德鲁鲁·纳罗金
(Mudrooroo Narogin,1938—)

生平简介

马德鲁鲁·纳罗金原名柯林·约翰逊,澳大利亚土著诗人、小说家、批评家。纳罗金是澳大利亚历史上首位集小说家与批评家于一身的土著作家。他的文学批评代表作《边缘视角创作》不仅标志着土著文学批评的重要开端,而且填补了土著文学批评在澳大利亚文学史上的空白,是澳大利亚土著文学批评的建构与发展过程中的先驱之一。纳罗金倡导构建土著文学自身的批评体系与评价标准,推崇以土著的特有方式、方法书写土著历史,弘扬土著文化。

纳罗金出生于距西澳大利亚(Western Australia)城市珀斯(Perth)不远的一个土著城市纳罗金(Narogin),他的名字就源于他对家族历史的一种接受与承认。"马德鲁鲁"(mudrooroo)是纳罗金地区土著语言中"千层木"的意思,是澳大利亚土著区域特有的一种植物,常被用来代表与象征土著文化。纳罗金自幼没有接受过完整的正规教育,他的父亲早逝,家庭生活艰难困苦。除在孤儿院断断续续接受过一部分教育之外,纳罗金还曾在夜校学习、深造。20世纪50年代末,在维多利亚州"土著进步联盟"(Aboriginal Advancement League)的帮助与资助下,纳罗金得到了到墨尔本东部工作与学习的机会。此后,在西澳大利亚大学《西风》期刊举办的土著写作竞赛中,纳罗金的参赛作品一鸣惊人,获得头奖,藉此开始了写作生涯。

纳罗金首部小说作品《野猫掉下来了》(*Wildcat Falling*,1965)确立了他在澳大利亚文坛中的地位。《野猫掉下来了》是澳大利亚文学史上首部土著作家描写土著生活的小说,是澳大利亚文学发展的新突破。纳罗金的早期创作主要集中在小说写作,直至《边缘视角创作》的出版。此后,有了一定写作经验积累与思想认识的纳罗金,开始文学写作与文学批评共同发展,不仅小说作品频出,而且文学批评也日益精湛。

纳罗金的主要小说著作有:《野猫掉下来了》《萨达瓦拉万岁》《沃拉迪医生承受世界末日的良方》《多因野猫》《鬼梦大师》《野猫尖叫:一部小说》(以下简称《野猫尖叫》)《昆坎》《不死鸟》《地下》《希望乡》等。其中,《野猫掉下来了》《多因野猫》与《野猫尖叫》被称为"野猫"三部曲;《不死鸟》《地下》与《希望乡》被称为"吸血鬼"三部曲。小说是纳罗金试图回溯土著历史、展现土著风土人情风貌的一个主要途径。

尽管在澳大利亚白人文学中也不乏对土著生活、土著文化、土著神话的描写与刻画,但纳罗金主张"自己的历史需要自己书写",土著历史也应由土著自己来书写。因此,纳罗金坚称,包括内容、形式、寓意等在内的土著性是土著文学所应具有的本质属性。除小说之外,与首位土著诗人凯思·沃克类似,纳罗金对土著诗歌也颇为关注,并先后编撰过众多诗集、诗选作品,如《入侵之前:1788年前的土著生活》《杰基的歌唱与诗歌选》(*The Song Circle of Jacky, and Selected Poems*, 1986)、《达尔瓦拉:黑卤水诗歌集》《杰斯曼的花园:遗落十年的诗歌》(*The Garden of Gethsemane: Poems from the Lost Decade*, 1991)、《太平洋公路布哈泽:乡土诗》(*Pacific Highway Boo-Blooz: Country Poems*, 1996)等。

纳罗金的主要文学批评作品有:《边缘视角创作》《土著神话:从早期传说到当代澳大利亚土著全史》(*Aboriginal Mythology: An A-Z Spanning the History of the Australian Aboriginal Peoples from the Earliest Legends to the Present Day*, 1994)、《我们匪帮:历史、文化与斗争——澳大利亚土著概论》(*Us Mob: History, Culture, Struggle: An Introduction to Indigenous Australia*, 1995)、《澳大利亚本土文学》等。纳罗金的文学批评主要聚焦土著群体生存困境、土著文化逐渐消亡、土著历史被逐步扭曲遗忘等澳大利亚土著所面对的迫切问题,并从文学、文化、历史的视角剖析与揭露澳大利亚土著文化从边缘向中心、从他者向主流过程中所存在的问题与可诉诸的方法和路径。

土著批评"黑"骑士

  七八十年代是澳大利亚文学批评日渐繁荣的重要阶段,其中土著文学批评是最受瞩目的领域之一。一批颇有影响的土著文学批评经典被重印出版,新书不断涌现,这些也成为澳大利亚民族身份构建思想力量的重要来源之一。J. J. 希里的经典作品《澳大利亚文学与土著 1770—1975》出版十年后再版,亚当·舒梅克的《白纸黑字:1929—1988 年间土著文学》、凯文·吉尔伯特的《黑色澳大利亚内部:土著诗歌选集》、马德鲁鲁·纳罗金的《边缘视角创作》相继问世,使曾经缺席的土著文学批评重新回到澳大利亚文学批评这个"大家庭"之中,并以其独特的视角丰富和发展了澳大利亚文学批评思想。土著文学批评著作相继出版的势头一直持续到 20 世纪 90 年代初,鲍勃·霍奇与维杰·米什拉合著的《梦的黑暗面》和杰克·戴维斯的《澳大利亚黑人文学作品集》(*A Collection of Black Australian Writings*,1992)是不可忽视的作品。至此,土著文学批评在澳大利亚文学批评史上的"小高潮"完整地呈现出来。在这些著作中,纳罗金的《边缘视角创作》和霍奇与米什拉的《梦的黑暗面》影响最大,前者是土著文学批评的拓荒之作,具有奠基意义;后者将其带入澳大利亚文学批评主流话语领地,把土著文学批评推进到新高度,共同谱写了澳大利亚民族文学批评叙事的新篇章。从被迫隐形于澳大利亚文学批评的幕后,到被推向前台而显形于世;从被拒绝承认,到反抗性书写,再到被逐步接纳和认可,土著文学批评与土著文学创作一样,经历了不同寻常的、与白人主流文化之间的"权力与话语"斗争过程。身兼作家和文学批评家两种身份的纳罗金一直在文学创作和批评领域开疆拓土,是土著作家和批评家群体中的一位旗手。他不仅书写了土著人建构澳大利亚文化身份的复杂与艰辛历程,而且通过其文学批评著作论述了土著文化重大的理论命题,在澳大利亚文学批评史上增添了浓墨重彩的一笔,奠定了他的重要地位。

土著作家身份寻根

纳罗金是澳大利亚土著文学创作先驱和最有影响力的文学批评家之一。土著文化源远流长,但因早期英国殖民者的"入侵"而遭遇灭顶之灾,实施近百年的"白澳"政策更是使土著文化处于灭绝的边缘。在这种逆境中,土著文化以其超乎寻常的韧劲和生命力延续至今。作为文化载体的土著文学,也在这一逆境中艰难得以生存和缓慢发展。继土著作家凯思·沃克的首部诗集《我们要走了》打破沉寂之后,纳罗金的第一部小说《野猫掉下来了》也在澳大利亚废除"白澳"政策前的20世纪60年代中叶出版。如果说沃克的诗集《我们要走了》"可能是迄今为止土著进步过程中最强有力的社会反抗材料"①,纳罗金则以小说艺术的形式再现了土著青年在白人世界里成长的精神困境。在白人文学独占鳌头的语境下,纳罗金和沃克为澳大利亚土著文学带来了希望,引领土著文学前行,从此澳大利亚文坛有了土著作家的声音。与文学创作相比,纳罗金走上文学批评道路稍晚一些,除了《边缘视角创作》因其影响力巨大而奠定了他在文学批评领域中的地位之外,20世纪90年代中期出版的三部专著《土著神话:从早期传说到当代澳大利亚土著全史》《我们匪帮:历史、文化与斗争——澳大利亚土著概论》《澳大利亚本土文学》更使他成为无人可及的澳大利亚著名文学批评家。

然而,无论是在文学创作还是文学批评中,纳罗金的身份问题都遭到很多质疑与非议,这也折射出澳大利亚社会少数族裔身份问题悬而未决的现实。出生于西澳大利亚的纳罗金原名柯林·约翰逊,在1988年澳大利亚纪念反英两百周年之际,他改名为马德鲁鲁·纳罗金。"纳罗金"取自他的出生地,"马德鲁鲁"是澳大利亚千层木(paperbark)的土著名称,象征着他西澳大利亚的土著渊源。纳罗金改名是受到凯思·沃克改名为 Oodgeroo Noonuccal 的直接影响。在一次交谈之中,沃克以自己改名的经历为例,希望土著作家的名字跟自己的文化象征与民族梦想结合在一起。受其启发,纳罗金于是改名为马德鲁鲁·纳罗金。这一反映土著身份意识觉醒的"小事"却引起了纳罗金土著部落亲属的质疑,媒体的连续报道把他推

---

① Shoemaker, Adam. "An Interview with Jack Davis." *Westerly* 1982(27.4):116./Shoemaker, Adam. *Black Words, White Page: Aboriginal Literature 1929—1988*. Canberra: The Australian National University Press, 1989:182.

上了风口浪尖。他们认为纳罗金的家族历史表明他只有非洲血统,而非澳大利亚土著后裔。在纳罗金土著身份合法性的认定过程中,尽管纳罗金的家人先后声明家族祖先并非土著,但纳罗金本人却始终保持沉默,从未做出任何回应和解释。也许在生物学意义上纳罗金是否拥有土著血统并不重要,重要的是它使土著人开始思考土著身份的界定与归属问题。纳罗金在白人文化与土著信仰的夹缝之中,展开了对土著主义(aboriginalism)与土著性(aboriginality)标准认定的文化问题的讨论。在沃克的诗歌中,土著特征的"口头文化"韵律更多的是被换化成为一种具有强烈修辞的文本[1],但纳罗金的身份问题使人们开始关注这种单纯"情感吟唱"背后的"歌者"。在白人文化影响下成长起来的纳罗金到底归属何方并为谁而发声;到底是白人社会的"背叛者",还是土著族裔的"弃子";是白人中的"异类"还是土著"遗失的珍宝"。这些都成为被关注的焦点。尽管纳罗金的身份认同只是个案,但也折射出土著文化中有关身份的理论问题和现实困境。正如希里所言:"土著主题已经从单独对白成为公众辩论。"[2]弗罗尼卡·布雷迪评价澳大利亚文学批评理论时也强调,不同领域的批评理论不仅在构建澳大利亚"自我认知"(self-knowledge)与"自我界定"(self-definition)的过程中起重要作用,也强化了自我历史感与使命感,而澳大利亚的文学批评家就是通过这样一种方式,成为社会主流思潮的一部分。[3]布雷迪的话用来描述纳罗金的成长过程不失公允。正是在自我认知与自我界定的挣扎与选择中,纳罗金的土著文学批评思想从"边缘写作"迈向了"中心话语"。

在身份的自我界定中,纳罗金坚持精神认同是核心,并通过文学创作和批评表达这一重要思想。虽然纳罗金自我认同的土著身份饱受质疑与非议,也从未公开表明态度,但是他借助文学作品和批评著作展现了精神认同土著身份的坚定决心,并试图通过文学批评间接地表达这一思想。纳罗金评价凯思·沃克时认为,显然

---

[1] Knudsen, Eva Rask. "From Kath Walker to Oodgeroo Noonuccal? Ambiguity and Assurance in My People." *Australian Literary Studies* 1994(16.4):109.

[2] Healy, J. J. *Literature and the Aborigine in Australia 1770—1975*. St Lucia: University of Queensland Press, 1978:291-294. 转引自 Bird, Delys, Robert Dixon and Christopher Lee. eds. *Authority and Influence: Australian Literary Criticism 1950—2000*. St Lucia: University of Queensland Press, 2001:118.

[3] Riemenschneider, Dieter. "Literary Criticism in Australia: A Change of Critical Paradigms?" *Australian Literary Studies* 1991(15.2):184.

主流的诗歌批评方法无法完善对沃克的理解,因为她表现的是完全不同类型的诗。① 所以,纳罗金土著认同的基本出发点不仅是其黑色皮肤以及与此相关的"黑色"经验,而且更重要的是所书写的内容与表达的不同意识形态及其背后蕴藏的精神力量。"只有土著才能真正书写土著"②指的正是形式与内容、能指与所指的基本统一。从柯林·约翰逊改名马德鲁鲁·纳罗金是他践行外部符号体系与内部延伸内涵相同步的言语行为(speech act)。如果说,以此来宣称土著身份认同是他试图传达的言内行为(locutionary act)意义的话,那么从他自身个体到整个土著族裔,再到澳大利亚土著族裔政治,就是言外行为(illocutionary act)与言后行为(perlocutionary act)的连锁反应,即沿着个体—族群—民族的层层递进。在白人文化语境下,以土著名命名本身就是一种立场选择与态度宣扬。"有了马德鲁鲁·纳罗金这样的名字,没有人再会误解我的土著身份。因为这名字本身就是在做一个身份声明。当他们读到你的名字,就不会误以为你是盎格鲁后裔。"③显然,纳罗金认为,符号是定义身份与本质的一个重要因素。莫林·克拉克(Maureen Clark)视符号为"时间与文本双重自我表征"④,是一种书写与重写过程。符号身份的现实化,或者说将意义叙事化,是纳罗金身份观点的另一个重要因素。克拉克提出,纳罗金的自我认知理念建立在身份是表演与示范性行为(performative and exemplary act)的前提之上,而且这些前提是在传统理解"意符"(signifiers)之外。⑤ 纳罗金也认为,血统交错与边缘身份政治有关,这种情况下,身份界定总是会充满质疑;此时,应该秉持卓越的存在主义者理念,以"行动"(doing)而非"状态"(being)来衡量身份正统性。⑥以言语和行为能动的结果与影响为核心,是纳罗金身份认知理论的首要标准。

---

① Narogin, Mudrooroo. "The Poetemics of Oodgeroo of the Tribe Noonuccal." *Australian Literary Studies* 1994(16): 62.

② Shoemaker, Adam. *Black Words, White Page: Aboriginal Literature 1929—1988*. Canberra: The Australian National University Press, 1989: 276.

③ O'Connor, Terry. "A Question of Race." *Courier-Mail* 28 Mar. 1998: 24. 转引自 Clark, Maureen. "Mudrooroo: Crafty Impostor or Rebel with a Cause?" *Australian Literary Studies* 2004(21.4): 106.

④ Clark, Maureen. "Mudrooroo: Crafty Impostor or Rebel with a Cause?" *Australian Literary Studies* 2004(21.4): 106.

⑤ Ibid., 107.

⑥ Narogin, Mudrooroo. "Tell Them You're India." *Race Matters: Indigenous Australians and "Our" Society*. eds. Gillian Cowlishaw and Barry Morris. Canberra: Aboriginal Studies Press, 1997: 263. 转引自 Clarke, Maureen. "Mudrooroo: Crafty Impostor or Rebel with a Cause?" *Australian Literary Studies* 2004(21.4): 107.

现实与想象的双重矛盾并没有阻挡纳罗金土著身份认同,无论是本真抑或伪装,他都是澳大利亚土著文学及批评的一座丰碑。凯文·吉尔伯特在《因为白人绝不会干这事》中说:"土著民族作为一个精神家园,没有旗帜,没有土地或者希望,是被剥夺的、贫穷的民族"①,而纳罗金至少提供了这样的一面旗帜,既是后来者的榜样,也是土著精神的希望。值得思考的是,虽然是踏着凯思·沃克的足迹才有了柯林·约翰逊到马德鲁鲁·纳罗金的这样一个仪式性转变,但凯思·沃克大多时候依然被称为"凯思·沃克"而非"Oodgeroo Noonuccal",马德鲁鲁·纳罗金却早已完成了对柯林·约翰逊的取代,新的纳罗金实现了形式与内在的统一。纳罗金的作品及其批评思想是澳大利亚土著文学及批评中无法分割的一部分。纳罗金在赋予自身土著姓名的同时,也为土著文化增加了一个定义标签。土著名从形式上给予了纳罗金身份归属与精神认同感,而纳罗金则从内容上增加了土著文学的宽度与广度。

纳罗金身份悖论的背后是土著文化逐渐觉醒与认知的推动力量。在白人文化语境下成长起来的纳罗金,从小说创作到土著身份认同意识的出现,都离不开土著文化地位与影响力在澳大利亚不断上升的社会生态环境。20世纪80年代,纳罗金经历的改名风波与身份质疑将"伪装白人身份"还是"本真土著灵魂"的选择推到了舆论的风口浪尖。然而,这种被动伪装与本真认知选择的紧迫感并不是纳罗金一个人的焦虑,它的背后是整个澳大利亚土著族裔的身份焦虑症。由于土著文学家身份的特殊性与光环产生的多米诺牌效应,纳罗金的身份焦虑将土著族裔的身份认同问题推向了澳大利亚文化权力与话语中心。

纳罗金的身份困惑是一个人的问题,也是土著群体问题。在争议面前,纳罗金毫无疑问经受住了考验,血统上他可能是一个所谓"伪装"的土著,但是在精神归属上他却是一个"本真"的土著灵魂。特里·戈尔迪认为,"身份不管是以何种方式获得、选择、偶然或者成长,都必须通过存在本身而理解自我本身"②。纳罗金就是这种"通过存在"而取得自我认知与身份认同的代表性实践者之一。正如他自己所言,把自己"定位为土著"并决心"献身于一个民族"。③ 在白人文化中心主义的澳

---

① Gilbert, Kevin. *Because a White Man'll Never Do It*. Sydney: Angus & Robertson, 1973: 203.
② Goldie, Terry. "On Not Being Australian: Mudrooroo and Demidenko." *Australian Literary Studies* 2004(21.4): 90.
③ Durack, Mary. "Foreword." *Wildcat Falling*. Mudrooroo Narogin. Sydney: Angus & Robertson Classics, 2001: 142. 原文为"I am now find myself oriented to the Aboriginal people and am for the first time definitely committed to a race"。

大利亚,由于长期被隔离与拒绝,土著文化被覆上一层神秘与传奇的面纱,土著人的文化认同与身份认同被搁置在了灰色地带。面对世界与澳大利亚自身不断发展的多元文化趋势,土著族裔文化与身份问题也成为新时代的主题之一。纳罗金的身份争议为此掀开了面纱的一角。纳罗金不仅在他的小说创作中融入了自我身份困惑与身份认同过程中的心路历程,也在他的批评作品中归纳总结出了土著身份认同的相关理论。

土著群体传统回溯

纳罗金的文学创作与批评呈现同步或交替进行的特征。他的文学创作生涯始于小说,就整体而言可大致分为两个阶段,在20世纪90年代之前他主要以小说创作与土著文学整理写作为主。自文学批评专著《边缘视角创作》出版之后,他的文学创作达到高峰,并呈现出文学创作与批评写作同步进行的趋势。纳罗金的首部小说《野猫掉下来了》作为他的代表作,讲述了一位具有四分之一土著血统的无名土著青年在白人世界寻找生活意义,最终获得顿悟的成长故事。他的第二部小说《萨达瓦拉万岁》可谓十年磨一剑,在糅合历史与现实、过去与现在的基础上,描写了古代土著领袖萨达瓦拉(Sandawara)与现代青年艾伦(Alan)在不同时空与语境下抵抗白人统治者入侵的故事。《沃拉迪医生承受世界末日的良方》叙述了沃拉迪医生眼中白人入侵对土著居民的毁灭性影响,是一部关于土著对白人入侵心理与现实思考的小说。自我身份反思小说《多因野猫》几乎与纳罗金的改名事件相呼应,既是《野猫掉下来了》的重写,也是土著新身份重构的宣言。《边缘视角创作》一经出版就引起热烈反响,奠定了纳罗金土著文学批评学派第一人的地位,不仅为他前期的写作生涯画上了圆满的句号,而且为纳罗金后期文学批评理论创作奠定了基础。前期小说创作过程当中,纳罗金还先后出版了一系列的整理性作品,如与科林·伯克和伊莎贝尔·怀特(Isobel White)合著的《入侵之前:1788年前的土著生活》《杰基的歌唱与诗歌选》《达尔瓦拉:黑卤水诗歌集》等。不难看出,在凯思·沃克诗歌创作的影响下,纳罗金亦有土著诗歌作品问世。

20世纪90年代后,纳罗金不仅小说创作日益精湛,文学批评思想也自成一家。继《鬼梦大师》《野猫尖叫》《昆坎》三部小说和诗集《杰斯曼的花园:遗落十年的诗歌》相继出版之后,纳罗金似乎开始转向文学批评研究,前文提到的四部批评专著和一部诗集《太平洋公路布哈泽：乡土诗》接连发表。20 世纪末的纳罗金又回归小说创作，《不死鸟》《地下》《希望乡》三部小说被称为"吸血鬼"三部曲。纵观他的整个创作生涯，小说、诗歌、土著文学批评及文化研究等都著述颇多，各具特色。如小说《野猫掉下来了》《多因野猫》和《野猫尖叫》构成"野猫"三部曲，从"掉落"(falling)、"多因（扮作）"(doing)到最终的觉醒"尖叫"(screaming)发声，足见纳罗金对土著族裔身份的观点与态度；多部诗集意在寻找与重塑遗失的土著诗歌宝藏，试图继承沃克开创的诗歌传统；纳罗金的土著文化研究表现出历时性和共时性融合的特征，既有从"入侵之前"到现当代的纵向论述，也有历史、文化与斗争等横向阐释，基本完成了整个澳大利亚土著民族文化史的梳理。特别值得一提的是，自纳罗金提出"边缘写作"理论后，他不仅在小说创作实践中以某种形式不断地回应其理论构建，而且在文化研究过程中将历史书写、文学叙事和文化归属三个影响民族身份认同的重要因素纳入他的文学批评思想体系，这在具有概括性与共同价值的《澳大利亚本土文学》中有明显体现。客观而言，我们无法给纳罗金的人生经历与身份认同历程贴上一个明确而连续的标签，但是纳罗金的写作生涯是"连续性"(continuity)的一个公正阐释。这种创作与批评本身所散发出的"连续性"不仅弥补了纳罗金外部身份间的缝隙，也强化了他土著身份认同的精神归属感。

作为纳罗金的首部小说，《野猫掉下来了》既是其土著文学批评思想的最直接体现，也反映了整个澳大利亚土著群体的"边缘"困境挣扎。莫林·克拉克认为："纳罗金是众多当代非土著澳大利亚人急于缓解疏离感与异化感经历的一个代表体现。"[①]诸如《野猫掉下来了》中无名的土著青年，在纳罗金的创作艺术当中"无名青年"是纳罗金社会体验的一个凝缩，也是众多有着相同被疏离与异化的土著族裔群的代表。故事以主人公"野猫"(Wildcat)刚从监狱释放展开，现实与回忆穿插叙事。"野猫"从小与母亲相依为命，由于"白澳"政策和"被偷走的一代"所带来的恶果，"野猫"和母亲在社会边缘艰难度日，时刻面临着分离的危险。生活在白人与土著世界的"野猫"既无法以土著身份获得自由，也无从融入白人社会取得认可，犯罪似乎成为生活的唯一选择。频繁进出少管所，他变得绝望，自暴自弃，处于边缘与夹缝中的土著"隐形人"(the invisible)的他无处为家。当"野猫"最终入狱，他却感觉到一种前所未有的、异样的归属感，因为"孤独之后，监狱接纳了我，像我从未被

---

① Clark, Maureen. "Mudrooroo: Crafty Impostor or Rebel with a Cause?" *Australian Literary Studies* 2004(21.4): 103.

外界接受那样。我有所属"①。故事最后,"野猫"依然没有逃脱被捕的命运,从监狱释放两天后,他又因谋杀未遂被捕。纳罗金通过对主人公"野猫"的刻画,勾勒出了土著人被"隐形"的生活困境。

改写(rewriting)与挪用(appropriation)是纳罗金小说创作的重要手法之一。多位学者将他和美国的黑人先驱作家詹姆斯·鲍德温(James Baldwin)进行比较研究,也有学者认为其创作手法有 J. D. 塞林格(J. D. Salinger)《麦田里的守望者》(*The Catcher in the Rye*,1951)之神韵。② 不管是形式还是内容,《野猫掉下来了》都隐含着欧洲文化的影子。纳罗金说《野猫掉下来了》是在强调"局外者"(outsider),并通过塞缪尔·贝克特(Samuel Beckett)的引文加以凸显。③小说中,"野猫"提到了他在监狱中读过的书籍,像陀思妥耶夫斯基的《罪与罚》(*Crime and Punishment*,1866)、托尔斯泰的《战争与和平》(*War and Peace*,1865—1869)与《安娜·卡列尼娜》(*Anna Karenina*,1877),尤其是贝克特的《等待戈多》(*Waiting for Godot*,1953)。这些小说一方面体现了纳罗金对非英语文化(欧洲文化)与英语世界对土著文化影响的思考,另一方面也表明了他试图通过对英语与非英语文化的探索为土著群体,特别是为这个英语世界下的非英语的神秘文化寻求出路。在一次采访中,纳罗金坦言,《野猫掉下来了》的创作灵感主要来源于阿尔贝·加缪(Albert Camus)的《局外人》(*The Stranger*,1942)。④ 在成长初期,纳罗金深受存在主义学派作家,如贝克特、让—保罗·萨特(Jean-Paul Sartre)、阿兰·罗布—格里耶(Alain Robbe-Grillet)等人的影响,《野猫掉下来了》的创作就是来自对他们的模仿。在小说首版的"前言"(Foreword)当中,玛丽·杜拉克(Mary Durack)详细披露了纳罗金的创作历程。纳罗金将土著的困境重置于欧洲中心的话语体系当中,试图超越澳大利亚盎格鲁—撒克逊传统的白人文化禁锢。纳罗金在回溯文化

---

① Narogin, Mudrooroo. *Wildcat Falling*. Sydney: Angus & Robertson Classics, 2001: 15. 原文为 "After solitary the prison accepted me as I have never been accepted outside. I belonged"。

② Kelly, Michelle and Tim Rowse. "One Decade, Two Accounts: The Aboriginal Arts Board and 'Aboriginal literature', 1973—1983." *Australian Literary Studies* 2016(31.2): 7.

③ Narogin, Mudrooroo. *Writing from the Fringe: A Study of Modern Aboriginal Literature*. Melbourne: Hyland House, 1990: 29.

④ 在1979年的一次采访中,纳罗金表示《野猫掉下来了》是基于加缪的《局外者》而创作的,他说,"which everyone should have spotted. But only one person did—the daughter of some Irish writer"。详见 Jillett, Neil. "A Marxist in a Saffron Robe." *Age* 22 Sept. 1979: 23. 转引自 Michelle, Kelly, and Tim Rowse. "One Decade, Two Accounts: The Aboriginal Arts Board and 'Aboriginal literature', 1973—1983." *Australian Literary Studies* 2016(31.2): 7.

身份渊源的同时,也为构建与重塑土著文化独立身份指引了重要方向。毕竟,解决文化困惑与身份困境的关键在于置身于文化起源处。"改写"创造了已有"白澳"叙事对先前时期进行讽刺性回顾的机会①,"挪用"反讽了挪用写作过程本身。②

对文本的不断改写阐释,实质上是对纳罗金土著身份思想不断质变的映射。他不仅是澳大利亚当代最优秀的作家之一③,而且重要的是,他的文学作品在颠覆传统土著表征的同时,反映出其在文本内部尝试实践其理论体系的自我倾向。④因此,"野猫"三部曲既是纳罗金小说创作思想不断嬗变的过程,也是纳罗金批评理论系统的文学文本载体。《多因野猫》是《野猫掉下来了》的改写与重写,前者是对后者的一个反向解构,两者共同提供了后殖民话语的两面。在白人文化中心主义时期,中心到边缘是一个单向性的叙述模式,土著只能被书写与被塑造。白人文化对土著文化的同化(assimilation)进程充满着掠夺与压迫的殖民色彩。在社会现实压力之下,土著民被迫放弃自己的文化与身份,甚至厌恶自我文化特征(如黑皮肤),而寄希望于能够通过接受并获得白人文化特征而获得自由与认可,正如"野猫"在《野猫掉下来了》中所经历一般。然而,在从边缘向中心逆向的过程当中,单向接受与单向统治一样缺乏力量,边缘到中心的逆转更多应该是话语与叙事力量的相对均衡,否则中心主义难以打破。

文学文本表征是边缘—中心进程中的重要方式。克拉克认为,几乎所有的文化议题都离不开文本的表征行为,身份作为一种不断演变的过程,文本表征在表现身份属性方面扮演重要角色;因此,身份表征很快成为一种叙事方式或者归属探索,没有终点,多游离于像纳罗金与托马斯·金(Thomas King)这类作家的写作主题当中。⑤ 克拉克也曾在她的文章中以"野猫三部曲"为研究对象,详细阐述了纳罗金对白人写作艺术形式的运用,以及作为一个土著作家是如何"挪为己用",利用

---

① Indyk, Ivor. "Assimilation or Appropriation: Uses of European Literary Forms in Black Australian Writing." *Australian Literary Studies* 1992(15.4): 250.

② Ibid., 252.

③ Liddle, Celeste. "Review of *Mongrel Signatures: Reflections on the Work of Mudrooroo*, edited by Annalisa Oboe." *Australian Literary Studies* 2005(22.2): 262.

④ Clark, Maureen. "Review of *Cross-cultural Analysis of the Writings of Thomas King and Colin Johnson (Mudrooroo)*, by Clare Archer-Lean." *Australian Literary Studies* 2006(22.4): 521. 详见 Archer-Lean, Clare. *Cross-cultural Analysis of the Writings of Thomas King and Colin Johnson (Mudrooroo)*. New York: Edwin Mellen Press, 2006: 61.

⑤ Clark, Maureen. "Review of *Cross-cultural Analysis of the Writings of Thomas King and Colin Johnson (Mudrooroo)*, by Clare Archer-Lean," *Australian Literary Studies* 2006(22.4): 521—522.

白人文化模式而达到赋予其"土著能量"的目的。①小说创作是纳罗金利用艺术手法的一个重要部分。他所讲述的故事不仅融合了他自身的经历与影子,关键在于他的叙述为土著文化从边缘向中心的逆向推进提供了理论研究的工具与途径,彰显出他的后殖民主义边缘与中心的文学批评思想。

土著族裔文化认同

如前所述,纳罗金的文学批评思想部分地体现于他的文学创作之中,至少内化于其文本之中,但完整、系统的文学批评思想则更多地体现在他的学术专著《边缘视角创作》中。在这本书中他明确地提出了土著边缘困境的议题,第一次赋予土著族裔自我的声音。这种声音不是白人的"他者"观察和阐释,也不是神话传说中的神秘存在,而是以土著人自我的视角来论述土著"真相"及边缘和中心的互动。霍奇和米什拉认为这部作品是"自弗雷德里克·辛尼特以来澳大利亚出版的最重要的文学批评著作"②。

研究纳罗金这部著作及其他作品的成果也颇多。如休·韦伯(Hugh Webb)主编的《马德鲁鲁作品:文学创作三十一年,1960—1991》(*The Work of Mudrooroo: Thirty-one Years of Literary Production, 1960—1991*,1991)、舒梅克的《马德鲁鲁批评研究》(*Mudrooroo: A Critical Study*, 1993)、安娜丽莎·欧伯(Annalisa Oboe)的《混杂签名:关于马德鲁鲁作品的思考》(下文简称《混杂签名》)(*Mogrel Signatures: Reflections on the Work of Mudrooroo*, 2003)、莫林·克拉克的《马德鲁鲁:可能的故事——后殖民澳大利亚的身份与归属》(*Mudrooroo: A Likely Story: Identity and Belonging in Postcolonial Australia*, 2007)以及克莱尔·阿奇—里恩(Clare Archer-Lean)的《托马斯·金与柯林·约翰逊(马德鲁鲁)作品跨文化分析》(*Cross-cultural Analysis of the Writings of Thomas King and Colin Johnson (Mudrooroo)*, 2006)等。舒梅克在他的《白纸黑字:1929—1998年间土著文学》中也有相当篇幅是关于纳罗金的分析研究。这些成果的显著特征在

---

① Clark, Maureen. "Reality Rights in the Wildcat Trilogy." *Mongrel Signatures: Reflections on the Work of Mudrooroo*. ed. Annalis Oboe. Melbourne: Rodopi, 2003.
② Hodge, Bob, and Vijay Mishra. "Review of *Writing from the Fringe* by Mudrooroo Narogin." *Westerly* 1990: 91. 转引自 Bird, Delys, Robert Dixon and Christopher Lee. eds. *Authority and Influence: Australian Literary Criticism 1950—2000*, St Lucia: University of Queensland Press, 2001: 351.

于视角的多样性。韦伯以传记的形式记录了他的成长经历和写作生涯。《混杂签名》是一部关于纳罗金研究的论文集,收录了舒梅克、克拉克、卡桑德拉·派珀斯、洛伦佐·佩罗纳(Lorenzo Perrona)等评论家的文章,尽管内容不同,但从不同角度试图展现纳罗金土著血统争议之外的纳罗金的文学思想。《马德鲁鲁:可能的故事——后殖民澳大利亚的身份与归属》是克拉克的博士论文,主要从后殖民、后现代及女性主义视角对纳罗金及其作品进行了研究,内容包括纳罗金的身份争议和小说研究两个部分,基本涵盖了纳罗金包括"吸血鬼三部曲"[①]在内的所有小说。阿奇-里恩通过对托马斯·金与纳罗金的对比研究,重在考查两者的共同之处,从而试图审视白人后殖民想象下土著身份构建的主题。这些成果几乎无一例外地认为纳罗金所代表的土著"梦"已经成为澳大利亚民族想象的一部分。

然而,无论学者如何阐释纳罗金的思想,他们都无法脱离《边缘视角创作》这部奠基之作,因为他本人对身份等重要主题有独到的界定和论述。毫无疑问,身份建构是纳罗金文学批评的焦点。他认为土著身份的前提是要被"闻其声、知其事",即要拥有土著自主叙事的话语权、讲述土著自己的故事。土著从来都是被描述、被叙述,因此纳罗金认为土著文学应该关注土著文化本身来进行叙事,建立土著族裔内部的连续性,进而提升土著话语地位。因此,《边缘视角创作》围绕土著"边缘" (fringe)性,既是从内部角度将土著写作/文学进行系统性的梳理并介绍给澳大利亚社会,同时也是土著进行文化反思的一个具体体现。纳罗金强调,白人作家和土著作家在书写土著上都面临困境和问题,但在20世纪80年代白人—土著关系缓和之后,土著作家写作环境大有改善,土著文学开始转向文化身份构建与"自我反思"(self-retrospection)。土著作家已不再那么迫切地与其他族群构建联系,而是更加关注理解土著自我困境与族群本身。[②] 纳罗金的小说创作与文学批评的主旨思想也与他的这一主张基本一致。一方面,从土著作家视角描写土著人的生存状态与困境,解构白人中心话语中的土著叙事,构建土著自己的文化身份;另一方面,通过描绘土著民的"夹缝"与"隐形",剖析土著群体自身弱点与问题,进行自我反思,逐渐摆脱困境。

身份构建离不开文化认同,《边缘视角创作》旨在揭露土著文化的"边缘性"特征。就本质而言,这部著作实际上是一部关于"边缘"的图志。纳罗金在十几个章

---

① 指《不死鸟》《地下》《希望》三部作品。
② Narogin, Mudrooroo. *Writing from the Fringe: A Study of Modern Aboriginal Literature*. Melbourne: Hyland House, 1990: 1-2.

节均以"边缘"为关键词,不仅暗含了边缘与中心的隐性对比,也同样映射了土著文化觉醒后的反抗意识。他提出的"边缘"(fringe)困境与 A. A. 菲利普斯著名的"cringe"观点有异曲同工之妙。20 世纪 50 年代初,菲利普斯以《文化奴婢主义》①为题,怒斥澳大利亚人在英国文化霸权的淫威之下缺乏信心与盲目放弃自主话语权的现象,批评了澳大利亚早期文学批评的自损倾向和自卑心理,强调澳大利亚民族文化自立自强的重要性。纳罗金的土著民族主义思想,不仅体现了菲利普斯倡导建立澳大利亚民族文化自信与自主的显著成果,而且首次以土著批评家的视角深化发展了菲利普斯的"民族性"概念与内容。他的著作论述了白人"大都会"(metropolitan)叙事的欧洲主义起源与特征,控诉"同化"(assimilation)政策对土著"白人化"的潜意识影响,强调土著人应认清自我的"土著现实"(aboriginal reality)②与"土著性"(aboriginality)③。纳罗金不仅从表现形式与功能主旨两大方面对土著文化与文学的各个方面进行了论述和阐释,而且就土著写作及土著文学批评的概念、标准、价值等问题均提出了自己的见解。

"土著性"是纳罗金探讨土著身份问题的核心概念之一。纳罗金认为,在土著与白人的边缘—中心"文化奴婢主义"政治话语里存在着一个公认的"权威土著性"(authentic aboriginality)④和被掩盖的"土著现实",而白人文学中所塑造的"权威土著性"正是霸权文化用来抹杀真正土著性的一种途径,这种"权威"是"同化"政策建立的一个主要目的。基于这样的标准,纳罗金批判了格莱尼丝·沃德(Glenyse Ward)与萨利·摩根的作品,认为这种"战斗者体裁"(the battler genre)⑤更多是一种白人文化"同化"作用下追随"主体"(dominance)⑥所构建"权威土著性"的一种体现。纳罗金还认为,像阿奇·韦勒的作品,虽然展现了一定的土著生活原貌,但缺乏对土著未来前景的展望,与白人作家托马斯·肯尼利在《吉米·布莱克史密斯的歌声》中对土著社会的堕落描写如出一辙。他将"土著性"定义为"元文本"(metatext)或"元质"(matrix)⑦,具有自主阐释性,是一个动态概念。这一定义与

---

① Philips, A. A. "The Cultural Cringe." *Meanjin* 1950(9.4):299—302.
② Narogin, Mudrooroo. *Writing from the Fringe: A Study of Modern Aboriginal Literature*. Melbourne: Hyland House, 1990:36.
③ Ibid., 43.
④ Ibid., 38.
⑤ Ibid., 149.
⑥ Ibid., 153.
⑦ Ibid., 56.

符号学、结构主义及解构主义的理论批评话语如出一辙。

纳罗金对"土著性"概念内涵的阐释首先围绕"土著现实"而展开。纳罗金强调表征的重要性，用他的话来说，即"传达的意义胜过审美"（message over aesthetics）①。他认为，土著文学不是存在于审美的真空（aesthetic vacuum）当中，而是存在于土著事务（aboriginal affairs）的语境当中。因此，土著文学应该像一面镜子，本真地反映澳大利亚土著生活原貌与状态，描写土著的生存困境、夹缝困境以及被隐形的困境，真实地表现土著生活的各个方面。单纯地描写消极或积极的一面都是片面和不公正的，而且白人文学或者被同化的土著文学都缺少发现土著文化积极一面的视角。

土著文学不仅要反映"土著现实"，而且还要体现土著"梦想"（dreaming），而后者是"土著性"的另一个重要涵义。土著写作的意义与使命在于为土著族群提供梦想的力量与未来的希望。纳罗金认为，白人文学多将土著人刻画成堕落、邪恶的形象，这种书写"太过于白人文化色彩"（too white）②。纳罗金承认土著社会中存在的贫穷、恶习、腐败等劣根性，如凯文·吉尔伯特与阿奇·韦勒作品中所揭露的那样，但他同时强调土著人积极的一面也不应被忽略，那些"充满阳光的事情"（bright things）、"人间温情"（human warmth）、"本真率性"（spontaneity）以及"幽默"（humor）等也应得到描写与刻画。土著困境下的一系列问题只是暂时的偏离，"对未来的希望"（a hope in future）才是真正具有"土著性"的作家所应表现的重点内容。

其次，"土著性"作为一个涵盖整个族群的整体概念要有一定的典型性与代表性。土著社群的整体诉求与利益应置于个人或少数人之上，仅以某种形式与土著有关的个人、个体经验与经历，抑或少数人的诉求并不能等同于"土著性"。土著作家应该书写"边缘生存者"（fringe dweller）群体而非描写"无根的流氓无产阶级"（rootless lumpen proletariat）。③ 这也正是纳罗金批判萨利·摩根与格莱尼丝·沃德作品的原因。纳罗金认为，摩根与沃德的作品不能说成具有"土著性"，因为她们的故事是"个体化的"（individualized），土著群体作为故事背景成了"次要"（secondary importance）内容。④ 她们"没有将自己视为正在活跃进行着的运动（土

---

① Narogin, Mudrooroo. *Writing from the Fringe: A Study of Modern Aboriginal Literature*. Melbourne: Hyland House, 1990: 36.
② Ibid.
③ Ibid., 115.
④ Ibid., 149.

著运动)的一部分,而视自身为个体寻根或在多元文化语境下的澳大利亚寻求平等机遇"的一种经历。①"土著性"的核心在于土著群体,如凯文·吉尔伯特在《过着黑人的生活》(*Living Black*,1977)中所言,"土著性"是一种建立当代土著文化的方式,一种土著人对土著人的再教育(re-education of Aborigines by Aborigines)。②

最后,"土著性"具有一定的社会政治意义。土著文学是土著族裔争取平等权利与公正对待的一种途径。在《边缘视角创作》开篇,纳罗金就对土著文学的性质与功能做出了界定。他认为,土著文学与其他民族文学不同,不是为了获得更多的读者,而是对白人发自"内心的呐喊"(a cry from the heart)——为公平正义和更好的待遇而呐喊,呼吁同情(understanding)和要求被理解(an asking to be understood)。③可见,纳罗金认为土著文学的作用在表现土著生活、描写土著经历的同时,更重要的是以此为工具为土著族裔发声,使土著人的声音得到倾听,使其遭受的不公平待遇得到纠正。纳罗金认为,土著作家是意识形态的作家(ideological writers);他们不应像阿奇·韦勒那样止步于记录土著生存困境,更重要的是能够引起政治行动。④文学作为话语权力的表征场域,对文化及思想影响巨大,土著文学也应具有反映土著社会问题、增强土著民族自信心以及提供反抗霸权文化与构建土著文化身份推动力的内在属性。文学是话语的表征场域,土著文学是土著人争取话语权的重要场所。知识与审美是文学的两个特征,纳罗金强调意义的传达超越审美的体验,彰显出其实用主义土著文学观,而这种实用主义的核心就是土著文学所应具有的政治力量。纳罗金认为,文学也是一种"预言"(prophecy)⑤,政治寓意也是土著文学作品的本质属性之一。

什么是"土著性"是纳罗金在《边缘视角创作》中尝试回应与回答的问题。土著叙事在白人文学中并不少见,但何为土著文学,其界定的标准是什么等核心问题在澳大利亚文学中一直模糊不清。纳罗金提出的"土著性"理论概念,在回答"什么是土著性"问题的基础上,系统性地阐述了土著文学所应具有的基本属性,这是他在土著文学批评史上的重大成果之一。

除了试图回答"什么是土著性"之外,纳罗金还论述了"如何实现土著性"。纳

---

① Narogin, Mudrooroo. *Writing from the Fringe: A Study of Modern Aboriginal Literature*. Melbourne: Hyland House, 1990: 14.
② Ibid., 48.
③ Ibid., 1.
④ Ibid., 116.
⑤ Ibid., 34.

罗金认为语言运用是获得"土著性"的重要途径,由文字组成的文学文本是对现实的反映。纳罗金认同语言是社会符号的观点①,认为话语与诗句只是现实的能指符号(signifier),语言不仅与现实相类似,而且对事物的理解和想象与我们读到的语句也是相联系的②,即土著文学语言是影响土著文化认知与认同的重要因素之一。他认为某种特定的语言或者方言本身就是一种政治行为(political act),因此语言是体现土著性的最重要载体。③ 他强调土著文学语言在形式与内容上都应与白人主流霸权文化相区分,并建立自己独特的文学语言形式与文学表现内容。澳大利亚白人文学发源于欧洲传统,语言范式与表现内容都属于白人文化,土著文学应跳出英语文学传统的禁锢,以土著的方式讲述土著的故事。形式上,土著文学语言应尽量模仿与转换土著口头语言范式。在这方面,他认为虽然沃克与吉尔伯特的语言已有一定的"土著性",但依然有被"同化"的影子。简单、简短的语言与句式仍旧是标准的英语语言表达。敢于向标准英语发出挑战,大胆运用符合实际的、可能有语法错误或语病的现实土著语言是土著文学语言需要迈出的第一步。在这一方面,纳罗金认为他的小说《多因野猫》已有所尝试。与《野猫掉下来了》里的标准英语文学叙事相比,《多因野猫》中的语言土著特征显著增强,用词、语法错误、非标准英语表达等非传统语言范式有效地前景化(foregrounding)了叙事的土著背景及语境。

在内容上,土著文学不仅要书写真正的土著人及土著生活,而且最主要的是要描写那些只属于土著民的文化传统与生活经历。通过再现这些只有土著民所熟悉的事物,土著人的独特性才能逐步构建。土著神话、传说、土著文化特有的"梦境"(dreaming),即土著想象,应是最具"土著性"的叙事内容。如土著诗人莱昂内尔·福加蒂(Lionel Fogarty)创作了具有很强"土著性"的作品,颇受纳罗金的推崇。虽然纳罗金对沃克、吉尔伯特以及韦勒等土著作家也赞赏有加,但是他们的作品都不及福加蒂诗歌中土著语言的彻底性。而达到这种境界须有一定的土著经验。他的诗歌一味接近非洲超现实作家艾美·塞泽尔(Aime Cesaire)与利奥波德·桑戈尔(Leopold Senghor)等人的作品。以纳罗金的土著性评价标准,福加蒂不仅是一位真正的土著诗人,而且是澳大利亚最具有土著原创性的诗人之一。福加蒂的诗歌

---

① Narogin, Mudrooroo. *Writing from the Fringe: A Study of Modern Aboriginal Literature*. Melbourne: Hyland House, 1990: 35.
② Ibid., 52.
③ Ibid., 92.

"挣脱了欧洲的禁锢,从欧洲的语言范式中解放了自我"①。

书写土著现实、描绘土著想象是《边缘视角创作》旨在彰显的主要土著文学批评思想。从个人到群体、种族,纳罗金强调土著文学的共同性(universality),试图勾勒出能够反映土著文化精髓的脉络。20世纪70年代初创立的土著期刊《身份》(Identity)旨在向"白人中心"(white center)展示"边缘少数"(fringe minority),培养土著身份认同,增强族群间的联结。然而由于编辑政策变化和编辑部搬迁的缘故,办刊十年之后不得不停刊,这也宣告第一份土著期刊的流产,它表明土著身份构建的道路上存在诸多阻碍。纳罗金的"土著性"论断一经问世就引起巨大争议。西蒙·杜林质疑"土著性"能指的特殊性与唯一性,担忧其存在倒回文化本质主义(culturalist essentialism)的可能。② 霍奇与米什拉赞扬纳罗金对"土著性"的政治性阐释,赞成土著作家必须以文体(literary genres)作为挑战白人霸权(white hegemony)的武器。③ 格里菲斯认可纳罗金将"土著性"置于"文本铭刻"(textual inscription)与"文本模式"(textual mode)之下的"创造性谈判"(creative negotiation)批评。④值得一提的是,纳罗金将土著文学的"土著性"与文本和语言相结合,总结出了土著文学形式、内容、功能、目标以及发展方向等具有建设性的论断,并将"土著性"概念的讨论推向了话语中心。尽管学界对纳罗金的"土著性"概念的评价依然存在分歧,但至少他向学界展示了土著神话承载的共同性文化价值,"神话是被视为过去的重述,过去孕育着今世的意义与内涵"⑤。斯内加·古纽在关于语言与身份的研究中认为,语言即身份⑥,"我们即我们所写",因此古纽所提出的"我们为谁而写"与"我们从何而写"两个问题是作家首先要考虑清楚的前提,

---

① Narogin, Mudrooroo. *Writing from the Fringe: A Study of Modern Aboriginal Literature*. Melbourne: Hyland House, 1990: 50.

② During, Simon. "How Aboriginal Is It? Review of *Writing from the Fringe* by Mudrooroo Narogin." *Australian Book Review* 1990(118): 21—23.

③ Hodge, Bob, and Vijay Mishra. "On *Writing from the Fringe* by Mudrooroo Narogin." *Westerly* 1990(3): 91—93.

④ Griffiths, Gareth. "*The Dark Side of the Dreaming*: Aboriginality and Australian Culture." *Australian Literary Studies* 1992(15.4): 331.

⑤ Narogin, Mudrooroo. *Writing from the Fringe: A Study of Modern Aboriginal Literature*. Melbourne: Hyland House, 1990: 36.

⑥ Gunew, Sneja. *Displacements: Migrant Story Tellers*. Waurn Ponds: Deakin University Press, 1982.

而《边缘视角创作》就是对此最好的回应。①

纳罗金的批评思想深受澳大利亚文学批评国际化的影响。20世纪七八十年代,国际学界的各种批评理论思潮先后登陆澳大利亚。符号学、结构主义、解构主义、后殖民主义、女性主义等批评理论在澳大利亚的传播与融合,推动澳大利亚文学批评进入了国际化理论时代。这一时期也是纳罗金创作生涯的黄金时期,符号学、结构主义、解构主义以及后殖民主义思想对他的影响都颇为显著。纳罗金认为,文学是一种社会符号科学,语言是现实的能指,"我说即我在"。将土著文化置于一个符号系统当中,土著作家通过写作反映"土著现实"实际上是在构建土著文化的特殊语言结构。因此而建立的"土著性"文学文本与白人文学中的土著叙事形成对比,既是对白人霸权话语的反抗,同时又解构了殖民话语。纳罗金提出土著文学语言形式及表现内容的"土著性"内在要求,与符号学、结/解构主义强调语言本体论、本质论的思想一致。语言、文本是现代主义与后现代主义的两个重要符号载体,索绪尔(Saussure)的能指(signifier)/所指(signified)改变了我们对世界的认知观,语言符号与存在的辩证关系得到重视与研究。土著文化存在于何种语言符号,土著特征该用哪种结构体现,土著性如何在文学写作中实现,土著文化身份又如何通过土著文学对白人殖民叙事的解构而建立,纳罗金的土著文学批评思想实际上是关于土著语言符号的分析研究。德里达在《论文字学》(*Of Grammatology*, 1967)中提出著名的"文本之外无一物"观点,纳罗金对土著性的"元文本"定义在一定程度上也是发展了罗兰·巴特(Roland Barthes)的社会符号学理论。纳罗金土著批评思想的诞生受益于西方理论在澳大利亚的本土化接受,同时西方理论在澳大利亚也受到了像纳罗金一样的批评家的发展与深化。

土著文学批评与后殖民主义密切相关。自萨义德《东方学》以降,争夺"他者"话语权,从"边缘"走向"中心"的文化运动无不成为批评家着力表现的思想内涵。纳罗金的创作始于对西方欧洲文学的改写与挪用,这种方法在阿希克洛夫特等人的《逆写帝国》中被系统地理论化为"重置"(replacement)、"弃用"(abrogation)、"挪用"(appropriation)、"篡改"(interpolation)等后殖民写作语言运用策略,从而凸显"反话语"的特征。纳罗金的写作经历不仅印证了土著文学的后殖民特征,也说明了土著边缘反抗与后殖民反话语策略的共同性。纳罗金认为土著文学语言是体现土著性的重要途径与工具,土著文学是土著获得话语权、从边缘到中心的一个作用

---

① Riemenschneider, Dieter. "Literary Criticism in Australia: A Change of Critical Paradigms?" *Australian Literary Studies* 1991(15.2):191.

场。土著作家应通过语言策略创作出具有"土著性"的文学作品，从而从内部瓦解霸权话语及中心地位。纳罗金的土著文学主张基本与阿希克洛夫特等在《逆写帝国》中所总结的后殖民写作思想一脉相承。纳罗金对土著文学刻画"土著梦想"的强调也与新时期阿希克洛夫特关于后殖民主义语境下的"乌托邦"（Utopia）理论意蕴相似。两者看似对立，但实际上却并不矛盾。土著群体处于澳大利亚社会的边缘地带，承受着殖民统治与白人霸权的双重压力。澳大利亚白人处于中心位置，但同时也遭受着欧洲及西方文化帝国的外部排挤。如果把澳大利亚的殖民历史分为国家与民族两个层面，土著经历的则是"双重殖民"。纳罗金在"夹缝"中的双重"他者"身份是土著社群在这种"双重殖民"下的写照。

值得注意的是，纳罗金开创了土著文学批评的先河，为土著文学批评在澳大利亚土著文学批评史上留下了深刻印记。纳罗金强调土著语言形式及表现方式，认为土著文学的首要目标是传达意义，即使这样的文本让白人、土著都难以理解，也应保持"土著性"。然而，土著从边缘试图抵达的"中心"是白人文化的中心，如何确保这种"土著性"文本所面向的"中心"与澳大利亚整体文化的中心不会产生偏离？如若偏离，两个"中心"在澳大利亚国家意识形态下又该如何统一？土著学界对"土著性"概念的界定与白人社会所认同的"土著性"内涵如何辩证地看待？虽然纳罗金未多提及，但澳大利亚土著性的问题是白人社会与土著社群共同面对的一个难题。此外，由于土著文学起步较晚，学界对土著文学的界定也尚未定论，纳罗金在《边缘视角创作》中认为只有自己的小说《多因野猫》与福加蒂的诗歌是可以看作具有"土著性"的土著文学，但是这种论断有过于武断之嫌。诚然，纳罗金的土著文学及批评还有众多未解之谜及未答之问，讨论、研究这些问题是对纳罗金土著文学批评思想的深入和拓展。

第十二章　其他批评家

布赖恩·基尔南
（Brian Kiernan,1937—　）

布赖恩·基尔南毕业于墨尔本大学,任教于墨尔本斯温本理工学院（Swinburne University of Technology）,后前往悉尼,在悉尼大学教授美国文学与澳大利亚文学。

除了日常教学之外,基尔南还参与编辑和撰写了不少关于澳大利亚文学文化的专著,作品包括《社会与自然的意象:澳大利亚小说七论》(*Images of Society and Nature: Seven Essays on Australian Novels*,1971)、《批评》(*Criticism*,1974),《亨利·劳森》《最美丽的谎言:五位现代小说大家故事集》(*The Most Beautiful Lies: a Collection of Stories by Five Major Contemporary Fiction Writers*,1977)、《思考:肯尼斯·斯莱塞、朱迪斯·赖特与道格拉斯·斯图尔特新论》(*Considerations: New Essays on Kenneth Slessor, Judith Wright and Douglas Stewart*,1977)、《帕特里克·怀特》(*Patrick White*,1980)、《亨利·劳森精选》(*The Essential Henry Lawson*,1982)、《戴维·威廉森:一位作家的历程》(*David Williamson: a Writer's Career*,1996)、《澳大利亚文学史研究》(*Studies in Australian Literary History*,1997)等。

克里斯·华莱士－克雷布
（Chris Wallace-Crabbe,1934—　）

克里斯·华莱士－克雷布出生于墨尔本郊区里士满,父亲是一名记者,母亲是钢琴家,哥哥罗宾也是一名艺术家。华莱士-克雷布毕业于耶鲁大学和墨尔本大学,曾任教于哈佛大学和威尼斯大学。他在大学的最后一年出版了自己的第一本诗集,1961年成为墨尔本大学澳大利亚文学中心的研究员(Lockie Fellow in Australian Literature and Creative Writing),1965年到1967年间在耶鲁大学任研究员。

华莱士-克雷布的早期作品均出版于澳大利亚,包括八本诗集:《师乐队》(*The Music of Division*,1959)、《八首都市诗》(*Eight Metropolitan Poems*,1962)、《在光明和黑暗中》(*In Light and Darkness*,1963)、《造反将军》(*The Rebel General*,1967)等;一部小说《碎片》(*Splinters*,1981)和三本文学评论集:《墨尔本或丛林:论澳大利亚文学与社会》(*Melbourne or the Bush*:*Essays on Australian Literature and Society*,1974)、《耕耘与纺织:现代诗歌的两个方向》(*Toil and Spin*:*Two Directions in Modern Poetry*,1979)和《澳大利亚写作中的三点不足》(*Three Absences in Australian Writing*,1983)。1985年后,他改与牛津大学出版社合作,面向国际读者。

华莱士-克雷布认为诗歌是一种神圣的艺术,他的诗歌亦庄亦谐、雅俗共赏,极具个人特色,因而引起了评论家们的注意力与广泛讨论。他在文学批评与创作中坚持本体论与认识论,他的批判理论的观点体现在两本著作《澳大利亚写作中的三点不足》与《坠入语言》(*Falling into Language*,1990)。他认为,澳大利亚的文学创作缺乏形而上学观点与新的文学形式。

汉弗莱·麦奎因
(Humphrey McQueen,1942—)

汉弗莱·麦奎因出生于布里斯班的一个工薪家庭。他在阿什格罗夫的马里斯特学院(Marist College)接受教育,后来参与编辑了《昆士兰青年劳工通讯报》(*Queensland Young Labor Newsletter*)。他获得昆士兰大学学士学位,后在高中任教。1970—1974年,他在澳大利亚国立大学任教,教授澳大利亚历史。

麦奎因学术批评思想旨在反抗传统左派。他尤其不满拉塞·沃德在《澳大利亚传说》中所提出的劳工史研究方法。他在《罪犯与反叛者》(*Convicts and Rebels*,1968)中对辉格党与老左派提出质疑,也对澳大利亚的民主和平等传统表示怀疑。

1970年，麦奎因撰写了《新布里塔尼亚》一书，对澳大利亚劳工运动历史进行了分析。特里·欧文(Terry Irving)评介此书时，强调其理论遗产的同时，也提出了创新理论的必要性。他表示《新布里塔尼亚》将引发愤怒的讨论，但他希望这本书也将促使新左派发展出书写新历史所需的方法论。

麦奎因的著作还有《土著、种族和种族主义》(Aborigines, Race and Racism, 1974)、《澳大利亚社会随笔：1888—1975》(Social Sketches of Australia: 1888—1975, 1978)、《明日逝去：20世纪80年代的澳大利亚》(Gone Tomorrow: Australia into the 1980s, 1983)、《面向世界之窗：高等教育澳大利亚研究》(Windows onto Worlds: Studying Australia at Tertiary Level, 1987)、《从加利波利到佩特罗夫：澳大利亚历史之争》(Gallipoli to Petrov: Arguing with Australian History, 1989)、《澳大利亚社会随笔：1888—1988》(Social Sketches of Australia: 1888—1988, 1991)、《民主的情绪：澳大利亚是多么例外？》(Temper Democratic: How Exceptional is Australia?, 1998)等。

卡罗尔·费里尔
(Carole Ferrier, 1946—)

卡罗尔·费里尔是昆士兰大学教授。她的研究兴趣是性别研究和文化研究。费里尔对黑人女性作家、澳大利亚女作家和移民作家、女权主义和马克思主义理论，以及种族和民族与文化的关系的理论尤其关注。1975年，费里尔被聘为《赫卡特》的创刊编辑（现已出版了42卷）。1999年，担任《澳大利亚女性书评》(Australian Women's Book Review)的主编。

卡罗尔·费里尔发表了100多篇文章和书籍章节，在澳大利亚和海外的70个会议上发表了论文，并且定期在昆士兰大学组织会议。作品包括：《性别、政治与小说：20世纪澳大利亚女性小说》(Gender, Politics and Fiction: Twentieth Century Australian Women's Novels, 1985)、《离别之处：琼·德瓦尼自传》(Point of Departure: The Autobiography of Jean Devanny, 1986)、《好故事：弗兰克林、普里查德、德瓦尼、巴纳德、艾尔德肖和达克的通信集》(As Good as a Yarn with You: Letters Between Franklin, Prichard, Devanny, Barnard, Eldershaw and Dark, 1995)、《珍妮特·弗雷姆作品读本》(Janet Frame: A Reader, 1995)、《琼·

德瓦尼：浪漫的革命者》(*Jean Devanny: Romantic Revolutionary*, 1999)、《激进的布里斯班》(*Radical Brisbane*, 2004)及《芙蓉花和铁树：昆士兰女人》(*Hibiscus and Ti-tree: Women in Queensland*, 2009)。其中《性别、政治与小说：20世纪澳大利亚女性小说》引发了澳大利亚对本国女性作家及其作品的关注，具有重要学术价值。

费里尔认为澳大利亚女性文学批评有三个阶段：第一阶段是20世纪60年代的由女性读者评论作品中的女性形象，第二阶段是分析解读女性作家的作品，第三阶段则转向基于法国女权理论的澳大利亚女性批评体系构建新阶段。

海伦·蒂芬
(Helen Tiffin, 1945—)

海伦·蒂芬是澳大利亚卧龙岗大学的兼职英语教授，也是在后殖民理论和文学研究方面有影响力的批评家。她曾在皇后大学担任英语及加拿大研究讲座教授，主讲英语及后殖民研究，目前在塔斯马尼亚大学任教。蒂芬的研究和教学兴趣包括殖民与后殖民定居者社会的历史、英语文学、加勒比研究、文学理论，最近转向对动物的文学和文化表现的研究。

她的文学专著包括：《逆写帝国》《后殖民文学》(*Post-colonial Literatures*, 1989)、《欧洲之后：批评理论与后殖民书写》(*After Europe: Critical Theory and Post-colonial Writing*, 1989)、《最后一个"后"以后：后殖民主义和后现代主义理论》《标准英语之再定位：后殖民文学的文本与传统，献给约翰·彭维尔尼·马修斯》(*Re-Siting Queen's English: Text and Tradition in Post-colonial Literatures, Essays Presented to John Pengwerne Matthews*, 1992)、《对小说的去殖民化》(*Decolonising Fictions*, 1993)、《后殖民研究读本》《英语后殖民文学：概论与比较总论，1970—1993年》(*Post-colonial Literatures in English: General Theoretical & Comparative 1970—1993*, 1997)、《后殖民研究核心概念》以及《后殖民生态批评》。

布鲁斯·贝内特
(Bruce Bennett,1941—2012)

布鲁斯·贝内特出生在珀斯。他在西澳大利亚大学获得了艺术荣誉学位和教育学位,之后获得罗德奖学金前往牛津大学彭布罗克学院(Pembroke College)攻读艺术硕士学位。回到澳大利亚后,贝内特将注意力转向了澳大利亚文学,从事文学写作,他的《西澳文学》(*The Literature of Western Australia*,1979)将澳大利亚文学推向了世界舞台。贝内特曾担任西澳大利亚大学澳大利亚文学研究中心的首任主任,也是澳大利亚文学研究协会的董事会成员和主席。

贝内特的文学批评作品主要有:《放逐的精神:论彼得·波特及其诗作》(*Spirit in Exile: Peter Porter and His Poetry*,1991)、《澳大利亚经纬:论澳大利亚文学的坐标与走向》(*An Australian Compass: Essays on Place and Direction in Australian Literature*,1991)、《澳大利亚短篇小说史》(*Australian Short Fiction: A History*,2002);教育政策相关著作有《面向世界之窗:高等教育澳大利亚研究》和《澳大利亚研究的国际化:策略与指南》(*Internationalising Australian Studies: Strategies and Guidelines*,1994)。他的其他作品还有《多萝西·休伊特评论选》(*Dorothy Hewett: Selected Critical Essays*,1995)、《跨越文化:亚太地区文学与文化论集》(*Crossing Cultures: Essays on the Literature and Culture of the Asia-Pacific*,1996)、《牛津澳大利亚文学史》(*The Oxford Literary History of Australia*,1998)、《家园与远方:归属和异化的澳大利亚故事》(*Home and Away: Australian Stories of Belonging and Alienation*,2000)、《反击与和解:英联邦写作》(*Resistance and Reconciliation: Writing in the Commonwealth*,2003)。

丹尼斯·哈斯克尔(Dennis Haskell)曾指出,研究澳大利亚文学是理解西澳大利亚文化和民族的关键因素,布鲁斯·贝内特则是西澳大利亚最伟大的英雄。

第四编
文学批评多元化阶段
（20世纪90年代至今）

　　20世纪90年代以降，随着解构主义、新历史主义、后殖民主义、文化批评、女性主义和符号学等欧美理论涌入澳大利亚，其文学批评开始向多元化和跨学科方向发展。虽然并不是所有的学者都对这些理论感兴趣，但不乏年轻的学者尝试用理论视角来研究澳大利亚文学作品，甚至有的学者在借鉴和吸收欧美文学理论的基础上，出版了体现"澳式"思想智慧的文学理论著作，并在世界范围内产生了重要影响。20世纪初，随着萨义德等理论家的离世，文学理论热逐渐降温，澳大利亚文学批评家在对这些理论进行反思的同时，开辟了跨学科研究文学的新路径，分别从政治学、经济学、历史学、社会学、人类学、新闻学，甚至数字人文的角度研究文学和文化现象，新近兴起的跨学科记忆研究就是其中一例。从批评家的背景来看，除了主流英裔批评家之外，土著批评家和欧陆裔、亚裔等移民批评家开始崭露头角。此外，女性批评家也十分活跃。他们从各自的立场，表达了他们对文学的多样理解和多元评价。产生这种变化的原因可能很多，其中多元文化政策的成功实施和全球化的推动是澳大利亚文学批评走向多元的内因和外因。

第十三章 社会文化语境：文化多元的澳大利亚

一

　　20世纪90年代以来，全球化进程加快，澳大利亚与世界各国的经济贸易联系日益紧密、人员往来更加频繁，走向开放和多元的态势十分明显。在此背景下，澳大利亚进入了思想空前活跃的时代，各种观点相互激荡、各种流派相互影响，成为时代变迁的印记和特征。同时，由于生产效率的迅速提升和人民生活水平的显著提高，澳大利亚告别了为生计而苦苦挣扎的日子，迈进了从富裕到富强的时代。物质生活和精神生活的变化，一方面使澳大利亚作为中等强国的地位更加稳固，另一方面也使其面临着西方发达国家在全球化过程中所遇到的共同问题。

　　世界格局的巨变对澳大利亚的内政外交也产生了重大影响。1991年，苏联解体，持续了近半个世纪的冷战宣告结束，美国成为世界上唯一的超级大国。澳大利亚与美国结成的同盟关系一度由于失去了明确的共同目标而受到美国的冷落，出现了短暂的"漂浮"现象。1996年，澳大利亚自由党领袖约翰·霍华德（John Howard）当选新一届总理，在促进国内经济发展的同时，有意识地加强与美国的双边关系。2001年，"9·11"恐怖袭击事件发生后不久，澳大利亚立即启动同盟响应机制，参与了美国针对阿富汗基地组织的战争和第二次海湾战争。2002年10月，巴厘岛发生爆炸事件，澳大利亚热衷于在东南亚地区开展反恐行动，导致亚太地区国家的不满。马来西亚总理马哈蒂尔·本·穆罕默德（Mahathir bin Mohamad）公开指责，澳大利亚提出的"预防性打击"政策是一种新干涉主义。印度尼西亚也因为澳大利亚的不当行为而单方面宣布终止两国签订不久的安全合作条约。

　　在经济发展领域，澳大利亚加强了与亚洲各国，尤其是中国的经贸关系。20世纪80年代末90年代初，澳大利亚面临经济衰退、贸易地位下滑的双重威胁，不得不转向地理位置更近的亚洲地区寻求发展机遇。1991年,保罗·基廷(Paul Keating)政府推行改革,提出"面向亚洲"和"融入亚洲"的口号和政策,将重点放在加强与东亚经济的联系与合作上。中国上升为澳大利亚最大的经济贸易伙伴。2010年,中澳贸易额首次突破1000亿澳元大关。2014年11月,中澳两国缔结自由贸易协定,进一步加深了经济上的相互依赖关系。亚洲地区对澳大利亚矿产资源、旅游业、食品供应以及教育的需求为澳大利亚经济带来了持续繁荣。2012年10月,澳大利亚政府发布了一份名为《亚洲世纪中的澳大利亚》(*Australia in the Asian Century*)的政策白皮书,正式将"拥抱亚洲"上升到了战略层面。总理朱莉娅·吉拉德(Julia Gillard)表示,澳大利亚要积极规划和创造自己的未来,进一步发挥在亚太经合组织(APEC)和东亚峰会的作用,加强与区域内国家的商业、旅游、教育、文化交流,使澳大利亚在2025年前变得更加繁荣、更具活力并分享更多新机遇,成为亚洲世纪的赢家。[①] "面向亚洲"的政策一方面为澳大利亚经济发展带来了机遇,依靠亚洲新兴经济体,特别是中国的强劲需求,澳大利亚不仅未在2008年席卷全球的金融危机中遭受重创,而且经济保持良好的增长趋势。另一方面,与中国保持密切的经济往来的政策,使澳大利亚陷入了平衡"澳中"和"澳美"关系的困境。近年来,澳大利亚试图采取"政经分离""美亚平衡外交"的战略,在经济上维护与中国密切的互利互惠关系,而在政治和安全上,继续保持与美国的同盟关系。

除了在安全和经贸领域竭力营造好的外部环境之外,澳大利亚政府试图通过移民政策的改革保持人口增长,解决劳动力短缺和人口老龄化问题,从而从根本上保障其经济发展活力,维护中等强国的国际地位。澳大利亚拥有760万平方公里的面积,截至2018年8月,人口达2,500万,是1970年的两倍,但从总体上来讲,依然属于"地广人稀"的国度。在第二次世界大战之后,澳大利亚政府曾采取措施,修改移民政策,吸引和接受来自欧美,甚至亚洲的移民。如20世纪70年代澳大利亚接受了相当数量的越南难民,80年代又增加了亚洲移民的数量,形成了移民的小高潮。但由于种种原因,澳大利亚人口增长缓慢,甚至威胁到了其经济增长的后劲。因此,从某种意义上来说,人口问题是澳大利亚长期存在的问题。据最新的全国人口普查结果显示,"澳大利亚依然是问题突出的老龄化国家。其中0—14岁的人口数量仅占19.3%,低于2006年人口普查的19.6%,60岁以上的人口已经占到

---

① 李景卫、王佳可. 人民日报:澳大利亚欲搭乘亚洲发展快车. 2012-10-29. http://world.people.com.cn/n/2012/1029/c14549-19415736.html,2018-4-12.

19.6%,大大超出 10%的老龄化指标……而 0—49 岁人口比例都在减少"①。近年来,澳大利亚政府不断调整移民政策,试图通过技术移民政策解决澳大利亚人口结构、经济财富、社会福利等方面的问题。2013—2014 年度,共有 190,000 人移民至澳大利亚,技术移民达 128,550 人,占整个移民规模的 67.7%,其中印度移民非常年轻,平均只有 30.3 岁,中国移民平均为 33.5 岁,其他亚洲国家移民也普遍年轻,亚裔人口占据总人口的 5%。② 大量移民的增加,不仅改变了澳大利亚本地人的饮食习惯和生活方式,而且也极大地丰富了他们的思想和文化,使得澳大利亚成为一个兼具欧亚文明的国家。

移民不仅给澳大利亚带去了大量财富和技术,而且在社会文化发展中扮演着重要的角色,推动着澳大利亚走向更加开放和多元。20 世纪 80 年代末至 90 年代初,澳大利亚为了顺应全球化和本国经济发展的需要,对多元文化政策进行战略性调整,从移民安置服务和救助弱势群体的传统功能,转向强调文化多样性的经济利益,视多元文化为社会发展的重要资本。这一政策调整得益于与亚洲广泛而深入的接触,认识到移民,尤其是技术移民既是劳动力资源,又是促进社会多元发展的动力源泉。如工党霍克政府成立的移民与多元文化计划服务审查委员会强化了移民参与澳大利亚社会经济建设的作用。尽管霍华德上台执政后,有意淡化多元文化政策,强调国家认同、社会凝聚力和社群和谐,但之后的澳大利亚政府基本上延续多元文化政策的宗旨和方针。如 1995 年颁布的《多元文化的澳大利亚——面向和超越 2000 年》(Multicultural Australia—The Next Steps: Towards and Beyond 2000)把土著民族和解纳入多元文化框架之内。2011 年,澳大利亚政府推出重要的纲领性文件——《澳大利亚人民——澳大利亚的多元文化政策》(The People of Australia—Australia's Multicultural Policy),进一步明确了多元文化政策的方向和目标,将所有澳大利亚人纳入其中,指出多元文化构成是澳大利亚国家认同的核心,符合澳大利亚的国家利益。承诺建立一个准入和平等框架,从文化认同、社会公正、经济效率等多个方面确保为来自不同背景的澳大利亚人提供公平公正的社会环境。"多元文化主义面向所有澳大利亚人、为所有澳大利亚人

---

① 赵昌.从官方统计资料看国际移民政策对澳大利亚人口问题的调控作用——兼论中国国际移民政策体系的建构.人口与发展,2016(5):62.

② 同上篇,65.

服务。"①

20世纪90年代至今,土著人的生活环境进一步得到改善。土著人是澳大利亚的原住民,但长期以来遭到英国殖民者的驱逐、屠杀和同化,一直挣扎在社会的边缘。20世纪60年代在全球兴起的争取民权运动,唤醒了土著民族争取平等权利的意识。他们经过不断抗争,终于迫使澳大利亚政府同意举行全民公决,废除了宪法中对土著人的歧视条款,承认其平等的公民地位。20世纪70年代实施多元文化政策之后,土著人在政治、经济和社会等领域的权益得到保障,土著文化得到了认可和尊重。然而,由于土著人与白人之间的矛盾和冲突由来已久,很多历史上遗留的问题尚未从根本上得到解决。如澳大利亚属于"无主之地"或者"被发现"的历史谎言问题,悬而未决的"被偷走的一代"问题等。1992年,澳大利亚高等法院就"马宝案"(Mabo Decision)做出裁决,承认了土著人对土地的所有权。1997年澳大利亚人权与机会平等委员会发布了名为《带他们回家》(*Bring Them Home Report*)的报告,10万土著儿童被强制带走的历史事实被曝光,引起了社会的广泛关注。报告引用了535名原住民证词的摘录,他们用自己或家人的经历,揭露了1910—1970年间澳大利亚政府规定白人可以随意从原住民家庭带走混血儿童的真相。在强大的压力下,澳大利亚政府被迫承认这一事实。此后,土著人不断要求澳大利亚政府为此事公开道歉,但遭到拒绝,直到2008年总理陆克文(Kevin Rudd)代表政府在国会向"被偷走的一代"表达歉意。近年来,随着澳大利亚变得日益开放和包容,土著人的生活水平和社会地位也得到显著提高,土著文化成为多元文化中的重要组成部分。

然而,澳大利亚多元文化政策在实施的过程中也遭遇了不少的挫折。20世纪90年代末期,澳大利亚议员保琳·汉森(Pauline Hanson)提出了"汉森议案",对多元文化政策持怀疑态度,担心所谓的核心民族价值观受到冲击,反对有色人种、特别是亚裔移民到澳大利亚,害怕出现澳大利亚亚洲化现象。为实现这些目标,她成立了"一国党"(One Nation Party),企图在澳大利亚谋取更大的势力。"9·11"事件之后,以美国为首的西方国家对穆斯林群体十分警惕,甚至在政府和媒体的渲染下,伊斯兰文明和基督文明之间出现了隔阂和对立,澳大利亚也深受影响。2005年12月,悉尼克罗纳拉海滩发生种族冲突,白人青年袭击、驱赶中东裔人士,禁止

---

① Australia Government. *The People of Australia—Australia's Multicultural Policy*. Department of Immigration and Border Protection (Australia), https://www.runnymedetrust.org/uploads/events/people-of-australia-multicultural-policy-booklet.pdf, viewed on 12 Jan. 2018. 本文献无发布时间。

其涉足海滩,引发种族对抗。澳大利亚社会展开了激烈的争辩,包括"一国党"和"绿党"在内的右翼势力趁机诋毁多元文化政策,企图在白人和有色群体之间造成更大的社会分裂。霍华德执政后期,提倡文化同化和国家认同的观点频频出现在敦促澳大利亚穆斯林融入主流文化的公开声明中,多元文化主义几乎沦为讨论穆斯林问题的一个边缘化符号。

2010年之后,西方国家出现了"多元文化主义"失败的论调,澳大利亚的多元文化政策出现了退缩的迹象。德国总理安格拉·默克尔(Angela Merkel)宣称,让拥有不同文化背景的人一起生活的努力"彻底失败",德国人和外国劳工能"一起快乐生活"是一种不切实际的幻想。[①] 2011年,英国首相戴维·卡梅伦(David Cameron)也表达了相似的观点,认为在多元文化政策指导下,政府鼓励少数族群文化独立发展,导致一些年轻的英国穆斯林走向个人极端主义。现在是将过去的失败政策翻过去的时候了。[②] 时任法国总统尼古拉·萨科齐(Nicolas Sarkozy)、荷兰副首相马克西姆·费尔哈亨(Maxime Verhagen)也把国家治理的结构性矛盾和治理失败归结为"多元文化政策"。受到欧洲右倾主义思潮的影响,澳大利亚政府和社会在多元文化政策上出现摇摆和分歧。在一项针对种族主义的调查中,尽管90%的人承认并支持澳大利亚的文化多样性,却又有超过40%的澳大利亚人倾向文化同化,认为尊崇旧有传统的移民族群削弱了澳大利亚主流文化及其竞争力。[③] 迫于国际恐怖主义形势和内部党派政治的压力,澳大利亚政府似乎有意淡化在国家政策层面直接谈及多元文化政策。从尊重多元文化的特殊利益转向了强调"全体澳大利亚人的多元文化主义"背景下的共同价值和国家形象,裁撤了移民事务办公室。2011年吉拉德任职期间发布"澳大利亚的人民:澳大利亚的多元文化"政策后不到两年,"创意澳大利亚:澳大利亚文化"政策却不再提及多元文化主义,而是用类似"强大的、多样性、包容的文化"措辞取代曾引以为豪的多元文化主义。在执行的过程中,很多惠及少数族群的多元文化政策没有得到充分落实,多元文化政策的连续性和脆弱性日益显现。

值得一提的是,20世纪90年代至今的澳大利亚社会文化日益受到互联网技术和全球化的影响。得益于交通运输条件的改善,包括澳大利亚在内的世界各国

---

① 郭洋. 德国文化多元化,失败了吗? 羊城晚报,2010年10月19日.
② 张哲. 卡梅伦说英国多元文化融合政策失败. 2011-2-6. http://news.cri.cn/gb/27824/2011/02/06/2225s3144783.htm,2018-1-5.
③ 钱志中. 澳大利亚多元文化主义政策的历史选择与动态演化. 世界经济与政治论坛,2014(6):164.

人民之间的交流十分便利,大型客机使得澳大利亚人与全球各地的距离大大缩短,出国旅行成为稀松平常之事。电视卫星可以把发生在世界各地的事情瞬间传达到澳大利亚,互联网技术更是可以实现"同步传送",高度发达的交通和通讯为思想和人文交流提供了良好的条件。全球化进程的加快使得整个地球变成了一个地球村,发端于国外的思潮变化可以很快在澳大利亚引起反应。近年来澳大利亚社会出现的"右倾"苗头及在多元文化政策上的摇摆态度与欧美诸国的思潮迅速传到澳大利亚不无关系。

需要指出的是,澳大利亚多元文化政策总体上取得了成功。尽管多元文化政策遭受逆流,甚至出现一些杂音,但由于它符合时代潮流和人类社会发展的方向,再加上四十多年的实践使得该政策已经深入人心,特别是得到了澳大利亚年轻人的认可和支持,总体上有利于澳大利亚社会经济的发展和树立澳大利亚形象,对于促进澳大利亚各族群之间的和谐发挥着积极作用。2017年3月,澳大利亚总理马尔科姆·特恩布尔(Malcolm Turnbull)发表政府声明,宣告多元文化政策在澳大利亚的成功。这份题为"让多元文化的澳大利亚展翅飞翔:团结、强大、成功"的政府声明强调,各文化之间需要互相尊重,这是保证澳大利亚人团结一心的基础。特恩布尔称多元文化政策整体上很成功,澳大利亚人也能够做得更好,但不能沾沾自喜,因为挑战依然存在,其中之一就是种族主义。

可以看出,近三十年来,澳大利亚经济保持了稳定发展的态势,移民文化自身的多样性也使得澳大利亚社会保持着一定的优势和活力。但物质文明的进步,也带来了精神异化等社会问题,多元文化政策总体上的成功也无法掩盖其各族群之间深层次的社会矛盾和冲突,全球化和科技文明给人们带来便利的同时也衍生出许多负面效应。这些问题已经引起了澳大利亚作家、艺术家和批评家的关注,他们以其独特的眼光和艺术表现形式,重新审视现代人的精神世界。有的通过艺术作品深入人的内心,探究人性的本质和存在的意义;有的通过书写历史,来反思和拷问现实;有的通过刻画危机,展现人类的抗争和和解精神;还有的通过激烈的言辞,批评现实和警示世人。如同开放、多元的时代一样,这一时期的文学艺术和批评也呈现出繁荣和多样的局面,激发人们在探索新知的过程中迈向未来。

二

随着澳大利亚社会文化变得日益开放和多元,当代澳大利亚文学融入国际化和全球化的程度日益加深。就前者而言，澳大利亚文学不再按照传统的形式，热衷于表征地方性和本土化的内容，而是将其文学置于后殖民文学的世界谱系之中，在本土化和国际化的文学张力中展现其后殖民文学的独特性，过去经常论及的劳森派现实主义文学、怀特派现代主义和新派文学让位于白人文学、土著文学和移民文学；就后者来说，澳大利亚文学受世界文学潮流的影响，不再拘泥于"国内主题"书写，转而主动融入全球化背景下的"跨国写作"，表现多种文化之间的冲突与融合及现代人思想、情感和精神跨国界流动的现实。多体裁、多类型的虚构作品与非虚构作品的兴起也与全球化背景下的世界文学发展趋势密切相关。

20世纪七八十年代，澳大利亚文化界刮起了一股强劲的"文化民族主义飓风"，涌现出重新审视殖民历史和民族叙事的潮流，一批探讨"民族之根"和"历史之源"的"新历史"小说在1988年的反英二百周年纪念活动前后纷纷出炉。它们通过历史的碎片，如趣闻轶事、意外的插曲和奇异的话题等，去修正、改写和打破在特定的历史语境中居支配地位的文化代码，并在权力和话语的网络中看其人性的扭曲和生长，最后使主体的精神扭曲和虚无成为自我身份的历史确证。这些"新历史"小说承载着强烈的历史责任感和开放包容的人文精神，使被压制、被边缘化的族群重新回到话语空间，并在历史的"多重奏"中恢复他们应有的声音。它们或揭露了流放犯制度与宗主国英国帝国主义思想的腐败与罪恶，如罗德尼·霍尔的"延德雷三部曲"("The Yandilli Triology")；或再现内德·凯利的民族神话，如罗伯特·德鲁（Robert Drewe）的《我们的阳光》(*Our Sunshine*, 1991)；或将澳大利亚人的命运融入硝烟弥漫的世界大战和社会变革，如戴维·马洛夫的《伟大的世界》(*The Great World*, 1990)；或通过一个离奇的爱情故事，揭穿了帝国关于"文明传播"的历史谎言，如彼得·凯里的《奥斯卡与露辛达》等。尽管这些小说视角不同，但是殊途同归，都从不同层面讲述了土著人、足迹专家、流放犯、开拓者、丛林汉、战俘等历史小人物的故事，而正是这些不被帝国历史记载的普通人的故事，使人看到了充满谎言的殖民历史和帝国权力运作的机制，本真的民族叙事也在这种解构过程中被重新确立了起来。

20世纪90年代至21世纪，澳大利亚白人作家在立足文化遗产的基础上，继续展现建构民族身份的种种努力。与之前的小说创作所不同的是，他们抓住了这一时期澳大利亚民族心理的微妙变化，分别从历史与现实的豁口进入民族想象的核心，表达了当代澳大利亚白人社会寻求与土著民族和谐相处的愿望。如，彼得·凯里、戴维·马洛夫、亚历克斯·米勒和理查德·弗拉纳根（Richard Flanagan）等作家。作为"澳大利亚文化的代言人"①,彼得·凯里的作品"包含着很强的传统道德观和政治视野"②。在已出版的八部长篇小说中,五部都和帝国殖民史相关,从《魔术师》(Illywacker,1985)所展现的历史谎言和民族困境,到《奥斯卡与露辛达》中的英国基督文化与澳大利亚土著文化的冲突;从《特里斯坦·史密斯不寻常的生活》(The Unusual Life of Tristan Smith,1994)的帝国文化霸权,到《杰克·迈格斯》对狄更斯的《远大前程》中迈格维奇文化身份的重塑,再到《凯利帮真史》殖民神话的重写,无不体现彼得·凯里"写回"旧殖民帝国——英国和新殖民帝国——美国的倾向。戴维·马洛夫的《回忆起了巴比伦》(Remembering Babylon,1993)和《柯娄溪畔夜话》(The Conversations at Curlow Creek,1996)分别以"黑白人"和"罪犯"为主人公,刻画了白人和土著人之间的隔膜,以及他们渴望和解的精神追求。亚历克斯·米勒的《石乡之旅》(Journey to the Stone Country,2002)和《离别的风景》(Landscape of Farewell,2007)堪称在主题上的姊妹篇,前者"探索了民族的历史……绘制了一条文学之路,通向黑人和白人的和解……"③后者再次延续白人和土著之间的和解主题,对人类大屠杀罪孽和寻求救赎进行了深刻反思。弗拉纳根是新生代澳大利亚作家的杰出代表,他的小说《河道导游之死》(Death of a River Guide,1994)、《单手掌声》(The Sound of One Hand Clapping,1997)和《古德的鱼书》(Gould's Book of Fish,2001)等作品描写了澳大利亚流放犯、土著人、移民的悲惨命运,再次唤起了人们对澳大利亚塔斯马尼亚地区的历史记忆,表达了重新认识白人和土著关系的意愿。尽管这些白人主流作家所描写的内容各不相同,艺术形式各异,但都似乎表现出了一种从冲突到融合的乌托邦理想。

相比居于主流支配地位的白人文学,土著文学依然处于边缘化的地位,这与他们的历史遭际和长期被主流话语挤压有关。由于土著人受到白人的种种压迫,所以表现土著人反抗白人控制,跨越白人边界和围墙,就成了柯林·约翰逊、阿奇·韦勒、埃里克·威尔莫特(Erica Wilmote)、莫尼卡·克莱尔(Monica Clarie)等土著作家着力探讨的主题之一。在这些作家中要数柯林·约翰逊的艺术成就最为突

---

① Turner, Graeme. "Nationalizing the Author: The Celebrity of Peter Carey." *Australian Literary Studies* 1993(16.2):131—139.
② Hassall, Anthony. "Preface." *Dancing on Hot Macadam*. St Lucia: University of Queensland Press, 1998.
③ Zavaglia, Liliana. "Old Testament Prophets, New Testament Saviours: Reading Retribution and Forgiveness Towards Whiteness in *Journey to the Stone Country*." *The Novels of Alex Miller: An Introduction*. Robert Dixon. Sydney: Allen & Unwin, 2012:170.

出,他对于澳大利亚土著居民生活的关注最为持久,其小说采用了大家熟悉的土著名字马德鲁鲁·纳罗金作为笔名。《野猫掉下来了》是第一部以土著文化为关注对象的小说。约翰逊其他表现类似主题的小说还包括《萨达瓦拉万岁》,该小说直面土著人与白人之间的对峙问题,一群十多岁的土著孩子被警察枪杀的场面,让人充分感受到白人的凶残和邪恶。《沃拉迪医生承受世界末日的良方》从后殖民历史的视角,集中展现了土著人在殖民者"入侵"到塔斯马尼亚和维多利亚州后的生活遭遇。其他"重温民族历史与文化"的土著小说还有费斯·班得勒(Faith Bandler)的《威娄,我的兄弟》(*Welou*,*My Brother*,1984)、韦勒的短篇小说集《回家》(*Going Home*,1986)、萨利·摩根的《我的家园》。其中,《我的家园》被誉为"澳大利亚经典作品",代表了土著小说的最高成就。

近年来,土著文学从"被描写"迈向自我表现的新阶段,主体性意识和国际化倾向明显增强。尽管他们也像先辈一样,依然描写土著人与白人的不平等的关系和土著人抗击白人殖民统治的事迹,但其内容已从单纯描述土著人与白人殖民者之间的对抗转向关注整个土著民族的命运、文化身份的迷失以及如何与白人主流社会和谐相处的主题上来,并将土著人特有历史文化和生活方式融入现代文明的历史潮流之中。土著作家吉姆·斯科特(Kim Scott)的两部小说《希望:来自内心深处》(*Benang*:*From the Heart*,1999)和《那支死人舞》(*That Deadman Dance*,2010)分别获得了 2000 年和 2011 年度的迈尔斯·弗兰克林文学奖(Miles Franklin Literary Award),成为当代澳大利亚文学最负盛名的土著作家。另一名土著作家亚历克斯·莱特(Alexis Wright)的作品《卡彭塔利亚湾》(*Carpentaria*,2006)于 2007 年获得了该项荣誉,她超越并突破了传统土著作家"日记和自传"式的个人抒情写作,取而代之的是在更宏阔的历史和现实生活里寻找灵感,自由取材。两位作家的作品得奖的事实表明,土著文学越来越获得澳大利亚主流文化的认可,体现了澳大利亚多元文化社会的开放和包容。

游离于两个世界的移民文学也是澳大利亚多元文化的重要组成部分。澳大利亚是移民社会,文化错位、身份错位和精神错位是移民文学作品中经常表现的主题,所不同的是早期移民文学中所表现的"相对他者性"已经上升为主流,如,俄裔作家朱达·沃顿、华裔作家布赖恩·卡斯特罗和 2002 年移民到澳大利亚的南非裔作家约翰·库切(John Coetzee)等人的作品。新生代移民文学中的主人公试图融入主流文化,依然挣扎于"绝对他者性"中,如,马来西亚裔作家贝思·亚普(Beth Yahp)、波兰裔作家阿尼亚·沃尔威奇(Ania Walwicz)等。随着全球化进程的加快和深入,跨国流动和居住已成为一种生活方式,包括移民作家在内的文学创作不再仅仅局限于书写两种文化之间的冲突与融合,而是聚焦多元文化及全球化带来的种种难题。如移民作家和白人作家分别从不同的角度聚焦错位文化,反映了澳大利亚文化多元混杂的特质,以及由此而引起的更加深刻的身份认同危机。从《危险的岁月》(*The Year of Living Dangerously*, 1978)里所表现出的欧亚文化归属困境,到《牛奶和蜂蜜》(*Milk and Honey*, 1984)所刻画的"自我流放"的精神折磨;从《漂泊的鸟》(*Birds of Passage*, 1983)中所描写的无根飘零的痛苦经历,到《祖先游戏》(*The Ancestor Game*, 1992)里所揭示的挥之不去"祖先情结",当代澳大利亚人正苦苦挣扎于历史与现实、新旧文化的两个世界之中。他们既要忠于本土,谋求与土著文化的和解,又要遵循英国人的传统;既要直面美国的文化霸权,又要应对东方文化的崛起,这种非此非彼的文化属性也许正是澳大利亚"混杂"多元文化的本质特征。澳大利亚的民族身份取决于这样的共识:澳大利亚既不属于亚洲,也不属于欧洲和美洲,而是集中体现这三大洲最优秀的现代特点的国家。

进入21世纪,澳大利亚文学拥抱亚洲、走向世界的新趋势。地域上偏向亚洲,而文化上偏于欧洲和美洲的澳大利亚吸纳了上述三个区域的精英和富有探险精神的人群,文化冲突与交融在相当长的时间里仍旧是作家们着力表现的主题之一。所不同的是他们不再满足于后殖民文学中通常描写的新旧世界,而是把目光投向过去光顾不多,但精神、资本和人员流动更快的亚洲,小说里的故事也不再局限于单个国家和地区,而是在多个国家和地区"游移",借此反映更加全球化和多样性的客观存在。如彼得·凯里的《我的生活如同虚构》、雪莉·哈泽德的《熊熊大火》(*The Great Fire*, 2003)和弗拉纳根的《曲径通北》(*Narrow Road to the North*, 2013)等。凯里的小说虽然是对澳大利亚民族神话"厄恩·马利"骗局的翻新,但其庞杂的故事情节使得欧洲、亚洲和大洋洲文化紧密地联系在一起,故事也在英国、东南亚和澳大利亚之间辗转和穿插,展现了多种文化的混杂与交融和现代人性的复杂与多样。哈泽德的作品讲述了经历了战争创伤的人们战后疗伤的故事。小说情节随着英国军官艾尔德瑞德·利思在中国、日本对战争影响的调查而走向深入,其与澳大利亚女孩的邂逅及情感纠葛,使得小说的跨国色彩更加浓厚。弗拉纳根也莫不如此,他的故事在澳大利亚、缅甸和日本不停地切换场面,展现了第二次世界大战对人类造成的心灵创伤。更为重要的是,三部小说都突破了狭窄的视野,将其置于连接人类命运的宏阔背景下,从而使小说的世界性主题更加突显,而这也许是当代澳大利亚文学国际化的新动向。

澳大利亚文学的国际化特征还表现在作家旅居国外、作品被跨国出版公司翻译成多种语言等方面。澳大利亚一直有本土作家旅居海外的传统，20世纪90年代以来，选择在欧美国家任驻校作家的不在少数。如，两获布克奖的凯里自1989年就居住在美国纽约。2003年获得布克奖的ＤＢＣ皮埃尔(D B C Pierre)曾先后在英国、西班牙和爱尔兰等国居住。珍妮特·奥斯皮特尔(Janette Hospital)在渥太华、悉尼、波士顿、诺里奇和纽约的几所大学任驻校作家。弗拉纳根也曾在英国学习和创作。尽管不能武断地认为，他们的作品屡获文学大奖与旅居海外有着直接的关系，但他们的作品被翻译成多国语言的事实至少表明澳大利亚文学在国际上获得了认可，如凯里的小说被翻译成二十多国语言，弗拉纳根的小说也在十多个不同语言的国家出版发行。此外，诺顿、企鹅、牛津、剑桥、麦克米伦等世界知名的出版社先后出版澳大利亚作家作品和文学史，如诺顿版《澳大利亚文学选读》(*The Literature of Australia*,2010)、《剑桥澳大利亚文学史》等，彰显了澳大利亚文学在世界文学谱系中的地位。

这一时期的诗歌和戏剧艺术也呈现出多元化特点。20世纪六七十年代的澳大利亚诗坛曾经有过"本土化"和"国际化"的论战，经过近30年的发展，到了90年代，澳大利亚诗歌越发成熟和多样，既有现实主义风格的诗歌，也有现代主义和后现代主义特征的诗歌。一部分诗人信奉澳大利亚传统，继续以表现澳大利亚本土色彩的田园、平民的淳朴和独特的环境为主要创作方向，如莱斯·默里和布鲁斯·道等。另一部分诗人则坚持与国际接轨，书写在欧美国家盛行的诗歌，如约翰·福布斯、劳里·达根等。当然，其中不乏将澳大利亚本土性和国际化相结合的诗歌。近年来，澳大利亚诗歌也涌现出一批土著诗人、女性诗人和移民诗人，他们分别站在各自的立场上，以艺术的形式表达他们对人世、人际和人情的看法，既有大到人类社会、世界发展的宏大主题，也有小到个体的生命体验和生活体验等，这种精彩纷呈的趋势还将随着时代发展而进一步加深。澳大利亚戏剧的发展跟诗歌一样，经历了传统戏剧和现代戏剧的发展历程。"新浪潮"戏剧运动之后，尽管也有戏剧家依然对传统的正统剧情有独钟，但越来越多的戏剧家受到欧美现代主义、象征主义和荒诞派的影响，戏剧创作具有鲜明的国际化色彩，如路易斯·诺瓦拉和斯蒂芬·休厄尔等。前者的戏剧不着眼于生活琐事，而是通过纯净、高雅和悲壮的风格，给人以史诗般的震撼，充分调动肢体语言和戏剧语言的功用，让人在欣赏的过程中感受戏剧不同于小说和诗歌的力量。他擅长用时空错位的手法，将澳大利亚人熟悉的内容移植到异国他乡，从达到陌生化的效果。20世纪90年代后他的戏剧更趋多样性,打上了多元文化社会和全球化的时代烙印。主要剧作包括《乌鸦》(*Crow*,1994)、《了不起的男孩》(*The Marvelous Boy*,2005)和《悉尼皇帝》(*The Emperor of Sydney*,2006)等。斯蒂芬·休厄尔的戏剧多以政治、社会和战争等为题材,通过喜剧、悲剧和悲喜剧等形式,将澳大利亚内部生态与外部世界紧密地联系起来。如《尘埃》(*Dust*,1997)、《复仇三女神》(*Three Furies*,2004)和《乌有合众国》(*The United States of Nothing*,2006)等。

三

文学批评是文学审美和价值观的表达,也是社会和时代变迁的风标。得益于澳大利亚国内外政治、经济和社会发展所营造的良好环境,其20世纪90年代至今的当代文学批评呈现出多元化和跨学科的鲜明特征,具体表现在文学理论批评、文学史和作家作品批评等领域。

多元化和跨学科文学批评趋向在20世纪80年代中期就日益显现。20世纪七八十年代,澳大利亚文学研究出现了从传统批评范式向具有国际化色彩的现代批评范式的转变,其中三个重要事件对澳大利亚文学研究产生了重大影响,一是怀特获得诺贝尔文学奖。怀特以创作现代主义小说而闻名于世,其作品获奖不仅提升了澳大利亚民族的自信心和自豪感,而且引起了批评家对澳大利亚文学批评传统的反思。过去一味强调本土现实主义文学的思想观点开始动摇,文学批评渐显国际视野;二是澳大利亚文学研究会于1977年成立。这个旨在推动澳大利亚文学研究和交流的学术组织,汇集了其国内大部分文学研究力量,成为促进文学研究学术化和国际化的重要平台。三是1988年反英200周年纪念,澳大利亚文学界出版了一批历史小说,开始从土著文化、女性文化等角度拷问历史与现实、白人与少数族裔之间的关系。三个历史事件在澳大利亚文学研究中留下了很深的印记。澳大利亚文学批评不再局限于作品本身,逐渐出现从社会、文化的维度研究澳大利亚文学。

这一时期的重要著作包括蒂姆·罗斯(Tim Rowse)的《澳大利亚自由主义与国民性格》(*Australian Liberalism and National Character*,1978)、约翰·多克尔的《危急时刻:阅读澳大利亚文学》、卡罗尔·费里尔的《性别、政治与小说:20世纪澳大利亚女性小说》、罗伯特·狄克逊的《帝国轨迹:1788—1860年新南威尔士的新古典文化》(*The Course of Empire：Neo-classical Culture in New South Wales 1788—1860*,1986)、亚当·舒梅克的《白纸黑字：1928—1988 年间土著文学》、海伦·蒂芬等人的《逆写帝国》和肯·盖尔德和保罗·萨尔兹曼合著的《新多样性：澳大利亚小说 1970—1988》(*The New Diversity：Australian Fiction 1970—1988*,1989)等。

  值得一提的是,尽管这一时期的研究成果对文学的价值和批评标准还存在诸多的争论,如新派小说与传统现实主义小说,本土化与国际化,民族性和世界性等,但澳大利亚文学批评受到欧美文学理论的影响毋庸置疑,土著文学和女性文学被越来越多的学者纳入研究的视野。如伊恩·利德从马克思主义、符号学等角度论述"文学文本与经典身份",德鲁瑟拉·莫杰斯卡的《家中的被放逐者》则吸收女性主义的成果,重新解读了 19 世纪三四十年代的小说等。这表明,澳大利亚文学批评家加快了融入国际社会的步伐。

  20 世纪 90 年代至今,澳大利亚出现了重视理论和跨学科研究的倾向,前者主要表现在 90 年代的理论创新,后者主要是 21 世纪之后文学与文化研究的共谋和融合。20 世纪 90 年代以降,新历史主义、后殖民主义、后结构主义、文化批评等理论粉墨登场,包括大洋洲各国在内的"理论热"席卷全球,在文学研究领域甚至到了"言说必理论"的地步。尽管澳大利亚国内的文学研究没有像欧美诸国那样痴迷于"炙热"的文学理论,但年轻一代的学者则积极融入文学理论发展的大潮,试图展现"澳式"理论突破。蒂芬等人的《后殖民研究读本》是至今最权威的后殖民理论书籍之一,涉及移民、奴隶制度、压制与反抗、种族、性别等众多问题;罗伯特·狄克逊的《书写殖民冒险》透露出强烈的政治意识和历史批判的观点;格雷姆·特纳的《民族化:民族主义与澳大利亚流行文化》和《电影作为社会实践》极力打破高雅文学和流行文化的界限,并探讨了电影研究中的理论问题;戴维·卡特的《澳大利亚文化:政策、公众与项目》一书聚焦 20 世纪文学、知识分子运动、文化制度和现代性之间的关系,其独特之处在于将文学或者文化历史的研究方法理论化;斯内加·古纽的《神出鬼没的国家:多元文化主义的殖民向度》阐释了多元文化主义与后殖民理论如何在英语国家描述移民群体,以及他们与英国殖民遗产之间的联系。2009 年,肯·盖尔德和保罗·萨尔兹曼再次联手出版了《庆祝之后:澳大利亚小说 1989—2007》(*After the Celebration：Australian Fiction 1989—2007*,2009)一书,以"归属、再殖民化、类型小说、有女性的章节吗、文学政治"等为专题来安排章节,这种做法颇有新意,是澳大利文学研究值得参考的学术专著。它们分别从文学传统、文化多样性、族群和女性主义视角,从理论上建构了澳大利亚文学批评思想。

这些理论成果折射出大洋洲多元文化与文学研究的新变化:文学理论研究从20世纪七八十年代的排斥或者欲迎还拒的矛盾心理,到90年代以来的兼容并蓄甚至全盘接受,并深入当代文学批评之中。在后殖民理论、女性主义和文化批评等领域产生了一批具有澳大利亚特色、在国际上享有较高声望的学者,如后殖民主义理论家海伦·蒂芬、比尔·阿希克洛夫特,文化批评理论家格雷姆·特纳、托尼·贝内特(Tony Bennett),女性主义理论家斯内加·古纽等。澳大利亚在文学理论研究方面取得了令人瞩目成就的事实,不仅使它不再是欧美文学理论的对立或者补充,而且在世界范围内发挥更加积极的作用。

与此同时,文学批评出现"泛文化"研究热。文学研究不再是纯艺术的高雅批评,文学批评中的"越界"趋势日渐明显,从政治学、历史学、媒体学、传播学等跨学科视域探讨文学现象背后的思想文化趋向。越来越多的批评家将影视作品、文化节、娱乐活动等纳入研究范畴,吸引更多大众的关注和参与。文学作品的文类超越了传统范畴,自传、传记、游记、纪实文学、传奇文学、犯罪小说、科幻小说成为文学经典的有益补充,文学批评的方法也更加丰富多样。文学史专家伊莉莎白·韦伯在谈及近十年的文学批评时说:"在没有新理论出现的近十年,澳大利亚与其他地方一样,又出现反对从政治和理论角度解读文学作品的转向。当下,很多学者对以研究为导向的方法更感兴趣,如书籍史,以及从国际视阈而不是国内视角来研究澳大利亚文学的范式。"[①]韦伯的评论是当代澳大利亚文学批评的写照。

文学史著作是文学批评的重要成果,也是从事澳大利亚文学批评研究的重要参考文献。除了20世纪七八十年代出版的文学史之外,如杰弗里·达顿的《澳大利亚文学》(*The Literature of Australia*,1976)、雷欧妮·克雷默的1981年版《牛津澳大利亚文学史》(*The Oxford History of Australian Literature*,1981)、肯尼斯·古德温的《澳大利亚文学史》(*Australian Literature*,1985)等,20世纪90年代以来出版的文学史著作包括:布鲁斯·贝内特等人的1998年版《牛津澳大利亚文学史》(*The Oxford Literary History of Australia*,1998)、伊莉莎白·韦伯的《剑桥文学指南:澳大利亚文学》(*The Cambridge Companion to Australian Literature*,2000)、尼古拉斯·伯恩斯(Nicholas Birns)等人的《1900年以来的澳大利亚文学指南》(*A Companion to Australian Literature since 1900*,2007)以及彼

---

① 彭青龙. 澳大利亚现代文学与批评——与伊莉莎白·韦伯的访谈. 当代外语研究,2013(2):57—60.

得·皮尔斯的《剑桥澳大利亚文学史》。

从内容和风格来看,澳大利亚文学史研究悄然发生了很大的变化。其一,土著的口述文学被载入文学史中;其二,知名的新移民作家的作品获得点评;其三,21世纪以来的文学文化史、出版史作为重要的章节进入文学史。这些新增加的内容反映了澳大利亚社会的主流民意和民族心理的变化。土著口述文学,包括土著作家作品被载入史册意义重大而深远,它说明主流精英认可土著人在澳大利亚历史中的地位,还原了历史真相,赋予土著人平等的权利,这从侧面也反映了澳大利亚社会的进步和多元文化政策渐入人心。编辑出版文化史进入文学史说明文学研究的跨学科趋势。作为文学史的有益补充,澳大利亚出版了数量不少的体裁文学史和族群文学史。如约翰·特兰特(John Tranter)等人编著的《企鹅澳大利亚现代诗歌》(The Penguin Book of Modern Australian Poetry,1991)和布鲁斯·贝内特的《澳大利亚短篇小说史》等。

此外,澳大利亚出版的作家作品个案研究专著值得关注。据不完全统计,澳大利亚先后出版了六十多部研究作家作品的专著,涉及很多当代作家。如,帕特里克·怀特、彼得·凯里、托马斯·肯尼利、蒂姆·温顿(Tim Winton)、戴维·马洛夫、约翰·库切、亚历克斯·米勒、戴维·威廉森、萨利·摩根等。在他们当中,既有白人作家、移民作家,也有颇有名气的土著作家,既有小说家、诗人,也有戏剧家和儿童文学作家。其中诺贝尔文学奖获得者怀特和库切、布克奖获得者凯里和肯尼利等被众多学者研究,专著达五六部之多,有些专著还在学界引起了广泛的讨论,如西蒙·杜林的《帕特里克·怀特》就挑起了澳大利亚文学批评新左派和保守派之间的"文化战争"。从专著的内容来看,大部分作家个案研究的学术专著都是以作品为单元或者章节,分别加以评价和论述。如安东尼·哈瑟尔(Anthony Hassall)写的《在碎石路跳舞:彼得·凯里小说研究》(Dancing on Hot Macadam: Peter Carey's Fiction,1994)就是按照作品发表的顺序,分别从不同的角度,对凯里的短篇小说和长篇小说逐个评述。值得关注的是,过去鲜有专著研究的土著作家也日益受到青睐。如德利斯·伯德的《谁的家园?论萨利·摩根的〈我的家园〉》(Whose Place? A Study of Sally Morgan's My Place,1992)是第一部专门研究萨利·摩根的小说《我的家园》的论著。其他有关土著文学的专著还有前文提及的亚当·舒梅克的《白纸黑字:1928—1988年间土著文学》和马德鲁鲁的《边缘视角创作》等。

尽管这些个案研究的著作很难归类分析,但也有一些特点值得关注:其一,研究内容和范围扩大。不仅研究作品本身,而且研究书信、采访等作品以外的东西。如亚当·舒梅克的专著《马德鲁鲁评论与研究》(Mudrooroo: A Critical Study,1993)评述了土著小说家马德鲁鲁及其作品,书中有采访等丰富的资源和具体作品分析,不仅使读者了解其致力于澳大利亚土著运动的精彩人生,而且对其土著性的内容和风格有全面的了解。其二,理论批评和跨学科视角明显。如克里斯托弗·李(Christopher Lee)与保罗·亚当斯(Paul Adams)合编的论文集《弗兰克·哈代与文学责任》(Frank Hardy and the Literature of Commitment,2003)就是一个融理论与跨学科视角为一体、全面评价哈代的学术著作。十六篇风格各异的文章,包括哈代的访谈和他自己撰写的评论,使其内容丰富又别具一格,多角度地探讨了澳大利亚近十五年来的文学与政治、社会的关系,同时还通过作品比较研究,分析和回答了性别、宗教、阶级等问题。

综上所述,20 世纪 90 年代以来的澳大利亚文学批评呈现出从实用批评到理论批评、再到跨学科批评的两次明显转向。尽管在 80 年代中期,澳大利亚出现了少数运用后结构主义与解构主义进行文本分析的文章,但对文学中民族性的关注依然主导着大洋洲主流文坛,重视经典的意识形态阐释是澳大利亚文学批评的重心。这种情况一直持续到 90 年代才发生转变,当越来越多的澳大利亚学者被美国文艺理论"迷倒"时,澳大利亚文学研究的内容和范式发生了巨大转变,从排斥理论转向拥抱理论,即运用多元理论对后殖民语境下的澳大利亚文学作品,尤其是对小说文本主题意义和美学价值进行阐释和评价。

进入 21 世纪之后,随着理论的"喧嚣与骚动"归于平静,澳大利亚文学批评也像其他国家和地区一样,开始反思文学批评中过度的理论化倾向,尊重经典和文本细读似乎又像"钟摆"一样回到了它应有的位置。但这次"钟摆"没有完全回到民族主义的一方,而是从文学文本延伸至文化领域。尽管"理论"之后,仍然有一部分学者或回归经典,或继续走理论路线,但从跨学科的角度研究文学与文化问题似乎渐成主流,朝着文学建制与实践研究转变,强调文化与政治的重要性,突出传统文学观念之外的文化动力,甚至研究书籍史、印刷史、文化贸易、非虚构文学、区域文学与文化、文化记忆的生产与流通等跨学科内容。

第十四章　文学纪事

20世纪90年代,多元文化主义政策已在澳大利亚成功实施了二十余年,取得了令人瞩目的成就。然而迈入21世纪之际,多元文化主义政策遭到了抵制,甚至出现了倒退的风险。发生在这一时期的"第一块石头"事件和"德米登科"事件便是其中的缩影。前者由女性主义作家海伦·加纳出版非虚构性作品《第一块石头》而引发,由于该作品涉及真实发生的"性骚扰"事件,引起了社会各界的广泛关注,促使人们对女性主义的思想观点进行反思,也折射出女性主义学者内部的意见分歧。后者发生在社会各界意识到多元文化文学创作陷入窠臼之时,原本昭示多元的移民民族身份却成了刻板印象的代名词。右翼保守势力开始对多元文化主义政策大加鞭笞。"德米登科"事件所带来的不全是负面影响,它的积极影响体现在多元文化主义创作朝着纵深方向发展之前,得以修正自己关于创作的固有模式,反思因袭许久的关于种族身份与文学创作身份的既定态度,这都为其在21世纪的蓬勃发展埋下伏笔。

第一节　《第一块石头》与女性主义纷争

《第一块石头》是当代澳大利亚女作家海伦·加纳的一部非小说作品。1995年3月,该书一经出版便引起了广泛关注,因为它引发了澳大利亚女性主义阵营内部的一场新老代际之争,即婴儿潮一代①女性主义者与下一代激进女性主义者就女性身体赋权、性与权力的关系等问题展开激烈的论战,可谓"一石"激起千层浪,使之成为澳大利亚女性主义历史上一个重要事件。

《第一块石头》的创作背景是1991年底发生在墨尔本大学奥蒙德学院

---

① 注:澳大利亚婴儿潮一代(Baby Boomer)指的是20世纪50—60年代出生的人。

(Ormond College)的一起性骚扰丑闻。奥蒙德学院的毕业晚会结束后,两名女生向校方反映她们在晚会上受到了院长的骚扰。一名女生指控那位院长在和她跳舞时两次挤压她的乳房;另一名女生称院长带她进入办公室,锁上门,一边赞美她的美貌,一边触摸她的身体。学校的平等机会委员会调查此事,结果是两位女生的指控属实,但考虑到该院长愿意改正品行,学校决定既往不咎。但两名女生对处理结果不满,于1992年4月报警,法院立案调查,却因证据不够充分驳回申诉。被告虽然被判无罪,但因此事身败名裂,只好辞职离开奥蒙德学院。[①]《第一块石头》以这起性骚扰案为原型,记录性骚扰事件后,涉案主人公——两名年轻漂亮的女大学生与被告在案件调查期间的多次辩诉,以及社会各界人士做出的不同反应。加纳以一个观察者的身份,试图剖析这次事件背后真正的"受害者"。

奥蒙德学院性骚扰丑闻发生在20世纪90年代初,正值澳大利亚女性主义第三次浪潮兴起,在阵营内部产生了新老代际的分歧。澳大利亚女性主义经过三次浪潮的洗礼,从追求男女平等、承认男女差异,到尊重女性个体选择的诉求,得到了蓬勃发展,影响力也越来越大。第三次浪潮受差异政治的影响,从单一政治、经济平等转向了将女性私人领域政治化的诉求。当然,女性主义是一个复杂的概念,它有别于各种"主义","不是由几条定义和一系列连贯的概念组成的一种固定不变的学说,更不是排斥异己、追求占据思想领域中霸权地位的'真理',而是一个开放的、动态的、涵盖面极广的,各种思想交锋、交融的场所"[②]。以加纳为代表的老一代女性主义者强调摒弃女性主义立场,利用身体赋权重建男女之间性与权力的关系,但遭到了来自新一代激进女性主义者的反对和质疑。

加纳作为澳大利亚"女性写作"的开拓者,在女性主义历史中占有非常重要的地位。她的第一部小说《毒瘾难戒》(*Monkey Grip*)于1975年出版后,一举成名,作品中有关毒品与性的主题引起了人们对"女性写作"的关注,成就了她女性主义先锋作家的名声。1991年的奥蒙德学院事件成为加纳女性主义思想转变的分水岭。该事件一经报道,很快得到了加纳的关注。她以该事件为原型创作的非小说作品《第一块石头》于1995年出版,遭到年轻一代女性主义评论家、作家、记者的诟病,质疑她的女性主义作家身份,甚至指责她出卖自己的性别,出卖女性主义。

---

① 朱晓映. 一石激起千层浪——《第一块石头》对女性主义的反思与挑战. 西华大学学报(哲学社会科学版),2007(6):26-29.

② 朱晓映. *From Transgression to Transcendence: Helen Garner's Feminist Writing*. 上海:华东师范大学,2008:Ⅲ.

《第一块石头》的争议得到了澳大利亚媒体的密切关注,加纳一度成为媒体焦点人物。如克琳·戈兹沃西(Kerryn Goldsworthy)所说:"海伦·加纳的名字已成为澳大利亚公共文化的一部分。"①《美好周末》(*The Good Weekend*)、《悉尼先驱晨报》等几家澳大利亚主流媒体对《第一块石头》的论争进行了持续报道,将女性主义阵营内部的分歧带到了媒体和公众面前,引起了大众的热议。《美好周末》的主编,著名老派女性主义者安妮·萨默斯(Anne Summers)对年轻一代的观念深表忧虑。《美好周末》在1995年3月18日发行一期女性特刊,登载了萨默斯对加纳的采访内容,表达了她们对年轻一代女性主义者的不满,该文一经刊登便引起轩然大波,两个月后,《美好周末》刊载长达四页的读者来信,创下了该刊的记录。悉尼大学女性主义研究专家安西娅·泰勒(Anthea Taylor)认为,《第一块石头》的论争实则是一起"媒体事件",以萨默斯代表的女性主义者充分利用媒体的宣传,进一步扩大了女性主义的影响力。②

　　加纳的《第一块石头》一经出版,遭到了来自年轻一代女性主义者的抨击。记者弗吉尼亚·特里奥利(Virginia Trioli)在《世代 f:性,权力与年轻女性主义者》(*Generation f: Sex, Power & the Young Feminist*)③中指责加纳违背了女性主义的基本立场。加纳认为两名女学生报警的行为属于"过度反应",在特里奥利看来她的观点完全是漠视女性人权的表现。特里奥利也不认同加纳所说的激进女性主义者与国家政治机器(如法律)之间的同谋关系,相反,她认为年轻一代女性主义者提倡的人道主义和女性政治观才是女性主义应该坚持的原则。特里奥利的观点很快得到了响应,《身体干扰:性骚扰,女性主义和公共生活》(*Bodyjamming: Sexual Harassment, Feminism and Public Life*)④、《DIY女性主义》(*DIY Feminism*)⑤、《坏女孩》(*Bad Girls*)⑥等作品相继出版,对加纳的《第一块石头》形成了合围之势。

　　加纳代表的婴儿潮一代女性主义阵营对此作出了回应。萨默斯发表的"给年

---

① Goldsworthy, Kerryn. *Helen Garner: Australian Writers*. Melbourne: Oxford University Press, 1996: 26.
② Taylor, Anthea. "Readers Writing the First Stone Media Event: Letters to the Editor, Australian Feminisms and Mediated Citizenship." *Journal of Australian Studies* 2004 (83): 189–91.
③ Trioli, Virginia. *Generation f: Sex, Power & the Young Feminist*. Melbourne: Minerva, 1996.
④ Mead, Jenna. *Bodyjamming: Sexual Harassment, Feminism and Public Life*. Sydney: Vintage, 1997.
⑤ Bail, Kathy. ed. *DIY Feminism*. Sydney: Allen & Unwin, 1996.
⑥ Lumby, Catharine. *Bad Girls: The Media, Sex and Feminism in the 90s*. Sydney: Allen & Unwin, 1997.

轻一代的信"("Letters for the Next Generation")称年轻一代不能无视老一代女性主义活动家带来的变革。① 婴儿潮一代的很多男性评论家也加入加纳的支持阵营,他们借《第一块石头》的论争试图从清教徒女性主义者那里收回"性"的权力,谴责后现代主义对女性主义思想和校园生活的有害影响。② 作家、批评家约翰·汉拉汉(John Hanrahan)认为《第一块石头》是一部了不起的佳作。③ 学者格雷姆·利特(Graeme Little)评论《第一块石头》是对"社会问题"的话语霸权的反抗和叛逆,认为加纳"提醒了我们所谓的解放力量往往是占领者"④。加纳得到公共知识分子的赞誉,在悉尼研究所的智囊团中频频亮相,并获得了杰拉德·亨德森(Gerard Henderson)的支持。

在《第一块石头》中,加纳采取了在"虚构与非虚构之间"书写的方式,刻意模糊了事实与虚构的界限,表达了对女性主义的反思与挑战。她呼吁重新定义"性骚扰",重新思考女性在性骚扰中的受害者地位,从而重建性与权力之间的关系。"性骚扰"一词起源于美国的第二波女性主义,指男性在工作中对女性实施的性暴力。"性骚扰"的概念将女性的私人问题延伸到公众和组织机构关注的范围。⑤ 激进女性主义者将"性骚扰"概念进一步扩大到性暴力以外的界限,认为性骚扰不必以身体的攻击为必要条件,在两性之间的接触中,让女性感到"糊涂""懊悔"或"矛盾"等"不舒服"的心理都可能构成男性性骚扰的理据。如简·加洛普(Jane Gallop)所说,性骚扰是男性妨碍女性工作的一种方式,是男性对女性的权力霸权,与性行为无关。"性骚扰之所以违法,不是因为性,而是因为歧视。"⑥对激进女性主义者的这种观点加纳表示反对,她坚持要区分"让人感到不舒服"和"对女性的暴力"之间的区别。如她在《第一块石头》中所写:

> ……我知道,"让人感到不舒服"和"对女性的暴力行为"之间存在着广泛的男女行为。如果我们否认这一点,我们会削弱语言,消除它的涵义。我们侮

---

① McGuinness, P. P. "Defiant Garner Invites More Wrath from the Wimminists." *Age* 10 Aug. 1995: 14.
② Lane, Terry. "Burnt at the Ideological Stakes." *Age* 27 Sept. 1995: 19.
③ Hanrahan, John. *Australian Book Review*. Sept. 1995: 25.
④ Little, Graeme. *Australian Book Review*. Sept. 1995: 28.
⑤ Humm, Maggie. *The Dictionary of Feminist Theory*. Columbus: Ohio State University Press, 1995: 260−261.
⑥ Gallop, Jane. *Feminist Accused of Sexual Harassment*. Durham: Duke University Press, 1997: 11.

辱遭遇真正暴力的妇女所遭受的苦难,我们将人类互动的微妙之处歪曲成只能作为战争宣传的讽刺漫画。这激怒了我,任何坚持吸取这些重要区别的女人都应该被称为性叛徒。①

加纳与新一代女性主义者的分歧还在于对女性身体赋权认识的不同。后者秉承受害女性主义的观点,认为男性对女性的侵犯受本能驱动,女性处于几乎不可避免的弱势地位,必须依赖国家法律机构来消除解决侵害,对男性实施报复。相反,加纳认为女性不再是被压迫的群体,而是具有充分自主性、能够自由选择与行动的个人,所谓受害其实是不懂得反抗的结果,诉诸法律更是强化了国家父权的控制。在她来看,应该抛弃受害者论述,尊重性别差异,相信女性自我赋权的可能性。在《第一块石头》中,她提出两名年轻女性去警察局报案属于"过度反应",她相信报警并不是女性的最佳选择。两名女学生还有更多自我赋权的选择,如:她们为什么不当场进行反抗?为什么事后不寻求母亲或朋友的帮助来解决问题?加纳认为两性在身体接触中,男性并不必然占有优势,女性也不必然处于劣势。年轻女性应该学会利用年轻的武器和快速的智慧进行反击,学会处理由于自己的美色给男人带来反应的后果。处理的结果以对方认错和道歉告终,告到警察局让侵犯者彻底完蛋实则是对男性的不公。加纳认为,受害者是欠缺主体性的代名词,主张受害性等于没有主体能动性。行动主体不应该采用受害者论述,更不应该让国家、法庭取得干预私人情欲空间的机会。

对《第一块石头》最大的争议在于加纳提出的两性爱欲中的超性别意识。超性别意识强调的不是泯灭性别意识,也不是刻意强调女性的叙述立场,而是提倡性别意识和个人意识的融合。在奥蒙德学院事件中,加纳认为因性骚扰事件而被迫引咎辞职的男性院长更值得同情,他才是这场事件中真正的受害者。她曾给这位院长写过一封信,在《第一块石头》中转述成写给被告谢菲尔德博士的信。"亲爱的谢菲尔德博士,我在今天的报纸上读到了你的麻烦,我写信说我有多难过,对你发生的事情感到非常抱歉。我不认识你,也不认识那位年轻女性……我想说的是,对于像我这样近五十岁的女性主义者来说,令人心痛的是,看到我们这么多年的理想被这种可怕的惩罚所扭曲,我永远不知道到底发生了什么……但我当然知道,这是最令人震惊的、最具破坏性的、最无情的处理方式。我希望男人和女人……仍然可以

---

① Garner, Helen. *The First Stone*. Sydney: Picador Australia, 1995: 196.

彼此善待。"①加纳还广泛采访了被指控的肇事者以及肇事者的妻子、同事、学生，并在《第一块石头》中把这一切都描述成了她自己的经历以及她的许多女性主义朋友的证词。加纳通过对客观事件的无性别倾向的考察和多元化的反思，指出传统女性主义一元化的视角和思维模式无益于揭示事件的真相，只有消除两性对峙的紧张形态，才能求得两性的和谐相处和发展。

加纳的《第一块石头》是澳大利亚女性主义文学历史上一个重要的事件。通过这次论争，澳大利亚掀起了一场关于性与权力、女性政治、女性身体赋权与男性气质的大讨论，加纳的文学创作也从小说的虚构世界走向现实生活，在非小说的创作中反思女性主义的过去，引领和推动了澳大利亚女性主义向更多元、更包容的方向进一步发展，也为澳大利亚非小说文学创作打开了大门。

第二节　"德米登科"事件与移民身份

"德米登科"事件是澳大利亚社会在20世纪末对多元文化主义写作的一次深刻反思。这场事件伴有广泛的社会影响，它让人们重新审视作者、文本、批评家与读者间的关系，并对多元文化主义写作的本质开展了讨论。1993年，《签署文件的手》(*The Hand That Signed the Paper*)的草稿为海伦·德米登科(Helen Demidenko)赢得了专为尚未发表过作品的年轻作家而设的沃格尔文学奖(The Vogel Prize)。小说围绕着一个乌克兰家庭展开，家庭成员中有人参与过对犹太人的"大屠杀"。这些角色通过将暴行作为对"犹太布尔什维克"在乌克兰压迫人民的报复为由来合理化自己的行径。在作品中，主角菲奥娜·科娃兰科(Fiona Kovalenko)以第一人称来记录亲属的战争罪行的口头历史回忆，并以录音形式保存下来。"我应该持有这份记忆，将它记录下来。但是要承认这些关于战争罪行的记忆属于自己，着实很难。"②科娃兰科在这本自传中尝试理解其家人犯下暴行的原因，并通过其父亲、叔叔等人的第一手回忆了解了他们在20世纪30年代苏联统治下遭遇的"大饥荒"以及之后在特雷布林卡(Treblinka)死亡集中营的经历。③德

---

① Garner, Helen. *The First Stone*. Sydney: Picador Australia, 1995: 16.
② Demidenko, Helen. *The Hand That Signed the Paper*. Sydney: Allen & Unwin, 1994: 41.
③ Morley, R. "From Demidenko to Darville: Behind the Scenes of a Literary Carnival." *Metafiction and Metahistory in Contemporary Women's Writing*. ed. Emma Parker. London: Macmillan, 2007.

米登科在作者注当中强调"这世界不乏故事。人们开口说话,故事便得以传递。故事和言语都有自己的生命,前提是有人愿意听"①。而正是听者的解读和反应将故事重新复活,甚至超越文本本身,赋予作者全新的身份。次年,艾伦－乌文出版社(Allen & Unwin)发行了此书,此后德米登科又凭借此书先后获得了澳大利亚文学研究协会金奖和迈尔斯·弗兰克林奖。

《签署文件的手》获得迈尔斯·弗兰克林奖的同年,"德米登科"事件开始登上澳大利亚各大媒体头条,古纽将其视作多元文化"病态的展示"②。"德米登科"事件的发生正处于冷战结束和反恐战争("9·11"事件)开始之间,东欧共产主义的衰退和自由市场经济的蔓延让澳大利亚左翼、右翼势力重新调整自己的定位。而转折期在文化上便体现着流动性和不确定性,局部的文化摩擦也无法避免。"德米登科"事件正值20世纪90年代中期多元文化主义政策在社会层面和文学创作上停滞不前之时。在学术界以罗伯特·德赛(Robert Dessaix)的一篇文章为标志,他认为多元文化主义政策催生的都是二流文学,因此号召移民作家学习澳大利亚的本土语言,加入业已发生的对话。③"德米登科"骗局让澳大利亚读者开始关注作者和文化身份间的关系,著名作家莱斯·默里和戴维·威廉森都在自己的作品中对多元文化主义创作展开了批判。而在更广泛的政治层面,霍华德主政联邦政府后,开始对多元文化主义政策缄口不语,甚至裁撤了多元文化办事处(Office of Multicultural Affair)和移民、多元文化及人口调查局(Bureau of Immigration, Multicultural and Population Research)。以杰西卡·拉什科(Jessica Raschke)为代表的学者认为这一与文化多样性、语言多样性背道而驰的行径也完全适用于澳大利亚文化创作。对多元文化主义创作不由分说地推崇甚至成了大多时候的政治正确。她声称在澳大利亚社会存在着对白人和英国传统的不平衡对待,这也同样体现在文学创作和出版上。

"德米登科"事件正是由这部作品引发的争议而来。最初引起的争议源自对德米登科反犹太的控诉,即有人认为作者和小说叙述者都对犹太人持着相同态度。此外,此书在宣传时特意强调德米登科的乌克兰血统。在公共场合,她穿着乌克兰传统服饰;在采访中,她详尽地解释了她的家庭与大屠杀的联系。德米登科信誓旦

---

① Demidenko, Helen. *The Hand That Signed the Paper*. Sydney: Allen & Unwin, 1994: VI.

② Gunew, Sneja. "Performing Australian Ethnicity: 'Helen Demidenko'." *From a Distance: Australian Writers and Cultural Displacement*. eds. Wenche Ommundsen and Hazel Rowley. Victoria: Deakin University Press, 1996: 166.

③ Dessaix, R. "Nice Work If You Can Get It." *Australian Book Review* 1991(128): 22—28.

旦地说她非常倚赖父亲告诉她关于大饥荒的记忆,她父亲的兄弟和她的其他亲戚都跟她分享了这段记忆。这也更让读者、批评家对其乌克兰移民的身份坚信不疑,进而认为这是一本通常意义上的移民小说。而事实却让一众德米登科的支持者蒙羞。海伦·德米登科原名为海伦·达维尔(Helen Darville),父母均为英国人。

对"德米登科"事件的导火索——《签署文件的手》的评价也是毁誉参半。罗伯特·曼恩(Robert Manne)认为"很少有一位澳大利亚作者的第一部小说会被这样赞誉……也很少有一位澳大利亚作者的第一部小说会被如此诋毁"①。支持者、反对者各执一词。前者认为《签署文件的手》富于真实性,赞叹其对"平庸之恶"的理解及非凡的"救赎力量"。后者则包含了绝大多数犹太裔读者,他们认为这本书缺乏道德良知,粗俗不堪,罔顾历史,过度表达了反犹情绪。②

右翼保守批评家也对处于风暴中心的德米登科大肆批判,尤以杰拉德·亨德森为甚。他认为"海伦·德米登科的《签署文件的手》是一本为人所不齿的书,更令人憎恶的是她坚持这不是一本虚构作品。无疑,这本书会给法西斯分子和反犹太分子极大抚慰"③。而保守派教育家、迈尔斯·弗兰克林奖的评委之一雷欧妮·克雷默认为《签署文件的手》很真实,因为其身边学术圈外的读者和那些经历过类似事件的人也有同感。由此可见,在构建"真实性"上,德米登科无疑取得了极大成功。而如若真实的乌克兰移民尚且无法识破这一"骗局",旁观者所挟带的先入为主的意见则显得愈发滑稽可笑。说到底,这只是德米登科的独角扮演游戏,她扮演的角色所被设定的国籍无关紧要。换言之,也正是在这场"骗局"中,这部作品才获得了共同价值。而读者、批评家、文学奖评委等均循着可预见的方向发挥着自己在整场"骗局"中的催化、推动作用。然而,德米登科本人却声称这场事件是对澳大利亚左翼的反击。因为澳大利亚文学讲求意识形态的一致性,这起事件足以让民主德国觉得骄傲。初出茅庐的她,对出版界和文学界的敬畏之心转而成为对既定规则的挑衅与不屑。特别是当一些左翼批评家认为她与右翼存在着不可见人的关系后,德米登科决心将这场闹剧扮演到底,以羞辱这群"毫无骨气"的人。

"德米登科"事件实则反映了澳大利亚在文化上的尴尬境地。一方面,虽然在德米登科的创作时期,澳大利亚早已在精神、文化层面上实现了独立,"中心"与"边缘"不再界限分明。但另一方面,澳大利亚的多元文化社会依旧是散乱无序的。澳

---

① Manne, Robert. "The Strange Case of Helen Demidenko." *Quadrant* 1995(39.9): 21.
② Ibid.
③ Henderson, Gerard. "Gerard Henderson's Media Watch." *The Melbourne Age* 27 June 1995.

大利亚本土居民对新移民的不信任与抵触,在某方面验证了澳大利亚社会试图构建自己的"中心",并尝试将少数群体如移民、土著边缘化,将其文学创作放在僵化、停滞的视角下来看。而这种尝试,在德米登科来看,无疑是"五十步笑百步"。第二次世界大战后,澳大利亚为了振兴经济、提升国力不得不引入新移民。此时,来自欧洲腹地的波兰、乌克兰等国因具有相似文化背景与意识形态而成为其理想来源。此后,澳大利亚为了改善与亚洲的关系,也对亚洲移民开放了国门。这些都为澳大利亚在20世纪70年代废除"白澳"政策、拥抱多元文化主义政策做好了准备。值得注意的是,多元文化主义政策下的文学创作经过初期发展后,逐渐被主流学术圈和文学批评圈所接受,但也同时形成了对移民小说所持有的固有观念和刻板印象,而这也正是德米登科的"诡计"得逞的前提条件。德米登科深知文学界对多元文化小说所怀抱的期待。颇具讽刺意味的是,这部"伪"多元文化小说获得了以往多元文化小说不曾接受过的待遇。除了主流媒体的大篇幅报道,在"骗局"接下来的两年中共有四部专著相继问世,并对种族表现、大屠杀的文学表征等问题进行了讨论。①

"德米登科"事件对于澳大利亚文坛可谓当头棒喝,德米登科的行径不仅超越了前期的"厄恩·马利"骗局所带来的社会影响,更是以身作则证明了后现代语境中文本、读者、作者和批评家之间纵横交错的关系。罗兰·巴特所谓的"作者已死"是否合理,也同样引起深思。如果读者和批评家的关注点仅仅是作品本身,那么德米登科本人的身份,按照巴特所言,可谓无足轻重。然而事实却是,当德米登科刻意在言行举止上将自己与小说主人公菲奥娜联系在一起时,读者和评论家便对其身份产生了浓厚兴趣,致使她的身份成为解读《签署文件的手》的副文本。而当德米登科的真实身份被揭露时,对一部分读者而言,这非但没有将德米登科从优秀作家的神坛拉下,反而进一步印证了她"卓越的想象力和文学能力"。如格拉德·温莎(Gerard Windsor)所言:"我不知道海伦·德米登科的个人情感,也不了解她有多少犹太朋友。这些都跟她的书毫无关联。"②安德鲁·里默(Andrew Riemer)则

---

① Jost, John, et al. eds. *The Demidenko File*. Ringwood: Penguin, 1996. / Riemer, Andrew. *The Demidenko Debate*. St Leonards: Allen & Unwin, 1996. / Manne, Robert. *The Culture of Forgetting: Helen Demidenko and the Holocaust*. Melbourne: Text Publishing Co., 1996. / Wheatcroft, Stephen George. *Genocide, History and Fictions: Historians Respond to Helen Demidenko/Helen Darville's The Hand That Signed the Paper*. Melbourne: University of Melbourne Press, 1997.

② Adler, L., et al. eds. "Forum on the Demidenko Controversy." *The Australian Book Review* 1995 (173): 14-18.

从德米登科身份的曝光中得出"必须重新回到小说本身"①的结论。同时,他告诫读者和批评家要根据一部作品的想象力是否充分来断定其价值。"正是因为作者和作品主人公之间强烈的种族背景联系被切断,我们才得以将作品中人物的情感与作者的情感区分开来。换言之,一旦海伦·德米登科被揭露是某种程度上的虚构人物,《签署文件的手》则应当就其写作技巧而被阅读和探讨。德米登科扮演乌克兰人时候所宣称的文本真实性的说法便可搁置一旁了。"②这种说法也与德米登科本人所持观点不谋而合,她认为想象力对于作者来说远比"正确"的种族背景和拥有"正确"的体验重要得多。

作者对文本的挪用和侵占,如宿主一般寄生在文本中。究其根本来看,德米登科是其作品的宿主。换句话说,读者和批评界对她的界定完全依赖于她所提供的文本。在这一层面,作品对作家的塑造作用的重要性不言而喻,作品处于主体地位,作家本人反而沦为客体。也正是在这一背景下,德米登科尝试反客为主,抑或说融合主客。在大卫·宾利(David Bentley)于《布里斯班邮报》(*Brisbane's Courier Mail*)揭开德米登科真实身份的两个月前,她曾经发表过一段探讨作者—文本关系的言论。巴特本人也说过给文本设限就是关闭写作,而解放文本的唯一做法便是"拒绝指定最终意义"。不难看出,作品问世以后,作者本人便陷入了被动。相较于文学批评家对文本真实性的议论,德米登科作为一名作家的身份反而退居幕后,不被关注。也正是在这种"偏题"中,德米登科看到了知识分子居高临下、审视"他者"的傲慢。这也是她开启这场骗局的肇始原因之一。

如果说民族主义时期的澳大利亚试图摆脱"中心"对"边缘"的操控,此时的澳大利亚社会在与移民群体之间也构筑了一道"中心"到"边缘"的高墙。而德米登科作为英裔作家却以移民作家自居,更彰显了前"中心"对后"中心"的嘲弄。这种嘲弄原本不带有政治意味,仅仅是唤起澳大利亚社会对自身处境和位置的再思考。但又因其与澳大利亚的多元文化政策相关而演化成政治问题。时任《四分仪》编辑的莱斯·默里则认为德米登科是这起事件的受害者,并受到了惩罚。

多元文化主义的形成由零散到统一,这一过程无疑是积极的建构。而当多元文化主义矫枉过正发展时,文学创作和文学批评便难以避免诸如"德米登科"事件的发生。卢克·斯莱特里(Luke Slattery)在《澳大利亚人》(*Australian*)撰文写道:"我们迫切听到当代多元文化主义社会中来自作者的本真之声。'德米登科'事件

---

① Riemer, Andrew. *The Demidenko Debate*. Sydney: Allen & Unwin, 1996.
② Ibid.

的早期参与者之所以如此容易受骗,无非是他们太过迫切想要听到多元文化之音……迎合主流期待,即便这意味着负面的刻板印象会招致公开偏见。"①"自我刻板印象化"和"他者自我印象化"的后果便是,当海伦·德米登科的真实身份被曝光时,主流读者和移民读者都感到异常窘迫。在移民群体内部存在着同质化的现象,而主流文化更是对移民群体的"他者性"进行了统一。对于小说中言及的乌克兰移民群体来说,需要反思的是如果他们的故事可以被一个他者令人信服地讲述,那么他们的"他者性"又何在?这也是德米登科抛给整个移民群体的问题。在古纽看来,多元文化文学始终被这几个问题困扰:以异国情调和文化差异作为营销点;文化生产和文化身份间难以协调的关系;在推广作者和文本时批评家和文学奖项的角色;文学研究、出版机构间的纷争。② 而这些问题在"德米登科"事件中几乎无一例外地得到体现。

"德米登科"事件造成的社会影响广泛,在某种程度上甚至可以说全民参与。从电台节目到文学期刊,关于德米登科的讨论始终未曾尘埃落定。"德米登科一下"(doing a Demidenko)一度成为澳大利亚口语中的热词。以文学为起始点,这起事件让学者、批评家和读者开始思考历史小说与文学、文化研究的关系、作者与文本的关系、真相与虚构间的关系以及历史与文学间的关系。两个故事无一收尾,第一个故事事关一名年轻女子,她对真相的认识缺乏意义,动机值得怀疑,用她家人的话来说就是她"营销"天赋极强。而另一故事则令人震惊:在澳大利亚文学文化中心处,智力和情感都极度匮乏。多元文化政策的反对者将"德米登科"事件视为政治正确具有消极影响的明证,其他人则认为它表明了对少数群体文化的刻板印象和过度简化所带来的不良影响。总而言之,自此事件发生后,多元文化写作的本质及其与澳大利亚文学的关系重新进入学界的视野并引起广泛争议。

---

① Slattery, Luke. "Our Multicultural Cringe." *Australian* 13 Sept. 1995.
② Gunew, Sneja. "Performing Australian Ethnicity: 'Helen Demidenko'." *From a Distance: Australian Writers and Cultural Displacement*. eds. Wenche Ommundsen and Hazel Rowley. Victoria: Deakin University Press, 1996: 166.

第十五章 文学批评家

第一节 格雷姆·特纳
(Graeme Turner, 1947—)

生平简介

格雷姆·特纳是澳大利亚文化研究的创始人之一,昆士兰大学荣誉教授(Emeritus Professor),长期从事澳大利亚文学、影视媒体、大众文化等领域的研究,在国际范围内享有极高声誉。特纳先后就读于悉尼大学(获文学学士)和加拿大女王大学(获文学硕士),后在英国东安格利亚大学取得博士学位。返回澳大利亚后,特纳前后任职于西澳大利亚理工学院、昆士兰科技大学和昆士兰大学。1999年,特纳创办昆士兰大学批评与文化研究中心(Centre for Critical and Cultural Studies,以下简称批评与文化研究中心)。2004年,特纳当选澳大利亚人文科学院(Australian Academy of the Humanities)主席。特纳的主要研究领域包括澳大利亚民族主义与民族文化相关问题、澳大利亚电影电视及媒体研究、大众文化(popular culture)、名流研究(celebrity studies)、受众研究(audience studies)等。目前特纳主要关注文化领域的转型问题。特纳是采用文化研究的方法进行民族文化研究的先驱,他在这方面的代表作品包括:《民族虚构:文学、电影与澳大利亚叙事的建构》(下文简称《民族虚构》)(*National Fictions: Literature, Film, and the Construction of Australian Narrative*, 1986)、《澳大利亚神话:解读澳大利亚流行文化》(下文简称《澳大利亚神话》)(*Myths of Oz: Reading Australian Popular Culture*, 1988)、

《民族、文化、文本：澳大利亚文化与媒体研究》(Nation, Culture, Text: Australian Cultural and Media Studies, 1993)，以及《民族化：民族主义与澳大利亚流行文化》。特纳是电影、电视及媒体研究领域的重要理论家。他在电影研究方面的两部著作在国际上广泛传播使用：《电影作为社会实践》以及《电影文化读本》(The Film Cultures Reader, 2002)。在电视研究领域，特纳最初主要关注澳大利亚电视行业的发展，后来侧重于研究如何在新数字媒体背景下实现对当代电视的国际化理解。他在该领域的代表性著作有：《澳大利亚电视：节目、娱乐与政治》(Australian Television: Programs, Pleasures and Politics, 1989)、《澳大利亚电视指南》(The Australian TV Book, 2000)、《结束这段情：澳大利亚电视时事节目的衰落》(Ending the Affair: The Decline of Television Current Affairs in Australia, 2005)、《TV之后的电视研究：理解后广播时代的电视》(Television Studies after TV: Understanding Television in the Post-broadcast Era, 2009)、《定位电视：消费区域》(Locating Television: Zones of Consumption, 2013)。《文学、新闻与媒体：澳大利亚文学研究的基础》(Literature, Journalism and the Media: Foundation for Australian Literary Studies, 1996)是特纳在媒体研究领域的一部总括性作品，其中深入探讨了媒体与文学之间的互动关系。《普通人与媒介：民众化转向》(Ordinary People and the Media: The Demotic Turn, 2010)严格考察了媒体与消费媒体的普通人之间的关系，同时评估了民众化转向在文化研究中的优势与弱点，为全球化、媒体工业、表征、文化政治等领域提出颇有价值的洞见。

媒体文化批评家

20世纪80年代以来，伯明翰研究中心的全球离散化产生了一种世界性影响，澳大利亚文化研究作为其中的重要一站受到巨大冲击。与此同时，澳大利亚与美洲、亚洲展开的文化交流，及其自身具备的本土性与独特性等因素相互交织，使澳大利亚的文化研究呈现出较为复杂的面貌，并逐渐形成了独具特色的澳大利亚文化理论。20世纪八九十年代的澳大利亚社会经历了深刻的变化，传统上对于文化的认识开始改变，在西方结构主义和解构主义理论的影响下，文化变成了一种认识世界的方法和视角。有关塑造澳大利亚身份、表征之战、澳大利亚神话、后现代主义等话题相继在澳大利亚激起热潮，成为学者们讨论的重点。21世纪以来，全球化背景下对传统身份的超越、地缘政治、新媒体技术等问题成为澳大利亚文化研究领域的重要话题,这种从关注表征政治到试图超越身份的变化被视为澳文化政治研究范式的一个重要趋势。澳大利亚文化研究自20世纪80年代发展至今,依然保持着一种强健的态势,不断催生出启发性的观点,目前正面临着来自新文化政治、社会经验、权力关系和日常生活的深刻挑战以及复杂的新机遇。

特纳扮演着多重角色,他除了是文化与媒体研究的领军人物之外,还是一名尽职尽责的导师、学界同行的良师益友、德高望重的文学评论家、人文学科的建设者及管理者、政府的人文政策顾问。作为导师,他的思想及建议影响了一代又一代澳大利亚学者;作为学科建设者,他的不懈努力使文化研究在澳大利亚逐步发展成一门独立学科;作为政策顾问,他在政府层面积极活动,致力于推动人文学科的整体发展。20世纪80年代,澳大利亚高等学校中人文学科的发展对于文化研究的兴起至关重要。澳大利亚文化研究在当时属于边缘学科,其创建者们于是将主要精力放在本科生而非研究生的教学工作,并且通常在没有项目资助的情况下展开科研工作。在此背景下,特纳一边积极开展民族文化、电影、电视、媒体等相关领域的研究,一边广泛参与本科生授课。他在这一阶段编写并出版了大量极具普及性和指南性的经典教科书,被翻译成各种语言广泛传播,在国际范围内影响深远。

文化民族主义观

特纳作为文化研究的理论大家,其研究领域主要分为以下三个方面:民族文化研究、媒体研究以及名流研究。特纳对澳大利亚民族文化的研究及其文化民族主义观主要体现在他的四部主要代表作品中:《民族虚构》《澳大利亚神话》《民族、文化、文本:澳大利亚文化与媒体研究》《民族化:民族主义与澳大利亚流行文化》。在特纳看来,仅仅强调澳大利亚文化研究的英国来源是片面和不正确的,甚至连"文化研究"这个术语本身都值得怀疑。特纳认为,"澳大利亚并没有(也一直没有)一个单一的文化研究传统,文化研究也没有为所有从事批判理论和传媒理论研究的学者所接受"[①]。对于20世纪80年代早期在悉尼从事媒体和传播学研究的人来说,他们实际上更倾向于让·鲍德里亚而不是斯图亚特·霍尔的理论,对表征政治的兴趣也高于对文化形式的研究;与此同时,格里菲斯大学的研究人员将福柯的话

[①] 格雷姆·特纳. "大洋洲". 文化研究指南. 托比·米勒编. 王晓路、史冬冬译. 南京:南京大学出版社,2009:207.

语理论奉为文化研究的圭臬。特纳指出,澳大利亚文化研究的特殊性表现在其一直与澳大利亚的历史研究以及文学研究纠缠不清。在伯明翰学派、马克思主义、女性主义等重要思想来源的影响和指导下,澳大利亚文化研究最初发迹于学科边缘,随后与艺术、文学、社会学等成熟学科发生了激烈争论与交锋。由此可见,澳大利亚的文化研究具有鲜明的独特性以及丰富性,需要多维度地进行探讨。正如特纳所说,澳大利亚的文化研究是"规模较大、发展较成熟、内容较复杂的学术和知识领域,作为一种特定的文化形构,在国际上享有较高的知名度"[①]。

特纳对文化民族主义有其独特的理解,他的文化民族主义观始终是谨慎、有条件和开放式的。"民族"是澳大利亚文化研究中一个看似统一实际争议很大的术语,特纳认为民族是一个具有主观能动性的对象,没有好与坏的固定界限,因此民族的概念可以灵活地运用于文化政策、酷儿理论、种族离散、另类广播电视、小型影院等各种传统及非传统研究领域。特纳在《民族虚构》一书中设想由文学和电影组成一个"价值观与信仰"的场域,从而使澳大利亚的本土性与特殊性在其中自由转换,并鼓励澳大利亚人"接受自我的社会无力感"(social powerlessness)以及社会的"不平等与分歧",他的这一观点往往被评论界视为温和的民族主义观(gentle nationalism)。[②] 特纳提出"澳大利亚口音"(Australian accent)的概念来指代澳大利亚社会与文化的这种独特性,他认为这不仅是一个涵盖澳大利亚人口及生活现实的整体性表达,而且是一个有机和谐的统一体。

特纳对文学、电影及电视的研究钟爱有加,尤其关注其中的"澳大利亚性"问题。他强调澳大利亚的文学批评、电影电视以及历史领域中存在一种乡村性与城市化、自然与社会的二元分野,而且这种二元分野具有鲜明的欧洲特性。特纳认为真正的"澳大利亚性"存在于澳大利亚广阔无垠的内陆沙漠以及东南海岸,存在于自然环境的"淡漠与中立"(callous indifference),以及这个国家的流放与移民历史之中。[③] 特纳致力于追溯澳大利亚的国家形态以及社会生活历程,认为二者都是在一种虚构化的叙事中得以实现,因此他尤其关注"澳大利亚性"中的男子气概和丛林气质,以及"澳大利亚经验"如何参与文化理论的建构问题。他鼓吹澳大利亚

[①] 格雷姆·特纳."大洋洲".文化研究指南.托比·米勒编.王晓路、史冬冬译.南京:南京大学出版社,2009:203.

[②] Turner, Graeme. *National Fictions: Literature, Film, and the Construction of Australian Narrative*. Sydney: Allen & Unwin, 1986: XIII—XIV.

[③] Turner, Graeme. ed. *Nation, Culture, Text: Australian Cultural and Media Studies*. London: Routledge, 1993: 25, 28—29, 49.

文化的本土性，认为正是本土文化才使得澳大利亚自身的文化研究得到了明确的表达。

特纳对电影与文学的区分展示出其独特的思考，并集中体现在他的《民族虚构》之中。特纳在作品中强调文学与电影作品中对于澳大利亚的程式化反映，并由此对文学与电影这两种艺术语言进行了区分与界定。从技法上来说，特纳认为文学文本是一种更倾向于"讲述"的媒体，影视文本则是一种更倾向于"展示"的媒体。[①] 虽然在文学文本的叙事学内部也有"讲述"与"展示"的区别，但当我们面对一个视觉形象的时候，语言只能做到讲述并模仿，而直接以视觉形象为媒体的影视文本才能真正达到"呈现"的效果：一个"在场"的、经过包装的"明星"在大众面前"展示"文本中的故事，看起来更具客观性，也更容易取信于观众，其实这也是特纳选择影视作为讨论重点的深层原因之一。因为许多时候，文学是"精英"的，影视媒体则更为流行，更为大众所熟知，也就具有更大的影响力。

特纳致力于通过对日常生活实践的考察修正认为"澳大利亚文化匮乏"的错误观点。他在《澳大利亚神话》一书的导论中开宗明义地指出，"长久以来，我们都听到传统批评从各个方面哀叹澳大利亚文化的匮乏"[②]，这与他在日常生活中所观察到的丰富性与多样性（richness and diversity）不相匹配，其实这也牵涉一个对于文化的定义问题。有评论家之所以认为澳大利亚文化"匮乏"是从文化作品的角度出发，认为澳大利亚缺乏高级的文学与艺术作品，但是特纳秉承的是另外一种定义，即"存在一种更加平民化（populist）、更具有广泛性（comprehensive）的关于文化的定义，这些定义认为文化关乎人类的全部生活方式"[③]，不仅包括文学艺术、习俗惯例，还涵盖日常实践中的各种消遣与娱乐，如家庭与花园、购物、旅游、历史遗迹、体育活动、俱乐部、海滩等多种形式。由此可见，特纳将文化的本质视为一种整体性的生活方式，并由此批驳那种将文化等同于"精英文化"或者"高级文化"（high culture）的传统观念。特纳指出这种支持精英/通俗、高级/低级、统治/被统治的二元对立分析模式实际上强化了精英文化与大众文化之间的对立与等级秩序，并将后者贬低为一种低等的文化。

特纳对澳大利亚的大众文化现象的分析也有其独到之处。他借用罗兰·巴特的"神话"（myth）概念，将"澳大利亚"或者"澳大利亚性"与袋鼠、悉尼歌剧院、冲浪

---

① Turner, Graeme. *National Fictions: Literature, Film, and the Construction of Australian Narrative*. Sydney: Allen & Unwin, 1986: 16-18.

② Fiske, John, Bob Hodge and Graeme Turner. *Myths of Oz: Reading Australian Popular Culture*. Sydney: Allen & Unwin, 1988: VIII.

③ Ibid.

等结合在一起,认为袋鼠、歌剧院、冲浪本身就是一个个符号,于是便在"神话"的意义上构成了一种"能指",用来指涉澳大利亚或"澳大利亚性"。在巴特的"神话"理论中,一个所指往往对应多个能指,在这种意义上,符号本身的意义往往会被抽空,而又重新注入不同的意义,在此过程中,神话的所指便会对能指产生一种改变的作用。正如特纳所说,"我们努力揭示'澳大利亚'的建构过程与表达方式,由此,澳大利亚得以被视为一个完整的符号与意义系统"①。特纳绕过以往惯常使用的欧洲理论及方法,通过符号学的方法分析澳大利亚经验的独特性,试图揭示或拆解传统意义上的"澳大利亚神话"。事实上,特纳的很多研究都较大程度地保留了符号学的研究范式,他的文化研究也明显体现出浓厚的符号学痕迹。不过特纳的这一做法也很容易陷入一种怪圈,即在破除一种神话的同时又有意或无意地树立起另外一个新神话。为了解决这一问题,特纳尝试在两极之间构建一个意义丰富的中介区域,尽量避免直接的二元对立,同时强调微观文化机制对于生活方式以及文化的形塑作用,力图呈现事物的复杂性,并且挖掘事物间的多样关系。

媒体研究与媒体叙事

媒体研究是澳大利亚文化研究的一个重要分支,特纳是该领域的领军人物,并形成独特的流派。特纳早年对于电影、电视、互联网等现代媒体进行了深入的研究,并通过这种媒体研究展露出一种政治性的视角,逐渐形成一种包含现实关注的媒体政治研究流派。20世纪70年代中期到80年代中期,澳大利亚文化研究便与电影和媒体研究结合在一起共同发展,构成了澳大利亚文化研究的重要特征之一,并推动文化研究领域"脱离表征研究,走上分析文化生产的制度方式和产业方式的道路,同时也保留了较传统的对文本(如电影和电视节目)的研究"②。实际上,澳大利亚的电影研究是常常为人所忽视然而却非常重要的澳大利亚本土传统。20世纪70年代早期开始,澳大利亚政府专门设立负责电影和电视节目生产的部门,支持国内媒体和电影研究的发展。正如特纳所说,"最初,这个领域的主流又是民族主义(或者至少是反帝国

---

① Fiske, John, Bob Hodge and Graeme Turner. *Myths of Oz: Reading Australian Popular Culture*. Sydney: Allen & Unwin, 1988: XI.
② 格雷姆·特纳. "大洋洲". 文化研究指南. 托比·米勒编. 王晓路、史冬冬译. 南京:南京大学出版社, 2009: 206.

主义)的理论,旨在保护针对本土观众的本土电影的生产。电影和传媒研究作为一门学科的发展同电影业的商业合法性和批判合法性同步进行"①。澳大利亚电影业由于政府的扶持而复兴,由此带动了国内电影和媒体研究的发展。与此同时,澳大利亚具有一定规模和文化意义的电影和媒体业的存在,也跟各大高校的媒体研究和文化研究课程比较成功有直接的关系,这些学科的学者能够广泛接触到电视新闻和时事、广播谈话节目、报纸杂志的评论文章,以及政府机构的各种决策论坛。②

特纳的电影研究理论集中体现在其代表作品《电影作为社会实践》一书中,该书堪称全球范围内影视研究的入门必读书。在当今的时代背景下,特纳意识到电影在文化中的功能已不再是作为一种简单的展示性审美对象而存在,因此不应该单纯地从美学和艺术的角度来评判影片成功与否,反而应该把电影视为一种社会实践,从电影的生产与消费、乐趣和意义等因素加以考量,从电影为观众服务的社会实践角度加以评价。特纳在《电影作为社会实践》中毅然打破美学分析的传统方法,转而从文化研究的角度来探讨电影,其突出特点在于把电影作为一种娱乐、一种叙事、一种文化活动和社会实践,而不是一套规范的文本,重点强调电影的文化职能。由此出发,特纳逐渐发展出他独特的电影观,即"电影对于拍摄者和观众都是一种社会实践:从影片的叙事和意义中我们能够发现我们的文化是如何认识自我的"③。

新时期数字媒体的崛起引起了特纳的高度关注,使其后期的研究重心发生转向。数字媒体为文化政治问题带来了何种变数与潜力?针对这一问题,以约翰·哈特利(John Hartley)为代表的不少文化研究学者将电视视为一种政治和文化的意义生产机制,他们认为电视的一个重要潜力在于其民主化的倾向,即电视不具有统一的声音,而是存在多个声音、多个观点共同竞争。多种声音共存并相互竞争的媒体状态使得电视不存在观点的垄断现象,从而造就了电视的民主潜力。随着数字媒体和网络信息化时代的到来,这一趋势越发明显,电视与数字媒体越来越具有一种民主化的趋势与潜能,为民众提供了如此广泛多样的参与机会,从而构成一种媒体的民主化形式,哈特利等人认为民众使用数字媒体吸收新知识的能力是实现这种民主潜力的重要条件。数字媒体在何种程度上有助于解决以往的阶层与知识鸿沟,以及民众的积极介入是否必然导致一种政治性的参与?针对这些问题文化

---

① 格雷姆·特纳."大洋洲".文化研究指南.托比·米勒编.王晓路、史冬冬译.南京:南京大学出版社,2009:205.
② 同上书,204.
③ 格雷姆·特纳.电影作为社会实践(第4版).高红岩译.北京:北京大学出版社,2010:3.

研究学界存在较大争议,特纳就是其中一个著名的反对者,他认为"我们并不能妄下结论,认为媒介进路的扩大必然会带来一种民主的政治"①。

特纳提出媒介的"民众化转向"(demotic turn)重要论断。他的这一观点以哈特利等人提出的"媒介民主化"观点为辩论目标,为当下新媒介景观的启蒙潜力之争提供了一种不同凡响的见解。特纳首创的"民众化转向"概念特指"日益明显的'普通人'通过名人文化、真人电视、自制网页、谈话类广播等方法,把他们自己转变成媒介的内容"②。特纳的媒介民众化观点认为,由于媒体(特别是电视)越来越直接参与建构文化认同并以此为其主要活动领域之一,媒介的功能已经发生了转变。特纳认为,尽管"权力属于人民"可能成为博客、互联网、真人秀电视等数字媒介的集会口号,但他却谨慎地反对将"民众化"与"民主化"混为一谈。特纳首先承认,博客的确为普通公民提供了一种容易接触的民主开放空间,但他同时指出:"博客上看似开放的对话,只有1%的参与者占据主导地位。因而,认为在线社区直接反映普通'消费者'的意见或利益,是错误的;它们反映了好之者的意见。"③特纳通过对博客的深入研究进一步指出:"顶级博主们是教育程度很高的政治精英中的成员,在传媒业有很好的建树,已经习惯让他们的声音被人听到。而且与大多数普通人不同的是,他们绝大多数都是白人、男性专业人士。"④由此可见,民众"数字读写能力"的获得并非自然而然地存在,而是牵涉教育平等、阶层划分、身份认同等诸多复杂问题。

国家形象的建构是通过电影、文学等媒介得以实现的。特纳提出这一建构过程依赖于多种渗透了意识形态的语言与技巧,从而带有表征政治的影子。特纳的研究重点不仅仅是指出澳大利亚叙事"是什么",还要指出它"做了什么",以及"通过何种方式生产文化含义"。⑤特纳的媒介叙事研究选取了"后索绪尔"(post-Saussurean)的理论视角,即对索绪尔的重要理论概念采取一种比喻式的运用,不仅将它应用在语言的系统之内,还将这种使用扩大到整体的文化框架下,这里的"后索绪尔"更多地体现出一种"扩大"与"超越"的特征。特纳显然意识到了索绪尔语言学应用范围的局限性,但他并未试图走向一种解构式的分析方式,反而发挥了较强的结构主义思维,试

---

① 格雷姆·特纳. 普通人与媒介:民众化转向. 许静译. 北京:北京大学出版社,2011:2.
② 同上书,3.
③ 同上书,111.
④ 同上书,115.
⑤ Turner, Graeme. *National Fictions: Literature, Film, and the Construction of Australian Narrative*. Sydney: Allen & Unwin, 1986:2.

图挖掘澳大利亚文化的深层结构与普遍结构。①

名流研究

名流研究是澳大利亚文化研究的重要内容之一,特纳是幕后的重要推手,其研究具有开拓性和引领性。在接受诺埃尔·金(Noel King)的访谈时,特纳被问及他与澳大利亚研究的关系,特纳表示 20 世纪 90 年代他的研究重心一直放在国际问题上,随后才转入澳大利亚的时事、影视电台及名流等本土话题。正如特纳所言,这些本土话题"都是从左派政治的角度出发对媒体表现的批判,但其并不是一个特别理论化或复杂的事物"②。当被问及是否有一个统一其作品的主题时,特纳承认结构主义对他思想研究的形塑力量,而后承诺"将为公众认识并理解澳大利亚大众文化而不懈努力"③。显然,澳大利亚名流文化是大众文化的重要组成部分。特纳的名流研究有助于理解媒体与文化领域的最新发展趋势,如真人秀电视节目、用户生成式节目、数字平台,以及媒体与文化中的其他"民众化转向"问题。特纳在这方面的代表作品包括《名望的游戏:澳大利亚名人制造业》(下文简称《名望的游戏》)(*Fame Games: The Production of Celebrity in Australia*,2000)、《理解名流》(*Understanding Celebrity*,2004)等。

《名望的游戏》考察了今日澳大利亚媒体的文化功能及运作过程中出现的重大转型问题。特纳认为,宣传、推广及公关行业的活动现已全面渗入媒体生产的各个方面,传统意义上媒体作为民主监督者而被赋予的"第四权"(fourth estate)如今面临挑战,媒体似乎逐渐卸去新闻界固有的基本职责,转而将娱乐消费者或转移公众视线作为其主要目标。④ 在此背景下,特纳提出有必要对新时代媒体的功能及运作模式进行重新定义。特纳所说的这一"转型"不仅是指媒体消费模式的周期性转变以及媒体受众消费需求的转变,它同时指向媒体生产方式及系统中出现的变化,也就是指"故

---

① Turner, Graeme. *National Fictions: Literature, Film, and the Construction of Australian Narrative*. Sydney: Allen & Unwin, 1986: 20.

② King, Noel, and Deane Williams. eds. *Australian Film Theory and Criticism: Vol. 2 Interviews*. Bristol: Intellect, 2014: 149.

③ Ibid., 150.

④ Turner, Graeme, Frances Bonner and David Marshall. *Fame Games: The Production of Celebrity in Australia*. Cambridge and New York: Cambridge University Press, 2000: 1.

事素材如何进入媒体并获得媒体表征"过程中出现转型问题。①

名流问题是媒体转型过程中的关键环节之一,具体到特纳的研究语境中尤其指澳大利亚名流及其名流产业(celebrity industry)。特纳通过对澳大利亚名流界的长期跟踪研究发现,名流故事在女性的大众杂志市场中占据主导地位,它们构成了电视新闻、时事报道和广播节目等内容的重要组成部分。② 放眼国际娱乐业特纳进一步发现,澳大利亚的名流素材曾经严重依赖于美国好莱坞或英国娱乐业,如今澳大利亚拥有了自己的较为健全的传媒与公关行业,为各大媒体提供关于澳大利亚名流的全面的故事素材,并由此形成独特的澳大利亚名流产业。因此特纳强调,在新背景之下需要业界人士及普通民众更多地关注这个新兴行业,了解其如何运作、利益所在,及其发展对澳大利亚传媒业的社会功能究竟意味着什么。③

《名望的游戏》完全定位于澳大利亚本土的文化语境,其中虽然将澳大利亚的名流文化追根溯源至美国及英国的娱乐产业,但其关注核心仍然指向澳大利亚国内。与此形成对比,特纳于四年后出版的另一部专著《理解名流》在《名望的游戏》的基础上进行扩展,将名流视为一个全球性现象加以研究,并将研究目标设定为国际出版界以及国际传媒市场,书中所举真实名流案例绝大部分享有国际声誉。《理解名流》从文化与媒体的视角出发论述"名流文化"(celebrity culture)现象,指出名流文化在现代社会中无处不在,承担着独特的社会功能,并借由多种媒介在文化空间中进行生产和消费。特纳认为文化研究传统上将"名流"单纯作为一个表征领域加以考量存在局限性,这一做法没有考虑到名流作为一种文化现象及产业模式而包含的生产与消费内容。特纳坚持认为名流在整个文化领域占据着非常牢固的重要地位,他和其他学者一起将名流研究划归于媒体研究,并作为澳大利亚以及国际文化研究的一个分支。④

特纳在《理解名流》中对名流的概念与分类、发展现状、社会与文化功能、生产与消费过程、政治表征、名流产业、名流经济等问题展开全方位的深入研究。特纳的创作目的是通过对"名流文本"(celebrity texts)的生产及消费过程的分析,深入拆解名流的惯常建构,分辨名流产业的多重布局,保持对电影、电视、体育、商业等各界所产生的各种"名声"之间的差异感,从而更好地理解"名流在媒体文化中所占据突出地位

---

① Turner, Graeme, Frances Bonner and David Marshall. *Fame Games: The Production of Celebrity in Australia*. Cambridge and New York: Cambridge University Press, 2000:2.
② Ibid.
③ Ibid.
④ Turner, Graeme. "Approaching Cultural Studies." *Celebrity Studies* 2010(1.1):11—21.

而造成的文化与政治影响"①。特纳对今日名流的现状进行分析后指出,当代名流呈现出前所未有,甚至是过高的"文化可见性"(cultural visibility),与此同时,近年来名流在文化领域的许多方面所扮演的角色也逐步扩大并成倍增长。② 但特纳同时也发现了一个问题,那就是除了吸引公众关注之外,21世纪的名流仿佛没有任何特别的成就,这与他们所获得的巨大的公共利益不相匹配。③

如今,澳大利亚媒体陷入生产与消费"名流文化"的热潮。名流文化的生产已经形成一种工业,有着显著的经济效益,名流文化的消费则承载着重要的社会功能。正如特纳所言,名流化是一种极富号召力的商品,名流们凭借自己的大名进行自我营销,或被业界用于推广其他商品。④ 制造成功的名流利润丰厚,文化产业已经学会将特定人物进行全方位包装,进而将其打造成最卖座的商品以及最吸引受众的文化形式。特纳敏锐地指出,所有这些参与制造名流政治并从中获利的权力捐客,都否认名流化是一种有组织的建构行为:记者否认合谋,因为那等于承认他们受到舆论导向专家的操控;舆论导向专家同样否认合谋,因为这相当于揭露他们的"黑暗艺术"的负面性;与此同时,政客也否认他们是被"建构"的,因为那可能会破坏他们的"领袖"形象。⑤

名流的核心在于其所享受的特权、受到的广泛关注及其带有炫耀性特征的消费模式。名流被大众及媒体鼓吹为打破阶级与种族限制的模范,而这种限制因素曾经是早期文化研究学者探讨的主要问题。特纳在《理解名流》的最后一章中表示,澳大利亚媒体对于名流的宣传与报道力度日益加大,并逐渐成为传媒业的主要内容,特纳警告公众注意将名流作为商品进行生产与消费的局限性及危害性。首先,对于名流故事的绝大多数受众而言,名流是唯一被消费的商品,他们与其他文化产品之间的关联不大并且互动不多。⑥ 此外,对于名流在身份、形象塑造过程中所发挥的作用,大多数公关及宣传活动一直以来并没有给予足够的重视。⑦ 另一方面,特定的名流对于个人消费者却具有重要意义,他们往往被业界和观众用来传达某种可识别的价值观。⑧

特纳不仅贡献了极具开拓性与影响力的学术研究,同时也是澳大利亚文化研

---

① Turner, Graeme. *Understanding Celebrity*. London: Sage, 2004: III—X.
② Ibid., 4.
③ Ibid., 3—4.
④ Turner, Graeme, Frances Bonner and David Marshall. *Fame Games: The Production of Celebrity in Australia*. Cambridge and New York: Cambridge University Press, 2000: 12.
⑤ Ibid., 30—40.
⑥ Ibid., 169.
⑦ Ibid., 169—170.
⑧ Ibid., 178.

究的探路者与领导人,不仅如此,特纳还在国家层面成为文化研究以及更广泛的人文学科的倡导者和政策顾问,对整个国家人文学科的建设与评估以及人才队伍的培养与储备做出了卓越贡献。特纳于1999年创办的批评与文化研究中心经常被称为"格雷姆中心"(Graeme's Centre)。特纳通过持续且稳定地任命并培养一大批有才华的博士后以及全职研究员,将批评与文化研究中心逐步建设成为世界一流的研究中心。除此之外,特纳还创办并领导了另一个重要的学术组织"文化研究网"(Cultural Research Network,简称 CRN)。"文化研究网"是一个受澳大利亚研究理事会(Australian Research Council,简称 ARC)资助、由顶尖文化研究人员组成的国家级学术机构,并被学界普遍认为是特纳最伟大的成就。批评与文化研究中心和"文化研究网"在澳大利亚联邦的资助下,主要从两个方面开展工作:其一,帮助文化研究领域内颇具潜力的年轻研究员与声望卓著的资深学者之间建立起合作互动的关系;其二,从跨学科层面促使文化研究学者与地理学家、人类学家、历史学家、文学家、社会科学家等一起富有成效地开展研究工作。特纳的大部分思想和举措都在此诞生,特别是通过系统地和创造性地帮助澳大利亚大批杰出的文化研究学者与新生代研究人员建立联系,极大地促进了文化领域的整体发展。在特纳以及该机构全体成员的共同努力下,文化研究与相邻学科(包括文化历史学、文化地理学和文化人类学等)之间真正实现了跨学科整合。

在管理批评与文化研究中心和"文化研究网"两大学术机构的同时,特纳还在国家层面担任全国人文学科的重要代言人,发挥着举足轻重的作用,尤其对政治、政策、学术与实践之间的关系问题见解独到。他于2004年当选澳大利亚人文科学院主席,直接与历届教育部部长沟通谈判,参与制定国家研究政策。作为人文科学院主席,特纳孜孜不倦地开展工作,取得了巨大成功。正是在他的积极奔走与努力游说下,一个原本对人文学科不乏敌意的联邦政府开始承认艺术人文对社会经济与文化生活的重要价值。鉴于特纳的突出贡献,他自2008年起连续在由国家总理直接领导的科学、工程和创新委员会(Science, Innovation and Engineering Council,简称 SIEC)任职,并成为该机构成立以来任命的第二位人文领域学者。特纳致力于人文学科体制建设背后的理念在于,他倡导将教育作为一种"公益事业"(public good)加以实践。特纳认为:"在对知识的生产与分配背后存在着一种伦理和道德上的深层目的,其最终意义在于实现社会与文化的良性发展。"[1]

---

[1] Turner, Graeme. *What's Become of Cultural Studies?* London and New Delhi: Sage, 2012: 104.

特纳是澳大利亚文化与媒体研究发展的灵魂人物,他提出文化民族主义、媒体的民众化转向、文化名流现象、媒体政治等一系列观点,对澳大利亚文化研究的建构与发展做出重大贡献。随着新自由主义政策的逐步强化,澳大利亚高校文化研究的体制结构也发生着变化。特纳认为,近十几年澳大利亚文化研究的发展令人瞩目,其显著特点是富有成效的跨学科、跨领域合作以及顶尖研究人员的强大的国际交流与合作。目前,文化研究的基地已发生改变,亚洲成为新的文化聚集地。特纳指出,在这一新背景下,虽然国家政治与文化受众等问题仍旧重要,但是澳大利亚文化民族主义的地位还是不可避免地出现动摇。最终,特纳选择回归教学,因为他认为正是在本科生及研究生的课程中,文化研究才能找回原有的活力、能量、吸引力及相关度。特纳是澳大利亚受众最广、最受欢迎的学者之一,他的巨大成就及影响力遍及众多领域,他极具融合性和创新性的学术及教育理念也让一代又一代科研后辈为之着迷。通过特纳及其他同行的辛勤工作,他们成功地将文化研究纳入澳大利亚文化研究协会、澳大利亚研究理事会、澳大利亚人文学院等主要学术机构。特纳的成就和声望与澳大利亚文化研究的发展轨迹紧密相连,正是特纳等一大批文化学者的努力,使澳大利亚作为文化研究的重要国度,与美国、英国形成良性的互动关系,并且使澳大利亚文化研究为全球范围内的文化大讨论做出积极贡献。[①]

第二节　格雷厄姆·哈根
（Graham Huggan, 1958—　　）

生平简介

格雷厄姆·哈根,澳大利亚后殖民学者、批评家。他任职于英国利兹大学,担任英语学院英联邦和后殖民文学系主任、殖民地和后殖民研究所（The Leeds Institute for Colonial and Postcolonial Studies）的联合创始主任。自20世纪90年

---

① Gunew, Sneja. *Haunted Nations: The Colonial Dimensions of Multiculturalisms*. London: Routledge, 2004: 46—47.

代以来,哈根一直从事后殖民比较文学/文化研究,尝试进行涉猎广泛的跨学科研究。他的研究领域涉及后殖民文学/文化研究、环境人文学、旅行写作、生态批评等。至今,哈根已出版专著十余部、发表后殖民研究相关学术论文六十余篇。此外,他还主持了"萨尔曼•拉什迪小说中想象的世界主义""后殖民欧洲"等专项研究项目,目前与来自丹麦、冰岛、挪威和英国的学者合作开展"北极邂逅:欧洲高地北部的当代旅游/写作"的跨学科研究项目。

哈根致力于跨学科后殖民主义研究,以非洲、澳大利亚、加拿大、加勒比海地区、新西兰及南亚等后殖民地的文学/文本为研究对象,着眼于后殖民文学批评与历史、人类学、地理学和环境研究之间的交叉点,探讨当代文化语境下的热议话题,包括全球化、南北关系和新帝国主义等。哈根在跨学科、跨领域的研究逐渐形成了一套系统的、多场域的文学/文化研究方法,为其在后殖民研究领域的学术地位奠定了基础。

哈根的早期学术兴趣主要集中在后殖民旅行写作研究。先后发表多篇相关论文,包括《走向无中心的航行:约瑟夫•康德拉的〈黑暗之心〉和儒勒•凡尔纳的〈地心漫游记〉中的景观解释和文本策略》[①]、《菲洛梅拉的重述故事:沉默,音乐和后殖民文本》[②]、《地图,梦想和民族志叙事的呈现:休•布罗迪的〈地图和梦想〉和布鲁斯•查特温的〈歌曲〉》[③]、《旅行时代的澳大利亚小说:默里•贝尔、伊内兹•巴拉奈、杰拉德•李》[④]等。哈根的研究深入民族志与旅行写作的碰撞地带,从社会文化人类学视域研究旅行写作中的制度、政治、文化身份构建等命题。1998年,他与帕特里克•霍兰德(Patrick Holland)合著的《打字机旅行者:对当代旅行写作的批判性反思》(*Tourists with Typewriters: Critical Reflections on Contemporary Travel Writing*, 1998)出版,广受赞誉。该著作对当代西方旅行写作进行了批判性反思,哈根认为西方旅行作家以民族志"田野调查"的"真实记录"为伪装,建构了主流文化(白人、男性、欧美、中产阶级)的帝国主义话语。对其称为"被发现"的异

---

① Huggan, Graham. "Voyages Towards an Absent Centre: Landscape Interpretation and Textual Strategy in Joseph Conrad's *Heart of Darkness* and Jules Verne's *Voyage au centre de la terre*." *Conradian* 1989(14.1):19—46.

② Huggan, Graham. "Philomela's Retold Story: Silence, Music, and the Post-colonial Text." *Journal of Commonwealth Literature* 1990(25):12—23.

③ Huggan, Graham. "Maps, Dreams, and the Presentation of Ethnographic Narrative: Hugh Brody's *Maps and Dreams* and Bruce Chatwin's *The Songlines*." *Ariel* 1991(22.1):57.

④ Huggan, Graham. "Some Recent Australian Fictions in the Age of Tourism: Murray Bail, Inez Baranay, Gerard Lee." *Australian Literary Studies* 1993(16.2):168.

质文化空间赋予他们熟悉的、可接受的价值观,通过对他者文化的刻板印象和民族神话运作,以旅行写作为"疏离"媒介,保持这片土地的神秘感和陌生感。①

进入21世纪以后,哈根先后出版《后殖民异国情调:营销边缘群体》(下文简称《后殖民异国情调》)(*The Postcolonial Exotic*: *Marketing the Margins*,2002)和《极端追求:全球化时代的旅行/写作》(*Extreme Pursuits*: *Travel/Writing in an Age of Globalization*,2009)。其与海伦·蒂芬共同撰写的《后殖民生态批评》成为后殖民生态批评领域的奠基之作。

挑战"中心"的后殖民批评家

20世纪90年代以降,随着通信技术的迅猛发展,跨国界的信息、人力、资本以前所未有的速度流通。资本主义进入全球化阶段,西方大型跨国集团成为全球化进程有力的推动者。随着跨国企业的市场扩张,世界各地不同文化之间的交往越来越频繁、多样,文化全球化成为政治、经济、社会、文学等各个领域学术研究关注的焦点。究竟全球化是文化帝国主义的变体还是文化多元论的表现?世界变得更多元化抑或同质化程度越来越高?这些都尚无定论。哈根正是在这样的背景下,从前人手中接过了后殖民研究的接力棒。

跨学科、多元化成为文学批评与研究的新趋势。哈根认为以学科知识组合为基础的研究范式是当代后殖民批评的发展方向。在《跨学科方法:文学与后殖民研究的未来》(*Interdisciplinary Measures*: *Literature and the Future of Postcolonial Studies*,2008)中,哈根通过对跨国文化、全球化与后殖民之间关系的研究,提出了跨学科研究的主张。《澳大利亚文学:后殖民主义、种族主义、跨国主义》(*Australian Literature*: *Postcolonialism*, *Racism*, *Transnationalism*,2007)是牛津后殖民文学研究系列读本之一。在这本书中,哈根对几部杰出的澳大利亚民族文学作品做了新的解读,将作者与读者置于广阔的全球视角下进行研究,探讨了澳大利亚与日益全球化的世界间的关系,并提出澳大利亚文学研究不再是澳大利亚读者和评论家的专属领地的观点。《极端追求:全球化时代的旅行/写作》是第一部从全球旅游业结构变化视角出发研究旅行写作的学术著作。哈根指出,旅行写作中传统的旅行者与观光客、外国

---

① Huggan, Graham. "The Postcolonial Exotic." *Transition* 1994(64): 22-29.

人与本地人的二元论在全球化语境中已经不再具有意义。他认为当前"旅行写作"这一类别还应囊括实验性民族志和散文小说,关注与大屠杀、驱逐和移民劳工有关的旅行实践,在表现形式上涵盖大众媒体,特别是电视和电影中的旅行者和旅行文化。哈根的另一代表作《后殖民异国情调》则从文化全球化和文化商品化两个方面对后殖民作家/学者以及后殖民研究学科本身的"边缘性"境况进行了深入的探讨。本节将从后殖民研究的中心议题之一:全球化语境下走向"中心"的后殖民研究来探究哈根的后殖民批评思想。

"中心"对"边缘"开放

作为一名后殖民研究学者,哈根对当代后殖民主义理论"三巨头"爱德华·萨义德、霍米·巴巴(Homi Bhabha)、佳亚特里·斯皮瓦克(Gayatri Spivak)进行了批判性地继承。哈根的研究受巴巴和斯皮瓦克理论思想的影响较大,尤其是巴巴的"混杂性"(Hybridity)理论与斯皮瓦克的"文化翻译"(Cultural Translation)理论。其与萨义德的不同则在于研究视角。萨义德等后殖民批评家不仅有着第三世界血统和民族文化身份,又有着第一世界的深厚文化修养和良好教育背景,他们的学术诉求体现了"边缘"向"中心"运动,通过对中心的消解而达到消解中心与边缘二元对立的目的。而哈根作为第一世界主流学术圈的后殖民研究者,其研究视角跳出了中心与边缘二元对立的思维框架,在"知识"与"权力"对立统一的动态系统中去认识当代全球化背景下"中心"与"边缘"既融合、协商又疏离、对立的关系。20世纪80年代后殖民批评强调文学、文化的历史特殊性的重要性,虽然萨义德宣称文化批评具有世俗价值,是政治抵抗的工具,但其"历史""文化"概念归根结底是文本主义、语言学范畴的,后殖民研究因而也被诟病为文本抵抗的方式,并不具备真正的抵抗效力。而哈根的突破在于其研究拓宽了后结构主义理论框架下后殖民研究的范围,从文学社会学角度探讨在全球资本制约下的意义机制中后殖民文学的文化价值评估和生成。此外,他也对文化市场全球化语境下的后殖民文学体制进行了批评,探讨了后殖民文化产品的商品化过程背后,帝国文化霸权运行机制及后殖民文学遭受的挫败。

"中心"与"边缘"的逆转性变化是哈根关注的重点。哈根认为,"中心"向"边缘"开放的背后,是掩盖欧洲中心主义的本质。资本主义世界经济的变化带来了新的世界形势,当代全球资本主义的纽带不再是民族市场,而是大型跨国公司。为了适应跨国公司在全球的扩张,出现了大量为整合经济运作而建立的地区性跨国组织。地理意义上的资本主义中心消失了,同时经济的跨国化给全球关系带来了巨大变化,消解了"殖民统治者/殖民地人民""第一世界/第三世界""中心/边缘"等二元对立概念。然而,欧洲中心主义的终结只是文化全球化表象下的幻象,西方发达国家凭借技术、金融等方面的优势,依然处于全球资本主义世界体系的中心,掌握着第三世界的命运,使之处于世界体系的边缘。

哈根以布克奖为例对"中心"向"边缘"开放的现象进行了分析。他认为,布克奖支持与鼓励多元文化创作的同时,也暗藏拓宽全球英语文学版图的动机。布克奖最初创立于1968年,创立之初"只授予英联邦、爱尔兰的作家"[①]。在最初的13年里,只有纳丁·戈迪默(Nadine Gordimer)一人是非英国籍,其余都是英国籍身份的得主。20世纪90年代以来随着全球化的文化市场成型,布克奖以更加开放的姿态应对世界新格局,非英国籍作家的英语作品也屡屡得奖。2005年,布克奖的评奖制度有所修改,每两年颁发一次布克国际奖。在新的评奖制度下,只要作家作品以英语发表,不论作家国别,均有资格参选。同年设立了布克翻译奖,旨在奖励那些将他国语翻译成英语的翻译家。2014年,布克奖发生重大变革,全世界所有用英语写作的作家均可参评。布克奖经过多年的苦心经营,被打造成具有巨大国际影响力的当代文学奖项。而英国也通过英语文学这个媒介重新构建属于21世纪的文化大国,极大地扩展了英语"世界文学"的写作版图。

文学奖项体系的成长与变化对文学及文学批评的发展产生了重要影响。不可否认,布克奖在很大程度上成就了后殖民作家在大都会中心(英国)文坛的地位。如与V. S. 奈保尔(V. S. Naipaul)、石黑一雄(Kazuo Ishiguro)并称英国文坛"移民三雄"的作家萨尔曼·拉什迪凭借小说《午夜之子》(*Midnight's Children*, 1981)三获布克奖:布克奖(1981年)、布克奖25周年最佳小说奖(1993年)、布克奖40周年最佳小说奖(2008年)。甚至一度"布克奖与拉什迪已经成为80年代英国小说的标志性符号"[②]。无独有偶,英国出版界巨头海涅曼公司(Heinemann)的"非洲作家系列"则将非洲作家和非洲文学推介给了世界,在半个世纪中出版了囊括众多代表性作家的数百部非洲文学作品。布克奖频频向后殖民作家伸出橄榄枝,英

---

① Huggan, Graham. "Prizing 'Otherness': A Short History of the Booker." *Studies in the Novel* 1997(29.3): 412−433.

② 张和龙. 战后英国小说. 上海:上海外语教育出版社,2004:141.

国本土出版商大力推广处于边缘地位的前殖民地文学作品,非洲作家也希望将他们的作品交由海涅曼出版发行,以期获得更高的经济回报和更多海外读者的关注。① 这种"中心""边缘"之间看似和解、消解边界的文化景观背后隐藏的恰恰是文化全球化背后的资本权力运作。对此,哈根在他的早期文章《后殖民时代的异国情调》("The Postcolonial Exotic")中有所论及,专著《后殖民异国情调》也进行了较系统、全面的论述。

布克奖作为英联邦国家的一个主要评价体系,在澳大利亚文学批评的发展中扮演多重角色。广义上看,布克奖力推后殖民作家的原因在于经济全球化带来的英国书业界拓展国际市场的压力,后殖民文学为英国本国文学注入了必要的新鲜活力。20世纪80年代,英国书业界逐渐建立起全球市场观,要求广泛吸引各个阶层、异质的国际读者,而英国本土作家因袭守旧、缺乏活力,局限于狭隘的中产阶级生活题材,偏安一隅,无法满足市场需求。相反,英国移民作家的写作带有浓厚的本土种族传统和文化背景,极大丰富了英语文学创作的内容。在这一背景下,布克奖抓住了市场对后殖民写作的猎奇心理带来的商业价值,大力宣传推广奈保尔、拉什迪等边缘文化背景的作家,很大程度推动了英语小说在国际图书出版市场的蓬勃发展。

哈根文学批评的独特之处在于,探究了以文学奖项为代表的权利话语机制。他从意识形态角度,对文学奖项这种文化现象进行了阐释。哈根认为布克奖正是欧洲中心主义思维的残余。以"后殖民文学赞助人"自居的布克奖赞助商布克公司,却具有一段颇带讽刺意味的漫长殖民历史。18世纪至19世纪期间,布克公司控制了英属圭亚那75%的制糖业,压榨剥削当地糖业工人。直至圭亚那独立后,布克公司才于1970年回到英国,发展成为现在的大型跨国食品公司。除了布克奖背后的英国殖民历史渊源,布克奖对后殖民文学的推广也不乏殖民主义思维的傲慢。如担任评审的主要是来自伦敦的文化界白人精英,评选归根结底是帝国中心意识形态观念下筛选的结果。布克奖对后殖民作品的"异国风情"、本土色彩、"本真性"的青睐,究其实质不过是帝国"中心"自殖民时期以来对"边缘"凝视下产生的刻板印象在文化全球化包装下的变体。

哈根对文学奖项体系的研究解构了其内在的运行机制。布克奖在"边缘"与"中心"位置的不断演变中起到了不可忽视的作用。它成功地实现了帝国"中心"文

---

① Huggan, Graham. *The Postcolonial Exotic: Marketing the Margins*. New York: Routledge, 2002.

化身份的重新建构、英语作为强势语言的全球扩张以及英语文化消费市场的成功拓展;另一方面,后殖民文学借助布克奖成功进入西方大都会主流视野,进一步致力于解构西方"中心"、实现"边缘"解放的理想。但同时,哈根也意识到帝国"中心"向"边缘"开放本质上依然是欧洲中心主义的一种变体。西方发达国家出于全球战略考虑,"允许不同的文化进入资本的领地,(只是为了把它们打碎,然后再按照生产和消费的要求对它进行重新打造),甚至跨越国家界限重建主体性,造就与资本运作完全符合的生产者和消费者"①。

"中心"对"边缘"的文化价值

"边缘"文化以商品的形式取得价值,与"中心"主流价值观产生了既对抗又共谋的关系。来自前殖民地的文化商品满足了大都会消费者对异国风情的需求。在旅游业中,从欧美发达国家前往"第三世界"的旅行是谓"探险",因后者仍保留着供"第一世界"消费的原始性和猎奇性。哈根采取跨学科研究手段,深入探究各种猎奇现象的本质。他指出,无论是观鲸(whale watching)还是狩猎旅行(safari),这些在当今世界习以为常的文化消费裹挟着后殖民主义色彩。而在文学市场,后殖民文学在西方主流文学奖项中频频崭露头角,西方大都会书店涌现大量印度、非洲等前殖民地文学作品,都是"边缘"在"中心"获得认可与价值的体现。

哈根从皮埃尔·布迪厄(Pierre Bourdieu)的文学社会学视角探讨了后殖民文学的文化价值如何产生的问题。在《艺术的法则:文学场的生成和结构》(*The Rules of Art: Genesis and Structure of the Literary Field*,1996)中,布迪厄指出,市场通过激发公众对艺术家的崇拜,在信仰空间场域,艺术品因偶像效应而产生价值。因而"艺术品要作为有价值的象征物存在,只有被人熟悉或得到承认,也就是在社会意义上被有审美素养和能力的公众作为艺术品加以制度化"②。因此,文学、文化产品在象征体系中流通的符号资本不是来源于其创作者,而是通过文化场域内的文化资本配置来完成。文化场域内的价值观、权力分配的规则通过一种温和的、合法化的方式强加于每一个参与者,对文化资本进行分布不均的等级结构配

---

① Dirlik, Arif. "The Postcolonial Aura: Third World Criticism in the Age of Global Capitalism." *Critical Inquiry* 1994(20.2): 328−356.

② 皮埃尔·布迪厄. 艺术的法则:文学场的生成和结构. 刘晖译. 北京:中央编译出版社,2001:276.

置。参与合法化配置的能动者包括：出版商、书商、文学评论家、读者、评奖机构等。上述能动者之间相互角力或共同串谋，赋予一部分作家更多的文化资本，这些得到了价值认证的作家因而也取得了授予他人权威和荣誉的权力，成为文化资本合法化垄断权威之一。①

基于布迪厄的文化资本理论，哈根阐释了后殖民作家面临的新困境问题。"边缘"进入"中心"的逆转，也意味着对旧文化体系的反拨与挑战。哈根认为，在文化全球化的语境下，后殖民主义既是一种政治实践，又是一种审美实践，前者在很大程度上不得不屈从于后者。哈根认为后殖民文化生产领域存在两种完全不同的价值标准，即后殖民主义（post-colonialism）价值体系与后殖民性（post-coloniality）价值体系。一方面，后殖民主义价值体系以反殖民主义为目标，提倡以兼收并蓄的文化斗争的方式进行文本化抵抗，在文学/文化文本的断裂处解读和实践社会抵抗斗争；另一方面，后殖民性指的是在跨国界、全球化的文化商品交换体系中，边缘文化产品在帝国中心文化市场的价值调节，其价值标准以消费主义为导向，以满足大都会市场需求为前提。"后殖民"一词从构成性上被分裂为两个属性：后殖民话语的抵抗性以及晚期资本主义语境下全球文化商品的价格标签。两种价值体系相互矛盾且纠缠不清，投身于后殖民主义的知识分子以反殖民主义为己任，同时不得不迎合后殖民性的需求，利用其自身的"边缘性"，将"边缘"本身转化为有价值的知识商品，成为全球商品文化的消费对象。在这场全球化的文化消费狂欢中，文化消费市场中体制化的能动者包括文学奖项制定者和国际大型出版商，他们出于一己私利推广前殖民地国家的文学作品，试图形成一种新的"无边界"的英语写作，挑战帝国中心的褊狭，并最终加速了后殖民主义文学时代的到来。

哈根指出，表面上"后殖民主义"成为前殖民地国家跨国运作的代名词，描述了反帝国中心的斗争诉求，以及超越国家、民族疆界的多元文化主义②；而事实上，"后殖民主义"的政治属性被全球商品文化的美学价值标准所消解，最终成为弗雷德里克·詹姆逊（Frederick Jameson）所谓的"遏制策略"（strategies of containment）的牺牲品。这一策略的目的无非是瓦解与招安，旨在控制后殖民写作中的颠覆性政治倾向。③ 无独有偶，蒂莫西·布伦南（Timothy Brennan）也持有

---

① Huggan, Graham. "Prizing 'Otherness': A Short History of the Booker." *Studies in the Novel* 1997(29.3): 412—433.

② Huggan, Graham. "The Postcolonial Exotic." *Transition* 1994(64): 22—29.

③ Jameson, Fredric. *The Political Unconscious: Narrative as a Social Symbolic Act*. London: Methuen, 1981.

相似观点,他认为赋予后殖民主义标志下高度审美化的"政治写作"优先权其实质是将公众注意力从更偏离正统的斗争中转移出来。1997年,值印度独立50周年之时,《纽约客》(The New Yorker)杂志为此发行了《印度:独立50年》(India: Fifties Years of Independence)特刊,巴塞罗那举办了一场主题为"印度:50年以后"的盛大学术研讨会。同年,《印度文集》(The Vintage Book of Indian Writing)由英特吉出版社(Vintage)出版,表达了对印度次大陆优秀作家及文学作品的肯定与赞誉。后殖民文学以表达政治诉求为起点,却并未取得实质性的突破。在哈根看来,这些文学事件在一定程度上起到了美学转向的作用,把人们的注意力从印度独立50周年这个政治事件成功转移到对包装精美的文化产品消费的关注上,利用人们对带有浓厚异国情调美学色彩的文化产品的消费来掩饰事件本身所具有的政治意味。[①]

因此,类似"边缘性"的弱势文化概念也失去了原有的革命性与批判性。后殖民文学在从"边缘"写回帝国"中心"的过程中,被西方主流社会弥漫的消费主义所侵蚀、消解。哈根认同阿里夫·迪里克(Arif Dirlik)的观点,他们认为"'后殖民性'是全球资本主义时代后殖民知识分子的生存状态,这批为数不多、在帝国中心受到推崇的后殖民作家虽以反叛帝国'中心'为书写目的,却不得不以帝国中心的读者为书写和营销对象。他们从'边缘'发声,却不得不融入帝国中心的主流。他们志在打破欧洲中心的主体性'自我'与构建的殖民地'他者'的二元对立,却不得不在书写中不断制造文化'他者'"[②]。

"中心"对"边缘"的消费

如前所述,后殖民学者在"后殖民主义"和"后殖民性"两种价值体系的罅隙间求得生存空间。同样,以"边缘"文化身份来到大都会中心消费市场的后殖民文学/文艺商品也面临这两种价值体系的纠缠。一方面,"边缘"的他异性具有政治性、对抗性,要求彰显、揭示中心与边缘不平等的权力关系;另一方面,"边缘"的他异性在全球文化商品市场中被赋予,并强化了审美价值。"边缘"作为文化商品,依靠"异

[①] Huggan, Graham. "The Postcolonial Exotic." *Transition* 1994(64): XI.
[②] Dirlik, Arif. "The Postcolonial Aura: Third World Criticism in the Age of Global Capitalism." *Critical Inquiry* 1994(20. 2): 328—356.

国情调"在大都会文化市场被消费,西方社会以商品化为掩饰,通过所谓"协商""议价"的方式把"边缘"收编、驯服,借以实现文化帝国主义。

萨义德用"异国情调"来描述"他者"的文化再现,《东方学》对此有详论。他列举了西方人笔下的东方,充满"异国情调"但同时又是罪孽的,神秘而古老,保守而不可思议;东方被小丑化、女性化,被西方人当作猎奇的对象。① 萨义德的"异国情调"基于帝国权力的自我赋权、自我指涉,帝国权力对征服对象的凝视而产生文化想象,是非常重要的帝国权力工具。② 不可忽视的是,"异国情调"既是政治实践也是审美实践。所谓"异国情调"原义是指在遥远处的人或物品,或是指奇异的事物或举动。此概念暗示着一种对于陌生国度的文化所产生的主观美学风格与审美感受,牵涉到以自我为中心的文化主体性对遥远国度文化的神秘色彩的浪漫想象、渲染或扭曲,甚至从不同的文化差异中产生"阶层化"(stratification)的比较。萨义德在《文化与帝国主义》(*Culture and Imperialism*,1993)中指出,"异国情调"在帝国主义语境下是一种"美学替代机制,用好奇和哄骗掩盖权力的压迫的真相"③。

萨义德探究了19世纪帝国主义殖民扩张产生的异国景观及其与帝国权力的关系,哈根则从20世纪末以降资本主义全球化带来的多元文化景观角度进行了探讨。他认为,与殖民时期的"异国情调"不同,后殖民"异国情调"本身就是掩饰帝国权力的诱饵。④ "异国情调"不再是一个特权的审美概念,而是一种日益全球化的大众市场消费模式,它适用于不同的市场、满足不同的消费需求。来自"第三世界"的艺术品(非洲雕像)、工艺品(印度尼西亚蜡染)、英语文学等边缘文化产品被包装成具有"异国情调"的商品进入西方消费市场。⑤ 后殖民"异国情调"的特点不再是地处"遥远处",而是通过商品的形式"唾手可得"。⑥

"边缘"文化特有的异质性在带来"新奇感"的同时,也带来了新"威胁"。"同化"是消除"威胁感"的有效手段,但前提是以失去"新奇感"为代价。为了在"陌生者的威胁感"和"熟悉者的安全感"之间找到平衡点,"异国情调"成为调控"中心"与"边缘"安全距离的机制:将熟悉的意义和联想赋予陌生事物,对其进行文化差异同

---

① 爱德华·W.萨义德.东方学.王宇根译.北京:生活·读书·新知三联书店,1999:203.
② Root, Deborah. *Cannibal Culture: Art, Appropriation, and the Commodification of Difference*. Oxford: Westview Press, 1996.
③ Said, Edward. *Culture and Imperialism*. New York: Vintage, 1993:159.
④ Huggan, Graham. "The Postcolonial Exotic." *Transition* 1994(64):14.
⑤ Ibid., 17.
⑥ Huggan, Graham. "The Postcolonial Exotic." *Transition* 1994(64):24.

化的同时，又在一定限度内保留甚至扭曲这种差异，将他异性"保持在日常生活的一臂之外，实现文化差异的不完全同化"。而这种不完全同化的实现需要借助于哈根笔下的"去情境化美学"，即将文化产品从具体情境中抽取出来，重新嵌入任意可以促进霸权利益的情境中。如此一来，"边缘"文化商品被抽离了原属的文化纽带，成为帝国文化霸权驯服的对象。阿云·阿帕杜雷(Arjun Appadurai)在他的《人类学理论:中心与边缘》一文中讨论了普遍存在的去情境化美学现象，即"商品与其原始(文化)纽带抽离"[①]。于阿帕杜雷而言，这种"去情境化美学"现象最好的例子存在于"时尚、艺术展览和现代西方收藏领域"[②]。"日常商品被艺术逻辑框架化和审美化……在艺术或时尚市场中，将物品置于一个不寻常的语境中往往能令其增值。西方艺术市场中，像土库曼马鞍袋、马赛矛、丁卡篮子这样的他者文化器具及手工艺品展览的核心观念就是受到好奇心驱使的去情境化美学。"[③]

"边缘"文本是体现后殖民语境下"异国情调"的一个重要载体。为了说明"去情景化美学"在后殖民文学、文本中的体现，哈根在《后殖民异国情调》一书中，对几位澳大利亚土著女作家传记作品的副文本(包括护封书评、封面设计、编辑评论、注释词录等)进行了细致分析，让读者得以看到边缘文化脱离原文化情境而被重置于大都会市场，并被抽离原文化之后的"本真性"包装。在此基础上，"中心"方可实现边缘文化/文学产品的"异国情调"营销。哈根认为这些传记作品的封面设计主推凸显澳大利亚土著本真性的元素，如伊芙琳·克劳馥(Evelyn Crawford)的自传《在我的轨道上:非凡的生活》(*Over My Tracks: A Remarkable Life*, 1993)封面设计的两大突出元素分别是红土地背景和土著绘画;爱丽丝·楠纳普(Alice Nannup)的自传《当鹈鹕笑了》(*When the Pelican Smiled*, 1992)的封面中两个叠加的楠纳普头像与空旷的西澳大利亚内陆景观融为一体。然而，"红土地""土著绘画"与伊芙琳·克劳馥的生活叙事之间并没有直接的关联;楠纳普的头像设计与西方白人对澳大利亚土著的"浪漫主义"刻板印象不谋而合。这些脱离文本内容，与西方消费者预期相符的外观设计成为消解他异性威胁感的一个重要手段。

主文本与副文本异位是后殖民批评探究的重点之一。主流文化与边缘文化的对立必然产生相应的文本分化。哈根指出，出版市场中很多土著作家的作品均存

[①] Appadurai, Arjun. "Theory in Anthropology: Center and Periphery." *Comparative Studies in Society & History* 1986(28.2): 356—374.

[②] Ibid.

[③] Ibid.

在主文本与副文本意识形态互不匹配的现象。以萨利·摩根的《我的家园》为例。萨利·摩根是澳大利亚著名的土著作家、戏剧家和艺术家。摩根的作品在澳大利亚和世界各地广受欢迎,她的自传《我的家园》重新建构横跨三代的家族史,是土著寻根文学开山之作,也是澳大利亚有史以来第一部成为畅销书的土著作品。《我的家园》一个显著特点是副文本体量很大,内页书评里有大量来自不同国家、不同背景的书评家给予的评价。大量的副文本为不同文化背景的读者提供不同角度的阅读线索,同时也对主文本的"真理主张"形成一定挑战,暗示虽然主文本处于中心位置,它也绝不是压倒性的,或是绝对权威的来源。在内页评论里有不同的声明性陈述,如"一个家庭寻根的故事转变成了一个情感和精神的朝圣""一个揭示身份之谜的精彩故事""一个深刻感人、寻找真相的故事"。[①] 这些评论都不约而同地避开了种族和种族主义的问题,以普遍的人文主义关怀("情感和精神的朝圣""深刻感人""身份之谜"等)重置了主文本的后殖民关怀:让以往被帝国主义和殖民主义否认和掩盖的真实历史重见天日,让人们听见以前被淹没的声音,从而意识到被殖民群体的存在和他们所受到的压迫和奴役。

因此,"异国情调"的"去情境化美学"沦为了"中心"调控"边缘"的有效工具。它不仅曲解了后殖民文学的本意与初衷,而且引发了消极反作用。此外,哈根还认为,后殖民"异国情调"的文化翻译策略也是帝国文化霸权实现的重要手段。这里所说的文化翻译,不是如瓦尔特·本雅明(Walter Benjamin)所说的翻译者在不同的语言、文化记录之间穿梭的过程,而是一种将主导文化的视域和思维叠加到边缘民族及其文化艺术产品上的过程。埃里克·切菲兹(Eric Cheyfitz)在他的著作《帝国主义诗学》(*The Poetics of Imperialism*,1991)中将这种翻译观与中世纪的帝国权力转移联系起来。切菲兹进一步解释道,通过帝国权力转移,建立在西方基督教价值观上的帝国文明可以转移到那些不会说帝国语言的野蛮人身上。在这种背景下,帝国使命从一开始就变成了一种翻译任务:将他者通过一个了解帝国运作的"雄辩的演说家",翻译成帝国的主流代码。[②] 这种"帝国权力转移"的翻译观遗留一直延续到今天,西方继续以各种隐蔽的方式为他者代言。典型的例子就是西方市场上出现的大量被译成英语的第三世界文学作品。斯皮瓦克在她的文章《翻译

---

① Huggan, Graham. *The Postcolonial Exotic: Marketing the Margins*. New York: Routledge, 2002: 171.

② Cheyfitz, Eric. *The Poetics of Imperialism: Translation and Colonization from* The Tempest to Tarzan. Pennsylvania: University of Pennsylvania Press, 1991: 112.

的政治》("The Politics of Translation")中谈到这个现象:"在批量翻译成英语的行为中,民主理想往往向强者法则屈服。例如:第三世界的文学都被翻译成一种带有同样翻译腔的文字时,巴勒斯坦女性作家的作品读起来与一位台湾男性作家的作品无异。"①

具体而言,斯皮瓦克所说的被屈服的"民主理想"是指后殖民文学文本中的修辞性、文化政治性和性别差异等都被抹去。哈根认为,在他者文化商品化过程中,"异国情调"被强行贴上各种大都会"中心"熟悉的标签,成为帝国权力转移的共谋。如拉什迪一生中因为大部分时间都并非生活在印度而自称为"国际作家",却被西方主流文化赋予"印度及东方文化在欧美的传播者"的身份。他的小说被"指派"继承了南美小说传统,以魔幻现实主义为卖点;他本人被誉为当代的塞万提斯、印度的果戈理,而这些都是西方熟悉的欧洲文学传统范畴内的概念。如此一来,后殖民作家用英文书写"异国情调"的边缘文化,被帝国话语强行贴上了"本土文化代言人"的标签,承担着将边缘他者文化翻译成帝国语言的任务。

霍米·巴巴认为后殖民主义的批判性存在于文化翻译开辟的混合空间中。这并非证明不同文化表征间具有透明度或可达性,而是说文化本身就具有不可通约性——不可译性。② 拉什迪、奈保尔这些成功的后殖民作家虽然都擅长操纵大都市现实政治③,并在很大程度上受制于大都会文化市场强大的调控力量,但同时他们抵制"边缘代言人、制度化的文化评论家"这样的标签。他们的书写本身就是关于翻译政治、跨文化意识和权力关系表征的元文本。而后殖民主义是一种翻译语境,后殖民作家作为文化翻译者,拥有对帝国运作的第一手知识,但区别在于他们利用这些知识挑战帝国权力而非支持。为了对抗帝国权力转移的文化翻译观,后殖民主义的使命就是"破坏性重译"④。翻译者的任务不是追溯原作、重现无瑕疵的前殖民文化的细节,而是作为"刻写异质性"的干预手段,警示纯粹的神话,以断裂的方式展示原初。⑤ "边缘"试图揭露的伤口却遭受着"中心"的刻意美化,后殖民作家虽然身处"敌

---

① Spivak, G. C. "The Politics of Translation." *Outside the Teaching Machine*. New York: Routledge, 1993: 182.

② Bhabha, Homi. "Postcolonial Criticism." *Redrawing the Boundaries: The Transformation of English and American Literary Studies* New York: Modern Language Association of America, 1992: 437—465.

③ Huggan, Graham. "The Postcolonial Exotic." *Transition* 1994(64): 24.

④ Niranjana, T. *Siting Translation: History, Post-structuralism, and the Colonial Context*. California: University of California Press, 1992: 6.

⑤ Ibid., 186.

营"内部,却也同时接受着大都会中心的价值观念影响,并下意识地迎合大都会中心的受众。这在一定程度上也揭示了后殖民作家所处的困境。

文化差异在全球文化商品化语境下被降格为一种旅行景观(tourist spectacle)。"他者"随处可见,世界成为一个多元文化繁荣的主题公园。"异国情调"近在咫尺,边缘文化的他异性在多元文化景观下经历了一个不完全同化的过程,即一种新的后殖民"异国情调"形式:边缘被重置于帝国意识形态框架中被重新定义和欣赏;他异性被赋予了帝国强势文化熟悉的色调,以期通过文化翻译手段实现帝国权力转移。在哈根看来,后殖民作家抵抗这种文化霸权的方式不是寻找一种未被异国神话污染的纯净的话语,而是通过"破坏性重译",揭示异国情调神话被构建的真相。通过异国情调的"去情境化美学"调控机制,他者文化被包装成外观新奇的本真性文化商品,重置于大都会文化市场的意识形态框架内。结果便是他者文化取得了更大的市场价值,赢得了大都会消费者的认可。而帝国中心也有效地将陌生事物的威胁感降低到最小,实现了新奇感与威胁感的最佳平衡。

第三节　温卡·奥门森
（Wenche Ommundsen, 1952—　）

生平简介

温卡·奥门森,澳大利亚学者、跨学科批评家,主要研究多语言写作及新跨国主义研究。多元文化语境下,澳大利亚文学更具包容性与开放性,众多女性作家、土著作家与移民作家逐渐得到认可,但非英语文学仍被排除在外。针对这一现状,奥门森的研究填补了一定空白,为非英语文学在澳大利亚的发展提供了借鉴。

奥门森出生于挪威,后旅居美国、瑞士、英国,1981年定居澳大利亚。目前,她任教于澳大利亚卧龙岗大学,2008—2013年间任卧龙岗大学文学院院长。奥门森著述颇丰,发表论文70余篇,其研究涵盖比较文学、文学与文化理论、跨国文学、离散文学等。奥门森在亚裔文学研究领域有较大的影响力。她的论文《本故事并非从船上开始:亚裔写作中的澳大利亚》①较早且系统性地论述了一批亚裔文学作家的创作特点,包括布赖恩·卡斯特罗、方佳佳(Alice Pung)、欧阳昱(Ouyang Yu)、黎南(Nam Le)、陈志勇(Shaun Tan)和曹励善(Tom Cho)等,提出澳大利亚文学将进入新的跨国写作阶段的洞见。此外,她对亚裔文学普遍关注的身份危机问题进行了系统研究,发表了一系列相关论文,包括《寻找双重身份:在澳大利亚寻求中国性》②、《勇敢新世界:近代亚裔澳大利亚图画书中的神话与移民》③、《看见自己的影子:在澳大利亚寻找中国性》④等。

奥门森的《从"白澳"政策到"亚洲世纪":澳大利亚移民文学研究》⑤一文收录在《1945年以来的移民和少数族裔作家》(*Immigrant and Ethnic-Minority Writers since 1945*,2018)一书当中。该论文系统梳理了澳大利亚移民文学的发展历史,探讨了移民写作与澳大利亚文化政治的关系,及其在澳大利亚的接受与批评。她还曾多次主持澳大利亚国家社科项目。

奥门森还参与主编了《折射:亚/澳写作》(*Refractions*:*Asian/Australian Writing*,1995)、《来自远方:澳大利亚作家及其文化错位》(*From a Distance*:*Australian Writers and Cultural Displacement*,1996)、《欣赏差异:后殖民文学史》(*Appreciating Difference*:*Writing Postcolonial Literary History*,1998)、《坏月亮:澳华文学评论集》(*Bastard Moon*:*Essays on Chinese-Australian Writing*,2001)、《文化公民身份与全球化挑战》(*Cultural Citizenship and the Challenges of Globalization*,2010)等学术著作。

---

① Ommundsen, Wenche. "This Story Does Not Begin on a Boat: What Is Australian about Asian Australian Writing?" *Continuum* 2011(25.4): 503—513.
② Ommundsen, Wenche. "Seeing Double: The Quest for Chineseness in Australia." *Cultural Studies and Literary Theory* 2008(16): 90—109.
③ Ommundsen, Wenche. "Brave New World: Myth and Migration in Recent Asian-Australian Picture Books." *Coolabah* 2009(3): 220—226.
④ Ommundsen, Wenche. "Behind the Mirror: Searching for the Chinese-Australian Self." *East by South: China in the Australasian Imagination*. eds. Charles Ferrall, Paul Millar and Keren Smith. Wellington: Victoria University Press, 2005: 405—421.
⑤ Ommundsen, Wenche, and Sneja Gunew. "From White Australia to the Asian Century: Literature and Migration in Australia." *Immigrant and Ethnic-Minority Writers since 1945*. eds. Wiebke Sievers and Sandra Vlasta. Boston: Leiden, 2018.

跨文化研究批评家

亚裔文学是澳大利亚移民文学的组成部分,为澳大利亚文学的繁荣和发展做出了重要贡献。近年来,澳大利亚文坛涌现一批颇有才华的作家,如,华裔作家布赖恩·卡斯特罗、欧阳昱,马来西亚裔的贝思·亚普,新加坡裔的黄贞才(Lilian Ng),马来西亚裔的易天鸿(Ee Tiang Hong),斯里兰卡裔的米歇尔·德·克雷特瑟(Michelle de Kretser)等,其中卡斯特罗的作品先后获得澳大利亚福格尔文学奖(The Australian Vogel Literary Award)和万斯·帕尔默小说奖(The Vance Palmer Prize for Fiction)等。然而,就整体而言,亚裔文学在澳大利亚文学中依然处于边缘地位,不仅多数作品没有获得主流社会的认可和接受,而且文学批评家也很少谈及亚裔文学。随着亚裔移民的不断增加,对亚裔文学的研究也呈现上升势头,本节以亚裔文学批评家温卡·奥门森为研究对象,试图基于她的学术论著,从亚裔文学和多语言文化传统两个方面论述奥门森的文学批评思想。

亚裔文学批评

澳大利亚在多元文化政策的支持下,迎来了一股新的移民潮,大批的亚洲移民来到澳大利亚,中国、印度、菲律宾等亚洲国家成为主要移民来源国。亚裔移民作家在文坛崭露头角,亚裔文学研究成为澳大利亚文学研究的新视点。奥门森从20世纪90年代开始从事移民文学研究,尤其对亚裔文学有比较全面深刻的认识。《从"白澳"政策到"亚洲世纪":澳大利亚移民文学研究》是她的最新研究成果,系统梳理了20世纪80年代至21世纪以来澳大利亚移民文学的发展史。

20世纪80年代是亚裔文学的起步阶段,受到当时主流文化的排斥,举步维艰。1981年出版的《牛津澳大利亚文学史》直言:"从各国涌入的移民带来多样化的个人历史,但他们的创作尚未成为澳大利亚文学的显著特征。"[①]奥门森认为该

---

① Kramer, Leonie. ed. *The Oxford History of Australian Literature*. Melbourne: Oxford University Press, 1981: 1−23.

论述反映了当时的普遍看法,"澳大利亚移民文学存在显著的集体历史缺失"①。亚裔移民文学研究尚未真正进入文学批评领域。②

进入20世纪90年代以后,亚裔文学地位有所提升,甚至部分移民作家融入了文学主流。奥门森认为这得益于当时的政治文化环境。1989年澳大利亚政府颁布《多元文化的澳大利亚国家议程》,将多元文化政策提升为国家基本政策,对各族裔文化艺术发展给予政策和经济上的支持。澳大利亚理事会艺术委员会(包括文学委员会)与各移民社区建立密切的联系,确保各族裔的民族文化艺术获得公平发展。多元文化期刊和书籍得到政府的经费支助,学术期刊和出版物成为多元文化文学推广的重要途径。《先驱者》(*Outrider*)是当时非常重要的多元文化文学期刊。该刊物采用多元文化文学与澳大利亚文学整合的策略,将移民文学纳入世界文学范畴,收录盎格鲁—凯尔特裔作家、海外离散作家以及非盎格鲁—凯尔特裔作家的作品和批评论文。在这一时期,出现了一些对多元文化写作感兴趣的小型出版商,包括霍嘉出版社(Hodja)、凤凰出版社(Phoenix Press)、猫头鹰出版社(Owl Publishing)等。澳大利亚移民文学逐步进入公众的视野,产生越来越大的影响。

多元文化政策带来了移民文学的繁荣,然而,移民文学作家并没有得到平等发展的机会。主流文学批评对亚裔移民作家的关注很大程度上出于政治因素的考虑,关注作者的多元文化身份,追求文本的"传统性"和"真实性"。亚裔移民文学被限制在自传叙事范畴,以现实主义创作手法表现移民的创伤、迫害经历。亚裔移民文学虽然进入文学批评视野,但被严重边缘化和刻板化。奥门森以华裔作家曹励善的短篇小说集《看看谁在变》(*Look Who's Morphing*,2009)为例进行了论述。该小说集融合了现实、幻想和流行文化等多种元素,对移民身份进行实验性探索,打破了移民文学只能以现实主义手法进行真实再现的刻板陈规。然而,该作品并未得到主流评论家的承认,他们认为如果曹励善"把小说限制在亚裔移民矛盾身份问题的探讨上,以更传统的现实主义手法呈现,那将会是一部完全不同、更好的作品"③。此外,澳大利亚的种族问题是一个敏感的政治话语,对移民文学的争论成

---

① Corkhill, A. R. *Australian Writing: Ethnic Writers 1945—1991*. Melbourne: Academia Press, 1994:1.

② Ommundsen, Wenche, and Sneja Gunew. "From White Australia to the Asian Century: Literature and Migration in Australia." *Immigrant and Ethnic-Minority Writers since 1945*. eds. Wiebke Sievers and Sandra Vlasta. Boston: Leiden, 2018.

③ Messner, D. "Surreal Search for an Identity." *Sydney Morning Herald* 23 May 2009:31.

为间接讨论种族差异问题的方式。① 移民文学研究很大程度上受制于多元文化主义之争。对于反对者而言,"平等多元"意味着"平均平庸",他们认为移民文学不能被列入澳大利亚文学的范畴,原因是"它通常写得不好",移民作家被认为根本无法用英语创作出好的作品。②

移民作家试图打破对移民文学的刻板印象,致力于实验性创作,摒弃现实主义的写作传统,使用后现代主义叙事手法,游走在过去与现实之间,揭示移民生活中遇到的文化冲突以及个人身份、民族身份和文化身份之间复杂微妙的关系。③ 奥门森认为亚裔文学经过近四十年的发展,成为澳大利亚文学中不容忽视的一股力量。④

近十年来,亚裔文学掀起了一场与"异国情调"离散文学交锋的潮流。奥门森的研究发现,20 世纪 90 年代英语文学市场的全球化发展带来了离散文学的一时繁荣,出现大量迎合西方主流的"异国情调"作品,表现民族创伤、移民身份、文化错置等主题。如新加坡华裔作家谭薇薇(Hwee Hwee Tan)所说:"自从张戎(Jung Chang)的《野天鹅》(*Wild Swans*,1991)成为全球出版界的热点以来,出版商把美丽的中国文学女主角打造成一只下金蛋的天鹅。"⑤市场上接连出现"充满异国情调的美丽女人遭受男性权力人物(无情的父亲或残忍的丈夫)虐待"的故事,谭薇薇将这种"中国天鹅"故事称为"垃圾文学"。⑥ 澳大利亚亚裔移民作家对这种离散文学背后的政治表征进行了批判。著名华裔诗人、学者欧阳昱对离散作家"黄金时代"打造的"明星作家"表达了不满,指责他们依靠"纳妾、裹脚和政治压迫"等所谓痛苦的民族记忆为卖点,用边缘营销的手段制造出了更多的"边缘化他者"。⑦ 米歇尔·德·克雷特瑟,苏尼塔·达科斯塔(Suneeta da Costa)⑧,张思敏(Hsu-Ming

---

① Ang, Ien, Sharon Chalmer, Lisa Law and Mandy Thomas. eds. *Alter/Asians*: *Asian-Australian Identities in Art*, *Media and Popular Culture*. Sydney: Pluto Press, 2000.
② Dessaix, R. "Nice Work if You Can Get It." *Australian Book Review*. 1991(128.22): 26.
③ Ommundsen, Wenche. "This Story Does Not Begin on a Boat: What Is Australian about Asian Australian Writing?" *Continuum* 2011(25.4): 503—13.
④ 欧阳昱、崔钰炜. 温卡·奥门森教授访谈录. 华文文学, 2015(2): 101—106.
⑤ Tan, Hwee Hwe. "Ginger Tale: Yet Another Chinese Heroine Faces Political Adversity—Will They Ever Stop?" *Time International* 27 May 2002: 66.
⑥ Ibid.
⑦ Ouyang, Yu. *Songs of the Last Chinese Poet*. Sydney: Wild Peony, 1997: 54.
⑧ 印度裔作家.

Teo)①,贝思·亚普和阿扎尔·阿比迪(Azhar Abidi)②等作家也表示移民作家需要摆脱族裔身份的束缚。奥门森认为亚裔作家对其族裔身份的态度与澳大利亚当时的民族身份建构不谋而合,两者都反映了对历史、民族/文化身份的质疑,民族身份建构中记忆和遗忘的矛盾关系等。在亚裔文学作品中不乏这样的例子,作家在解构历史叙事的连续性中,完成身份的解构到重构的过程。③

反本质主义话语的"后身份"(post-identity)是亚裔移民作家身份建构的关键。奥门森所指的"后身份"概念可以追溯到吉尔·德勒兹(Gilles Deleuze)哲学。④"后身份"不是指抛弃身份概念后我们是什么,而是指在通信技术迅速发展、全球资本不断扩张的背景下,对身份及身份政治的学术批评愈演愈烈,模拟效应激增,个体身份的连续性、独特性遭到挑战,在这种情况下如何对身份重新做出认知。奥门森认为"后身份"观影响了很多亚裔移民作家的创作。⑤ 著名华裔作家布赖恩·卡斯特罗是其中一位。他一贯坚持"后身份"立场,努力挣脱"一个强加的、静态的传统身份"。⑥ 他的小说《漂泊的鸟》⑦是一个关于追寻身份的故事,作者认为身份并非有待发现之物,而是创造之物。

奥门森指出亚裔移民作家的身份建构是一个从"自我书写"(writing by self)到"书写自我"(self by writing)的过程⑧,作家通过写作进行自我身份建构。卡斯特罗的《漂泊的鸟》就是"通过书写创造身份"的"元文本"实例。小说主人公西莫斯(Seamus)是一个在澳大利亚出生的孤儿,拥有中国人的长相、爱尔兰人的名字和欧洲人的蓝眼睛,他对自己的家庭背景一无所知。于是,西莫斯根据19世纪淘金者(罗云)山(Shan)的故事为自己"创造"了一个似是而非的家谱。小说人物西莫斯的自我身份创造与作家卡斯特罗的经历形成相互观照,共同指向"后身份"建构。

---

① 新加坡/马来西亚裔作家.
② 巴基斯坦裔作家.
③ Ommundsen, Wenche. "This Story Does Not Begin on a Boat: What Is Australian about Asian Australian Writing?" *Continuum* 2011(25.4): 503—13.
④ Stivale, Charles J. "Deleuze/Parnet in Dialogues: the Folds of Post-identity." *The Journal of the Midwest Modern Language Association* 2003(36.1): 25—37.
⑤ Ommundsen, Wenche. "This Story Does Not Begin on a Boat: What Is Australian about Asian Australian Writing?" *Continuum* 2011(25.4): 503—513.
⑥ Castro, Brian. *Writing Asia and Auto/biography: Two Lectures*. Canberra: University College, Australian Defence Force Academy, 1995: 13.
⑦ 又译:《候鸟》《漂泊者》。
⑧ Ommundsen, Wenche. "This Story Does Not Begin on a Boat: What Is Australian about Asian Australian Writing?" *Continuum* 2011(25.4): 503—513.

卡斯特罗出生于行驶在澳门与香港之间的一艘船上，拥有中国、葡萄牙、英国三国血统，会英语、中文、法语、葡萄牙语四门语言。他在小说创作中打破传统身份的束缚，通过小说家建立小说话语的权力，实现小说人物及其本人的身份再造，以书写解构了个人身份中家族、血统的概念。另一位华裔作家曹励善则通过书写解构了身体、身份与文化身份的界限。他的短篇小说集《看看谁在变》通过身体的变形探讨"身份的神秘本质"[1]。故事人物"无论看到什么，就变成什么"[2]，可以随意改变种族、性别，变身为动物、生物机器人、汽车，或者"哥斯拉"（Godzilla）、"驱魔人"（The Exorcist）、"迈克尔·杰克逊"（Michael Jackson）等流行文化偶像。小说故事中炫目的身体变形正是作者变性经历的回声[3]，如他本人所说："在过去的七年里，我一直在写一篇探索身份的短篇小说集。然而，在此期间，我的身份发生了一些变化，其中一个最重要的变化是我的性别转变。"[4] 作家把个人经历介入文本创造，聚焦身体的变形，以指涉身份的现实性、虚幻性与可再创造性。对于亚裔移民作家而言，身份并不是本质化的种族或文化根基，而是一种重新建构的存在。

奥门森总结了近十年来亚裔文学批评发展的特点和趋势。第一，亚裔文学批评越来越倾向于关注个体作家，尤其是那些在文学主流中取得成功的作家。第二，通过"亚澳研究网"（Asian Australian Studies & Research Net，简称 AASRN）[5]的建设推动了亚裔文学研究的发展。"亚澳研究网"定期发布会议信息、资料，鼓励年轻学者发布相关论文、研究出版物，开辟亚裔文化学术论坛。网络成员主要关注东亚文化，并与美国和加拿大等国的海外学术界建立密切的联系。[6] 第三，虽然澳大利亚文学在国际上仍然处于相对弱势，但海外的澳大利亚研究协会[7]对澳大利亚少数族裔文学、土著文学的研究兴趣激增，促进了亚裔文学研究在澳大利亚以外的地区的发展。第四，受国际文学批评整体趋势的影响，澳大利亚文学批评家将注意

---

[1] Ommundsen, Wenche. "This Story Does Not Begin on a Boat: What Is Australian about Asian Australian Writing?" *Continuum* 2011(25.4): 510.

[2] Cho, Tom. *Look Who's Morphing*. Artarmon: Giramondo. 2009: 101.

[3] 曹励善原名纳塔霞·曹（Natasha Cho），女性，后变性为男性。

[4] Cho, Tom. *Look Who's Morphing*. Artarmon: Giramondo. 2009: 101—102.

[5] 网址为：https://aasrn.wordpress.com。

[6] Ommundsen, Wenche. "This Story Does Not Begin on a Boat: What Is Australian about Asian Australian Writing?" *Continuum* 2011(25.4): 503—513.

[7] 如：欧洲澳大利亚研究协会（European Australian Studies Association，简称 EASA）、美国澳大利亚文学研究协会（Association of American Australian Literature Studies，简称 AAALS）、国际澳大利亚研究协会（International Australian Studies Association，简称 InASA）等。

力转向"世界""跨国"或"跨文化"文学,形成跨越国家、文化和语言界限的文学批评新范式。罗伯特·狄克逊的论文《澳大利亚文学:国际化语境》阐述了澳大利亚文学研究范式的发展,从早期的文化民族主义阶段发展到20世纪90年代的"学科间/跨学科"研究,并提出了"澳大利亚文学批评的跨国实践"方案,包括跨国背景的澳大利亚作家的传记作品,跨国知识结构对澳大利亚文学学术生涯的影响,国际出版、娱乐和媒体行业与澳大利亚写作之间的关系等。狄克逊认为,澳大利亚文学研究将"探索和阐述民族文学与世界的联系"①。

亚裔移民作家无疑将继续受到身份、历史和政治的影响,如何打破文化刻板印象,关注"如何"写以及写"什么",承认他们的文学创作的原创性,这些问题仍将成为亚裔文学批评的重要议题。在奥门森看来,"亚洲""澳大利亚"和"亚裔澳大利亚"并不是固定的、本质化的概念,随着人口的流动、文化的融合,澳大利亚的文化遗产也将发生变化,成为移民文学研究持续关注的话题。②

多语言文化传统研究

非英语文学是澳大利亚文学传统中一个重要部分,来自不同文化、使用不同语言的作家创作了数量庞大的跨国文学作品,但遗憾的是,多语言文化传统研究在学术界尚属冷门。奥门森近年来将研究重点转向新跨国主义语境下的非英语文学研究,在一定程度上填补了这一领域的空白。在2013年至2015年期间,奥门森主持澳大利亚研究理事会基金项目"新跨国主义:澳大利亚多语言文化传统"。该项目追溯了澳大利亚文学史上四种非英语文学(西班牙语、阿拉伯语、越南语和汉语)的发展脉络,探讨跨民族、跨语言、跨文化交流在澳大利亚民族文学建构中的作用和影响,重新定义澳大利亚文学语境下的跨国主义和多元文化主义。奥门森认为,非英语文学研究不是简单地将其置于民族文学研究范畴,形成一个单独的文学研究门类,而是带来跨文化文学流动理论认识的转变,探讨跨国界的文化双向流动,研

---

① Dixon, Robert. "Australian Literature: International Contexts." *Southerly* 2007(67.1): 15—27.
② Ommundsen, Wenche. "This Story Does Not Begin on a Boat: What Is Australian about Asian Australian Writing?" *Continuum* 2011(25.4): 503—513.

究移民社区间、移民的侨居地和原籍国之间的文化交流和碰撞。①

澳大利亚多语言文学研究的现状不容乐观,"根深蒂固的英语单语主义"严重阻碍了多语言文学研究的发展。② 以华澳文学研究为例,目前只有三部专著出版,包括沈园芳的华澳传记文学研究《澳新龙种》(Dragon Seed in the Antipodes, 2001)、贝娜黛特·布伦南(Bernadette Brennan)的《卡斯特罗小说研究:诱惑的语言戏谑》(Brian Castro's Fiction: The Seductive Play of Language, 2009)和奥门森的《坏月亮:澳华文学评论集》。③ 澳大利亚虽然是一个多元文化国家,但同时是西方国家中第二语言能力水平最低的国家,英语单语主义背后顽固的盎格鲁主流文化势力不容忽视。在澳大利亚,英语受到"特别保护"(preciously protected),文学话语已经成为"保守派占领的最后堡垒"(the last bastion of conservative appropriation),英语文学经典受到"贵族防线"(predominantly patrician lines)的保护。④

要改变澳大利亚的单语主义,奥门森认为最重要的是解构单语主义的核心情感纽带——母语。⑤ 雅士明·伊德(Yasemin Yildiz)在《超越母语:后单语主义条件》(Beyond the Mother Tongue: The Postmonolingual Condition, 2011)中对"母语"概念进行了详细阐述。伊德指出,单语制是近代的产物,起源于1789年法国大革命确立的"一个国家、一个民族、一种语言"的民族国家政治纲领。此后随着教育普及、现代民族国家的发展,高度情感化、性别化的"母语"概念被广泛接受。在单语范式中,母语不仅仅是一种隐喻,它还建构了一个关于起源和身份的叙事,排除了母语之外的语言具备情感意义的可能性。伊德认为,"母语"是历史的创造物,与"归属感"的情感内涵没有完全必然的联系,"母语"甚至可能与排斥、异化和创伤有关,因而成为心理治疗的障碍。相反,新的语言能够开辟"智力和情感途径"。因

---

① Zhong, H. and Ommundsen, Wenche. "Towards a Multilingual National Literature: The Tung Wah Times and the Origins of Chinese Australian Writing." *Journal of the Association for the Study of Australian Literature* 2015(15.3): 1—11.

② Ommundsen, Wenche, and Sneja Gunew. "From White Australia to the Asian Century: Literature and Migration in Australia." *Immigrant and Ethnic-Minority Writers since 1945.* eds. Wiebke Sievers and Sandra Vlasta. Boston: Leiden, 2018.

③ Ommundsen, Wenche. "The Literatures of Chinese Australia." *Oxford Research Encyclopedias.* Oxford: Oxford University Press, 2017:23.

④ Castro, Brian. *Looking for Estrellita.* St Lucia: University of Queensland Press, 1999:163.

⑤ Ommundsen, Wenche, and Sneja Gunew. "From White Australia to the Asian Century: Literature and Migration in Australia." *Immigrant and Ethnic-Minority Writers since 1945.* eds. Wiebke Sievers and Sandra Vlasta. Boston: Leiden, 2018.

此,问题的关键不在于将第一语言与第一记忆、家庭情感联系起来;而在于消解"母语"的排他性,其他语言同样能够塑造情感,扩大知识视野。[1]

奥门森从后殖民主义的角度对英语在澳大利亚的母语地位进行了解构。在澳大利亚用英语以外的语言撰写的文学文本得到的关注非常少,为了拥有更多的读者群,移民作家不得不放弃自己的母语,使用英语进行创作。移民作家的英语作品被认为带有所谓"书面口音"。在主流群体看来,"书面口音"是一种语言不连续的症状,不完全同化的状态,试图消除另一种语言竞争的拙劣尝试。移民作家的文学作品往往被贴上"语言拙劣"的标签。[2] 文化评论家周蕾(Rey Chow)从德里达的《他者的单语主义》(*Monolingualism of the Other*, 1996)中汲取灵感,阐述了语言与文化价值的关系,论述了在殖民地语境下,语言如何成为"文化优越或劣等的指标",进而消解母语占据的特权地位。"部分人把自己的母语(例如:英语)强加给他人,这种语言在某种程度上成为'移植之物'(an external graft)。殖民话语在无形中赋予了殖民者'先知'的特权。他们优越于他人掌握了这门语言。但如果周围该语言的使用者越来越多,那么,原来以英语为母语的人不过是无限'移植变体'中的一种罢了。"[3]周蕾认为,真正的优势一方不是殖民者,而是被殖民者,他们的语言在"交流、模仿、变化中产生变体、罅隙,形成一种具有创造性的语言",周蕾称之为"异邦语言"(xenophone)。[4] 在澳大利亚,"异邦语言"的积极倡导者和践行者无疑是布赖恩·卡斯特罗,他曾感叹澳大利亚缺少詹姆斯·乔伊斯和塞缪尔·贝克特这样的多语作家。他认为每种语言都以自己的方式讲述世界,多语言者拥有超越狭隘现实的能力,生活在不同的语言世界中。当他们把一种语言翻译成另一种语言时,不仅重塑了自己,而且还摆脱了单一语言的僵化限制,自由地进行越界、变形,体验不可思议的事物。不同的文化和语言以干扰破坏母语的方式来强化和丰富主体性,多语言者通过失去自我来收获自我。[5]

---

[1] Yildiz, Y. *Beyond the Mother Tongue: The Postmonolingual Condition*. New York: Fordham University Press, 2011. 转引自 Ommundsen, Wenche. "Multilingual Writing in a Monolingual Nation: Australia's Hidden Literary Archive." *Sydney Review of Books* 24 July 2018: 1—10.

[2] Ommundsen, Wenche. "Multilingual Writing in a Monolingual Nation: Australia's Hidden Literary Archive." *Sydney Review of Books* 24 July 2018: 1—10.

[3] Chow, Rey. *Not Like a Native Speaker: On Languaging as a Postcolonial Experience*. New York: Columbia University Press, 2014: 41.

[4] Ibid., 59.

[5] Castro, Brian. "Writing Asia." *Looking for Estrellita*. St Lucia: University of Queensland Press, 1999: 139—71.

奥门森通过分析华裔作家欧阳昱的作品展示了"异邦语言"在移民作家作品中的体现。欧阳昱是澳大利亚的华裔作家、翻译家,用中英双语创作。他宣称,语言是他的游乐场,是取之不尽的"异邦语言"的宝库。他在诗作《最后一位中国诗人之歌》(Songs of the Last Chinese Poet,1997)中,生动展示了母语与第二语言的碰撞融合。诗中说道"作家呀,语言与你灵肉相连,切不可失",语言是肉体的、性别化的、性爱的,为寻求性爱与语言上的和谐愉悦,切不可失去语言,否则形同阉割,痛苦不堪。① 在他的第二部英文小说《英语班》(The English Class,2010)中,主人公京(Jing)多年来在中国学习英语,移居澳大利亚后发现自己被诊断患有"汉英语言和文化冲突"的精神病,不仅令他无法进食,而且丧失了性功能,两种语言的冲突在他的身体内发生作用。如奥门森所说:"欧阳昱、卡斯特罗等移民作家,践行着一种看似矛盾的语言游戏。一方面,对单语范式的忠诚消耗殆尽,哀叹失去了纯净的、未受其他语言侵犯的母语;另一方面,纯净的母语被解构以后,显示出虚幻的本质,作家通过写作的美学实践开始了一场自信的多语言表演,开启了通往其他语言的躯体、情感和智识的大门,此时母语(如果有的话)反倒变得生涩奇怪了。"②

奥门森认为对于移居澳大利亚后选择用母语写作(或继续写作)的作家来说,语言对于他们具有新的意义和价值。选择使用少数族裔的语言表明了他们身处主流文化之外的立场,将主流读者排除在他们的写作对象之外。此外,母语写作表示作者探讨的主题往往与族裔社区内部利益相关。例如,第一部华澳小说《一夫多妻制毒药》(The Poison of Polygamy)于1909年至1910年间在墨尔本的中文报纸《中国时报》上连载。这部小说追溯19世纪50年代澳大利亚的中国淘金者的生活,谴责清政府的一夫多妻制、裹脚、吸食鸦片等腐朽传统。其时正值中国国内共和革命蓄势待发,作者借小说在华人社区的传播,向侨民宣传民主革命精神,并暗示清政府的腐朽落后正是华人在澳大利亚遭受歧视的重要原因,适时在侨民中打出"打倒清政府、支持共和党"的口号。此外,母语写作也是加强社群内部联系的一种手段,成为英语主导社会的同质化压力下,保护故国文化的一种方式。海外的母语写作还有助于建立跨越国界的文学社群的联系,加强世界各地侨民的联系和沟通。③

---

① Ouyang, Yu. *Songs of the Last Chinese Poet*. Sydney: Wild Peony, 1997: 54.
② Ommundsen, Wenche. "Multilingual Writing in a Monolingual Nation: Australia's Hidden Literary Archive." *Sydney Review of Books* 24 July 2018: 1—10.
③ Ommundsen, Wenche. "Multilingual Writing in a Monolingual Nation: Australia's Hidden Literary Archive." *Sydney Review of Books* 24 July 2018: 1—10.

奥门森的研究项目"新跨国主义:澳大利亚多语言文化传统"旨在借文学研究的"跨国转向"之势推动多元文化文学研究的发展,尤其是非英语多语言文学的发展,完整记录、绘制澳大利亚的多语言文学遗产,承认非英语文学是澳大利亚文学不可分割的一部分。项目组的工作涉及广泛的族裔社区咨询和调研,查找、索引带有目标语(西班牙语、阿拉伯语、越南语和汉语)文学内容的出版物。调查发现,族群内部发行的报纸和杂志在作家、读者群体中发挥着核心作用。作家定期在这些报刊发表本族语的诗歌、散文和小说(短篇小说或连载小说),其中有一些取得名气以后继续在海内外出版发行作品。例如,《越南》(Việt)于 1998 年创刊,是澳大利亚第一本越南语的学术期刊。Tiền Vệ 文学网络期刊成立于 2002 年,是世界各地越南侨民阅读量最大的文学杂志。正是由于这两部期刊在澳大利亚取得成功,为数不少的越裔诗人重新用母语写作。当然,这些报纸和杂志通常发行时间不长,历史资料很难追踪,图书馆、社区或是个人手中或许会有一些不完整的文献档案资料,但未被编入索引或记录。因此,这些档案的保存很脆弱,很可能由于某位作者或编辑的离世就难再寻回。《彼时》(An-Nahar)是非常重要的阿拉伯语文学期刊,期刊副本保存在一位编辑的车库里。老人去世时,家人不知该如何处理这些资料,后经奥门森项目组与新南威尔士州立图书馆联系,请他们接管这些档案,编制索引,并进行信息数字化处理,供广泛使用,使这些珍贵资料得以妥善保存。①

澳大利亚文学经典越来越多元化,奥门森和她的团队试图建立一种多元文化模式,在澳大利亚文学的文化空间中展示出更多元化的构成,形成不同语言和文化之间的对话。当然,澳大利亚英语单语范式背后依然存有强大的力量,尚有大量未开发或未充分开发的非英语的文学档案。所幸奥门森的项目开始得到学界的关注,《澳大利亚文学研究》在 2018 年发行"多语言研究"特刊,六位学者分别对奥门森项目以外的六种非英语文学在澳大利亚的发展做出了综述,包括波兰文学、希腊文学、塞尔维亚文学、乌克兰文学、伊朗文学和意大利文学。奥门森的项目组目前完成的只是"千里之行,跬步之始"。澳大利亚能否克服根深蒂固的英语单语制传统,真正反映其多元文化国家的地位,尚不可知。但在文化全球化语境下,跨越国家、民族界限,探讨语言与世界的关系、让沉默者发声是当今文学/文化研究的大势所趋。

---

① Ommundsen, Wenche, and Sneja Gunew. "From White Australia to the Asian Century: Literature and Migration in Australia." *Immigrant and Ethnic-Minority Writers since 1945*. eds. Wiebke Sievers and Sandra Vlasta. Boston: Leiden, 2018.

第四节　斯内加·古纽
（Sneja Gunew，1946—　）

生平简介

　　斯内加·古纽是澳大利亚后殖民理论、女性主义理论、多元文化理论和少数族裔文学研究的领军人物。她出生于德国一个东欧移民家庭，先后在澳大利亚、加拿大和英国求学，获澳大利亚纽卡斯尔大学博士学位。曾在澳大利亚纽卡斯尔大学、墨尔本大学和迪肯大学任教，1993年移居加拿大，现任不列颠哥伦比亚大学（University of British Columbia）英语和女性研究教授。2008—2011年任不列颠哥伦比亚大学跨学科研究学院副院长、2006—2010年担任《女性主义理论》（*Feminist Theory*）期刊编辑、2002—2007年任女性和性别研究中心（Center for Research in Women's and Gender Studies）主任。在澳大利亚期间曾担任《赫卡特》《米安津》《先驱者》《澳大利亚女性主义研究》等多份学术期刊的编委。1993年古纽决定离开澳大利亚，前往加拿大。她目前的研究重点是比较多元文化批评理论、离散文化及国家和全球文化形态研究。

　　自20世纪80年代，古纽开始从事澳大利亚移民文学研究，1981年至1987年编辑出版了移民文学系列文集《流离失所：移民故事讲述者》（*Displacements: Migrant Storytellers*,1982）和《流离失所2：多元文化故事讲述者》（*Displacements 2: Multicultural Storytellers*,1987），分别收录了战后移民作家以及非盎格鲁—凯尔特裔作家（通常指第二代和第三代移民）的作品。她与简·马赫杜丁（Jan Mahyuddin）合编的第三部选集《超越回声：多元文化女性写作》（*Beyond the Echo: Multicultural Women's Writing*,1988）是澳大利亚首部非盎格鲁—凯尔特裔女性作家作品选集。其澳大利亚女性主义和多元文化批评论文集包括《女性主义知识：批判与建构》（*Feminist Knowledge: Critique and Construct*,1990）、《女性主义知识读本》（*A Reader in Feminist Knowledge*,1991）、《澳大利亚多元文化作家名录》（*A Bibliography of Australian Multicultural Writers*,1992）、《引人注目的和弦：

多元文化的文学诠释》(*Striking Chords: Multicultural Literary Interpretations*, 1992)。古纽还致力于多元文化比较批评理论、流散文学和后殖民主义研究,出版著作《边缘之框:多元文化文学研究》《神出鬼没的国家:多元文化主义的殖民向度》《后多元文化作家——新世界主义中间人》(*Post-multicultural Writers as Neo-cosmopolitan Mediators*, 2017)等;发表相关领域学术论文六十余篇,主持参与加拿大国家社会科学人文学科研究委员会(Social Science and Humanities Research Council,简称 SSHRC)资助项目:"流散、本土性、族裔:当代加拿大和澳大利亚后殖民多元文化主义研究";不列颠哥伦比亚大学高级研究院项目:"女性、身份、食物的跨文化研究"。

近年来,古纽的研究兴趣转向全球化语境下的比较多元文化批评和流散文学/文化研究,从后殖民主义角度考察澳大利亚、加拿大的多元文化主义的建构,提出"后多元文化"[①]的概念,将国家形态与一种新的世界主义全球设计联系起来,是全新的研究视角和理论创新。

多元文化主义批评家

古纽的多元文化研究深受当代各种文艺思潮的影响,反对启蒙认识论所包含的本质主义和普遍主义的"宏大叙事",认为知识来源于物质世界中主体的权力对比,包括性别、种族、阶级等因素。在她的著述中不乏结构主义、后结构主义、解构主义术语,具有明显的跨学科特点。此外,后殖民理论也是她关于澳大利亚女性主义研究、少数族裔多元文化研究很重要的理论参照和补充。她曾经为霍米·巴巴主编的《民族与叙事》(*Nation and Narration*, 1990)撰文《文化民族主义的变体:"澳大利亚"的多元文化解读》[②],将多元文化书写置于后殖民文化研究的观照下,探讨文化民族主义的种种变体。古纽擅长运用批判性手段建构跨学科的理论知识框架,为澳大利亚多元文化研究的进一步发展做出了贡献。

---

① Gunew, Sneja. *Post-multicultural Writers as Neo-cosmopolitan Mediators*. London: Anthem Press, 2017.
② Gunew, Sneja. "Denaturalizing Cultural Nationalisms: Multicultural Readings of 'Australia'." *Nation and Narration*. ed. Homi Bhabha. New York: Routledge, 1990.

少数族裔女性文学研究

20世纪90年代,澳大利亚女性主义第三次浪潮兴起,女性主义研究步入了新的阶段。古纽抓住时代更迭的机遇,向传统女性主义发起挑战,批判了传统女性主义的同质化倾向。古纽认为,并不存在单一的、永久的、普遍的、独立于社会历史语境的知识主体,女性主义的知识建构是建立在主体权力博弈的基础上。在《女性主义知识:批判与建构》中,她采用后结构主义理论对传统女性主义知识体系进行了解构,指出传统女性主义在知识建构过程中取得合法性,但同时却是以牺牲边缘女性群体利益为代价,土著女性、少数族裔女性、女同性恋者等女性群体的权力并没有得到保障,甚至处于男权主义、种族主义双重压迫之下,生活境遇更加糟糕。通过追溯土著女性反抗白人女性主义者提出"姐妹情谊"观点的演变史,古纽指出种族歧视与女性压迫之间存在千丝万缕的联系,对少数族裔女性、土著女性而言,她们所经历的种族歧视的伤害远大于性别歧视。古纽从多元论的立场出发,指出女性主义的知识重构应该囊括白人女性、土著女性、少数族裔女性、少数群体女性的主体性建构,否则,所谓的女性主义话语只是"白人中心"意识形态的变体。[①] 由于古纽本人出生于一个移民家庭,她的研究重心是少数族裔女性研究,通过考察研究少数族裔女性主体性的认同过程,进而实现批评家自我的主体性构建。

古纽以路易·阿尔都塞(Louis Althusser)的意识形态质询理论,阐释了少数族裔女性在主流意识形态中被误识别和边缘化的过程。阿尔都塞意识形态理论的核心命题是质询理论。所谓"质询"——即"打招呼"(hail),指的是个体被某种权威的声音所召唤,并顺从地占据社会秩序指定给他的位置、主动地承担社会秩序要求他承担的角色。主体对自我的认识实则是对意识形态所指派的"主体身份"的认同,该"主体身份"是主体的一种无意识"误识别"。[②] 于是,在意识形态质询中被再生产出来的"主体性"就不仅仅是一个身份观念——"我是谁",而是一种"主体性效应"——"我从来就是那谁,就像我从来就是我一样无可怀疑"。[③] 澳大利亚是一个

[①] Gunew, Sneja. *Feminist Knowledge: Critique and Construct*. New York: Routledge, 1990.

[②] 路易·阿尔都塞. "意识形态与意识形态国家机器(一项研究的笔记)". 图绘意识形态. 斯拉沃热·齐泽克等. 方杰译. 南京:南京大学出版社,2002:177.

[③] 同上书,171.

以盎格鲁—凯尔特文化为主导的国家,少数族裔女性作家的书写长期以来作为被质询的主体,被主流意识形态定位于社会学文献或口述历史资料,澳大利亚文学史上相当长一段时间都没有听到少数族裔女性作家的声音,一则是因为没有替她们发声者,二则因为她们对自己身份的误识别而主动噤声。

古纽是替少数族裔女性作家发声的为数不多的学者之一。她与马赫杜丁共同编辑出版的《超越回声:多元文化女性写作》具有里程碑的意义,是澳大利亚文学史上第一部少数族裔女性作家作品选集,收录了近七十位来自不同文化背景的非英裔女性移民作家的作品。其内容、形式不拘一格,除主要的英语作品之外,还包括四篇非英语创作。整部作品包含三个主题,"书写而非自白""成为真正的女性""英语及其他"。[1]这部选集遂成为边缘女性作家对抗男性中心和盎格鲁—凯尔特主流文化的试炼场,通过主动"书写"而非被动"质询"的方式为少数族裔女性群体发声,书写她们自己的故事,给澳大利亚少数族裔女性文学的发展创造了机会。[2] 事实上,《超越回声:多元文化女性写作》中收录的为数不少的作家日后都得到了更好的发展。

古纽用朱莉娅·克里斯蒂娃的"贱斥"(abjection)理论解释了少数族裔女性作家的边缘地位。她在《边缘之框:多元文化文学研究》中对少数族裔文学作品中女性主体性身份的"边缘地位"有较详细的论述。她采用后结构主义的解构方法,分析了文本中少数族裔女性的"身份"表征,包括"性"(女性负责生育)、"食物"(女性负责喂养)、"沉默"(少数族裔女性无法用英语沟通)。[3] 20世纪50年代,由澳大利亚移民部制作的电影《没有陌生人》(*No Strangers Here*)就是这种"身份"表征的情境表达。影片中澳大利亚小镇上唯一的欧洲移民家庭受到当地居民的排挤,当母亲被"质询"——"请说出你的生活故事"时,她向"质询者"提供自制的饼干及制作食谱作为回答,"食物"构成了"被质询"的多元文化主体的一个重要组成部分。事实上,食物的多元化是澳大利亚多元文化的重要表征形式,多元文化美食节也是庆祝多元文化主义活动中非常喜闻乐见的形式。古纽探讨了食物、语言和主体性之间的联系。她认为,通过"食物"而非"语言"来表征身份是多元文化政策"同化"

---

[1] Gunew, Sneja, and Jan Mahyuddin. eds. *Beyond the Echo: Multicultural Women's Writing*. St Lucia: University of Queensland Press, 1988.

[2] Ibid., XIII.

[3] Gunew, Sneja. *Framing Marginality: Multicultural Literary Studies*. Melbourne: Melbourne University Press, 1994: 61-62.

(消化)异质文化的一种手段,"食物"可被消化系统吸收,而语言却不能被接受。① 古纽引用朱莉娅·克里斯蒂娃的"贱斥"概念,从精神分析学的角度探讨了"过程中的主体"(subject-in-process)的形成。②"贱斥"是一种强烈的厌恶排斥之感,如同看到了腐烂物而要呕吐。这种厌恶感既是身体的生理反应,也意指符号界的抗拒,使人强烈地排斥抗拒外在的威胁,然而此外在威胁同时也引发内在的威胁。"贱斥"始于主体对于母体的抗拒,只有离开母体,主体性才得以形成。③ 古纽认为非英裔移民的语言、文化在盎格鲁—凯尔特文化为主导的语境中,被主流文化视为具有不可通约性,给主体性甚至民族认同带来威胁,成为"贱斥"对象。因此,少数族裔女性书写必然被主流文化疏离、拒斥,成为男性的、欧洲人文主义主体的边缘之框,被"质询"建构为统一的形而上学的边缘化存在。澳大利亚多元文化主义演变成一场去政治化的媒体庆典,多元文化主义可以作为服装、风俗和烹饪的庆祝活动,然而作为高级文化,如在文学领域却不那么容易接受。④

古纽认识到少数族裔女性作家要彻底摆脱种族主义和男权中心的桎梏,关键在于"后结构主义的"文本阅读方式。在男性、英裔白人语境下,女性的问题变成了"女性就是问题",少数族裔的问题变成"少数族裔就是问题"。⑤ 这种思维模式反映在主流对少数族裔女性书写的接受中。她们的作品普遍被认为不具备文学价值,"能力不足""语言幼稚",而这些标签恰恰是主流受众对她们的期待投射,似乎只有凌乱破碎的语言才能反映其"本真性",少数族裔女性写作面临着进退维谷的困境。古纽呼吁用后结构主义的阅读方式来解构和重构少数族裔女性文本。少数族裔女性书写往往比其他类型的文本更清楚地展示了"质询而形成"的意识形态内容,打破基于性别、阶级和文化的统一性的主体性,将质询置于意识形态内容的断裂之中。当主体在被质询中出现断裂,即主体对现实社会的想象与真实条件之间

---

① Gunew, Sneja. *Framing Marginality: Multicultural Literary Studies*. Melbourne: Melbourne University Press, 1994: 61—62.

② Kristeva, Julia. *Powers of Horror: An Essay on Abjection*. Trans. Leon S. Roudiez. New York: Columbia University Press, 1982: 124—47.

③ Baruch, Elaine Hoffman. "Feminism and Psychoanalysis." *Julia Kristeva Interviews*. ed. Ross Mitchell Guberman. New York: Columbia University Press, 1996: 118.

④ Gunew, Sneja. *Framing Marginality: Multicultural Literary Studies*. Melbourne: Melbourne University Press, 1994: 22.

⑤ Henriques, J. "Social Psychology and the Politics of Racism." *Changing the Subject: Psychology, Social Regulation and Subjectivity*. Cathy Urwin. London: Methuen, 1984: 86—89.

出现明显差距,误识别就会产生。在这种情况下,主体性分裂成矛盾的立场。① 古纽提倡将少数族裔女性书写置于其各自的历史、文化语境中进行解读,重构其主体性身份,从社会建构而非自然建构角度重构女性写作立场,把少数族裔书写从单一的"第一人称"自我认同中解放出来,建构为一种真正意义上的多元存在。②

后殖民多元文化研究

20世纪80年代末,澳大利亚多元文化作家面临着身份识别的难题。仅仅通过作家姓名来辨识种族血统并不可靠,有的少数族裔作家改用了英国人名发表作品,有的女性作家婚后使用丈夫的姓氏。还有不少作家使用英语以外的语言写作,发表在非主流期刊和选集中,给研究人员带来了很大的困难。古纽和她的团队在这一方面做出了很大贡献。《澳大利亚多元文化作家名录》于1992年出版,详细列出了近千名澳大利亚多元文化背景的作家及其作品;同年,多元文化文学批评文集《引人注目的和弦:多元文化的文学诠释》出版,是澳大利亚多元文化作家研究的开创性成果。在《澳大利亚多元文化作家名录》中,20世纪四五十年代来自欧洲的战后移民群体被确定为第一批多元文化作家,包括希腊、意大利、波兰、犹太移民等。近几十年来,多元文化作家群体构成呈现多样化,第二代、第三代欧裔战后移民在澳大利亚出生并接受教育,他们熟悉原籍国和澳大利亚主流的语言、文化,为多元文化文学传统增添了新的活力。此外,来自越南、中东、印度、中国和东南亚等地的移民作家群体的加入,进一步丰富了多元文化文学创作的内容和形式。

古纽将澳大利亚和加拿大的多元文化建构进行了对比研究。移居加拿大以后,她打破多元文化研究与后殖民研究的学科界限,在后殖民主义视域下进行了跨国性的多元文化研究。20世纪80年代,古纽开始接触后殖民理论,斯皮瓦克、萨义德等后殖民思想家对她的影响很大。后殖民理论的论题与她的多元文化研究有很多契合点,如文化中的权力差异对文学的影响,多元文化文学对主流文学的"补充"。此外,20世纪末的世界政治、经济局势发展进一步促成了古纽在后殖民多元文化研究中的投入。第一,经济全球化带来人口、资本与资讯的跨国界流动,古纽

---

① Gunew, Sneja. *Framing Marginality: Multicultural Literary Studies*. Melbourne: Melbourne University Press, 1994: 62-65.
② Ibid.

对流散文学/文化的关注扩大了她的多元文化研究视野,从原来的国家、区域内的研究转向比较的、跨国界的研究。第二,澳大利亚国内国际政治形式发生变化,1996年霍华德执政,提出反对多元文化主义,提倡单一民族性的国家认同。2001年印度尼西亚难民船事件反映出人道救援与难民问题在澳大利亚形成的紧张气氛。不久后,美国"9·11"事件爆发,在国际社会反恐与反穆斯林的政治气氛下,澳大利亚政府改变多元文化主义的主流叙述,转而拥抱过去以英裔白人为主流的历史和价值观,强调同质化的文化民族主义。这个转变被学者称为"多元文化主义的危机",在政治与学术界造成一场论战。[①] 多元文化研究扩大到历史、政治等维度,与后殖民主义携手,寻找对抗文化种族主义的力量。第三,后殖民研究关注帝国主义的殖民历史,努力消解边缘与中心的二元对立。然而,古纽认为,在澳大利亚后殖民语境下,新种族主义不再以生物决定论为基础,而是强调种族之间的文化差异,基于不同文化之间的不可通约性,构建文化种族主义。古纽的后殖民多元文化研究关注盎格鲁—凯尔特裔白人群体与欧陆裔白人移民群体的"白人性",土著与少数族裔之间以及少数族裔社群之间的差异,通过解构"多元文化主义"话语的旨在达成边缘群体之间的真正团结和联合,实现对主流中心的消解。

  古纽的另一个研究重心是后殖民语境下的多元文化主义及其与种族政治的关联。她的理论专著《神出鬼没的国家:多元文化主义的殖民向度》通过对文学作品、自传和理论文本等不同文类的实例分析,深入浅出地探讨了这个问题。澳大利亚少数族裔群体的多元化区隔很大程度上是殖民主义历史的结果。殖民时期盎格鲁—凯尔特裔殖民者的后代通过英裔与非英裔的能指链差异系统,构建了英裔文化的主体性,英裔文化成为现代性和欧洲文明的能指,而非英裔文化被置于欧洲现代性之外。[②] 后殖民主义是从边缘走向中心的抵抗,旨在消解中心的主导性权力,在澳大利亚多元文化语境下,具体表现为对抗资本主义现代性的全球化。古纽的后殖民多元文化研究剖析殖民主义机制下构建的多元文化主义,进而解构英裔主流的欧洲性、现代性。

  剖析这些变化背后的文化政治因素是古纽文化殖民主义批评的主旨。古纽从后殖民角度对多元文化主义概念进行了解读,绘制了不同时期的多元文化地图。

[①] Ang, Ien. "Provocation—Beyond Multiculturalism: A Journey to Nowhere?" *Humanities Research* 2009(15.2):17—21.

[②] Gunew, Sneja. *Haunted Nations: The Colonial Dimensions of Multiculturalisms*. London: Routledge, 2004.

澳大利亚多元文化主义的构建与其移民历史有很大关系。第二次世界大战结束以后,澳大利亚政府开始了大规模的欧洲移民计划项目。成千上万的无家可归的欧洲人迁徙到了澳大利亚。20世纪70年代"白澳"政策废除以后,亚洲移民开始进入澳大利亚,澳大利亚成为亚太区的主要移民国家。1989年澳大利亚联邦政府颁布《多元文化的澳大利亚国家议程》,明确将多元文化上升为基本国策,要求各部门的工作计划都必须包含多元文化的内容。澳大利亚在国家层面上定义为"多元文化"国家。然而,20世纪90年代末,澳大利亚的多元文化政策遭遇挫折,很长一段时间内"多元文化主义"几乎从官方政府话语中消失。古纽以后结构主义的方法对国家层面的多元文化话语进行了解构,得出结论:多元文化主义是流动的能指,总是与特定的关注点联系在一起,在不同的语境下发生变化。多元文化主义作为政策层面的政治理论,宣扬欧洲中心主义话语的终结,土著、各族裔移民群体的差异得到承认,在忠于澳大利亚核心价值的前提下,各群体可以保持独特的文化差异。然而,从后殖民主义的视角来看,多元文化主义话语的问题在于:多元文化主义宣扬保留各群体独特的差异,同时也意味着存在一个同质的核心来衡量这些差异。[①]所谓"多元""异质"的构成并没有必然导致"欧洲中心"的消解。

  古纽对澳大利亚多元文化主流政治话语中的"澳大利亚"概念提出了质疑。她摘录了澳大利亚总理约翰·霍华德于1997年12月11日发表的一段讲话,演讲主题为"重申澳大利亚致力于建成一个正式的多元文化国家"。霍华德指出:

> 澳大利亚成就的伟大之处就在于我们能够将历史遗产中的各种元素去粗取精,因为每种文化传统都是好与坏的融合。我们继承了英国与欧洲传统,我们继承了议会民主和法治的伟大基石,我们还继承了言论自由以及在诸多问题上尊重公民态度的传统。我们谨慎地……拒绝以出生地、阶级为判断基础的阶级意识、社会分层以及种族歧视,这常常也是欧洲社会的一个文化特征。然而,这并不是说我们的历史总是毫无波折。我确定,在很久之前我们就认识到了我们对土著人民令人震惊的不公正待遇。至今,要实现澳大利亚社会各民族间的完全和解,还需要做出很大的努力。我清醒地意识到,追溯到几代以前,我也是具有英国和爱尔兰血统的后裔。几年前,我认识到了来到澳大利亚的新移民可能并没有受到欢迎或类似先前那样的宽容的事实。虽然事实并非

---

① Gunew, Sneja. *Haunted Nations: The Colonial Dimensions of Multiculturalisms*. London: Routledge, 2004: 34—35.

总是如此,但有时的确如此,我们没有必要假装忽视。①

古纽对引文中的"英国和欧洲传统""欧洲社会""澳大利亚""澳大利亚人""英国和爱尔兰血统"进行了标注,犀利地指出:这些看似平淡无奇的概念高度编码了不同群体之间的区别,作为漂浮的"能指"符,隐含了欧洲现代性和文明性的假设,在"欧洲""盎格鲁－凯尔特""移民"和"澳大利亚/人"之间不断滑动。事实上,在多元文化话语中不乏这样的例证,主流的"澳大利亚人"通过多元文化术语的差异链与"他者"区隔,"澳大利亚人"在这个能指流中指向盎格鲁－凯尔特裔白人,他们放弃阶级等级观念、开明自由,代表了欧洲现代性;多元文化的"他者"指向非英裔移民群体,他们因循守旧,固守原有的文化传统,说着蹩脚的英文,拥有不良的卫生习惯和良好的足球技能。古纽通过对文本的解构性阅读,有力地论述了殖民主义传统在澳大利亚多元文化主义中的渗透和干预,揭示了澳大利亚多元文化主义的殖民性:在不破坏盎格鲁－凯尔特白人为主导的核心价值的基础上,允许,甚至鼓励保持澳大利亚社会的文化多样性。②

---

① Howard, John. "Address." *Multicultural Australia the Way Forward*. Melbourne: Department of Immigration and Multicultural Affairs National Multicultural Advisory Council. 1997:9. 转引自 Gunew, Sneja. *Haunted Nations: The Colonial Dimensions of Multiculturalisms*. London: Routledge, 2004:35.

② Gunew, Sneja. *Haunted Nations: The Colonial Dimensions of Multiculturalisms*. London: Routledge, 2004:34—35.

第十六章 其他批评家

戴维·卡特
(David Carter, 1953—)

戴维·卡特是知名学者、文化史批评家,昆士兰大学教授、澳大利亚人文科学院院士,主要从事澳大利亚文学和出版史及文化史研究。1997—2001年间担任国际澳大利亚研究协会会长,并主编《路口》(Crossings)期刊。

卡特出版作品众多,涉及文学、文化、历史等领域。主要包括:《书本之外:当代文学期刊著述》(Outside the Book: Contemporary Essays on Literary Periodicals, 1991)、《民族庆典:澳大利亚200周年庆典研究》(Celebrating the Nation: A Study of Australia's Bicentenary, 1992)、《澳大利亚面面观:澳大利亚研究导论读本》(Images of Australia: An Introductory Reader in Australian Studies, 1992)、《共和主义之争》(The Republicanism Debate, 1993)、《写作的生涯:朱达·沃顿及其文学生涯的文化政治》(A Career in Writing: Judah Waten and the Cultural Politics of a Literary Career, 1997)、《朱达·沃顿:小说、回忆录与评论》(Judah Waten: Fiction, Memoirs and Criticism, 1998)、《探索澳大利亚:留学生用教材》(Exploring Australia: A Textbook for International Students, 2000)、《剥夺、梦想与多样性:澳大利亚研究问题》(Dispossession, Dreams and Diversity: Issues in Australian Studies, 2006)、《几乎一直现代:澳大利亚印刷文化与现代性》(Almost Always Modern: Australian Print Cultures and Modernity, 2013)、《美国市场中的澳大利亚书籍与作家,19世纪40年代—20世纪40年代》(Australian Books and Authors in the American Marketplace 1840s—1940s, 2018)等。

卡特将文学批评理论化,将文化研究与文学研究结合在一起,开拓了澳大利亚文学研究的视野。卡特也十分关注澳大利亚文化民族主义的问题,在反民族主义和后民族主义兴起时他曾提出,建构澳大利亚文学与文化历史比解构它显得更为重要。

帕特里克·巴克里奇
(Patrick Buckridge, 1947—)

帕特里克·巴克里奇出生于布里斯班,毕业于昆士兰大学,在宾夕法尼亚大学获得英国文学博士学位。巴克里奇在昆士兰大学任教数年之后,1981年起在格里菲斯大学(Griffith University)澳大利亚与比较研究学院任高级讲师,现为人文学院院长。他在澳大利亚文学、传记、文学史等方面发表过大量作品,尤其对澳大利亚新闻与文学的跨学科感兴趣。他的《丑闻缠身的彭顿:布赖恩·彭顿传》(*The Scandalous Penton: A Biography of Brian Penton*, 1994)由昆士兰大学出版社在1994年出版。

帕特里克·巴克里奇是一个不同寻常的人——即使在学术界也是如此:他是一位真正的学者,对思想有着深厚的,有时甚至是古怪的热情。他满足于布里斯班的生活,同时从事历史、语言和文学领域的学术研究。他一直对文艺复兴时期的文学钟爱有加,但近年来他的研究扩展到澳大利亚作家、昆士兰文学史、文学批评历史以及文学作品读者的性质。

巴克里奇的其他作品还有:《阅读职业身份:战后出生的一代和他们的书籍》(*Reading Professional Identities: The Boomers and Their Books*, 1995)、《新闻业:印刷、政治与流行文化》(*Journalism: Print, Politics and Popular Culture*, 1999)和《约翰·马斯顿戏剧评论》(*The Drama of John Marston*, 2000)。

罗伯特·狄克逊
(Robert Dixon, 1954—)

罗伯特·狄克逊是澳大利亚人文科学院院士,澳大利亚文学研究会前任主席,澳大利亚研究理事会成员(2008—2010),迈尔斯·弗兰克林文学奖评委,尼特·基布尔文学奖主席以及澳大利亚课程评估报告局顾问;曾获澳大利亚研究理事会的澳大利亚教授奖学金(Australian Professorial Fellowship)和发现杰出研究奖(Discovery Outstanding Research Award)。狄克逊是悉尼大学出版社澳大利亚文学研究系列的总编。他的研究方向主要包括：澳大利亚文学与文学批评、殖民主义及其文化、澳大利亚文化研究、后殖民研究、澳大利亚艺术史、摄影和早期电影。

狄克逊的作品有：《帝国轨迹：1788—1860年新南威尔士的新古典文化》《书写殖民冒险》《澳之经典：澳大利亚文学声望的塑造》(Canonozities: The Making of Literary Reputations in Australia, 1997)、《澳大利亚文学与公共领域》(Australian Literature and the Public Sphere, 1999)、《权威与影响：1950—2000年澳大利亚文学批评》(Authority and Influence: Australian Literary Criticism 1950—2000, 2001)以及《人造众神：旅行、表现和殖民治理》(Prosthetic Gods: Travel, Representation and Colonial Governance, 2001)。

狄克逊提出叙事小说有意识形态的功能，文本则记录了特定历史时期的文化，而批评家的任务就是找出二者不相协调的地方并加以讨论。

约翰·多克尔
(John Docker, 1945—   )

约翰·多克尔，学者、文学批评家。多克尔出生于悉尼，毕业于悉尼大学和墨尔本大学，并在澳大利亚国立大学获得博士学位。他曾在多所大学任教，研究论著涉及当代文化、身份和移民理论等。现任悉尼大学名誉教授。

多克尔出版作品颇丰，主要包括《澳大利亚文化精英：悉尼和墨尔本的知识传统》(Australian Cultural Elites: Intellectual Traditions in Sydney and Melbourne, 1974)和《危急时刻：阅读澳大利亚文学》。前者主要研究城市文化历史的论著，后者考察了澳大利亚大学中文学教学的历史和实践，论述了激进的民族主义者万斯·帕尔默、内蒂·帕尔默、A. A. 菲利普斯、杰弗里·塞勒(Geoffrey Serle)、伊恩·特纳(Ian Turner)等与澳大利亚新批评家维尔克斯、文森特·巴克利、赫塞尔廷等之间的关系。

他的作品还包括：《内莉·梅尔巴、金杰·梅格斯和他的朋友们：澳大利亚文化史研究论文集》(Nellie Melba, Ginger Meggs, and Friends: Essays in Australian Cultural History, 1982)、《紧张的90年代：19世纪90年代澳大利亚的文化生活》(The Nervous Nineties: Australian Cultural Life in the 1890s, 1991)、《后现代主义与流行社

会:文化历史》(*Postmodernism and Popular Culture*: *A Cultural History*,1994)、《澳大利亚与新西兰的种族、肤色与身份问题》(*Race*, *Colour and Identity in Australia and New Zealand*,2000)、《1492:侨民的诗学》(*1492*: *The Poetic of Diaspora*,2001)、《身份的历险:欧洲多元文化经历与视角》(*Adventures of Identity*: *European Multicultural Experiences and Perspectives*,2001)等。

克琳·戈兹沃西
(Kerryn Goldsworthy,1953—)

克琳·戈兹沃西毕业于阿德莱德大学,拥有学士和博士学位,是澳大利亚自由作家。1981年到1997年间,她在墨尔本大学担任讲师,也曾在迪肯大学(Deakin University)、弗林德斯大学(Flinders University)、阿德莱德大学以及奥地利克拉根福特大学(Universität Klagenfurt)短暂任教。戈兹沃西曾担任《澳大利亚书评》(1986年5月至1987年12月)的编辑,声称这两年的经历使她前所未有地更加了解人性。

戈兹沃西参与编辑了四本澳大利亚文学选集,撰写了不少文章、论文与评论。作品包括:《澳大利亚短篇故事》(*Australian Short Stories*,1986)、《岸到岸:近代澳大利亚散文写作》(*Coast to Coast*: *Recent Australian Prose Writing*,1986)、《月光奏鸣曲的北部》(*North of the Moonlight Sonata*,1989)、《澳大利亚爱情故事》(*Australian Love Stories*,1997)、《澳大利亚作家系列之海伦·加纳》(*Helen Garner of Australian Writers Series*,1997)等。

戈兹沃西是澳大利亚文化协会文学委员会(Literature Board of the Australian Council for the Arts)成员之一。1997年,她回到阿德莱德,做自由撰稿人,在此期间担任迈尔斯·弗兰克林文学奖的评委。2013年,戈兹沃西被授予"年度澳大利亚评论家"称号,获得帕斯卡尔奖(Pascall Prize)。

第五编
新中国澳大利亚文学批评
（1949年至今）

　　尽管中澳之间的联系可以追溯到澳大利亚殖民时期，但在新中国成立之前，中国澳大利亚文学批评研究几近空白，主要原因是澳大利亚实施臭名昭著的"白澳"政策，排挤华人，再加上两次世界大战，致使中澳之间的文化交流几乎处于停滞状态，文学批评研究更是无从谈起。1972年12月，中澳正式建立外交关系之后，中国澳大利亚文学批评研究才逐步展开，并在改革开放期间取得了令人瞩目的成就。回顾历史，其进程可以大致分为解冻、起步、发展和深入四个阶段。解冻阶段（1949—1978）的成果主要体现在对澳大利亚文学作品的翻译方面，多数译介作品的选择与当时的政治氛围相关。起步阶段（1979—1988）主要聚焦劳森、怀特等著名作家文学作品的个案研究，其中不乏对澳大利亚文学流派研究的成果。发展阶段（1989—1999）开始出现澳大利亚文学史和文学批评专著，具有综合性和集中性的特点。深入阶段（2000年至今）的文学批评与前期的成果有很大的不同，表现出理论性更强、内容更加广泛的特色。新中国澳大利亚文学批评是百年澳大利亚文学批评史的重要组成部分，其独特的学术价值不容小觑。

第十七章　解冻阶段(1949—1978)：
澳大利亚文学翻译研究①

近年来,在外国文学研究领域,"学术史"研究是热点之一。除了中国社会科学研究院外国文学研究所陆续推出的、基于经典作家的"外国文学学术史"大型丛书之外,国别文学学术史研究也呈现"集约化"的态势,出现了"新中国外国文学研究60年"的国家社会科学基金重大项目。这表明,学术史研究的价值日益被学界所认同,陈众议在《当代中国外国文学研究(1949—2009)》的序言中明确指出:"格物致知,信而有证;厘清源流,以利甄别。学术史是一般博士论文的基础,而学科史的梳理则既是学科发展的需要,也是一种行之有效的文化积累工程。无论是一般意义上的学术史还是学科史,通过尽可能竭泽而渔式的梳理,即使不能见人所未见、言人所未言,至少也可将有关研究成果(包括研究家的立场、观点和方法)分门别类、公诸于众,以裨来者考。"②

作为上述国家社会科学基金重大项目的子课题,"新中国澳大利亚文学研究60年"对1949年以来中国学者的翻译与学术成果进行了梳理和评述。研究发现:澳大利亚文学翻译与研究可分为解冻(1949—1978)、起步(1979—1988)、发展(1989—1999)和深入(2000年至今)四个阶段。改革开放前30年,澳大利亚文学研究基本上是译介史,而国内对澳大利亚文学翻译的评述几近缺失。这可以从业已出版的《中国翻译文学史稿》③、《中国近代翻译文学概论》④和《中国现代翻译文学史(1898—1949)》⑤等著作中得到佐证。事实上,尽管与英美和俄苏文学相比,

---

① 本编引用的部分文献为国内学者所写的英文文章或著作,在此不提供译文,特此说明。另,本章部分内容已在《中国翻译》2014年06期发表.
② 陈众议主编. 当代中国外国文学研究(1949—2009). 北京:中国社会科学出版社,2011:1.
③ 陈玉刚主编. 中国翻译文学史稿. 北京:中国对外翻译出版公司,1989.
④ 郭延礼. 中国近代文学翻译概论. 武汉:湖北教育出版社,1998.
⑤ 谢天振、查明建主编. 中国现代翻译文学史(1898—1949). 上海:上海外语教育出版社,2004.

澳大利亚文学翻译与研究仍然处于相对边缘的地位,但它也见证了当代中国外国文学研究的风雨历程。本章在文献调查的基础上,以学术史为视角,重点论述改革开放前30年澳大利亚文学翻译与研究成果的特点及其背后的动因,从而折射出当代中国澳大利亚文学研究60年的成就。改革开放后30年的中国澳大利亚文学翻译述评将另文论述。

中国与澳大利亚之间的联系可以追溯至唐宋以前①,甚至也曾出现"中国人发现澳洲"的推断②,但国人对澳大利亚的真正了解应该是鸦片战争以后的事情。19世纪40年代,清政府被迫开埠通商,西洋人开始进入沿海城市,从事贸易等商业活动。广东、福建等地去澳大利亚谋生的华工也日益增多,介绍澳大利亚的书籍逐渐出现,其中多数是清朝官吏出使欧洲的旅行札记③,如《乘槎笔记·徐继畬序》《随使英俄记》④和《英轺私记》⑤等。虽然这些早期介绍澳大利亚的著作并非作者在澳大利亚实地考察所作的记载,具有道听途说或翻译性质,但它们使国人对澳大利亚的地理、行政、资源等基本概况有了初步的了解。

1901年,澳大利亚联邦政府成立,但在其后的相当一段时间,澳中文化交流几乎停滞不前。在澳国内,民族主义盛行,排外思想严重,《移民限制法案》⑥几乎关闭了包括华人在内的有色人种移民的大门,抵制一切异域文化的"金迪沃罗巴克"运动更是"唯我独尊"的明证,即使有对外文化交流,也主要集中在欧美国家,对中国文化乃至亚洲文化采取冷漠、排斥的态度。第二次世界大战期间,中澳政府曾有过时断时续的接触,但基本上是国际时局使然,受英美所摆布。"而在中国,推翻封建王朝与复辟帝制的博弈、军阀争夺地盘的混战、抗日救亡的生死搏斗、寻求建立人民民主政权的解放战争,占据了这一时期几乎全体国民的注意力,使之无暇顾及文化建设这类并不直接涉及民族存亡的事情。即便以此为己任的知识分子,因为

---

① 张秋生. 澳大利亚华侨华人史. 北京:外语教学与研究出版社,1998:1-14.
② 参见卫聚贤. 中国人发现澳洲. 香港:香港明石文化国际出版有限公司,1960. /C. P. 菲茨杰拉德. "是中国人发现了澳洲吗?"中外关系译丛(第1辑). 中外关系史学会编. 上海:上海译文出版社,1984.
③ 1861年,清朝政府设立了中国历史上第一个专司外交事务的机构——总理各国事务衙门,迈出了中国外交制度近代化的第一步。书中提到的斌春、张德彝、刘锡鸿为该机构官吏,曾出访欧洲国家,从欧洲人那里了解了许多澳大利亚的情况,回国后著书立说。
④ 张德彝. "随使英俄记". 走向世界丛书. 钟叔河主编. 长沙:岳麓书社,1986.
⑤ 刘锡鸿. "英轺私记". 走向世界丛书. 钟叔河主编. 长沙:岳麓书社,1986.
⑥ 1901年9月澳大利亚联邦议会通过了自由党议员迪金提出的以"纳塔尔法案"为蓝本的《移民限制法案》(Immigration Restriction Act)。该法案奠定了"白澳"政策的基础,成为一项排斥包括华人在内的有色人种的基本国策,在整个澳大利亚联邦范围内全面实施,直到20世纪70年代。

第十七章 解冻阶段(1949—1978):澳大利亚文学翻译研究

深受半殖民教育的影响,目光也仅囿于美国和欧洲,很少想到那个'骑在羊背上'的国家。于是,澳大利亚文学在中国的冷寂也就势在必然了。这一时期除了寥寥无几的澳大利亚概况这类书籍,没有出现介绍澳大利亚文学的尝试。"①

1949年之后,标志着包括中澳在内的中外文化交流进入"残雪犹寒暖气微"的解冻阶段。由于新政权刚刚建立,到处是多年战争留下的残垣断壁和满目疮痍,社会、经济、文化事业亟待发展。与此同时,以美国为首的西方资本主义国家对中国实施政治上扼杀、经济上制裁、军事上干涉和遏制的政策,促使中国与苏联等社会主义国家紧密地团结在一起,文化交流也主要是着力于社会主义阵营和亚非拉国家。20世纪70年代初期,中国与包括澳大利亚在内的西方各国的关系开始解冻,文化交流依然有春寒料峭之感;冰凌开始融化,但速度十分缓慢。

20世纪70年代中后期,中澳两国都各自完成了重要国策的调整,为文化交流注入了新的活力。在中国,十一届三中全会胜利召开,开创了社会主义文化建设的新局面。在澳大利亚,工党赢得了大选,宣布取消"白澳"政策,鼓励澳大利亚人进行文学艺术创作,迎来了文学繁荣的新机遇。1972年12月,澳大利亚与中国建交,阻碍文化交流的政治屏障得以清除,文学研究开始逐渐步入正轨。

这一时期的澳大利亚文学研究成果主要体现在翻译方面。首部在中国出版的澳大利亚文学译著是詹姆斯·奥尔德里奇(又译:詹姆斯·阿尔德里奇)(James Aldridge)的长篇小说《外交家》(The Diplomat,1949),该作品由于树生翻译,于1953年12月由上海出版公司出版。这部描写冷战前夕两名英国外交官在伊朗的遭遇,彰显美、英、苏三国冲突与矛盾的故事,堪称鸿篇巨制,译成中文后分上下两册,长达1146页。在以后的几年里,其他四部小说也相继被翻译出版,它们分别是《海鹰》(The Sea Eagle,1944)②、《猎人》(The Hunter,1950)③、《光荣的战斗》(Signed with Their Honor,1942)④和《荒漠英雄》(Heroes of the Empty View,1954)⑤。1954年,弗兰克·哈代的长篇小说《幸福的明天》由上海文艺联合出版社出版发行,译者依然是于树生。三年后,他的另一部小说《不光荣的权力》也被新文艺出版社出版,译者是叶封、朱慧。另外,哈代等著的短篇小说集《我们的道路》(The Tracks We Travel)也于1959年由上海文艺出版社出版。20世纪50年代翻

---

① 黄源深."总序".彼得·凯里小说研究.彭青龙.上海:上海外语教育出版社,2011.
② 詹姆斯·阿尔德里奇.海鹰.郭开兰译.北京:作家出版社,1955.
③ 阿尔德里奇.猎人.朱曼华译.上海:新文艺出版社,1958.
④ 阿尔德里奇.光荣的战斗.刘志谟译.上海:上海文艺出版社,1959.
⑤ 阿尔德里奇.荒漠英雄.于树生译.上海:上海文艺出版社,1959.

译出版的作品还包括威尔弗雷德·G.伯切特(又译:威尔佛烈·G.贝却敌)(Wilfred G. Burchett)的《变动中的潮流》(*The Changing Tide*,1951)①、莫娜·布兰德(又译:摩纳·布兰德)(Mona Brand)的剧作《宁可拴着磨石》(*Better a Millstone*,1954)②、普里查德的小说《沸腾的九十年代》(*The Roaring Nineties*,1946)③和朱达·沃顿(又译:裘德·华登)的小说《不屈的人们》(*The Unbending*,1954)④等。

20世纪六七十年代,中国翻译的澳大利亚文学作品数量锐减。其中最有名的译著是杰克·林赛(Jack Lindsay)的长篇小说《被出卖了的春天》(*Betrayed Spring*,1953)⑤、亨利·劳森的短篇小说集《把帽子传一传》⑥和朱达·沃顿的短篇小说集《没有祖国的儿子》(*Alien Son*,1952)⑦。《把帽子传一传》收集的短篇小说包括《把帽子传一传》《不是女人居住的地方》《我的那只狗》《阿维·阿斯平纳尔的闹钟》《吊唁》《告诉塔克太太》《赶牲口人的妻子》和《总有一天》八篇短篇小说,《没有祖国的儿子》包括《谋生》《收瓶车上》《邻居》《下乡去》和《找一个丈夫》等。也许因为劳森的作品在中国很受欢迎,1978年人民文学出版社又出版了《亨利·劳森短篇小说选集》。

除了翻译出版澳大利亚文学书籍之外,这一时期也有零星澳大利亚短篇小说或诗歌发表在文学杂志上。其中《世界文学》杂志发表的译文数量最多。如约翰·莫里森(又译:约翰·莫里逊)的《基督、魔鬼和疯子》(1959年4月)和《逃兵》(1960年12月),布朗的诗歌《强大的中国》(1959年9月),艾伦·马歇尔的《安蒂怎样赛跑》(1960年5月),亨利·劳森的《爸爸的老伙伴》(1962年6月)和《他爹的伙伴》(1978年1月),万斯·帕尔默(又译:凡斯·帕尔茂)的《鱼》和《海上浮财》(1963年4月)以及戴尔·斯蒂芬斯(又译:但尔·斯蒂文司)(Dal Stivens)的《胡椒树》(1963年12月)等。

值得一提的是,尽管这一时期鲜有澳大利亚文学研究成果发表,但外国文学类杂志中的专栏却有为数不多的"豆腐块"文章,介绍澳大利亚文学动态或者作家作

---

① 威尔佛烈·G.贝却敌. 变动中的潮流. 江夏、周铎译. 上海:新文艺出版社,1956.
② 摩纳·布兰德. 宁可拴着磨石. 冯金辛译. 北京:中国戏剧出版社,1957.
③ 卡·苏·普里查德. 沸腾的九十年代. 具金译. 北京:人民文学出版社,1959.
④ 裘德·华登. 不屈的人们. 叶林、马珞译. 上海:上海文艺出版社,1959.
⑤ 杰克·林赛. 被出卖了的春天. 姜华译. 北京:商务印书馆,1960.
⑥ 亨利·劳森. 把帽子传一传. 袁可嘉等译. 北京:人民文学出版社,1960.
⑦ 裘德·华登. 没有祖国的儿子. 赵家璧译. 上海:上海文艺出版社,1960.

第十七章 解冻阶段(1949—1978):澳大利亚文学翻译研究

品。据不完全统计,1949—1978 年间,《世界文学》杂志"世界文艺动态"栏目中有数篇文章涉及澳大利亚文学,其中介绍作家作品的有《澳共推荐司杜华的〈土著居民〉,进步作家创刊〈现实主义作家〉》[1]、《澳大利亚作家弗兰克·哈代的近作〈艰苦的道路〉问世》[2]和《普里查德短篇小说集:〈恩古拉〉》[3]。介绍文学奖项信息和文学界动态的有《"玛丽·吉尔摩夫人"奖金揭晓》[4]和《澳大利亚人民的道路》[5]。这些译介性文章部分地反映了澳大利亚文学的新进展。此外,"译后记"栏目也有澳大利亚作者的介绍。这一时期曾被刊载的作家包括约翰·莫里森、万斯·帕尔默、亨利·劳森、戴尔·斯蒂芬斯和艾伦·马歇尔等。

解冻阶段的中国澳大利亚文学研究没有形成可圈可点的学术成果,但就这一阶段已有的译介成果而言,还是形成了一定的特点。其一,翻译的数量少。从纵向来看,从 1949 年到 1978 年的近 30 年间,只有 22 部澳大利亚文学作品被翻译成中文,平均一年不到一本。虽然所做的调查有挂一漏万的可能性,但也确实反映了中澳文化交流处于裹足不前的状态。从横向来看,同一时期的澳大利亚文学作品翻译的数量要远远低于其他国家。据中华书局出版的《1949—1979 翻译出版外国古典文学著作目录》统计,澳大利亚只有一部亨利·劳森的短篇小说集《把帽子传一传》位列其中,而此书的"编辑说明"指出:"本目录是根据我馆收藏的 1949—1979 年全国各出版社翻译出版的外国古典文学著作编辑的,共收录了五大洲四十七个国家二百七十六位作家的 1250 多种作品(包括不同译本和版本),比较全面地反映了我国建国三十年翻译出版外国古典文学著作的情况。"[6]其中翻译出版作品最多的国家是苏联、美国和英国,而具有可比性的澳大利亚和加拿大,都只有一部作品被翻译出版。虽然这只是一家馆藏的翻译作品目录,但比较而言,澳大利亚是文学作品译介数量最少的国家之一。

其二,翻译的质量较高,但也有值得商榷的地方。因时间关系,笔者无法阅读所有译著,但老一辈翻译家的翻译质量还是较高的。如袁可嘉先生翻译的《把帽子传一传》,文字朴实,风格与劳森的原作很契合。章甦先生翻译的《鱼》把万斯·帕

---

[1] 明瑞. 澳共推荐司杜华的《土著居民》,进步作家创刊《现实主义作家》. 世界文学,1960(9):149.
[2] 青. 澳大利亚作家弗兰克·哈代的近作《艰苦的道路》问世. 世界文学,1961(10):123—124.
[3] 小龙. 普里查德短篇小说集:《恩古拉》. 世界文学,1959(8):165—166.
[4] 慕珍. "玛丽·吉尔摩夫人"奖金揭晓. 世界文学,1959(8):171—172.
[5] 奇青. 澳大利亚人民的道路. 世界文学,1960(1):167—168.
[6] 国家出版事业管理局版本图书馆编. 1949—1979 翻译出版外国古典文学著作目录. 北京:中华书局,1980:287.

尔默细腻的风景描写和人物刻画表现得淋漓尽致,如:"那个男孩把衣服脱光了,向着退潮后留在平坦的礁石里的那些水坑走去,他脚底下正在变干的石灰石是热烘烘的,午后的微风像绸子一样拂着他的皮肤。他拔起一节长了海葡萄的野草,在头上挥舞,高兴得尖声大叫,冰凉的小水珠溅得满身都是。"①译文中对男孩的行为动作,以及由此折射出的内心世界和周围景色翻译得十分到位,人物形象跃然纸上。这一时期的澳大利亚作家的中文译名不够规范,有些是同一作家,但中文译名却有不同的版本,读者若不看其英文名很难将他们联系起来。如,把 Wilfred G. Burchett 翻译成"威尔佛烈·G. 贝却敌","贝却敌"看起来不像外国人的名字,应该译为"伯切特";Vance Palmer 被译成"凡斯·帕尔茂",而根据陆谷孙的《新英汉大词典》应该翻译为"万斯·帕尔默";Dal Stivens 被译成"但尔·斯蒂文司",应该译为"戴尔·斯蒂芬斯";Mona Brand 被译成"摩纳·布兰德",应该译为"莫娜·布兰德",因为 Mona 是一个女性作家;Katharine Prichard 被译成"卡·苏·普里查德",准确的译法应该是"凯瑟琳·普里查德";Judah Waten 被译成"裘德·华登",应该译为"朱达·沃顿";Alan Marshall 被译成"阿伦·马歇尔",应该改为"艾伦·马歇尔";John Morrison 被译成"约翰·莫里逊",应该译为"约翰·莫里森";Thomas Keneally 被译成"托马斯·基尼利",应该译为"托马斯·肯尼利"。出现这种情况的主要原因是在当时没有统一的人名、地名翻译规范,译者只能根据读音找到对应的汉字,而现在大多数人名、地名已经被收录到字典里,有据可查。

其三,翻译的文学体裁、作品类别和主题单一。在解冻阶段翻译的二十多部文学作品中,除了两部戏剧和一首诗歌之外,其余均为长篇小说或短篇小说集,散文和文学理论翻译更是无人问津。而翻译的小说也主要集中于几位现实主义风格明显的作家,体现现代主义或者后现代主义艺术手法的作品几乎是空白。就翻译作品的主题而言,反映工人阶级或者劳动人民物质和精神生活的作品获得青睐,如奇青曾对哈代等著的短篇小说集《我们的道路》中文版给予高度评价,称它"是一部值得一读的好书。它收有 14 位澳大利亚现代作家的 16 篇短小精悍、富有现实意义的短篇小说。这些作品的题材非常广泛,有的描写经济萧条、失业、罢工和房荒,有的歌颂阶级友爱、反对种族压迫和侵略战争,作品的艺术风格虽各有不同,却贯穿着争取民主自由的同一基调。劳动人民之间的友爱是澳大利亚进步作家弗兰克·哈代作品中经常出现的主题。在《一车木柴》里,作者生动地刻画了一个爱憎分明、

---

① 凡斯·帕尔茂. 短篇小说两篇:鱼. 章甦译. 世界文学,1963(4):68.

第十七章 解冻阶段(1949—1978):澳大利亚文学翻译研究

勇敢无私的普通工人的形象"①。再比如,在论及劳森《把帽子传一传》短篇小说集的主题时,编辑特意指出"这些作品反映了劳动人民的艰苦生活和斗争精神,揭露了资产阶级的所谓'慈善'的丑恶面目"②。形成上述特点的背后,有其复杂的国内外社会文化原因。从中国的角度来看,中华人民共和国成立至改革开放前的30年间,国内政治、经济、文化发生了诸多变化——生产力逐渐提高,国力日渐恢复,人民生活也显示出向好的迹象。在此背景下,人们渴望了解外面世界和异域文化的愿望也进一步增强。尽管在"文化大革命"之前,中国翻译澳大利亚文学作品的数量不多,但也表现出稳定增长的态势,如中华人民共和国成立后第二个五年计划期间翻译出版的书籍比第一个五年计划期间要多。但是到了1966年"文化大革命"爆发之后,对外文化交流受到了极大的冲击,许多学术性和翻译类杂志遭到查封,翻译活动和文学研究几近停滞,这也许是澳大利亚文学翻译和研究成果甚少的直接原因之一。如20世纪50年代翻译出版的澳大利亚文学书籍有15本,而六七十年代分别只有5本和3本,呈现明显的下降趋势。"当时,对澳大利亚文学的译介,态度十分谨慎,对书目都小心翼翼地严加选择,决定取舍的首要标准是政治倾向,艺术价值退居末位。因而最后和读者见面的澳大利亚文学作品,基本上属于'无产阶级文学',或者同情劳苦大众的创作,除了极少数,大多是政治上正确而艺术价值不太高的作品。"③如备受中国青睐的亨利·劳森、詹姆斯·奥尔德里奇、弗兰克·哈代、艾伦·马歇尔、朱达·沃顿、约翰·莫里森等作家的作品之所以得以在中国翻译出版,一方面是因为他们的作品中所表现出来的同情社会主义的政治倾向与当时中国的社会文化氛围相符;另一方面,他们中的一些人与澳大利亚共产党组织交往甚密,因而受到推荐。亨利·劳森是澳大利亚民族文学的奠基人,《世界文学》杂志的"后记"中称他"是澳大利亚杰出的工人阶级作家。他出身自淘金工人的家庭,小时候当过童工,后来也一直从事各种体力劳动。他参加过工人运动,接受了社会主义思想。他在短篇小说和诗歌中反映了澳大利亚劳动人民的生活、愿望和要求,艺术上也有相当高的成就,所以劳森的作品不但得到了本国人民的喜爱,而且还被译成了各种文字,流传到了国外"④。詹姆斯·奥尔德里奇是一位十分活跃且具有国际影响力的记者、作家,曾获得"列宁和平勋章"和世界和平委员会的"金

---

① 奇青. 澳大利亚人民的道路. 世界文学,1960(1): 167—168.
② 曹靖华. 海外资讯. 世界文学,1962(4): 37.
③ 黄源深. "总序". 彼得·凯里小说研究. 彭青龙. 上海:上海外语教育出版社,2011:Ⅱ.
④ 曹靖华. 后记. 世界文学,1962(4): 37.

质奖章",他因支持中国的正义事业而极早受到中国的关注。弗兰克·哈代被中国学界誉为"澳大利亚进步作家"①,担任澳大利亚现实主义作家小组全国委员会的主席,而这一组织是工人阶级运动的文学组织,旨在发扬澳大利亚文学的革命民主传统。艾伦·马歇尔曾经访问过中国,热情开展国际文化交流活动。也正由于此,他的作品较早地进入中国读者的视野。约翰·莫里森是澳大利亚文学史上第一个反映码头工人生活的作家,他在创作手法和政治观点方面与朱达·沃顿十分相似或接近,因此被称为社会现实主义派作家。虽然这些作家的文学作品在艺术价值上与其他现代作家,如克里斯蒂娜·斯特德、马丁·博伊德、帕特里克·怀特(又译:派特里克·怀特)等相比还有很大的距离,但特定的历史条件使他们的作品在中国成为"经典",这也从另一角度说明了这一阶段译介成果少且作品单一的深层次原因。

就澳大利亚而言,第二次世界大战使其结束了长期的孤立状态,积极介入国际事务,加强了与世界各国的联系和文化交流。但保守党执政的澳大利亚政府追随美国,视共产主义为洪水猛兽,对中国实施遏制政策,因此两国间的正常文化交流迟迟没有得到恢复,这种情况持续到20世纪70年代初期。与此同时,虽然战后澳大利亚文学发展形势喜人,各种文艺思想不断涌现,文坛上活跃着形形色色的流派——现实主义派、现代主义派、新小说派、社会现实主义派、魔幻现实主义派等,但总体看来仍然处于文学发展的转型期,尚未形成在国际上具有重大影响力的作品。1973年,怀特获得诺贝尔文学奖,成为澳大利亚文学走向世界的转折性事件,从此澳大利亚文学越来越多地引起了世人的关注。由于文学研究的滞后效应,再加上当时的交通和通信技术不够发达,因此在这一时期中国的文学研究界对澳大利亚文学知之甚少,流传到中国的文学作品多是与澳大利亚共产党关系密切的现实主义作品。因此,翻译出版澳大利亚文学作品少,无法形成定见就不足为怪了。

通过上述梳理和分析,我们发现:改革开放前30年的澳大利亚文学研究基本上是以译介为主,翻译的作品数量少且主题内容较为单一。特定时代的"选择性"翻译,从某种意义上来说,消解了文学翻译的艺术价值,也无法形成具有学术含量的澳大利亚文学研究成果。虽然这种看似不正常的正常现象有其复杂的内因、外因,但最重要的是受到当时文化政策的影响。令人欣喜的是,20世纪70年代末期以来,澳大利亚推行的多元文化政策和中国渐趋宽松的人文环境为澳大利亚文学翻译与研究提供了新契机,也预示着中澳之间文化交流开始步入新时代。

---

① 青.澳大利亚作家弗兰克·哈代的近作《艰苦的道路》问世.世界文学,1961(10):123.

第十八章　起步阶段(1979—1988)：澳大利亚文学个案研究

　　1979年初,当中国向世界敞开大门的时候,首批年轻的中国学者黄源深、胡文仲、胡壮麟、侯维瑞、杜瑞清、龙日金、王国富、杨潮光、钱佼汝一行九人,承载着国家的重托和期盼,来到澳大利亚的悉尼大学,开始了他们在异国他乡的求学生涯,同时也正式拉开了中国学者研究澳大利亚文学的序幕。1982年,"澳帮"九人学成归国,在国内首先竖起了澳大利亚文学研究的大旗。

　　然而,此时澳大利亚文学研究尚处于起步阶段,成果寥寥。《世界文学》《外国文艺》《外国文学》等主要外国文学类杂志只登载了部分澳大利亚作家的翻译作品,其中以短篇小说居多。据不完全统计,截至1988年,共有四十六位作家的短篇小说、十八位作家的诗歌、十九位作家的儿童文学作品和长篇小说、四位戏剧家的五部作品被翻译成中文,其中著名长篇小说包括罗尔夫·博尔德沃德的《空谷蹄踪》①、拉塞尔·布拉顿(Russell Braddon)的《她的代号"白鼠"》(*Nancy Wake: The Story of a Very Brave Woman*,1956)②、W. P. 霍根(W. P. Hogan)等人的《澳大利亚概况》(*Australia*)③、迈尔斯·弗兰克林的《我的光辉生涯》④、马库斯·克拉克的《无期徒刑》⑤、伊丽莎白·香田(Elizabeth Kata)的《蓝天一方》(*A Patch of Blue*,1965)⑥、科琳·麦卡洛的《荆棘鸟》(*The Thorn Birds*)⑦、戴维·马丁(David Martin)的《淘金泪》(*The Chinese Boy*,1977)⑧、帕特里克·怀特的《风暴眼》⑨、艾

---

① 罗尔夫·博尔德沃德. 空谷蹄踪. 张文浩、王黎云译. 长沙:湖南人民出版社,1985.
② 拉塞尔·布拉顿. 她的代号"白鼠". 林珍珍、吕建中译. 长沙:湖南人民出版社,1986.
③ W. P. 霍根、E. J. 塔普、A. E. 麦奎因. 澳大利亚概况. 吴江霖译. 广州:广东人民出版社,1979.
④ 迈尔斯·弗兰克林. 我的光辉生涯. 黄源深、王晓玉译. 南昌:江西人民出版社,1989.
⑤ 马库斯·克拉克. 无期徒刑. 陈正发、马祖毅译. 长沙:湖南人民出版社,1985.
⑥ 伊丽莎白·香田. 蓝天一方. 唐正秋、何文安、阎立礼译. 上海:上海译文出版社,1983.
⑦ 科琳·麦卡洛. 荆棘鸟. 晓明、陈明锦译. 桂林:漓江出版社,1983.
⑧ 戴维·马丁. 淘金泪. 李志良译. 北京:中国文艺联合出版公司,1984.
⑨ 帕特里克·怀特. 风暴眼. 朱炯强、徐人望等译. 桂林:漓江出版社,1986.

伦·马歇尔的《独腿骑手》(*I Can Jump Puddles*,1955)①。在被翻译的长篇小说中,既有现实主义作品,如马库斯·克拉克的《无期徒刑》、罗尔夫·博尔德沃德的《空谷蹄踪》,也有现代主义作品,如帕特里克·怀特的《人树》②和《风暴眼》。就发行量而言,科琳·麦卡洛的《荆棘鸟》稳居第一,达 185,000 册,充分说明了中国读者对这部作品的喜爱。③

在翻译澳大利亚文学,尤其是短篇小说、诗歌、戏剧等方面,《大洋洲文学丛刊》发挥了重要作用。自 1981 年以来,安徽大学澳大利亚研究中心在马祖毅、陈正发的带领下,先后出版了 16 本《大洋洲文学丛刊》,翻译和介绍澳大利亚、新西兰、斐济、巴布亚新几内亚、汤加、所罗门群岛等国家和地区的文学作品。内设的栏目包括"特辑""长篇连载""故事与传说""剧本""诗歌""作家介绍""评论""作家书信""评论与访问记""文化简讯"等。"特辑"栏目主要针对重要作家作品和大事进行集中翻译,如"亨利·劳森""凯瑟琳·曼斯菲尔德诞辰一百周年特辑""澳大利亚建国二百周年特辑"等。尽管丛刊的栏目时有增减,但文学体裁多样性几乎没有变化,其中澳大利亚文学翻译一直占据整个论丛的主要版面。值得一提的是,在一些主流文学杂志很少刊载的诗歌、戏剧、儿童文学、传记、土著文学都先后被丛刊所收录,一些名不见经传的年轻作家的作品、少数族裔作品或者曾被文学史忽略的作品都出现在丛刊中。因此,《大洋洲文学丛刊》在推动澳大利亚文学研究与翻译多元化方面功不可没。

除翻译作品之外,这一时期也出现了一些译介性文章和零星的论文。1980 年《外国文学》第四期刊登了约翰·麦克拉伦和沙江合著的文章《我们文学中现实的形象——兼论派特里克·怀特的作品(节译)》,该论文是中国学者翻译介绍澳大利亚文学的第一篇文章。从内容可以看出,虽然文章的观点出自国外作者麦克拉伦,但沙江通过翻译整理,使中国读者了解到"一个作家的成就与整个民族文学的关系"④。同年五月,澳大利亚人文科学院院士、悉尼大学英语系教授雷欧妮·克雷默博士应邀到北京外国语学院英语系访问,并就澳大利亚文学发展情况发表了演

---

① 艾伦·马歇尔. 独腿骑手. 黄源深、陈士龙译. 南京:江苏少年儿童出版社,1985.
② 又译:《人之树》。帕特里克·怀特."人之树". 孟祥森译. 诺贝尔文学奖全集 46. 陈映真主编. 台北:远景出版事业公司,1993.
③ 胡文仲."澳大利亚文学翻译调查". 澳大利亚文学论集. 胡文仲. 北京:外语教学与研究出版社,1994:184.
④ 约翰·麦克拉伦. 我们文学中现实的形象——兼论派特里克·怀特的作品(节译). 沙江译. 外国文学,1980(4):25.

讲。松延整理后,以《克拉默教授谈澳大利亚文学》为题刊登在同期的《外国文学》杂志上。这是澳大利亚学者首次在中国介绍澳大利亚文学,并与中国学者面对面地交流。

首位论述澳大利亚文学的当属吴辉。他在《中山大学学报》(哲学社会科学版)1979年第二期发表了《澳大利亚现实主义文学的奠基人——亨利·劳森》一文,介绍了亨利·劳森的文学成就和他对澳大利亚文学的影响。一年后,澳大利亚文学研究的先行者之一胡文仲以"悉尼来信"的方式为澳大利亚文学"画了一个轮廓"。该论文从"澳大利亚的诗歌""澳大利亚的小说""澳大利亚的戏剧和电影"和"澳大利亚的文艺评论"四个方面论述了澳大利亚文学发展的概貌和所取得成就,为后来的学者研究澳大利亚文学提供了参考资料。① 在此后的几年里,胡文仲继续在《外国文学》《外国文学研究》和《世界文学》发表近十篇文章,如《文苑一瞥》《澳洲文坛巡礼》《〈牛津澳大利亚文学史〉评介》《怀特印象记》《六十年代以来的澳大利亚文坛》《访墨尔本作家华登与莫里逊》《一部"澳味"浓郁的新派剧作——〈想入非非〉译后记》《介绍怀特——一位有特色的澳大利亚作家》《不倦的探求——再访怀特札记》等。从内容来看,他早期的论文主要分为四类:"一类是对于澳大利亚文学的评论,一类是对作家的访问记,再一类是书评,最后一类是对于澳大利亚文学教学的探讨和对于澳大利亚文学翻译的初步调查",其中"关于帕特里克·怀特本人及其作品的却占了大约一半的篇幅"。② 由此也可以看出中国学者在起步阶段就对怀特十分关注,其原因是他"在澳大利亚文学发展中占据着举足轻重的地位"③。胡文仲在这一时期发表的研究成果使其成为国内澳大利亚文学的先行者之一,其学术论著具有较高的学术价值,对于推动中国澳大利亚文学研究有开拓意义。

几乎与此同时,黄源深在20世纪80年代连续在多家报刊发表研究性论文,较为系统地介绍和论述澳大利亚文学的历史与现状,成为澳大利亚文学研究的开拓者和知名学者。1981—1988年,他分别在《外国文学研究》《世界文学》《外国语》《译林》和《华东师范大学学报》(哲学社会科学版)等学术期刊上发表了十篇文章,其中宏观论述五篇,分别是《当代澳大利亚小说流派》④、《前进中的澳大利亚文学》⑤、《评澳大利

---

① 胡文仲. 悉尼来信. 外国文学,1980(4):79.
② 胡文仲. "前言". 澳大利亚文学论集. 胡文仲. 北京:外语教学与研究出版社,1994:3.
③ 同上.
④ 黄源深. 当代澳大利亚小说流派. 世界文学,1985(3):20.
⑤ 黄源深. 前进中的澳大利亚文学. 译林,1986(2).

亚殖民主义时期文学》①、《澳大利亚文学简论》②和《当代澳大利亚文学》③；微观文本分析五篇，即《写在〈婚礼〉之后》④、《论劳森及其短篇小说》⑤、《含蓄、关节点和热诚的同情》⑥、《简论怀特及其创作》⑦和《一位追求独立人格的女性——论〈我的光辉生涯〉中的女主人公形象》⑧。这十篇文章充分反映了这一时期国内学者的研究成果，黄源深也当之无愧地成为国内澳大利亚文学研究的集大成者。

这一时期其他学者的研究成果也值得关注，如陈正发的《澳大利亚殖民时期流犯小说初探》⑨和《澳大利亚早期戏剧概况》⑩，王国富的《澳大利亚戏剧一瞥》⑪，王晓玉的《澳大利亚新戏剧运动刍论》⑫，周开鑫的《澳大利亚短篇小说述评》⑬，张文浩的《博尔德沃德和他的〈武装抢劫〉》⑭，郭兆康的《浅论〈如此人生〉》⑮和马祖毅的《大洋洲诗话》⑯等。这些零散性的学术论文分别从不同的角度论述了澳大利亚戏剧、小说和作家作品，对于理解澳大利亚文学有一定价值。尽管对他们而言是单篇性的论著，但也是中国澳大利亚文学研究起步阶段的成果。

起步阶段的澳大利亚文学研究呈现几个特点：其一，翻译作品多，学术性论文较少。本阶段发表在外国文学类杂志和大学学报上的论文不到三十篇，翻译八十三篇，后者是前者的近三倍之多。《大洋洲文学丛刊》译介了不少澳大利亚文学作品，但由于该丛刊属于内部刊物，没有公开发行，因此其影响力有限。其二，研究的内容和成果比较集中。从内容上来看，主要集中在对澳大利亚文学的整体论述和主要作家身上，即澳大利亚文学的发展时期、流派及帕特里克·怀特和亨利·劳森的作品等方

---

① 黄源深. 评澳大利亚殖民主义时期文学. 外国文学研究, 1987(2): 12-18.
② 黄源深. 澳大利亚文学简论. 外国语, 1988(4): 60-71.
③ 黄源深. 当代澳大利亚文学. 澳大利亚纵横, 1988(7).
④ 黄源深. 写在《婚礼》之后. 外国文学报道, 1981(5).
⑤ 黄源深. 论劳森及其短篇小说. 文艺论丛, 1982(11).
⑥ 黄源深. 含蓄、关节点和热诚的同情. 外国文学研究, 1983(4): 80-81.
⑦ 黄源深. 简论怀特及其创作. 华东师范大学学报(哲学社会科学版), 1983(4).
⑧ 黄源深. 一位追求独立人格的女性——论《我的光辉生涯》中的女主人公形象. 华东师范大学学报(哲学社会科学版), 1987(4).
⑨ 陈正发. 澳大利亚殖民时期流犯小说初探. 安徽大学学报(哲学社会科学版), 1987(4): 84-86, 72.
⑩ 陈正发. 澳大利亚早期戏剧概况. 淮北煤师院学报(社会科学版), 1987(4): 104-107.
⑪ 王国富. 澳大利亚戏剧一瞥. 苏州大学学报(哲学社会科学版), 1984(4): 88-90.
⑫ 王晓玉. 澳大利亚新戏剧运动刍论. 外国文学, 1988(5): 71-76.
⑬ 周开鑫. 澳大利亚短篇小说述评. 西南师范大学学报(人文社会科学版), 1987(3): 33-39.
⑭ 张文浩. 博尔德沃德和他的《武装抢劫》. 杭州大学学报(哲学社会科学版), 1983(2): 90-98.
⑮ 郭兆康. 浅论《如此人生》. 安徽大学学报(哲学社会科学版), 1982(2): 89-93.
⑯ 马祖毅. 大洋洲诗话. 淮北煤师院学报(社会科学版), 1987(4): 80-88.

第十八章　起步阶段(1979—1988):澳大利亚文学个案研究

面,胡文仲和黄源深的几篇具有宏观视野的学术论文着实厚实和精辟,为澳大利亚文学研究树立了很好的范例。从文学题材来看,小说研究要多于戏剧和短篇小说研究,儿童文学、诗歌和文学理论几乎无人涉足。论文作者也比较集中,黄源深和胡文仲两位学者的研究成果几乎占据所有论著的 80%,而其他学者的成果只有 20% 左右。其三,《外国文学》和《世界文学》是发表澳大利亚文学研究成果的主要平台,前者先后在 1980 年、1984 年和 1987 年出版澳大利亚文学专刊,成为改革开放后最早设立澳大利亚文学研究专栏的学术杂志;后者不仅主要刊载翻译作品,而且发表很有分量的学术论文,是国内最早刊登澳大利亚文学研究成果的杂志之一。

呈现以上特点的原因多种多样。一方面,中国对于澳大利亚文学还知之甚少。尽管这一时期中澳两国已经建立外交关系,但两国之间的文化交往仍然处于起步阶段,尚未形成研究澳大利亚文学的氛围和传统,因此在澳大利亚文学研究中译介成果多,研究人员少,集中在曾经留学澳大利亚的学者身上就不足为怪了。另一方面,尽管澳大利亚处于从白人文化向多元文化转型的过程中,但白人文化仍然处于主导地位,因此在澳大利亚文坛较知名的作家被翻译著或者介绍到中国就比较容易,如劳森是澳大利亚民族文学的奠基人,怀特是诺贝尔文学奖获得者,他们的作品容易引起中国学者的关注。而其他尚未形成国际影响的作家作品或者受众较小的文学体裁,如诗歌和戏剧等就很难在短时间内在中国传播,这就造成了澳大利亚文学整体论或者主要作家论著相对偏多的现象,而大部分澳大利亚文学内容仍然是一片亟待开垦的处女地。但王佐良早在 1980 年就在《外国文学》上撰文指出:"对于一个文学史家,澳洲文学是一个理想的研究对象。"[①]虽然处于起步阶段的澳大利亚文学研究还比较稚嫩,但假以时日,定能成为文学研究领域的一朵奇葩。1988 年 3 月 8—11 日第一届中国澳大利亚研究国际学术研讨会在北京外国语学院成功召开,"会议正式代表为 27 人,其中中方 21 人,澳方 6 人。中方代表多来自全国各大高等院校和研究机构,他们都是澳大利亚研究方面的著名专家、学者。澳方代表则是在澳大利亚享有盛名的现代作家、评论家、经济学家等"[②]。他们就共同感兴趣的话题展开讨论,协商成立了中国澳大利亚研究联络委员会[③]。从此,澳中两国学者间的交流平台开始搭建起来。

[①] 王佐良. 澳洲盛节当场观. 外国文学,1980(4):1.
[②] 张晓文. 中国第一届澳大利亚研究学术讨论会在北京外国语学院召开. 外语教学与研究,1988(2):23.
[③] 后改名为"中国澳大利亚研究会"。

第十九章　发展阶段(1989—1999)：
澳大利亚文学集中研究

　　这一阶段是中国改革开放的重要时期,国民经济快速发展,人民生活水平显著提高,与国外的文化交流进一步深入,澳大利亚文学研究也逐渐步入了发展时期。具体表现在澳大利亚研究中心在国内高校开始建立;论文和专著的数量和质量有大幅提高;高级别的研讨会陆续在全国范围内召开;澳大利亚文学课程开始在高校开设;个别学校甚至开始招收澳大利亚文学方向的研究生,为研究澳大利亚文学培养后备力量。

　　继1983年北京外国语学院在国内建立第一个澳大利亚研究中心之后,华东师范大学、厦门大学、南开大学、苏州大学、北京大学等高校先后成立澳大利亚研究中心。这些研究中心除了继续从事文学研究,利用这些平台开展各种学术交流活动之外,还将其领域延伸至政治、经济、外交、文化、贸易、法律等方面。1989—1999年间,厦门、上海、合肥等地先后举办了五届中国澳大利亚研究国际学术研讨会,会议规模由当初的二三十人发展到后来的近百人,其学术影响日益扩大,中澳之间的文化交流也日益增强。

　　伴随着两国文化交流的展开,澳大利亚文学研究步入较快发展的轨道。具体表现在发表的论文和专著日益增多,研究的内容日益广泛和深入。就文学体裁而言,有关澳大利亚小说的论文居多。在短篇小说方面,整体论和作家作品专题论的论著不断涌现。整体论代表性文章有黄源深的《澳大利亚短篇小说的发展走向》①,认为澳大利亚短篇小说"由一开始的外来型(欧洲短篇小说模式)过渡到本土型(澳大利亚现实主义小说模式),当今复又转向外来型(国际短篇小说模式)。但第三阶段并非第一阶段的简单重复,而是向更高层次的发展。此外,整个短篇小说发展史上出现了两次高峰,一次在十九世纪末二十世纪初;另一次在二十世纪六

---

① 黄源深. 澳大利亚短篇小说的发展走向. 环球文学,1989(2).

七十年代"①。该论文是这一时期系统论述澳大利亚短篇小说"演化轨迹"的重要成果,对于整体了解澳大利亚短篇小说发展史有学术参考价值。胡文仲的《澳大利亚短篇小说琐谈》②提纲挈领地论及亨利·劳森短篇小说的故事和表现手法、怀特现代派小说反传统小说对新派小说所起的作用等,文章虽短,但反映了澳大利亚传统派、怀特派和新派小说艺术的异质性。刘丽君的《澳大利亚的新派小说》③概括论述了新派小说与其他流派小说的关系。陈正发的《当代澳大利亚短篇小说三十年发展概述》④采用宏观视角,重点论述了20世纪60年代至90年代澳大利亚短篇小说的嬗变,尤其是新派小说与传统派小说在写作手法的不同。四篇文章各有侧重,勾勒出了澳大利亚短篇小说发展脉络和阶段性艺术特征。专题论述的论文主要有刘丽君的《亨利·劳森及其作品的表现手法》⑤、刘振宁的《澳大利亚民族文学的奠基人——亨利·劳森》⑥、左岩的《亨利·劳森和他的短篇小说》⑦、陈正发的《劳森简朴的背后》⑧、周俐玲和段怀清的《试论亨利·劳森的文学观》⑨,五篇论文从不同角度论述了亨利·劳森的创作道路、文学思想和艺术风格。胡文仲的《穆尔豪斯其人》是一篇短小精悍的文章,勾勒出短篇小说家穆尔豪斯的短篇小说创作主题和间断叙述技巧,认为"在题材方面穆尔豪斯与善于写丛林情调的传统作家迥异,他的目光集中于城市,特别是城市中的知识阶层和年轻人。穆氏笔触所及不乏对于澳大利亚各种社会问题的评论。在写法上,他不如其他巴尔曼作家(如彼得·凯瑞、莫里斯·陆瑞)(常译为:彼得·凯里、莫里斯·卢里)那样大胆创新"⑩。刘振宁的《论澳洲文学史上的劳森—帕尔默时代》则初步探索了该时代产生的背景、基本特征及其历史影响等问题。⑪ 陈兵的《澳大利亚短篇小说的杰出代表——试

---

① 黄源深.对话西风.上海:上海外语教育出版社,2010:35.
② 胡文仲.澳大利亚短篇小说琐谈.外国文学,1990(4):3-4.
③ 刘丽君.澳大利亚的新派小说.汕头大学学报(人文科学版),1990(3):65-72.
④ 陈正发.当代澳大利亚短篇小说三十年发展概述.安徽大学学报(哲学社会科学版),1993(1):74-79.
⑤ 刘丽君.亨利·劳森及其作品的表现手法.汕头大学学报(人文科学版),1989(4):74-80.
⑥ 刘振宁.澳大利亚民族文学的奠基人——亨利·劳森.四川师范学院学报(哲学社会科学版),1990(5):120,125-129.
⑦ 左岩.亨利·劳森和他的短篇小说.解放军外语学院学报,1994(3):76-82.
⑧ 陈正发.劳森简朴的背后.外国文学研究,1995(3):101-105.
⑨ 周俐玲、段怀清.试论亨利·劳森的文学观.湖北大学学报(哲学社会科学版),1997(6):56-58.
⑩ 胡文仲.穆尔豪斯其人.外国文学,1994(6):24.
⑪ 刘振宁.论澳洲文学史上的"劳森—帕尔默"时代.四川师范学院学报(哲学社会科学版),1997(1):57-61.

论约翰·莫里森及其作品》①探究了短篇小说家莫里森的创作艺术和历史地位。陈涤非和欧阳佳凤的《彼得·凯里与〈奥斯威辛玫瑰〉》②分析和论述了短篇小说家彼得·凯里在《奥斯威辛玫瑰》中的魔幻现实主义表现手法。姜岳斌和陶慧的《昆士兰北部乡间生活的风俗漫画——试析麦克尔·理查兹的三篇短篇小说》③从叙述语言、地方化的人物对白和环境描写等方面论述了理查兹短篇小说的艺术特色。

在长篇小说方面，主要论文有黄源深的《澳洲文学史上的"怀特时代"》④，作者认为"澳大利亚文学史上确乎存在着一个'怀特时代'，并且对澳洲文学产生了深远的影响"⑤。论文系统论述了"怀特时代"产生的背景、基本特征和它在整个澳大利亚文学中的地位。胡文仲的《忆怀特》⑥追忆了作者与怀特的交往经历和友情；《〈怀特传〉的成就与不足》⑦论述了怀特的文学成就和存在的争议，同时也对《怀特传》进行了评价。《从怀特书信中了解怀特》论述了怀特作品在中国的译介和研究情况，"在所有的澳大利亚作家中，数帕特里克·怀特（Patrick White）的作品在中国翻译得最多"⑧。倪卫红的《走出生命的局限——评帕特里克·怀特的〈探险家沃斯〉》解读了小说的深刻意蕴——澳大利亚人沃斯的探险意义"在于人对自我的重新认识"⑨。朱炯强的《怀特获诺贝尔文学奖前后》⑩讲述了怀特获诺奖前后的故事和社会各界反响。高秀芹的《人类灵魂的解剖师——怀特及其〈风暴眼〉》论述了怀特的文学创作及《风暴眼》所展示的现代派写作手法，即通过描写"人物偶然的行为，挖掘出埋藏在人们心灵深处的潜意识，从而深刻而真实地刻画出人的存在和本性"⑪。张校勤的《敬神者还是渎神者——论怀特小说〈人树〉中主人公斯坦·帕克

---

① 陈兵. 澳大利亚短篇小说的杰出代表——试论约翰·莫里森及其作品. 安徽大学学报（哲学社会科学版），1997(4)：22—26.
② 陈涤非、欧阳佳凤. 彼得·凯里与《奥斯威辛玫瑰》. 湖北师范学院学报（哲学社会科学版），1997(1).
③ 姜岳斌、陶慧. 昆士兰北部乡间生活的风俗漫画——试析麦克尔·理查兹的三篇短篇小说. 外国文学研究，1997(2).
④ 黄源深. 澳洲文学史上的"怀特时代". 华东师范大学学报（哲学社会科学版），1991(6).
⑤ 黄源深. 对话西风. 上海：上海外语教育出版社，2010：46.
⑥ 胡文仲. 忆怀特. 外国文学，1992(4)：12—16.
⑦ 胡文仲.《怀特传》的成就与不足. 外国文学，1992(2)：82—87.
⑧ 胡文仲. 从怀特书信中了解怀特. 外国文学，1996(6)：3—6.
⑨ 倪卫红. 走出生命的局限——评帕特里克·怀特的《探险家沃斯》. 外国文学，1992(4)：17.
⑩ 朱炯强. 怀特获诺贝尔文学奖前后. 外国文学动态，1994(3).
⑪ 高秀芹. 人类灵魂的解剖师——怀特及其《风暴眼》. 外国文学，1994(6)：36.

第十九章 发展阶段(1989—1999):澳大利亚文学集中研究

的宗教信仰》①通过文本分析,回答了学界对《人树》这部小说的争论。王培根的《〈乘战车的人〉中的意识流》②和《书为心画,言为心声——评怀特和他的〈乘战车的人〉》③,前者进一步探究了帕特里克·怀特"熠熠闪光的叙事艺术——意识流的创作方法"④,后者分析了怀特所赋予文本的创作思想。刘丽君的《评帕特里克·怀特的〈风暴眼〉》认为该小说"是现代荒诞文学又一里程碑式的力作……揭示了作品中当代人内心世界的精神危机"⑤。费凡的《〈风暴眼〉的艺术特色》⑥分析了小说中的现代派艺术手法。叶胜年的《风格和主题:彼得·凯里小说刍议》⑦和《戴维·爱尔兰的新小说》⑧,前者是国内较早研究彼得·凯里长篇小说的论著之一,文章认为彼得·凯里善于用超现实主义写作技巧,"创作思想里积淀着深沉的历史主义意识,凝聚着对社会历史的深刻思考"⑨。后者论述了三次荣获迈尔斯·弗兰克林奖的作家戴维·爱尔兰(David Ireland)"令人眼花缭乱"⑩的实验性写作手法,文章涉及《啼鸟》(*The Chantic Bird*,1966)、《无名的工业囚犯》(*The Unknown Industrial Prisoner*,1971)、《食肉者》(*The Flesheaters*,1972)和《未来的女人》(*A Woman of the Future*,1979)等多部小说,也可以视作对爱尔兰整个文学创作的综述。叶继宗的《灵与肉的搏斗——谈〈荆棘鸟〉中拉夫尔神父》强调《荆棘鸟》中的拉尔夫神父"既不同于中世纪在神学桎梏下,虚伪、作恶多端的黑色幽灵,也不同于文艺复兴时期,披着黑色架裟的人文主义者,又与十九世纪的同行,具有人道主义思想的伯斯代尔、米里哀、圣约翰不一样,拉尔夫是当代的神父……是一个具有现代意识的教士。他是一个教士,但首先是一个'人',一个男人,因此在他身上进行着复杂、激烈、残酷的灵与肉的搏斗"⑪。陈正发的《戴维逊与〈怯人〉》⑫论述了小说家

---

① 张校勤.敬神者还是渎神者——论怀特小说《人树》中主人公斯坦·帕克的宗教信仰.华东理工大学学报(文科版),1995(2).
② 王培根.《乘战车的人》中的意识流.解放军外语学院学报,1996(2).
③ 王培根.书为心画,言为心声——评怀特和他的《乘战车的人》.齐齐哈尔师范学院学报(哲学社会科学版),1996(6).
④ 王培根.《乘战车的人》中的意识流.解放军外语学院学报,1996(2):82.
⑤ 刘丽君.评帕特里克·怀特的《风暴眼》.汕头大学学报(人文科学版),1998(3):24.
⑥ 费凡.《风暴眼》的艺术特色.外国文学研究,1997(3).
⑦ 叶胜年.风格和主题:彼得·凯里小说刍议.外国文学,1992(4):89—92.
⑧ 叶胜年.戴维·爱尔兰的新小说.外国文学,1993(5).
⑨ 叶胜年.风格和主题:彼得·凯里小说刍议.外国文学,1992(4):91.
⑩ 叶胜年.戴维·爱尔兰的新小说.外国文学,1993(5):81.
⑪ 叶继宗.灵与肉的搏斗——谈《荆棘鸟》中拉夫尔神父.外国文学研究,1993(2):30.
⑫ 陈正发.戴维逊与《怯人》.外国文学,1995(5).

弗兰克·戴维逊出版该小说的坎坷经历及争取自由的深刻主题。王育祥的《兰顿家族系列小说的代表——论马丁·博伊德〈一个坎坷的年青人〉》①解读了小说中所彰显的文化冲突主题。陈素萍和罗世平的《死亡　再生　母亲——浅析〈死水潭的比尔〉中的象征意义》认为澳大利亚女作家玛丽·布鲁斯(Mary Bruce)大多数小说"寓意深邃、内涵丰富、意象生动、象征精妙、耐人寻味,但令人遗憾的是:在我国对布氏作品几乎没有介绍,更无研究可言"②,据此她对《死水潭的比尔》(*Bill of Billabong*,1933)的象征意义主题进行了解读。秦湘的《澳大利亚原住民归属所在——读〈我的归属〉有感》③是国内第一篇评析澳大利亚土著作家萨利·摩根的代表作《我的家园》④的文章,解读了小说中女主人公所叙述的土著血泪史。任爱军的《澳大利亚土著生活的缩影——〈库娜图〉等三部长篇小说综论》⑤涉及土著与其土地的关系、土著民族的觉醒等方面,综合论述了三部小说《库娜图》⑥、《卡普里康尼亚》⑦和《吉米·布莱克史密斯的歌声》⑧所蕴含的土著性主题。

在诗歌方面也开始出现更多的研究成果,代表性的论著包括刘新民的《A.B.佩特森和他的〈来自雪河的人〉》⑨,郭著章的《创业者的赞歌——澳诗两首赏析》⑩,唐正秋的《打破诗坛寂静——记八十年代兴起的澳洲行动诗派》⑪,刘国枝的《丛林中的拓荒者——澳大利亚诗歌先驱查尔斯·哈珀及其创作》⑫,刘丽君的《浅谈澳

---

① 王育祥. 兰顿家族系列小说的代表——论马丁·博伊德《一个坎坷的年青人》. 安徽大学学报(哲学社会科学版),1997(4).
② 陈素萍、罗世平. 死亡　再生　母亲——浅析《死水潭的比尔》中的象征意义. 贵州师范大学学报(社会科学版),1995(2):62.
③ 秦湘. 澳大利亚原住民归属所在——读《我的归属》有感. 外国文学,1994(6).
④ 又译:《我的归属》。Morgan, Sally, and Melodie Reynolds. *My Place*. Fremantle: Fremantle Arts Centre Press, 1987.
⑤ 任爱军. 澳大利亚土著生活的缩影——《库娜图》等三部长篇小说综论. 安徽大学学报(哲学社会科学版),1996(4).
⑥ Prichard, Katharine. *Coonardoo*. Sydney: Angus & Robertson, 1990.
⑦ Herbert, Xavier. *Capricornia*. Sydney: Angus & Robertson, 1989.
⑧ Keneally, Thomas. *The Chant of Jimmie Blacksmith: A Novel*. Sydney: Open Road Media, 2015.
⑨ 刘新民. A.B 佩特森和他的《来自雪河的人》. 外国文学,1990(1).
⑩ 郭著章. 创业者的赞歌——澳诗两首赏析. 外国文学研究,1991(4).
⑪ 唐正秋. 打破诗坛寂静——记八十年代兴起的澳洲行动诗派. 外国文学,1992(4).
⑫ 刘国枝. 丛林中的拓荒者——澳大利亚诗歌先驱查尔斯·哈珀及其创作. 湖北大学学报(哲学社会科学版),1994(3).

大利亚诗歌的发展道路》①、《澳大利亚的田园诗》②、《澳大利亚的反田园诗》③、《评莱斯·默里的五首现代派诗歌》④等。

在戏剧方面的论著较少,主要有三篇论文。其一为甘德瑞和胡文仲的《澳大利亚戏剧的最新趋向》,文章概述了澳大利亚20世纪七八十年代以来澳大利亚戏剧的变化,文章认为"在七八十年代时,澳大利亚剧作家关心的是中产阶级的价值观,明显的民族主义主题及自然主义的演出风格,如今,他们开始探索国际性的大问题(特别是与澳大利亚在亚洲的地位有关的那些问题)以及与国内具有不同文化背景的人民有关的问题,这些人的语言、价值观念和文化传统都迥然不同。作家们开始拓宽自己的戏剧风格,途径是吸取非自然主义的因素,特别是亚洲传统戏剧形式……"⑤傅景川的《澳大利亚的"怀特时代"与"新戏剧"》⑥论述了澳大利亚戏剧在怀特时代所展现的与传统戏剧不一样的新特点以及怀特对新戏剧所产生的影响。葛启国的《澳大利亚戏剧初探》⑦和《戏剧人生二百年——试论澳大利亚戏剧的形成和发展》⑧,虽然两篇论文内容各有侧重,但主要论述了澳大利亚戏剧本土化的嬗变过程,揭示了澳大利亚戏剧的特点及其成因,重点介绍了各个时期有代表性的剧作家、作品,并指出,直到20世纪70年代澳大利亚民族戏剧才趋于成熟。⑨

这一时期以澳大利亚文学某个时期或者某种题材为主要研究对象的文章颇有学术价值。代表性的论文有黄源深的《澳大利亚现代主义文学为何姗姗来迟》,该论文也是中国澳大利亚学术界专门论述澳大利亚文学现代性的最重要的成果之一。文章分别从社会状况、民族心理和地理条件分析了澳大利亚现代主义比欧美晚了四十年的原因,最后总结了三个内部条件导致其姗姗来迟。"首先,传统文化势力非常强大……其次,缺乏现代主义文学思想氛围,难以形成群体变革力量……其三,这种闭塞的文化环境难以造就能够接受和欣赏现代主义文学的读者。"⑩叶胜年的《多彩的拼贴画:近年澳大利亚小说述评》也是一篇颇有深度的学术论文,作

---

① 刘丽君. 浅谈澳大利亚诗歌的发展道路. 汕头大学学报(人文科学版),1990(4).
② 刘丽君. 澳大利亚的田园诗. 汕头大学学报(人文科学版),1993(4).
③ 刘丽君. 澳大利亚的反田园诗. 汕头大学学报(人文科学版),1994(2).
④ 刘丽君. 评莱斯·默里的五首现代派诗歌. 汕头大学学报(人文科学版),1996(6).
⑤ 甘德瑞. 澳大利亚戏剧的最新趋向. 胡文仲译. 外国文学,1992(4):4.
⑥ 傅景川. 澳大利亚的"怀特时代"与"新戏剧". 戏剧文学,1992(4):69—71.
⑦ 葛启国. 澳大利亚戏剧初探. 安徽大学学报(哲学社会科学版),1997(5):53—56.
⑧ 葛启国. 戏剧人生二百年——试论澳大利亚戏剧的形成和发展. 外国文学,1997(5):92—94.
⑨ 葛启国. 澳大利亚戏剧初探. 安徽大学学报(哲学社会科学版),1997(5):53.
⑩ 黄源深. 澳大利亚现代主义文学为何姗姗来迟. 外国文学评论,1992(2):53—59,58.

者认为:"二次大战后,特别是进入 70 年代后,作为澳大利亚文学主要组成部分的小说发展迅速,其主要倾向是以心理现实主义为中心的多元化创作。它的基本特征是,一方面表现了澳大利亚多民族的丰富多彩的现实生活,另一方面引进和运用了现代派和后现代派的大量表现手法,着重从心理上表现自我,探求各种生存方式,谋求各种文化之间的联系和沟通。"① 王培根的《试析澳大利亚文学的历史演进》②和《澳大利亚小说走向之管窥》③,前者将澳大利亚文学的历史演进分为"萌芽时期""成熟时期"和"鼎盛时期"④,分别论述了每个时期的基本特征和主要作家作品;后者聚焦澳大利亚小说的发展,将其走向分为"肇端""丰稔""鼎盛"和"交融"四个阶段,选择了代表性作家作品进行评论。由于小说是文学的一部分,因此两篇文章的基本脉络和观点是一致的。陈正发的《当代澳大利亚移民小说》⑤重点勾勒了非盎格鲁-撒克逊移民在澳大利亚所取得的成就,涉及朱达·沃顿、瓦苏·卡拉玛拉斯(Vasu Calamaras)、安提岗·凯夫勒(Antigone Keffler)等作家的作品。王晓凌的《当代澳大利亚长篇小说面面观》则着重从丰富多彩的文学体裁的角度"纵览当代澳大利亚长篇小说的概貌"⑥。

此外,在这一阶段还有两位中国学者用英文在国内外杂志发表论文。胡文仲于 1989 年在第 2 期《澳大利亚文学研究》杂志发表了"A Survey of Chinese Translation of Australian Literature",首次向国外读者介绍中国澳大利亚译介情况。五年后他再次在同一刊物发表了"The Myth and the Facts—A Reconsideration of Australia's Critical Reception of Patrick White"⑦,论述了中国学者对怀特研究的成就与不足。这是中国澳大利亚文学研究最早在国际刊物上发表独特见解的文章。黄源深也从 20 世纪 80 年代至 90 年代先后在《外国语》发表五篇澳大利亚文学研究的学术论文,分别是"Some Comments on the Style of 'The Fortunes of Richard Mahony' and *Voss*"⑧、"The Portrayal of Women in *The*

---

① 叶胜年. 多彩的拼贴画:近年澳大利亚小说述评. 外国文学评论,1992(4):125.
② 王培根. 试析澳大利亚文学的历史演进. 南开学报,1994(6):72—78.
③ 王培根. 澳大利亚小说走向之管窥. 外语与外语教学,1996(3):49—52.
④ 王培根. 试析澳大利亚文学的历史演进. 南开学报,1994(6):73—76.
⑤ 陈正发. 当代澳大利亚移民小说. 当代外国文学,1996(2):128—133.
⑥ 王晓凌. 当代澳大利亚长篇小说面面观. 安徽大学学报(哲学社会科学版),1998(6):42.
⑦ Hu, Wenzhong. "The Myth and the Facts—A Reconsideration of Australia's Critical Reception of Patrick White." *Australian Literary Studies* 1994(1):333—341.
⑧ 黄源深. "Some Comments on the Style of 'The Fortunes of Richard Mahony' and *Voss*." 外国语,1985(6):33—37.

Flight from the Enchanter and *After Leaving Mr. Mackenzie*"①、"Johnno and Some Other Social Misfits in Australian Literature"②、《劳森的艺术魅力及不足》③以及《歧视导致歪曲——论早期澳大利亚文学中的中国人形象》④。黄氏的五篇论文文字优美,观点鲜明,展现了较高的学术洞见。

  由国内学者编著的澳大利亚文学作品选读性书籍和论文集开始增多。主要包括胡文仲、李尧合译的《澳大利亚当代短篇小说选》⑤、刘新民编的《澳大利亚名诗一百首》⑥、倪卫红编的《澳大利亚儿童小说》⑦和黄源深编的《澳大利亚文学选读》⑧,其中黄氏的文学选读选取了五十位澳大利亚作家的作品,具有很强的代表性。对此《牛津澳大利亚文学史》主编、原悉尼大学校长雷欧妮·克雷默女士表示认同和赞赏。她在序中称"黄[源深]是位非常可靠的澳大利亚文学向导……在编选时显示了卓越的判断能力和机智敏慧"⑨。王佐良也称它是"一部好选本……顾到了特点、难点,而又要言不烦,十分清楚,对于想对澳洲文学有个初步了解的英语学生,用处很大"⑩。论文集有胡文仲主编的《澳大利亚研究论文集(第一集)》⑪和唐正秋编的《澳大利亚文学评论集》⑫,两部书主要是澳大利亚研究学术研讨会议论文集,所不同的是前者内容更加宽泛,不仅有文学批评文章,而且还有社会学和经济学类成果;后者则是文学批评专题性论文集,涉及小说、诗歌、戏剧等。

  令人瞩目的是,这一期出现了多部单一作者学术专著。胡文仲的《澳大利亚文学论集》汇集了胡氏 20 世纪 80 年代至 90 年代初在国内外杂志上发表的文章,内容涉及澳大利亚文学评论、作家访问记、书评、澳大利亚文学教学和翻译等。胡氏认为"由于文章写作时间前后相隔十几年,因此对于同一作家或作品我在看法上也

---

  ① 黄源深. The Portrayal of Women in *The Flight from the Enchanter* and *After Leaving Mr. Mackenzie*. 外国语,1987(2):38—42.
  ② 黄源深. "Johnno and Some Other Social Misfits in Australian Literature." 外国语,1990(5):68—76.
  ③ 黄源深. 劳森的艺术魅力及不足. 外国语,1991(6).
  ④ 黄源深. 歧视导致歪曲——论早期澳大利亚文学中的中国人形象. 外国语,1995(3).
  ⑤ 胡文仲、李尧译. 澳大利亚当代短篇小说选. 北京:北京出版社,1993.
  ⑥ 刘新民编. 澳大利亚名诗一百首. 杭州:浙江文艺出版社,1992.
  ⑦ 倪卫红编. 澳大利亚儿童小说. 北京:北京少年儿童出版社,1995.
  ⑧ 黄源深编. 澳大利亚文学选读. 上海:上海外语教育出版社,1997.
  ⑨ 黄源深. 澳大利亚文学论. 重庆:重庆出版社,1995:5.
  ⑩ 同上书,5—6.
  ⑪ 胡文仲主编. 澳大利亚研究论文集(第一集). 厦门:厦门大学出版社,1992.
  ⑫ 唐正秋编. 澳大利亚文学评论集. 石家庄:河北教育出版社,1993.

有些变化,在结集时原则上予以保留"①。叶胜年的《澳大利亚当代小说研究》则由两类文章构成:"其一是在国内各种报刊上发表过的,或根据发表过的文章加以扩充修改的;其二是专门为这本小册子撰写的"②,内容主要包括澳大利亚新小说、土著小说、妇女小说、澳大利亚文化和小说的关系以及对帕特里克·怀特、彼得·凯里、托马斯·肯尼利、戴维·爱尔兰作品的评析等。黄源深亦贡献了《澳大利亚文学论》和《澳大利亚文学史》③两本专著。前者"以一个中国学者的目光,审视了令世界瞩目的澳大利亚文学,用流畅的笔触,详论了主要文学流派、作家和作品,涉及诸如劳森、弗兰克林、理查逊[即理查森]、博伊德、斯特德、霍普、赖特、怀特、基尼利[即肯尼利]、劳勒、希伯德、威廉森、马洛夫、凯利[即凯里]、米勒等使澳洲文学光彩夺目的作家,同时也简要勾勒出了澳大利亚文学发展的总貌……书中不少独特见解未见于国内外评论,却得到了中澳学界的认可,也引起了人们的思考"④。后者则是一部六十多万字的文学史鸿篇巨制,填补了国内相关领域的空白,是澳大利亚文学史研究的扛鼎之作。该书结构清晰,内容翔实,文笔优美,获得教育部高校人文科学优秀著作二等奖,在2000—2004年外国文学论文中被引用14次,在被引著作中排名第19位。⑤

这一时期的翻译成果也值得一提。长篇小说主要包括迈尔斯·弗兰克林的《我的光辉生涯》⑥、帕特里克·怀特的《人树》⑦、《探险家沃斯》⑧、《树叶裙》⑨、《乘战车的人》⑩、《镜中瑕疵:我的自画像》⑪,布赖恩·卡斯特罗(又译:布雷恩·卡斯特罗)的《漂泊的鸟》⑫,尼古拉斯·周思(又译:尼古拉斯·乔斯)(Nicholas Jose)的《长安大街》⑬、《黑玫瑰》⑭,A. B. 费希(又译:艾伯特·费希)(A. B. Facey)的《幸

---

① 胡文仲. 澳大利亚文学论集. 北京:外语教学与研究出版社,1994.
② 叶胜年. 澳大利亚当代小说研究. 南京:东南大学出版社,1994.
③ 黄源深. 澳大利亚文学史. 上海:上海外语教育出版社,1997.
④ 黄源深. 澳大利亚文学论. 重庆:重庆出版社,1995:1.
⑤ 江宁康,白云. 当前外国文学研究现状的分析. 外国文学评论,2006(3):145.
⑥ 迈尔斯·弗兰克林. 我的光辉生涯. 黄源深、王晓玉译. 南昌:江西人民出版社,1989.
⑦ 帕特里克·怀特. 人树. 胡文仲、李尧译. 上海:上海译文出版社,1990.
⑧ 帕特里克·怀特. 探险家沃斯. 刘寿康、胡文仲译. 北京:外国文学出版社,1991.
⑨ 帕特里克·怀特. 树叶裙. 倪卫红、李尧译. 北京:中国文学出版社,1993.
⑩ 帕特里克·怀特. 乘战车的人. 王培根译. 呼和浩特:内蒙古人民出版社,1997.
⑪ 帕特里克·怀特. 镜中瑕疵:我的自画像. 李尧译. 北京:生活·读书·新知三联书店,1998.
⑫ 布雷恩·卡斯特罗. 漂泊的鸟. 李尧译. 长春:吉林人民出版社,1991.
⑬ 尼古拉斯·乔斯. 长安大街. 李尧译. 长春:时代文艺出版社,1991.
⑭ 尼古拉斯·周思. 黑玫瑰. 李尧译. 北京:中国文学出版社,1997.

运生涯》①,伦道夫·斯托的《归宿》②,托马斯·肯尼利的《辛德勒名单》③、《内海的女人》④,戴维·马洛夫的《飞去吧,彼得》⑤,亚历克斯·米勒(又译:阿列克赛·米勒)的《浪子》⑥,伊丽莎白·哈罗尔(又译:伊莉莎白·哈罗尔)的《瞭望塔》⑦,杰西卡·安德森的《劳拉》⑧,戴维·福斯特(David Foster)的《月光人》⑨,彼得·凯里的《奥斯卡与露辛达》⑩等。

　　除了唐正秋译的《澳大利亚抒情诗选》⑪是结集出版的著作之外,多数短篇小说、诗歌、戏剧、儿童文学的翻译散见于《译林》《世界文学》《外国文学》《外国文艺》《环球文艺》《外国戏剧》等国内主要外国文学类杂志。唐氏诗选也是国内第一部澳大利亚诗歌译著,收录了41位诗人的抒情诗,其中著名的诗人有查尔斯·哈珀、亚当·戈登(Adam Gordon)、亨利·肯德尔、安德鲁·佩特森、玛丽·吉尔摩、亨利·劳森、克里斯托弗·布伦南、肖·尼尔森、肯尼斯·斯莱塞、罗伯特·菲茨杰拉德、道格拉斯·斯图尔特、A. D. 霍普、朱迪斯·赖特、詹姆斯·麦考利、戴维·坎贝尔、罗斯玛丽·多布森、莱斯·默里、布鲁斯·道等。尽管这部诗集没有把叙事诗、象征诗、哲理诗、民谣诗等作为重点,但由于所选作品涵盖了自澳大利亚殖民时期以来主要诗人的抒情诗,因此这部译著成了国内读者了解澳大利亚诗歌变化的窗口。《外国文学》和《世界文学》是了解包括诗歌在内的有关澳大利亚文学作品及文学评论的重要媒介,这些杂志开设大洋洲文学或者澳大利亚专栏或专刊,登载中国学者翻译的各种题材的澳大利亚文学作品和文学批评。如《外国文学》1992年第4期是澳大利亚文学专刊,刊登了甘德瑞著、胡文仲译的《澳大利亚戏剧的最新趋向》,劳里·赫根汉著、姜红译的《澳大利亚文学传记概述》,布赖恩·基尔南(又译布里安·基尔南)著、杨国斌译的《当代文学批评的倾向》,麦克尔·怀尔丁(又译:麦克尔·威尔丁)著、杨国斌译的《后现代主义与新现实主义》,乔弗·佩奇著、鲁余

---

① 艾伯特·费希. 幸运生涯. 白自然译. 北京:生活·读书·新知三联书店,1992.
② 伦道夫·斯托. 归宿. 黄源深、曲卫国译. 重庆:重庆出版社,1993.
③ 托马斯·基尼利. 辛德勒名单. 肖友岚译. 呼和浩特:内蒙古文化出版社,1994.
④ 托马斯·肯尼利. 内海的女人. 李尧译. 北京:中国文学出版社,1996.
⑤ 戴维·马洛夫. 飞去吧,彼得. 欧阳昱译. 重庆:重庆出版社,1995.
⑥ 阿列克赛·米勒. 浪子. 李尧译. 重庆:重庆出版社,1995.
⑦ 伊莉莎白·哈罗尔. 瞭望塔. 陈正发、马祖毅译. 重庆:重庆出版社,1995.
⑧ 杰西卡·安德森. 劳拉. 欧阳昱译. 北京:中国文学出版社,1997.
⑨ 戴维·福斯特. 月光人. 叶胜年译. 长沙:湖南文艺出版社,1998.
⑩ 又译:《奥斯卡和露辛达》。彼得·凯里. 奥斯卡和露辛达. 曲卫国译. 重庆:重庆出版社,1998.
⑪ 唐正秋译. 澳大利亚抒情诗选. 石家庄:河北教育出版社,1992.

译的《澳大利亚诗坛现状》，胡文仲的《忆怀特》，倪卫红的《走出生命的局限——评帕特里克·怀特的〈探险家沃斯〉》，张卫红的《澳大利亚戏剧的分水岭——试析怀特的〈火腿葬礼〉和〈萨塞帕里拉的季节〉》，伊恩·威廉斯著、李尧译的《归来的燕子》，布赖恩·迪布尔著、胡文仲译的《假如有一天我决心奉献自己……》，莫里斯·柯莱特著、李尧译的《重逢在嘎雅湾》，玛丽·德雷克著、侯志民和郭金秀译的《流浪汉》，布鲁斯·道著、李文俊译的《诗四首》，雷·劳勒著、胡缨译的《儿戏》，叶胜年的《风格和主题：彼得凯里小说刍议》，唐正秋的《打破诗坛寂静——记八十年代兴起的澳洲行动诗派》，倪卫红的《关于澳大利亚的几部新书》和满止的《澳大利亚的四位现代艺术家》。《世界文学》杂志分别于1991年和1996年第6期开设大洋洲文学翻译专栏，刊载了部分澳大利亚作家的作品。《大洋洲文学丛刊》在这一时期继续发表了相当数量的诗歌、戏剧和小说的译作，但遗憾的是由于经费少、申请正式刊号难，文学作品的译作未能在全国范围内传播。

中国澳大利亚文学研究在这一阶段呈现出良好的发展势头，无论是从论著的数量和质量，还是从研究内容的深度和广度来看，都取得了前所未有的进步。相比前一阶段，这一时期呈现如下特点：

其一，文学史类研究取得突破性进展。这里的文学史类成果包括两个方面，一是指澳大利亚文学史专著，二是整体性论述文学发表流变的文章。就专著而言，黄源深的《澳大利亚文学史》无疑是标志性研究成果，极具学术参考价值。该书将澳大利亚文学史分为四个时期，即"第一编　殖民主义时期文学（1788—1888）""第二编　民族主义运动时期文学（1889—1913）""第三编　两次大战时期文学（1914—1945）"和"第四编　当代澳大利亚文学（1946—1995）"，内容包括各个时期的文学概况，包括小说、诗歌、戏剧、儿童文学、作家和作品。这是一部内容丰富、层次分明、论述有力、资料翔实、详略得当的文学发展编年史。既有宏观性和系统性的社会文化断代史概要综述，使读者了解文学活动产生的历史语境和重大文化、文学纪事，厘清政治、经济、文化、哲学和民族心理等方面对文学流派形成和作家创作个性的影响；又有微观性和富有个性的作家、作品介绍和评论，让读者在阅读作品分析的过程中，深刻领会每部文学作品的思想和艺术风格，从而整体上把握澳大利亚文学的发展脉络和独特魅力。在对待每位作家的篇幅上，作者似乎也有独到的思考，没有平均使用笔力，而是依据作家作品的文学地位和影响，该重点论述的就不惜笔墨，该简略的就惜字如金，寥寥几笔。如对待澳大利亚文学史上两位影响最大的作家劳森和怀特，作者给予了五万多字的篇幅，进行了重点而深入的论述，而对于一一般作家和次要作家,则区别对待,以示与重要作家之间的差异。难能可贵的是,《澳大利亚文学史》融入了作者的观点和看法,而非照搬澳大利亚文学史家的做法和思想。他认为:"一部中国人写的文学史,自然应融进中国人的观点和看法。"[1]因此,我们看到的这部《澳大利亚文学史》与澳大利亚人出版的文学史不同,如澳大利亚本国的文学史通常采用开门见山,夹述夹议的写法,而黄源深的文学史则"扼要介绍了作者生平和作品情节,尤其突出了影响作家创作的有关经历,并在评论作家作品时适当联系了某些其他中外作家和作品"[2]。他强调:"我在尊重史实,充分重视澳大利亚批评家的见解的同时,试图用辩证的观点,来理解澳大利亚的文学现象、文学流派、作家和作品,尤其是注意时代风云和社会变迁如何对文学形成强大的冲击力,甚至改变其发展的方向。在分析具体作家作品时,注重全方位审视,避免在文学的外来影响和内在规律,作品的内容和形式、思想和技巧,作家的个人遭遇和其作品特有的风格等关系的处理上出现偏颇。"[3]事实上,黄氏的《澳大利亚文学史》确实做到了对文学史客观把握和慎重分析,也使该书成为学习和研究澳大利亚文学的必备资料。若能适时更新内容,其影响力会进一步延续和扩大。

就文章而言,整体性论述短篇小说、长篇小说、诗歌和戏剧发展变化的论著质量较高,别有洞见。论及短篇小说的文章有三篇,内容各有侧重。黄源深的《澳大利亚短篇小说的发展走向》[4]一文时间跨度最大,论述了澳大利亚从殖民时期到20世纪80年代短篇小说的发展轨迹,其学术意义在于揭示了澳大利亚短篇小说的变化模式,即外来型—本土型—外来型。这种独到的观点一方面与澳大利亚文化的形成和发展趋势相吻合,即外来文化—本土文化—外来文化模式,另一方面也凸显了澳大利亚短篇小说别样的发展道路和特色。陈正发的《当代澳大利亚短篇小说三十年发展概述》仅仅聚焦20世纪60年代到80年代澳大利亚短篇小说的发展情况。文章从现实主义文学的弊端谈起,继而论述了短篇小说界求变求新的创作心理及艰难发展的历程。文章最后认为:"当代澳大利亚短篇小说30年来所走的是一条'求索、反叛、创新、换代'发展道路。在这一时期内,新人辈出,流派纷呈,成就显赫。经过新一代艺术家的不懈努力,澳大利亚短篇小说走上了一个新的台阶,走向了世界。"[5]这一结论,现在看来颇有见地,这30年成长起来的许多小说家日益成

---

[1] 黄源深. 澳大利亚文学史. 上海:上海外语教育出版社,1997:894.
[2] 同上.
[3] 同上.
[4] 黄源深. 澳大利亚短篇小说的发展走向. 环球文学,1989(2).
[5] 陈正发. 当代澳大利亚短篇小说三十年发展概述. 安徽大学学报(哲学社会科学版),1993(1):79.

为世界文坛的重要作家,如彼得·凯里、弗兰克·穆尔豪斯、海伦·加纳等。刘丽君的《澳大利亚的新派小说》一文论述的范围更小,可以说是一篇有关"新派小说"的专论。尽管文章中的内容与上述两篇中部分观点有相似之处,但其独特价值在于较详细地比较了新派小说与澳大利亚其他文学派别的异同,尤其是"澳大利亚新派小说与西方新小说派"[①]部分值得称道,有利于读者了解澳大利亚新派小说与西方诸国新小说派的关联和差异。在长篇小说方面,有两篇文章值得关注,一篇是黄源深的《澳大利亚现代主义文学为何姗姗来迟》[②],另一篇是叶胜年的《多彩的拼贴画:近年澳大利亚小说述评》。黄氏文章剖析了现代主义文学难以在澳大利亚扎根并姗姗来迟的特有现象,从根本上回答了澳大利亚人一直声称但却没有找到答案的问题,即在澳大利亚有一种"对现代主义的根深蒂固的、持久的反动"[③],他从澳大利亚特定的社会状况、民族心理和地理环境三个角度深入地分析其中的原因,这种"局外人"看问题的视角和深度无疑超越了澳大利亚"雾里看花"的境界,也抓住了问题的本质,是一篇思想深刻、推理严密、逻辑性强的学术文章。叶氏文章用"多彩的拼贴画"一词作为题目的关键词,论述了澳大利亚20世纪80年代小说界出现的精彩纷呈局面。文章从"生存的审视:外在的平静和殷实映照内在的冷漠和困苦""历史的渊源:时代变迁和地域差异对认同传统理念和文化的撞击""理想的失落:政治引发的深层思考和文化价值观的重新界定""女性的崛起:创作观念和感知模式包孕的魅力和挑战""手法的创新:多种技巧的吸收和参照消融于风格的多元化"五个方面描述了澳大利亚小说的现状和特征。[④] "以心理现实主义为中心的多元化创作"的观点,显示出作者深刻的学术洞见,对于全面理解20世纪80年代澳大利亚小说发展图景有较高的参考价值。在戏剧方面,葛启国的《澳大利亚戏剧初探》相比甘德瑞和胡文仲的《澳大利亚戏剧的最新趋向》"史味"更足,前者基本以时间为序,描述了澳大利亚自19世纪末到20世纪70年代发展的概况,后者则着重介绍了20世纪80年代澳大利亚多元的戏剧发展倾向。两篇文章都只是做了概括性的叙述,具体作家作品的深刻挖掘有待于进一步研究。诗歌方面的"史学"论著当属刘丽君的《浅谈澳大利亚诗歌的发展道路》和唐正秋的《打破诗坛寂静——记八十年代兴起的澳洲行动诗派》,这两篇文章也构成了"全景"和"特写"的关系。刘

---

① 刘丽君. 澳大利亚的新派小说. 汕头大学学报(人文科学版),1990(3):69.
② 黄源深. 澳大利亚现代主义文学为何姗姗来迟. 外国文学评论,1992(2):53—59.
③ Croft, Julian. "Responses to Modernism, 1915—1965." *The Penguin New Literary History of Australia*. ed. Laurie Hergenhan. Ringwood: Penguin, 1998:409,417.
④ 叶胜年. 多彩的拼贴画:近年澳大利亚小说述评. 外国文学评论,1992(4):125—129.

氏文章对澳大利亚诗歌的发展变化做了较为系统的描述,文章分为"移民文学时期的澳大利亚诗歌""民族文学时期的澳大利亚诗歌""两次世界大战期间的澳大利亚诗歌"和"澳大利亚当代诗歌"四个部分,介绍了各个时期澳大利亚诗歌的总体情况和作家作品。文章论述精当,是我国学者较早研究澳大利亚诗歌的文章之一,但对于"移民文学"的界定值得商榷,容易与现在所谈到的澳大利亚移民文学产生误解。唐氏文章则以断代诗歌为主要内容,论述了澳大利亚行动诗派的基本主张。该论文篇幅较短,只是提纲挈领地概述,但对于理解 20 世纪 80 年代澳大利亚行动诗派现象有一定意义。

其二,作家、作品研究初步显现出系统化的雏形。这一阶段的作家、作品研究比上一阶段更加广泛,但对劳森和怀特的作品研究相对集中,出现了不同学者共同研究同一位作家作品的现象或者个别学者发表系列文章研究同一作家的现象。劳森是"澳大利亚现实主义文学的鼻祖,澳大利亚民族文学的奠基人之一"[①],蜚声世界文坛。在法国,有人把他比作莫泊桑[②],有人称他为"澳大利亚的欧·亨利"[③];在俄国,评论家们认为他更接近于高尔基,而在澳大利亚他被视为民族的骄傲,被称为"澳大利亚的声音"[④]。劳森是一个多产的作家,撰写了三百多篇短篇小说和大量的诗歌,其主要艺术成就在于短篇小说,但诗歌艺术也不容忽视。劳森是中国人偏爱的短篇小说家和诗人,其作品在中国的出现甚至比怀特还早,20 世纪 50 年代他的短篇小说就被翻译成中文,甚至出版了他的短篇小说集。在学术界,凡论及澳大利亚短篇小说,劳森是一个无法绕过的人物,因为他代表了澳大利亚文学的一个时代,即使在今天的多元化澳大利亚文坛,他依然是人们评论的热点话题之一。在这一时期,劳森研究成果显然比除怀特之外的作家要多。代表性的论文如上文提及共有六篇(五篇中文,一篇英文),论及他坎坷的创作道路、反映丛林人生活和伙伴情谊的小说主题、朴实无华的写作手法。多数文章赞美之词溢于言表,只有黄源深的文章《劳森的艺术魅力及不足》从正反两个方面论述了他的成就及局限性。他认为,劳森给澳大利亚和世界文坛留下了一笔宝贵财富,有自称特色的艺术风格,但相比更具现代性的文学作品,他的作品往往艺术深度不够,似乎欠锤炼,有些故事随意性较大,这种洞见无疑是客观和辩证的。陈正发的《劳森简朴的背后》一文,

---

① 黄源深. 澳大利亚文学史. 上海:上海外语教育出版社,1997:77.
② 同上.
③ 同上.
④ Roderick, Colin. *Henry Lawson: A Life*. Sydney: Angus & Robertson, 1972:242.

挖掘了劳森简单朴实写作艺术的深刻原因。他认为:"有资料表明,劳森最新创作时,在采用什么样的创作方法和风格上面是煞费苦心的,曾试用过几种方法与风格,最后才决定选择了最朴素平实、活泼自由的创作方法与风格,并在以后的创作中始终不渝地遵循了他的选择。完全可以说,我们现在所看到的劳森的创作风格是他结合当时澳大利亚社会与文坛的实际情况进行多次试验和孜孜不倦探索的结果。"①陈氏的这种观点在澳大利亚国内也有一定的代表性和合理性。作为澳大利亚一代文学大师,他身上所承载的远远超过他所能承受的,他不仅代表了一个时代,而且还代表了一种民族身份符号和民族记忆。尽管随着澳大利亚文学的发展,他的创作风格也许有些落伍,但其独具特色的朴素平实的创作风格在澳大利亚文学史上留下了浓墨重彩的一笔。这一阶段劳森研究的成果使人看到了劳森对文学的重大贡献,但他的诗歌尚未开展研究,短篇小说研究也过于集中在代表作《把帽子传一传》《阿维·阿斯平纳尔的闹钟》等几个短篇上。这种仅凭个人爱好而做的研究还远远不能全面、系统反映劳森的文学艺术,更多、更系统的深入研究有待开展。

怀特研究也大同小异,初步有了十余篇的研究成果。怀特是澳大利亚现代文学巨匠,创造了澳大利亚文学史上的"怀特时代",其现代主义的写作风格给沉闷的澳大利亚文坛带来一股清新的空气,并逐渐引发了一场颇具规模和影响的深刻变革。以往小说刻画的重点主要是人与外部世界的矛盾,而自他的作品问世以来,小说重点转向人与自我内心的冲突,展现人复杂的内心世界和精神诉求。势力强大的传统现实主义流派让位于崇尚国际化的现代主义流派,澳大利亚文学开始步入新的发展时期。怀特获得诺贝尔文学奖后,其文学作品传入包括中国在内的其他国家,怀特研究因此成为澳大利亚文学研究的重点之一。在中国,"怀特研究热"始终不减。除了翻译他的小说之外,出现了系统化研究怀特的现象。胡文仲是国内发表有关怀特及其作品文章最多的学者之一,他先后在国内外杂志和国际会议上发表了十余篇之多。从20世纪80年代的《悉尼来信》《介绍怀特——一位有特色的澳大利亚作家》《怀特印象记》《不倦的追求》,到90年代的《忆怀特》《〈怀特传〉的成就与不足》《论怀特写作风格》《怀特的艺术与政治》《我所了解的怀特》《神话与现实:对怀特评论的再思考》,胡氏对怀特的文学创作道路、文学思想、写作风格、读者接受、小说艺术和文坛影响和地位做了较深刻而翔实的评述。叙述笔调由感性到

---

① 陈正发. 劳森简朴的背后. 外国文学研究,1995(3):102.

理性,由表象到实质。由于他与怀特有诸多交情和联系,因此他对怀特的评价更加全面,其多数观点值得其他学者借鉴。但从他文章的内容来看,以综论性居多,对具体作品的评析较少;对小说艺术关注多,对戏剧作品关注少。事实上,怀特在戏剧方面也卓有成就,只不过他因写小说而获诺奖的光环遮住了。"怀特早期的四个戏剧打破了澳大利亚现实主义的一统天下……他那富有挑战性的非现实主义手法已为不少观众所熟悉,从而使他的戏剧成了澳大利亚戏剧未来时代的里程碑。"①国内学者对怀特剧作研究不多,比较系统地介绍怀特戏剧艺术当属黄源深的《澳大利亚文学史》,他在"本世纪六十年代以来的戏剧"一章中,专门设立一节评述怀特的戏剧成就和艺术风格,这多少弥补了怀特研究的缺憾。此外,在怀特研究的成果中,黄源深的两篇文章不能不提,一篇是《澳洲文学史上的"怀特时代"》,另一篇是《试论"理查德·麦昂尼的命运"和〈沃斯〉的风格》,前者旗帜鲜明地提出澳大利亚文学史确实有一个影响深远的"怀特时代",并论述了"怀特时代"存在的历史必然性,它不仅在文学领域"掀起了一场巨大的革命……形成了澳大利亚文学史上无与伦比的繁荣时期",而且使这一时期的文学"越出了'民族化'的旧轨道,向国际化靠拢……走向了世界"。② 后者分析了两部小说在人物形象塑造、写作手法和语言方面的差异,这种比较文学研究的方法在澳大利亚文学研究领域尚属首次。这一时期其他学者的研究成果也是怀特研究的有机组成部分,但大多集中在解读和分析他四部长篇小说《探险家沃斯》《乘战车的人》《人树》和《风暴眼》的主题和写作手法,而其他八部长篇小说、短篇小说和戏剧几乎无人问津,反映了怀特研究的不平衡。

　　除了劳森和怀特之外,其他作家作品研究比较零散,尚未形成一定程度的体系,但多元化趋势明显。进入中国学术界视野的作家包括彼得·凯里、戴维·爱尔兰、弗兰克·戴维森、马丁·博伊德、玛丽·布鲁斯、萨利·摩根,其中彼得·凯里的作品荣获布克奖和迈尔斯·弗兰克林奖,弗兰克·戴维森是三次迈尔斯·弗兰克林奖得主,相信国内学者对他们作品的研究将日益增多。

　　其三,研究队伍有所扩大,中澳间的学术交流增强。自1988年中国澳大利亚研究联络委员会成立以来,澳大利亚文学研究进入了新的发展阶段,人员队伍呈现壮大的趋势。如果说在起步阶段澳大利亚文学研究成果只是集中在胡文仲和黄源深两位留学澳大利亚的学者身上,这一阶段又涌现出像叶胜年、王培根、唐正秋、陈

---

① Carroll, Dennis. *Australian Contemporary Drama 1909—1989*. New York: Peter Lang, 1985:109.
② 黄源深. 对话西风. 上海:上海外语教育出版社,2010:56.

正发、刘丽君等中青年学者。从发表论著的数量和质量来看,毫无疑问,胡文仲和黄源深是澳大利亚文学研究的引领者,在澳大利亚研究学术共同体中发挥着领导作用。他们出版的论著在这一阶段,甚至在未来一段时间都是澳大利亚文学爱好者学习和参考的资料,而年轻一代学者可望成为澳大利亚研究的中坚力量,其科研能力亦不容忽视。研究队伍的扩大得益于高校澳大利亚研究中心的建立和中澳之间学术交流的增强,这从杂志上发表的访谈性文章可以看出。如《外国文学》刊载了《哈里·赫索坦恩教授访问记》[1]、《采访托马斯·基尼利》[2]、《把自己的心灵印在文学的版图上——彼得·凯里访谈录》[3],《澳大利亚文学评论集》也收录了采访伊丽莎白·香田和朱迪斯·赖特两位作家的文章。这说明中国学者与澳大利亚文学界和学术界开始建立了更加密切的关系。

这一时期的澳大利亚文学研究存在着不足,主要体现在各种文学体裁研究不均衡等方面。如前所述,这一时期的澳大利亚文学研究取得了长足进步,不仅出现了文学史和文学评论专著、文学选读,而且发表了大量的文章,甚至出现作家作品研究系列成果。然而,从文学体裁来看,澳大利亚文学研究十分不均衡,小说研究成果相对较多,诗歌、戏剧研究成果相对较少,儿童作品和文学理论研究更是空白。就诗歌、戏剧而言,这一时期有学术含量的论文不到十篇,没有从根本上改变"一超多弱"的局面。事实上,澳大利亚拥有一大批国际知名的诗人和剧作家,如诗人A. D. 霍普、朱迪斯·赖特、詹姆斯·麦考利、罗斯玛丽·多布森、莱斯·默里,剧作家多萝西·休伊特、杰克·希伯德、戴维·威廉森、亚历山大·布佐、约翰·罗莫里尔和路易斯·诺瓦拉等。即便是小说研究,也主要集中在一两个作家身上。这种不平衡现象有诸多原因,也与澳大利亚文学在世界的地位不太相称,是澳大利亚文学研究的一个薄弱环节。

这一阶段出现上述特点主要有国内、国际两个方面的原因。从国内来看,1989—1999年是实施改革开放政策的第二个十年,国家逐渐认识到改革开放是全方位的开放,不仅要吸收欧美国家的优秀文化文学遗产,而且要借鉴大洋洲、亚洲、非洲和拉丁美洲等国家建设文化、繁荣文学的经验。于是,实际的需要使国人的视野不再一味关注英美文学,适当增加了对包括澳大利亚文学在内的其他地区的文

---

[1] 杨国斌. 哈里·赫索坦恩教授访问记. 外国文学,1990(2):71—75.
[2] 张卫红. 采访托马斯·基尼利. 外国文学,1994(6):3—10.
[3] 埃德蒙·怀特. 将自己的心灵印在文学的版图上——彼得·凯里访谈录. 晓风、晓燕译. 外国文学,1990(4):70—71.

学的关注。受到国家相关政策的支持,国内各高校纷纷开始建立澳大利亚研究中心(所)。在先期留澳学者的带领下,澳大利亚文学研究的成果进一步多了起来,甚至出现了文学专著和作家作品系列论文。黄源深在《澳大利亚文学史》后记中指出:"改革开放后的中国,扩大了视野,调整了审视的目光,开始全面观照各国的文化,与世界的距离也大大缩短了。以澳大利亚为例,过去对许多中国人来说,它不过是'袋鼠的故乡',显得异常遥远。而今天,随着两国之间经济、贸易、文化、教育交往的日益频繁,以及数万学生所掀起的留学潮和随后的就地安居,澳大利亚已成为我们心灵中的近邻。中国需要了解澳大利亚。文学这一社会生活的万花筒,无疑是个很好的窥视窗口。"[1]

从国际上来看,在这一阶段,"欧美独领风骚的格局已经被打破,文学的发展呈现多元态势,一个重要的标志是,一些新的有影响的文学流派先发端于原本备受轻视的'边缘地区',尔后为欧美国家所接纳、推崇乃至仿效"[2]。澳大利亚虽然不是传统盛产文学作品的中心,但自20世纪70年代所取得的成就,尤其以怀特获诺奖为标志,澳大利亚在文学创作上已不容小觑。因此,除了劳森和怀特以外的作家作品研究开始多了起来。尽管诗歌和戏剧等文学体裁受专业化的限制而受众较小,影响了它们在中国的传播和研究,但假以时日,这种文学研究厚此薄彼的情况一定能改变。

---

[1] 黄源深. 澳大利亚文学史. 上海:上海外语教育出版社,1997:891.
[2] 同上.

第二十章 深入阶段(2000年至今):21世纪中国澳大利亚文学趋向研究①

借助中澳文化交流的外部推动和新一代年轻研究者学术力量的内部成长,国内澳大利亚文学研究在21世纪开始步入深化阶段。不仅研究内容得到拓展,涉及土著文学、移民文学、女性文学、文学批评传统和文化等以前鲜有论著的领域(见下页图2),而且还有19篇洞见独特的博士论文、13部学术专著和109篇学术论文,专门研究帕特里克·怀特、约翰·库切②、彼得·凯里、弗兰克·穆尔豪斯、伊丽莎白·乔利、海伦·加纳、布赖恩·卡斯特罗等主流作家(见下页图3)③。更令人可喜的是,先后有十个国家社会科学基金项目获准立项④,其研究成果引起了国内同行关注。如王腊宝的《"理论"之后的澳大利亚文学批评》被《中国社会科学文摘》转载;彭青龙的《彼得·凯里小说研究》在《中华读书报》获得点评⑤;《当代外国文学》曾开设专栏,集中讨论澳大利亚文学⑥(见下页图3)。2011年,黄源深在"澳大利亚文学研究丛书"的总序中指出:"2001年至今,澳大利亚文学研究步入了深化阶段……经过几年的努力,已培养出了一批专攻澳大利亚文学的年轻学者,成为当前我国澳大利亚文学研究的中坚。他们治学的一个重要特点是,结合博士论文的撰写,对某一作家进行专题研究,利用学术交流的机会,赴澳作田野调查,采访研究对象,掌握第一手资料,运

---

① 本章部分内容已在《当代外国文学》2014年03期发表。
② 库切于2006年加入澳大利亚国籍,自此之后的论文才统计在内。
③ 该图只统计成果超过四篇的作家,其余不在图内显示。
④ 截至2018年9月,获得立项的国家社会科学基金项目分别是叶胜年的"殖民主义和澳大利亚小说"(2005),王腊宝的"澳大利亚文学的批评传统"(2007),徐凯的"帕特里克·怀特创作研究"(2011),彭青龙的"彼得·凯里小说研究"(2011)、"澳大利亚现代文学批评史"(2012)、"多元文化视野下的大洋洲文学研究"(2016),梁中贤的"澳大利亚作家伊丽莎白·乔利研究"(2013),王敬慧的"后现代社群与库切文本研究"(2015),王腊宝的"澳大利亚后现代实验小说研究"(2016)与张加生的"亨利·劳森丛林书写与民族想象研究"(2017)。其中,前三项已结项。
⑤ 蔡一鸣.万花筒中窥万象人生——评《彼得·凯里小说研究》出版,中华读书报,2012年5月16日.
⑥ 《当代外国文学》2005年第2期设"当代澳大利亚文学专辑",刊载了三篇译文、十一篇论文和两篇访谈录.

用现当代文学理论,对所研究的作家进行透辟的分析,写出较有深度的研究专著,从而把'散漫型'的研究导入'集中型',使我国的澳大利亚文学研究向'深化'发展。"① 这表明,21世纪的澳大利亚文学研究趋势呈现向队伍更年轻、内容更深入、方法更多样的转变。那么,21世纪的中国澳大利亚研究在哪些方面有"集中"趋向呢? 本章在文献调查和分析的基础上,通过梳理发现,21世纪澳大利亚文学研究存在两个趋向,一是实用批评的理论化倾向,即运用多元理论对后殖民语境下的澳大利亚文学作品,尤其是对小说文本主题意义和美学价值进行阐释和评价;二是理论批评的文化透视趋向,即对澳大利亚批评家和作家的文学思想进行文化透视分析,挖掘其可能的理论指导意义。② 实用批评和理论批评的成果彰显出中国学者对澳大利亚文学研究的智慧和独到见解。

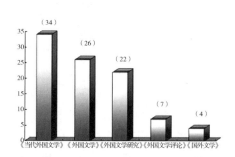

图1　2000—2013年五大期刊上的
澳大利亚文学研究篇数

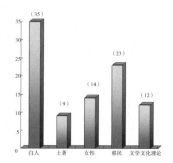

图2　五大期刊上澳大利亚
研究各领域的论文数量

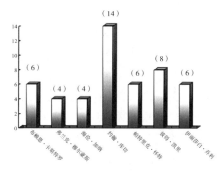

图3　五大期刊上澳大利亚
作家研究的论文数量

---

① 彭青龙. 新世纪中国澳大利亚文学研究的趋向. 当代外国文学,2014(35.3):165－176.
② 本文论及的实用批评是指对文学作品所做的文本批评,理论批评指具有一定理论色彩、探讨批评家或者作家文学创作思想的批评。

民族身份:后殖民批评的复杂性

21世纪最明显的集中型研究趋向是运用后殖民主义等理论对澳大利亚文学中的"殖民"关系做批判性考察。尽管21世纪以降,包括后殖民主义理论在内的"理论热"开始降温,中外学者们开始谈论"后理论"时代文学批评的走向,但这并不是说后殖民主义理论就无用武之地。作为"多种文化政治理论和批评方法的集合性话语"①之一,后殖民主义理论并没有停止前进的步伐,更没有消失,而是以新的内容和形式,更加细致地观照不同背景和语境的杂交性文本,或者以"形式的内容"②方式演变成一种阐释策略。艾勒克·博埃默在论及后殖民批评的未来时曾强调:"后殖民话语集中讨论的是杂交性文本,因为它们不仅指涉意义,而且还能鼓励和支持文化上的互动。相信这种文化互动的可能性,在未来一段时间的后殖民批评中,将一直是第一前提,甚至是一种信仰。这种信仰并不会因为意识到'包含着差异和矛盾'而受到破坏。"③因此,中国学者依然热衷于运用葛兰西的"领导权"概念、法农的思想、福柯的权力话语理论、萨义德的东方主义、斯皮瓦克的后殖民理论和女性主义理论,对现当代澳大利亚白人小说、移民小说、土著小说和女性小说中的杂交性文本进行了鞭辟入里的分析和阐释,试图揭示其后殖民文学的复杂性和多样性。这种基于理论的文本分析或者是"实用批评的理论化倾向"在过去的文学批评中从未如此集中地出现过,是21世纪澳大利亚文学研究的新趋向之一。

"民族身份"或者"文化认同"是众多中国学者探究澳大利亚后殖民文学复杂性的焦点主题,也是对澳大利亚文学中的"殖民"关系做批判性考察的重要观测点。阅读21世纪澳大利亚后殖民文学批评论著,读者会轻易发现,出现频率最高的关键词之一就是"民族身份"或者"文化认同",几乎涉及白人文学、移民文学、土著文学和女性文学的大部分作品,这表明文化身份承载着国家,至少是族群的共同想象。"是一种在象征层面的构成,而不是一种自然的本质存在。"④因此,无论是早期欧洲移民的后裔,还是新一代的亚裔移民;无论是殖民地的土著,还是渴望自主

---

① 王岳川. 后殖民主义与新历史主义文论. 济南:山东教育出版社,1999:1.
② 海登·怀特. 形式的内容:叙事话语与历史再现. 董立河译. 北京:文津出版社,2005:2.
③ 艾勒克·博埃默. 殖民与后殖民文学. 盛宁、韩敏中译. 沈阳:辽宁教育出版社,牛津大学出版社,1998:285.
④ 同上书,211.

和平等的新女性,都在"寻找家园,寻找归属,寻找属于自己的地方,一种对他们所在地的精神上的把握和重新把握"①。然而,"在许多方面,民族身份是最后,也是最顽固的虚构而难以去殖民化。一个民族统一体的建构依赖于对反对声音的压制和对差异的消弭"②。这也说明,民族身份的建构对于"被迫流放和受监禁"③的澳大利亚白人、"带有幻想破灭的明显的印记"④的移民和要有"自己的一间屋子"的女性都将是一个长期的过程,存在着殖民与反殖民、叙事与反叙事的权力话语斗争。从这个意义上来说,民族身份是体现复杂殖民关系和族群心理的核心,也是解读澳大利亚后殖民文学的关键。

21世纪对澳大利亚"民族身份"的讨论首先体现于学术期刊的诸多论文中,内容涉及描写与被描写、话语与反话语、一元与多元等方面。如王腊宝的《从"被描写"走向自我表现——当代澳大利亚土著短篇小说述评》一文,围绕"摆脱白人殖民描写、寻求摆脱白人控制、借用白人形式书写自我和走向自我表现"四个方面,历时性地"考察了澳土著民族抵制白人主流文学歧视性地描写土著人民、努力建构民族文学的过程"⑤。他在承认土著短篇小说存在种种差异的同时,认为"所有土著短篇小说作家都积极确认自己的土著历史和文化之根……作为一种对抗性文学话语,这些短篇小说叙事作品在当代澳大利亚土著人民摆脱被描写的过程中,向传统白人'土著主义'文学唱出了响亮的自我表现之歌"⑥。这里的自我表现实质上体现了身份构建的主体意识。彭青龙的论文《写回帝国中心,建构文化身份的彼得·凯里》则以《魔术师》《奥斯卡与露辛达》和《特里斯坦·史密斯不同寻常的生活》三部长篇小说为例,"分别从'民族叙事''帝国远征'和'文化霸权'等方面来解读其后殖民主义历史观","揭示了澳大利亚人建构文化身份的历史负荷与现实困境"⑦。马丽萍的论文《澳大利亚文学中的中国女性文化身份》把女性文化身份作为研究对象,以20世纪70年代、80年代和90年代为参照点,论述了"澳大利亚文

---

① 艾勒克·博埃默. 殖民与后殖民文学. 盛宁、韩敏中译. 沈阳:辽宁教育出版社,牛津大学出版社,1998:212.
② Brydon, Diana, and Helen Tiffin. *Decolonising Fictions*. Sydney: Dangaroo Press, 1993:64.
③ 巴特·穆尔-吉尔伯特等编撰. 后殖民批评. 杨乃乔等译. 北京:北京大学出版社,2001:286.
④ 艾勒克·博埃默. 殖民与后殖民文学. 盛宁、韩敏中译. 沈阳:辽宁教育出版社,牛津大学出版社,1998:272.
⑤ 王腊宝. 从"被描写"走向自我表现——当代澳大利亚土著短篇小说述评. 外国文学评论,2002(2):133.
⑥ 同上篇,142.
⑦ 彭青龙. 写回帝国中心,建构文化身份的彼得·凯里. 当代外国文学,2005(2):109-110.

学中中国女性形象经历了从缺席到'他者',再到女性形象的书写和女性身份的确立这样一个从单一到多元的过程"①,强调"中国女性的种族的、个人的身份,都在澳大利亚的语境下,在两种文化的冲突与和解中得到表现与肯定"②。上述三篇论文虽然是从几十篇论文中挑选出的分析性案例,但可以起到窥一斑而见全豹的作用。

民族身份的研究成果还体现在博士论文和已出版的学术专著中。据不完全统计,十九篇博士论文几乎无一例外地全部或者部分论及澳大利亚民族身份问题,其中六篇的题目更是直截了当地说明了这一点。如王光林的《错位与超越——论华美作家和华澳作家的文化认同》(2003)、马丽莉的《冲突与契合:澳大利亚文学中的中国妇女形象》(2005)、彭青龙的《"写回"帝国中心——彼得·凯里小说的文本性与历史性研究》(2005)、周小进的《从滞定到流动——托马斯·基尼利小说中的身份主题》(2006)、刘建喜的 *Beyond the Binary, Into Hybridity: Chinese-Australian Identities in Contemporary Australian Literature*(2010)和杨永春的《当代澳大利亚土著文学中的身份重塑》(2011)等。③ 学术专著也基本上以民族身份为主线,批判性地解读文本中蕴含的"殖民"关系。如彭青龙的专著《彼得·凯里小说研究》(2011)通过解读彼得·凯里的长篇小说和短篇小说,"论述其文本中蕴含的民族意识、后殖民主义历史观,关注民生的人文精神、社会责任意识和历史使命感以及小说艺术的创新性,揭示其立足文化遗产,重塑民族形象的艺术特质"④。叶胜年的两部著作《殖民主义批评:澳大利亚小说的历史文化印记》(2013)和《多元文化和殖民主义:澳洲移民小说面面观》(2013)具有很强的关联性,前者"运用殖民主义及其理论来解读澳大利亚小说,探讨澳大利亚的囚犯、土著和移民的历史、文

---

① 马丽莉. 澳大利亚文学中的中国女性文化身份. 当代外国文学,2007(2):112.
② 同上篇,117.
③ 除了文中提到的博士论文之外,还有王腊宝的 *Australian Short Fiction in the 1980s: Continuity and Change*(1999)、吴宝康的《论怀特小说的悲剧意义——〈姨妈的故事〉〈沃斯〉〈活体解剖者〉〈特莱庞的爱情〉研究》(2004)、徐凯的《孤寂大陆上的陌生人:论帕特里克·怀特小说中的怪异性》(2005)、梁中贤的《边缘与中心之间——对伊丽莎白·乔丽作品的符号学研究》(2006)、陈弘的《论帕特里克·怀特小说中的性》(2006)、朱晓映的 *From Transgression to Transcendence: Helen Garner's Feminist Writing*(2008)、何建芬的 *Sons of Anzacs: Australian Fictions of the Jungle War and the Japanese Captivity*(2008)、马石子的《英美澳三国小知女性形象的比较研究》(2014)、李臻的《论库切创作中的生态意识》(2015)、庄华萍的《真实的虚构与虚构的真实——库切小说中的自我与真相》(2015)、陈振娇的《亨利·劳森与澳大利亚文学批评》(2016)、张加生的《丛林书写与民族想象——澳大利亚丛林现实主义小说研究》(2016)和邢春丽的《澳大利亚原住民小说与非原住民小说中的争议历史》(2016)。
④ 彭青龙. 彼得·凯里小说研究. 上海:上海外语教育出版社,2011:Ⅰ-Ⅱ.

化与话语如何催生并发展了其色彩斑斓的小说形式和主题含蕴……进一步认识殖民主义的两面性及其对澳大利亚社会、文化发展的意义"①,后者则更多地聚焦移民主题以及由此而引发的对多元文化和殖民主义关系的思考。

对民族身份的集中型研究意味着对澳大利亚后殖民批评的核心内容的把握,体现了中国学者对澳大利亚多元文化本质的深刻洞察力。尽管研究者所选择的文本不同,旨趣各异,但他们似乎在民族身份上达成了某种共识:即民族身份是关系性的、动态性的文本运作。这里的关系既指时间和空间的关系,也指历史与现实的关系,因为任何个人和民族必须在时空坐标中找到体现自己身份的位置,并在历史与现实不断演变的过程中保持相对平衡。从本质上讲,这种变化并非自然形成,而是权力的较量,存在着对话语权的争夺。基于此,彰显时空关系、历史变化和权力话语的字眼如"错位与超越""冲突与契合""写回帝国""从滞定到流动""从对立到糅合"等频频出现在论文的题目中。如周小进在论文《污名、假想敌与民族身份》中指出:"在有关澳大利亚民族身份的讨论中,有两个问题是无法回避的。第一是澳大利亚与英国文化的联系和分歧,第二就是白人与少数族裔尤其是与土著人的关系问题。"②彭青龙也在其专著中强调:"独立文化身份的获得不仅要依靠政治、军事领域的保障,而且要清除殖民主义在社会文化领域的流毒,因为帝国主义在建立殖民统治时不仅依靠枪炮占领大片土地,同时还依靠各种文本——报纸、杂志、文学、冒险故事、日记和信函为殖民统治的合法性摇旗呐喊。"③

少数族裔书写和女性文学:后殖民批评的多样性

如果说对"文化身份"的讨论体现了后殖民文学批评的复杂性,那么对于土著文学、移民文学和女性文学的批评则体现了其多样性(见第400页图2)。21世纪的土著文学批评呈现由单个作品的个案研究到多个作品的整体研究的转变,内容涵盖政治、语言、历史和叙事策略等方面,研究对象也由小说向传记延伸。自从1994年秦湘在《外国文学》发表《澳大利亚原住民归属所在——读〈我的归属〉有

---

① 叶胜年主编. 殖民主义批评:澳大利亚小说的历史文化印记. 上海:上海外语教育出版社,2013:内容简介.

② 周小进. 污名、假想敌与民族身份——论托马斯·基尼利小说中的土著人形象和澳大利亚民族身份. 当代外国文学,2005(2):94.

③ 彭青龙. 彼得·凯里小说研究. 上海:上海外语教育出版社,2011:247.

感》一文以来,国内学者对土著文学日益关注,先后有多篇论著发表。陈正发的文章《澳大利亚土著文学创作中的政治》通过分析土著作家的诗歌、戏剧和小说,发现澳大利亚土著文学存在"鲜明的政治倾向",主要表现在三个方面:"对白人殖民的斗争、对土著传统文化的坚守以及对话语权的争夺"。① 彭青龙的文章《后殖民主义语境下的当代澳大利亚文学》从"审视殖民历史、回归民族叙事的白人文学""游离于两个世界的移民文学"以及"居住在欧洲都市文学传统边缘的土著文学"三个部分论述了"多元文化狂欢"景观。② 在论及土著文学时,他指出:"表达郁积内心的民族情感和民族身份的土著文学于 20 世纪 80 年代末繁荣起来。虽然他们继续刻画白人与黑人不平等的关系,描写土著人抗击白人殖民统治的事迹,但更多地通过再现土著民族的历史、神话和传奇,来揭示白人的文化霸权和土著民族的身份危机……土著作家……强调历史的重构,并不是要用黑人的反话语来取代白人的历史叙事……(而是)利用殖民者的语言、叙述模式来反击殖民文化,使长期患有'失语'症的土著民族恢复了应有的声音。"③方红的文章《述说自己的故事——论澳大利亚土著女性传记》论述了澳大利亚土著女性传记在民族文学中的地位、类别和叙事策略。她认为"土著人要在小说、诗歌等领域被白人读者接受,需要按照白人经典文学的样式进行规范写作,但在传记领域则完全不同。土著传记秉承了土著人一贯拥有的口述历史传统,形成了与白人经典文学的对抗,从而在澳大利亚文学中确立了自己的地位……土著女性传记在思想性、政治性以及艺术性方面都经历了从幼稚到逐步走向成熟的发展过程,并且对主流社会构成强大的冲击力"④。20 世纪 70 年代到 90 年代的土著女性传记"不仅解构了白人传记的叙事策略和叙事传统,颠覆了殖民地官方历史及霸权话语,而且在凸现澳大利亚文学的后殖民性、重塑土著文化身份方面起到了积极作用"⑤。

与土著文学相比,移民文学虽然没有那么鲜明的政治倾向,但也存在新旧文化在时空间充满活力的碰撞,这从广义和狭义的移民文学批评中得到佐证,其中对华裔小说的研究是 21 世纪的倾向之一。叶胜年的《澳大利亚小说中的移民文化视角》以布赖恩·卡斯特罗的《他乡客》、戴维·福斯特的《月光人》和彼得·凯里的《奥斯卡与露辛达》三部反思历史和现实的当代小说为文本,探究了广义的移民文

---

① 陈正发. 澳大利亚土著文学创作中的政治. 外国文学,2007(4):58.
② 彭青龙. 后殖民主义语境下的当代澳大利亚文学. 外国语,2006(3).
③ 同上篇,65—66.
④ 方红. 述说自己的故事——论澳大利亚土著女性传记. 当代外国文学,2005(2):102.
⑤ 同上篇,101.

第二十章 深入阶段(2000年至今):21世纪中国澳大利亚文学趋向研究

化母题,认为"近期澳大利亚移民小说的创作调整了发展方向,重点放在了运用不同方式,选择不同视角处理移民文化上"①。陈正发的《殖民时期的澳大利亚移民小说》则把读者的眼光拉回到澳大利亚殖民时期,讨论了主要作家查尔斯·罗克罗夫特的《殖民地故事集》和凯瑟琳·斯彭斯的《克拉拉·莫里森》和亨利·金斯利的《杰弗里·哈姆林回忆录》等小说,"为澳殖民时期的移民小说提供了一个大致而清晰的面貌"②,指出早期的移民小说"修正了人们对他们所生活的这片土地的固有看法,殖民地并不只是蛮荒之地……完全可以变得比母国更加美好"③。这一观点也许带有理想化色彩,因为当代的澳大利亚移民小说则展现了另一幅"凄惨"画面。王丽萍的文章《华裔澳大利亚文学刍议》认为:"当代华裔澳洲文学从一开始就具有一种与澳洲文学迥异其趣的后殖民反话语特征,它始于对主流话语的反抗和颠覆,终于对自身本质和中国文化的追寻,在澳洲文学史上,这一迟到的文学支流第一次从华人的立场出发抒写居澳华人特有的历史、社会、文化和心理经历。"④与此同时,"当代澳大利亚主流文学批评对于华裔澳洲文学表现出一种有选择的接受,他们一方面对某些涉及现代中国史的作品更乐于接受,另一方面对于表现移民生活的作品深不以为然"⑤。这种批评多于接受的态度在澳大利亚白人旅亚小说中得到了体现。王腊宝的《当代澳大利亚旅亚小说》一文在分析了众多小说文本后发现,"澳大利亚游历者与[哈尔·]波特作品中的主人公一样,所到之处必对亚洲的思维方式和道德观念进行质疑并严加排斥,往好处说亚洲可以算一个异域猎奇之地,往坏处说亚洲简直就是旅行者的梦魇"⑥。进而认为"当今澳大利亚社会极力鼓噪'转向亚洲',但在澳大利亚人的心灵深处,依然深藏着的是一种对于亚洲人民和文化的强烈排斥情绪"⑦。这一洞见并非个案,其他论著也对此进行了探讨,其中布赖恩·卡斯特罗的小说成为热点之一。如王光林的《"异位移植"——论华裔澳大利亚作家布赖恩·卡斯特罗的思想与创作》、马丽莉的《身份与创造力:解读布来恩·卡斯特的〈中国之后〉》和詹春娟的《历史与现实的对话——论〈漂泊者〉的复调艺术特色》等。

---

① 叶胜年. 澳大利亚小说中的移民文化视角. 当代外国文学,2003(3):116.
② 陈正发. 殖民时期的澳大利亚移民小说. 安徽大学学报(哲学社会科学版),2004(28.5):53.
③ 同上篇,56.
④ 王丽萍. 华裔澳大利亚文学刍议. 当代外国文学,2003(3):121.
⑤ 同上篇,123.
⑥ 王腊宝. 当代澳大利亚旅亚小说. 外国文学研究,2003(5):147—152.
⑦ 同上篇,151.

女性文学研究是21世纪澳大利亚后殖民文学批评最活跃的领域之一,研究者们深入考察了女性作为"弱者"或"他者"的主体意识、人格符号、两性关系、生命意义、生存困境、身份政治和女性文学创作等内容。梁中贤的专著《伊丽莎白·乔利小说的符号意义解读》(2007)是对其博士论文的扩展,运用符号学理论对乔利作品所表现的人格、身份观、神话、生存、沉默、小说、作家和疯癫等符号意义进行解读。[1] 黄源深在为其写的序中说:"乔利恐怕是继怀特之后又一个难读难解的澳大利亚作家……她的这部著作无疑是乔利研究领域的新成果。"[2]无独有偶,朱晓映新近出版的专著《海伦·加纳研究》(2013)也是其博士论文的延续,涵盖了海伦·加纳的全部作品,包括小说和非小说创作。该书全面而系统地"探讨了加纳作为女性主义者、女作家和女人三种身份之间的关联和影响,分析了她在澳大利亚文坛的地位以及她对于澳大利亚女性主义写作的贡献"[3]。另一新成果是向晓红主编的《澳大利亚妇女小说史》,它"是国内第一部深入研究澳大利亚妇女小史的论著"[4],按编年史分为四章,收录了包括三位土著女作家在内的二十位女性小说家,"它为我们打开了一扇新的窗户,为读者展示了别有洞天的澳大利亚妇女文学世界"[5]。虽然作者的选取标准是否科学合理仍待学界的评价和时间的检验,但它无疑是对文学史研究的一次新尝试。除了上述专著之外,还有一批研究女性写作的文章,从论文的题目就能看出它们多半使用女性主义理论来解读文学作品。如方红的《"天使"的颠覆与女性形象的重构——澳大利亚现当代女性主义小说评析》、王丽萍的《告别激进女权主义——评凯特·格伦维尔的小说〈黑暗之地〉与〈完美主义〉》、朱晓映的《〈毒瘾难戒〉的女性主义解读》和卢亚林的《父权制下强者的毁灭与弱者的生存——评澳大利亚女作家盖比·奈赫的小说〈沐浴在光中〉》等。有意思的是,研究女性文学的学者多为女性,这也许是性别意识使然。

21世纪中国学者对少数族裔和女性文学的研究既有共性也存在差异性。就前者而言,他们惯用后殖民理论中的"二元对立"的思想和方法来解读文学作品,试图揭示出白人与少数族裔之间、寄宿文化与母体文化之间、父权制下强者与弱者之间的对抗与冲突,并从这种泾渭分明的对立追问"他者性"的内涵与外延以及背后

---

[1] 梁中贤. 伊丽莎白·乔利小说的符号意义解读. 哈尔滨:黑龙江人民出版社,2007:2.
[2] 黄源深. "序". 伊丽莎白·乔利小说的符号意义解读. 梁中贤. 哈尔滨:黑龙江人民出版社,2007:2.
[3] 朱晓映. 海伦·加纳研究. 上海:上海外语教育出版社,2013:3.
[4] 向晓红主编. 澳大利亚妇女小说史. 北京:中国社会科学出版社,2011:1.
[5] 朱炯强. 评《澳大利亚妇女小说史》. 西南民族大学学报(人文社会科学版),2012(4):239.

的权力运作机制。面对主流文化的强势地位,少数族裔和女性作家均采用"反叙事"的策略使其自身成为一种主导后殖民话语的方式。就后者而言,土著文学遭受压迫的极端差异性,移民文学和女性文学遭受歧视的相对差异性也可以从中国学者的后殖民文学批评中敏感地感受到。尽管澳大利亚多元文化政策鼓励各民族之间和男女之间走向融合,但源于对历史和现实的不同把握,少数族裔和女性文学在探讨相似主题时彰显出不同的族群心理和文学张力。正如彭青龙所言:"土著作家尽管在控诉和抵制白人殖民统治中表现出革命者的勇气,但由于长期所处的弱势地位,其呐喊声早已淹没在多元文化的喧嚣中。移民文学是夹在两种文化之间的'无根'文学,作家们努力将他们所经历的文化分裂转化为抚平裂痕的家园梦想和熨贴人心的抒情篇章,其非此非彼的文化认同常常使他们只能在童年回忆、悠悠乡愁中寻找归属与慰藉。"[1]而女性作家则似乎像王丽萍和朱晓映的论著中所说的那样,告别激进的女性主义,走向寻求两性和谐共生的道路。[2]

文学传统与文化:理论批评

21世纪国内澳大利亚文学研究的另一个集中型趋向是对澳大利亚文学批评传统和文化的理论研究。与英美国家相比,澳大利亚并非盛产"理论"的国度,似乎只承担了英美理论的"试验田"的角色。[3] 但这并不是说,澳大利亚没有文学批评传统和文化研究成果。事实上,崇尚实用主义的澳大利亚自20世纪末期至今一直存在着民族主义与国际主义、"澳大利亚性"与世界性的论争,有着较悠久的文学批评传统,甚至在20世纪90年代还出现了文化研究的高潮,产生了在世界上有重大影响的后殖民文化理论,如海伦·蒂芬、阿希克洛夫特和格瑞斯·格里菲斯的《逆写帝国》[4]和《后殖民研究读本》[5]已经成为后殖民主义理论的经典。但由于种种原

---

[1] 彭青龙. 后殖民主义语境下的当代澳大利亚文学. 外国语,2006(3):67.
[2] 王丽萍. 告别激进女权主义——评凯特·格伦维尔的小说《黑暗之地》与《完美主义》. 外国文学研究,2006(4):103—107. / 朱晓映. 海伦·加纳研究. 上海:上海外语教育出版社,2013.
[3] Bennett, Bruce, and Jennifer Strauss. *The Oxford Literary History of Australia*. Melbourne: Oxford University Press, 1998:240.
[4] Ashcroft, Bill, Gareth Griffiths and Helen Tiffin. eds. *The Empire Writes Back: Theory and Practice in Post-colonial Criticism*. London: Routledge, 1989.
[5] Ashcroft, Bill, et al. eds. *The Post-colonial Studies Reader*. London: Taylor & Francis, 1995.

因,直到近几年,中国学者才刚刚开启对澳大利亚文学文化的理论研究,曾经被忽视的澳大利亚批评家,如 A. G. 斯蒂芬斯、维尔克斯、A. D. 霍普等,进入了中国学者的研究视野。

王腊宝近期发表的三篇论文是澳大利亚文学文化研究的最新成果,其中《"理论"之后的当代澳大利亚文学批评》一文被《中国社会科学文摘》转载,引起学界较多关注。该论文勾勒和评述了当代澳大利亚文学批评的走向,指出:"在上世纪[20世纪]90年代的澳大利亚,'理论'在一场激烈的'文化战争'之后黯然消退,但此后的澳大利亚文学批评界并未停止脚步,相反,在近20年的时间里,他们通过1)文学的体制性研究;2)文学的数字化研究;3)文学的跨国化研究,为当代澳大利亚文学批评开拓了一条崭新的新经验主义道路。当代澳大利亚批评中的新经验主义不是一种简单的反'理论'范式,它是一种后'理论'方法,它主张将'理论'与丰富的文学研究数据结合在一起,以翔实的资料给无生气的"理论"输送鲜活的氧气,因此它是澳大利亚文学批评在新时代、新技术条件下的一种与时俱进。作为一种文学阅读方法,它强调基础和资源,因而是一种更加智慧和务实的阅读方式。"[①]虽然论文着眼于近几年澳大利亚文学文化研究的动向,但对于了解西方国家学术研究的变化有较高的参考价值。他的另外两篇文章《帕特里克·怀特与当代澳大利亚文学批评》和《澳大利亚的左翼文学批评》也别有洞见,值得一读。前者以西蒙·杜林1996年出版的一部《帕特里克·怀特》评传为切入点,论述了澳大利亚文学批评新左派和保守派之间的尖锐对立以及由此而引起的广泛影响。他认为:"在澳大利亚的'文化战争'中,怀特成了双方争夺文化话语权的重要战场。"[②]后者历时性地分析和论述了左翼文学思潮在澳大利亚的演变轨迹及对澳大利亚文学创作和批评的影响。上述三篇文章具有学术综述性质,涉及澳大利亚文学批评中的重大命题,梳理这些问题的来龙去脉和当下澳大利亚文学文化界的变化,对于理解澳大利亚文学和社会无疑有重要意义。

除了王腊宝本人的文章之外,他带领的团队成员也相继发表了论文,论述了澳大利亚历史上重要批评家的文学思想和观点及重大文学事件对文学创作的影响。如李震红的论文《G. A. 维尔克斯论澳大利亚民族文化》从"勾勒民族文化的发展轨迹""反思民族文化迷思"以及"探寻民族文化发展之路"三个方面阐释了维尔克斯对澳大利亚民族文化的思考,孔一蕾的《越界的黑天鹅——评一起重大的澳大利

---

① 王腊宝. "理论"之后的当代澳大利亚文学批评. 当代外国文学,2013(3):144.
② 王腊宝. 帕特里克·怀特与当代澳大利亚文学批评. 当代外国文学,2010(4):24.

亚文学事件》从"价值之争""性质之争"和"后果之争"三个维度重新审视了曾引起轩然大波、对澳大利亚文学创作产生了重要影响的"厄恩·马利"骗局,佘军的《A. G. 斯蒂芬斯:澳大利亚文学批评的奠基人》则从文学创作标准论、文学经典认识论和文学民族主义论三个角度梳理了 A. G. 斯蒂芬斯的文论观点。① 此类论文还包括佘军的《A. D. 霍普的诗歌批评思想与澳大利亚文学经典构建》、陈振娇的《澳大利亚文学批评家:多萝西·格林》和杨保林、刘婕的《詹姆斯·麦考利:澳大利亚新古典主义文学的先驱》等。

值得一提的是,徐德林近年来发表的有关澳大利亚文化研究的文章颇有新意。《文化研究的全球播散与多元性》一文从"建立中继站""登陆美利坚""异质和同质"三个方面论述了文化研究在全球,尤其英、美、澳的传播及兴衰,指出:"受新自由主义的崛起及'文化兴趣的复兴'等因素的影响,诞生于伯明翰当代文化研究中心的'文化研究'在 1980 年代开始了它的环球之旅,先后播散到了澳大利亚、美国及世界其他各地,建立起了'三 A 轴心'的文化研究共同体……已然播散、正在播散的文化研究,在呈现出以揭示文化与权力之间关系为己任的同质性的同时,清晰地显露出缘于理论及理论家的旅行、成长生态等因素的纠缠的异质性与多元性。"② 另一篇文章《被屏/蔽的澳大利亚文化研究》则聚焦澳大利亚在西方文化研究中的的地位,作者认为,"20 世纪 80 年代末、90 年代初,随着伯明翰当代文化研究中心等具有实体性质的文化研究机构的消失,文化研究史书写中出现了一种'去中心化'趋势,澳大利亚文化研究因此屏显在了'三 A 轴心'帝国之中,联袂英国文化研究、美国文化研究,合力支配全球文化研究。表面上,澳大利亚文化研究获得了与英国文化研究、美国文化研究大致相同的能见度,但实际上,它所得到的是一种与遮蔽并存的屏显——屏/蔽"③。这两篇文章之所以让人眼睛一亮,是因为作者从全球视角来审视西方文化帝国构建背后的权力运作以及澳大利亚文化研究的独特地位。

21 世纪才出现的文学批评传统和文化研究是否会有更多的成果还难以下结论,但从已有的这些成果可以看出,它们代表了两种视野和方法:"内视角"和"外视角"。文学批评传统研究主要从澳大利亚社会文化内部,考察文艺思潮、文学批评思想的演变和纷争,而文化研究则跳出民族文化的束缚,从国际的角度来俯视澳大

---

① 李震红. G. A. 维尔克斯论澳大利亚民族文化. 国外文学,2012(4):49—55./孔一蕾. 越界的黑天鹅——评一起重大的澳大利亚文学事件. 外国文学,2010(6):136—143./佘军. A. G. 斯蒂芬斯:澳大利亚文学批评的奠基人. 苏州大学学报(哲学社会科学版),2009(4):86—89.
② 徐德林. 文化研究的全球播散与多元性. 外国文学,2010(1):129—138.
③ 徐德林. 被屏/蔽的澳大利亚文化研究. 国外文学,2012(4):56—64.

利亚文化生态景观及权力运作机制。当然,这种内外视角的区别只是相对而言,阐释过程中的"视角越界"比比皆是。而正是这种交叉互动,让我们看到文学和文化如影随形,知识与权力密切相关,民族主义和国际主义,甚至世界主义不可分割,而这也许正是 21 世纪文学文化研究的鲜明特色。

纵观 21 世纪中国澳大利亚文学研究成果,我们发现年轻一代的中国学者更加擅长用后殖民主义等多元理论来审视澳大利亚文学作品,阐释和评价其文本的主题意义和美学价值,提出了不同以往的新观点和新思想,从而丰富了澳大利亚文学研究的内容和方法。与此同时,有关澳大利亚文学文化理论批评的成果也呈现集中化趋势,并引起了学界较多的关注。但我们也应清醒地看到,与国内其他国别文学,尤其是英美文学研究相比,澳大利亚文学研究仍处于中国外国文学研究话语体系的边缘地位,或者深化时期的初级阶段,在实用批评和理论批评领域仍有大量的课题值得探索,如澳大利亚诗歌[①]、戏剧、儿童文学、体裁史、文学文化体制、跨国写作、非虚构作品、传记等。笔者不敢妄言澳大利亚文学研究的未来趋势,但想借用采访澳大利亚著名文学批评家伊莉莎白·韦伯的话作为结语:"在没有新理论出现的近十年,澳大利亚与其他地方一样,又出现反对从政治和理论角度解读文学作品的转向。当下,很多学者对以研究为导向的方法更感兴趣,如书籍史,以及从国际视阈而不是国内视角来研究澳大利亚文学的范式。尽管我本人总是博采众长,从未局限于某种特定的方法来研究文学,但我发现后现代主义理论中的很多观点十分有用。我在阅读文学作品时十分重视历史语境,不赞成仅用一种方法,如从政治视角看待文学作品,提倡从体裁、语言和其他多种视角和理论来理解它……现在在悉尼,大家很热衷于非虚构性作品的创作,包括政治写作和撰写回忆录。这好像是当下读者喜欢阅读的东西。我对年轻学者的建议是多研究那些过去研究不多或者深入不够的东西,依然有很多小说家和诗人的作品没有被仔细研究过,转向非虚构性作品创作的人至今也没有引起多少关注。"[②]

---

① 据统计,发表在《外国文学评论》《外国文学》《当代外国文学》《国外文学》和《外国文学研究》(2000—2013 年)等刊物上有关澳大利亚诗歌的论文只有五篇,而戏剧更是空白。
② 彭青龙. 澳大利亚现代文学与批评——与伊莉莎白·韦伯的访谈. 当代外语研究,2013(2):57—60.

参考文献

Adler, L., et al. eds. "Forum on the Demidenko Controversy." *Australian Book Review* 1995 (173).

Anderson, Martin. *Cynicus, Cartoons, Social and Political*. London: Cynicus Publishing Co., 1892.

Ang, Ien, Sharon Chalmers, Lisa Law and Mandy Thomas. eds. *Alter/Asians: Asian-Australian Identities in Art, Media and Popular Culture*. Sydney: Pluto Press, 2000.

Ang, Ien. "I'm a Feminist But…'Other' Women and Post-national Feminism." *Transitions: New Australian Feminism*. eds. Barbara Caine and Rosemary Pringle. Sydney: Allen & Unwin, 1995.

Ang, Ien. "Provocation—Beyond Multiculturalism: A Journey to Nowhere?" *Humanities Research* 2009(15.2).

Appadurai, Arjun. "Theory in Anthropology: Center and Periphery." *Comparative Studies in Society & History* 1986(28.2).

Appleyard, R. T. "Immigration and National Development." *Australia's Immigration Policy*. ed. Hew Roberts. Nedlands: University of Western Australia Press, 1972.

Archer-Lean, Clare. *Cross-cultural Analysis of the Writings of Thomas King and Colin Johnson (Mudrooroo)*. New York: Edwin Mellen Press, 2006.

Armstrong, Tim. "The Seventies and the Cult of Culture." *The Cambridge History of Twentieth-century English Literature*. ed. Laura Marcus. Brighton: University of Sussex, 2005.

Ashcroft, Bill, et al. eds. *The Post-colonial Studies Reader*. London: Taylor & Francis, 1995.

Ashcroft, Bill, Gareth Griffiths and Helen Tiffin. eds. *The Empire Writes Back: Theory and Practice in Post-colonial Criticism*. London: Routledge, 1989.

Ashcroft, Bill, Gareth Griffiths and Helen Tiffin. "Constitutive Graphonomy: A Postcolonial Theory of Literary." *After Europe: Critical Theory and Post-colonial Writing*. eds. Stephen Slemon and Helen Tiffin. Nashville: Kangaroo Press, 1989.

Ashcroft, Bill. *Caliban's Voice: The Transformation of English in Post-colonial Literatures*. New York: Routledge, 2008.

Ashcroft, Bill. *On Post-colonial Futures: Transformations of Colonial Culture*. London: Continuum Publishing Co., 2001.

Ashcroft, Bill. *Post-colonial Transformation*. London: Routledge, 2001.

Ashcroft, Bill. *Utopianism in Postcolonial Literatures*. London and New York: Routledge, 2017.

Australasian Universities Modern Language Association. *Journal of the Australasian Universities Modern Language Association* 1964(22).

Australia Government. *The People of Australia—Australia's Multicultural Policy*. Department of Immigration and Border Protection (Australia). https://www.runnymedetrust.org/uploads/events/people-of-australia-multicultural-policy-booklet.pdf, viewed on 12 Jan. 2018（本文献无发布时间）。

Bail, Kathy. ed. *DIY Feminism*. Sydney: Allen & Unwin, 1996.

Baker, Kate. "Unpublished Article on Stephens." *The Papers of Constance Robertson* ML MSS 1105/1, item 2: 223.

Barnes, John. *The Writer in Australia: A Collection of Literary Documents, 1856 to 1964*. Melbourne: Oxford University Press, 1969.

Baruch, Elaine Hoffman. "Feminism and Psychoanalysis." *Julia Kristeva Interviews*. ed. Ross Mitchell Guberman. New York: Columbia University Press, 1996.

Bell, Roger. "American Influence." *Under New Heavens*. ed. Nebille Meaney. New Hampshire: Heinemann Educational Australia, 1989.

Bennett, Bruce, and Jennifer Strauss. *The Oxford Literary History of Australia*. Melbourne: Oxford University Press, 1998.

Bennett, Bruce. "Australian Literature and Universities." *Melbourne Studies in Education* 1976(18.1).

Bennett, Bruce. "Provicial & Metropolitan." *Overland* 1981(86).

Bhabha, Homi. "Postcolonial Criticism." *Redrawing the Boundaries: The Transformation of English and American Literary Studies*. New York: Modern Language Association of America, 1992.

Bird, Delys, Robert Dixon and Christopher Lee. eds. *Authority and Influence: Australian Literary Criticism 1950—2000*. St Lucia: University of Queensland Press, 2001.

Bird, Delys. "Review of *Who Is She?* and *Gender, Politics and Fiction*." *Kunapipi* 1985.

Brady, Veronica. "Judith Wright: The Politics of Poetics." *Southerly: A Review of Australian Literature* 2001(61.1).

Bruce, Mary. *Bill of Billabong*. London: Ward Lock, 1932.

Brydon, Diana, and Helen Tiffin. *Decolonising Fictions*. Sydney: Dangaroo Press, 1993.

Buckley, Vincent. "Patrick White and His Epic." *Australian Literary Criticism*. ed. Grahame Johnston. Oxford: Oxford University Press, 1962.

Buckley, Vincent. *Cutting Green Hay: Friendships, Movements and Cultural Conflicts in Australia's Great Decades*. Melbourne: Penguin Books, 1983.

Buckley, Vincent. *Essays in Poetry, Mainly Australian*. ed. A. K. Thompson. Melbourne: Melbourne University Press, 1957.

Buckley, Vincent. *Poetry and Morality: Studies on the Criticism of Matthew Arnold, T. S. Eliot, and F. R. Leavis*. London: Chatto & Windus, 1959.

Buckley, Vincent. "Imagination's Home." *Quadrant* 1979(23. 3).

Buckley, Vincent. "National and International." *Southerly* 1978(38. 2).

Buckley, Vincent. "Towards an Australian Literature." *Meanjin* 1959(18).

Buckley, Vincent. "Utopianism and Vitalism in Australian Literature." *Authority and Influence: Australian Literary Criticism 1950—2000*. eds. Delys Bird, Robert Dixon and Christopher Lee. St Lucia: University of Queensland Press, 2001.

Carey, Peter. *Illywacker*. London: Faber and Faber, 1985.

Carey, Peter. *My Life as a Fake*. New South Wales: Random House, 2003.

Carey, Peter. *Parrot and Olivier in America*. Sydney: Penguin books, 2009.

Carey, Peter. *The Chemistry of Tears*. Toronto: Random-Vintage, 2012.

Carey, Peter. *The Unusual Life of Tristan Smith*. London: Faber and Faber, 1994.

Carroll, Dennis. *Australian Contemporary Drama 1909—1989*. New York: Peter Lang, 1985.

Carroll, John. *The Wreck of Western Culture: Humanism Revisited*. Wilmington: Intercollegiate Studies Institute, 2008.

Carter, David. "Critics, Writers, Intellectuals: Australian Literature and its Criticism." *Cambridge Companion to Australia Literature*. ed. Elizabeth Webby. Melbourne: Cambridge University Press, 2000.

Carter, David. "Looking for the History in Literary History: Review of *The Oxford Literary History of Australia*." *Helix* 1981(9. 10).

Carter, David. "Publishing, Patronage and Cultural Politics: International Changes in the Field of Australian Literature from 1950." *The Cambridge History of Australian Literature*. ed. PeterPierce. Melbourne: Cambridge University Press, 2009.

Castro, Brian. *Looking for Estrellita*. St Lucia: University of Queensland Press, 1999.

Castro, Brian. *Writing Asia and Auto/biography: Two Lectures*. Canberra: University

College, Australian Defence Force Academy, 1995.

Chambers, Ross. "Adventures in Malley Country: Concerning Peter Carey's *My Life as a Fake*." *Cultural Studies Review* 2005(11.1).

Chaplin, H. S. *A Neilson Collection*. Sydney: The Wentworth Press, 1964.

Cheyfitz, Eric. *The Poetics of Imperialism: Translation and Colonization from The Tempest to Tarzan*. Pennsylvania: University of Pennvania Press, 1991.

Chilsholm, A. R., and J. J. Quinn. eds. *The Prose of Christopher Brennan*. Sydney: Angus & Robertson, 1962.

Cho, Tom. *Look Who's Morphing*. Artarmon: Giramondo. 2009.

Chow, Rey. *Not Like a Native Speaker: On Languaging as a Postcolonial Experience*. New York: Columbia University Press, 2014.

Christesen, C. B. "Letter to A. A. Phillips." 3 March 1980, *Phillips Family Papers*. MS 12491, Box 3385/1, Australian Manuscripts Collection, State Library of Victoria.

Clark, Manning. *A Short History of Australia* (Illustrated Edition). Victoria: Penguin Books Australia Ltd., 1986.

Clark, Manning. *A Short History of Australia*. New York: American New Library, 1980.

Clark, Maureen. "Mudrooroo: Crafty Impostor or Rebel with a Cause?" *Australian Literary Studies* 2004(21.4).

Clark, Maureen. "Reality Rights in the Wildcat Trilogy." *Mongrel Signatures: Reflections on the Work of Mudrooroo*. ed. Annalis Oboe. Melbourne: Rodopi, 2003.

Clark, Maureen. "Review of *Cross-cultural Analysis of the Writings of Thomas King and Colin Johnson (Mudrooroo)*, by Clare Archer-Lean." *Australian Literary Studies* 2006 (22.4).

Clarke, Marcus. ed. *Michael Wilding*. St Lucia: University of Queensland Press, 1976.

Coleman, Peter. "Dealing in Damage—Review of Michael Ackland, *Damaged Men: The Precarious Lives of James McAuley and Harold Stewart*." *The Weekend Australian* Mar. 2001.

Conrad, Peter. "Review of *The Devil and James McAuley* by Cassandra Pybus." *Australian Literary Studies* 2000(19.3).

Corkhill, A. R. *Australian Writing: Ethnic Writers 1945—1991*. Melbourne: Academia Press, 1994.

Croft, Julian. "Responses to Modernism, 1915—1965." *The Penguin New Literary History of Australia*. ed. Laurie Hergenhan. Ringwood: Penguin, 1998.

Dale, Leigh. *The Enchantment of English: Professing English Literatures in Australian*

Universities. Sydney: Sydney University Press, 2012.

Dale, Leigh. *The English Men: Professing Literature in Australian Universities*. Toowoomba: Association for the Study of Australian Literature, 1997.

Dale, Leigh. "Post-colonialism and Literary Criticism in Australia." *Modern Australian Criticism and Theory*. eds. David Carter and Wang Guanglin. Shanghai: China Ocean University Press, 2010.

Davidson, Jim. "Interview: A. A. Phillips." *Meanjin* Quarterly 1977(36.3).

Davies, M. Bryn. "Reviews: Australian Poetry: Judith Wright, *Preoccupations in Australian Poetry*." *The Journal of Commonwealth Literature* 1968(3.1).

Davison, Frank. *Man-Shy*. Sydney: Angus & Robertson, 1931.

Demidenko, Helen. *The Hand That Signed the Paper*. Sydney: Allen & Unwin, 1994.

Denton, Prout. *Henry Lawson: The Grey Dreamer*. Adelaide: Rigby Limited, 1963.

Derkson, J. "Unrecognizable Texts: From Multiculturalism to Anti-Systemic Writing." *West Coast Line* 1997(24.31).

Dessaix, R. "Nice Work if You Can Get It." *Australian Book Review* 1991(128).

Diamond, Arlyn. "Elizabeth Janeway and Germaine Greer." *The Massachusetts Review* 1972(13.1).

Dirlik, Arif. "The Postcolonial Aura: Third World Criticism in the Age of Global Capitalism." *Critical inquiry* 1994(20.2).

Dixon, Robert. "Australian Fiction and the World Republic of Letters 1890—1950." *The Cambridge History of Australian Literature*. ed. Peter Pierce. London: Cambridge University Press, 2000.

Dixon, Robert. "Australian Literature: International Contexts." Southerly 2007(67.1).

Dixon, Robert. "James McAuley's New Guinea: Colonialism, Modernity and Suburbia." *Australian Literary Studies* 1998(18.4).

Dobrez, Livio. "'Late' and 'Post' Nationalism: Reappropriation and Problematization in Recent Australian Cultural Discourse." *Australian Nationalism Reconsidered*. ed. Adi Wimmer. Verarbeitung: Sauffenburg Verlag, 1999.

Docker, John. *In a Critical Condition: Reading Australian Literature*. Victoria: Penguin Books, 1984.

Docker, John. "Antipodean Literature: A World Upside Down?" *Overland* 1986(104).

Docker, John. "Leonie Kramer in the Prison House of Criticism." *Overland* 1981(85).

Docker, John. "The Halcyon Days: The Movement of the New Left." *Intellectual Movements and Australian Society*. eds. Brian Head and James Walter. Oxford: Oxford University

Press, 1988.

Docker, John. "University Teaching of Australian Literature." *New Literature Review* 1979(6).

Durack, Mary. "Foreword." *Wildcat Falling*. Sydney: Angus & Robertson Classics, 2001.

During, Simon. "How Aboriginal is It?" *Australian Book Review* 1990(118).

Dutton, Geoffrey. ed. *The Literature of Australia*. Victoria: Penguin Books Ltd., 1976.

Dux, Monica. "Temple of *The Female Eunuch*: Germaine Greer Forty Years on." *Commentary* 2010(2).

Dyrenfurth, Nick, and Frank Bongiorno. *Little History of the Labour Party*. Sydney: University of New South Wales Press, 2010.

Edgerton, S. H. *Translating the Curriculum: Multiculturalism and Cultural Studies*. New York: Routledge, 1996.

Elliott, Brian. "Jindyworobaks and Aborigines." *Australian Literary Studies* 1977(1).

Evatt, Herbert Vere. *Foreign Policy of Australia*. Melbourne: Angus & Robertson Pty Ltd., 1945.

Ferrier, Carole. ed. *Gender, Politics and Fiction: Twentieth Century Australian Women's Novels*. St Lucia: University of Queensland Press, 1985.

Fiske, John, Bob Hodge and Graeme Turner. *Myths of Oz: Reading Australian Popular Culture*. Sydney: Allen & Unwin, 1988.

Foster, S. "Exoticism as A Symbolic System." *Dialectical Anthropology* 1982(7).

Frye, Herman Northrop. *Fables of Identity*. San Diego: Harcourt Brace, 1963.

Gallop, Jane. *Feminist Accused of Sexual Harassment*. Durham: Duke University Press, 1997.

Garner, Helen. *The First Stone*. Sydney: Picador Australia, 1995.

Gates, R. Ruggles. *Human Ancestry*. Massachusetts: Harvard University Press, 1948.

Gelder, Ken, and Paul Salzman. *The New Diversity: Australian Fiction 1970—88*. Melbourne: McPhee Gribble, 1989.

Gerster, Robin. *Big-Noting: The Heroic Theme in Australian War Writing*. Melbourne: Melbourne University Press, 1987.

Gilbert, Kevin. *Because a White Man'll Never Do It*. Sydney: Angus & Robertson, 1973.

Goldie, Terry. "On Not Being Australian: Mudrooroo and Demidenko." *Australian Literary Studies* 2004(21.4).

Goldsworthy, Kerryn. *Helen Garner: Australian Writers*. Melbourne: Oxford University Press, 1996.

Goodwin, Kenneth. *A History of Australian Literature*. New York: Macmillan Publishers Ltd., 1986.

Green, Henry. *A History of Australian Literature: Pure and Applied*. Sydney: Angus & Robertson, 1984.

Green, Henry. *An Outline of Australian Literature*. Sydney: Angus & Robertson, 1964.

Greer, Germaine. *The Female Eunuch*. New York: Harper Collins, 2003.

Greer, Germaine. "Country Notebook: Drunken Ex-husband." *The Daily Telegraph* 29 May 2004.

Greer, Germaine. "Foreword to the Pladadin 21st Anniversary Edition." *The Female Eunuch*. New York: Harper Collins, 2003.

Griffiths, Gareth. "The Dark Side of the Dreaming: Aboriginality and Australian Culture." *Australian Literary Studies* 1992(15.4).

Gunew, Sneja, and Jan Mahyuddin. eds. *Beyond the Echo: Multicultural Women's Writing*. St Lucia: University of Queensland Press, 1988.

Gunew, Sneja. *A Reader in Feminist Knowledge*. London & New York: Routledge, 1991.

Gunew, Sneja. *Displacements: Migrant Story Tellers*. Waurn Ponds: Deakin University Press, 1982.

Gunew, Sneja. *Feminist Knowledge: Critique and Construct*. New York: Routledge, 1990.

Gunew, Sneja. *Framing Marginality: Multicultural Literary Studies*. Melbourne: Melbourne University Press, 1994.

Gunew, Sneja. *Haunted Nations: The Colonial Dimensions of Multiculturalisms*. London: Routledge, 2004.

Gunew, Sneja. *Post-multicultural Writers as Neo-cosmopolitan Mediators*. London: Anthem Press, 2017.

Gunew, Sneja. "Denaturalizing Cultural Nationalisms: Multicultural Readings of 'Australia'." *Nation and Narration*. ed. Homi Bhabha. New York: Routledge, 1990.

Gunew, Sneja. "Letter to the Editor." *Australian Book Review* April 1991.

Gunew, Sneja. "Multicultural Multiplicities: Canada, USA, Australia." *Social Pluralism and Literary History: The Literature of the Italian Emigration*. ed. F. Loriggio. Ottawa: Guernica, 1996.

Gunew, Sneja. "Performing Australian Ethnicity: 'Helen Demidenko'." *From a Distance: Australian Writers and Cultural Displacement*. eds. Wenche Ommundsen and Hazel Rowley. Victoria: Deakin University Press, 1996.

Haese, Richard. *Rebels and Precursors*. London: Penguin Books, 1981.

Halliday, M. A. K. *Language as Social Semiotic: The Social Interpretation of Language and Meaning*. Baltimore: University Park Press, 1978.

Hanrahan, John. *Australian Book Review*. Sept. 1995.

Hardy, Frank. "My Problems of Writing." *Melbourne Realist Writer* 1953.

Harris, Max. *The Vital Decade: Ten Years of Australian Art and Letters*. Melbourne: Sun Books, 1968.

Harris, Max. "A. D. Hope: Sensuous Excitement or Monotonous Imagery?" *Voice* 1955(4.12).

Harris, Max. "Response to 'Whither Australian Poetry?'." *Rex Ingamells Papers* Vol. 3. MS6244, State Library of Victoria.

Harrison-Ford, Carl. "Fiction." *Australian Literary Studies* 1977(8.2).

Hart, Kevin. *A. D. Hope*. Melbourne: Oxford University Press, 1992.

Hassall, Anthony. "Preface." *Dancing on Hot Macadam*. St Lucia: University of Queensland Press, 1998.

Hatherell, William. "Essays in Poetry, Mainly Australian: Vincent Buckley and the Question of the National Literature." *Journal of the Association for the Study of Australian Literature (Supplement)*, 2010.

Head, Brian, and James Walter. *Intellectual Movements and Australian Society*. Melbourne: Oxford University Press, 1988.

Healy, J. J. *Literature and the Aborigine in Australia 1770—1975*. St Lucia: University of Queensland Press, 1978.

Healy, J. J. "Review Article." *World Literature Written in English* 1981(20.2).

Henderson, Gerard. "Gerard Henderson's Media Watch." *The Melbourne Age* 27 June 1995.

Henriques, J. "Social Psychology and the Politics of Racism." *Changing the Subject: Psychology, Social Regulation and Subjectivity*. Cathy Urwin. London: Methuen, 1984.

Herbert, Xavier. *Capricornia*. Sydney: Angus & Robertson, 1989.

Hergenhan, Laurie. *The Penguin New Literary History of Australia*. Ringwood: Penguin Books, 1988.

Hergenhan, Laurie. "Starting a Journal: ALS, Hobart 1963: James McAuley, A. D. Hope and Geoffrey Dutton." *Australian Literary Studies* 2000(19.4).

Heseltine, Harry. *In Due Season: Australian Literary Studies*. North Melbourne: Australian Scholarly Publishing, 2009.

Heseltine, Harry. *Vance Palmer*. St Lucia: University of Queensland Press, 1970.

Heseltine, Harry. "Criticism and the Individual Talent (Book Review)." *Meanjin Quarterly* 1972(31.1).

Heseltine, Harry. "Criticism and Universities." *Criticism in the Arts: Australian UNESCO*

Seminar. Australian National Advisory Committee for UNESCO, 1970.

Hesketh, Rollo. "A. A. Phillips and the 'Cultural Cringe': Creating an 'Australian Tradition'." *Meanjin* 2013(72.3).

Heyward, Michael. *The Ern Malley Affair*. St Lucia: University of Queensland Press, 1993.

Hodge, Bob, and Vijay Mishra. *Dark Side of the Dream: Australian Literature and the Postcolonial Mind*. New South Wales: Allen & Unwin, 1991.

Hodge, Bob, and Vijay Mishra. "Review of *Writing from the Fringe* by Mudrooroo Narogin." *Westerly* 1990.

Holloway, David. ed. "*Dark Somme Flowing*": *Australian Verse of the Great War, 1914—1918*. Melbourne: Robert Andersen, 1975.

Hope, A. D., and Peter Ryan. *Chance Encounters*. Victoria: Melbourne University Press, 1992.

Hope, A. D. *Native Companions: Essays and Comments on Australian Literature 1936—1966*. Sydney: Angus & Robertson, 1974.

Hope, A. D. *The Cave and the Spring: Essays on Poetry*. Sydney: Sydney University Press, 1974.

Hope, A. D. "Australian Literature and the Universities." *Meanjin* 1954(13.2).

Hope, A. D. "Standards in Australian Literature." *Australian Literary Criticism*. ed. Grahame Johnson. Melbourne: Oxford University Press, 1962.

Howard, John. "Address." *Multicultural Australia the Way Forward*. Melbourne: Department of Immigration and Multicultural Affairs National Multicultural Advisory Council, 1997.

Hu, Wenzhong. "The Myth and the Facts—A Reconsideration of Australia's Critical Reception of Patrick White." *Australian Literary Studies* 1994(1).

Huggan, Graham. *The Postcolonial Exotic: Marketing the Margins*. New York: Routledge, 2002.

Huggan, Graham. "Maps, Dreams, and the Presentation of Ethnographic Narrative: Hugh Brody's *Maps and Dreams* and Bruce Chatwin's *The Songlines*." *Ariel* 1991(22.1).

Huggan, Graham. "Philomela's Retold Story: Silence, Music, and the Post-colonial Text." *Journal of Commonwealth Literature* 1990(25).

Huggan, Graham. "Prizing 'Otherness': A Short History of the Booker." *Studies in the Novel* 1997(29.3).

Huggan, Graham. "Some Recent Australian Fictions in the Age of Tourism: Murray Bail, Inez Baranay, Gerard Lee." *Australian Literary Studies* 1993(16.2).

Huggan, Graham. "The Postcolonial Exotic." *Transition* 1994(64).

Huggan, Graham. "Voyages Towards an Absent Centre: Landscape Interpretation and Textual Strategy in Joseph Conrad's *Heart of Darkness* and Jules Verne's *Voyage au centre de la terre*." *Conradian* 1989(14.1).

Hughes, Robert. *The Art of Australia*. London: Penguin Books, 1970.

Humm, Maggie. *The Dictionary of Feminist Theory*. Columbus: Ohio State University Press, 1995.

Indyk, Ivor. "Assimilation or Appropriation: Uses of European Literary Forms in Black Australian Writing." *Australian Literary Studies* 1992(15.4).

Indyk, Ivor. "Vance Palmer and the Social Function of Literature." *Southerly* 1990(50.3).

Ingamells, John. *Cultural Cross-section*. Adelaide: Jindyworobak Club, 1941.

Ingamells, Rex. *Conditional Culture*. Adelaide: Preece, 1938.

Ireland, David. *A Woman of the Future*. Sydney: Penguin Books, 1979.

Ireland, David. *The Chantic Bird*. London: Heinemann, 1966.

Ireland, David. *The Flesheaters*. Melbourne: Text Publishing, 1972.

Ireland, David. *The Unknown Industrial Prisoner*. Melbourne: Text Publishing, 1971.

Jameson, Fredric. *The Political Unconscious: Narrative as a Social Symbolic Act*. London: Methuen, 1981.

Jardine, Lisa. "Growing up with Greer." *The Guardian* 7 Mar. 1999.

Jillett, Neil. "A Marxist in a Saffron Robe." *Age* 22 Sept. 1979.

Johnson, Grahame. ed. *Australian Literary Criticism*. Melbourne: Oxford University Press, 1962.

Johnston, Grahame, et al. eds. *Annals of Australian Literature*. Oxford: Oxford University Press, 1992.

Jolley, Elizabeth. *An Accommodating Spouse*. New York: Viking Books, 1999.

Jolley, Elizabeth. *An Innocent Gentleman*. New York: Viking Books, 2001.

Jost, John, et al. eds. *The Demidenko File*. Ringwood: Penguin, 1996.

Kane, Paul. "Postcolonial/Postmodern: Australian Literature and Peter Carey." *World Literature Today* 1993(30.3).

Kelly, Michelle and Tim Rowse. "One Decade, Two Accounts: The Aboriginal Arts Board and 'Aboriginal Literature', 1973—1983." *Australian Literary Studies* 2016(31.2).

Keneally, Thomas. *An Angel in Australia*. Sydney: Doubleday, 2002.

Keneally, Thomas. *Bettany's Book*. Sydney: Doubleday, 2000.

Keneally, Thomas. *Brings Larks and Heroes*. New York: Viking Press, 1967.

Keneally, Thomas. *The Chant of Jimmie Blacksmith: A Novel*. New York: The Viking Press, 1972.

Keneally, Thomas. *The Chant of Jimmie Blacksmith: A Novel*. Sydney: Open Road Media, 2015.

Keneally, Thomas. *The Tyrant's Novel*. Sydney: Doubleday, 2003.

Kiernan, Brian. ed. *Portable Australian Authors: Henry Lawson*. St Lucia: University of Queensland Press, 1976.

Kiernan, Brian. *Criticism*. Melbourne: Oxford University Press, 1974.

Kiernan, Brian. *The Most Beautiful Lies: A Collection of Stories by Five Major Contemporary Fiction Writers*. Sydney: Angus & Robertson, 1977.

Kiernan, Brian. "Literature, History and Literary History: Perspectives on the Nineteenth Century in Australia." *Bards, Bohemians and Bookmen*. ed. Leon Cantrell. St Lucia: University of Queensland Press, 1976.

King, Bruce. "A. D. Hope and Australian Poetry." *Sewanee Review* 1979(87).

King, Noel, and Deane Williams. eds. *Australian Film Theory and Criticism: Vol. 2 Interviews*. Bristol: Intellect, 2014.

Knudsen, Eva Rask. "From Kath Walker to Oodgeroo Noonuccal? Ambiguity and Assurance in My People." *Australian Literary Studies* 1994(16.4).

Koch, Kenneth. *Locus Solus II*. New York: Kraus, 1971.

Kohn, Jenny. "Longing to Belong: Judith Wright's Poetics of Place." *Colloquy: Text Theory Critique* 2006(12).

Kostash, M. "Eurocentricity: Notes on Metaphors of Place." *Twenty Years of Multiculturalism*. ed. S. Hryniuk. Manitoba: St John's College Press, 1991.

Kostelanetz, Richard. ed. *A Critical (Ninth) Assembling*. New York: Assembling Press, 1979.

Kowaleski-Wallace, Elizabeth. ed. *Encyclopedia of Feminist Literary Theory*. New York: Routledge, 2010.

Kramer, Leonie. *A. D. Hope*. Victoria: Oxford University Press, 1979.

Kramer, Leonie. *The Oxford History of Australian Literature*. Melbourne: Oxford University Press, 1981.

Kristeva, Julia. *Powers of Horror: An Essay on Abjection*. Trans. Leon S. Roudiez. New York: Columbia University Press, 1982.

Kürti, L. "Globalisation and the Discourse of Otherness in the 'New' Eastern and Central Europe." *The Politics of Multi-culturalism in the New Europe: Racism, Identity and

Community. eds. T. Modood and P. Werbner. London: Zed Books, 1997.

Lake, Marilyn. "'Revolution for the Hell of It': the Transatlantic Genesis and Serial Provocations of *The Female Eunuch*." *Australian Feminist Studies* 2016(12).

Lane, Terry. "Burnt at the Ideological Stakes." *Age* 27 Sept. 1995.

Lansbury, Coral. *Arcady in Australia: The Evocation of Australia in Nineteenth-century English Literature*. Melbourne: Melbourne University Press, 1970.

Lawson, Henry. *Collected Prose Vol. 11*. ed. Colin Roderick. Sydney: Angus & Robertson, 1972.

Lee, Christopher. ed. *Turning the Century: Writing of the 1890s*. St Lucia: University of Queensland Press, 1999.

Lee, Stuart. *The Self-Made Critic: A Literary and Biographical Study of A. G. Stephens*. (M. D.). Sydney University, 1977.

Lee, Stuart. "Introduction." *The Self-Made Critic: A Literary and Biographical Study of A. G. Stephens* (M. D.). Sydney University, 1977.

Lee, Stuart. "Stephens, Alfred George (1865—1933)." http://adb.anu.edu.au/biography/stephens-alfred-george-8642, published first in hardcopy 1990, viewed on 31 Dec. 2018.

Lee, Stuart. "*The Bulletin*—J. F. Archibald and A. G. Stephens." *The Literature of Australia*. ed. Geoffrey Dutton. Victoria: Penguin Books Ltd., 1976.

Liddle, Celeste. "Review of *Mongrel Signatures: Reflections on the Work of Mudrooroo*, edited by Annalisa Oboe." *Australian Literary Studies* 2005(22.2).

Little, Arthur. *The Nature of Art or the Shield of Pallas*. London: Green & Co., 1946.

Little, Graeme. *Australian Book Review* Sept. 1995.

Lucas, Robin. *The Devout Critic: Nettie Palmer and Book Reviewing in Australia between the Wars 1920—1940*. Unpublished Publishing Project, University of Melbourne.

Lumby, Catharine. *Bad Girls: The Media, Sex and Feminism in the 90s*. Sydney: Allen & Unwin, 1997.

Lynch, Philip. "Australia's Immigration Policy." *Australia's Immigration Policy*. ed. Hew Roberts. Nedlands: University of Western Australia Press, 1972.

Macintyre, Stuart. *A Concise History of Australia*. Melbourne: Cambridge University Press, 2009.

Magarey, Susan, and Susan Sheridan, "Local, Global, Regional: Women's Studies in Australia." *Feminist Studies* 2002(28.1).

Magarey, Susan. "Germaine Greer." *The Oxford Encyclopedia of Women in World History*. ed. Bonnie G. Smith. Oxford: Oxford University Press, 2008.

Magarey, Susan. "The Sexual Revolution as Big Flop: Women's Liberation Lesson One." *Dangerous Ideas: Women's Liberation-Women's Studies-Around the World*. Susan Magarey. Adelaide: University of Adelaide Press, 2014.

Maguire, Carmel Jane. *An Original Reaction from Art: An Analysis of the Criticism of A. G. Stephens on the Red Page of* The Bulletin *1894—1906*. (M. D.). Australian National University, 1972.

Manne, Robert. *The Culture of Forgetting: Helen Demidenko and the Holocaust*. Melbourne: Text Publishing Co., 1996.

Manne, Robert. "The Strange Case of Helen Demidenko." *Quadrant* 1995(39.9).

Matthews, Steven. *Les Murray*. Manchester: Manchester University Press, 2002.

McAuley, James. *A Map of Australian Verse*. Melbourne: Oxford University Press, 1975.

McAuley, James. *The End of Modernity*. Sydney: Angus & Robertson, 1959.

McAuley, James. *The Grammar of the Real: Selected Prose 1959—1974*, Melbourne: Oxford University Press, 1975.

McAuley, James. *Versification: A Short Introduction*. Michigan: The Michigan State University Press, 1966.

McCrae, Hugh. "A. G. Stephens: A Character Study." *Southerly* 1947(8.4).

McGuinness, P. P. "Defiant Garner Invites More Wrath from the Wimminists." *Age* 10 Aug. 1995.

McLaren, John. *Journey without Arrival: The Life and Writing of Vincent Buckley*. Melbourne: Australian Scholarly Publishing, 2009.

McLaren, John. *Writing in Hope and Fear: Literature as Politics in Postwar Australia*. Melbourne: Press Syndicate of the University of Cambridge, 1996.

McQueen, Humphrey. "Images of Society in Australian Criticism: Reviews of *Images of Society and Nature* by Brian Kiernan, *Social Patterns in Australian Literature* by Tom Moore, *The Australian Nationalists* edited by Chris Wallace-Crabbe, and *The Receding Wave* by Brian Matthews." *Arena* 1973(31).

Mead, Jenna. *Bodyjamming: Sexual Harassment, Feminism and Public Life*. Sydney: Vintage, 1997.

Mead, Philip. "1944, Melbourne and Adelaide: The Ern Malley Hoax." *The Edinburgh Companion to Twentieth-century Literatures in English*. eds. Brian McHale and Randall Stevenson. Edinburgh: Edinburgh University Press, 2006.

Mead, Philip. "Review by Philip Mead." *Australian Literary Studies* 1990(14.4).

Medoff, Jeslyn. "Germaine Greer." *Encyclopedia of Feminist Literary Theory*. ed. Elizabeth

Kowaleski Wallace. New York: Routledge, 2010.

Merritt, Stephanie. "Danger Mouth." *The Guardian* 5 Oct. 2003.

Messner, D. "Surreal Search for an Identity." *Sydney Morning Herald* 23 May 2009.

Meyer, Patricia. "Review: A Chronicle of Women." *The Hudson Review* 1972(25.1).

Miller, Alex. *Journey to the Stone Country*. London: Allen & Unwin, 2002.

Millet, Kate. *Sexual Politics*. Illinois: University of Illinois Press, 2000.

Mills, C. Wright. "Letter to the New Left." *New Left Review* 1960(22.5).

Mishra, Vijay, and Bob Hodges. "What Is Post-colonialism?" *Colonial Discourse and Colonial Theory: A Reader*. eds. Patrick Williams and Laura Chrisman. New York: Columbia University Press, 1994.

Moore, Tom. *Social Patterns in Australian Literature*. Melbourne: Angus & Robertson Pty Ltd., 1971.

Moore, Tom. "A Fanciful Arcadia." *Meanjin Quarterly* 1972(31.1).

Moore, Tom. "Review of Social Patterns in Australian Literature." *Australian Literary Studies* 1972(5.3).

Moorhouse, Frank. *Cold Light*. Sydney: Vintage Books, 2011.

Morgan, Sally, and Melodie Reynolds. *My Place*. Fremantle: Fremantle Arts Centre Press, 1987.

Morley, R. "From Demidenko to Darville: Behind the Scenes of a Literary Carnival." *Metafiction and Metahistory in Contemporary Women's Writing*. ed. Emma Parker. London: Macmillan, 2007.

Murray, Bail. *The Pages*. Melbourne: Text Publishing, 2008.

Narogin, Mudrooroo. *Wildcat Falling*. Sydney: Angus & Robertson Classics, 2001.

Narogin, Mudrooroo. *Writing from the Fringe: A Study of Modern Aboriginal Literature*. Melbourne: Hyland House, 1990.

Narogin, Mudrooroo. "Aboriginal Responses to the 'Folk Tale'." *Southerly* 1988(4).

Narogin, Mudrooroo. "Tell Them You're India." *Race Matters: Indigenous Australians and "Our" Society*. eds. Gillian Cowlishaw and Barry Morris. Canberra: Aboriginal Studies Press, 1997.

Narogin, Mudrooroo. "The Poetemics of Oodgeroo of the Tribe Noonuccal." *Australian Literary Studies* 1994(16).

Narogin, Mudrooroo. "White Forms, Aboriginal Content." *Aboriginal Writing Today*. eds. Jack Davis and Bob Hodge. Melbourne: Australian Institute of Aboriginal Studies, 1985.

Nettlebeck, Amanda. "Presenting Aboriginal Women's Life Narratives." *New Literatures*

Review 1999(34).

Niranjana, T. *Siting Translation*: *History*, *Post-structuralism*, *and the Colonial Context*. California: University of California Press, 1992.

Ommundsen, Wenche, and Sneja Gunew. "From White Australia to the Asian Century: Literature and Migration in Australia." *Immigrant and Ethnic-Minority Writers since 1945*. eds. Wiebke Sievers and Sandra Vlasta. Boston: Leiden, 2018.

Ommundsen, Wenche. "Behind the Mirror: Searching for the Chinese-Australian Self." *East by South*: *China in the Australasian Imagination*. eds. Charles Ferrall, Paul Millar and Keren Smith. Wellington: Victoria University Press, 2005.

Ommundsen, Wenche. "Brave New World: Myth and Migration in Recent Asian-Australian Picture Books." *Coolabah* 2009(3).

Ommundsen, Wenche. "Multilingual Writing in a Monolingual Nation: Australia's Hidden Literary Archive." *Sydney Review of Books* 24 July 2018.

Ommundsen, Wenche. "Seeing Double: The Quest for Chineseness in Australia." *Cultural Studies and Literary Theory* 2008(16).

Ommundsen, Wenche. "The Literatures of Chinese Australia." *Oxford Research Encyclopedias*. Oxford: Oxford University Press, 2017.

Ommundsen, Wenche. "This Story Does not Begin on a Boat: What Is Australian about Asian Australian Writing?" *Continuum* 2011(25.4).

Ouyang, Yu. *Songs of the Last Chinese Poet*. Sydney: Wild Peony, 1997.

O'Connor, Terry. "A Question of Race." *Courier-Mail* 28 Mar. 1998.

O'Hearn, D. J. "Weeds Grow Over a Culture's Hopes." *National Times on Sunday* 11 Oct. 1986.

Palmer, Vance. *Australian Writers Speak*: *Literature and Life in Australia*. Sydney: Angus & Robertson, 1942.

Palmer, Vance. ed. *A. G. Stephens*: *His Life and Work*. Melbourne: Robertson & Mullens Ltd., 1941.

Palmer, Vance. *Frank Wilmot (Furnley Maurice)*. Melbourne: The Frank Wilmot Memorial Committee, 1942.

Palmer, Vance. *Louis Esson and the Australian Theatre*. Melbourne: Georgian House, 1948.

Palmer, Vance. *The Legend of the Nineties*. Victoria: Currey O'Neil Ross Pty Ltd., 1954.

Palmer, Vance. "An Australian National Art." *Steele Rudd's Magazine* Jan. 1905.

Pamler, Nettie. *Talking It Over*. Sydney: Angus & Robertson, 1932.

Philip, M. N. "Signifying: Why the Media Have Fawned over Bissoondath's *Selling Illusions*."

Border/Lines Magazine 1995(36).

Phillips, A. A. ed. "Review of Vivian Smith." *Letters of Vance and Nettie Palmer, 1915—63*. Arthur Angell Phillips, Papers and Correspondence 1940—71, MS 9160, Box 222/3, *Australian Manuscripts Collection*, State Library of Victoria.

Phillips, A. A. *The Australian Tradition*. Melbourne: Lansdowne, 1966.

Phillips, A. A. *The Australian Tradition*. Melbourne: Longman Cheshire, 1980.

Phillips, A. A. *The Australian Tradition: Studies in a Colonial Culture*. Melbourne: Cheshire Lansdowne, 1958.

Phillips, A. A. "Cultural Nationalism in the 40s and 50s: A Personal Account." *Intellectual Movements and Australian Society*. eds. Brian Head and James Walter. Melbourne: Oxford University Press, 1988.

Phillips, A. A. "Henry Lawson as Craftsman." *Meanjin* 1948(7.2).

Phillips, A. A. "Preface to the 1966 Edition." *The Australian Tradition*. Melbourne: Lansdowne, 1966.

Philips, A. A. "The Cultural Cringe." *Meanjin* 1950(9.4).

Phillips, A. A. "Through a Glass Absurdly—Docker on *Meanjin*: A Personal View." Phillips Family Papers, MS 12491, Box 3386/3a, *Australian Manuscripts Collection*, State Library of Victoria.

Pierce, Peter. *The Cambridge History of Australian Literature*. Cambridge: Cambridge University Press, 2009.

Presser, Harriet B. "Feminism and the Status of Women." *Family Planning Perspectives* 1972 (4.2).

Prichard, Katharine. *Coonardoo*. Sydney: Angus & Robertson, 1990.

Prichard, Katharine. *Straight Left: Articles and Addresses on Politics, Literature, and Women's Affairs Over Almost 60 Years, from 1910—1968*. Sydney: Wildland Wooley, 1982.

Pybus, Cassandra. "The Devil and James McAuley: the Making of a Cold War Warrior." *Australian Literature and the Public Sphere* 1999.

Rainey, David. *Ern Malley: The Hoax and Beyond*. Melbourne: Heide Museum of Modern Art, 2009.

Reed, Evelyn. "Feminism and *The Female Eunuch*." *International Socialist Review* 1971(32.7).

Renan, Ernest. "What is a Nation?" *Nation and Narration*. ed. Homi Bhabha. New York: Routledge, 1990.

Richmond, Anthony H. "Migration and Social Change." *Australia's Immigration Policy*. ed. Hew Roberts. Nedlands: University of Western Australia Press, 1972.

Riemenschneider, Dieter. "Literary Criticism in Australia: A Change of Critical Paradigms?" *Australian Literary Studies* 1991(15.2).

Riemer, Andrew. *The Demidenko Debate*. St Leonards: Allen & Unwin, 1996.

Roberson, Roland. *Globalization: Social Theory and Global Culture*. New York: Sage, 1992.

Robinson, Dennis. "The Traditionalism of James McAuley." *Australian Literary Studies* 1983(11.2).

Roderick, Colin. *Henry Lawson: A Life*. Sydney: Angus & Robertson, 1991.

Root, Deborah. *Cannibal Culture: Art, Appropriation, and the Commodification of Difference*. Oxford: Westview Press, 1996.

Ross, Bruce. "The Struggle of the Modern in Australia." *Australian Literary Studies* 1984(11.3).

Ryan, Gig. "Uncertain Possession: The Politics and Poetry of Judith Wright." *Overland* 1999(154).

Said, Edward. *Culture and Imperialism*. New York: Vintage, 1993.

Semmler, Clement, and Derek Whitlock. *Literary Australia*. Melbourne: F. W. Cheshire Pty Ltd., 1966.

Sheridan, Susan. *Along the Faultlines: Sex, Race and Nation in Australian Women's Wrting 1880s—1930s*. Sydney: Allen & Unwin, 1995.

Shoemaker, Adam. *Black Words, White Page: Aboriginal Literature 1929—1988*. Canberra: The Australian National University Press, 1989.

Shoemaker, Adam. "An Interview with Jack Davis." *Westerly* 1982(27.4).

Shoemaker, Adam. "Who Should Control Aboriginal Writing?" *Australian Book Review* 1983(50).

Showalter, Elaine. *A Literature of Their Own: British Women Novelists from Brontë to Lessing*. New Jersey: Princeton University Press, 1977.

Simpson, Collin. *Adam in Ochre*. Sydney: Angus & Robertson, 1951.

Slattery, Luke. "Our Multicultural Cringe." *Australian* 13 Sept. 1995.

Slemon, Stephen, and Helen Tiffin. eds. *After Europe: Critical Theory and Post-colonial Writing*. Nashville: Kangaroo Press, 1989.

Smith, Ellen. "Local Moderns: The Jindyworobak Movement and Australian Modernism." *Australian Literary Studies* 2012(27.1).

Smith, Vivian. ed. *Nettie Palmer: Her Private Journal* <u>Fourteen Years</u>, *Poems, Reviews and*

Literary Essays. St Lucia: Queensland University Press, 1988.

Smith, Vivian. *Vance and Nettie Palmer*. Boston: Twayne Publishers, 1975.

Smith, Vivian. "James McAuley." *Australian Literary Studies* 1977(8.1).

Smith, Vivian. "Nettie Palmer's *Fourteen Years*: An Afterword." *Southerly* 2007(67).

Spivak, G. C. *Outside the Teaching Machine*. New York: Routledge, 1993.

Stam, R. "Multiculturalism and the Neoconservatives." *Dangerous Liaisons: Gender, Nation, and Postcolonial Perspectives*. eds. A. McClintock, A. Mufti and E. Shohat. Minneapolis: University of Minnesota Press, 1997.

Standish, Ann. "Greer, Germaine (1939—)." *The Encyclopedia of Women & Leadership in Twentieth-century Australia*. Australian Women's Archives Project, 2014.

Stephens, A. G. *The Bulletin* 23 Feb. 1895.

Stephens, A. G. *The Bulletin* 29 Aug. 1896.

Stephens, A. G. "Red Page." *The Bulletin* 1 July 1899.

Stephens, A. G. "Red Page." *The Bulletin* 13 Feb. 1897.

Stephens, A. G. "Red Page." *The Bulletin* 15 Oct. 1898.

Stephens, A. G. "Red Page." *The Bulletin* 24 Mar. 1904.

Stephens, A. G. "The Bronte Family." *The Bulletin* 3 Oct. 1896.

Stephens, A. G. "The Local Muse." *The Bulletin* 10 Oct. 1896.

Stewart, Harold. "Letter to Paul Kane." *Harold Stewart Papers* 15 May 1995.

Stivale, Charles J. "Deleuze/Parnet in Dialogues: the Folds of Post-identity." *The Journal of the Midwest Modern Language Association* 2003(36.1).

Strehlow, T. G. H. *Aranda Traditions*. Melbourne: Melbourne University Press, 1947.

Super, R. H. ed. *The Complete Prose Works of Matthew Arnold*. Michigan: University of Michigan Press, 1962.

Syson, Ian. "Michael Wilding's Three Centres of Value." *Australian Literary Studies* 1998(18.3).

Tacey, David J. "Australian's Other World: Aboriginality, Landscape and the Imagination." *Meridian* 1989(8.1).

Taine, H. A. *History of English Literature*. Trans. H. Van Laun. New York: Henry Holt and Company, 1879.

Tan, Hwee Hwee. "Ginger Tale: Yet Another Chinese Heroine Faces Political Adversity—Will They ever Stop?" *Time International* 27 May 2002.

Taylor, Anthea. "Readers Writing the First Stone Media Event: Letters to the Editor, Australian Feminisms and Mediated Citizenship." *Journal of Australian Studies* 2004(83).

Trioli, Virginia. *Generation f: Sex, Power & the Young Feminist*. Melbourne: Minerva, 1996.

Turner, Graeme, and Delys Bird. "Practive without Theory." *Westerly* 1982(27.3).

Turner, Graeme, Frances Bonner and David Marshall. *Fame Games: The Production of Celebrity in Australia*. Cambridge and New York: Cambridge University Press, 2000.

Turner, Graeme. ed. *Nation, Culture, Text: Australian Cultural and Media Studies*. London: Routledge, 1993.

Turner, Graeme. *National Fictions: Literature, Film, and the Construction of Australian Narrative*. Sydney: Allen & Unwin, 1986.

Turner, Graeme. *Understanding Celebrity*. London: Sage, 2004.

Turner, Graeme. *What's Become of Cultural Studies?* London and New Delhi: Sage, 2012.

Turner, Graeme. "Approaching Cultural Studies." *Celebrity Studies* 2010(1.1).

Turner, Graeme. "Nationalizing the Author: The Celebrity of Peter Carey." *Australian Literary Studies* 1993(16.2).

Vasta, Ellie, and Stephen Castles. *The Teeth are Smiling: The Persistence of Racism in Multicultural Australia*. Queensland: Allen & Unwin, 1996.

Walker, David. "Introduction: Australian Modern: Modernism and its Enemies 1900—1940." *Journal of Australian Studies* 1992(16.32).

Walker, Shirley. *Who Is She? Images of Woman in Australian Fiction*. St Lucia: University of Queensland Press, 1983.

Wallace, Christine. *Germaine Greer: Untamed Shrew*. London: Faber and Faber, 1999.

Wallace-Crabbe, Chris. *Melbourne or the Bush: Essays on Australian Literature and Society*. Sydney: Angus & Robertson, 1974.

Wallace-Crabbe, Chris. "Three Faces of Hope." *Meanjin Quarterly* 1967(26.4).

Waugh, Patricia. "Feminism and Writing: the Politics of Culture." *The Cambridge History of Twentieth-century English Literature*. ed. Laura Marcus. Brighton: University of Sussex, 2005.

Webby, Elizabeth. *The Cambridge Companion to Australian Literature*. Cambridge: Cambridge University Press, 2000.

Webby, Elizabeth. "Before *The Bulletin*: Nineteenth-century Literary Journalism." *Cross Currents: Magazines and Newspapers in Australian Literature*. ed. Bruce Bennett. Melbourne: Longman Cheshire, 1981.

Webby, Elizabeth. "The Aboriginal in Early Australian Literature." *Southerly* 1980(40.1).

Webby, Elizabeth. "The Beginnings of Literature in Colonial Australia." *The Cambridge History of Australian Literature*. ed. Peter Pierce. Cambridge: Cambridge University

Press, 2009.

Wellek, Rene. *History of Modern Criticism: 1750—1950: The Late Nineteenth Century*. New Haven: Yale University Press, 1965.

Wheatcroft, Stephen George. *Genocide, History and Fictions: Historians Respond to Helen Demidenko/Helen Darville's* The Hand That Signed the Paper. Melbourne: University of Melbourne Press, 1997.

White, Eric B. *Transatlantic Avant-Gardes: Little Magazines and Localist Modernism*. Edinburgh: Edinburgh University Press, 2013.

White, Patrick. *A Fringe of Leaves*. London: Jonathan Cape, 1976.

White, Patrick. *Happy Valley*. Melbourne: Text Publishing, 1939.

White, Patrick. *The Living and the Dead*. New York: The Viking Press, 1941.

White, Patrick. *The Solid Mandala*. London: Eyre & Spottiswoode, 1966.

Whitlam, Gough, *The Whitlam Government, 1972—1975*. Melbourne: Australian Penguin Books, 1985.

Wilde, William H., Joy Hooton and Barry Andrews. eds. *The Oxford Companion to Australian Literature*. 2nd ed. Sydney: Oxford University Press, 1995.

Wilding, Michael. *Political Fictions*. London: Routledge, 1984.

Wilding, Michael. *Reading the Signs*. Sidney: Hale and Ironmonger, 1984.

Wilding, Michael. "Basics of a Radical Criticism." *Island Magazine* 1982(12).

Wilding, Michael. "Write Australian." *Criticism* 1971.

Wilding, Miles. *Academia Nuts*. Sydney: Wild & Woolley, 2002.

Wilding, Miles. *National Treasure*. Queensland: Central Queensland University Press, 2007.

Wilding, Miles. *Raising Spirits, Making Gold, and Swapping Wives: The True Adventures of Dr John Dee and Sir Edward Kelly*. Sydney: Abbott Bentley, 1999.

Wilding, Miles. *Wild Amazement*. Queensland: Central Queensland University Press, 2006.

Wilkes, G. A. *The Stockyard and the Croquet Lawn: Literary Evidence for Australian Cultural Development*. Melbourne: Edward Arnold (Australia) Pty Ltd., 1981.

Wilkes, G. A. "The Eighteen Nineties." *Australian Literary Criticism*. ed. Grahame Johnson. Melbourne: Oxford University Press, 1962.

Williams, Raymond. "Literature and Sociology: In Memory of Lucien Goldman." *New Left Review* 1971(67).

Williams, B., and Rodney Hall. "An Interview with Rodney Hall." *Descant* 1989(20.3).

Winton, Tim. *Dirt Music*. London: Picador, 2001.

Wright, Judith. *Because I was Invited*. Melbourne: Oxford University Press, 1975.

Wright, Judith. *Half a Lifetime*. Melbourne: Text Publishing, 1999.

Wright, Judith. *Preoccupations in Australian Poetry*. Melbourne: Oxford University Press, 1965.

Year Book of the Commonwealth of Australia, 1965(51).

Yildiz, Y. *Beyond the Mother Tongue: The Postmonolingual Condition*. New York: Fordham University Press, 2011.

Zavaglia, Liliana. "Old Testament Prophets, New Testament Saviours: Reading Retribution and Forgiveness Towards Whiteness in *Journey to the Stone Country*". *The Novels of Alex Miller: An Introduction*. Robert Dixon. Sydney: Allen & Unwin, 2012.

Zhong, H. and Ommundsen, Wenche. "Towards a Multilingual National Literature: The Tung Wah Times and the Origins of Chinese Australian Writing." *Journal of the Association for the Study of Australian Literature* 2015(15.3).

"Cover Story." *Life Magazine* 7 May 1971.

"The Nobel Prize in Literature 1973." http://www.nobelprize.org/nobel_prizes/literature/laureates/1973/, viewed on 24 Apr. 2017. 本文献无发布时间。

"Toowoomba Grammar School Magazine and Old Boys Register." *Jubilee* 1926(6): II.

C. P. 菲茨杰拉德. "是中国人发现了澳洲吗?"中外关系译丛(第 1 辑). 中外关系学会编. 上海：上海译文出版社，1984.

W. P. 霍根、E. J. 塔普、A. E. 麦奎因. 澳大利亚概况. 吴江霖译. 广州：广东人民出版社，1979.

阿尔德里奇. 光荣的战斗. 刘志谟译. 上海：上海文艺出版社，1959.

阿尔德里奇. 荒漠英雄. 于树生译. 上海：上海文艺出版社，1959.

阿尔德里奇. 猎人. 朱曼华译. 上海：新文艺出版社，1958.

阿尔奇·韦勒. 狗的风光日子. 周小进译. 上海：上海译文出版社，2010.

阿列克赛·米勒. 浪子. 李尧译. 重庆：重庆出版社，1995.

埃德蒙·怀特. 将自己的心灵印在文学的版图上——彼得·凯里访谈录. 晓风、晓燕译. 外国文学，1990(4).

艾伯特·费希. 幸运生涯. 白自然译. 北京：生活·读书·新知三联书店，1992.

艾勒克·博埃默. 殖民与后殖民文学. 盛宁、韩敏中译. 沈阳：辽宁教育出版社，牛津：牛津大学出版社，1998.

艾伦·马歇尔. 独腿骑手. 黄源深、陈士龙译. 南京：江苏少年儿童出版社，1985.

爱德华·W. 萨义德. 东方学. 王宇根译. 北京：生活·读书·新知三联书店，1999.

爱德华·W. 萨义德. 东方学. 王宇根译. 北京：生活·读书·新知三联书店，2007.

巴特·穆尔-吉尔伯特等编撰. 后殖民批评. 杨乃乔等译. 北京：北京大学出版社，2001.

比尔·阿希克洛夫特、格瑞斯·格里菲斯、海伦·蒂芬. 逆写帝国:后殖民文学的理论与实践. 任一鸣译. 北京:北京大学出版社,2014 年.

彼得·凯里. 奥斯卡和露辛达. 曲卫国译. 重庆:重庆出版社,1998.

彼得·凯里. 奥斯卡与露辛达. 曲卫国译. 上海:上海译文出版社,2012.

彼得·凯里. 杰克·迈格斯. 彭青龙译. 上海:上海译文出版社,2010.

彼得·凯里. 凯利帮真史. 李尧译. 北京:人民文学出版社,2004.

彼得·凯里. 偷窃:一个爱情故事. 张建平译. 北京:人民文学出版社,2008.

彼得·凯里. 亡命天涯. 李尧、郁忠译. 北京:作家出版社,2010.

布莱恩·基尔南. 六十年代以来的澳大利亚文坛. 胡文仲译. 外国文学,1984(5).

布赖恩·卡斯特罗. 上海舞. 王光林译. 上海:上海译文出版社,2010.

布雷恩·卡斯特罗. 漂泊的鸟. 李尧译. 长春:吉林人民出版社,1991.

布里安·基尔南. 当代文学批评的倾向. 杨国斌译. 外国文学,1996(4).

蔡一鸣. 万花筒中窥万象人生——评《彼得·凯里小说研究》出版. 中华读书报,2012 年 5 月 16 日.

曹靖华. 海外资讯. 世界文学,1962(4).

曹靖华. 后记. 世界文学,1962(4).

曹莉. 利维斯与《细察》. 当代外国文学,2017(4).

曹萍. 澳大利亚土著文学的开山作——《我们要走了》. 当代外国文学,2001(1).

陈兵.《赶牲畜人的妻子》——评亨利·劳森、默里·贝尔和弗兰克·穆尔豪斯的三篇同名小说. 解放军外国语学院学报,2002(6).

陈兵. 澳大利亚短篇小说的杰出代表——试论约翰·莫里森及其作品. 安徽大学学报(哲学社会科学版),1997(4).

陈兵. 约翰·莫里森对劳森传统的超越. 外国文学,2003(3).

陈涤非、欧阳佳凤. 彼得·凯里与《奥斯威辛玫瑰》. 湖北师范学院学报(哲学社会科学版),1997(1).

陈弘. 二十世纪我国的澳大利亚文学研究述评. 华东师范大学学报(哲学社会科学版),2012(6).

陈弘. 论帕特里克·怀特小说中人物的性身份流动性. 华东师范大学学报(哲学社会科学版),2011(6).

陈弘. 走向人性的理想和自由:论帕特里克·怀特小说中的性. 上海:上海三联书店,2010.

陈弘主编. 澳大利亚文学批评. 上海:上海文艺出版社,2006.

陈丽慧. 打开心灵的窗户——评心理现实主义在《人树》中的运用. 安徽大学学报(哲学社会科学版),2001(2).

陈素萍、罗世平. 死亡 再生 母亲——浅析《死水潭的比尔》中的象征意义. 贵州师范大学学报

（社会科学版），1995(2).

陈玉刚主编. 中国翻译文学史稿. 北京：中国对外翻译出版公司，1989.

陈振娇. "新批评"与澳大利亚文学课程的开设. 国外文学，2016(3).

陈振娇. 澳大利亚文学批评家：多萝西·格林. 安徽理工大学学报（社会科学版），2012(3).

陈正发. 澳大利亚土著文学创作中的政治. 外国文学，2007(4).

陈正发. 澳大利亚早期戏剧概况. 淮北煤师院学报（社会科学版），1987(4).

陈正发. 澳大利亚殖民时期流犯小说初探. 安徽大学学报（哲学社会科学版），1987(4).

陈正发. 戴维逊与《怯人》. 外国文学，1995(5).

陈正发. 当代澳大利亚短篇小说三十年发展概述. 安徽大学学报（哲学社会科学版），1993(1).

陈正发. 当代澳大利亚移民小说. 当代外国文学，1996(2).

陈正发. 劳森简朴的背后. 外国文学研究，1995(3).

陈正发. 我们的应用诗歌大师——布鲁斯·道与他的几首名诗. 外国文学，2011(5).

陈正发. 殖民时期的澳大利亚移民小说. 安徽大学学报（哲学社会科学版），2004(5).

陈正发、杨元. 霍普和他的诗歌创作. 外国文学，2015(1).

陈众议主编. 当代中国外国文学研究(1949—2009). 北京：中国社会科学出版社，2011.

戴维·福斯特. 月光人. 叶胜年译. 长沙：湖南文艺出版社，1998.

戴维·马丁. 淘金泪. 李志良译. 北京：中国文艺联合出版公司，1984.

戴维·马洛夫. 飞去吧，彼得. 欧阳昱译. 重庆：重庆出版社，1995.

蒂姆·温顿. 浅滩. 黄源深译. 上海：上海译文出版社，2010.

凡斯·帕尔茂. 短篇小说两篇：鱼. 章甦译. 世界文学，1963(4).

方红. 《孩子们的小屋》：一部女性主义小说. 当代外国文学，2002(1).

方红. "天使"的颠覆与女性形象的重构——澳大利亚现当代女性主义小说评析. 苏州大学学报（哲学社会科学版），2002(3).

方红. 述说自己的故事——论澳大利亚土著女性传记. 当代外国文学，2005(2).

费凡. 《风暴眼》的艺术特色. 外国文学研究，1997(3).

弗兰克·哈代. 不光荣的权力. 叶封、朱慧译. 上海：新文艺出版社，1957.

弗兰克·哈代. 我们的道路. 李名玉译. 上海：上海文艺出版社，1959.

弗兰克·哈代. 幸福的明天. 于树生译. 上海：上海文艺联合出版社，1954.

弗兰克·穆尔豪斯. 黑暗的宫殿. 揭薇、章韬译. 上海：上海译文出版社，2010.

傅景川. 澳大利亚的"怀特时代"与"新戏剧". 戏剧文学，1992(4).

盖尔·琼斯. 六十盏灯. 庄焰译. 上海：上海文艺出版社，2008.

甘德瑞. 澳大利亚戏剧的最新趋向. 胡文仲译. 外国文学，1992(4).

高秀芹. 人类灵魂的解剖师——怀特及其《风暴眼》. 外国文学，1994(6).

戈登·福斯主编. 当代澳大利亚社会. 赵曙明主译. 南京：南京大学出版社，迪金大学出版社，1993.

格雷姆·特纳."大洋洲".文化研究指南.托比·米勒编.王晓路、史冬冬译.南京:南京大学出版社，2009.

格雷姆·特纳.电影作为社会实践(第4版).高红岩译.北京:北京大学出版社，2010.

格雷姆·特纳.普通人与媒介:民众化转向.许静译.北京:北京大学出版社，2011.

葛启国.澳大利亚戏剧初探.安徽大学学报(哲学社会科学版)，1997(5).

葛启国.戏剧人生二百年——试论澳大利亚戏剧的形成和发展.外国文学，1997(5).

郭延礼.中国近代文学翻译概论.武汉:湖北教育出版社，1998.

郭洋.德国文化多元化,失败了吗？羊城晚报，2010年10月19日.

郭兆康.浅论《如此人生》.安徽大学学报(哲学社会科学版)，1982(2).

郭著章.创业者的赞歌——澳诗两首赏析.外国文学研究，1991(4).

国家出版事业管理局版本图书馆编.1949—1979翻译出版外国古典文学著作目录.北京:中华书局，1980.

海登·怀特.形式的内容:叙事话语与历史再现.董立河译.北京:文津出版社，2005.

何建芬.澳大利亚二战军人传承的民族精神之研究:澳大利亚文学中的太平洋丛林战和战俘.上海:上海交通大学出版社，2012.

亨利·劳森.把帽子传一传.袁可嘉等译.北京:人民文学出版社，1960.

亨利·劳森.叼炸药的狗.朱宾忠译.北京:中国国际广播出版社，2002.

亨利·劳森.劳森短篇小说选集.北京:人民文学出版社，1978.

亨利·劳森.上了炸药的狗.施咸荣等译.北京:人民文学出版社，2003.

胡爱舫.澳大利亚二十年来的乔莉小说研究.外国文学研究，2001(3).

胡文仲.《怀特传》的成就与不足.外国文学，1992(2).

胡文仲.《牛津澳大利亚文学史》评介.外国文学研究，1982(3).

胡文仲.澳大利亚短篇小说琐谈.外国文学，1990(4).

胡文仲."澳大利亚文学翻译调查".澳大利亚文学论集.胡文仲.北京:外语教学与研究出版社，1994.

胡文仲.澳大利亚文学论集.北京:外语教学与研究出版社，1994.

胡文仲.澳洲文坛巡礼.外国文学，1985(6).

胡文仲.不倦的探求:再访怀特札记.世界文学，1985(3).

胡文仲.从怀特书信中了解怀特.外国文学，1996(6).

胡文仲.访墨尔本作家华登与莫里逊.外国文学，1984(6).

胡文仲.怀特印象记.外国文学，1982(4).

胡文仲.介绍怀特——一位有特色的澳大利亚作家.世界文学，1982(3).

胡文仲.劳森的艺术魅力及不足.外国语，1991(6).

胡文仲. 穆尔豪斯其人. 外国文学, 1994(6).

胡文仲. 神话与现实:对怀特评论的再思考. 澳大利亚研究, 1994(1).

胡文仲. 文苑一瞥. 外国文学, 1984(5).

胡文仲. 悉尼来信. 外国文学, 1980(4).

胡文仲. 一部"澳味"浓郁的新派剧作——《想入非非》译后记. 外国文学, 1987(8).

胡文仲. 忆怀特. 外国文学, 1992(4).

胡文仲、李尧译. 澳大利亚当代短篇小说选. 北京:北京出版社, 1993.

胡文仲主编. 澳大利亚研究论文集(第一集). 厦门:厦门大学出版社, 1992.

黄洁.《波比》:一部后激进女权主义的人生写作. 外国文学, 2012(6).

黄源深. "Johnno and Some Other Social Misfits in Australian Literature." 外国语, 1990(5).

黄源深. "Some Comments on the Style of 'The Fortunes of Richard Mahony' and *Voss*." 外国语, 1985(6).

黄源深. "The Portrayal of Women in *The Flight from the Enchanter* and *After Leaving Mr. Mackenzie*." 外国语, 1987(2).

黄源深. 澳大利亚短篇小说的发展走向. 环球文学, 1989(2).

黄源深. 澳大利亚文学简论. 外国语, 1988(4).

黄源深. 澳大利亚文学论. 重庆:重庆出版社, 1995.

黄源深. 澳大利亚文学史(修订版). 上海:上海外语教育出版社, 2014.

黄源深. 澳大利亚文学史. 上海:上海外语教育出版社, 1997.

黄源深. 澳大利亚现代主义文学为何姗姗来迟. 外国文学评论, 1992(2).

黄源深. 澳洲文学史上的"怀特时代". 华东师范大学学报(哲学社会科学版), 1991(6).

黄源深. 当代澳大利亚文学. 澳大利亚纵横, 1988(7).

黄源深. 当代澳大利亚小说流派. 世界文学, 1985(3):20.

黄源深. 对话西风. 上海:上海外语教育出版社, 2010.

黄源深. 含蓄、关节点和热诚的同情. 外国文学研究, 1983(4).

黄源深. 简论怀特及其创作. 华东师范大学学报(哲学社会科学版), 1983(4).

黄源深. 劳森的艺术魅力及不足. 外国语, 1991(6).

黄源深. 论劳森及其短篇小说. 文艺论丛, 1982(11).

黄源深. 评澳大利亚殖民主义时期文学. 外国文学研究, 1987(2).

黄源深. 歧视导致歪曲——论早期澳大利亚文学中的中国人形象. 外国语, 1995(3).

黄源深. 前进中的澳大利亚文学. 译林, 1986(2).

黄源深. 试论"理查德·麦昂尼的命运"和《沃斯》的风格. 外国语, 1985(6).

黄源深. 写在《婚礼》之后. 外国文学报道, 1981(5).

黄源深. 一位追求独立人格的女性——论《我的光辉生涯》中的女主人公形象. 华东师范大学学

报(哲学社会科学版),1987(4).

黄源深、陈弘. 澳大利亚文学评论. 上海:上海外语教育出版社,2006.

黄源深、彭青龙. 澳大利亚文学简史. 上海:上海外语教育出版社,2006.

黄源深编. 澳大利亚文学选读. 上海:上海外语教育出版社,1997.

江宁康、白云. 当前外国文学研究现状的分析. 外国文学评论,2006(3).

姜岳斌、陶慧. 昆士兰北部乡间生活的风俗漫画——试析麦克尔·理查兹的三篇短篇小说. 外国文学研究,1997(2).

杰克·林赛. 被出卖了的春天. 姜华译. 北京:商务印书馆,1960.

杰梅茵·格里尔. 女太监. 欧阳昱译. 上海:上海文艺出版社,2011.

杰西卡·安德森. 劳拉. 欧阳昱译. 北京:中国文学出版社,1997.

卡·苏·普里查德. 沸腾的九十年代. 具金译. 北京:人民文学出版社,1959.

凯特·莫顿. 被遗忘的花园. 廖素珊译. 北京:南海出版社,2011.

康晓秋. 论海伦·嘉纳女性主义文学作品的后现代转向. 天津外国语大学学报,2011(5).

考琳·麦卡洛. 遍地凶案. 孔庆华译. 南京:译林出版社,2012.

考琳·麦卡洛. 荆棘鸟. 曾胡译. 南京:译林出版社,2008.

考琳·麦卡洛. 摩根的旅程. 北京:人民文学出版社,2005.

科琳·麦卡洛. 荆棘鸟. 晓明、陈明锦译. 桂林:漓江出版社,1983.

克里斯托弗·科契. 通往战争的公路. 司耀龙译. 上海:上海译文出版社,2010.

克姆·斯科特. 心中的明天. 重庆:重庆出版社,2003.

孔一蕾. 沉默背后的交际意图——析《忆起了巴比伦》. 当代外国文学,2012(3).

孔一蕾. 越界的黑天鹅——评一起重大的澳大利亚文学事件. 外国文学,2010(6).

拉塞尔·布拉顿. 她的代号"白鼠". 林珍珍、吕建中译. 长沙:湖南人民出版社,1986.

劳里·赫根汉. 澳大利亚文学传记概述. 姜红译. 外国文学,1992(4).

李锋. 非理性的光辉,疯癫中的诗意——对小说《治疗》和《痊愈》的福柯式解读. 当代外国文学,2005(2).

李景卫、王佳可. 人民日报:澳大利亚欲搭乘亚洲发展快车. 2012-10-29. http://world.people.com.cn/n/2012/1029/c14549-19415736.html,2018-4-12.

李震红. G. A. 维尔克斯论澳大利亚民族文化. 国外文学,2012(4).

梁中贤. "生存"的符号意义——评伊丽莎白·乔利《克莱蒙特大街的报纸》. 外国文学评论,2007(4).

梁中贤. 澳大利亚小说《牛奶与蜂蜜》中边缘人物形象分析. 当代外国文学,2005(2).

梁中贤. 边缘与中心之间:伊丽莎白·乔利作品的符号意义. 上海:上海外语教育出版社,2009.

梁中贤. 疯癫在小说《牛奶与蜂蜜》中的文化符号意义. 外语学刊,2006(3).

梁中贤. 权力阴影下沉默的符号意义——析《斯可比先生的谜语》. 当代外国文学, 2006(4).

梁中贤. 书写她的痛——评《有所作为的生命：伊丽莎白·乔利传记》. 外国文学研究, 2010(6).

梁中贤. 伊丽莎白·乔利人格符号意义解读. 外国语, 2007(4).

梁中贤. 伊丽莎白·乔利小说的边缘意识. 当代外国文学, 2009(4).

梁中贤. 伊丽莎白·乔利小说的符号意义解读. 哈尔滨：黑龙江人民出版社, 2007.

林汉隽. 太平洋挑战——亚太经济及其文化背景. 上海：学林出版社, 1987.

刘蓓. 关于"地方"的生态诗歌——马克·特莱蒂内克作品解读. 外国文学研究, 2013(1).

刘国枝. 丛林中的拓荒者——澳大利亚诗歌先驱查尔斯·哈珀及其创作. 湖北大学学报（哲学社会科学版）, 1994(3).

刘建喜. 从对立到糅合：当代澳大利亚文学中的华人身份研究. 天津：天津大学出版社, 2010.

刘丽君. 澳大利亚的反田园诗. 汕头大学学报（人文科学版）, 1994(2).

刘丽君. 澳大利亚的田园诗. 汕头大学学报（人文科学版）, 1993(4).

刘丽君. 澳大利亚的新派小说. 汕头大学学报（人文科学版）, 1990(3).

刘丽君. 亨利·劳森及其作品的表现手法. 汕头大学学报（人文科学版）, 1989(4).

刘丽君. 评莱斯·默里的五首现代派诗歌. 汕头大学学报（人文科学版）, 1996(6).

刘丽君. 评帕特里克·怀特的《风暴眼》. 汕头大学学报（人文科学版）, 1998(3).

刘丽君. 浅谈澳大利亚诗歌的发展道路. 汕头大学学报（人文科学版）, 1990(4).

刘锡鸿. "英轺私记". 走向世界丛书. 钟叔河主编. 长沙：岳麓书社, 1986.

刘新民. A.B 佩特森和他的《来自雪河的人》. 外国文学, 1990(1).

刘新民编. 澳大利亚名诗一百首. 杭州：浙江文艺出版社, 1992.

刘振宁. 澳大利亚民族文学的奠基人——亨利·劳森. 四川师范学院学报（哲学社会科学版）, 1990(5).

刘振宁. 论澳洲文学史上的"劳森—帕尔默"时代. 四川师范学院学报（哲学社会科学版）, 1997(1).

陆扬. 利维斯主义与文化批判. 外国文学研究, 2002(1).

路易·阿尔都塞. "意识形态与意识形态国家机器（一项研究的笔记）". 图绘意识形态. 斯拉沃热·齐泽克等. 方杰译. 南京：南京大学出版社, 2002.

伦道夫·斯托. 归宿. 黄源深、曲卫国译. 重庆：重庆出版社, 1993.

罗伯特·莫瑞. 澳大利亚简史. 廖文静译. 武汉：华中科技大学出版社, 2017.

罗尔夫·博尔德沃德. 空谷蹄踪. 张文浩、王黎云译. 长沙：湖南人民出版社, 1985.

马惠琴. 穿越权力的空间——论葛兰达·亚当斯的政治寓言小说《强人竞技会》. 当代外国文学, 2005(3).

马库斯·克拉克. 无期徒刑. 陈正发、马祖毅译. 长沙：湖南人民出版社, 1985.

玛拉·穆斯塔芬. 哈尔滨档案. 李尧、郇忠译. 北京：中华书局，2008.
马丽莉. 冲突与契合：澳大利亚文学中的中国妇女形象. 石家庄：河北大学出版社，2005.
马丽莉. 身份与创造力：解读布来恩·卡斯特的《中国之后》. 外国文学研究，2006(4).
马丽萍. 澳大利亚文学中的中国女性文化身份. 当代外国文学，2007(2).
马祖毅. 大洋洲诗话. 淮北煤师院学报(社会科学版)，1987(4).
迈尔斯·弗兰克林. 我的光辉生涯. 黄源深、王晓玉译. 南昌：江西人民出版社，1989.
麦克尔·威尔丁. 后现代主义与新现实主义. 杨国斌译. 外国文学，1992(4).
米歇尔·福柯. "作者是什么". 逢真译. 二十世纪西方文论选(下卷). 朱立元、李钧主编. 北京：高等教育出版社．2002.
明瑞. 澳共推荐司杜华的《土著居民》，进步作家创刊《现实主义作家》. 世界文学，1960(9).
摩纳·布兰德. 宁可拴着磨石. 冯金辛译. 北京：中国戏剧出版社，1957.
莫里斯·格雷兹蒙. 往事. 恒殊译. 武汉：长江文艺出版社，2013.
莫里斯·柯莱特. 重逢在嘎雅湾. 李尧译. 外国文学，1992，(4).
默里·贝尔. 桉树. 陆殷莉译. 长春：辽宁教育出版社，2006.
慕珍. "玛丽·吉尔摩夫人"奖金揭晓. 世界文学，1959(8).
尼古拉斯·乔斯. 长安大街. 李尧译. 长春：时代文艺出版社，1991.
尼古拉斯·周思. 黑玫瑰. 李尧译. 北京：中国文学出版社，1997.
尼古拉斯·周思. 红线. 李尧、郇忠译. 北京：人民文学出版社，2007.
倪卫红. 走出生命的局限——评帕特里克·怀特的《探险家沃斯》. 外国文学，1992(4).
倪卫红编. 澳大利亚儿童小说. 北京：北京少年儿童出版社，1995.
欧阳昱、崔钰炜. 温卡·奥门森教授访谈录. 华文文学，2015(2).
帕特里克·怀特. "人之树". 孟祥森译. 诺贝尔文学奖全集46. 陈映真主编. 台北：远景出版事业公司，1993.
帕特里克·怀特. 乘战车的人. 王培根译. 呼和浩特：内蒙古人民出版社，1997.
帕特里克·怀特. 风暴眼. 朱炯强、徐人望等译. 桂林：漓江出版社，1986.
帕特里克·怀特. 镜中瑕疵:我的自画像. 李尧译. 北京:生活·读书·新知三联书店，1998.
帕特里克·怀特. 人树. 胡文仲、李尧译. 上海：上海译文出版社，1990.
帕特里克·怀特. 树叶裙. 倪卫红、李尧译. 中国文学出版社，1993.
帕特里克·怀特. 探险家沃斯. 刘寿康、胡文仲译. 北京：外国文学出版社，1991.
彭桦. 亨利·劳森的创作与澳洲本土文化特色. 外国文学研究，2001(3).
彭青龙. Writing Back to the Empire: Textuality and Historicity in Peter Carey's Fiction. Beijing: China Social Sciences Press, 2006.
彭青龙.《奥斯卡与露辛达》：承受历史之重的爱情故事. 当代外国文学，2009(2).
彭青龙.《杰克·迈格斯》：重写帝国文学经典. 外国文学评论，2009(1).

彭青龙.《特里斯坦·史密斯不寻常的生活》:"边缘"向"中心"的呐喊.国外文学,2009(1).

彭青龙.《我的生活如同虚构》:一部后现代理论小说.外国语文,2011(3).

彭青龙.《幸福》:游离于地狱与天堂之间的澳大利亚人.外国文学研究,2008(5).

彭青龙."魔术师"的谎言与牢笼.上海师范大学学报(哲学社会科学版),2006(3).

彭青龙.澳大利亚现代文学与批评——与伊莉莎白·韦伯的访谈.当代外语研究,2013(2).

彭青龙.彼得·凯里小说研究.上海:上海外语教育出版社,2011.

彭青龙.后殖民主义语境下的当代澳大利亚文学.外国语,2006(3).

彭青龙.解读《凯利帮真史》的"故事"与"话语".华东师范大学学报(哲学社会科学版),2005(1).

彭青龙.论《"凯利帮"真史》的界面张力.外语与外语教学,2013(1).

彭青龙.论《税务检查官》中的人性沉沦与救赎.解放军外国语学院学报,2010(3).

彭青龙.是"丛林强盗"还是"民族英雄"?——解读彼得·凯里的《"凯利帮"真史》.外国文学评论,2003(2).

彭青龙.写回帝国中心,建构文化身份的彼得·凯里.当代外国文学,2005(2).

彭青龙.新世纪中国澳大利亚文学研究的趋向.当代外国文学,2014(35.3).

皮埃尔·布迪厄.艺术的法则:文学场的生成和结构.刘晖译.北京:中央编译出版社,2001.

奇青.澳大利亚人民的道路.世界文学,1960(1).

钱志中.澳大利亚多元文化主义政策的历史选择与动态演化.世界经济与政治论坛,2014(6).

乔弗·佩奇.澳大利亚诗坛现状.鲁余译.外国文学,1992(4).

秦湘.澳大利亚原住民归属所在——读《我的归属》有感.外国文学,1994(6).

青.澳大利亚作家弗兰克·哈代的近作《艰苦的道路》问世.世界文学,1961(10).

裘德·华登.不屈的人们.叶林、马珞译.上海:上海文艺出版社,1959.

裘德·华登.没有祖国的儿子.赵家壁译.上海:上海文艺出版社,1960.

任爱军.澳大利亚土著生活的缩影——《库娜图》等三部长篇小说综论.安徽大学学报(哲学社会科学版),1996(4).

桑德拉·吉尔伯特、苏珊·古芭.阁楼上的疯女人:女性作家与19世纪文学想象(上).杨莉馨译.上海:上海人民出版社,2015.

余军.A.D.霍普的诗歌批评思想与澳大利亚文学经典构建.当代外国文学,2010(1).

余军.A.G.斯蒂芬斯:澳大利亚文学批评的奠基人.苏州大学学报(哲学社会科学版),2009(4).

斯图亚特·麦金泰尔.澳大利亚史.潘兴明译.上海:东方出版中心,2009.

谭娟娟.贾平凹作品专题研讨会暨首届中国文学国际传播上海交大论坛综述.中国比较文学,2019(2).

唐纳德·霍恩.澳大利亚人——幸运之邦的国民.徐维源译.上海:上海译文出版社,2000.

唐正秋. 澳大利亚抒情诗选. 石家庄：河北教育出版社，1992.

唐正秋. 打破诗坛寂静——记八十年代兴起的澳洲行动诗派. 外国文学，1992(4).

唐正秋编. 澳大利亚文学评论集. 石家庄：河北教育出版社，1993.

托马斯·基尼利. 三呼圣灵. 周小进译. 上海：上海译文出版社，2010.

托马斯·基尼利. 辛德勒名单. 肖友岚译. 呼和浩特：内蒙古文化出版社，1994.

托马斯·肯尼利. 内海的女人. 李尧译. 北京：中国文学出版社，1996.

王潮编著. 后现代主义的突破——外国后现代主义理论. 敦煌文艺出版社，1996.

王光林. 错位与超越——美、澳华裔英语作家的文化认同. 天津：南开大学出版社，2004.

王国富. 澳大利亚戏剧一瞥. 苏州大学学报(哲学社会科学版)，1984(4).

王腊宝. "理论"之后的当代澳大利亚文学批评. 当代外国文学，2013(3).

王腊宝. 澳大利亚的左翼文学批评. 苏州大学学报(哲学社会科学版)，2013(6).

王腊宝. 从"被描写"走向自我表现——当代澳大利亚土著短篇小说述评. 外国文学评论，2002(2).

王腊宝. 当代澳大利亚旅亚小说. 外国文学研究，2003(5).

王腊宝. 帕特里克·怀特与当代澳大利亚文学批评. 当代外国文学，2010(4).

王腊宝、赵红梅. "流亡者归来"——评欧阳昱小说《东坡纪事》中的反家园意识. 解放军外国语学院学报，2005(6).

王丽萍. 告别激进女权主义——评凯特·格伦维尔的小说《黑暗之地》与《完美主义》. 外国文学研究，2006(4).

王丽萍. 华裔澳大利亚文学刍议. 当代外国文学，2003(3).

王丽萍. 评凯特·格伦维尔的新历史小说. 当代外国文学，2011(4).

王丽萍. 现实婚姻，异性情仇——当代澳大利亚男性作家笔下的两性主题. 当代外国文学，2005(4).

王培根. 《乘战车的人》中的意识流. 解放军外语学院学报，1996(2).

王培根. 澳大利亚小说走向之管窥. 外语与外语教学，1996(3).

王培根. 试析澳大利亚文学的历史演进. 南开学报，1994(6).

王培根. 书为心画，言为心声——评怀特和他的《乘战车的人》. 齐齐哈尔师范学院学报(哲学社会科学版)，1996(6).

王晓凌. 当代澳大利亚长篇小说面面观. 安徽大学学报(哲学社会科学版)，1998(6).

王晓凌. 当代澳大利亚文学观嬗变. 安徽大学学报(哲学社会科学版)，1999(5).

王晓凌. 现代派文学与澳大利亚作家怀特. 外国文学研究，1999(1).

王晓玉. 澳大利亚新戏剧运动刍论. 外国文学，1988(5).

王育祥. 兰顿家族系列小说的代表——论马丁·博伊德《一个坎坷的年青人》. 安徽大学学报(哲学社会科学版)，1997(4).

王岳川. 后殖民主义与新历史主义文论. 济南:山东教育出版社,1999.

王佐良. 澳洲盛节当场观. 外国文学,1980(4).

威尔佛烈·G.贝却敌. 变动中的潮流. 江夏、周铎译. 上海：新文艺出版社,1956.

威廉·莎士比亚. 暴风雨. 朱生豪译. 北京：大众文艺出版社,2008.

吴宝康.《姨妈的故事》:现代人的生存悲剧. 华东师范大学学报(哲学社会科学版),2003(3).

吴宝康. 论帕特里克·怀特四部小说的悲剧意义. 上海:上海外语教育出版社,2012.

吴宝康. 神性的幻灭和悲剧的冲突:《沃斯》的悲剧意义初探. 外国文学评论,2004(3).

吴辉. 澳大利亚现实主义文学的奠基人——亨利·劳森. 中山大学学报(哲学社会科学版), 1979(2).

武竞. 当代澳大利亚土著文学的新思考:阿莱克希思·莱特和她的《卡奔塔利亚湾》. 理论界, 2011(11).

西娅·阿斯特利. 旱土. 徐凯、王慧译. 上海：上海译文出版社,2010.

向晓红主编. 澳大利亚妇女小说史. 北京：中国社会科学出版社,2011.

小龙. 普里查德短篇小说集:《恩古拉》. 世界文学,1959(8).

谢天振、查明建主编. 中国现代翻译文学史(1898—1949). 上海:上海外语教育出版社,2004.

邢冠英. 独树一帜的澳大利亚文学家帕特里克·怀特——浅析怀特小说中的"失败"主题的创作根源. 内蒙古民族大学学报(社会科学版),2012(5).

徐德林. 被屏/蔽的澳大利亚文化研究. 国外文学,2012(4).

徐德林. 文化研究的全球播散与多元性. 外国文学,2010(1).

徐凯. 孤寂大陆上的陌生人:帕特里克·怀特小说中的怪异性研究. 上海:上海社会科学出版社,2007.

徐凯. 怀特研究的歧路与变迁. 国外文学,2009(3).

徐凯. 帕特里克·怀特小说中的浪漫主义意蕴. 四川外语学院学报,2007(3).

徐凯. 自我中的他者,他者中的自我——论怀特小说中的"二重身"母题. 华东师范大学学报(哲学社会科学版),2011(1).

徐凯. 作为隐喻的性别含混——论帕特里克·怀特的《特莱庞的爱情》. 当代外国文学,2005(3).

徐蕾. 寻根：杰夫·佩吉与当代澳洲诗坛的嬗变. 当代外国文学,2005(2).

徐在中. 平淡之中显大义——解读蒂姆·温顿《云街》的"和解"主题. 当代外国文学,2010(2).

亚历克斯·米勒. 别了,那道风景. 李尧译. 北京：人民文学出版社,2009.

亚历克斯·米勒. 石乡之旅. 李尧译. 重庆：重庆出版社,2002.

亚历克西斯·赖特. 卡彭塔利亚湾. 李尧译. 北京：人民文学出版社,2012.

杨保林、刘婕. 詹姆斯·麦考利：澳大利亚新古典主义文学的先驱. 西华大学学报(哲学社会科学版),2011(5).

杨国斌. 哈里·赫索坦恩教授访问记. 外国文学, 1990(2).

杨淑慧. 帕特里克·怀特小说的象征手法探析. 西南民族大学学报(人文社会科学版), 2008(4).

杨永春. 当代澳大利亚土著文学中的身份主题研究. 北京: 世界图书出版公司, 2012.

叶继宗. 灵与肉的搏斗——谈《荆棘鸟》中的拉夫尔神父. 外国文学研究, 1993(2).

叶胜年. 《月光人》中"死亡"和"雨虹"意象之解析. 外国文学评论, 1999(3).

叶胜年. 澳大利亚当代小说研究. 南京: 东南大学出版社, 1994.

叶胜年. 澳大利亚的左翼文学. 译林, 2004(5).

叶胜年. 澳大利亚小说中的移民文化视角. 当代外国文学, 2003(3).

叶胜年. 戴维·爱尔兰的新小说. 外国文学, 1993(5).

叶胜年. 当代澳大利亚小说中的殖民主义意义. 当代外国文学, 2008(1).

叶胜年. 多彩的拼贴画: 近年澳大利亚小说述评. 外国文学评论, 1992(4).

叶胜年. 风格和主题: 彼得·凯里小说刍议. 外国文学, 1992(4).

叶胜年. 殖民主义批评: 澳大利亚小说的历史文化印记. 上海: 上海外语教育出版社, 2013.

伊莉莎白·哈罗尔. 瞭望塔. 陈正发、马祖毅译. 重庆: 重庆出版社, 1995.

伊丽莎白·乔利. 井. 邹囡囡译. 上海: 上海译文出版社, 2010.

伊丽莎白·香田. 蓝天一方. 唐正秋、何文安、阎立礼译. 上海: 上海译文出版社, 1983.

约翰·多克尔. 后现代与大众文化. 王敬慧、王瑶译. 北京: 北京大学出版社, 2011.

约翰·麦克拉伦. 我们文学中现实的形象——兼论派特里克·怀特的作品(节译). 沙江译. 外国文学, 1980(4).

詹春娟. 颠覆背后的含混——论温顿作品中的女性意识. 当代外国文学, 2012(3).

詹春娟. 历史与现实的对话——论《漂泊者》的复调艺术特色. 当代外国文学, 2007(1).

詹姆斯·阿尔德里奇. 海鹰. 郭开兰译. 北京: 作家出版社, 1955.

詹姆斯·奥尔德里奇. 外交家. 于树生译. 上海: 上海文化工作社, 1953.

张德彝. "随使英俄记". 走向世界丛书. 钟叔河主编. 长沙: 岳麓书社, 1986.

张海榕、杨金才. 《漫漫回家路》的互文性解读. 外语与外语教学, 2007(4).

张和龙. 战后英国小说. 上海: 上海外语教育出版社, 2004.

张明. "新派"先锋彼得·凯里——评澳大利亚作家彼得·凯里的小说创作. 外国文学, 2001(4).

张琼. 神秘的符咒——关于澳大利亚小说《鳄鱼的愤怒》. 外国文学, 2003(1).

张秋生. 澳大利亚华侨华人史. 北京: 外语教学与研究出版社, 1998.

张卫红. 澳大利亚戏剧的分水岭——试析怀特的《火腿葬礼》和《萨塞帕里拉的季节》. 外国文学, 1992(4).

张卫红. 采访托马斯·基尼利. 外国文学, 1994(6).

张文浩. 博尔德沃德和他的《武装抢劫》. 杭州大学学报(哲学社会科学版), 1983(2).

张晓文. 中国第一届澳大利亚研究学术讨论会在北京外国语学院召开. 外语教学与研究, 1988(2).

张校勤. 敬神者还是渎神者——论怀特小说《人树》中主人公斯坦·帕克的宗教信仰. 华东理工大学学报(文科版), 1995(2).

张校勤. 试论亨利·劳森的心路历程. 安徽大学学报(哲学社会科学版), 2002(1).

张哲. 卡梅伦说英国多元文化融合政策失败. 2011-2-6. http://news.cri.cn/gb/27824/2011/02/06/2225s3144783.htm, 2018-1-5.

张喆. 从女性主义的视角解读"赶牲灵人之妻". 世界文学评论, 2008(2).

赵昌. 从官方统计资料看国际移民政策对澳大利亚人口问题的调控作用——兼论中国国际移民政策体系的建构. 人口与发展, 2016(5).

周开鑫. 澳大利亚短篇小说述评. 西南师范大学学报(人文社会科学版), 1987(3).

周俐玲, 段怀清. 试论亨利·劳森的文学观. 湖北大学学报(哲学社会科学版), 1997(6).

周小进. 澳大利亚文坛对基尼利的接受与批评. 外国文学评论, 2007(4).

周小进. 从滞定到流动:托马斯·基尼利小说中的身份主题. 青岛:中国海洋大学出版社, 2009.

周小进. 污名、假想敌与民族身份——论托马斯·基尼利小说中的土著人形象和澳大利亚民族身份. 当代外国文学, 2005(2).

朱炯强. 怀特获诺贝尔文学奖前后. 外国文学动态, 1994(3).

朱炯强. 评《澳大利亚妇女小说史》. 西南民族大学学报(人文社会科学版), 2012(4).

朱莉娅·李. 猎人. 朱曼华译. 上海:新文艺出版社, 1958.

朱晓映. From Transgression to Transcendence: Helen Garner's Feminist Writing. 上海:华东师范大学, 2008.

朱晓映. 《毒瘾难戒》的女性主义解读. 当代外国文学, 2007(2).

朱晓映. 复调的呈现——《孩子们的巴赫》中的人物关系解析. 当代外国文学, 2008(6).

朱晓映. 海伦·加纳研究. 上海:上海外语教育出版社, 2013.

朱晓映. 一石激起千层浪——《第一块石头》对女性主义的反思与挑战. 西华大学学报(哲学社会科学版), 2007(6).

朱蕴轶. 走出异化的阴影,寻找迷失的自我——戴维·马洛夫早期小说主题探析. 当代外国文学, 2003(3).

庄天赐. 帕特里克·怀特作品的心理叙述手法. 沈阳大学学报, 2004(1).

左岩. 亨利·劳森和他的短篇小说. 解放军外语学院学报, 1994(2).

附录：澳大利亚主要批评家及其论著一览表

Ashcroft, Bill
（比尔·阿希克洛夫特，1946—　）

The Empire Writes Back：Theory and Practice in Post-colonial Literatures，1989
The Post-colonial Studies Reader，1995
Key Concepts in Post-colonial Studies，1998
Edward Said：the Paradox of Identity，1999
Post-colonial Transformation，2001
On Post-colonial Futures：Transformations of Colonial Culture，2001
Edward Said and the Post-colonial，2001
Caliban's Voice：The Transformation of English in Post-colonial Literatures，2008
Literature for Our Times：Postcolonial Studies in the Twenty-first Century，2012
Utopianism in Postcolonial Literatures，2016

Bennett, Bruce
（布鲁斯·贝内特，1941—2012）

文学批评
Spirit in Exile：Peter Porter and His Poetry，1991
文学研究
An Australian Compass：Essays on Place and Direction in Australian Literature，1991
Australian Short Fiction：A History，2002

教育政策

Windows onto Worlds: Studying Australian at Tertiary Level, 1987
Internationalising Australian Studies: Strategies and Guidelines, 1994

其他

Dorothy Hewett: Selected Critical Essays, 1995
Crossing Cultures: Essays on the Literature and Culture of the Asia-Pacific, 1996
The Oxford Literary History of Australia, 1998
Home and Away: Australian Stories of Belonging and Alienation, 2000
Resistance and Reconciliation: Writing in the Commonwealth, 2003

Bird, Delys
（德利斯·伯德，1950— ）

Elizabeth Jolley: New Critical Essays, 1991
Whose Place?: A Study of Sally Morgan's My Place, 1992
Elizabeth Jolley: Off the Air: Nine Plays for Radio, 1995
Katherine Susannah Prichard, Australian Authors Series, 2000
Authority and Influence: Australian Literary Criticism 1950—2000, 2001
Killing Women: Rewriting Detective Fiction, 1993
Future Imaginings: Sexualities and Genders in the New Millennium, 2003

Buckley, Vincent
（文森特·巴克利，1925—1988）

文学批评

Essays in Poetry: Mainly Australian, 1957
Poetry and Morality, 1959
Henry Handel Richardson, 1960
Poetry and the Sacred, 1968

诗集

The World's Flesh, 1954

Masters in Israel, 1961
Arcady and Other Places, 1966
Golden Builders, 1976
Late Winter Child, 1979
The Pattern, 1979
Selected Poems, 1981
Memory Ireland: Insights into the Contemporary Irish Condition, 1985
Last Poems, 1991

回忆录

Cutting Green Hay: Friendships, Movements and Cultural Conflicts in Australia's Great Decades, 1983

Buckridge, Patrick
（帕特里克·巴克里奇，1947— ）

The Scandalous Penton: A Biography of Brian Penton, 1994
Reading Professional Identities: The Boomers and Their Books, 1995
Journalism: Print, Politics and Popular Culture, 1999
The Drama of John Marston, 2000

Carter, David
（戴维·卡特，1953— ）

Outside the Book: Contemporary Essays on Literary Periodicals, 1991
Celebrating the Nation: A Study of Australia's Bicentenary, 1992
Images of Australia: An Introductory Reader in Australian Studies, 1992
The Republicanism Debate, 1993
A Career in Writing: Judah Waten and the Cultural Politics of a Literary Career, 1997
Judah Waten: Fiction, Memoirs and Criticism, 1998
Exploring Australia: A Textbook for International Students, 2000

Culture in Australia: *Politics*, *Publics and Programs*, 2001

Stories from Down Under: *Nine Short Stories from Australia and New Zealand*, 2004

Dispossession, *Dreams and Diversity*: *Issues in Australian Studies*, 2006

Almost Always Modern: *Australian Print Cultures and Modernity*, 2013

Australian Books and Authors in the American Marketplace 1840s—1940s, 2018

Dale, Leigh
（莉·戴尔，1963— ）

The English Men: *Professing Literature in Australian Universities*, 1997

Post-colonial Literature in English: *General*, *Theoretical*, *and Comparative 1970—1993*, 1997

The Body in the Library, 1998

Economies of Representation, *1790—2000*: *Colonialism and Commerce*, 2007

On the Western Edge: *Comparisons of Japan and Australia*, 2007

The Enchantment of English: *Professing English Literatures in Australian Universities*, 2012

Responses to Self Harm: *An Historical Analysis of Medical*, *Religious*, *Military and Psychological Perspectives*, 2015

Dixon, Robert
（罗伯特·狄克逊，1954— ）

The Course of Empire: *Neo-classical Culture in New South Wales 1788—1860*, 1986

Writing the Colonial Adventure: *Race*, *Gender and Nation in Anglo-Australian Popular Fiction 1875—1914*, 1995

Canonozities: *The Making of Literary Reputations in Australia*, 1997

Australian Literature and the Public Sphere, 1999

Authority and Influence: *Australian Literary Criticism 1950—2000*, 2001

Prosthetic Gods: Travel, Representation and Colonial Governance, 2001

Docker, John
(约翰·多克尔, 1945—)

Australian Cultural Elites: Intellectual Traditions in Sydney and Melbourne, 1974

Nellie Melba, Ginger Meggs, and Friends: Essays in Australian Cultural History, 1982

In a Critical Condition: Reading Australian Literature, 1984

The Nervous Nineties: Australian Cultural Life in the 1890s, 1991

The Dilemmas of Identity: The Desire for the Other in Colonial and Post Colonial Cultural History, 1992

Postmodernism and Popular Culture: A Cultural History, 1994

Race, Colour and Identity in Australia and New Zealand, 2000

1492: The Poetic of Diaspora, 2001

Adventures of Identity: European Multicultural Experiences and Perspectives, 2001

"Sheer Perversity": Anti-Zionism in the 1940s, 2001

Is History Fiction?, 2005

The Origins of Violence: Religion, History and Genocide, 2008

Ferrier, Carole
(卡罗尔·费里尔, 1946—)

Gender, Politics and Fiction: Twentieth Century Australian Women's Novels, 1985

Point of Departure: The Autobiography of Jean Devanny, 1986

As Good as a Yarn with You: Letters Between Franklin, Prichard, Devanny, Barnard, Eldershaw and Dark, 1995

Janet Frame: A Reader, 1995

Jean Devanny: Romantic Revolutionary, 1999

Radical Brisbane, 2004

Hibiscus and Ti-tree: Women in Queensland, 2009

Goldsworthy, Kerryn
(克琳·戈兹沃西, 1953—)

Australian Short Stories, 1986
Coast to Coast: Recent Australian Prose Writing, 1986
North of the Moonlight Sonata, 1989
Australian Love Stories, 1997
Helen Garner of Australian Writers Series, 1997

Green, Henry
(亨利·格林, 1881—1962)

文学批评
Australian Literature: A Summary, 1928
An Outline of Australian Literature, 1930
The Poetry of W. B. Yeats, 1931
Christopher Brennan, 1939
Australian Literature 1900—1950, 1951
A History of Australian Literature: Pure and Applied, 1961

诗集
The Happy Valley, 1925
The Book of Beauty, 1929
Australian Poetry: 1943, 1944

Greer, Germaine
(杰梅茵·格里尔, 1939—)

The Female Eunuch, 1970
The Obstacle Race: The Fortunes of Women Painters and Their Work, 1979

Sex and Destiny: The Politics of Human Fertility, 1984
The Madwoman's Underclothes: Essays and Occasional Writings, 1986
Daddy, We Hardly Knew You, 1989
The Change: Women, Ageing and the Menopause, 1991
Slip-Shod Sibyls: Recognition, Rejection and the Woman Poet, 1995
The Whole Woman, 1999
Shakespeare's Wife, 2007
On Rage, 2008
White Beech, 2013
On Rape, 2018

Gunew, Sneja
(斯内加·古纽，1946—)

文学批评

Displacements: Migrant Storytellers, 1982
Displacements 2: Multicultural Storytellers, 1987
Beyond the Echo: Multicultural Women's Writing, 1988
Telling Ways: Australian Women's Experimental Writing, 1988
Feminist Knowledge: Critique and Construct, 1990

其他

A Reader in Feminist Knowledge, 1991
A Bibliography of Australian Multicultural Writers, 1992
Striking Chords: Multicultural Literary Interpretations, 1992
Feminism and the Politics of Difference, 1993
Culture, Difference and the Arts, 1994
Framing Marginality: Multicultural Literary Studies, 1994
Haunted Nations: The Colonial Dimensions of Multiculturalisms, 2004
Post-multicultural Writers as Neo-cosmopolitan Mediators, 2017

Hardy, Frank
（弗兰克·哈代，1917—1994）

长篇小说

Power without Glory, 1950

Journey into the Future, 1952

The Four Legged Lottery, 1958

The Hard Way: The Story behind Power without Glory, 1961

The Unlucky Australians, 1968

Outcasts of Foolgarah, 1971

But the Dead are Many: A Novel in Fugue Form, 1975

The Needy and the Greedy: Humorous Stories of the Racetrack, 1975

Who Shot George Kirkland?, 1980

Truth, 1981

The Obsession of Oscar Oswald, 1983

Warrant of Distress, 1983

The Loser Now will be Later to Win, 1985

Mary Lives!, 1992

短篇小说

The Man from Clinkapella, 1951

Legends from Benson's Valley, 1963

The Yarns of Billy Borker, 1965

Billy Borker Yarns Again, 1967

Haskell, Dennis
（丹尼斯·哈斯克尔，1948— ）

诗集

Listening at Night, 1984

A Touch of Ginger, 1992

Abracadabra, 1993

The Ghost Names Sing: Poems, 1997

All the Time in the World, 2006

Acts of Defiance: New and Selected Poems, 2010

Poetry D'Amour 2013: Love Poetry for Valentine's Day, 2013

Ahead of Us, 2016

批评研究

Kenneth Slessor: Poetry, Essays, War Despatches, War Diaries, Journalism, Autobiographical Material and Letters, 1991

Attuned to Alien Moonlight: The Poetry of Bruce Dawe, 2002

其他

Wordhord: A Critical Selection of Contemporary Western Australian Poetry, 1989

Whose Place?: A Study of Sally Morgan's My Place, 1992

Myths, Heroes and Anti-Heroes: Essays on the Literature and Culture of the Asia-Pacific Region, 1992

Westerly Looks to Asia: A Selection from Westerly *1956—1992*, 1993

Tilting at Matilda: Literature, Aborigines, Women and the Church in Contemporary Australia, 1994

Kenneth Slessor: Collected Poems, 1994

Sightings, 1995

Australian Poetic Satire, 1995

Interactions: Essays on the Literature and Culture of the Asia-Pacific Region, 2000

Beyond Good and Evil?, 2005

Poems 2013, 2013

Hergenhan, Laurie
（劳里·赫根汉，1931— ）

A Colonial City: High and Low Life, Selected Journalism of Marcus Clarke, 1972

Marcus Clarke：an Annotated Checklist，1863—1972，1975
Portable Australian Authors Series，1976
Selective Bibliography of Australian Books in Print：Compiled for the Literature Board of the Australian Council，1983
Unnatural Lives：Studies in Australian Fiction about the Convicts，from James Tucker to Patrick White，1983
The Australian Short Story：An Anthology from the 1890s to the 1980s，1986
The Penguin New Literary History of Australia，1988
The ALS Guild to Australian Writers：A Bibliography 1963—1990，1992
Changing Place：Australian Writers in Europe 1960s—1990s，1994
No Casual Traveller：Hartley Grattan and Australian-US Connections，1995
Henry Handel Richardson Special Issue，1998
The Poetry of Les Murray，2001
Xavier Herbert：Letters，2002

Heseltine, Harry
（哈里·赫塞尔廷，1931— ）

文学批评

The Writer in The Modern World：An Anthology of Twentieth Century Prose，1962
Intimate Portraits and Other Pieces：Essays and Articles，1969
Unspeakable Stress：Some Aspects of the Poetry of Gerard Manley Hopkins，1969
Vance Palmer，1970
Xavier Herbert，1973
"A Center at the Edge"：On Professing English in Townsville，1978
Acquainted with the Night：Studies in Classic Australian Fiction，1979
The Uncertain Self，1986
The Most Glittering Prize：The Miles Franklin Literary Award 1957—1998，2001
In Due Season：Australian Literary Studies，a Personal Memoir，2009

Hope, A. D.
(A. D. 霍普, 1907—2000)

文学批评

The Structure of Verse and Prose, 1963

Australian Literature 1950—1962, 1963

The Cave and the Spring: Essays on Poetry, 1965

The Literary Influence of Academies, 1970

A Midsummer Eve's Dream: Variations on a Theme by William Dunbar, 1970

Henry Kendall: A Dialogue with the Past, 1972

Henry Kendall, 1973

Native Companions: Essays and Comments on Australian Literature 1936—1966, 1974

Judith Wright, 1975

The Pack of Autolycus, 1978

The New Cratylus: Notes on the Craft of Poetry, 1979

Directions in Australian Poetry, 1984

诗集

The Wandering Islands, 1955

Poems, 1960

A. D. Hope, 1963

Collected Poems: 1930—1965, 1966

New Poems: 1965—1969, 1969

Dunciad Minor: An Heroick Poem, 1970

Collected Poems: 1930—1970, 1972

Selected Poems, 1973

A Late Picking: Poems 1965—1974, 1975

A Book of Answers, 1978

The Drifting Continent and Other Poems, 1979

Antechinus, 1981

The Age of Reason, 1985
Selected Poems, 1986
Orpheus, 1991
Selected Poems, 1992

剧作

The Tragical History of Dr. Faustus, 1982
Ladies from the Sea, 1987

短篇小说

The Journey of Hsü Shi, 1989

自传

Chance Encounters, 1992

Huggan, Graham
（格雷厄姆·哈根，1958— ）

Tourist with Typewriters: Critical Reflections on Contemporary Travel Writing, 1998
The Postcolonial Exotic: Marketing the Margins, 2002
Australian Literature: Postcolonialism, Racism, Transnationalism, 2007
Interdisciplinary Measures: Literature and the Future of Postcolonial Studies, 2008
Extreme Pursuits: Travel/Writing in an Age of Globalization, 2009
Postcolonial Ecocriticism: Literature, Animals, Environment, 2010
Nature's Saviours: Celebrity Conservationist in the Television Age, 2013
Colonialism, Culture, Whales: The Cetacean Quartet, 2018

Johnston, Grahame
（格雷厄姆·约翰斯顿，1929—1976）

文学批评

Australian Literary Criticism, 1962
Annals of Australian Literature, 1970

词典

The Australian Pocket Oxford Dictionary,1976

Kiernan, Brian
(布赖恩·基尔南,1937—)

文学批评

Images of Society and Nature: Seven Essays on Australian Novels,1971

Criticism,1974

Henry Lawson,1976

The Most Beautiful Lies: A Collection of Stories by Five Major Contemporary Fiction Writers,1977

Considerations: New Essays on Kenneth Slessor, Judith Wright and Douglas Stewart,1977

Patrick White,1980

The Essential Henry Lawson,1982

David Williamson: A Writer's Career,1996

Studies in Australian Literary History,1997

Lee, Christopher
(克里斯托弗·李,1962—)

文学批评

Authority and Influence: Australian Literary Criticism 1950—2000,2001

Frank Hardy and the Literature of Commitment,2003

City Bushman: Henry Lawson and the Australian Imagination,2004

其他

Australian Literature and the Public Sphere,1988

Turning the Century: Writing of the 1890s,1999

Encyclopaedia of Post-colonial Literatures in English,2004

Lever, Susan
（苏珊·利弗，1950— ）

小说

David Foster, 2008

其他

A Question of Commitment: Australian Literature in the Twenty Years after the War, 1989

The Oxford Book of Australian Women's Verse, 1995

Henry Handel Richardson: The Getting of Wisdom, Stories, Selected Prose and Correspondence, 1997

Real Relations: The Feminist Politics of Form in Australian Fiction, 2000

Lindsay, Norman
（诺曼·林赛，1879—1969）

文学批评

Creative Effort: An Essay in Affirmation, 1924

Hyperborea: Two Fantastic Travel Essays, 1928

Madam Life's Lovers, 1929

The Scribblings of an Idle Mind, 1956

Norman Lindsay: Pencil Drawings, 1969

Norman Lindsay's Pen Drawings, 1974

小说

A Curate in Bohemia, 1913

Redheap, 1930, published in the U.S. as *Every Mother's Son*

Miracles by Arrangement, 1932, published in the U.S. as *Mr. Gresham and Olympus*

Saturdee, 1933

Pan in the Parlour, 1933

The Cautious Amorist, 1934

Age of Consent, 1938

The Cousin from Fiji, 1945

Halfway to Anywhere, 1947

Dust or Polish?, 1950

Rooms and Houses, 1968

儿童小说

The Magic Pudding, 1918

The Flyaway Highway, 1936

自传

Bohemians of The Bulletin, 1965

My Mask, 1970

McAuley, James
(詹姆斯·麦考利, 1917—1976)

文学批评

The End of Modernity, 1959

Personal Element in Australian Poetry, 1970

The Grammar of the Real: Selected Prose 1959—1974, 1975

The Rhetoric of Australian Poetry, 1978

诗集

Darkening Ecliptic, 1944

Under Aldebaran, 1946

A Vision of Ceremony, 1956

James McAuley, 1963

Six Days of Creation, 1963

Captain Quiros, 1964

Surprises of the Sun, 1969

Collected Poems 1936—1970, 1971

Music Late at Night, 1976

Times Given：Poems 1970—1976，1976

A World of Its Own，1977

其他

A Primer of English Versification，1966

Versification：A Short Introduction，1966

A Map of Australian Verse，1975

McCartney, Frederick
（弗雷德里克·麦卡特尼，1887—1980）

文学批评

Australia Literature（with E. Morris Miller's Bibliography），1954

Furnley Maurice，1955

A Historical Outline of Australian Literature，1957

Australian Literary Essays，1957

诗集

Dewed Petals：Verses，1912

Earthen Vessels：A Theme in Sonnets，1913

Something for Tokens：Poems，1922

A Sweep of Lute-Strings：Being the Title Excusing a Very Few Love-Rhymes，1929

Hard Light and Other Verses，1933

Preferences，1941

Ode of Our Time，1944

Gaily the Troubadour：Satires in the Fixed Forms of Verse，1946

Tripod for Homeward Incense，1947

Australian Poetry，1948

The Sonnet in Australia，1956

Selected Poems，1961

自传

Proof Against Failure，1967

McQueen, Humphrey
(汉弗莱·麦奎因,1942—)

文学批评

A New Britannia: An Argument Concerning the Social Origins of Australian Radicalism, 1970

Aborigines, Race and Racism, 1974

Australia's Media Monopolies, 1977

Social Sketches of Australia: 1888—1975, 1978

The Black Swan of Trespass, 1979

Gone Tomorrow: Australia into the 1980s, 1983

Windows onto Worlds: Studying Australia at Tertiary Level, 1987

Suburbs of the Sacred, 1988

Gallipoli to Petrov: Arguing with Australian History, 1989

Social Sketches of Australia: 1888—1988, 1991

Japan to the Rescue, 1992

Tokyo World, 1992

Tom Roberts, 1996

Suspect History: Manning Clark and the Future of Australian History, 1997

Temper Democratic: How Exceptional is Australia?, 1998

The Essence of Capitalism, 2001

Social Sketches of Australia: 1888 to 2001, 2004

Framework of Flesh: Builders' Labourers Battle for Health and Safety, 2009

Men of Flowers, 2010

We Built this Country: Builders' Labourers and Their Unions, 1787 to the Future, 2011

Narogin, Mudrooroo
（马德鲁鲁·纳罗金，1938—　）

文学批评

Writing from the Fringe: A Study of Modern Aboriginal Literature, 1990

Aboriginal Mythology: An A-Z Spanning the History of the Australian Aboriginal Peoples from the Earliest Legends to the Present Day, 1994

Us Mob: History, Culture, Struggle: An Introduction to Indigenous Australia, 1995

The Indigenous Literature of Australia, 1997

小说

Wild Cat Falling, 1965

Long Live Sandawara, 1979

Doctor Wooreddy's Prescription for Enduring the Ending of the World, 1983

Master of the Ghost Dreaming: A Novel, 1991

Wildcat Screaming: A Novel, 1992

The Kwinkan, 1993

The Undying, 1998

Underground, 1999

The Promised Land, 2000

Balga Boy Jackson, 2017

自传体小说

Doin Wildcat, 1988

诗集

Before the Invasion: Aboriginal Life to 1788, 1980

The Song Circle of Jacky, and Selected Poems, 1986

Dalwurra: The Black Bittern, A Poem Cycle, 1988

The Garden of Gethsemane: Poems from the Lost Decade, 1991

Pacific Highway Boo-Blooz: Country Poems, 1996

An Indecent Obsession, 2015

Old Fellow Poems, 2017

剧本

Big Sunday, 1987

Mutjimggaba, 1989

Ommundsen, Wenche
(温卡·奥门森, 1952—)

Metafictions? Reflexivity in Contemporary Texts, 1993

Refractions: Asian/Australian Writing, 1995

From a Distance: Australian Writers and Cultural Displacement, 1996

Appreciating Difference: Writing Postcolonial Literary History, 1998

Bastard Moon: Essays on Chinese-Australian Writing, 2001

Cultural Citizenship and the Challenges of Globalization, 2010

Palmer, Nettie
(内蒂·帕尔默, 1885—1964)

文学批评

Modern Australia Literature, 1924

Henry Bournes Higgins: A Memoir, 1931

Talking It Over, 1932

Fourteen Years: Extracts from a Private Journal 1925—1939, 1948

Henry Handel Richardson: A Study, 1950

The Dandenongs, 1952

Henry Lawson, 1952

Bernard O'Dowd, 1954

诗集

The South Wind, 1914

Shadowy Paths, 1915

短篇小说

An Australian Story-Book, 1928

Centenary Gift Book, 1934

Coast to Coast: Australian Stories 1949—50, 1950

其他

Modern Australian Fiction: 1900—1923, 1924

Letters of Vance and Nettie Palmer 1915—1963, 1977

Nettie Palmer: Her Private Journal Fourteen Years, *Poems, Reviews and Literary Essays*, 1988

Memoirs of Alice Henry, 1944

Palmer, Vance
(万斯·帕尔默, 1885—1959)

文学批评

National Portraits, 1940

A. G. Stephens: His Life and Work, 1941

Frank Wilmot, 1942

Louis Esson and the Australian Theatre, 1948

The Legend of the Nineties, 1954

Intimate Portraits and Other Pieces: Essays and Articles, 1969

Letters of Vance and Nettie Palmer 1915—1963, 1977

小说

The Shantykeeper's Daughter, 1920

The Boss of Killara, 1922

The Enchanted Island: A Novel, 1923

The Outpost, 1924

Cronulla: A Story of Station Life, 1924

Secret Harbor, 1925

Spinifex, 1927

The Man Hamilton, 1928

Men are Human, 1930

The Passage, 1930

Daybreak, 1932

The Swayne Family, 1934

Legend for Sanderson, 1937

Cyclone, 1947

Golconda, 1948

Seedtime, 1957

The Big Fellow, 1959

短篇小说集

The World of Men, 1915

Separate Lives, 1931

Sea and Spinifex, 1934

Let the Birds Fly, 1955

The Rainbow—Bird and Other Stories, 1957

The Brand of the Wild and Early Sketches, 2002

诗集

The Forerunners, 1915

The Camp, 1920

Old Australian Bush Ballads, 1950

剧作

The Black Horse and Other Plays, 1924

Hail Tomorrow, 1947

Phillips, A. A.
(A. A. 菲利普斯，1900—1985)

文学批评

The Australian Tradition: Studies in Colonial Culture, 1958

Henry Lawson, 1970

Responses: Selected Writings, 1979

诗集

In Fealty to Apollo, 1932

散文集

An Australian Muster, 1946

Schaffer, Kay
（凯·谢弗，1945— ）

Women and the Bush, 1988

Captured Lives: Australian Captivity Narratives, 1993

In the Wake of First Contact: The Eliza Fraser Stories, 1995

Indigenous Australian Voices: A Reader, 1998

Constructions of Colonialism: Perspectives on Eliza Fraser's Shipwreck, 1998

The Olympics at the Millennium: Performance, Politics and the Games, 2000

Human Rights and Narrated Lives: The Ethics of Responsibility, 2004

Women Writers in Postsocialist China, 2013

Sheridan, Susan
（苏珊·谢里丹，1944— ）

Christina Stead, Key Women Writers Series, 1988

Grafts: Feminist Cultural Criticism, 1988

Debutante Nation: Feminism Contests in the 1890s, 1993

Along the Faultines: Sex, Race and Nation in Australia Women's Writing, 1880—1930, 1995

Who Was That Woman? The Australian Women's Weekly *in the Post-war Years*, 2002

Nine Lives: Post War Women Writers Making Their Mark, 2011

The Fiction of Thea Astley, 2016

Shoemaker, Adam
(亚当·舒梅克，1957—)

Black Words, White Page: Aboriginal Literature 1929—1988, 1989
Paperbark: A Collection of Black Australian Writings, 1990
Mudrooroo: A Critical Study, 1993
A Sea Change: Australian Writing and Photography, 1998
David Unaipons, Legendary Tales of the Australian Aborigines, 2001
Aboriginal Australians: First Nations of an Ancient Continent, 2004

Stephens, A. G.
(A. G. 斯蒂芬斯，1865—1933)

文学批评

The Griffilwraith, 1893
The Red Pagan, 1904
Christopher Brennan, 1928
Henry Kendall, 1933

游记

Queenslander's Travel Notes, 1849

诗集

Oblation, 1902
The Pearl and the Octopus, 1911

小说

The Lady Calphurnia Royal, 1909
Bill's Idees, 1913

Stewart, Douglas
(道格拉斯·斯图尔特，1913—1985)

文学批评

The Flesh and the Spirit, 1948

The Broad Stream, 1975

诗集

The Green Lions, 1936

The White Cry, 1939

Elegy for an Airman, 1940

Sonnets to the Unknown Soldier, 1941

The Dosser in Springtime, 1946

Glencoe, 1947

Sun Orchids, 1952

The Birdsville Track, 1955

Rutherford, 1962

Australian Poets: Douglas Stewart, 1963

Collected Poems: 1936—1967, 1967

剧作

Ned Kelly, 1943

The Fire on the Snow, 1944

The Golden Lover, 1944

Shipwreck, 1947

短篇小说

A Girl with Red Hair, 1944

论文集

The Seven Rivers, 1966

其他

Australian Bush Ballads, 1955

Old Bush Songs and Rhymes of Colonial Times, 1957

Modern Australian Verse, 1964

The Pacific Book of Bush Ballads, 1967

Norman Lindsay: A Personal Memoir, 1975

A Man of Sydney, 1977

Writers of The Bulletin, 1977

Springtime in Taranaki: An Autobiography of Youth, 1983

Douglas Stewart's Garden of Friends, 1987

Tiffin, Helen
（海伦·蒂芬，1945— ）

South Pacific Stories, 1980

The Empire Writes Back: Theory and Practice in Post-colonial Literatures, 1989

Post-colonial Literatures, 1989

After Europe: Critical Theory and Post-colonial Writing, 1989

Past the Last Post: Theorizing Post-colonialism and Post-modernism, 1990

Re-Siting Queen's English: Text and Tradition in Post-colonial Literatures, Essays Presented to John Pengwerne Matthews, 1992

Decolonising Fictions, 1993

The Post-colonial Studies Reader, 1995

Post-colonial Literatures in English: General Theoretical & Comparative 1970—1933, 1997

Key Concepts in Post-colonial Studies, 1998

Five Emus to the King of Siam: Environment and Empire, 2007

Postcolonial Ecocriticism: Literature, Animals, Environment, 2010

Wild Man from Borneo: A Cultural History of the Orangutan, 2014

Tucker, T. G.
(T. G. 塔克，1859—1946)

文学批评

Australasian Critics, 1891

The Cultivation of Literature in Australia, 1902

The Judgement and Appreciation of Literature, 1925

其他

The "Supplices" of Aeschylus, 1889

Things Worth Thinking About, 1890

Thucydides, Book VIII, 1892

Aristotle's Poetics, 1899

Plato's Republic, 1900

Choephori, 1901

Aristophanes's Frogs, 1906

Life in Ancient Athens, 1907

The Foreign Debt of English Literature, 1907

Seven Against Thebes, 1908

Introduction to the Natural History of Language, 1908

Life in the Roman World of Nero and St Paul, 1910

Platform Monologues, 1914

Sonnets of Shakespeare's Ghost, 1920

A Concise Etymological Dictionary of Latin, 1931

Turner, Graeme
(格雷姆·特纳，1947—)

National Fictions: Literature, Film, and the Construction of Australian Narrative, 1986

Myths of Oz: Reading Australian Popular Culture, 1988

Australian Television: Programs, Pleasures and Politics, 1989
Nation, Culture, Text: Australian Cultural and Media Studies, 1993
Making It National: Nationalism and Australian Popular Culture, 1994
Literature, Journalism and the Media: Foundation for Australian Literary Studies, 1996
The Australian TV Book, 2000
Fame Games: The Production of Celebrity in Australia, 2000
Film as Social Practice, 2002
British Cultural Studies: An Introduction, 2002
The Film Cultures Reader, 2002
Understanding Celebrity, 2004
Ending the Affair: The Decline of Television Current Affairs in Australia, 2005
Television Studies After TV: Understanding Television in the Post-broadcast Era, 2009
Ordinary People and the Media: The Demotic Turn, 2010
The Media and Communications in Australia, 2010
What's Become of Cultural Studies?, 2012
Locating Television: Zones of Consumption, 2013
Mapping the Humanities: Arts and Social Sciences in Australia, 2014

Wallace-Crabbe, Chris
（克里斯·华莱士－克雷布，1934— ）

文学批评

Melbourne or the Bush: Essays on Australian Literature and Society, 1974
Toil and Spin: Two Directions in Modern Poetry, 1979
Three Absences in Australian Writing, 1983
Poetry and Belief, 1990
Falling into Language, 1990
"Read It Again", 2005

诗集

The Music of Division, 1959

Eight Metropolitan Poems, 1962

In Light and Darkness, 1963

The Rebel General, 1967

Where the Wind Came, 1971

Selected Poems, 1973

The Foundations of Joy, 1976

The Emotions are not Skilled Workers, 1979

The Amorous Cannibal, 1985

I'm Deadly Serious, 1988

Sangue e l'acqua, 1989

For Crying Out Loud, 1990

Rungs of Time, 1993

Selected Poems 1956—1994, 1995

Whirling, 1998

By and Large, 2001

A Representative Human, 2003

Next, 2004

Then, 2006

Telling a Hawk from a Handsaw, 2008

Puck, 2010

New and Selected Poems, 2012

My Feet Are Hungry, 2014

Rondo, 2018

诗体小说

The Universe Looks Down, 2005

小说

Splinters, 1981

Whitlock, Gillian
（吉莉恩·惠特洛克，1953— ）

Australian/Canadian Literatures in English: Comparative Perspective, 1987
Eight Voice of the Eighties: Contemporary Australian Women's Writing, 1990
Re-Siting Queen's English: Text and Tradition in Post-colonial Literatures, Essays Presented to John Pengwerne Matthews, 1992
Images of Australia: An Introductory Reader to Australian Studies, 1992
Australian Canadian Studies 1986—1991, 1992
Autographs: Contemporary Australian Autobiography, 1996
The Intimate Empire: Reading Women's Autobiography, 2000
Soft Weapons, 2005
Waiting for Asylum, 2011
Postcolonial Life Narratives, 2015

Wilding, Michael
（迈克尔·怀尔丁，1942— ）

文学评论

Three Tales by Henry James, 1967
Australians Abroad, 1967
Milton's Paradise Lost, 1969
Marvell: Modern Judgements, 1970
Julius Caesar and Marcus Brutus by John Sheffield, 1970
Marcus Clarke, 1977
Political Fictions, 1980

短篇小说

Aspects of the Dying Process, 1972
The West Midland Underground, 1975
The Short Story Embassy, 1975

Scenic Drive, 1976

The Phallic Forest, 1978

Reading the Signs, 1984

The Man of Slow Feeling: Selected Short Stories, 1986

Under Saturn, 1988

Great Climate, 1990

The Radical Tradition: Lawson, Furphy, Stead, 1993

This is for You, 1994

Book of the Reading, 1994

Somewhere New: New & Selected Stories, 1996

The New Place, 1996

A Whisper from the Forest, 1999

Asian Dawn, 2013

In the Valley of the Weed, 2017

Little Demon, 2018

The Travel Writer, 2018

长篇小说

Living Together, 1974

Noc Na Orgiji (Night at the Orgy), 1982

Pacific Highway, 1982

The Paraguayan Experiment, 1985

Her Most Bizarre Sexual Experience, 1991

Raising Spirit, Making Gold, and Swapping Wives: The Ture Adventure of Dr. John Dee and Sir Edward Kelly, 1999

Academia Nuts, 2003

Wild Amazement, 2006

National Treasure, 2007

Superfluous Men, 2009

The Prisoner of Mount Warning, 2010

The Magic of It, 2011

自传

Wildest Dreams,1998

其他

Bengali,1995

Cultural Policy in Great Britain,1970

Dragon's Teeth: Literature in the English Revolution,1987

Social Visions,1993

Studies in Classic Australian Fiction,1997

Among Leavisites,1999

Wild & Woolley: A Publishing Memoir,2011

Wild Bleak Bohemia: Marcus Clarke, Adam Lindsay Gordon and Henry Kendall: A Documentary,2014

Growing Wild,2016

Wilkes, Gerald
(杰拉尔德·维尔克斯,1927—)

文学批评

New Perspectives on Brennan's Poetry,1952

Australian Poetry,1963

Australian Literature: A Conspectus,1969

Ten Essays on Patrick White: Selected From Southerly,1970

R. D. FitzGerald,1981

The Stockyard and the Croquet Lawn: Literature Evidence for Australian Cultural Development,1981

Reconnoitres: Essays in Australian Literature in Honour of G. A. Wilkes,1992

其他

An Alternative View of Australian Literary History,1975

A Dictionary of Australian Colloquialisms,1978

New Collins English Dictionary,1979

Exploring Australian English,1986

Wright, Judith
（朱迪斯·赖特，1915—2000）

文学批评

William Baylebridge and the Modern Problem, 1955

Charles Harpur, 1963

Preoccupations in Australian Poetry, 1965

Because I was Invited, 1975

Going on Talking, 1992

诗集

The Moving Image, 1946

Woman to Man, 1949

Woman to Child, 1949

The Old Prison, 1953

The Gateway, 1953

Hunting Snake, 1964

Bora Ring, 1946

At Cooloolah, 1954

The Two Fires, 1955

For My Daughter, 1956

Birds, 1962

Five Senses: Selected Poems, 1963

Selected Poems, 1963

Judith Wright in the Australian Poets Series, 1963

Tentacles: A Tribute to Those Lovely Things, 1964

City Sunrise, 1964

The Other Half, 1966

Collected Poems, 1971

Collected Poems, 1942—1970, 1971

Alive: Poems 1971—72, 1973

Fourth Quarter and Other Poems,1976

Train Journey,1978

The Double Tree: Selected Poems 1942—76,1978

Phantom Dwelling,1985

A Human Pattern: Selected Poems,1990

The Flame Tree,1993

Collected poems 1942—1985,1994

其他

Kings of the Dingoes,1958

The Generations of Men,1959

Range the Mountains High,1962

The Nature of Love,1966

The Coral Battleground,1977

The Cry for the Dead,1981

We Call for a Treaty,1985

Born of the Conquerors,1991